Knaur

Von Andreas Liebert sind außerdem erschienen:

Corellis Geige
Mein Vater, der Kantor Bach

Über den Autor:

Andreas Liebert, geboren 1960, ist promovierter Musikwissenschaftler und lebt als freier Schriftsteller in einem kleinen Ort in der Lüneburger Heide. In seinen historischen Romanen *Corellis Geige* und *Mein Vater, der Kantor Bach* gelang ihm auf subtile Weise eine bemerkenswerte Synthese aus Fakten und Fiktion. *Die Handheilerin,* ein grandioses Panorama über die Macht unserer Sinne, ist sein vierter Roman.

Andreas Liebert

Die Handheilerin

Roman

Knaur

Besuchen Sie uns im Internet:
www.droemer-knaur.de

Vollständige Taschenbuchausgabe 2003

Umschlaggestaltung: ZERO Werbeagentur, München
Umschlagabbildung: Picture Press / Corbis
Satz: Ventura Publisher im Verlag
Druck und Bindung: Clausen & Bosse, Leck
Printed in Germany
ISBN 3-426-62267-X

2 4 5 3 1

»Ein jegliches hat seine Zeit,
und alles Vorhaben unter dem Himmel hat seine Stunde.

[...] Suchen hat seine Zeit, verlieren hat seine Zeit.
[...] Weinen hat seine Zeit, lachen hat seine Zeit.
[...] Herzen hat seine Zeit,
aufhören zu herzen hat seine Zeit.
[...] Lieben hat seine Zeit, hassen hat seine Zeit.
[...] Töten hat seine Zeit, heilen hat seine Zeit.

Man mühe sich ab, wie man will,
so hat man keinen Gewinn davon.«

(Aus Prediger Salomo, Kapitel 3)

Prolog

Ohne länger nachzudenken, fingerte Sarah das Buch aus der Schlammpfütze und wischte es mit dem Ärmel ihres neuen Kittels sauber. Für sie, die Jüdin, die selbstverständlichste Sache von der Welt. Denn ein Buch war grundsätzlich wertvoll, und eines, das Kommentare zum Talmud enthielt, geradezu ein Kleinod.

Dieses hier gehörte Josua, dem jüngsten Sohn von Rabbi Jankovic. Mit zerdelltem Filzhut und klappernden Zähnen stand er vor ihr in der Pfütze, wobei ihm das Wasser vom Kaftan und von den Schläfenlocken tropfte.

»Sie sind weg!«, rief Sarah ihm zu und schaute sich um. »Komm! Schnell! Sonst wirst du – Gott behüte – krank. Du musst sofort heißen Tee trinken, ein Schwitzbad machen und dann mit der Wärmflasche ins Bett gehen. Aber mit Strümpfen, und vorher gurgeln und ganz viel essen.«

Sarah plapperte, wie es ihr in den Sinn kam, packte Josua am Ärmel und zog ihn aus der Pfütze. Mit seinen sechzehn Jahren bot Josua das Bild des studierten jüdischen Jungen schlechthin: hoch aufgeschossen, blass, das Gesicht vom vielen Studieren aufgezehrt. Das Ebenbild des richtigen Juden. Wenig Muskeln, dafür dunkel schimmernde Augen, kantige Nase, schlanke Glieder, und gesegnet war er mit einer Stimme, die schon fast so würdevoll klang wie die eines Propheten.

Aber Jude bleibt Jude, befanden die stets gleichen zaristi-

schen Kreise. Und darum war Josua Gewalt angetan worden – Gewalt, die seit dem Attentat auf Zar Alexander II. vor ein paar Jahren in so ziemlich allen Städten an der Tagesordnung war. Denn jüdische Terroristen, hatten die Zeitungen geschrieben, hätten die Bombe gebaut. Was nur logisch sei: Erst mordeten sie Christus, jetzt den Zaren.
Sarah wusste von dieser Propaganda. Trotzdem hatte sie keine Angst.
Weshalb Gott sich ihrer gerade eben als Werkzeug bedient hatte.
Sie, die fünfzehnjährige Tochter des Schmuckmachers, Blechschmieds und Schusters Jankl, war rechtzeitig dazugekommen, als drei junge Burschen Josua wegen seines selbstvergessenen Gehens erst verspotteten, ihn dann ein paar Mal um die eigene Achse drehten und schließlich in die Pfütze stießen. Josua stürzte hinein wie betrunken, Gesicht und Buch voran. Doch damit nicht genug: Die Burschen machten sich den Spaß, ihm den Kaftan nach Strich und Faden durchzuweichen, und hatten sogar den demütigenden Einfall, ihm mit einem Jagdmesser die Schläfenlocken abzuschneiden. Doch dazu kamen sie nicht mehr, denn just in diesem Moment bog sie um die Ecke.
Sarah hatte sofort begriffen, was sie sah, und gehandelt – und zwar, indem sie sich vom jüdischen Mädchen in eine orientalische Furie verwandelte. Im selben Ton wie die betrunkenen Njeschiner Vetteln, wenn sie den Juden Würmer in den Leib wünschten und ihnen den bösen Blick anhexten, schimpfte sie Josuas Peiniger eine räudige Rotte stinkender Hunde. Dabei schwang sie ihre Flasche mit dem gerade gekauften Lampenöl wie eine Keule, was die gerade

mal zwölfjährigen Burschen so erschreckte, dass sie von Josua abließen und das Weite suchten.
Jetzt war alles vorbei.
»Sieh doch, Gott schickt uns ein Zeichen«, sagte Sarah selbstbeherrscht und zeigte in den aufleuchtenden Himmel, der sich nach dem Regenschauer plötzlich über ihnen auftat.
Josua blickte gen Himmel, doch dadurch fand er sein Gleichgewicht genauso wenig wieder wie eine vernünftige Antwort. Wenigstens schnaufte er anschließend nicht mehr so heftig. Erst als Sarah ihm sein Buch mit dem Talmud-Kommentar in die Hand drückte, beruhigte er sich. Sarah spürte seinen dankbaren Blick und sah ein verlegenes Lächeln, das aber plötzlich einem höchst verwunderten, wenn nicht erschrockenen Gesichtsausdruck wich. Sarah seufzte nachsichtig. Derlei Reaktionen waren ihr alles andere als fremd. Längst hatte sie sich daran gewöhnt und maß ihnen keinerlei Bedeutung mehr bei. Josua reagierte wie jeder andere auch, der sie bewusst das erste Mal sprechen hörte.
Es lag an ihrer Stimme. Sie klang anders. Nicht so, wie man sie von einem fünfzehnjährigen Mädchen erwartete, sondern wie junge erwachsene und vor allem reiche Frauen sie zuweilen besaßen: kräftig und voll, in sich ruhend, warm und sinnlich. Sie selbst hörte sich gerne, und auch in der Familie und Verwandtschaft hatte sich jeder so ziemlich daran gewöhnt. Doch die meisten ihrer Freundinnen taten sich schwer damit, noch schwerer freilich deren Mütter und Väter. Was auch daran lag, dass sie ein Heißsporn war und sich von niemandem etwas sagen ließ. Irgendwie schien sie nie das rechte Maß zu finden. Wenn sie mit ihren Freundinnen Hochzeit spielte, artete dies schnell in ein wir-

res Durcheinander aus, in dessen Folge Schränke und Schubladen zerwühlt und irgendwann sämtliche Kleider, Pelze, Krinolinen und Hüte auf dem Boden lagen. Sarah stiftete ihre Freundinnen sogar dazu an, die Schmuckschächtelchen der Mütter und Tanten auszuleeren. Dann wurde getanzt und gesungen, bis es Sarah eines Tages einfiel, einen der jüngeren Brüder zu holen. Ihren Freundinnen befahl sie, beide ins Schlafzimmer zu führen. Zum Kindermachen, wie sie sagte.

Die Mütter waren entsetzt.

Woher das Kind denn so etwas wisse, klagten sie Sarahs Mutter an, die nichts anderes darauf zu erwidern wusste, als ihre Tochter zu rufen und sie selbst zu fragen. Worauf Sarah unbekümmert sagte:

»Ich habe Bilder davon gesehen.«

»Bilder?«, schrien die Mütter entsetzt und zogen sich voller Entrüstung alle gleichzeitig ihr Kopftuch vor die Augen.

»Ein Bild«, verbesserte sich Sarah. »Ein betrunkener Offizier hat es mir geschenkt. ›Guck, so geht's‹, hat er gesagt und sich dabei vor Lachen in die Hose gemacht.«

»Und wo ist das Bild?«

»Hier.«

Sarah griff unter ihre Schürze und holte eine Fotografie heraus. Sie zeigte Eindeutiges in einem plüschigen Boudoir auf einem riesigen Bett. Sarah bekam eine Ohrfeige, dann machte das Foto die Runde. Kein Wort wurde dabei gesprochen. Tags darauf war das Foto verhökert und das Geld für neue Kerzen ausgegeben.

Dies war der eine, ungebärdige Wesenszug Sarahs.

Der andere war ihre Verstocktheit. Tagelang konnte sie schwermütig herumsitzen, ohne ein Wort zu sagen. Oft betrachtete sie dabei ihre Hände, spreizte die Finger oder ballte sie zu Fäusten. Dann wieder schnappte sie mit raubtierhaften Bewegungen in die Luft, als wolle sie irgendwelche Dämonen schlagen. Dabei hatte sie es am liebsten, wenn ihre Mutter ihr irgendwelche Reisemärchen vorlas. Einmal war es vorgekommen, dass sie wie von der Tarantel gestochen auffuhr, Sessel und Stühle zusammenstellte und einen Zug daraus baute. Weil auch sie irgendwann fortreisen wolle, wie sie leidenschaftlich verkündete. Darauf weinte sie zwei Tage lang.

Die Familie machte sich Sorgen. War Sarah eine Besessene? Nein. Bis sie wirklich Frau wäre, sollte die Familie all diese Eigenwilligkeiten ohne Gram akzeptieren, riet Rabbi Jankovic ihrem Vater anderntags im Dampfbad und tröstete ihn damit, dass Sarahs Stimme, für sich genommen, in wenigen Jahren ein Vorzug sei – wenn er wüsste, worauf er hinauswollte. Und ihr Vater begriff. Der Schadchen, der Ehevermittler, werde eines Tages das, was viele jetzt für einen Makel hielten, als Vorzug preisen. Rabbi Jankovic hatte sehr geschmunzelt damals und dann in seinen Bart gemurmelt, strafen würde Gott allenfalls den Mann, der sich einst von so einer Stimme vom Thora-Studium ablenken ließe.

Wäre Josua nicht der Sohn von Rabbi Jankovic gewesen, Sarah hätte sich kaum an dessen Worte erinnert. Jetzt aber sah sie Rabbi Jankovic vor sich, wie er die Augen zusammenkniff und mit seiner ihm eigenen Singsangstimme ihren Vater tröstete, ihn zugleich aber auch ärgerte. Denn welcher Jude wollte schon gerne eine Tochter haben, der der Rabbi höchstselbst verführerische Eigenschaften prophezeite.

Sarah bekam Lust, Rabbi Jankovic eins auszuwischen. Wenn er in ihr schon eine halbe Lilith sah, sollte sein Sohn der Erste sein, der unter ihren Verführungskünsten litt. So sanft und schmelzend wie sie konnte, sagte sie Josua, dass sie ihn nach Haus begleiten werde, Gott habe sie schließlich nicht umsonst geschickt.
Josua, der immer mehr zu frieren begann, fühlte sich außer Stande, Sarah zu widersprechen. Man würde sich das Maul zerreißen, Sarah und ihn als Paar betrachten, beide Familien in Zugzwang setzen. Schon tauchten die ersten Gesichter hinter den Fenstern auf. Ob Sarah dies beabsichtigte?
Nein, dazu war sie zu jung.
Oder wollte es etwa Gott, gepriesen sei er?
Josua spickte zur Seite, beschleunigte seine Schritte. In ein paar Jahren ... Sarah war nicht hässlich. Nein, im Gegenteil. Obwohl sie nicht unbedingt dem Ideal jüdischen Liebreizes entsprach, war sie gut anzuschauen. Sie war schlank statt aufgedunsen, die Augen feurig, fast wild, nicht bloß schwarz. Ihre sanft geschwungenen, aber schrägen Augenbrauen verliehen ihrem Gesicht etwas Strenges. Doch das dichte, fast bläulich schimmernde Haar war engelgleich gelockt und die Lippen zum Reinbeißen schön. Josua blickte noch einmal in den Himmel, der sich jetzt über ihnen wölbte, als wäre er aus Gold. Wie ein Chuppa, durchfuhr es ihn, ein kosmischer Traubaldachin.
Sarahs Blick folgte seinem. Ein nasser Tropf, dachte sie, doch einer mit viel Gefühl und Einbildungskraft. Spöttisch sah sie ihn von der Seite an. Josua wiederum glaubte sich verraten zu haben, sein Herz schlug aufgeregt. Mit aller Willenskraft bemühte er sich, das Peinliche seiner Empfin-

dung beiseite zu schieben. Der Überfall schien so gut wie vergessen.

Um seiner Schamgefühle Herr zu werden, besann er sich auf das, was sein eigentliches Wesen war: Er begann einigermaßen klug daherzureden, weil er hoffte, dabei am schnellsten wieder zu sich selbst zu finden. Vielleicht ließ sich Sarah davon einschüchtern. Oder wenigstens ablenken. Von ihm aus sogar beeindrucken.

»Wenn du sagst, dass du mich begleitest, entspricht das ganz deinem Wesen und Namen.« Altkluge Worte sprudelten aus seinem jungen Munde, als hätte jemand den Korken aus einem überreifen Wein gezogen. »Sarah«, er schluckte schnell, »heißt ja Gebieterin. Und Prophetin ist sie dazu, wie der Höchste Abraham deutlich gemacht hat, als er ihm nach dem Bund befahl, in Zukunft auf ihre Stimme zu achten.«

»Eben«, sagte Sarah unbeeindruckt.

Sie hielt spielend mit Josua Schritt, dem die Kaftanschöße schwer gegen die Waden klatschten. Sein schnelles Tempo war eine Anstrengung, die ihn Kraft kostete. Mit jedem Schritt mehr keuchte er ein Stück lauter.

Trotzdem gefiel er sich darin, alles in seinem Kopf zusammenzusuchen, was er über Sarah wusste. Und so erging er sich darin, dass im Midrasch stehe, gegenüber Sarahs Schönheit erscheine die anderer schöner Frauen wie die von Affen. Ein Seitenblick auf Sarah, die ungerührt mit ihm Schritt hielt, gab ihm Recht. Diese hier, dieses eigentümliche Mädchen, strahlte von innen eine Kraft aus, die über die äußerliche, körperliche Schönheit hinausging: Es schien ein Leuchten gebündelter Energie zu sein, von der er in seinen Büchern noch nie etwas gelesen hatte. Zumindest bis jetzt noch nicht. Es verunsicherte ihn gewaltig, forderte ihn aber auch heraus. Um festen Boden für sein Selbstwertgefühl zu finden, konzentrierte er sich schnell wieder auf sein Buchstabenwissen.

»Und über die Bedeutung ihrer hundertsiebenundzwanzig Lebensjahre heißt es«, fuhr er gewissenhaft fort, »dass sie mit hundert so schön war wie mit zwanzig und so unschuldig wie mit sieben.«

»Und was ist mit Lilith?«, platzte Sarah dazwischen.

Wie kann sie so etwas fragen?, erschrak Josua. Doch bei seiner Eitelkeit gepackt, ging er auch auf diese Frage ein.

»Lilith verwüstet mit anderen Dämonen am letzten Tag die Welt«, belehrte er Sarah mit heißen Wangen. »Sie lebt in der Wüste, hat langes Haar und Flügel und ist die schöne und liederliche Verführerin schlechthin. Ich glaube, in der Kabbala steht, dass sie die Männer anfällt, die zu Hause allein schlafen. Sie bemächtigt sich ihres Samens und wird zur Mutter unzähliger Dämonen.«

Er räusperte sich. Gleichzeitig schämte er sich ob seiner unschicklichen Offenheit. Durfte er dermaßen Intimes an ein schlichtes Mädchen weitergeben? Was für eine verführerische Geisteskraft besaß diese Sarah, dass sie ihn so schrankenlos reden ließ? Und da: Schon wieder zerriss ihre fragende Stimme den unablässigen Strom der Bedenken.

»Steht dort auch etwas über ihre Stimme?«, fragte Sarah gleichermaßen interessiert und belustigt.

»Ich, ich kann mich nicht erinnern«, stockte Josua ein wenig. »Aber wenn uns schon ein schmutziger Klezmer mit seiner Fiedel den Verstand nimmt, dann wird die Stimme der Lilith …«

Josua blieb abrupt stehen und schaute Sarah erschrocken an.
Was hatte er da gerade alles von sich gegeben? Sein Gesicht begann zu glühen vor Verlegenheit, jetzt, endlich, wurde ihm schwindelig. Er hatte vergessen, wo er war, mit wem er sprach und was sich geziemt. Sie hat mich bezaubert, fuhr es ihm durch den Kopf. Oder war etwa ein böser Geist über ihn gekommen, diese Sarah mit ihrer seltsamen Stimme etwa Lilith? Hatte sie ihn gerettet, um ihn in der nächsten Nacht zu verderben? Nein, nein, Unsinn. Josua zwang sich zu klarem Denken. Jeder kannte vom Hörensagen diesen Makel. Hatte sein Vater, möge er ewig leben, nicht sogar im Dampfbad gesagt ... Die Fragen überstürzten sich. Josua spürte statt der Kälte auf einmal nur noch sein rasendes Herz.
»Lass mich! Lass mich!«, rief er schließlich hilflos und rannte los, rannte, als ob der Teufel hinter ihm her wäre.
Sarah schüttelte den Kopf und sah ihm nach. Obwohl sie nicht genau zu sagen gewusst hätte, warum, war sie sehr zufrieden mit sich.
»Er ist zwar der Sohn vom Rebben. Aber schon jetzt meschugge vom Studieren. Die ihn einmal heiratet, wird nach sieben Tagen keinen Tropfen Kraft mehr in ihrem Leib haben.«
Die alte Frau, die das neben ihr mit krächziger Stimme murmelte, sah Sarah schräg von unten an. Missmutig und lauernd. Josua hetzte auf der Straße weiter, die rettende Straßenbiegung zwischen den Häusern vor Augen. Sarah wusste im Moment nicht, wem sie länger hinterhersehen sollte: ihm, der sie durch Buchstabenwissen zu beeindrucken versucht hatte, oder der grummelnden Alten, die sich

ein paar Schritte entfernt hatte. Ein plötzlicher Hieb auf ihren Hintern riss Sarah aus ihren Gedanken. Die Alte war zurückgetrippelt, hatte jedoch ihren knotigen Stock schon längst wieder in den Morast der Straße gesenkt und schlurfte, von einer Welle fackelnden Zornes getragen, davon.

Herr, was bedeutet das alles?, fragte sich Sarah und sah gen Himmel.

Dieser leuchtete noch goldener als zuvor, aber inzwischen beschmutzten ihn schwarze Wolken.

Ehen werden im Himmel geschlossen. Daran hielt Rabbi Jankovic genauso fest wie alle anderen Juden. Weshalb er dem Schadchen, wenn der ihn wieder von einer bevorstehenden Hochzeit unterrichtete, stets ins Gewissen redete: Moische, wenn ein Kind geboren wird, hat Gott – einzig ist er – für es auch immer schon die Braut oder den Bräutigam ausgesucht. Vergiss dies nicht schon wieder. Du sollst Huhn und Hahn zusammenbringen. Nicht Rindvieh und Karpfen, nur weil der eine dasselbe säuft, worin der andere schwimmt.

Moische spülte Rabbi Jankovics Sätze gewöhnlich mit einem Glas Schnaps herunter, bevor er sein speckiges Büchlein aus der Tasche holte und dem Rabbi daraus vorlas. Darin stand alles, was er als Ehevermittler wissen musste – zum Beispiel, wie dick oder dünn, wie schön oder hässlich, wie arm oder reich dieses und jenes zu verheiratende Mädchen war, vor allem aber, wie viel Mitgift es bringen würde. Denn auch, wenn der Rabbi Recht hatte, er, Moische, war der Ansicht, dass er so viel wie möglich dabei zu helfen hatte, die von Gott beschlossene Paarung unter dessen

Himmel zu Stande zu bringen. Deshalb war er der Schadchen, dick und glupschäugig, ein bisschen lärmig und im entscheidenden Moment drängelig. Sein Ziel erreichte er immer. Zum Wohl der Brauteltern und, so sah es Moische, damit auch nach Gottes Willen. Weshalb er den Ruf hatte, selbst zwei Mauern zusammenbringen zu können.

Heute saß er beim Rabbi, und alles war anders. Moische hatte schon das dritte Glas Schnaps getrunken, obwohl es keinen einzigen Satz herunterzuspülen gab. Denn Rabbi Jankovic hatte nur zugehört und nicht einen Ton gesagt. Stattdessen hatte er immer wieder mürrisch von seiner Frau, der Rebbezen, zu seinem Sohn Josua hinüber- und wieder zurückgeguckt.

Moische kratzte sich, räusperte sich, stand schließlich auf.

»Moische, du bist der Schadchen«, sagte Rabbi Jankovic endlich. »Aber leider ein ungehobelter Mensch. Trinkst Schnaps wie ein Goj und frisst zu viel. Dein Verstand schrumpft. Du bildest dir ein, die Gesetze zu kennen, furzt aber in der Synagoge so laut, dass die Blöden lachen, die Frommen hingegen erschrecken. Und selbst hast du kein Weib, weil du schon zwei unter die Erde gebracht hast und nicht fähig warst, mit ihnen wenigstens eine einzige Tochter zu zeugen.«

»Ja, ja, Rabbi«, seufzte Moische schuldbewusst, schaute aber trotzdem nicht sonderlich beeindruckt vor sich hin. »Jetzt hast du Tacheles mit mir geredet. Darf ich gehen?«

Rabbi Jankovic nickte und musterte trübsinnig seinen Sohn, der Geschichten von Wunderrabbis las, weil er für gelehrte Schriften seit Tagen keinen Kopf mehr hatte. Woran allein Gott – gelobt sei er – Schuld hatte. Weil es ihm eingefallen war, Josua diese, diese ...

Die Rebbezen leitete Moische aus dem Zimmer. Um ihn zu versöhnen, holte sie schnell ein Stück Honigkuchen aus der Küche, das sie ihm mit beschwörendem Blick reichte. Moische brummte zufrieden. Honigkuchen war sein Lieblingsgebäck. Er konnte kaum genug davon bekommen. Deshalb war er auch so dick und hatte den Durst eines Ochsen.
Moische hatte bereits die Türklinke in der Hand, da rief Rabbi Jankovic ihm nach, er solle Jankl, den Schmuckmacher, zu ihm schicken. Er wisse doch, oder? Den Vater von Sarah, dem Mädchen mit der Schicksenstimme. Moische lachte laut auf, aber dann wurde er blass. Denn Rabbi Jankovic schrie, dass er ihm Dämonen auf den Hals hetzen werde, sollte Moische irgendjemand in der Stadt etwas von diesem Auftrag erzählen.
»So wahr ich der Rabbi bin: Ich mach einen Dibbuk aus dir«, war das Letzte, was Moische hörte.
Vor Schreck fiel ihm ein Bröckchen Honigkuchen aus dem Mund. Denn er dachte sofort an seine beiden verstorbenen Frauen, von denen er sich vorstellen konnte, dass ihr Geist liebend gerne von ihm Besitz ergriffen hätte, um ihn für den Rest seiner Tage als Besessenen herumlaufen zu lassen.
Was bloß in ihn gefahren sei, wollte die Rebbezen wissen, womit sie ihren Mann meinte, obwohl sie ihren Sohn ansah. Sie nötigte Josua, doch wenigstens jetzt ein Stück Honigkuchen zu essen, aber der schlug dies genauso aus wie heute Mittag die Piroggen, gestern den Borschtsch oder vorgestern, am Schabbat, die Suppe, den Fisch und die geschabten Kalbsfüße. Josua aß immer anständig, wofür die Rebbezen heftig beneidet wurde. Josua sah nämlich nicht nach dem aus, was er verzehrte. Und das war ideal. Ein

Himmelsgeschenk. Denn andere Söhne, die auch studierten und aßen, sahen immer so aus, als wäre ihnen der Bauch wichtiger als die heiligen Schriften. So nährte ihre Kochkunst im Falle Josua die Kraft seines Kopfes.

»Was in ihn gefahren ist?«, brauste Rabbi Jankovic auf. »Das fragst du, eine Frau und seine Mutter? Hast du, wenn schon keinen Kopf, nicht mal Herz?«

Rabbi Jankovic war ganz der Vater von Benjamin. Hager, mit einem schütteren grauen Bart und tief liegenden mystischen Augen, die in seinen leidenden Gesichtszügen jetzt zornig funkelten. Seine langen Finger trommelten wütend auf die Lehne seines Sessels, sein Körper unter dem weißen Rabbinerkragen und dem matt schimmernden schwarzen Seidenkaftan vibrierte vor Erregung.

»Nein, ich meinte, was in dich gefahren ist«, sagte die Rebbezen.

Sie ging vor Josua in die Hocke und schaute ihren einzigen Sohn mitleidig an. Er war ihr Juwel, ihr zweites Herz. Dass er sich verliebt hatte, hatte sie im selben Moment begriffen, als er Sarahs Namen in den Mund nahm.

Die Antwort seiner Frau brachte Rabbi Jankovic aus der Fassung. Erst im letzten Moment beherrschte er sich, denn Zorn war ein übles Laster. Stattdessen verfiel er ins Lamentieren und malte seiner Frau aus, welch große Sünde es sei, das Studium von Thora und Talmud wegen irdischer Nichtigkeiten zu unterbrechen. Die Rebbezen musste sich anhören, was im Talmud und bei den weisesten Rabbis deswegen für Strafen vorgesehen seien. Tod und nochmals Tod stand darauf – und dies schon dann, wenn einer beim Studium der heiligen Worte seine Augen erhob, einen Baum oder ein Feld sah und dabei sprach, wie schön dieser

Baum oder dieses Feld sei. Weshalb es Heilige gegeben habe, die ihre Füße beim Lernen in kaltes Wasser hielten oder sich gleich ganz die Augen hatten ausstechen lassen.
»Aber, was glaubst du, wird dein Sohn erst erleiden müssen, wenn der böse Trieb ihn an eine Frau denken lässt?«, ereiferte sich Rabbi Jankovic. »Im Höllenfeuer wird er braten, wo das kleinste Feuer sechzig Mal sechzig Mal heißer als das heißeste Feuer auf Erden ist und das Geschrei der Sünder noch einmal so grauenhaft schmerzt!«
»Bestimmt – aber was willst du damit sagen?«, fragte die Rebezzen, auf einmal misstrauisch geworden.
Rabbi Jankovic seufzte auf. Alle Empörung war verschwunden. Fromme Ergebung zeichnete sich in seinem Gesicht. Er senkte die Augen und verzog resigniert den Mund.
»Was«, bohrte die Rebbezen nach, »willst du damit sagen?«
»Warum haben wir Juden keine Klöster?«, flüsterte Rabbi Jankovic zurück und gab sich selbst die Antwort. »Weil wir uns unsere Reinheit bewahren, indem wir uns gegen den bösen Trieb feien und heiraten.«
Die Rebbezen heulte auf.
»Erbarmen für mein Juwel! Barmherzigkeit für mein Kind!«
Sie rang die Hände, schluchzte. Doch urplötzlich schlug sie sich die Hand vor den Mund und sah mit zusammengekniffenen Lidern ihrem Mann zu. Der hatte die Augen geschlossen und wiegte sich leicht hin und her, meditierte über eine heilige Stelle. Es wäre eine Todsünde gewesen, ihn zu stören.
Der Rebbezen aber war dies gleichgültig. Sie stürzte sich

auf ihren Mann und riss ihm ein Haar aus dem Bart. Dabei schnaubte sie abwechselnd Schande, Schickse, heilige Einfalt, Schwindel und dergleichen mehr. Rabbi Jankovic guckte seinen Sohn vorwurfsvoll an, der sich mit hochgezogenen Schultern hinter seinem Legendenbuch versteckte. Aber auch er bekam sein Fett weg. Die Rebbezen schlug es ihm aus der Hand und packte ihn bei den Schläfenlocken. Doch so gerne sie in ihrer Wut auch daran gerissen hätte, nach einem verzweifelten Seufzer ließ sie von Josua ab und sank mit tränenfeuchten Augen auf einen Stuhl.

Minutenlang herrschte Schweigen. Die Rebbezen saß gramgebeugt da, Josua dagegen starrte beleidigt vor sich hin. Rabbi Jankovic richtete seine geschlossenen Augen zur Zimmerdecke.

»Eisele, überleg doch einmal«, begann er schließlich bedächtig zu seiner Frau zu reden, »vom Bild her sind sie ein schönes Paar, vom Geld her haben sie mehr als wir, und was er im Kopf hat, hat sie an Courage. Glaube mir, Jankl wird sich seines Jochs durch eine goldene Mitgift entledigen.«

»Aber sie ist nur Tochter eines Handwerkers, noch dazu mit einer Stimme – Gott behüte uns alle – wie Lilith. Und eine, die eine solche Courage gegenüber den Gojim hat, kann niemals auch liebende Mutter sein.«

»Eisele, deine Geschwätzigkeit ist groß, dein Verstand klein«, sagte Rabbi Jankovic herablassend. »Denn erstens geht es darum, dass Josua – Gott helfe ihm – wieder den Talmud studiert, zweitens werden Ehen sowieso im Himmel geschlossen, und drittens begreift Moische dann wenigstens einmal, wie es gemeint ist, dass Huhn und Hahn zusammenfinden sollen und nicht Rindviech und Karpfen.«

Rabbi Jankovic stand auf, strich durch seinen Bart und zupfte sich die Schläfenlocken zurecht. Dann setzte er seine satinschimmernde Schabbes-Jarmulke auf und stellte sich feierlich vor Josua in Positur.
»Masel-tow, Benjamin. Du bist Bräutigam.«
Josua strahlte und warf seiner Mutter einen glücklichen Blick zu.
»Aber ihre Eltern. Sie wissen doch gar nichts«, sagte die Rebbezen schwach.
»Deshalb habe ich Moische geschickt«, sagte Rabbi Jankovic. »Glaube mir, du wirst vielleicht noch heute den Rest deines Honigkuchens los und so viel Schmeicheleien hören, dass wir – Gott rette uns – darin ertrinken.«

Rabbi Jankovic lag mit seiner Prophezeiung nur wenig daneben.
Sarahs Tante Rebekka bürstete gerade Hosen aus, als Moische die Türklinke niederdrückte.
»Scholem alejchem.«
Moische trat ein, ohne anzuklopfen, so wie er es immer machte und wie es für rechtschaffene Juden üblich war. Denn niemand sollte vor dem anderen Geheimnisse haben oder gar wissentlich etwas verbergen. Auf einen Klatsch bei einem Glas Tee oder einem Gläschen Schnaps hatte man immer Zeit. Darin machten die Männer keine Ausnahme. Nur wer es eilig hatte und ganz besonders neugierig war, fragte gleich den Nachbarn. Der gab bereitwillig Auskunft, indem er seine Bemerkungen mit den Worten einleitete, es gehe ihn ja eigentlich nichts an, aber seiner Meinung nach ....
Moische rieb sich voller Vorfreude die Hände. Wenn er

erst die Katze aus dem Sack ließ, warum er hergekommen sei und wer ihn gar geschickt habe – diese Gesichter wollte er sehen. Das gab Erzählstoff für Monate und brachte Extrarationen an Schnaps und Honigkuchen. Und in der Tat: Sein Erscheinen schien wirklich völlig unerwartet zu sein. Noch nie nämlich hatte Rebekka vergessen, einen Gruß zu erwidern.

»Rifke, der Schadchen ist da!«, rief sie enthusiastisch. »Der Schadchen! Denk doch, Moische ist gekommen.«

Rifke, Sarahs Mutter, klatschte glücklich in die Hände und rief Moische zu, er solle sich wie zu Hause fühlen. Sie war gerade dabei, in den Grüften des Wohnzimmerschranks nach Ungeziefer zu suchen und sich durch einen Haufen abgetragener Kinderkleidung zu wurschteln, doch nun ließ sie alles stehen und liegen, wie es war, und eilte in die Werkstatt, um Jankl, ihren Mann, zu holen. Also war es endlich so weit: Sarahs Zeit war gekommen. Die Wochen der Verhandlungen und Vorbesprechungen begannen, an deren Ende Antrauung und Verlobung stand und ein Jahr darauf die Hochzeit.

Rebekka war es, die Moische in die Stube nötigte. Sie eilte in die Küche und holte Brot und Butter, Konfitüre, Honigkuchen, Schnaps und zwei Gläser. Dann rannte sie ihrer Schwester hinterher.

Rifke fand Jankl bei der »groben Arbeit«, was bedeutete, dass er entweder mit Blech arbeitete oder »an den Schuhen hing«. Grobe Arbeit war die, die weniger Kopf erforderte als »feine Arbeit«. Und die tat Jankl, wenn er Schmuck machte. Zum Beispiel Perlenketten neu aufzog, Ringe weitete oder Ketten, Armreife und Broschen aus Silberdraht herstellte. Denn dafür, so sagte er gerne, brauche er für tausend Pfund Kopf, hingegen nur zu zehn Pfund seine Hände. Arbeite er als Blecher und Schuster, sei es dagegen umgekehrt.

Gerade dengelte er an verdellten Kochtöpfen, was einen solchen Krach machte, dass er Rifke erst bemerkte, als sie ihm ins Licht trat.

»Gott, sein Name sei gepriesen! Der Schadchen ist da. Moische. Komm!«

»Moische?«

Jankl legte den Hammer beiseite und griff zu einem Tuch, um sich die Hände abzuwischen. Seine Augen leuchteten auf, und um seinen Mund spielte ein zufriedenes Lächeln. Große Erleichterung überkam ihn. Das Gespräch mit Rabbi Jankovic im Dampfbad hatte ihn zwar eine Weile getröstet, aber in den letzten Tagen waren die Sorgen wieder zurückgekehrt, dass Sarah ihrer seltsamen Stimme wegen das Los einer »Farsessenen«, einer Sitzengebliebenen, beschieden sein würde. Jetzt gab es neue Hoffnung, Sarah doch noch rechtzeitig in Freuden wegzugeben. Wen Moische wohl ins Gespräch bringen würde? Jankl nahm sich vor, während er hinter Rifke und Rebekka in die Stube trat, es nicht an der Mitgift scheitern zu lassen. Schulden allerdings kamen nicht in Frage.

Jankl und Moische begrüßten sich und klagten erst einmal einmütig über die ständigen Repressalien gegen Juden.

»Alle Zeichen deuten auf Auswandern«, sagte Jankl. »Beim geringsten Pogrom hier werden wir alles verkaufen und die Koffer packen.«

»Jankl, ihr fahrt nach Amerika?«, fragte Moische neugierig.

»Gott wird entscheiden«, sagte Jankl mit einem Seitenblick

auf seine Frau und seine Schwägerin. »Aber nun sag, warum bist du gekommen?«
Moische wartete, bis die Frauen die Stube verlassen hatten, und sagte dann erst einmal lange nichts.
»Moische«, begann Jankl von neuem und schenkte ihm ein Glas Schnaps ein, »spann mich nicht länger auf die Folter. Hast du ernste Angebote, oder wolltest du – nicht dass es so aussieht – bloß ein bisschen den Schnorrer spielen?«
»Schnorrer? Ich? Jankl, wo so viele sagen, dass ich höchstens mit den Lippen sündige, aber nie mit dem Bauch? Du selbst weißt doch, was mir, Moische dem Schadchen, angedichtet wird. Trotzdem, hast du nicht zwei Töchter, leben sollen sie, wovon es für die eine an der Zeit ist?«
»Moische, rede Tacheles«, sagte Jankl ungeduldig und genehmigte sich wie Moische ein weiteres Glas Schnaps. »Red Tacheles, du hast jetzt schon so viel Schnaps im Blut wie eine Sippschaft nach einer Beschneidung.«
Moische brummte halb belustigt, halb zustimmend. Aber um Jankl noch ein wenig zu ärgern, griff er sich ein Stück Honigkuchen, das er gemächlich fingernageldick mit Butter bestrich.
Jankl stöhnte auf und setzte voller Verdruss die Flasche an den Mund. Was sollte er machen? Gastfreundschaft war das eine, die Geschäfte des Schadchens das andere.
»Vergnügen und Gesundheit findet man zwischen den Backen« sagte Moische mit vollem Mund. »So sagte schon die Urgroßmutter von Rothschild …«
»Tacheles!«, rief Jankl. »Sauf von mir aus die Flasche aus, aber …«
»… und so wahr ich Moische, der Schadchen, bin, Rifkes

Honigkuchen ist nicht schlechter als der von Eisele, unseres Rabbis Weib. Gott mache beide glücklich.«
Jankl sprang vom Stuhl auf und kam um den Tisch herum. Er konnte sich nicht mehr beherrschen.
»Du Luftmensch! Stolpern sollst du, dass dir die Zähne nacheinander abbrechen!«
Moische ließ sich nicht einschüchtern, sondern zog das Schälchen mit der Konfitüre zu sich herüber. Löffelweise bekleckste er sein Brot und schob es sich dann mit geschlossenen Augen und wohligem Grunzen in den Mund.
»Ruf Rifke, dein Weib«, sagte er. »Mit dir allein kann man nicht reden.«
Jankl hätte Moische am liebsten in der Luft zerrissen. Doch weil er spürte, dass sein Verstand von all dem vielen Schnaps tatsächlich bereits angeschlagen war, öffnete er das Fenster und brüllte seine Frau herbei.
Rifke kam nicht ohne Rebekka. Die Schwestern trugen weiße, im Nacken verknotete Kopftücher und schwere sackleinene Arbeitskittel. Sie hatten gleichermaßen Ähnlichkeit mit Nonnen wie mit Bäuerinnen. Beiden klebte Komposterde an den Schuhen, und Rebekka hatte noch ihre Pflanzschaufel in der Hand. Vor Neugier hatten sie dicke Hälse. Rifke klapperte sogar mit den Zähnen, so voller Erwartung steckte sie.
Moische erhob sich und schaute triumphierend in die Runde. Darauf hatte er gewartet. Zwar schwankte er mehr, als er geahnt hatte und ihm lieb war, aber seinen Verstand, da war er sich gewiss, den hatte er noch allemal beisammen. Was er darum eigentlich noch schnell mit einem allerletzten Schnäpschen begießen könnte. Moische beugte sich zur Flasche, schenkte sein Gläschen voll, wobei er mehr ver-

schüttete, als es fasste, und stellte sich dann in Positur wie ein Husar in der Operette.

»Masel-tow, Jankl!«, rief er. »Deine Tochter Sarah, gesund soll sie bleiben und sechsunddreißig gerechte Kinder bekommen, ist so gut wie Braut.«

Es wurde Moische zum Verhängnis, dass er den Schnaps in sich hineinschütten wollte wie die russischen Offiziere, wenn sie unter sich waren und mit Dirnen feierten. Er kam ins Straucheln. Das Schnapsglas zersprang auf den Dielen, seine Arme ruderten in der Luft. Hätte er nicht einen Schritt nach hinten gemacht, hätte er sich noch an der Tischkante festhalten können, aber so stürzte er über seinen Stuhl und bekam nur noch einen Zipfel des Tischtuchs zu fassen.

Brotkorb, Holzbrett, Besteck, Honigkuchen und Konfitürenschälchen wurden mitgerissen. Das Holzbrett traf Moische an der Stirn. Alles schrie. Am lautesten Jankl, der Moische sämtliche Dämonen des Talmud an den Hals wünschte. Genau in diesem Moment stürzten Sarah und ihre Schwester Lea mit ihren Cousins Scholem und Samuel in die Stube. Kurz darauf folgte David, Rebekkas Mann. Sie alle sahen, wie Jankl Moische an den Schultern packte und ihn aufgebracht anblaffte, er sei ein Unglücksmensch und Narr und ein weit schlimmerer Trunkenbold als jeder gojische Fuhrknecht.

Moische stöhnte kläglich und betastete seine Stirn. Was er fühlte, war keine Beule, sondern ein Bluterguss. Auf die Beine wollte er nicht mehr. Rebekka holte ein Kissen, Sarah Tuch und kaltes Wasser. Behutsam tupfte sie Moische die Beule, während Rebekka und Rifke erzählten, warum er gekommen und wie das Malheur passiert sei.

Jankl stand neben Moische und fixierte ihn, als könne er ihm sein Geheimnis von der Stirn ablesen.
»Und das alles wegen dir«, brummte Moische und lächelte Sarah an. »Denk dir, unser Rabbi hat mich hergeschickt.«
»Und das ist alles?«, fragte Jankl. »Deshalb ...«
»Das ist alles?«, äffte Moische Jankl ächzend nach. »Du sollst Sarahs wegen zum Rabbi. Denn bin ich nun der Schadchen, he? Was glaubst du, wer sonst hier die Katzen übers Wasser kriegt?«
»Masel-tow, Jankl«, sagte David in die darauf plötzlich eingetretene Stille. »Ist das eine Partie, wie?«

Den Abend darauf war der Ehekontrakt zwischen Rabbi Jankovic und dem Schmuckmacher, Blecher und Schuster Jankl bereits ausgehandelt. Denn wer den Sohn eines Rabbis zum Schwiegersohn bekommen konnte, stellte keine Bedingungen. Er ging auf die Forderungen ein, solange sie nicht die Existenz der übrigen Familie gefährdeten.
»Morgen ist Aufzeichnung!«, platzte Jankl mit der frohen Botschaft in die Stube, wo die Familie schon am Abendbrottisch saß und zu essen begonnen hatte. »So ein Masel, was?«
»Tanzen müsstest du, Sarah, bei diesem Werk des Himmels«, sagte David, und Rebekka, seine Frau, schaute direkt ein wenig neidisch.
Zwar hatte sie die Söhne und ihre Schwester nur die Töchter, aber so eine Partie einmal für einen ihrer Söhne zu machen, dies wäre in etwa so, als würden Scholem oder Samuel die Tochter eines Industriellen heiraten. Was sehr unwahrscheinlich war. Denn das große Geld paart sich gewöhnlich mit großem Verstand, was heißt: Die Tochter

eines Industriellen heiratet den Sohn eines Rebben und die Tochter eines Rebben heiratet den Sohn eines Industriellen.
»Wir werden euch eine Hochzeit ausrichten, die niemand so leicht vergisst«, sagte Jankl und zog Sarah an sich. »Auch wenn wir nicht zu den Reichen zählen, wirst du dich deiner Familie nicht schämen müssen.«
Er streichelte ihr über das Haar und küsste sie auf den Kopf. Feierliche Stille herrschte im Raum, die Gesichter waren verklärt.
Einzig Lea, Sarahs Schwester, schaute zweifelnd und auch ein wenig verkrampft drein: Sie würde eine solche Partie nicht machen. Das würde Gott – gelobt sei er – ihrer Familie bestimmt kein zweites Mal gönnen.
Sarah indes saß schweigsam am Tisch und kaute gedankenverloren auf einem Stück Brot herum. Sie verzog keine Miene. Aber sie konnte das Gerede um ihre gute Partie nicht mehr hören. Seit gestern Abend überboten sich ihre Mutter und ihre Tante mit Schilderungen ihres künftigen »Königinnendaseins«. Ihre Münder quasselten mit der Behändigkeit von wuselnden Mäusen auf einem der Speicher. Ach, was für ein schöner Bräutigam, dieser Josua. Seine Augen, seine Stimme, sein Kopf! Edel wie eine Thorarolle. Wie schön die Kinder aussehen würden. Wie stolz sie sein würde und wie beneidet. Und vor allem, wie geliebt! Wo Josua sie doch jetzt schon begehre, geradezu krank sei vor Sehnsucht nach ihr, wie Moische angedeutet habe.
Jetzt waren Rebekka und Rifke erschöpft. Sie hatten Muskelkater in der Zunge, und ihre Hälse waren trocken, als hätten sie mit Kalk gegurgelt.
Sarah kaute. Dabei wurden ihre Augen immer mehr zu Schlitzen. Auf einmal begannen ihre Lippen zu beben. Sie

schob den Stuhl nach hinten, stand auf und warf ihr Haar nach hinten. Wie eine leidende Königin sah sie auf ihre Familie herab und sagte: »Ich mag ihn doch gar nicht. Wie kann ich ihn dann heiraten?«
Ihre Augen füllten sich mit Tränen.
Alles guckte überrascht. Leise äffte Lea die Bemerkung ihrer Schwester nach. Da begann erst David zu glucksen, dann Sarahs Vater, schließlich fielen deren Frauen ein. Selbst Scholem und Samuel ließen sich anstecken.
»Masel-tow, hat sie einen Humor, unsere Sarah!«, rief David und schüttelte den Kopf. »Ich aber auch. Kennt ihr den? Schmules Rochel ist unterwegs. Wird von ihrer Nachbarin gefragt: Warum so eilig, Rochele? Ich muss zum Arzt, ruft sie. Mein Mann gefällt mir irgendwie nicht. Sagt die Nachbarin: Ach ja! Dann laufe ich gleich mit dir. Meiner gefällt mir nämlich auch nicht.«
Kein Auge blieb nach diesem Witz mehr trocken.
Die meisten Tränen aber vergoss Sarah.

Erstes Kapitel

Gregor Nikolajewitsch sah im gleichen Maße gut aus, wie sein Charakter schlecht war. Wären nicht die schief gelatschten Soldatenstiefel und der zerschlissene Armeemantel mit den Unteroffiziers-Epauletten gewesen – man hätte ihn mit seinem kantigen Gesicht, dem Schnauzer und dem seidig glänzenden Haar für einen ungarischen Edelmann halten können, der gerade die dreißig erreicht hatte.

Er saß im Zug und schlief, auf den Lippen ein seliges Lächeln. Doch auch wenn er mit wachen Augen in die vorüberziehende Landschaft blickte, strahlte sein Wesen nichts Böses oder Gefährliches aus. Selbst seine Hände, die bekanntlich viel über den Charakter eines Menschen verraten, waren anziehend: wenig behaart, kräftig, aber schlank, mit makelloser Haut und blitzsauber.

Andächtig gefaltet lagen sie in seinem Schoß, während der Zug sich dem Bahnsteig näherte. Es war die letzte Station vor dem ukrainischen Provinzstädtchen Njeschin, dem Ziel seiner Reise. Vor knapp zwei Stunden war er in Kiew in den Zug gestiegen, zusammen mit einem Dutzend anderer, die ebenfalls das Pogrom mitmachen wollten.

Mit ohrenbetäubendem Kreischen und einem heftigen Ruck kam der Zug zum Stehen. Gregor Nikolajewitsch war sofort hellwach, schien nicht im Geringsten benommen. Weder gähnte er, noch streckte er die Glieder, nur

sein Lächeln war verschwunden. Ein abschätziger Ausdruck spielte um seinen Mund, und die gerade noch gefalteten Hände verwandelten sich in kampfbereite Pranken, die das verrußte Abteilfenster wütend herunterrissen.
Beim Anblick der Menge, die in die Dritte-Klasse-Wagen stieg, verzog sich sein schönes Gesicht zu einer üblen Grimasse.
»Hat mich denn Gott auserwählt, der Hund zu sein?«, schnauzte er auf den Bahnsteig. Seine blauen Augen funkelten, und seine Stimme war heiser vor Hass. »Man glaubt's nicht! Als ob es gegen Odessa geht! Wir sind zu viel! Beißen uns nachher wie die Ratten tot! Begreift das doch! Njeschin reicht nicht für alle!«
Gregor Nikolajewitsch wünschte alle zur Hölle und riss das Fenster wieder hoch. Er sank auf die Lederbank seines Zweite-Klasse-Abteils und strich sich fahrig über den Schnauzer. Wäre er nicht allein im Abteil gewesen, er hätte sich kaum anders benommen. Er war selbstbewusst. Denn so zerschlissen sein Uniformmantel und so alt seine Soldatenstiefel auch waren, er gehörte zu den Helden des Russisch-Türkischen Krieges. 1877, vor sieben Jahren, war er beim Sturm auf die Türkenfestung Plewna dabei gewesen. Die Generäle wollten sie Zar Alexander zum Geburtstag schenken, ohne Rücksicht auf Verluste. Fünfzehntausend Tote und unzählige Krüppel hatte der Angriff gekostet. Er, Gregor Nikolajewitsch gehörte zu den wenigen, die Glück gehabt hatten. Außer ein paar Granatsplittern im Bauch, einem aufgerissenen Oberschenkel und dem Verlust seiner Zeugungsfähigkeit hatte er keine schlimmeren Blessuren davongetragen. Die waren jetzt sein Kapital. Zar Alexander nämlich hatte allen Invaliden dieses Geburtstagsangiffs

eine lebenslange Rente ausgesetzt. Und die war immerhin so hoch, dass man mit nur einem Vierteljahr zusätzlicher Arbeit bereits sein Leben meistern konnte.
Da kamen Gregor Nikolajewitsch die Judenpogrome gerade recht. Sie brachten dieses Jahr das fehlende Geld. Was er bei ihnen bislang erbeutet und verkauft hatte, war mehr, als er beim Eisenbahnbau hätte verdienen können.
Der Zug rollte wieder an, niemand war ins Abteil gekommen. Gregor Nikolajewitsch entspannte sich. Er schlug die Beine übereinander, seufzte zufrieden auf. Mit dem Verebben der Wut kehrte eine aristokratische Überlegenheit zurück, ein anderer Wesenszug, der ohne genealogische Wurzeln war und dennoch für ihn einnahm, so natürlich wirkte diese ihm eigene, elegant-gleichmütige Haltung. Sie war, und das wussten nur wenige, die ihn kannten, eine besondere Facette, wohl die schönste seiner vielschichtigen Persönlichkeit.
Mit der zerlumpten Bahnsteigmeute, die jetzt bei den Krawallmachern im letzten Wagen war, hatte er nichts gemein. Und auch wenn er dasselbe Ziel und das Gleiche vorhatte wie sie: mit ihnen in einem Atemzug genannt zu werden, hätte er bei aller Berechtigung als Beleidigung empfunden. Denn die Krawallniki in der dritten Klasse stanken sauer, waren allesamt Analphabeten und trieben es mit Weibern, die nichts dabei fanden, im Stehen zu urinieren.
»So, nun bist du auch das letzte Stück noch allein, Nitschko«, sagte er leise zu sich selbst.
Stirnrunzelnd schaute er auf seine Fingerspitzen und griff dann in die Manteltasche. Der Schluck Wodka, den er sich genehmigte, war nicht groß. Aber er wurde mit Kennermiene genossen.

»Njeschin also.«

Die wievielte Aktion war es? Gregor Nikolajewitsch zählte in Gedanken die Städte auf, in denen er vor Jahren dabei war: Ananajew, Smjela, Pernislaw, Jelisawetgrad und Odessa am Schwarzen Meer. Noch einmal griff er zur Zeitung und las den entsprechenden Aufruf mit demselben Behagen wie die Intelligenzija-Gedichte Puschkins.

Stadtverwaltung und Kirche hatten zum Njeschiner Pogrom gewissermaßen »eingeladen«. Beamte wie Popen waren zu der Überzeugung gelangt, auch in ihrem Gouvernement müsse endlich wieder »etwas getan« werden, die Zeit sei reif. Sie argumentierten, die »nicht unüblen« Erfahrungen, die die Nachbargouvernements Cherson, Kiew und Podolien einst mit den Pogromen gemacht hätten, kämen gewissermaßen einer Verpflichtung gleich, diesen »Vorbildern« zu folgen. Njeschin werde für das Gouvernement Tschernigow daher die Vorreiterrolle übernehmen. Wozu allerdings die Hilfe der Nachbarstädte nötig sei. Denn die Anzahl der einheimischen »Judenfresser« reiche nicht aus, um die Plagegeister Russlands wirklich zu beeindrucken.

An allen Aktionen gegen die Juden hatte Gregor Nikolajewitsch bislang verdient. Als »Reisender in Sachen Pogrom« stellte er sich dem Zugpersonal vor, das angewiesen war, jeden Bürger der unteren Klassen zu registrieren, der die Gouvernementsgrenzen überschritt. Eine Anordnung der Ochrana, der russischen Geheimpolizei, die damit Nihilisten ausfindig machen wollte. Denn die hatten unter Beteiligung jüdischer Terroristen, wie jeder wusste, Zar Alexander ermordet. Deshalb die Pogrome. Die Regierung hatte ihre Sündenböcke und konnte damit von der politischen

Unzufriedenheit und der wirtschaftlichen Not der verarmten Massen ablenken.

»Na, mein Schätzchen«, flüsterte Gregor Nikolajewitsch, während er mit seinem Krummdolch das ohnehin Weiße seiner Fingernägel zusätzlich bleichte. »Ob du wohl wieder was Properes herauslockst für mich? Ein, zwei Seidenkaftane vielleicht? Ein paar Ellen Tuch, eh? Oder vielleicht eine Perlenkette, oder welche von diese schejne silberne Schabbesleuchter? Oh waj! Oh waj!«

Gregor Nikolajewitschs Stimme, zunehmend getönt von der Gier nach kostbarem Gut, überschlug sich vor Vergnügen. Kaum etwas konnte er so gut imitieren wie die Entsetzensrufe der Juden. Übermütig stach er ein paar Mal in die Luft und bleckte die Zähne.

»Ob du das jemals vergessen kannst, Nitschko? Odessa? Wo du in der Moldavanka in den Keller bist? Und dort das Niesen gehört hast?«

Gedankenverloren strich er mit der Klinge über seinen Schnauzer, den Mund verführerisch geöffnet, als erwarte er einen Kuss. Zu gerne erinnerte er sich an das Haus mit dem leeren, frisch gekalkten Keller. Unter einer Schütte Stroh verborgen lag eine Bastmatte, die den Zugang zu Odessas Katakomben verdeckte. Die Familie eines Rebben hatte sich dort versteckt. Ihr Unglück war, dass ihnen auf der Flucht die Petroleumfunzel ausgegangen war. Aus Angst, sich in dem Höhlenlabyrinth zu verirren, waren sie nur bis zur nächstbesten Vorratshöhle gelaufen, kauerten zwischen Säcken mit Nüssen, Getreide und zahllosen Gemüsekörben.

»Oh waj, oh waj? Solche Angst?«

Das Gesicht der Rebbezen, der Frau des Rebben, war tränenüberströmt, der Rebbe dagegen bewegte sich ruckartig vor und zurück und murmelte Gebete. Gregor Nikolajewitsch wusste, je heftiger das Schaukeln war, desto dringender die Bitte. Aber wer hatte geniest? Ein Mädchen von vielleicht sieben Jahren. Ihr älterer Bruder drückte ihr die Hand vors Gesicht, so kräftig, dass ihm der Rotz seiner Schwester zwischen den Fingern herausquoll.

»Ich tue euch nichts! Gebt mir etwas Schönes in meinen Sack, dann geh ich wieder.«

Die Rebbezen zeigte auf die Lebensmittel und riss sich ihren schwarzen Seidenumhang von den Schultern. Er hatte ihn mit beifälligem Brummen in seinen Sack gestopft und darauf nichts weiter machen müssen, als bloß zu gucken: erstaunt, enttäuscht, fordernd. Also griff die Rebbezen in die Schürze und wühlte Münzen hervor. Schon viel besser. Trotzdem: »Mehr nicht?«

Gregor Nikolajewitsch hatte seinen zynischen Tonfall genau im Ohr und schloss die Augen. Bedächtig erzählte er sich den Schluss seiner Erpressung.

»Da hast du dein Schätzchen gezogen, dem Söhnchen die Klinge an den Hals gesetzt und wieder gefragt. Und da begann die Rebbezen zu buddeln. Mit bloßen Händen. Wie ein Hund nach dem Kacken. So eine schejne Schabbesleuchter!«

Voller Inbrunst beschwor er jenen »schejnen Schabbesleuchter« und sah für eine kurze Weile nach draußen. Schließlich hauchte er auf den Ebenholzgriff seines »Schätzchens«, in dessen Schwarz ein Halbmond aus Perlmutt schimmerte. Der Dolch war seit Odessa sein Talisman und seine Klinge so scharf, dass er sich mit ihr rasieren konnte.

Gregor Nikolajewitsch hätte sich gerne weiter dieser Art von Tagträumen überlassen, doch auf einmal drängte sich ihm ein anderes Bild auf. Dazu hörte er die matte Stimme einer sterbenden Frau. Verdrossen steckte er seinen Dolch weg. Seine Augen blieben an den Stiefelspitzen hängen, verloren ihren Glanz, wurden stumpf. Auf den Tag genau vor einer Woche saß er in ähnlicher Haltung am Totenbett von »Matuška mama«, »Mütterchen Mama«, seiner Stiefmutter. Der Frau, die ihm in Kindesjahren die leibliche Mutter genommen hatte, noch während diese blutspuckend an der Schwindsucht dahingesiecht war.

Für ihn war ihr Tod eigentlich ein schöner Tag, der ihm große innere Genugtuung bereitete. Denn seine Stiefmutter war alles andere gewesen als ein »Mütterchen Mama«. Sie hatte ihn gequält und ausgenutzt. Und das allein deshalb, weil sie seinem Vater nicht einmal ein Töchterchen hatte schenken können, wie sie ihm letzte Woche auf dem Totenbett gestand. Nächtelang hatte er mit ihr »Dame« und »Sechsundsechzig« spielen müssen, denn »Mütterchen Mama« litt fortwährend unter Schlaflosigkeit. Tagsüber rauchte sie Opium, das sie vom Juden kaufte. Um sich zu entspannen, wie sie sagte. Rauchte sie, war sie friedlich. Ihre Lust, zu demütigen und zu quälen, nahm mit nachlassender Wirkung des Rauschgiftes zu. Und die Nächte, im nüchternen, unzufriedenen Zustande, dienten allein dem Hochgefühl, einen Heranwachsenden vom Schlaf fern zu halten. Und dann war da noch etwas, das ihm die Qual des nächtlichen Kartenspiels aufzwängte: Er musste spielen – spielen, um sein seelisches Heil zu retten. Die hässlichen Hände seiner Stiefmutter hatten schon bald begonnen, Schenkel und Pobacken zu umkreisen, seinen Nacken wie

Krebsscheren zu umklemmen und sein Geschlechtsteil bei jeder sich bietenden Gelegenheit aus stechenden Augenschlitzen heraus anzulüstern. Es war eklig, und ihm wurde mehr als einmal übel davon. Doch er schwieg. Jahrelang. Hätte er nachts nicht gespielt, hätte er Dinge tun müssen, die nichts als bedrohlich und widerwärtig gewesen wären. So fügte er sich lieber ins Zweitschlimmste. Alles andere hätte sein Vater ihm ohnehin nicht geglaubt, denn »Matuška mamaša« war teuflisch verlogen und hätte die ganze Geschichte einfach umgedreht – was ja bekanntermaßen viel glaubhafter gewesen wäre. Ein paar Andeutungen nur hätten genügt, und sein Vater hätte ihn bewusstlos geprügelt.

Warum aber hatte seine Stiefmutter begonnen, Opium zu rauchen? Um sich besser zu entspannen, wie sie behauptete. »Damit mein Bauch seinen Widerstand aufgibt und endlich ein Kind in ihm wächst.«

Aber »Matuška mamaša« rauchte immer mehr Opium, suchte immer länger Trost im Rausch. Und weil der Vater, ein Eisenbahnbauer, oft wochenlang von zu Hause wegblieb, wurde das Geld knapp. Der Haushalt blieb liegen, es gab kaum etwas zu essen. »Mütterchen Mama« aber war zu stolz, anschreiben zu lassen, das Geld kassierte der Jude fürs Opium. Seinen Vater beeindruckte dieses angeblich ordentliche Wirtschaften. Denn er war geizig wie im Sprichwort. Und weil »Matuška mamaša«, wenn er wieder zu Hause war, nichts lieber machte, als für ihn die Beine breit, war er glücklich mit seiner zweiten Frau.

Irgendwann begriff Gregor, dass er der geistbenebelnden Droge dankbar sein musste. Sie brachte seiner Stiefmutter Frieden und ihm schließlich den ersehnten Schlaf. Und so ebbte sein Hass gegen die Juden allmählich ab. Bei den Pogromen im Jahr '81 verging er sich an ihnen ohne direkte körperliche Gewalt, gleichwohl betrachtete er es als sein gutes Recht, ein klein wenig Rache an ihnen zu nehmen. Er nahm ihnen ja nur wieder weg, was seine Stiefmutter ihnen zu viel bezahlt hatte. Und schüchterte sie ein für den Hunger, den er damals gelitten hatte.

»Nitschko, du darfst sie hassen«, beschwor ihn auch »Matuška mamaša«, als sie sich schon längst mit dem Sterben abgefunden hatte. »Aber nie mehr mit deinen Händen. Versprich es! Versprich das deinem Mütterchen Mama, der alles Leid tut. Schwör es.«

Gregor Nikolajewitsch klang der flehentliche Ton nicht weniger deutlich im Ohr als das Angstgeschrei der Juden. Brav hatte er zur Bekräftigung seines Schwurs »Mütterchen Mamas« Christusikone geküsst – doch dies brachte ihn jetzt in Bedrängnis. Denn Gott schon nach einer Woche zu hintergehen, so etwas wagte ein guter Russe nicht. Erst recht nicht, wenn man Plewna überlebt hatte und dem Gottessohn eine Rente verdankte. Was bedeutete, dass es diesmal beim Zuschauen bleiben musste – wobei immer noch genügend abfallen konnte. Die aus den Fenstern geschmissenen Bettdecken und Bücher zum Beispiel würden auf jeden Fall so viel Geld bringen, dass dies den Preis der Zugfahrkarte wieder hereinbrachte. »Mütterchen Mama« und Christus würden dann beide ein Auge zudrücken. Schließlich, so beruhigte sich Gregor Nikolajewitsch, ging es nur gegen die Juden.

Trotzdem packte ihn der Ekel, als er sich vorstellte, wie er sich mit dem gemeinen Mob um ein paar Bettdecken zankte.

Voller Abscheu spuckte er auf den Boden des Abteils und griff wieder nach seinem Dolch, um sich damit über den Schnauzer zu streichen. Seinem »Aristokratengesicht«, wie »Mütterchen Mama« einmal im Opiumrausch gefaselt hatte, stehe dieser Schnauzer so gut wie einer Prinzessin das Diadem. Ihm selbst war jedes Härchen so kostbar wie eine Kopeke. Er fühlte sich mit seinem Schnauzer als Weltmann, während andere Russen ihre Würde mit Bärten demonstrierten, in die man hätte Säuglinge wickeln können. Manchmal stellte er sich tatsächlich vor, er wäre von Adel. Mit deinem Charisma könntest du bei den reichen Töchtern Russlands Karriere machen, sagte er gerne, wenn er in den Spiegel guckte. Zuweilen blickte ihm daraus auch ein verblasstes Mädchengesicht aus frühen Tagen entgegen. Ein fröhliches Gesicht, herausfordernd und stolz zugleich. Tatjana!

Sie war seine erste und noch immer einzige wirkliche Liebe. Wenn sie ihm in den Sinn kam, empfand er sekundenlang Wärme um sein Herz. Aber natürlich ging das Leben weiter. Die Frauen wechselten sich ab. Bislang konnte ihn keine lange halten.

Wer wohl die nächste sein würde?

Gregor verzog den Mund. Sein aristokratisches Gesicht hatte ihm bislang nichts genutzt.

»Wenn du außerdem noch etwas anzubieten hättest, würdest du dein Glück schon machen, Nitschko. Nur, was? Was?«

Gregor Nikolajewitsch rief dieses »Was« so ohnmächtig ins Abteil, als bekäme er vom Gutsbesitzer die Knute.

Wenige Minuten später fuhr der Zug in Njeschin ein.

Samuel und Scholem, die beiden Söhne des Stellmachers David Wichnitzer, waren die Ersten, die aus dem düsteren Chejder-Schulzimmer herausstürmten.

»Volle Sabbattische wünsch ich allen!«, rief Scholem laut, um seinem Melamed eins auszuwischen. Das ging am einfachsten, indem man den Lehrer dort packte, wo er am verwundbarsten war: beim Geld. Von dem konnte ein Melamed nämlich nur träumen. Was er für seinen Unterricht bekam, war meist so wenig, dass es am Sabbat oft nur für Brot und Fisch reichte, nicht mehr für Fleisch und Wein und den in Njeschin üblichen Rosinenkuchen.

Wenn solch ein Sabbat vor der Tür stand, war der Melamed besonders grob. Dann schlug er so schnell zu, als seien die Schüler lästige Fliegen. Scholem hatte Ohrfeigen bekommen, sein Bruder Samuel sogar die siebenschwänzige Katze. Der eine, weil er im Faikro, Moses drittem Buch, die verschiedenen Strafen der fünf Flüche Gottes nur stockend herbeten konnte, der andere, weil er unzweideutig gespaßt hatte, dem Melamed eine seiner fetttriefenden Schläfenlocken abzuschneiden.

Doch für diese Woche war der Chejder aus und damit alle Schläge so gut wie vergessen. Scholem und Samuel winkten ihren Freunden zu und rannten los – aber nicht, wie gestern, zum Tümpel, wo sie den Kaulquappen zugeschaut hatten, sondern nach Hause. Dort wartete Besseres auf sie. Großvater hatte nämlich gestern Abend einen Stallhasen mitgebracht, der jetzt gefüttert werden sollte. Ein richtiges Schmusetier, das Scholem und Samuel genauso leidenschaftlich in ihr Herz geschlossen hatten wie Lea und Sarah, ihre älteren Cousinen. Letzte Nacht hatten die Jungen den Käfig mit ans Bett nehmen dürfen, heute waren die

Mädchen an der Reihe. Immer abwechselnd, wie der Großvater lächelnd bestimmt hatte – so lange, bis das »Jossele« eben an seinen Ort käme.

»Jossele! Jossele!«

Scholem hatte seinen jüngeren Bruder abgehängt und war völlig außer Atem, als er durch die düster-modrige Gasse rannte, die zum Garten führte. Er konnte nicht anders, er musste einfach der Erste sein, der das Jossele auf den Arm nahm. Nur noch ein paar Schnaufer, dann war es so weit. Scholem schlitterte um die Hausecke, sprang über das Kartoffel- und Rübenbeet und war zwei Sätze später vor Josseles Stall, einem an die Hauswand genagelten Brettkasten mit dicker Strohschütte.

Das Jossele aber saß nicht darin.

Die Enttäuschung und der Seelenschmerz waren so groß, dass Scholem glaubte, in seinem Bauch explodiere glühende Kohle. Verzweifelt rief er nach seiner Mutter. Samuel kam herangestürmt. Mit schreckgeweiteten Augen starrte er in den leeren Käfig, begann ein paar Mal zu schlucken und brach dann in Tränen aus.

»Jossele! Mama!«

»Samuel! Scholem! Die Mama ist noch nicht aus der Mikwe zurück. Ja? Kommt aber gleich. Nicht weinen.«

Die Stimme kam aus dem oberen Stock eines der beiden dreigeschossigen Steinhäuser, zwischen die das Fachwerkhaus von Scholems und Samuels Familie gequetscht war. Rahel, die korpulente Frau des Wein- und Wollwarenhändlers Jizchak, wrang gerade einen Lappen aus: Schabbesputz. Die Frauen des Schtetls fuhrwerkten mit aufgekrempelten Ärmeln und Kopftuch umeinander, schrubbten Fußböden, wischten Möbel ab und wechselten Handtü-

cher und Bettwäsche. Oder sie waren beim Backen der zweizopfigen Challe-Brote, kneteten Nudelteig, schuppten Fische, nahmen Hühner aus, putzten Gemüse.
Scholems und Samuels Mutter hatte sich noch Zeit für die Mikwe genommen, das rituelle Untertauchen im heiligen Wasser, sieben Tage nach dem Ende der Regel. Als gute Mama hatte sie das Geschrei ihrer Söhne vorausgesehen und Rahel darum gebeten, ihre Söhne ein wenig zu trösten.
»Ja, aber das Jossele!«, rief Scholem trotzig.
»Das Jossele! Sarah und Lea haben es doch auch lieb.«
Die Miene der Jungen änderte sich blitzartig. Auflehnung und Wut malten sich auf ihre Gesichter, Scholem ballte die Fäuste.
»Wir tun sie kitzeln, bis sie blau werden!«, stieß er hervor und schaute seinen Bruder herausfordernd an. »Ich die Sarah und du die Lea.«
Samuel nickte. Mit gesenkten Köpfen und vorgeschobener Unterlippe trabten die Brüder los. Wohin? Erst einmal zur Mikwe. Denn wahrscheinlich wollten Sarah und Lea ihre Tante dort abholen.

»Da sind sie!«
Samuels Stimme überschlug sich. Sein Finger flog so heftig nach vorne, als könne er damit schießen. Und tatsächlich: die Cousinen steckten mitten drin im Gedränge von Lumpensammlern, Handkarren, Kindern, gebückten Bäuerinnen, schwarzen Kaftanen und Frauen mit Kopftüchern aller Farben. Die von hinten einfallende Sonne ließ Sarahs weißes Baumwollkleid hell aufleuchten, hob sie wie einen Engel aus der Menge. Lea, ihre kleinere und jüngere Schwester, schleppte eine Schütte, in der sich irgendwel-

ches Grünzeug türmte. Sie gingen nebeneinander, und es war ein kleines Wunder, dass jeder den beiden Mädchen auswich. Lea lief mit zur Seite gedrehtem Kopf, Sarah hielt den ihren nach unten gedrückt. Sie hatte sich das Jossele an die Brust gekuschelt, schnoberte über sein Fell und versuchte, die Löffel des Tiers mit der Stirn zu streicheln.
Scholem und Samuel kannten kein Halten mehr. Ohne länger nachzudenken, rissen sie sich die Sandalen von den Füßen und stürzten los. Sie hörten und sahen nichts mehr, hatten nur noch ihr Jossele im Kopf. Es war ihnen egal, dass der Sand unter ihren Fußsohlen feucht von Hunde- und Pferdepisse war und in den milchigen Pfützen, in die sie traten, Fischschuppen schwammen. Sie hatten auch keine Nase für den süßen Duft der Challe-Brote, oder die gebratenen Hühner, die die Mägen aller jüdischen Schnorrer heute besonders laut knurren ließ. Selbst die ungewöhnlich vielen fremden Männer, die vorne aus der Bahnhofsstraße kamen, waren ihnen keinen Blick wert. Dass einer von ihnen seine leere Branntweinflasche in ein Schaufenster warf, hinter denen der Vater eines ihrer Freunde sein Tuchgeschäft hatte: es war nichts Ungewöhnliches. So etwas erzählte man sich alle paar Wochen immer mal wieder, schließlich war man Jude.
Wichtig für Scholem und Samuel war einzig: die Cousinen waren auf dem Weg zur Mikwe. Und zu der war es nicht mehr weit. Nur noch diese Straße hinunter, dann an der Kreuzung, wo das Kaffeehaus lag und Feiwel, der Delikatessenhändler, sein Geschäft hatte, ein kleines Stück rechts.
»Jossele!«
Hätte Samuel nicht gerufen, die Cousinen hätten nichts gehört. Ohne sich umzublicken, begannen sie zu laufen. Die

Mikwe war nur noch wenige Schritte entfernt. Wenn nur die Holzpantinen leichter wären und nicht so schlupfen würden! Lea begann zu jammern, Sarah wies sie zurecht. Doch auch sie wünschte sich andere Schuhe und einen anderen Kittel. Ob sie damit wirklich bis zur Hochzeit würde warten müssen? Sarah entschied, dass ihre neuen Schuhe zum Schnüren sein müssten und der Kittel auch kein Kittel zu sein habe, sondern ein Kleid. So eins, wie die Damen es in den großen Städten trugen. Mit einer großen Perlenkette. Dazu das Haar hoch gesteckt und einen Sonnenschirm in der Hand, die Lippen rot geschminkt, eingehüllt in den Duft eines edlen Parfums.

Derweil verlor Lea immer mehr von Josseles Löwenzahnblättern. Sarah sah sich um, spürte die stampfenden Füße der Jungen. Scholem und Samuel waren neun und zehn, sie noch fünfzehn, Lea zwei Jahre jünger.

»Wovor fürchten wir uns eigentlich?«, rief sie und drückte das Jossele so fest an sich, dass Lea Angst bekam, ihre Schwester könnte es erdrücken.

Sarah blieb mitten auf der Kreuzung stehen und schleuderte mit einer heftigen Bewegung des Kopfs ihr langes pechschwarzes Haar nach hinten. Lea aber zog sie am Kittel, wobei ihr die Schütte gegen das Schienbein schlug. Sie strauchelte, rempelte ihre Schwester an und stieß sie damit Gregor Nikolajewitsch vor die Füße.

»Es gehört uns!«, hörte Sarah Scholems atemlose Stimme.

»Es ist meins!«

»Aber meins auch!«

Das war Samuel.

»Von wegen. Mir gehört das Viech!«

Eine solch höhnische Stimme hatte Sarah noch nie gehört,

und noch bevor sie ihr Gleichgewicht wieder fand, packte die Hand zu und riss ihr das Jossele von der Brust weg.
»Klaut ihr Juden die Karnickel, um sie zu essen oder zu quälen?«
Entsetzt schauten die Kinder den Fremden an. Sein markantes Gesicht mit dem gepflegten Schnauzer wirkte eher belustigt als brutal. Aber umso grausamer sah es aus, wie er das Jossele hielt: Am Genick gepackt, strampelte es mit langen steifen Pfoten hoch in der Luft und begann vor Angst zu pinkeln.
Gregor Nikolajewitsch lachte lauthals los und begann den Hasen zu schütteln – so lange, bis kein Tröpfchen mehr aus ihm herauskam.
»Lieber Onkel, tu ihm nichts. Bitte!«
Sarah hatte den Bann gebrochen, und sofort fielen auch die anderen ein. Alle durcheinander bettelten sie um Gnade für das Jossele. Samuel erklärte treuherzig, das Jossele sei nur zum Spielen, weil man es seiner nicht ganz durchgespaltenen Klauen wegen nicht essen dürfe. Gregor Nikolajewitsch aber hörte gar nicht hin. Unbeeindruckt hielt er sich den Hasen vors Gesicht und pustete ihm seinen Branntweinatem in die Augen.
»Wo gefällt's dir besser, Lümmelmann: bei mir, einem anständigen Russen, oder bei den Juden, die dich unrein finden? Als Antwort darfst du diesmal scheißen.«
Aber das Jossele tat auf einmal gar nichts mehr. Es hing völlig steif an Gregor Nikolajewitschs Hand. Nur sein Genickfell wurde länger und länger.
»Gib's jetzt zurück, Onkel!«
Gregor Nikolajewitsch schaute Sarah irritiert an. Er hatte den sinnlichen Tonfall einer jungen Frau und nicht das

Stimmchen eines halbwüchsigen Mädchens im Ohr. Dazu ihr gebieterischer Unterton – Gregor Nikolajewitsch kam sich vor wie verzaubert. Er sah in ein paar Augen, die ein unergründliches Licht und eine hypnotische Kraft ausstrahlten. Sarah streckte ihr Kinn vor und atmete so tief ein, dass sich die Knospen ihrer Brüste unter dem Kittel abzeichneten. Ihre Lippen waren voll und glänzten. Gregor bekam Lust, Sarah zu küssen. Für einen winzigen Augenblick packte ihn rasendes Begehren – da war der Zauber verflogen und machte einer sinnlosen Wut Platz. Er schlug einfach zu, irgendwohin und traf Scholem so heftig am Kopf, dass diesem Sterne vor den Augen tanzten. Scholem schrie auf, mehr vor Schreck als vor Schmerz, Samuel und Lea begannen zu weinen.

»Höre doch, Herr! Mach, dass es aufhört!«

Es war so schnell dahingesagt, dass Sarah befürchtete, Gott könnte ihren Hilferuf überhört haben. Trotzdem fasste sie zu. Mit beiden Händen. Zog an Gregor Nikolajewitschs Hand, als wäre es die des Großvaters, den sie zum Spielen wegziehen wollte. Und tatsächlich: Die Geste wirkte so mächtig und anrührend, dass Gregor Nikolajewitschs Wut augenblicklich erlosch. Seine Hand wurde weich, die Finger entkrampften sich.

»War nicht so gemeint. Keine Angst«, brummte er versöhnlich. Das Jossele plumpste in Scholems Arm.

Lächelnd schob Gregor Nikolajewitsch Sarah zur Seite und ging seines Wegs. Nach wenigen Schritten drehte er sich noch einmal um und winkte.

Die Kinder sahen ihm verdattert hinterher, nur Sarah nicht. Sie wischte Samuel mit ihrem Ärmel die Tränen aus dem Gesicht und sammelte ein paar Löwenzahnblätter auf.

Das schönste davon hielt sie dem Jossele vor die Nase. Doch das wollte gar nicht fressen. Stattdessen tat es etwas anderes:
»Es … Jossele kackert!«
Scholem musste sich beherrschen, ihr aller Jossele nicht einfach fallen zu lassen. Aber dieses Malheur war ihm doch so zuwider, dass er den Hasen schnell Samuel in die Arme drückte. Der wollte ihn jetzt aber auch nicht mehr haben und reichte ihn Lea weiter – und bekam dafür wie sein Bruder eine Ohrfeige von seiner Mama. Sie kam gerade aus der Mikwe und duftete noch nach Seife und Öl. In Gedanken war sie dabei gewesen, für ihren Mann und die beiden Söhne die Schabbes-Kleidung zusammenzustellen, da hatte sie Scholems hässlichen Ausruf gehört. Dass ausgerechnet ihre Söhne sich vor aller Augen von einem Karnickel beschmutzen ließen, war für sie eine Blamage sondergleichen. Und das am Vorabend des Sabbat.
»Scholem, Samuel! Ihr geht nach dem Bad in die Mikwe. Und jetzt kommt.«
Rebekka Wichnitzer hatte gesprochen. Sie war der Hausvorstand, die Seele der Familie. Stolz ging sie vorneweg, immer mit einem Ohr bei den Kindern. Sie freute sich auf die bevorstehende Nacht. Sich am Vorabend des Sabbats lieben zu dürfen war schon Glück. Aber ein Segen war es, wenn dies in den ersten wieder koscheren Stunden geschah. Denn da war die Lust nicht nur am größten, sondern auch die beste Zeit zu empfangen. Gott würde ihr bestimmt einen dritten Sohn schenken. Und ihre Schwester Rifke sich das Haar raufen vor Neid.

Je näher Gregor Nikolajewitsch dem Marktplatz kam, umso lauter wurde das Gelärme der Krawallmacher. Er blieb stehen und lauschte, versuchte abzuschätzen, wie viele es diesmal sein würden. Ausgiebig strich er seinen Schnauzer, verzog angewidert das Gesicht. Er verabscheute den Geruch von kokelndem Holz, verbranntem Fett, Zwiebeln, Knoblauch und Tabak – der immer gleiche Gestank sich versammelnder Massen.
Auf dem Njeschiner Marktplatz überkam ihn dann das Elend. In die verpesteten Schwaden mischte sich Branntweindunst und Uringestank: Die Menschen lungerten zu Dutzenden auf dem Markt herum, noch viel mehr, als er befürchtet hatte. Proletenvolk mit Knüppeln, Brecheisen und Schlagringen, größtenteils betrunken. Es pöbelte sich mit überschnappenden Stimmen gegenseitig an, wartete ungeduldig auf den Einbruch der Dämmerung.
Gregor Nikolajewitsch sah, dass er unter das niederste Lumpenproletariat geraten war. Njeschin und seine umliegenden Dörfer hatten es hierhin ausgespien. Von den Großgrundbesitzern, Fabrikanten und Eisenbahnbauern ausgebeutete Landleute und Arbeiter, denen die Juden mit ihren Wucherpreisen angeblich die letzten Kopeken abnahmen.
War Russland wirklich so arm?
Gregor Nikolajewitsch fand keinen Mantel ohne Löcher, keine Hose, die nicht über dem Knie mehrfach geflickt war. Die schmutzig grauen Hemden endeten unter dem Gürtel in zerrissenen Lappen und waren am Bund völlig zerschlissen. Stiefel waren so weit aufgeplatzt, dass man die Fußlappen sehen konnte, aber viele hatten nicht mal das: die Bosjaken oder Ärmsten der Armen, deren

nackte Füße sich nicht mehr vom Dreck der Straße unterschieden.
Wenn sie nicht gerade wieder die Flasche ansetzten, vertrieben sie sich die Langeweile mit Schaukämpfen oder tänzelten um das behäbigere Landvolk herum, um es zu provozieren. Doch das hatte nur Spott für diese Rangeleien übrig. Und gutmütig, wie es eigentlich war, warf es ihnen ab und an ein paar Brotbrocken zu.
»Das ist doch immer noch die schönste Solidarität. Weil ehrlich, die, die wenig haben, geben denen, die nichts haben. Die Bosjaken kriegen was in den Bauch, damit sie nachher überhaupt durchhalten, und dem Landvolk hier macht der Fusel die Faust mal so richtig hart.«
Der das sagte, war ein Mann mit gepflegtem Vollbart und wässrigen blauen Augen, von denen das rechte etwas größer war als das linke. Ein Beamter, Studierter, Reicher, einer von denen, die sich für die Juden als Sündenböcke ausgesprochen hatten. Ein Hauch von süßem Tabak und Eau de Cologne umwehte ihn, passte perfekt zu seiner schlanken Gestalt und dem neuen Gehrock. Er kaufte dem Zeitungsjungen die Zeitung ab, die dieser gerade Gregor hinhielt.
»So kann man es sehen«, sagte Gregor gedehnt und betrachtete das untertassengroße Messingschild um den Hals des Zeitungsjungen, auf dem die Erlaubnisnummer für dessen Gewerbe eingraviert war. »Krawall zu machen ist das beste Mittel, wenn das Gemüt unter Druck steht. Vielleicht nicht unbedingt fein, aber unter den gegebenen Umständen gerecht. In der Neuen Zeitung schreiben sie ja nicht umsonst, dass die Juden nicht nur geholfen haben, unseren Zaren zu ermorden, sondern sie jetzt mit den Nihilisten

planen, alles, was Rang und Namen hat, in die Luft zu jagen.«

»Das klingt beinahe, als sympathisierten Sie mit dem Pack. Was ich Ihnen natürlich nicht unterstelle.«

Der Mann musterte Gregor Nikolajewitsch zuerst wenig freundlich, dann lächelte er überlegen und geringschätzig. Gregor hätte am liebsten seinen Krummdolch gezogen. Solche Männer wie du sind das Unglück Russlands, nicht die Juden! schrie er im Stillen. Aber er wusste, dass er sich beherrschen musste. Denn der Mann, das sagte ihm sein Instinkt, hatte die Macht, ihn als Sympathisanten von Nihilisten und Revolutionären zu denunzieren. Er wäre seinen Ausweis los, würde Polizeipapiere bekommen, das Vertrauen der Behörden verlieren und wäre damit den Juden gleichgestellt. Beim geringsten Vergehen drohte dann Haft oder Sibirien.

»Ich ein Sympathisant? Was glauben Sie, warum ich hier bin! Extra aus Kiew angereist!«

Gregor Nikolajewitsch gab sich leutselig und genehmigte sich demonstrativ einen großen Schluck Wodka. Plump vertraulich bot er dem Mann seine Flasche an: Provokation und Rache zugleich. Solche Herren pflegten sich vor seinesgleichen nämlich zu ekeln. Als Russe aber eine von einem anderen Russen angebotene Schnapsflasche abzuschlagen wäre eine ungeheuerliche Beleidigung gewesen.

Die Miene des Mannes versteinerte – aber er griff zu. Für ein paar Sekunden hatte Gregor Nikolajewitsch jetzt so etwas wie Narrenfreiheit. So sagte er, weniger aus Überzeugung, als um den Mann zu ärgern:

»Unter uns gesagt: Seit damals, ich meine, seit dem Attentat auf unseren Zaren, gebärdet sich die Polizei doch etwas sehr fiebrig. Solche Habenichtse und Kriegsgebeutelte wie mich hat sie ein Stück zu eifrig im Visier. Es ist ja bald so, dass man in denselben Topf wie die Juden geschmissen wird! Meinen Sie nicht auch? Nun, wenn es sein muss – zur Abwechslung beuteln wir deswegen jetzt die Christusmörder mal ein bisschen durch, wie?«

Ohne ein Wort zu erwidern, ließ der Mann die Flasche vor Gregors Füßen zerplatzen und ging. Gregor sah ihm nach und grinste. Schließlich begann er zu lachen. Er ließ seine Knöchel knacken und schnippte ein paar Tierhaare vom Ärmel seines Mantels. Zu guter Letzt streckte er ein paar Mal seine Finger und schüttelte die Rechte.

»Mutig, die Kleine«, sagte er vor ich hin. »Hat ordentlich gezogen, das Miststück. Spürst du immer noch.«

Gregor Nikolajewitsch strich sich über seinen Schnauzer. Er sah Sarah in ihrem weißen Baumwollkleid vor sich. Neugierig betrachtete er seine Finger, als suche er etwas an ihnen. Die Erinnerung an die warme und so außergewöhnlich willensstarke Mädchenhand wurde so mächtig, dass er meinte, Brandstreifen bei sich entdecken zu können. Natürlich fand er keine. Trotzdem war irgendetwas anders als sonst.

»Kleine Hexe!«, sagte er leise. »Wenn du älter wirst ...«

Im Dampfbad herrschte Hochbetrieb. Rhythmisch klatschten die Abgüsse, es wurde geseufzt und gestöhnt. Aller Schweiß und Schmutz der Woche tropfte über Lattenbänke auf den Fußboden. Haut wurde geschrubbt, Poren wurden gereinigt, Krankheitskeime weggespült. Eine schmierige Brühe rann durch kleine Kanäle in die Badgasse und versickerte dort im Sand. Es roch nach Seife und heißem Holz, Kohle und Heu.

Wie am Vorabend des Sabbat üblich, saßen die Männer um den Rebbe herum. Doch statt Diskussionen über Recht und Thora gab es jetzt nur ein Thema: das bevorstehende Pogrom. Der Bademeister hatte tüchtig eingeheizt, Dampf war jetzt das Beste für den Zusammenhalt. Er schuf Geborgenheit und machte das Beratschlagen leicht.

Rebbe, was sollen wir tun?

Rabbi Jankovic aber weigerte sich, auch nur eine Silbe zu sagen. Stattdessen ließ er die anderen reden und lamentieren. Man bedrängte Rabbi Jankovic sogar noch auf der Prügelbank, aber ihm war kein Ton zu entlocken. Statt zu antworten, ließ er sich lieber mit Buchenzweigen durchpeitschen, bis seine Haut so rot war wie die eines gekochten Krebses.

Unruhe kam auf. Warum sagte der Rebbe nichts? Bestimmt, weil auch er keine Antwort mehr wusste. Gott schwieg – also war man verloren. Aufgeregt wurde jeder Neuankömmling mit dieser schrecklichen Erkenntnis begrüßt, und so wuchs die Angst mit der Zahl der splitternackten Männer und Jungen im Njeschiner Dampfbad.

Schließlich brach Rabbi Jankovic sein Schweigen.

»Es ist gut, ein Jude zu sein«, sagte er laut und erhob sich von der Ruhebank.

Sofort erstarb jedes Gespräch, und die Masseure hielten mit ihrer Arbeit inne. Alle atmeten auf: Gott hatte dem Vornehmsten unter ihnen die Gnade nicht verweigert. Es gab also eine Lösung.

Welche?

Doch Rabbi Jankovic sagte nicht mehr als diesen einen Satz. Er trat an den Beckenrand der Mikwe, sang laut den rituellen Segen und stieg langsam die sechs Stufen des Zie-

gelbeckens hinab ins kalte Flusswasser. Als es seinen Hals berührte, blies er die Backen auf, dann tauchte er ganz unter. Kein Härchen durfte trocken bleiben, so forderte es das Gesetz.
Alle schauten fasziniert zu – als ob sie noch nie einen der ihren hatten in die Mikwe steigen sehen. Aber der Rebbe? Warum blieb er so beängstigend lang unter Wasser? Wollte er für immer zur Quelle der Schöpfung zurückkehren? Seine Kinder jetzt verlassen? Besorgtes Gemurmel wurde laut, da taucht Rabbi Jankovic wieder auf. Und strahlte. Dann traf alle sein mitleidiger Blick.
»Es ist gut, ein Jude zu sein«, sagte er ein zweites Mal und erntete zustimmendes Geraune.
Jeder wollte jetzt in die Mikwe, auch die, die sich schon geläutert glaubten. Dem Rebbe war es gelungen, den Todeshauch der Angst zu bannen. Doch er wäre nicht der Rebbe gewesen, wenn ihm nicht auch ein paar Sätze eingefallen wären, mit denen er die Gojim lächerlich und die Juden stolz machte. Und das gelang ihm mit einem Gleichnis.
»Ich sage, wir Juden sollen uns im Weinstock wieder erkennen. Seine süßen und nahrhaften Trauben sind wie Thora, Gesetze, Gelehrsamkeit. Seine unterschiedlichen Blätter gleichen uns Einzelnen, und die Wurzeln im Boden ähneln den Häusern in unseren Straßen. Aber was braucht der Weinstock, um gut zu wachsen? Mist! Er wird nie gute Früchte haben ohne Mist! Wenn er seine Ladung bekommen hat, lohnt er es mit saftigen Früchten, vielen Blättern, reichen Wurzeln. Und genauso brauchen wir die Gojim. Einfach, damit es uns danach besser geht. So hat es Gott gewollt. Darum ist es gut, ein Jude zu sein.«
Nach diesen Worten ging der Rebbe. Und seine Gemeinde

dachte für kurze Zeit wieder an die Köstlichkeiten des Sabbats: den Wein, das weiße Challe-Brot, den Fisch, die Nudelsuppe mit den hoffentlich über den Löffel fließenden Fettaugen, das Huhn, das Obstkompott, den Tee und den süßen Rosinenkuchen.
Doch als die Njeschiner Juden im seidenen Sabbatkaftan nach Hause eilten, kehrte die Angst zurück. Irgendwo klirrte es, Hunde kläfften. Die ganze Stadt roch jetzt nach den Gojim.

Die Sonne stand tief und tauchte Njeschins Marktplatz in dunkelgoldenes Licht. In den Abendgesang der Drosseln platzten hysterisches Gelächter, ängstliches Kläffen und Winseln. Eine Gruppe Bosjaken war auf die Idee gekommen, einem Hund den Schwanz in die Kohlen zu stecken. Das Tier war vom Grillgestank angezogen worden und wurde jetzt mutwillig gequält. Kurz vorher hatten die Bosjaken eine streunende Katze ins Feuer geworfen, nachdem sie sie mit Öl übergossen hatten.
Gregor Nikolajewitsch stand zwischen einem halben Dutzend »Ordnern« in Lederjacken und Schirmmützen: Polizei, die zum »Schutz« der Juden abkommandiert war. Sie sollte einschreiten, wenn es den Juden wirklich ans Leben ging, war aber tatsächlich als Brandwehr gedacht. Njeschin wollte ein »ordentliches Pogrom«, und so drohten die »Ordner« dem Mob auch gehörig mit dem Knüppel. Aber dies waren nichts als theatralische Gebärden. Und dementsprechend unernst sahen sie aus – als wollten sie damit sagen: Auch wir mischen mit.
Es ging los, als eine Gruppe von Knechten sich an den Schultern fasste und im Halbkreis aufstellte. Jeder hatte

eine Flasche in der Hand, es sah aus, als wollten sie tanzen. Doch weil sie viel zu betrunken waren, warfen sie die Flaschen irgendwohin in die Menge. Sie zerbarsten zwischen einer Gruppe Würfelspieler, hasserfülltes Geschrei drang über den Markt. Einen Augenblick später flog glimmendes Holz durch die Luft, gefolgt von einer Batterie Flaschen. Eine Frau heulte auf vor Schmerz, Geschrei und Flüche stiegen in die Dämmerung auf.

»Zeigen wir's ihnen endlich!«, brüllte eine Stimme, die sich innerhalb von Sekunden zum vielstimmigen Echo hochschaukelte.

In weniger als einer Minute war mehr als die Hälfte des Mobs angesteckt, und die ersten Gruppen verließen den Marktplatz. Gregor Nikolajewitsch folgte einer von ihnen, fest entschlossen, seinem Schwur treu zu bleiben.

Zielstrebig ging es dorthin, wo die Gassen und Häuser besonders schmal waren. Die Häuser der wohlhabenderen Juden hatten einen Keller, waren zweigeschossig und mit Ziegeln gedeckt, arme hausten in Fachwerkkaten mit Strohdächern. Oft standen einige von ihnen so eng zusammen, dass sie wie ein einziges Gebäude aussahen: Die Familien sparten durch diese Bauweise zwei Wände. Die schiefen und krummen Fassaden nahmen sie dafür in Kauf.

»Sie haben kein Herz fürs Schöne«, murmelte Gregor Nikolajewitsch.

Bei einem etwas besser anzusehenden Haus flogen die Fenster auf. Gleich würde der Federregen beginnen: Es war immer dasselbe. Die Juden schliefen unter dicken Bettdecken. Sie aufzuschlitzen gehörte zu einem Pogrom wie Feuerwerk und Champagner zum Geburtstag des Zaren.

Als es so weit war, überfiel Gregor Nikolajewitsch eine absonderliche Heiterkeit. Er begann zu lachen, erst glucksend, dann immer voller, bis es sich anhörte, als amüsiere er sich über einen unanständigen Witz. Er spielte den Polizisten und winkte eine Horde von grölenden Landarbeitern an sich vorbei, die mit Prügeln und Küchenmessern bewaffnet das nächste Haus heimsuchten – dabei lachte er immer obszöner. Schließlich stellte er sich unter eins der Fenster und ließ sich von den Federn beregnen. Mit geblähten Backen prustete er in das Gestiebe und schleuderte die zerfetzte Bettwäsche von sich. Ein Stuhl zerschellte an der gegenüberliegenden Fassade, eine Nachthaube folgte. Gregor Nikolajewitsch hielt sie hoch und steckte sie dann in seinen Sack.

»Um die drei Kopeken wert!«, johlte er. »Ist das ein Anfang? Wie?«

Er schüttelte den Kopf und strich sich die Tränen aus den Augen. Warum er gelacht hatte, war ihm völlig unklar, er wusste nur eins: Es war nicht deshalb gewesen, weil er sich über die Verwüstungen freute oder betrunken war.

Langsam zog er weiter, fand ein Paar Gamaschen, noch eine Nachthaube und sogar einen unversehrten Kopfkissenbezug. Das erste Haus, das er betrat, vibrierte förmlich vor Geschrei: Es wurde von Bosjaken »umgekrempelt«. Während die einen ihre Säcke mit Hausrat füllten, rissen drei von ihnen einer älteren Frau sämtliche Kleidungsstücke vom Leib und zerrten sie dann auf einen Tisch, wo sie mit heißer Nudelsuppe begossen wurde. Ihr Mann, ebenfalls nackt, stöhnte mit blutender Nase auf dem Boden, in einer Hand eine Schriftrolle, in der anderen ein Stück Challe-Brot. Die Stube bot das Bild völliger Verwüstung: Schrank und Truhe waren geplündert und zertrümmert, der Boden schmierig von zertretenem Gemüse, Suppenpfützen, Hühnerknochen, Gräten. Scherben gab es keine, aber natürlich flogen überall Federn herum, die den Bosjaken an den Füßen und im Bart klebten.

Gregor Nikolajewitsch zeigte fragend auf die Schriftrolle, erhielt aber keine Antwort. Also ging er auf den Alten zu, der sofort zu jammern begann und sich schützend über seinen wertvollsten Schatz beugte: den »chumesch«, die Thorarolle mit den fünf Büchern Mose und ihren sechshundertunddreizehn Geboten. Ebenso wie von jedem Juden verlangt wurde, dass er im Laufe seines Lebens eine Thora schreibt und sie der Synagoge stiftet, so hatte er die Pflicht, die heiligen Worte vor dem »Tod« durch Entweihung zu retten. Gregor Nikolajewitsch wusste davon, im Gegensatz zu fast allen anderen Krawallmachern. Denn eine Thorarolle ohne Makel brachte Geld. In Kiew oder Odessa konnte man sie an einen der verweltlichten Juden verhökern, der damit sein Ansehen, den persönlichen »jichuss«, in der Gemeinde aufpolierte und ein Stück weit wieder zum »schejnen jidn« wurde.

»Gib schon her«, sagte er ruhig und streckte die Hand aus.

Doch der Alte schüttelte schluchzend den Kopf und krümmte sich zusammen wie ein Igel.

»Ich will sie nur haben – nicht zerstören. Also mach schon.«

Der Alte zitterte am ganzen Leib. Doch er blieb fest. Freiwillig gab ein frommer Jude die Thora nicht her. Gregor Nikolajewitsch hatte nichts anderes erwartet. Also drohte er, dem Alten mit seinem Krummdolch die Augen auszustechen. Seinen Schwur hatte er nicht vergessen. Aber dem eigenen Vorteil ein bisschen auf die Sprünge zu helfen, indem

er dem Alten die Ohrläppchen ritzte, das wollte er sich schon erlauben.
»Falsch! Du machst alles falsch!«
Einer der Bosjaken stieß Gregor Nikolajewitsch zur Seite und trat dem Alten so heftig an den Kopf, dass er bewusstlos zur Seite kippte. Die Thorarolle rutschte ihm aus den Händen, Gregor Nikolajewitsch war am Ziel seiner Wünsche.
»So! Verstehst du?«
Gregor Nikolajewitsch schaute auf und nickte. Teilnahmslos, verächtlich. Der Bosjak stank nach Fett, Schnaps und Urin.
Im Obergeschoss gab es nur für die noch etwas zu holen, die mit einem Fuhrwerk unterwegs waren: grobe Möbel, Matratzen, Teppiche. Als Gregor Nikolajewitsch wieder in die Stube trat, waren die Bosjaken fort. Die Alte hielt ihren Mann im Arm, betete und weinte.
Eine neue Horde stürmte herein. Weil nichts mehr zu holen war, zerschlugen sie enttäuscht das Fenster. Dann beschuldigten sie sich gegenseitig, die falsche Gasse ausgesucht zu haben.
Als die Nacht anbrach, wütete der Mob überall. Gregor Nikolajewitsch schlenderte über einen Teppich aus Daunen, Federn, zerschlagenen Nachtgeschirren und Glasscherben. Er fühlte sich seltsam abgestumpft, allem enthoben und so völlig ohne Aggression, dass er sich vorkam, als wäre er ein Philosoph.
Deshalb hast du auch gelacht, vorhin, sagte er sich und schaute zu, wie der Abendwind mit den Daunen spielte. Du hast gelacht, murmelte er weiter, weil es in den Gassen nach frischem Brot, Gewürzen und gebratenen Hühnern

riecht, weil in den Häusern alles sauber ist, die Juden frisch gewaschen sind, essen, Gebete sprechen und ihren »Schabbes« feiern. Weil dies seit tausend Jahren so ist, du und der dreckige Rest aber seit tausend Jahren genau das kaputtschlagen. Mit immer demselben Grund: zurückholen, was sie uns angeblich weggenommen haben.

In einer Pfütze löste sich ein Challe-Brot auf, ein paar Schritte weiter lag ein Haufen zertrümmerter Möbel. Gregor Nikolajewitsch strich sich über seinen Schnauzer und setzte seinen Beutesack für einen Moment ab. Die Schreie um ihn herum waren schriller und verzweifelter geworden. Die Gewalt nahm zu. Er kannte das. Der Mob fand immer weniger, also ließ er seine Wut an den Menschen aus. Die Stunden begannen, in denen Blut floss und die Frauen Vergewaltigungen erlitten.

Wie wahrscheinlich gleich in diesem Fachwerkhaus.

Gregor Nikolajewitsch sah durch das Fenster, wie zwei Jungen sich an ihre Mutter geklammert hatten und sich mit ihr drehten, als tanzten sie mit ihr. In Wirklichkeit wollten sie sie vor den Zudringlichkeiten zweier sturzbetrunkener Bauern schützen, die der Frau bereits ihre Sabbatperücke vom Kopf gerissen hatten. Schließlich quetschten die Bauern die Frau mit ihren Jungen einfach zwischen sich und leckten ihr den Hals. Niemand kam ihr zu Hilfe. Gregor Nikolajewitsch schüttelte den Kopf – währenddessen zerrten die Bauern die Frau zu Boden.

»Deine Buben werden dir nichts nützen«, sagte er vor sich hin. »Aber weil die Kerle sowieso keinen mehr hochkriegen, wird's so schlimm nicht werden.«

Er wollte schon weitergehen, da sah er, wie einer der Jungen aus dem Haus stürmte.

»Mame, meine Mame! Sie wollen meiner Mame was tun!«, schrie er. Es war Scholem, und er lief direkt auf Gregor Nikolajewitsch zu.

»Schon gut! Beruhige dich! Euer Onkelchen kommt schon.«

Gregor Nikolajewitsch ging gemächlich ins Haus und fühlte wieder diese seltsame Heiterkeit in sich aufsteigen. Sollte er jetzt die Kerle rauswerfen? Juden helfen? Nur weil er über ein Karnickel unfreiwillig Bekanntschaft mit ihnen geschlossen hatte?

Der Raum bot die übliche Verwüstung. Samuel lag leblos auf dem Boden, die Frau wehrte sich heftig. Ihre Röcke waren schon hochgeworfen, eine Hand grapschte zwischen ihren Schenkeln.

Da ging ein Ruck durch Gregor Nikolajewitsch. Es war kein Mitleid. Aber irgendetwas trieb ihn dazu, Verantwortung zu übernehmen.

»Bist du das, Mütterchen Mama?«, fragte er belustigt und trat ins Haus.

Was war mit dem Kleinen? Gregor Nikolajewitsch fühlte Samuels Puls und winkte Scholem, dem vor Angst das Gesicht zur Maske erstarrt war.

»Er hat bloß was hinter die Ohren gekriegt. Zieh ihn an die Wand und setz ihn aufrecht hin.«

Wie weit waren die Bauern mit Scholems Mutter? Einer versuchte, sich rittlings auf sie zu setzen. Der andere kniete neben ihr und hatte sie am Hals gepackt, während er an sich herumfummelte.

»Schluss jetzt!«

Es klang überlegen, belustigt. Gregor Nikolajewitsch stieß dem einen die Faust ins Gesicht, den anderen packte er am

Kragen und riss ihn nach hinten. Darauf zog er seinen Krummdolch und setzte ihn dem Bauern an den Hals.
»Kamerad, du bist so besoffen, dass du Weiber mit Gänsen verwechselt. Packt euch!«
Die Bauern wankten nach draußen. Einem floss Blut aus der Nase und tropfte in den Bart. Auf der Straße erbrach er sich, sein Kumpan versetzte ihm einen Fußtritt.
Gregor Nikolajewitsch streichelte Scholem über den Kopf, der wie versteinert seine schluchzende Mutter anstarrte.
»Unser Christus sagt, dass, wer Leid trägt, auch getröstet wird. Aber er sagt auch, dass man keine Schätze anhäufen soll. Weil Motten und Rost sie fressen und dann Diebe kommen. Sie graben alles aus, dann stehlen sie es euch weg.«
Gregor Nikolajewitsch glaubte, sich hinter diesen Worten verstecken zu können. Doch die Angstschreie aus dem hinteren Teil des Hauses, in das sich das Kreischen von Kindern mischte, machten seine Selbstzufriedenheit zunichte. Er eilte durch den langen Flur nach hinten und stand schließlich im Gemüsegarten. Was er dort zu sehen bekam, verwirrte ihn, raubte ihm für Sekunden die Fassung. Denn vor seinen Augen spielte sich ab, was er Scholem gerade erzählt hatte: Ein Bauer grub die Schätze der Familie aus – zwei Chanukkaleuchter, Kerzen und Schmuck, Essbesteck, Geld und ein paar Gebetbücher mit silbernen Buchdeckeln. Ein Mann hielt zwei Seilenden in der Hand. Zu seinen Füßen krümmten sich zwei Juden, jeder mit einer Schlinge um den Hals. Einer stöhnte grässlich, der andere winselte, doch wenigstens mit seinen Kindern Erbarmen zu haben: Lea und Sarah. Gregor erkannte sie sofort. Lea war es, die geschrien haben musste. Gesicht und Brust waren blutbe-

spritzt, vor ihr lag das Jossele mit herausquellenden Därmen.
Der Kerl, der sie und Sarah mit einer Hand festhielt, wollte es gerade aufheben, da gelang es Sarah, sich loszureißen. Wieselflink griff sie sich einen der beiden Chanukkaleuchter und verschwand in die schmale Gasse, die zwischen den beiden Häusern auf die Straße führte.
Der Mann wurde angebrüllt, sofort dem Mädchen hinterherzurennen, doch Gregor Nikolajewitsch trat ihm entschlossen den Weg.
»Versuch's nicht!«, sagte er kalt. »Sie gehört mir.«
»Einen Teufel gehört sie dir, du Drecksack!«, geiferte der Mann, dass es ihm nur so aus dem Mund spritzte.
Sein Atem war ein Pesthauch voller Fäulnis und so Ekel erregend, dass es Gregor Nikolajewitsch den Hals zuschnürte.
»Noch ein Ton, und du badest in deinem Blut, Kamerad«, stieß er hervor.
Doch er hatte den Hass seines Gegenübers unterschätzt, der ihm blitzartig mit beiden Händen an die Gurgel fuhr.
Der Mann packte so heftig zu, dass Gregor zu Boden ging. Er boxte dem Mann in den Bauch, doch seine Schläge waren kraftlos. Die Schmerzen im Kehlkopf wurden unerträglich, in den Schläfen hämmerte es dumpf. Panik stieg in ihm auf, seine Schläge waren nur noch wirkungsloses Gezappel, seine Geräusche der Ausdruck hoffnungsloser Unterlegenheit.
Aus!, schrie es in ihm, da bekam der andere einen Fußtritt in den Unterleib, der wieder Luft verschaffte. Nichts anderes als die Gier des Pöbels rettete ihm das Leben.
»Wenn du den Leuchter willst, du Idiot, dann kümmere dich um das Mädchen!«, hörte er einen der Männer rufen.

Sein Peiniger rannte fluchend los. Gregor Nikolajewitsch war in der ersten Sekunde so dankbar, dass er überlebt hatte, dass er selbst die Schmerzen genoss. Zum Glück ließen sie schnell nach. Langsam rappelte er sich hoch und taumelte in die Dunkelheit der Gasse, in die Sarah verschwunden war. Immer wieder spuckte er aus, blieb stehen, rang nach Luft.

Wenn er sie in die Finger kriegt, ist sie tot, durchzuckte es ihn. Sein Herz verkrampfte sich. Hilf ihr!, durchschoss es ihn wie ein Befehl, und er begann zu laufen. Der Wunsch, Sarah zu schützen, nahm von ihm Besitz.

»Warum?«, rief er in die Dunkelheit und glaubte, den Verstand verloren zu haben.

Er hatte Sarahs verführerische Stimme im Ohr, fühlte ihre Augen auf sich gerichtet, spürte, wie sie an ihm zerrte. Seine Hand war heiß, pulsierte bis in die Fingerspitzen.

Orientierungslos rannte er durch die Gassen.

Der Atem setzte ihm aus, als er Sarah schließlich entdeckte. Was sich vor seinen Augen ereignete, wirkte außerhalb der Realität, war wie das Bild eines Märchens oder die Szene eines phantastischen Gemäldes. Ein Hüne von Mann, kolossaler noch, als es Goliath gewesen sein mochte, schwenkte über seinem Kopf einen Chanukkaleuchter, an dessen Fuß Sarah hing wie das Pendel einer riesigen Standuhr.

Ihr noch unausgereifter Körper ruckte hin und her, alles an ihr war in Aufruhr und Aktion. Mit unglaublicher Energie zappelte sie in der Luft und trat dem Hünen gegen die Brust. Ihre dünnen Arme glichen zwei Stecken aus geschältem Holz, zwischen denen der fettstarrende rote Bart des Goliaths leuchtete. So hoffnungslos unterlegen Sarah war, ihr Wille, den Leuchter zu verteidigen, besaß etwas mys-

tisch Überirdisches. Gregor bildete sich ein, die Kraft zu spüren, mit der Sarah sich an den Fuß des Leuchters klammerte. Ihre Hände wegzuziehen wäre nicht möglich gewesen. Man hätte sie nur abschneiden können oder ihr die Arme samt Leuchter aus dem Körper reißen müssen.
»Ich überlasse dir großzügig das Leuchterchen, Kamerad«, hörte Gregor Nikolajewitsch eine höhnische Stimme hinter sich. Es war der Mann, der ihn gewürgt hatte. Er war außer Atem und dampfte vor Hitze. »Jeder kennt Iwan Michailowitsch Lochupow. Er soll gutmütig sein.«
Der Mann verschwand mit widerlichem Gelächter, Gregor spuckte aus.
Iwan Michailowitsch Lopuchow schien tatsächlich gutmütig zu sein, denn er strahlte Gregor offenherzig ins Gesicht. Mit naiver Freude wedelte er mit dem Leuchter hin und her und schien das Pendel an ihm gar nicht zu bemerken. Doch irgendwann erklang ein ärgerlicher Grunzer. Iwan Michailowitsch holte aus, trat dabei einen Schritt näher an die Hauswand und schlug das ungebärdige Pendel daran ab, als wäre es ein Kaninchen.
Gregor hörte sich vor Entsetzen brüllen wie ein Tier.
Er stürzte vor, sah nichts außer einem roten Bart und Sarahs in den Leuchter verkrallte Hände. Sie selbst hing leblos herab und wurde einen Atemzug später ein zweites Mal gegen die Hauswand geschmettert. Als sie zurückfederte, ergoss sich ein Blutschwall in ihr Haar. Gregor hatte Iwan Michailowitschs Hals durchstoßen: Goliath wankte, schlug noch ein paar Mal um sich, brach dann zusammen. Er begrub Sarah mitsamt dem Leuchter unter sich, während Gregor weiter auf ihn einstach – so lange, bis ihn sein Geschrei vom Rausch des Tötens befreite.

Der Blutgeruch, der ihm entgegenschlug, brachte ihn endgültig zur Besinnung. Seine Lippen bewegten sich, wollten einen Namen sprechen – da erst bemerkte er, dass er ihn gar nicht wusste.

Verstört legte er sein Ohr an Sarahs Mund. Doch der blieb stumm. Ihre Lippen waren fest aufeinander gepresst, verliehen dem Gesicht einen abweisenden Ausdruck. Schmerz lag nicht auf ihren Zügen, und die Augen waren offen. Doch sie blickten ins Leere.

Ihr Herz aber raste.

Und sie atmete. Flach und hektisch, fast hechelnd.

Gregor Nikolajewitsch untersuchte ihren Kopf und entdeckte eine warme, nasse Beule. Anschließend tastete er Arme und Beine ab und drückte sacht auf Sarahs Brust.

»Nichts war umsonst«, murmelte er zufrieden. »Nichts. Weder Plewna noch damals die Wochen im Lazarett.«

Er rollte Iwan Michailowitsch auf die Seite, nahm das Mädchen, dessen Namen er nicht wusste, auf seine Arme und stapfte durch die schwarzen Gassen zum Njeschiner Bahnhof.

Noch immer hielt Sarah den Fuß des Chanukkaleuchters umklammert.

Zweites Kapitel

Iridna Oljanowa Popow hockte auf einem Schemel und stierte missmutig auf den brodelnden Samowar, als ihr Lebensgefährte Gregor Nikolajewitsch mit dem Fuß gegen die Haustür hämmerte und schrie, sie solle gefälligst die Tür aufmachen.

Iridna erhob sich stöhnend, hielt sich das Kreuz. Gestern hatte sie nicht nur ein Glas zu viel getrunken, sondern war dazu noch bei offenem Fenster eingeschlafen. Jetzt tat ihr das Kreuz derart weh, dass sie glaubte, bei jedem Schritt auseinander zu brechen. Trotzdem entspannte sich ihr Gesicht, je näher sie der Haustür kam.

Gregor teilte sich mit ihr zwei Räume in einem nicht gerade baufälligen, aber doch armseligen dreistöckigen Mietshaus in der Kiewer Vorstadt. Es lag an einem ausgewaschenen Feldweg, dessen Schutthaufen an den Rändern von Gras und Gesträuch überwuchert waren. Die Pfade, die dazwischen abzweigten, schlängelten sich zu Gärten, in denen auf verkrauteten Beeten Obststräucher und Gemüse wuchsen. Zwischen schiefen Stangen mit Starkästen waren Wäscheleinen gezogen.

Gregors und Iridnas Haus war das letzte des Feldwegs. Seine eine Wand war Teil einer monströs hohen Ziegelsteinmauer, hinter der eine Seifen- und Laugenfabrik lag. Gegenüber lag eine Schenke, von der ein Trampelpfad abzweigte. Er verlief entlang der Mauer und endete am Haupteingang der Fabrik.

Iridna blieb der Mund offen stehen, als sie die Tür öffnete. Sie hatte ihren »Gritschko« mit verschlagenem Grinsen und prallem Beutesack auf dem Rücken zurückerwartet. Doch was sie jetzt zu sehen bekam, war Gritschko mit einem Kind über der einen und einem schlappen Sack über der anderen Schulter. Und wie er dreinschaute! Der Mund ein Strich, und das Gesicht schweißüberströmt. Sein Schnauzer glitzerte.

»Glotz nicht! Mach lieber warmes Wasser und was zu essen.«

»Aber ...« Entsetzt starrte Iridna auf Sarahs blutverkrusteten Haarschopf, von dem ein Geruch nach Erbrochenem ausging.

»Nachher.«

Gregor ließ den Beutesack fallen und stapfte in die Schlafkammer. Als Sarah vor ihm auf seinem Bett lag, wischte er sich den Schweiß von der Stirn und schüttelte den Kopf.

»Kleid mit Mädchen drin«, murmelte er. »Kaum mehr.« Gregor hörte auf das stoßweise Atmen und fixierte die flatternden Augenlider. »Dass Barmherzigkeit auch des Teufels sein kann – du bist jetzt der Beweis. Was soll ich eigentlich mit dir? Warum hab ich dich mitgeschleppt?«

Die Fragen stießen so missmutig auf Sarah nieder, dass Gregor vermeinte, ihr Leib antworte mit einem Beben. Unmut und schlechtes Gewissen lieferten sich einen kurzen Kampf, dann packte er entschlossen zu und zerriss Sarahs Kleid. Der dünne, mürbe Stoff bot keinen Widerstand. Gregor brummte zufrieden und drückte Iridna die Fetzen in die Hand.

»Du wirst sie jetzt waschen«, sagte er mit Betonung auf

dem Du. »Weil sie riecht. Das ist das eine. Das andere, weil sie schon eine halbe Frau ist. Übrigens jüdisch.«

Iridna lachte hell auf.

»O Gritschko! Ja natürlich! Der Trödler zahlt mehr für Judenmädchen, wenn sie nicht stinken! Wie konnte ich das nur vergessen!«

Ihr Ton schwankte zwischen Hohn und Belustigung, aber sie ging widerspruchslos ins Wohnzimmer, wo sie das restliche heiße Wasser aus dem Samowar in einen Eimer goss und kaltes Wasser dazukippte.

Sarah wurde eingeseift, von Kopf bis Fuß. Gregor sah zu. Iridnas Gejammer über ihre Kreuzschmerzen war ihm keinen Kommentar wert. Dazu kannte er sie schon zu lange: Sie hatte immer irgendwo Schmerzen. Mal am Kreuz, dann an der Schulter, im Unterleib, an der Stirn usw. Ein Grund, warum sie ihm von Tag zu Tag gleichgültiger wurde. Sie waren zusammen, weil andere auch zusammen waren. Der einzige Unterschied war, dass Iridna immer Zeit für ein Schäferstündchen hatte. Komm, sagte sie, wenn sie Lust hatte, die Liebe ist das Brot der Armen. Außerdem ist es gut gegen meine Schmerzen. Darauf seufzte sie herzergreifend, schloss die Augen und ließ sich auf das viel zu kurze Kanapee fallen.

Gregor wusste nur zu gut, wie andere Männer ihn darum beneidet hätten, aber so war nun mal das Schicksal zu den Menschen: Seit Plewna hatte er nicht oft Lust an der Lust, aber er stand seinen Mann, wenn es darauf ankam.

»Fass mich an«, bettelte Iridna. »Da!« Sie klatschte sich mit der Hand ans Kreuz, nachdem sie Sarah auf den Boden gelegt und das restliche Wasser über ihr ausgeleert hatte.

»Gleich«, sagte er angewidert. »Hast du gehört?«

Ein Fiepen war zu hören. Sarah öffnete einen Spaltbreit die Augen, ihre Lippen zuckten. Gregor lächelte und ging in die Knie. Bedächtig strich er sich seinen Schnauzer und hievte Sarah wieder in sein Bett.

»Der Idiot hat sie wie ein Karnickel an die Wand geklatscht. Gehirnerschütterung. Sie wird ein paar Wochen liegen müssen. Dann sehen wir weiter.«

»Sehen wir weiter. Aber ja. Allerdings ...« Binnen eines Atemzugs verwandelte sich Iridnas Stimme in zorniges Keifen. »Erklärst du mir jetzt endlich, welch wahnsinniges Schauspiel du dir wieder ausgedacht hast, du Lump! An der Tür zu lärmen wie ein besoffener Bauer! Wo mir alles wehtut! Ein Ungeheuer bist du! Abscheulich! Weniger wert als ein Sargnagel!«

Gregor funkelte Iridna an, griff nach ihrem Kinn und zog sie an sich. Statt loszukreischen oder ihm eine runterzuhauen, begann sie jedoch zu gurren und öffnete ihre Lippen. Gregor küsste sie hart und fordernd, Iridna seufzte. Endlich! Darauf hatte sie die ganze Zeit gewartet. Es war ihr Ritual. Immer wenn Gritschko längere Zeit fort gewesen war, um sich irgendwo sein Zubrot zu holen, erwartete sie ihn geputzt, um Liebe mit ihm zu machen.

»Neben der?«, hauchte sie lüstern und rieb ihr Knie zwischen seinen Beinen.

Gregor schubste sie, ohne zu antworten, auf das freie Bett und machte sich an Iridnas Hemd zu schaffen. Es war auf dem Rücken geknöpft, die meisten Knöpfe waren offen. Unter dem Rock war sie nackt. Gregor lächelte verächtlich. Iridna hatte noch nie etwas für Vorspiele übrig gehabt. Es genügte, sie ein wenig zu befingern, und schon begann sie, geil zu stöhnen.

»Du würdest zwei Männer glücklich machen«, murmelte er und nestelte an seiner Hose.
Iridnas Rock rutschte hoch, das Hemd fiel ab. Nackt sah sie nicht hässlicher aus als angezogen: klein, aber gerade, das Fleisch fest. Zu ihrem starkknochigen Gesicht und dem rotblonden Wuschelkopf mit den grünen, kaum sichtbaren Augen passte allein ihr gewaltiger Busen nicht. Er glich zwei riesigen Pomeranzen, die bei jedem Atemzug zitterten. Doch Gregor machte sich nichts aus dieser Pracht. Ihn erregten allein Iridnas mädchenhafte Hüften und ihr vollendet geformter Venusberg.
»Unten ist wichtiger als oben«, hatte er ihr gesagt, als Iridna sich das erste Mal vor ihm auszog. Und zum Beweis hatte er sie dort geküsst. Iridna war davon so beeindruckt, dass sie ihm seitdem nicht mehr von der Seite wich.
Während Gregor sich Hemd und Hose vom Körper zerrte, lag Iridna mit gespreizten Beinen vor ihm und besorgte es sich selbst. Gregor ließ seine Blicke zwischen Iridnas Mittelfinger, den zerfließenden Brüsten und ihrem ekstatischen Gesicht hin und her wandern. Lustlos spielte er an sich herum und schielte lieber zu Sarah hinüber, die mit halb geöffnetem Mund wie tot dalag. Sie muss zugedeckt werden, durchfuhr es ihn. Aber es gab nur eine Bettdecke. Und auf der vergnügte sich gerade Iridna.
Komm schon, rief Gregor ihr in Gedanken zu. Das Nebeneinander von Iridnas aufgewühlter Scham und Sarahs kindhafter Unschuld irritierte ihn zusehends. Seine Lust schwand, je wilder Iridna sich den Finger in den Leib trieb. Schließlich war sie so weit: Ihr Höhepunkt war so heftig, dass ihr Gesicht vor Glück leuchtete. Knochiges wurde rund, die Augen groß. Selbst das Schmale ihrer Lippen ver-

lor sich. Gregor ging ans Werk. Er schnaufte, röchelte, schauspielerte mehr, als dass er wirklich genoss. Schließlich konnte er Sarahs Nacktheit nicht mehr ertragen. Kurz entschlossen zwängte er seine Hand zwischen ihre Schenkel und bedeckte mit den Fingerspitzen ihre Blöße. Iridna bemerkte es nicht. Gregors Lust nahm langsam zu.

Plötzlich zuckte er zusammen.

Sarahs Hand ruhte auf seinen Fingern. Gregor erschrak so heftig, als hätte sich eine schwarze Spinne seiner Hand bemächtigt. Alle Bewegung erstarrte. Er spürte eine vernichtende Kälte, und es schien ihm, als wolle diese Hand nicht nur seine Finger, sondern auch seinen Körper fortschieben. Iridna warf den Kopf zur Seite und kreischte los. Eine Flut von Schimpfworten brach los. Gregor stemmte sich auf.

Sarahs Hand hatte die Ausstrahlung einer schwarzen, eisernen Kralle.

»Heilige Mutter Gottes! Steh mir bei! Deswegen also! Einen Mädchenschänder hab ich an meiner Seite! Einen, der ins Zuchthaus gehört!«

Gregors Miene wurde grau. Er holte aus, schlug Iridna ins Gesicht.

»Du bist mir die rechte Hexe!«, brüllte er los. »Hast mich in Ketten gelegt. Frisst an mir wie Rost an Eisen! Mit dem Strick sollte man dir eins überbrennen! Damit du zu dir kommst, du geiles Miststück!«

Gregor packte die Zipfel der Bettdecke und versuchte, sie unter Iridna wegzureißen. Als sie mit der Decke zu Boden fiel, schlug sich Iridna die Hände vors Gesicht und schluchzte zum Gotterbarmen. Gregor aber beachtete sie nicht weiter. Er deckte Sarah zu, fühlte Temperatur. Als er ein Lid nach unten zog, zuckten Sarah die Mundwinkel.

Anschließend lächelte sie. Erleichtertes Stöhnen brach aus ihr heraus, darauf begann sie sogar zu kichern. Doch keine Minute später lag sie plötzlich wieder wie tot da.
Iridna lehnte zusammengekauert an der Wand und wimmerte. Sie hatte die Beine bis zum Kinn hochgezogen, die Arme um die Knie geschlungen. Ihre Scham klaffte offen wie die Schalen einer geöffneten Auster.
Gregor kam mit einer Flasche Wodka.
»Komm«, sagt er versöhnlich.
Iridna schaute dankbar zu ihm auf, trank mit großen Schlucken. Gregor genehmigte sich den Rest. Er streckte Iridna die Hand hin und zog sie mit einem kräftigen Ruck hoch.
»Probieren wir's eben noch mal«, sagte er. Iridna schaute auf die Beule in seiner Hose. Ihre Augen wurden zu Schlitzen.
»Gibt's denn wirklich was zu feiern?«
»Eine schejne silberne Chanukkaleuchter! Oh waj, oh waj!«
Iridna gluckste.
Sie trieben es im anderen Zimmer. Auf dem Fußboden. Neben dem Samowar.

Iridna wachte in aller Herrgottsfrühe auf. Gregor lag in ihrem Bett, sie auf dem Boden. In ausgleichender Gerechtigkeit aber war sie mit einer Rosshaardecke zugedeckt, während Gregor unter seinem Armeemantel schlief.
Iridna fand es überflüssig, die Augen zu öffnen: Was sollten sie auch Besonderes sehen? Den Weberknecht in der Zimmerecke? Das Heiligenbild mit der abgeblätterten Ölfarbe, dem Palmweidenzweig und der Papierblume darüber? Die

bröckelnden Wände? Nein, das lohnte nicht. Nachher entdeckte sie noch eine Schabe. Und dann wäre es mit dem Schlafen vorbei. Vor ihnen ekelte sie sich, seit ihr einmal im Schlaf eine zwischen die Zähne geraten war. Das Vieh habe doch nur Speichel aus den Mundwinkeln lecken wollen, meinte Gregor. Da sie schnarche wie ein Mann, habe sie es beim Einatmen versehentlich in den Mund gesogen.

»Sauf also nicht so viel.«

Iridna schmatzte und bewegte ein paar Mal die Zunge – nein, außer rohen Zwiebeln schmeckte sie nichts Fremdes. Sie rutschte noch ein wenig hin und her, bis ihr Kopf wieder bequem auf Gregors frisch gewichsten und polierten Stiefeln lag, die ihr als Kopfkissen dienten. Heute gibt es Geld, dachte sie und gähnte, Geld …

Was war das?

Iridna hielt die Luft an. Neben Gregor schabte etwas, raschelte es. Und jetzt ein dumpfes, fast rhythmisches Tasten.

»Ach ja, die Kleine«, murmelte Iridna halblaut.

Sarah wackelte mit dem Kopf. Ein Arm strich über die Bettdecke, während die Finger sich immer wieder in den Stoff krallten, als suchten sie daran Halt. Iridna schaute eine Weile zu und setzte sich neben Sarah auf die Bettkante.

»Dein Pfötchen sucht den Leuchter, wie?«, sagte sie und legte ihre Hand der suchenden Sarahs in den Weg.

Eine Woge winziger Nadelspitzen traf Iridnas Hand – es erinnerte sie an das Kribbeln am Kopf, wenn der Pope sie zu Ostern mit seiner Pranke segnete. Doch was da aus Sarahs Hand strömte, war tausendmal intensiver.

Iridna hielt die Luft an.

Ihr dämmerte, welcher Schatz vor ihr lag. Gregor hatte kein einfaches Luder mitgebracht. Nein, im Gegenteil: Die-

ses Mädchen war etwas ganz Besonderes. Eine Beute, die mehr wert war als alles, was Gregor je gegen Geld verscherbelt hatte, ein lebender Goldschatz, eine Geldquelle. Ein Mädchen, dem Gott magische Hände geschenkt hatte – wie jener Frau, die ihrer Großmutter eine Gürtelrose einfach weggestrichen hatte.
Iridna bekam vor Aufregung Schluckauf. Sie malte sich die Zukunft aus und überlegte, was sie sich alles kaufen wollte. Je müder sie wurde, desto bunter gediehen die Wünsche. Sie träumte von einem Bett mit Baldachin, Wäsche mit Spitzen, Schuhen aus Seide und einer Zugehfrau, die ihr am späten Vormittag das Frühstück brachte.
»Hoffentlich hast du vergessen, wer und woher du bist«, murmelte sie schläfrig und grunzte belustigt, weil Sarahs Finger noch immer ihr Handgelenk umschlossen hielten.
Mit sanfter Gewalt versuchte Iridna, ihre Hand wegzuziehen, doch Sarah gab sie nicht frei. Iridna probierte es noch einmal: wieder nichts. Jetzt lass los, grunzte sie gutmütig, begann sich aber im selben Augenblick zu ärgern, weil sie instinktiv wusste, dass an Schlaf nicht mehr zu denken war. Iridna riss ihre Hand so heftig an sich, dass Sarah aus dem Bett fiel.
Im Nu war sie wach.
Und begann zu schreien. Sie schrie, wie Iridna und Gregor noch nie einen Menschen hatten schreien hören. Ein Laut aus einer anderen Welt, so grauenhaft und entsetzlich, dass es beiden die Kehle zuschnürte. Sarah saß aufrecht. Ihre Augen quollen blicklos hervor. Ihr Gesicht ähnelte einer Fratze aus einem Höllengemälde. Die Ellbogen an den Körper gepresst, ballte sie ihre Fäuste, als wolle sie die Haut über den Fingerknöcheln zum Reißen bringen.

Iridna schlug das Kreuz. Gebannt sah sie Sarah an, zog sie an ihren Busen.
Sarah schrie weiter, schluchzte minutenlang. Erst nach und nach entspannte sie sich.
Schließlich war sie still.
Gregor war versucht, an einen Spuk zu glauben, doch das Bild von Iridna und Sarah bewies das Gegenteil. Ein eigentümlicher Frieden ging von beiden aus. Iridna lächelte verzückt und schaukelte, während sie Sarah den Kopf streichelte, von einer Seite auf die andere. Es war totenstill im Raum. Gregor wagte kaum zu atmen.
Erst nach etlichen Minuten sahen sich Iridna und er wieder an.
»Sie wird unser Goldschatz sein«, flüsterte Iridna.
»Oh waj! Oh waj!«, rief Gregor leise. »So ein schejne Jidden-Mädchen!«
»Sprich nicht so, Gritschko«, erwiderte Iridna und wiegte Sarah so innig, als wäre sie eine Mutter, die ihr Kind aus furchtbarer Gefahr gerettet hatte.
»Mein Goldschatz«, seufzte sie glücklich. »Mein Goldschatz.«

Sarah genas, wenn auch nicht schnell. Mit jedem Tag ließ die Verkrampfung ihrer Hände ein Stück nach. Schließlich war es so weit, dass Iridna mit ihnen spielen konnte, ohne befürchten zu müssen, plötzlich schraubstockartig umklammert zu werden. Sie brachte etliche Zeit damit zu, Sarah zu streicheln und ihr tröstende Worte zuzuflüstern.
Nach ein paar Tagen war sich Iridna gewiss, dass Sarah die ihr angediehene Pflege bewusst genoss. So seufzte sie woh-

lig auf, wenn Iridna sie wusch und ihr das Haar kämmte. Ohne Widerstand nahm sie Suppe und Tee zu sich. Die Arbeit machte Iridna Freude – vor allem, weil Sarah jeden Tag die Augen länger offen hielt. Allerdings schien sie nicht im Geringsten zu begreifen, was sie sah. Ihre Blicke waren verschleiert, fast leer, und auch wenn ihre Pupillen bei Licht kleiner wurden, gab es keine Verbindung zwischen dem Ausdruck ihres Gesichts und dem Erkennen durch den Geist.

Allmählich packten Gregor Zweifel. Nach vier Wochen reagierte Sarah auf alle Geräusche, wandte den Kopf, wenn Iridna »mein Goldschatz« zu ihr sagte, brachte aber keinen vernünftigen Ton über ihre Lippen, wenn sie etwas gefragt wurde.

»Was ist, wenn ihr dieser Berserker doch den Verstand an der Wand zertrümmert hat?«, fragte Gregor eines Tages bissig. »Sagst du dann auch noch ›mein Goldschatz‹?«

Schon eine ganze Weile saß er vor dem Fenster, wo er wieder einmal mit seinem Krummdolch spielte. Eine Woge des Verdrusses und der Selbstzweifel trug ihn mit sich. Über dreißig Tage war Sarah jetzt bei ihnen, Tage, in denen Iridna und er ihr kaum von der Seite gewichen waren.

Hatten sie beide die Entrückte etwa nicht gut gepflegt? Gewiss, sie hatten keinen Arzt konsultiert, aber Gregor wusste aus seiner Lazarettzeit, dass Menschen mit Kopfverletzungen entweder starben oder gesund wurden – ganz gleich, welche Medikamente auch immer die Ärzte ihnen verabreichten.

»Du hast teure Rindsbrühen gekocht, verfütterst Obst in rauen Mengen, flößt ihr Wein ein. Ich kaufe viel zu edlen Stoff für ein Kleid und habe meine Beute aus Ungeduld für

zu wenig verscherbelt. Wir hätscheln und streicheln sie wie tattrige Großeltern ihre leibhaftigen Enkel. Wozu?«
Gregor fuhr herum und schaute voller Ablehnung auf Sarah, die aufrecht im Bett saß und den Mund wie ein Kleinkind öffnete, sobald Iridna ihr einen vollen Löffel Grütze an die Lippen führte.
»Sie frisst doch nur!«, rief er wütend. »Dein Goldschatz ist genauso ein Blutsauger wie alle anderen Juden.«
Sarahs Kopf schnellte herum. Entsetzen stand in ihren weit aufgerissenen Augen – Augen, die plötzlich lebendig geworden zu sein schienen. Gregor bemerkte mit einem gewissen Schaudern, wie Sarahs Hände sich wieder zu Fäusten ballten und ihr Gesicht sich mit bedrohlichen Schatten überzog.
»Nun sieh, was du angerichtet hast, du Unhold!«, geiferte Iridna los. »Machst alles kaputt. Ein paar Tage noch, dann wäre sie gesund.«
»Gesund?«, platzte Gregor noch wütender heraus. »Das Miststück ist blind und stumm wie ein Olm! Ein Schlund, nichts weiter.«
»Gib doch nicht mir die Schuld!«, schrie Iridna zurück. »Hab ich sie hergebracht?«
»Wennschon! Du tust doch nur wie eine Glucke, weil du sie, geldhungrig, wie ihr Weiber seid, zum Handauflegen abrichten willst. Dabei weißt du noch nicht einmal, ob sie diese Gabe wirklich besitzt!«
Sarah brach in Tränen aus. Sie schlug sich die Fäuste ins Gesicht und schnaufte wie ein Pferd, das schwere Lasten ziehen muss. Ihr Körper bebte, alles an ihr war in Aufruhr. Iridna wollte sie an sich ziehen, doch Sarah schien eine unsichtbare Wand um sich gezogen zu haben. Iridna spürte

eine Kraft, die sie an das Flammenmeer eines riesigen Scheiterhaufens erinnerte – eine verzehrende Energie, die Sarah gleich einem auratischen, undurchdringlichen Kranz umgab.

Der Blick, den sie Gregor zuwarf, war von magischer Bosheit. Der jedoch hatte sich so in seine Wut hineingesteigert, dass er sich auf sie stürzte.

»Kannst du nun was mit deinen Händen oder nicht?«, brüllte er, packte sie an den Schultern und schüttelte sie. »Dann beweis es mir!«

Iridna bombardierte ihn mit einer Flut von Schimpfwörtern. Da sie an ihm zerrte und nicht nachgab, verpasste er ihr einen heftigen Schlag. Iridna schrie auf und wand sich wimmernd. Sie hielt sich die Wange, spuckte Blut.

Sarah weinte nicht mehr. Noch ruderten ihre Arme hilflos in der Luft. Doch kaum hatte sie Gregors Hemd zu fassen bekommen, fiel dieser auf sie, als wäre er gestoßen worden. Sarah presste Gregor an sich, die Finger weit gespreizt. Gregor heulte auf vor Schmerz. Er glaubte, mit einem Brenneisen versengt zu werden. Es war ihm nicht möglich, sich aus Sarahs Umarmung zu lösen. Ihm blieb nur übrig, sich mit ihr aus dem Bett zu schieben, bis sie sich wie ein zusammengeschnürtes Bündel auf dem Boden wälzten.

Doch da wurde die Qual erst recht unerträglich. Es schien ihm, als fräße sich eine Flamme durch seinen Rücken und züngele an seinem Herzen. Gleichzeitig bemächtigte sich seiner eine nie gekannte Beklemmung. Er begann zu japsen, nach Luft zu ringen. Hilf mir doch, rief er Iridna in Gedanken zu, aber es kam kein Ton über seine Lippen.

Gregor bekam Todesangst. Hinter seiner Stirn schlugen dumpfe Hämmer.

Das leidende Gesicht seiner Mutter tauchte auf, schien ihm etwas bedeuten zu wollen. Er strengte sich über alle Maßen an, ihr näher zu kommen, fühlte sich aber von ihr fortgezogen. Mund und Hals waren wie mit Blei ausgegossen, die Beine schienen muskel- und knochenlos. Eine böse Macht zog ihn in eine brodelnde Tiefe, die den Verstand endgültig auslöschte.
»Jesus Christus«, gurgelte er mit letzter Kraft und schlug in Gedanken das Kreuz.

Als Gregor wieder zu sich kam, glaubte er, Sarah unter sich zerquetscht zu haben. Er schnellte in die Höhe und betrachtete sie ungläubig. Ihre Brust bewegte sich nicht, kein Fünkchen Leben ging von ihr aus. Sie konnte nur tot sein. Der nächste Gedanke galt Iridna. Gregor bereute, sie geschlagen zu haben. Versöhnlich versprach er ihr ein neues Kleid.
Iridna beruhigte sich, schlang die Arme um ihren Gritschko.
»Sie ist eine Hexe«, flüsterte sie. »Wir sind verloren.«
»Nein, sie ist tot«, brummte Gregor. »Ich dachte zuerst, mein letztes Stündlein hätte geschlagen, aber Christus ließ es nicht zu.«
Iridna machte sich los und sah Gregor ungläubig an. Wieder spuckte sie Blut. Ihre Wange war rot und geschwollen. Behutsam betastete sie seinen Rücken.
»Es ist nichts«, sagte Gregor matt. »Höchstens ein bisschen warm. Um ehrlich zu sein: jetzt geradezu angenehm.«
Da ließ Sarah einen tiefen Seufzer hören. Sie lächelte, aber nur wenige Sekunden lang. Schließlich rappelte sie sich hoch. Verschlafen schaute sie um sich, doch mit jeder Sekunde gewann ihr Blick an Festigkeit. Es war, als führe sie

einen Eroberungsfeldzug. Mit der Geschwindigkeit eines Falken belebte sich ihr Geist. Sarah holte sich die Welt zurück. Gegenstände bekamen wieder Namen und Bedeutung, Bilder und Gedanken blühten auf wie im Zeitraffer. Ihr Begreifen des Diesseitigen knüpfte dort an, wo der Riese Iwan Michailowitsch es unterbrochen hatte, als er sie wie ein Karnickel an die Wand schmetterte.

Das Unbelebte ging dem Lebendigen voraus, und Sarah schien zunächst keine Sekunde an Gregor und Iridna verschwenden zu wollen. Doch irgendwann schweiften ihre Augen nicht mehr ab. Gregor und Iridna glaubten, abgetastet zu werden, denn Sarahs Blicke glichen Berührungen, die so mannigfaltig waren wie die Schattierungen des Lichts. Konnte sie etwas anderes sein als eine Hexe?

Was tat sie ihnen an?, fragte sich Gregor. Wie konnte es sein, dass sie glaubten, bei einem Atemzug gestreichelt, beim nächsten aber verworfen zu werden? Dieses Mädchen schien Reizungen hervorrufen zu können, die unmittelbar unter die Haut gingen: Ihre Blicke waren heiß und kalt, stumpf und spitz, hart und weich, ja, sie fühlten sich sekundenweise an, als schnürten sie dem Leib einen nassen Lappen um, badeten die Haut in Feuer oder legten ihr Steine auf. Es war nicht zu leugnen: Sarahs Blicke ereigneten sich leiblich. Sie waren Vollzug an der Haut.

Die Handflächen nach oben gekehrt, so als wolle sie damit Regen auffangen, streckte Sarah die Hände aus. Etwas Urbiblisches lag in dieser Geste, aber auch gleichzeitig ein magischer Sog.

Ruhe und Frieden lagen in der Luft.

Da klatschte sie in die Hände wie ein muselmanischer Herrscher, und aller Zauber – ob gut oder böse – zerstob.

»Und die anderen? Sind sie alle tot?«, fragte sie.
»Heiliger Jesus!«
Iridna wurde blass vor Schreck. Sarahs Stimme, die für Gregor und jeden Mann von erregendem Wohllaut war, glich in ihren Ohren dem Spiel auf einem verstimmten Instrument.
Gregor dagegen begann zufrieden zu brummen.
»Willkommen in diesem christlichen Haus, Goldschatz«, sagte er. »Wer immer du bist – lass es dir hier noch ein Weilchen gut gehen.«

Sarah gewöhnte sich rasch an ihr neues Zuhause. Trotzdem wahrte sie Distanz. Kamen ihr Gregor oder Iridna zu nahe, hob sie abwehrend die Hände; fragten sie nach ihrem Befinden, antwortete sie einsilbig. Der Grund war einfach: Sarah war verzweifelt damit beschäftigt, sich an die Ereignisse des Pogroms zu erinnern.
Am liebsten lag sie dabei auf dem Diwan. Die Fäuste auf die Augen gedrückt, strengte sie sich derart an, dass Gregor scherzte, sie wäre das erste Geschöpf der Welt, dem es gelingen könnte, sich selbst zu ersticken. Sarah ignorierte jede dieser Bemerkungen und mühte sich weiter ab. Ihre Energie ähnelte der indischer Yogis, die im Winter beim Meditieren den Schnee um sich zum Schmelzen brachten.
»Onkelchen, erzähl noch mal«, bat Sarah eines Abends, bestimmt zum hundertsten Mal.
»Nicht mehr«, sagte Gregor gedehnt und wunderte sich, dass er noch keinen Wutausbruch bekommen hatte. Seit Wochen tat er kaum etwas anderes, als Sarah alle Einzelheiten des Pogroms zu schildern. »Es nützt nichts, Goldschatz. Schlaf jetzt.«

Sarah schüttelte den Kopf.
»Du bestimmst nicht über mich, Onkelchen«, sagte sie.
»Du wirst das morgen bestimmt anders erfahren«, sagte Gregor seltsam gönnerhaft und erhob sich. »Denn irgendwann muss doch einmal Schluss sein. Findest du nicht auch?«
Gregor löschte das Licht und ließ Sarah allein.
Sarah schloss die Augen, begann zu dösen.

Auf einmal sah sie, wie helles Licht sich in die Stube ergoss. Aber es war anderes Licht als das Tageslicht oder das Licht von Gaslaternen oder Glühbirnen. Es war heller, mit einem unirdisch blauen Schein, ließ die Wände zurücktreten und schien die Vorhänge zu Wolken zu machen und dann in Luft aufzulösen.
Eine unbekannte Kraft hob Sarah vom Bett. Es war ihr, als hätte jemand gesagt, sie solle sich bereithalten, weil sie emporschweben würde. Sarah legte den Kopf in den Nacken und blickte zum offenen Himmel empor. Sie hatte den Wunsch, sich mit ihm zu vereinigen.
Sarah hörte sich beten.
»Mach, dass ich leicht bin, Himmel. Mach mit mir, was du willst. Verwandle mich in das Stäubchen einer Butterblume oder in einen Vogel. Lass mich fliegen. Mach, dass ich leicht werde.«
Sarah spürte, wie die Luft sie emportrug. Auf einmal bemerkte sie, dass sie nicht nur an einer einzigen Stelle existierte, sondern überall zugleich anwesend war. Sie fühlte, wie sie eins wurde mit der Welt, von ihr durchtränkt und aufgelöst. Alle Ängste fielen von ihr ab und machten einer wunderbaren Wärme Platz.

Lächelnd näherte sie sich dem Gipfel eines Berges, der mit hohem Gras bewachsen war. Und dort erwartete sie ihr Großvater.
»Ich warte schon länger auf dich«, sagte er und nahm sie an die Hand.
Gemeinsam schritten sie durch das Gras, das nach Pfefferminze und anderen Kräutern duftete.
Plötzlich lag ein Mann vor ihnen. Sein Blick war zum Himmel gerichtet. Sarah wusste augenblicklich, dass er ein Sterbender war.
»Du trägst keine Schuld an seinem Tod«, sagte ihr Großvater. »Wisse aber, dass dieser Mann dich über alles in der Welt geliebt hat und dich noch immer liebt. Noch schlägt sein Herz. Noch kannst du ihn retten.«
Sarah betrachtete aufmerksam das Gesicht des Mannes. Es kam ihr bekannt vor, sehr bekannt. War es nicht Josua?
»Weißt du, wer er ist?«, fragte der Großvater.
»Ich bin mir nicht sicher, aber …«
»Du wirst ihn auf jeden Fall retten«, fuhr der Großvater mit ruhiger Stimme fort. »Lege deine Hände auf. Denke an ihn und bete um seinetwillen zu Gott. Spüre die Liebe in dir und ihm.«
»Jetzt?«
»Jetzt.«
Sarah gehorchte. Sie betrachtete das Antlitz des Mannes und spürte, wie die Liebe von ihr Besitz ergriff. Gleichzeitig fühlte sie, wie sich Mut und Entschlossenheit in ihr ausbreiteten. Sie blickte in den Himmel. Stimmlos rief sie Gott um Hilfe an. Es war ihr, als verwandle sich ihre Hand in einen Lichtstrahl, der in den Sterbenden eindrang

und ihm Kraft und Hoffnung einflößte. Es war ein wunderbar befriedigendes Gefühl. Jubel breitete sich in ihr aus.
Als sie wieder aufblickte, war ihr Großvater verschwunden. Aber auch der Sterbende lag nicht mehr da. Verwundert drehte sie sich um und begann erneut zu schweben. Irgendetwas drückte ihr die Augen zu.

Als sie wieder sehen konnte, bemerkte sie, wie die Vorhänge langsam ausschwangen und sich das Licht aus ihnen zurückzog. Kaum war es erloschen, hörte sie Iridna laut aufstöhnen.
Nur wenige Sekunden später wusste Sarah dann, dass sie wirklich träumte.

Nach dieser Vision stellte Sarah ihre krampfhaften Bemühungen, sich zu erinnern, ein. Zum Entsetzen Iridnas sagte sie am nächsten Morgen, dass sie jetzt so bald wie möglich nach Njeschin zurückkehren werde.
Sie schrieb einen Brief nach Hause, damit ihre Eltern sie abholen kämen. Gregor versprach sie, ihr Vater und Njeschins jüdische Gemeinde würden ihn für seine gute Tat angemessen belohnen. Denn die Rettung einer jüdischen Seele werde gemäß der Sitte vergütet, was, so viel sie wisse, auch ein göttliches Gebot sei.
»Also habt ihr doch noch so etwas wie einen Goldschatz im Haus«, sagte sie. »Aber eben anders, als Tantchen Iridna es sich vorgestellt hat.«
Sarah sagte es mit dem Selbstbewusstsein einer frisch gekrönten Königin. Von einem Tag auf den anderen wirkte sie wie verwandelt. Sie leuchtete von innen, pulsierte vor

Aufregung und befürchtete zu platzen, käme sie nicht endlich nach Hause.

Eines Abends brach das Frausein mit der Wucht einer Naturgewalt über sie herein. Begleitet von schmerzhaften Unterleibskrämpfen machte Sarah ihre erste Erfahrung als Heilerin: Soviel sie auch ihre Hände auf den Leib presste und sich darauf konzentrierte, mit ihnen die Schmerzen wegzustreichen – es war unnütz. Sie konnte sich selbst nicht helfen.

Iridna erzählte, dass dies das Schicksal aller Heiler sei. So sei die Frau, die ihrer Großmutter die Gürtelrose weggezaubert habe, an einem vereiterten Zahn gestorben.

»Er hat sein Gift in ihr Herz geschüttet. Sie begann zu stolpern, dann war's aus mit ihr. Sie hat sich selbst nicht gesund machen können.«

Iridna saß auf dem Rand des Diwans und massierte Sarah den Rücken.

»Nicht! Ich bin unrein.«

Iridna lachte laut auf.

»Oh ja, ich weiß. Sogar die Luft, die dich umgibt. Bläuen euch eure Rabbis immer noch diesen Unsinn ein? Ich will dir was sagen: Euer Moses hat euch zwar aus Ägypten geführt, aber meschugge, wie ihr doch so gerne sagt, war er trotzdem.«

Drei Tage später war alles vorbei. Und doch kam es Sarah vor, als wolle eine unbekannte Kraft sie verwandeln. Als ob sie keine Minute mehr verlieren dürfte, entpuppte sie sich, wurde vom Mädchen zur Frau. Mit jedem Tag gewann ihre Brust an Fülle, Schenkel und Hüften begannen sich zu runden, ihre Lippen wurden voll, das Haar weich.

Gregor bemerkte trocken, endlich bekomme ihre Stimme

den Körper, nach dem sie klinge. Sarah sah mit Unbehagen, wie seine Blicke mit zunehmender Leidenschaft auf ihr ruhten. Es schien ihm Vergnügen zu bereiten, sie zu ängstigen.

Wann endlich kam ihr Vater, oder wenigstens Post?

Sarah vertrieb sich die Wartezeit mit kleinen Spaziergängen. Sie ging den Trampelpfad an der Ziegelsteinmauer entlang bis zum Eingang der Fabrik, bog dann in die nächste Straße ein und verweilte nach wenigen Gehminuten auf dem kleinen Platz mit dem Springbrunnen, um den herum ein paar alte Häuser mit Ladengeschäften standen.

Vor diesem Brunnen trafen sich die Menschen zum Schwatz, er war das Herz des Viertels. Auf drei verwitterten Bänken saßen Arbeiterpärchen und Alte, man las Zeitung oder schaute den Kindern zu, die Ball spielten und mit Blecheimern Wasser schöpften. Um die Mittagszeit hielt sich dort ab und zu auch Pjotr auf, der Sohn des Wirts, der gegenüber von Gregors und Iridnas Wohnung seine Schenke hatte.

Pjotr war Schusterlehrling. Ein pummeliges Bürschchen, dessen Gesicht glänzte, ganz so, als werde es von innen heraus gefettet. Mit seiner hohen Stimme und seinen seltsam elastischen Bewegungen war er der Schelm des Viertels. Sarah sah ihm gerne zu, wie er Leute, die er kannte, imitierte, was jedes Mal großes Gelächter auf dem Platz hervorrief. Pjotr machte diese Vorstellungen aus einer plötzlichen Eingebung heraus – wen er kannte, der war vor seinen Parodien niemals sicher.

»Achtung, unser Bäcker Soljukow geht in die Kirche!«, rief er mitten im Spiel am Brunnen und stellte sich in Positur. Sarah erkannte die Grimasse eines Mannes mit Hängelippe, der sich mit Hohlkreuz und Watschelgang bewegte. Pjotr ging einmal um den Brunnen herum, nahm sich den Stock eines der Alten zu Hilfe und stöhnte laut. Nach ein paar Schritten blieb er stehen und zog sich mit wackelndem Hintern die Hose hoch.

Oder der Glaser Gorbatschow, wenn er aus der Schenke von Pjotrs Vater kam – Sarah lachte mit den anderen, wenn Pjotr seine Lippen zu einem widerlichen Lächeln verzog und mit Füßen und Händen schlenkerte, als seien in ihnen keine Knochen, sondern Gummischläuche. Pjotr glotzte stumpf, sabberte und krächzte dann:

»Och – hab ich wieder. Gott, ist mir wunderlich. Das wird der Alten wieder gefallen, au, au, au. Der Hexe. Ach, es könnte alles so schö-ö-ön sein. Oh, du Gott, mach mich doch nicht so zum Knecht.«

Diese Parodie war besonders gelungen, das Publikum wollte sich ausschütten vor Lachen. Sarah neidete Pjotr aufrichtig um seine Courage. Er schien keine Angst zu kennen. Sogar aus dem Publikum pickte er sich lohnende Gestalten heraus. Zum Beispiel den Alten von der Bank, der auch Sarah schon aufgefallen war, weil er immer im Papierkorb nach alten Zeitungen suchte.

Pjotr zeigte auf ihn und kündete mit seiner hellen Stimme den Geizhals Schuwalow an. Direkt vor Sarah begann Pjotr mit seiner Parodie. Er schnupperte in die Luft, tat dann ein paar Schritte, wobei er misstrauisch den Kopf drehte und dabei irgendetwas Verächtliches grunzte. Das Publikum kicherte, stieß sich in die Seiten und war kurz davor loszuwiehern. Als Pjotr dann mit zerhackten Bewegungen einen imaginären Papierkorb durchwühlte, konnten die Leute nicht mehr an sich halten. Der Alte aber erhob sich mit gerötetem Gesicht und schüttelte drohend die Faust. Die Leute lachten nur noch mehr. Pjotr verbeugte sich und stakste davon, rief dabei verschiedene Namen, deren Gestalten er in sekundenkurzen Parodien vorstellte.

Drei Tage später war Sarah mit Iridna unterwegs zum Einkaufen. Sie hatten sich gerade auf eine der Bänke vor den Brunnen gesetzt, da drangen durch die halb geöffneten Fenster eines Ladengeschäfts ängstliche Schreie.

»Das ist doch Pjotr, oder?«, fragte Sarah.

»Das ist Pjotr«, bestätigte Iridna. »Und wer ihm da zusetzt, ist Meister Strowitsch.«

»Ich tu's nie wieder, Onkelchen. Nie mehr!«

Sarah lief es kalt den Rücken herunter. Sie wollte weg, doch Iridna meinte, sie wolle sich gerne mal anhören, wie Pjotr jetzt eine Lektion erteilt bekomme. Denn, so erklärte sie, er habe sie ebenfalls einmal lächerlich gemacht – vor allen Leuten.

Vor der Schusterei Strowitsch hatten sich schon andere Menschen versammelt. Sie alle sahen irgendwie zufrieden aus. Ihr bereitete das Zuhören jedoch größte Qualen.

»Onkelchen, bestimmt, ich tu's nie wieder!«

Pjotr schrie gellend auf. Um Christi willen, bat er mehrmals, dann ging sein Schreien in Winseln über. Ein nasses Klatschen drang aus dem Geschäft, das Sarah aufschreien ließ. Sie versuchte, Iridna wegzuziehen, doch die blieb stehen. Sarah hielt sich die Ohren zu. Trotzdem hörte sie, wie neben ihr eine Frau sagte: »Geschieht ihm recht.«

»Genau. Diese Faxen! War doch widerlich. Hat doch niemanden in Ruhe gelassen.«

»Ach was, den Respekt kriegt er jetzt wieder. Meister Strowitsch hat viel zu lange gewartet.«

Aus dem Geschäft tönte ein dumpfes Geräusch, als würde ein schwerer Gegenstand auf einen Stapel Pappe geworfen. Pjotrs Stimme schnappte über, wurde immer heiserer.
Sarah litt. Zitterte vor Angst. Es war ekelhaft, so mitten unter den Menschen zu stehen, die sich gestern noch an Pjotrs Parodien erfreut hatten und jetzt mit Befriedigung zuhörten, wie er geschunden wurde.
»Genug jetzt, Meister!«, rief ausgerechnet der Alte, den Pjotr als Geizhals verspottet hatte.
Doch Meister Strowitsch schlug weiter. Denn Peter hatte die Frechheit besessen, auch ihn zu parodieren.
Ein stämmiger Mann mit Lederschürze und aufgekrempeltem Hemd stieß plötzlich die Zuhörer beiseite. Es war der Bierkutscher, der Pjotrs Vater belieferte.
»Ihr Pack!«, rief er. »Das ist keine Tracht Prügel mehr, das ist Totschlag!«
Er ging in das Geschäft und kam wenige Augenblicke später mit Pjotrs schmächtigem Körper heraus. Sofort eilte er mit ihm zu einer der Bänke am Brunnen. Vorsichtig legte er Pjotr nieder. Die Leute kamen hinter ihm her und hatten auf einmal alle besorgte Gesichter.
Die Frauen zogen Taschentücher hervor und tränkten sie im Brunnen, zwei Männer griffen in den Brustlatz nach Flachmännern.
Der Bierkutscher schimpfte.
»Ihr seid doch Gesindel! Tut so, als wärt ihr in der Komödie. Aber ein Kind wird totgeprügelt.«
Er streichelte Pjotr, der nur stoßweise atmete und schwach wimmerte, über den verquollenen Kopf. Eine Frau tupfte ihm Blut von der Stirn, eine andere stürmte mit einer Flasche Weingeist aus der Apotheke herbei.

Pjotr stöhnte auf, als der Bierkutscher ihm das Hemd auszog. Grässliche Striemen kamen zum Vorschein, von denen etliche winzige Bluttröpfchen aufwiesen. Sein Gesicht zuckte, und unter den geschlossenen Lidern rollten die Augen.
Sarah atmete schwer, hielt zwischendrin die Luft an und klapperte mit den Zähnen. Unverwandt starrte sie auf den malträtierten, zitternden Jungenkörper.
»Er friert!«, rief sie.
Ihre Stimme kam ihr fremd vor – so, als hätte ein anderer gerufen. Und als sie neben Pjotr kniete, war die Erinnerung erloschen, zuvor den Schritt zur Bank getan zu haben.
Sie verspürte allein den Wunsch, Pjotr zu helfen.
Während der Bierkutscher ihm die Schläfen mit Weingeist betupfte, ließ sie ihre Händen dicht über Pjotrs Oberkörper kreisen. Für Sekunden berührte sie dabei seine Haut.
Iridna schaute wie elektrisiert und ließ ein lautes »Schscht!« hören, als die Umstehenden zu lachen begannen.
»Ist sie närrisch? Als ob sie ihn damit warm bekommt«, sagte der Alte.
»Du würdest ihm natürlich eine Zeitung auflegen, wie?«, gab es ihm Iridna zurück. »Guck doch! Pjotr entspannt sich.«
Sarahs Kreise wurden größer, ihre Bewegungen ruhiger. Pjotr seufzte erlöst auf, sein Atem ging tiefer. Hinter seinen Augen ebbte das Rollen ab, das Zittern legte sich.
»Mama«, flüsterte er, worauf sein Kopf lächelnd zur Seite fiel.
»Ist er tot?«, fragte der Alte ungläubig.
»Er schläft«, sagte der Bierkutscher. »Ihre Luftmassage scheint die bösen Geister vertrieben zu haben. Das gibt's.«

Pjotr wurde in einen Leiterwagen gebettet und in die Schenke gezogen. Die Menschen zerstreuten sich.
Sarah und Iridna folgten dem Bierkutscher.
In Iridna tobte ein Sturm widerstreitender Gefühle: Bewunderung, Neid, Verzweiflung, Sensationslust. Und zwischendrin hämmerte ihr Hirn unentwegt das Wort »Goldschatz«.
Sarah aber fühlte sich leicht und zufrieden.

Die von Iridna erwartete Belohnung wurde Sarah indes weder in Gold noch in Messing zuteil. Pjotrs Mutter stand am nächsten Morgen mit guten Worten vor der Tür und sein Vater am Mittag mit der Einladung auf ein paar Glas Wodka.
Gregors Spott war Iridna sicher.
»Dein Goldschatz hat gehörig einen sitzen«, sagte er. »Und Pjotr, der Schmächtige, sieht einfach nicht so aus, als ob ihm ein Paar heilende Hände begegnet wären.«
»Aber seine Schmerzen!«, begehrte Iridna auf. »Die sind weg! Die Peitsche kann sie ja nun nicht ungeschehen machen.«
Gregor schwieg und grinste. Er spielte mal wieder mit seinem Dolch, schabte sich damit über das Kinn, hauchte auf den perlmutternen Griff, zerschnitt über der Tischkante alte Zeitungen. Ab und zu schaute er nach Sarah, die bleich auf dem Diwan vor sich hin dämmerte, neben sich einen Eimer.
»Allmählich wundere ich mich allerdings auch, dass keine Nachricht aus Njeschin eintrifft«, sagte er. »Am Ende müssen wir sie weiter durchfüttern und dürfen ihr dann sogar noch einen Bräutigam besorgen.«
»Du hast sie hergeschleppt, Gritschko«, sagte Iridna.

»Hört auf«, sagte Sarah schwach. »Wenn in einer Woche keine Post da ist, fahre ich trotzdem heim«.
»Wie schön!«, rief Gregor bittersüß aus. »Aber vorher musst du mit Tantchen Iridna erst einmal ordentlich heilen gehen, Goldschatz. Um ein paar Rubelchen zu machen. Es sei denn, du glaubst, dir das Zugbillett beim Stationsvorstand erstreicheln zu können.«

Gregors Worte bewirkten bei Sarah nur Trotz. Heilen und Geldverdienen passten zwar zusammen, meinte sie, aber ebenso Heilen und Demut. Wer die Gabe besitze, müsse zuallererst den Wunsch haben, das Leid zu mindern. Selbstlosigkeit sei Tugend, nicht Selbstbereicherung.
Gregor lachte nur höhnisch. Iridna dagegen keifte, sie wolle Sarah gleich morgen einmal zeigen, wie es sei, Armen helfen zu wollen und dafür nur Hass zu ernten.
»Ich präsentiere dir Wano. Das ist die Kur für deinen Hochmut.«
Sarah war entschlossen, diese Prüfung zu bestehen. Und so besuchte sie das erste Mal in ihrem Leben eine wirklich arme Behausung. Der Mann, den sie jetzt kennen lernen würde, erklärte Iridna, sei ein entfernter Verwandter. Einst sei er als Matrose auf einem Getreidefrachter gefahren, jetzt saufe er eigentlich nur.
Sarah trat in eine Baracke mit kohliger Decke und schmutzig blauen Wänden. Sie bot sechs Menschen Unterkunft, von denen vier in der Stadt bettelten, einer als Schuhputzer arbeitete und der sechste der Besitzer der Bruchbude war: Wano Lamm, den sie hier schlicht »den Ofen« nannten. Er verdiente die täglichen Kopeken, weil er Schlafplätze vermietete.

Der Gestank nach Ammoniak, gemähtem Gras und Sauerkraut würgte Sarah im Hals.
»Nur zu«, meinte Iridna. »Dass Wanzen nach Gras riechen, habe auch ich erst hier gelernt. Wano liegt da, wo der Ofen ist.«
Da die Baracke nur zwei Fenster besaß, war es trotz der hellen Sonne schummrig wie in einer Höhle. Sarah brach der Schweiß aus. Die Baracke war übermäßig warm, ganz offensichtlich wurde der Ofen befeuert.
»Warum heizen die hier so?«, fragte Sarah.
»Weil Wano mehr als die Hälfte seines Lebens als Heizer zur See gefahren ist. Jetzt klappert er sogar in der größten Hitze.«
Iridna erzählte es ohne einen Funken Mitgefühl.
»Wano – bist du wach?«
Der Mann, den sie ansprach, lag in einer Art Müllkippe, auf drei Matratzen, die an mit Pappe zugestellte Wänden stießen. Zwischen den Pappen quollen Lumpen heraus. Wano hatte eine erkaltete Pfeife zwischen den Zähnen und sah aus wie ein Verwesender: die Augen blutunterlaufen, das zerkratzte Gesicht voller Ausschlag. Eiter bildete in seinem Bart blutige Nester. Mehr war von ihm nicht zu sehen, denn er lag unter zwei Fellen, auf denen sich eine Katze breit gemacht hatte.
»Schau mal, wen ich mitgebracht habe.«
Iridna stieß Sarah vor, nahm ihre Hand und klopfte mit ihr auf die Felle. Die Katze hob den Kopf, gähnte und schloss gleich wieder die Augen.
Wano stieß einen Atem aus, der nach Fäulnis und Schnaps roch.
»Was soll ich mit der? Sie aussaufen?«

Wano stemmte sich nach oben und musterte Sarah.
»Wer du bist, ist mir egal. Auf jeden Fall krieg ich keinen mehr hoch, klar?«
»Wano, ich hab ein paar eingelegte Grünlinge, Brot, Gurken und einen Käse«, sagte Iridna. »Schau mal.«
Iridna zog das Tuch vom Korb, fasste einen der Grünlinge am Schwanz und hielt ihn Wano vor die Nase.
Wano öffnete den Mund und ließ sich füttern.
Es knirschte ein paar Mal, dann zog er den Fischschwanz aus dem Mund, betrachtete ihn wohlwollend und warf ihn dann auf das Fell, wo er von der Katze gefressen wurde.
»Leg alles auf den Stuhl«, sagte Wano. »Aber weshalb hast du die da mitgebracht?«
»Wegen deiner Geschwüre«, sagte Iridna. »Sie hat goldene Hände. Will sie dir auflegen.«
Aus Wanos Kehle löste sich ein röchelndes Prusten, das nichts als Verachtung ausdrückte.
»Wollt ihr mich wohl in Ruhe lassen?«, stieß er böse hervor. »Mir auf den Pelz rücken? Kleine, ich beiß dir die Finger ab, wenn du mir zu nah kommst.«
»Warum denn?«, fragte Sarah. »Ich meine es wirklich ehrlich!«
»Das glaube ich dir, Süße. Aber meine Haut ist meine Haut. So zerstört wie sie ist, bin ich es, verstehst du? Diese Pelle hier hat mich im Stich gelassen. Mich zu einem ewig frierenden Hund gemacht. Soll ich sie da mögen? Es ist Lust für mich, sie zu zerkratzen. Im Schmerz spür ich mich wenigstens wieder als Mensch. Und das lass ich mir doch nicht nehmen!«
Was Wano da sagte, war außerhalb von Sarahs Horizont. Auch Iridna musste sich anstrengen, seinen Worten zu fol-

gen. Aber immerhin hatte sie jetzt so etwas wie eine Erklärung dafür, dass Wano sich nie helfen lassen wollte, weder Salben noch einen Arzt an sich heranließ.
»Aber wenn du ganz gesund wärst, Wano …«, wandte Iridna zögernd ein.
»… ich lebe durch Kratzen und genieße durchs Saufen«, sagte Wano und legte sich wieder hin. »Verschwindet. Gott wird euch euren Besuch gutschreiben.«
»Wenn du gequält werden willst: Das kann ich machen!«, stieß Sarah voll leidenschaftlicher Wut hervor. »Meine Hände sind wie Gift, wenn ich will!«
Wano erhob sich so ruckartig, dass die Katze ihr Lager verließ. Neugierig blickte er Sarah an, die in seinen Augen die Lust aufflackern sah, sich berühren zu lassen. Aber ihr Instinkt sagte ihr, dass Wano nicht am Wohlsein gelegen war, sondern an der perversen Lust des Schmerzes. Er wollte leiden, Märtyrer seiner selbst sein. Wano suchte einen Peiniger, und Sarah war bereit, ihm diesen Wunsch zu erfüllen.
»Tu es, wenn du kannst«, sagte er lauernd. »Doch wenn ich nichts spüre, beiß ich dir in deine jungfräulichen Finger.«
Iridna glaubte zu träumen. Wanos monströs geschundenes Gesicht streckte sich den sauberen Händen Sarahs entgegen. Gegen sein Gesicht nahmen Sarahs Hände sich mit ihrem mädchenzarten Flaum doppelt zart aus, doch in dem Moment, in dem Sarah die Finger spreizte, wich alle Zerbrechlichkeit aus ihnen. Als ob sie Geschütze ausfährt, durchfuhr es Iridna. Und so glaubte sie Sarah aufs Wort, dass diese ihre Energien wie Gift einsetzen konnte. Andererseits wunderte sie sich über Wano: Er tat, als glaube er

grundsätzlich an derartige Fähigkeiten, wie Sarah sie besaß.

Warum zweifelte er nicht?

Ging dies allen Trinkerseelen so?

»Also leide eben«, sagte Sarah. »Vielleicht überlegst du es dir dann anders.«

»Mach zu, Hübsche.«

Kaum hatten Sarahs Finger Wanos Gesicht berührt, da grunzte dieser wollüstig auf. Sarah schloss die Augen. Ihre Hände schienen fast zu schweben, aber Iridna kam es vor, als stemme Sarah sich mit maßlosem Gewicht in Wanos Gesicht. Der stöhnte, röchelte und verzog den Mund, als zerkaue er seine Schmerzen mit der Lust eines Gourmets. Sarahs Gesicht indes entstellte sich zusehends. Iridna sah sie sich in eine Hexe verwandeln, in deren schwarzem Haar es zu knistern schien und deren Hände zu Krallen wurden. Aus einem Mädchen wurde ein Dämon, der Wano folterte. Ihm entrangen sich unheimliche Laute, wobei sein Kopf hinter Sarahs Krallen spastisch zu zucken begann.

Schließlich musste Wano kapitulieren. Ein Grausen packte Iridna, als Wano wie ein brünftiger Hirsch losröhrte und dann in sich zusammensackte.

»Heilige Mutter! Du hast ihn umgebracht!«

Iridna schlug das Kreuz. Sekundenlang war ihr Gesicht grau vor Entsetzen. Kalter Schweiß brach ihr aus, und sie hatte Mühe, Luft zu bekommen. Es war stickig, die Baracke schien ihr wie ein Grab. Raus hier!, rief es in ihr, bloß weg! Iridna packte ihren Korb und eilte davon.

Sarah blieb allein zurück.

Wano saß wie ein voller Sack auf seinen Matratzen, leblos, aber doch lebend. Wieder hob Sarah ihre Hände. Hielt sie

über Wanos Kopf. Der zuckte leicht zusammen. Nach einigen Minuten hob er den Kopf.
»Lass mich schlafen«, sagte er mit schlitzigen, müden Augen.

Zu Hause gab es Post. Und einen Entschluss Iridnas. Sie wolle, erklärte sie Gregor, nicht mehr mit Sarah unter einem Dach leben. Das mit dem Goldschatz nehme sie zurück.
Gregor brummte irgendetwas. Der Brief, den er Sarah wenig später in die Hand drückte, war ihr eigener. Mit unterschiedlich farbigen Stempeln übersät, stand schräg auf ihm geschrieben: »Zurück«.
»Du bringst sie dahin, wo sie herkommt!«, giftete Iridna und schlug wieder das Kreuz.
Sie hatte Geld in der Hand – für zwei Zugbilletts nach Njeschin.

Drittes Kapitel

»Heilige Mutter! Sag, wofür das alles?«
Gregor murmelte es nicht das erste Mal vor sich hin – und es klang jedes Mal ein Stück grimmiger. Doch eine Antwort war müßig. Zudem sagte ihm eine innere Stimme, dass die Frage falsch war, auf ihre Weise genauso falsch wie Iridnas Hoffnung, mit Sarah eine Kopekenscheißerin zu besitzen.
Dutzendfach hatte er beschlossen, die letzten Monate schlicht zu vergessen, doch es funktionierte nicht. Die Zeit mit Sarah würde er ebenso in sich bewahren wie die Erinnerung an Tatjana, seine erste große Liebe. Beide hatten sich in sein Bewusstsein eingraviert, wobei es Sarah mit ihren wunderstarken Händen gelungen war, seiner Haut gleichsam ein Gedächtnis zu verpassen. Gregor kam sich vor wie ein von ihr Gezeichneter. Sarahs Male waren unsichtbar, aber er trug sie mit sich herum.
Unwillig strich er sich seinen Schnauzer. Sarah für einen Goldschatz zu halten entsprach ganz Iridnas Dummheit: Sie würde sie in der Erinnerung als Hexe betrachten – er als Mädchen, das sein Leben durcheinander gebracht hatte. Streitereien waren zwangsläufig. Er würde wieder prügeln, sie ihm hinterher besonders lüstern zu Willen sein.
Am Horizont dämmerte die Langeweile auf.
Zum dritten Mal bimmelte die Glocke. Der Zug fuhr an. Sarah war nicht aufgewacht. Seit Kiew schlief sie zusam-

mengekauert in ihrem Sitz. Kurz bevor sie in Njeschin einfahren würden, wollte sie aufwachen, keine Minute vorher. So hatte sie es gesagt und »Onkelchen« gebeten, sie auch bitte schön schlafen zu lassen.

Iridna hatte ihr die typische ukrainische Tracht junger Frauen genäht: einen knöchellangen, gerade geschnittenen hellroten Rock mit grüner Schürze, darüber ein bis zu den Hüften reichendes rotes Hemd mit weißen Ärmeln. Um sich gegen das Rattern der Waggons zu schützen, hatte Sarah das Kopftuch umgebunden, was ihr Gesicht markant hervortreten ließ.

»Lippen wie eine Lebedame. Die schattigen Wangen wie von einer orientalischen Zauberin. Und die schrägen Augenbrauen?« Gregor überlegte, strich sich über Schnauzer und Stirn. »Mongolisch? Kaukasisch? Biblisch? Teuflisch? Alles zusammen«, flüsterte er. »Nur die Nase ist jüdisch.«

Es kostete ihn Kraft, seine Augen von Sarah abzuwenden. Tat er es, stieg Groll in ihm auf, zusammen mit der ewig gleichen Frage nach dem Warum. Hinterher war die Seele leer, seine Fäuste geballt.

Wie sie sich wohl im Bett aufführen würde?

Gregor bemühte seine Phantasie, doch ohne allen Genuss. Er war hin- und hergerissen zwischen Berührungslust und der Angst vor einer Berührung.

Einmal neigte er sich vor, streckte die Hand aus und ließ sie über Sarahs Hüfte schweben. Selbst für ihn sah es lächerlich aus.

Wer bist du bloß?, dachte er.

»Eine Kriegerin.«

Hatte irgendjemand gesprochen? Gregor blickte irritiert

um sich, aber da saß nur der Unteroffizier, dessen Mundwinkel vom Tiefschlaf silbrig schimmerten.

»Herr Jesus! Ich führe Selbstgespräche.«

Gregor forschte in Sarahs Gesicht. Eine Kriegerin! Ja, das war es, Sarah hatte die Gesichtszüge einer Kriegerin. Gregor nickte. Was nützte es. Seine Entdeckung war so viel wert wie die Diagnose einer Krankheit, für die es noch keine Medizin gab.

Goldschatz!

Kopekenscheißerin!

Hexe?

Heilerin?

»Träumst du, Onkelchen?«

Sarahs Stimme riss Gregor aus seinen Gedanken. Der Zug hatte bereits an Tempo verloren.

Sie waren am Ziel.

»Njeschin!«

Gregor hatte erwartet, dass Sarah vor Freude tanzen würde, wenn sie die Stadt betraten. Aber nichts dergleichen geschah. Sie war ein Muster an Selbstbeherrschung. Lief nicht schneller als in Kiew, klatschte weder aufgeregt in die Hände, noch zerrte sie ihn am Ärmel, um ihm bei jedem Geschäft und jedem Haus eine Geschichte vorzuschnattern. Allein die Augen strahlten erwartungsvoll und fröhlich. Sie hatte das Kopftuch in den Nacken geschoben, so dass die Sonne ihr schwarzes Haar metallisch glänzen ließ.

Wirklich, wie eine Kriegerin!

»Und du warst Soldat.«

Gregor sagte es beiläufig. Vielleicht hast du sie deshalb gerettet, dachte er bei sich.

War das nicht die Kreuzung, wo sie zusammengestoßen waren?
»Richtig. Hier war es, Onkelchen.«
»Kannst du jetzt auch Gedanken lesen?«, fragte Gregor missmutig.
Mitten auf der Kreuzung blieben sie stehen.
Es herrschte wesentlich weniger Betrieb als damals am Sabbatvorabend. Zwei blasse Jungen mit Schläfenlocken zogen einen mit Brennholz beladenen Leiterwagen, vor dem Kaffeehaus gestikulierten in feine bunte Seidenkaftane gewandete Männer: kaukasische Händler mit braun gebranntem Gesicht und stechenden grauen Augen. Vor den Auslagen Feiwels, des Delikatesswarenhändlers, lungerte ein Quartett Bosjaken, das scheu zur Seite trat, als eine Dame im Samtkleid mit weiten Puffärmeln und Federhut auf das Geschäft zuging. Sie hielt sich ein Taschentuch vor den Mund, hüstelte. Nachdem sie eingetreten und die Tür hinter sich geschlossen hatte, gab es freche Pfiffe. Worauf die vier ihre Köpfe zusammensteckten und wüst herauslachten.
»Maschenka Archipowna Pawlitsch«, sagte Sarah.
Ihre Stimme klang ausgesprochen bewundernd, aber ihre Miene strotzte vor Verachtung.
»Sie ist die Geliebte eines Offiziers der Geheimpolizei«, fuhr sie flüsternd fort. »Schön anzuschauen, wie? Aber sie hat die Schwindsucht.«
»Soll vorkommen«, sagte Gregor. »Du siehst aus, als ob du sie fressen wolltest. Aber deine Stimme klingt, als ob du sie beneiden würdest.«
»Nie, Onkelchen! Ich hätte nur gerne ihr Kleid.«
Sarah sagte es geradeheraus, kein bisschen verschämt.

Schließlich begann sie sogar zu kichern. Doch plötzlich schlug sie sich auf den Mund – als sei ihr Wunsch etwas Verbotenes.
»Komm, Onkelchen«, sagte sie schnell. »Rabbi Jankovic sagt, wer das Geld liebt, wird nie genug davon haben. Und zu Josua sagte er einmal: Es gibt auf der Welt keinen noch so reichen Menschen, der nicht glaubt, es gebe einen noch reicheren.«
»Wer ist Josua?«
»Mein Bräutigam«, sagte Sarah düster. »Ich soll ihn heiraten.«
Gregor überkam eine heftige Anwandlung von Eifersucht.
»Und, was macht er?«, stieß er rau hervor.
»Thora und Talmud studieren. Was sonst?«
Sarah sagte es so giftig, dass es Gregor belustigte. Doch im selben Moment kam er sich in seiner Eifersucht lächerlich vor. Was war bloß in ihn gefahren? Je näher sie dem Viertel der Juden kamen, umso kräftiger klopfte ihm das Herz.
Sarah ging von Minute zu Minute schneller. Mehrmals wandte sie sich nach ihm um, spähte aber auch in die Gassen und fixierte erwartungsvoll die ihnen entgegenkommenden Frauen. Aber niemand schien sie zu erkennen. Die Jüdinnen, die ihnen mit Einkaufskörben und fleckigen Schürzen über tristen Kleidern entgegenkamen, schauten nicht links noch rechts, sondern huschten an ihnen vorbei wie verängstigte Katzen. Gregor empfand sie auf ihre Weise als ebenso uniformiert wie die Männer mit ihren Bärten, Schläfenlocken, ewig gleichen schwarzen Kaftanen und Schirmmützen. In diesem Milieu sollte ein Geschöpf wie Sarah sich wohl fühlen?

»Sag doch: Wer hat befohlen, dass ihr ausseht wie struppige Hunde?«
Gregor fragte es so verächtlich wie möglich und setzte das mürrischste Gesicht auf, das ihm zu Gebot stand. Er ging bewusst in der Mitte der engen Straßen und genoss es, wenn Frauen wie Männer ihm ängstlich aus dem Weg gingen.
»Weil bei uns die Frau als Inbegriff des Reizvollen betrachtet wird«, sagte Sarah. »Fremde Männer sollen ihre Augen von ihr wenden, um beide zu schützen. Denn die Reize einer Frau gehören allein ihrem Mann.«
»Weshalb einer Braut die Haare abgeschnitten werden und sie für den Rest des Lebens eine Perücke tragen muss. Was beweist, dass euch Juden wahre Schönheit fremd ist.«
Sarah blieb stehen und drehte sich zu Gregor um.
»Das Gesetz will es so«, sagte sie trotzig.
»Ist wohl das elfte Gebot«, erwiderte Gregor höhnisch.
»Nein, das zweite. Du sollst dir kein Bild machen.«
Sarah bog in die nächste Straße ab und lief los. Etliche Fenster waren hier mit Brettern vernagelt, manche starrten gar schwarz und glaslos auf die Gasse. An einigen Fassaden zeugten bizarre Glasreste in den Rahmen von den begangenen Verwüstungen, hier und da klebten am Putz und an den Ständerbalken noch Federn.
Ein paar Schritte weiter entdeckte Gregor das zwischen den beiden zweistöckigen Steinhäusern eingezwängte Fachwerkhaus. Dahinter die modrige Gasse, die in den Garten führte – den Garten, in dem die Bauern nach Schätzen gegraben, Sarah sich mit dem Leuchter davongemacht hatte und er gewürgt worden war.
Hier hatte alles begonnen.

Gregor suchte nach einer Bemerkung, doch sein Kopf war leer.

Sarahs Türklopfen war eine Flut von Faustschlägen.

Als sich die Tür öffnete, rieselte Mattigkeit, aber auch Verlegenheit durch Gregors Glieder.

Es war also doch jemand da.

»Mame?«, hörte er Sarah rufen – voller Entsetzen, wobei sie heftig zurückfuhr.

Eine dicke Frau und drei kleine Kinder drängelten sich durch die Tür.

Sarah stierte die Frau an, das Gesicht aschfahl.

»Himmel, was ist das wieder für ein Theater!«, rief Gregor. »Seid ihr blind? Sarah ist zurück!«

Der Frau hatte es die Sprache verschlagen. Sie schüttelte bloß den Kopf, während die Kinder Sarah mit großen Augen anstaunten.

»Mame«, wiederholte Sarah verzweifelt und schlug sich die Hände vors Gesicht. »Wo bist du?«

Im Nebenhaus ging das Fenster auf. Rahel, die Frau des Wein- und Wollwarenhändlers Jizchak, streckte den Kopf heraus und begann im selben Augenblick hysterisch zu schreien. Im Nu kam sie weinend aus dem Haus, rief immerfort Sarahs Namen und »Gesegnet sei Gott«. Überall gingen Türen und Fenster auf. Jung und Alt eilte auf die Straße, manche hatten noch Werkzeuge in der Hand. Man klatschte in die Hände und streckte die Arme gen Himmel, pries Gott und betete so laut, wie andere jubelten.

Während jeder versuchte, Sarah zu umarmen oder sie wenigsten zu berühren, sprach Gregor beruhigend auf sie ein und streichelte ihr über den Rücken. Rahel rang die Hände

und schrie, man solle den Rebbe holen. Pulkweise rannten die Kinder los, lachten und juchzten.
Innerhalb weniger Minuten bildete sich eine Menschentraube, die ihn und Sarah eng aneinander presste. Und Gregor genoss es. Dass er, der Goj, Sarah tröstend umarmte, erfüllte ihn jetzt mit Stolz. Noch nie waren sie beide sich so nahe gekommen.
Ob dies auch Zufall war?
Nein. Die Antwort war mit der Frage gekommen. Also musste sie richtig sein.
Sarah jedoch schluchzte und bebte, als würde sie zerspringen.

Das erste Mal in seinem Leben verbrachte Gregor die Nacht mit Juden, aß und trank mit ihnen. Es erschien ihm wie ein Wunder, er kannte sich selbst kaum wieder. Sicher war nur eins: Dieses Ereignis verdankte er Sarah, deren Retter er war und die durch ihn wieder auferstanden war.
»Wer einem von unserem Volk hilft, gilt wie einer, der Gott hilft.«
Mit diesen Worten trank ihm Rabbi Eisik zu, und alle Juden taten es dem neuen Oberhaupt ihres Viertels nach. Kein Freudenfest ohne Essen und Trinken, sagte der Rebbe, nichts gefalle Gott so gut, wie sein Volk fröhlich zu sehen, wenn es Anlass dazu habe. Schon die ältesten Gelehrten hätten gepredigt, dass die Freuden der Tafel das Beste seien, Fremde dauerhaft einander näher zu bringen.
Rabbi Eisiks Augen blitzten. Sein schmales Gesicht wurde von einer gewaltigen Hakennase beherrscht, die aber weniger einschüchternd wirkte, wenn er nickte – was er diesen Abend ununterbrochen tat, sogar beim Essen. Und Rabbi

Eisik aß und aß und aß. Wobei Gregor sich weniger über die Mengen wunderte als darüber, dass der Rebbe alles durcheinander essen konnte. Was er musste, denn ständig kam irgendwer von den Frauen und nötigte ihn, doch auch von ihrem »Bisschen« etwas zu kosten.

»Rebbe, du hast ja gar nichts zwischen den Zähnen! Noch ein Stückl Honigkuchen, wie? Tu mir den Gefallen.«

Rabbi Eisik nickte und dankte, verdrehte vor Wonne die Augen und biss mit vorsätzlichem Behagen in den Kuchen. Darauf folgten ein Häppchen Stockfisch, ein Hühnchenschlegel und Marmeladenbrötchen, anschließend ein saurer Hering. Er trank Wein und Tee zusammen, nahm zwischendurch ein Löffelchen Pflaumenkompott oder schlürfte das Näpfchen mit der Nudelsuppe aus.

Tatsächlich war, anders als vor vielen Jahren, Rabbi Eisik nach den üblichen hitzigen Debatten nur von einer knappen Mehrheit zum Nachfolger von Rabbi Jankovic gewählt worden. Nicht alle der »schejnen Jidn«, die in der Synagoge die vorderen Plätze belegten, teilten seine Ansicht, aktiv gegen Pogrome vorzugehen. Rabbi Eisik hatte vorgeschlagen, eine Kommission zu bilden, die bei einem drohenden Pogrom einen Delegierten zum Verhandeln bestimmte. Der sollte sich dann mit den Behörden verständigen und Geld ins Spiel bringen.

Rabbi Eisik beschied sich so viel Menschenkenntnis, dass er Gregor von dieser Idee erzählte und ihn um seine Meinung bat.

»Du wirst uns ja nun nicht verpfeifen, Gregor Nikolajewitsch«, sagte er und stopfte sich ein halbes Knödelchen in den Mund, das ihm Rochel, die Frau von Chaim, dem Bäcker, anbot.

»Und es ist doch auch richtig«, platzte Rochel heraus. Ihre strahlend blauen Augen leuchteten Rabbi Eisik direkt ins Gesicht. Und dessen Hand zuckte, als wolle er ihre Unterarme streicheln, die blass und rund wie Teigschläuche aus ihrer zu engen Bluse ragten.

»Ja, erzähl du es nur«, sagte er mit vollem Mund. »Es ist ja – Gott behüte – nicht gelogen.«

Rochel ließ sich dies nicht zweimal sagen. Sie berichtete, wie in Odessa eine solche Kommission einen von den wirklich »Schejnen« ausgewählt hatte, weil der mit dem Offizier von der Polizei, dem Natschalnik, auf gutem Fuß stand. Dieser »schejne Mann« lud den Offizier in den Nebenraum eines guten Restaurants zum Essen ein. Er tafelte und trank mit ihm und nahm es dabei sogar auf sich, nicht koschere Speisen zu essen. Weil, ja, weil eben das Wohl seines jüdischen Viertels auf dem Spiel stand. Schließlich kam der Abgesandte zum eigentlichen Thema und bot dem Natschalnik ein Schmiergeld an, damit der mit seinen Leuten die Juden und deren Geschäfte im Viertel vor den Krawallmachern schützte. Der Natschalnik hatte natürlich abgelehnt und auch davon gefaselt, dass er Befehle von oben habe, aber der Abgesandte war eben »schejn«, also mit Rubeln gesegnet, klug und auch ein bisschen schlau. Er diskutierte nicht weiter, sondern umarmte seinen Gast, dankte, dass der überhaupt zugehört hatte – um ihm ganz schnell das Geld in dessen Tasche zu stecken.

Zusammen wurde dann geraucht und Cognac getrunken und über die Frauen hergezogen. Schließlich kam der ungezwungene und herzliche Abschied.

»Und als es dann so weit war«, fuhr Rabbi Eisik fort, während er einen Pfannkuchen zerschnitt, »da umschloss ein

Kordon der Polizei die Geschäfte des jüdischen Viertels. Die Krawallmacher kamen nicht dazu, dort auch nur eine einzige Scheibe zu zerschlagen.«

»Ich verstehe gut«, sagte Gregor träge und rubbelte sich seinen Schnauzer. »Euer alter Rabbi sprach sich gegen Schmiergeld aus. Er vertraute auf Gott. Mit Gebeten gegen die Löwen. Wort gegen Schwert. Aber schon David kämpfte wenigstens mit der Schleuder gegen Goliath.«

»Ja, Gebete! Für ihn, der Allmächtige segne ihn, zählte das Wort allein«, rief Rochel so leidenschaftlich wie verzweifelt, wobei ihre blauen Augen zornig funkelten. »Die besoffenen Gojim dagegen, verflucht seien sie, verhöhnten ihn ...«

»... und schlugen ihn mit einer Wodkaflasche tot«, sagte Sarah tonlos.

Seit Stunden lehnte sie im Arm der Nachbarin, die mit ihr auf einer Matratze saß, und starrte stur geradeaus. Hin und wieder schüttelte sie lediglich Rahels Hand ab, die ihr ständig über den Kopf streichelte. Sie redete nicht, sagte nur Ja oder Nein, wenn irgendwelche Frauen ihr wieder ein Häppchen anboten.

Jeder hatte Verständnis für diese Einsilbigkeit, denn was Sarahs Eltern, Tante, Onkel und Cousins betraf, hatten beide Familien vor wenigen Wochen Njeschin verlassen, um in Odessa ein neues Leben zu beginnen. Es war bequemer für die Post gewesen, den Brief an den Absender zurückzuschicken, als die Adresse in Odessa auszuforschen. Rahel erinnerte sich, wie Sarahs Mutter kurz vor der Abreise den Namen Hejnech erwähnte.

Sarah beruhigte sich etwas. Hejnech war ihr Großonkel. Warum Odessa?

Rahel hatte Gregor erzählt, es sei immer schon der Wunsch von Jankl, Sarahs Vater, gewesen, in der weltoffenen Stadt am Schwarzen Meer zu leben. Das Pogrom habe jetzt den letzten Anstoß dazu gegeben. Um Sarah die Reise nach Odessa zu bezahlen, würde man im Viertel sammeln.
»Und was ist mit Josua?«, fragte Sarah plötzlich.
»Ach Sarah, Kind! Er ist mit Eisele, seiner Mutter, in Warschau bei seinem Onkel. Sie hat hier alles verkauft. Aber du bleibst seine Braut.«
»Gut«, sagte Sarah mit gespielter Zustimmung.
Gregor fing ihren Blick auf. Er war undurchdringlich, aber Gregor spürte, dass sie ihm zu verstehen gab, was sie wirklich davon hielt, die Braut eines Mannes zu sein, den sie nicht liebte. Er hatte ihren giftigen Ton auf seine Frage, was dieser Josua denn tue, nicht vergessen.
Rabbi Eisik hörte auf zu kauen. Für Sekunden war es totenstill. Alle sahen Sarah irritiert an. Die schlug schnell die Augen nieder und schmiegte sich mit einem lauten, klagenden Seufzer in Rahels Arme. Aber ihr Gesicht zuckte seltsam. War es Spott? Gregor nickte langsam, seine Augen verzogen sich zu Schlitzen. Köstlich! Sarah machte nicht nur Rahel und dem Rabbi, sondern allen etwas vor. Ihr erbarmungswürdiges Seufzen war Komödie. Von ihr aus hätte Josua gerne nach Amerika auswandern können.
Die Komödie ging weiter. Sarah schniefte laut und strich sich das Haar aus der Stirn. Plötzlich schaute sie Rabbi Eisik honigsüß an und fragte ihn mit brechender Stimme:
»Warum bloß lässt Gott – gerecht ist er – dies alles zu, Rebbe?«
Sofort ging ein Raunen durch den Raum.
»Ja, warum Rebbe?«, fragte Rochel.

Plötzlich erhoffte sich jeder Antwort auf Sarahs Frage. Mit einem Schlag wurde es ruhig. Der Wein hatte Gregor benommen gemacht, aber jetzt wurde er neugierig. Was antwortete ein Rabbi auf diese fundamentale Frage? Gregor konnte sich nicht vorstellen, dass ein Mensch sie auch nur annähernd beantworten könne – und sei er auch der weiseste Rabbi oder würdigste Patriarch.

Die Spannung stieg.

Rabbi Eisik nickte und kaute gemächlich die dick bebutterte Scheibe Weißbrot zu Ende. Alles sah so aus, als ob er nicht nur mit der Frage gerechnet, sondern sich längst auch eine Antwort zurechtgelegt habe.

Er griff zu seinem Glas Tee und trank es aus, ohne abzusetzen.

Dann sprach er. Bedächtig, aber auch beiläufig.

»Wenn Gott, sein Name sei gepriesen, alle Verbrechen, alles Leid und alle Katastrophen vereiteln würde – er beraubte die Menschen damit der Möglichkeit, zu lernen und sich zu bessern. Wozu sonst hätte er uns Verstand gegeben? Das ist das eine. Das andere: Gott, heilig ist er allein, hat die Welt für uns geschaffen. Aber wenn Eva im nüchternen Zustand noch nicht einmal einem Apfel widerstehen konnte – wie sollte dann ein betrunkener Goj dem Gebot folgen, das da sagt: Du sollst nicht töten? Und zum Dritten: Jeder Mensch stirbt gegen seinen Willen, aber er lebt auch gegen seinen Willen. Dass wir, ohne es zu wollen, geboren werden, finden wir selbstverständlich. Warum aber tun wir uns so schwer mit der anderen Selbstverständlichkeit, dass wir sterben müssen?«

Rabbi Eisik schwieg und griff zum Wein. Er trank ihn wie den Tee: ohne abzusetzen. Darauf erhob er sich.

»Rebbe, wo willst du hin?«

»Nach Haus. Weil ich euch beim Nachdenken nicht stören will.«

Rabbi Eisik stapfte aus der Stube, hob im Gehen die Hände und murmelte irgendeinen Segen, den niemand verstand.

»Er ist der Rebbe«, sagte Jizchak hilflos.

Gregor gähnte. Er hatte keine Lust mehr, über die Worte des Rabbi nachzudenken. Die Müdigkeit hatte ihn endgültig übermannt. Schwer atmend erhob er sich und legte sich auf die für ihn bereitgestellte Pritsche. Während die Juden begannen, die Antworten Rabbi Eisiks zu diskutieren, schlief er ein.

Am frühen Morgen spürte er, wie ihn jemand zudeckte. Kurz darauf hauchte es warm über seine Wange. Gregor lächelte. Aber sein Schlaf war so tief, dass er nicht hörte, wie die Tür ins Schloss fiel.

Gregor frühstückte mit Rahel und Jizchak, kaute wie betäubt. Jizchak hatte ihm eröffnet, dass Sarah die nächsten Wochen allein bleiben wolle, um dann nach Odessa zu ihren Eltern zu reisen. Sie danke ihm für alles und bitte ihn jetzt nur noch, er solle Iridna von ihr grüßen.

Die Worte rauschten an Gregor vorbei, erreichten ihn nicht wirklich. Dumpf schaute er zu, wie Rahel ihm einen Proviantsack schnürte und dann neben ihn legte. Er rieb sich die Augen, strich sich über den Schnauzer. Gegen seinen Willen wuchs ihm ein Kloß im Hals. Doch plötzlich packte ihn heftiger Jähzorn. Mit einer unbeherrschten Armbewegung fegte er den halben Frühstückstisch leer und schmetterte Rahels Proviantsack in die dunkelste Ecke.

»Wofür?«, schrie er ein ums andere Mal. »Wofür?«

Darauf zog er seinen Krummdolch und stieß ihn mit Wucht in die Tischplatte.
»Sie soll ihn mir wiederbringen«, brüllte er, dass ihm der Speichel aus dem Mund spritzte. »Versteht ihr?«
Rahel und Jizchak starrten Gregor zu Tode erschrocken an. Noch viele Minuten nachdem Gregor das Haus verlassen hatte, wagten sie nicht, sich zu rühren. Und erst als Rahel den Dolch aus der Tischplatte zog, kam es Jizchak über die Lippen.
»Meschugge. Die Gojim sind alle meschugge.«

Der Brief an Onkel Hejnech war geschrieben. Das Wunder von Sarahs Rettung beherrschte noch lange Zeit Gemüter und Gespräche der Njeschiner Juden. Sarah indes fand es viel interessanter, über ihre Gabe und vor allem über das seltsame Erlebnis mit Wano nachzudenken. Es beschäftigte sie, dass es anscheinend kranke Menschen gab, die gar nicht gesund werden wollten. Wie viele, fragte sie sich, liefen davon wohl noch auf Gottes Erde herum? War es jeder Zehnte, jeder Hundertste oder nur jeder Tausendste?
Eine Entscheidung zu fällen war müßig. Wozu auch, sagte Sarah sich. Wenn du helfen willst und deine Hilfe nicht angenommen wird, dann hast du einen Wano vor dir. Woran aber kann man derartige Wanos erkennen?
Sarah streifte durch Njeschin und beobachtete Menschen. Jedes Viertel hatte seine eigene Ausstrahlung, jedes Haus, jede Gasse atmete in einem anderen Rhythmus. Gebrechen und Krankheiten – Sarah roch sie, hörte sie, sah sie. Die Luft schien voll von ihnen. Mitunter bildete sie sich ein, einigen Menschen hingen die Leiden gleichsam bündelweise

an und deformierten ihnen Gesicht, Haltung und Bewegungen.

So stand sie eines Tages versunken unter einem Torbogen und sah zu, wie ein Bauer und sein Sohn den »Goldenen Adler«, Njeschins bestes Restaurant, mit Gemüse belieferten: Körbe voller Spitzkohl und Lauch, Karotten und Radieschen, Bündel von Petersilie und Dill, Minze, Thymian und Ysop gelangten über eine Blechrutsche in die Kellerräume des Restaurants. Es war heiß. Fliegen und Bremsen umschwirrten das dampfende Pferd, dessen Schweißgeruch die Luft bei jeder Bewegung tränkte. Nachdem abgeladen war, verschwand der Sohn des Bauern im Restaurant und kam mit einem Eimer Wasser wieder, den er dem Pferd vorhielt. Das Tier trank gierig und begann dabei zu zittern; die Schweißwolke, die es dabei verströmte, war übelkeitserregend.

Sarah schaute zu. Es schien ihr, als strahlte durch die schwelende Schweißigkeit ein Nebel verschiedener Farben. Sie lagen um den Kopf des Burschen, der das Pferd tränkte, Farben, die deutlicher und kräftiger wurden, je intensiver Sarah sich darauf konzentrierte. Blaues, Gelbes, Rotes, Grünes lag in diesem Nebel, der verschwand, wenn sie woanders hinblickte. Wandte sie sich aber wieder dem Burschen zu, stellte er sich nach einigen Augenblicken wieder ein.

Sarah war nicht übermäßig erstaunt. Was sie erlebte, erinnerte sie an ihre Kindheit. Auffallend gerne hatte sie Bilder gemalt, in denen Menschen von dieser Art Nebel umgeben waren. Jede ihrer Figuren besaß eine eigene Aura, mal war sie gelb, mal blau, dann wieder rot, aber auch schwarz. Ihr Großvater hatte ihr erzählt, Lichtwolken bedeuteten die

Gegenwart Gottes, wie die Geschichte mit Moses und dem brennenden Dornbusch am Fuß des Berges Sinai zeige – aber es müsse gleißendes Licht sein, überaus herrlich und nicht anzuschauen.

»Wenn es so ist, dann ist es die Manifestation des kosmischen, astralen Lichts, das alles durchdringt und beleuchtet, der Widerschein der Herrlichkeit Gottes.«

»Aber du hast doch gesagt, niemand könne es sehen?«, fragte sie.

»Ja, aber es lässt sich denken«, sagte der Großvater. »Im Kopf ist alles möglich. Unsere Sinne sind nur primitive Werkzeuge.«

Die Aura des Burschen dagegen war nicht gleißend, sondern ausgewogen bunt. Bedeutet es, dass er gesund ist?, fragte Sarah sich und wartete ungeduldig auf den Bauern. Als der mit zufriedener Miene aus dem Gasthaus kam und sich neben seinen Sohn stellte, nahm sie eine andere Farbmischung wahr. Die Strahlkraft war gebändigt durch Braun- und Grautöne, Farben, die zu dem schleppenden Gang und der gebeugten Haltung des Bauern passten. Auch feuerte dessen Aura nicht so gleichmäßig wie die seines Sohnes und schien, gemessen an der seinen, an einigen Stellen geradezu verformt.

Für Sarah gab es keinen Zweifel: Die Aura des Bauern stand in direktem Verhältnis zu seinen Leiden. Dass er es im Kreuz hatte, konnte jeder auf Anhieb sehen, kurzatmig war er auch. Ob sich seine Aura ändern würde, wenn sie ihm die Hände auflegte? Sarah bezweifelte es nicht, und doch wollte sie es wissen.

Doch wie? Mach schnell, bevor du den Mut verlierst. Sie schritt auf den Bauern und seinen Sohn zu. Direkt vor dem

Bauern knickte sie mit dem Fuß ein, strauchelte und sackte gegen ihn. Der Bauer fing sie auf und zuckte zusammen wie von der Peitsche getroffen.
»Himmel, junge Dame! Was machst du?«, fragte er verblüfft.
»Die Hitze, mir wurde schwindelig«, murmelte Sarah.
»Du musst was trinken. Komm, ich hole dir ein Glas Wasser.«
»Es geht schon wieder. Ich bin einfach dumm.«
Der Bauer lachte und stemmte seine Hände ins Kreuz.
»Es ist das erste Mal in meinem Leben, dass jemand zugibt, er sei dumm. Großartig.«
»Habe ich Ihnen wehgetan?«, fragte Sarah.
»Überall!«, rief der Bauer amüsiert.
»Aber am Kreuz besonders?«
»Junge Dame, Sie brauchen ein Glas Wasser, Sie fiebern.«
»Ich mach es wieder weg.«
Sarah trat einen Schritt zur Seite und legte dem Bauern die Hand aufs Kreuz. Er war zu verblüfft, etwas dagegen zu unternehmen, und die Behandlung dauerte nur wenige Sekunden.
»Und jetzt?«, fragte sie.
»Weg«, brummte der Bauer und belächelte sie. »Ganz bestimmt.«
Sarah spürte seinen Spott. Doch es hatte funktioniert, auch wenn er es nicht wahrhaben wollte.
»Stimmt«, sagte sie. »Es ist weniger. Ihre Farben sind jetzt ein klein wenig bunter.«
Sie rannte los, ohne sich umzudrehen. Für einen Moment fühlte sie sich so unbeschwert und leicht wie vor dem Pogrom – und war doch um eine Erfahrung reicher.

Diese Gabe – würde sie ihr im Leben zu mehr als bloßen Streichen dienen? Und würde das Schicksal der Wirkungskraft ihres Heilens wohlgesonnen sein?
Angesichts von Gregors Dolch beschlich sie eine düstere Ahnung.
Warum bloß kam noch immer keine Post aus Odessa?

Derweil wurde unter den Nachbarn für die Zugfahrt gesammelt. Doch dies ging gegen Sarahs Stolz, sie wollte ihr Geld selbst verdienen. Also offenbarte sie sich Rebekka, erzählte von ihrer Gabe – und stieß auf Unglauben.
»Um Schabbes willen, lass es mich nur einmal probieren«, bettelte Sarah.
Rebekka verzog das Gesicht. Sie machte sich ihren eigenen Reim – sah jetzt eintreten, was sie die ganze Zeit befürchtet hatte: dass Sarah im Kopf gelitten hatte. Zwar war sie offensichtlich körperlich unversehrt bei dem Kiewer Goj aufgewacht, aber lange Zeit hatte sie ohne Verstand bei ihm gelegen. Ein Stückl davon musste sie in diesen Tagen verloren haben – was Rebekka schon an dem Abend ahnte, an dem Rabbi Eisik bei ihr so viel gegessen hatte.
Mitleidig blickte sie Sarah an. Denn alles kann man für Geld kaufen, außer Vater, Mutter und Verstand. So lautete eine jüdische Binsenweisheit.
»Rebekka, bitte.«
Die seufzte mitleidig und zog Sarah an sich. Warum sollte sie ihr diesen Wunsch versagen? Sie war doch schon gestraft genug. Außerdem verließ sie in absehbarer Zeit die Stadt. Dann war alles vergessen und die Zeit um ein Stück Abfall reicher.

Rebekka stellte nur eine Bedingung: »Deine Patientin muss ein Stückl dumm sein, Sarah.«
»Aber die Dummen haben kein Geld«, wandte Sarah ein.
»Olga hat genug«, sagte Rebekka.

Olga war korpulent, hatte ein rundes Babuschkagesicht und litt neben einem unverwüstlichen Schnurrbärtchen an einem Mal auf der Wange. Vor ein paar Monaten war sie wegen eines stechenden Schmerzes an der Schläfe aufgewacht, dachte, eine Bremse hätte sie gebissen. Aber die Schläfe begann im Lauf der Tage zu brennen, als läge ein Stück glühender Kohle auf ihr. Dazu wuchs um den Schmerzherd ein roter Fleck, der sich nach und nach krakenförmig über die Wange ausbreitete und mit keiner Salbe und keiner Tinktur loszuwerden war. Dieser Krake brannte, als er wuchs, zwar stetig schwächer, aber doch immer so stark, dass Olga nie vergaß, was ihr Gesicht entstellte.
»Was würdest du geben, wenn jemand ihn dir wegzaubern würde?«, fragte Rebekka, als sie Olga auf dem Markt traf.
Olga versprach gar nicht erst lumpige Kopeken, sondern gleich zwei Rubel.
Dann solle sie heute Nachmittag zu ihr kommen, meinte Rebekka, und wie sie erwartet hatte, fragte Olga gar nicht erst nach. Ihr genügte schon, dass sie wieder hoffen durfte – darauf, möglicherweise am Morgen ohne Kraken aufzuwachen und damit endlich den Mann zu finden, der sie befreite. Olga nämlich war mit einer Mutter gesegnet, die so zäh am Leben hing, wie sie giftig war. Sie wachte über das ihr hinterlassene kleine Vermögen wie der Höllenhund selbst und schickte ihre Tochter lieber zum Putzen, als sie

anständig zu verheiraten. Bislang hatte sie vermocht, selbst den gutwilligsten Bräutigam zu vertreiben. So pflegte sie zu verkünden, sie werde ihrem künftigen Schwiegersohn nicht eine Kopeke gönnen, und prophezeite, Olgas Schnurrbärtchen wachse sich, habe sie erst einmal ein Kind, zum Popenbart aus.

»Und ihr Babuschka-Puppengesicht mit dem Kraken – daraus wachsen in ein paar Jahren Warzen, die eitern. Ich muss es wissen. Denn ich hatte in ihrem Alter einen ähnlichen Fleck. Mein Glück war allein, dass die Besprecherinnen damals noch ihr Handwerk verstanden.«

Olga hatte nie protestiert. Ihr fiel einfach nichts ein. Gott hatte ihr Herz gegeben, keinen Verstand.

So hatte Olga nichts zu lachen. Sie lebte wie Aschenbrödel und fand sich damit ab, dass ihre Mutter wohl erst werde sterben müssen, bis sie von ihr freikam.

Was hatte ihre Mutter bloß gegen sie? Olga rätselte oft darüber, doch sie fand keine Antwort. Dabei war es ganz einfach, wie Rebekka Sarah erzählte:

»Olga, wie du wissen musst, sieht aus wie ihr verstorbener Vater – Michail Sergejewitsch Nekrassow. Sie ist ihm wie aus dem Gesicht geschnitten. Dieser Nekrassow, wie Olgas Mutter ihn nach seinem Tod nur noch nannte, dieser ›Nekrassow mit seinem Puppengesicht‹ aber ist an allem schuld. Er hatte sich nämlich einen Sohn gewünscht. Als seine Frau ihm aber ein Töchterchen in den Arm legte, kündigte er ihr die Harmonie. Michail Sergejewitsch Nekrassow wurde zum Despoten. Er schrie nur, wenn er mit Olgas Mutter sprach, ließ sie in Lumpen gehen und versoff sein Geld. Olga konnte sich nicht erinnern, dass ihr Vater sie jemals gestreichelt hatte. Dafür lebte sie mit einer Mutter, die ihr ständig vorhielt, sie sei an allem schuld und wäre besser nie geboren worden. Irgendwann begann Olga zu putzen. Jetzt ist sie die fleißigste Putzfrau in ganz Njeschin.«

»Warum erzählst du mir das alles?«, fragte Sarah.

»Still, sie kommt!«, sagte Rebekka. »Du weißt von nichts, hörst du?«

Rebekka öffnete die Tür. Sie wollten erst einmal eine Tasse Tee und ein Stückl Honigkuchen essen, rief sie. Dann werde Sarah versuchen, ihren Kraken zu besprechen. Sie eilte in die Stube, um den Tisch zu decken. Gastfreundschaft war Sitte und Gebot, selbst für ein so kleines Licht wie Olga.

»Nicht besprechen!«, rief Sarah ärgerlich und schob Olga in die Küche. »Ich rücke deinem Kraken mit der Hand auf den Pelz. Und ich mache es gleich.«

Olga sah sie erschrocken an.

»Hab Vertrauen«, sagte Sarah. »Rebekka will mir nämlich nicht glauben.«

Olga nickte und setzte sich auf einen Stuhl vor das große Wandregal, in dem Rebekka sämtliches Geschirr für die Zubereitung der milchigen Speisen aufbewahrte. Neugierig betrachtete sie Sarahs Hände, scharrte voller Hoffnung mit den Füßen.

»Wir müssen schnell machen«, sagte Sarah. »Wenn Rebekka erst mit ihrem Honigkuchen kommt, kleben wir beide daran fest.«

Olga nickte und schluckte. Kinderstimmen und Spatzenlärm drangen durch das Küchenfenster, draußen jaulte irgendwo eine Sirene. Es roch nach Scheuermittel und Knoblauch.

»Es tut nicht weh?«

»Ich glaube nicht«, sagte Sarah.

Olga Petrowna verkrampfte sich. Ihr Flaum über der Lippe schien dunkler zu werden, so, als ob sich die Härchen sträubten. Sie schlug die Augen nieder, presste die Lippen fest aufeinander. Sie hoffte und glaubte nicht, hoffte doch und hatte auch ein wenig Angst.

»Es muss sein!«, rief Sarah fröhlich.

Ihre Hände hatten Olgas Schläfe kaum berührt, da schlug diese ihr die Hände mit einem gellenden Schrei weg.

Rebekka kam angerannt.

»Sie hat mich mit einer glühenden Nadel durchbohrt!«, rief Olga.

»Wie soll sie die denn in der Hand halten?«, fragte Rebekka.

Olga rieb sich die Wange. Sarah stand schmollend neben ihr. Was hatte sie falsch gemacht? Sie habe nichts getan, sagte sie, verbesserte sich dann und stieß trotzig hervor, sie habe wohl zu viel Kraft in ihre Konzentration gelegt.

»Olga, Sarah – wir essen jetzt ein Stückl Kuchen und trinken ein Tässchen Tee.«

Gehorsam folgten sie Rebekka in die Stube.

»Tut es noch weh?«, fragte Sarah schüchtern.

»Nein«, sagte Olga – und fiel Sarah am nächsten Morgen um den Hals. Der Krake war auf die Hälfte seiner Größe zusammengeschrumpft. Sie gab Sarah einen halben Rubel, und die legte ihr gleich noch einmal die Hand auf. Diesmal hielt sie sich zurück. Olga wurde es ein wenig warm. Drei Tage später war der Krake verschwunden.

Sarah hielt es jetzt nicht mehr in Njeschin. Olga hatte ihr zwei Rubel geschenkt. Das Geld reichte, zusammen mit dem in der Gemeinde gesammelten, für mehr als eine Zugfahrt nach Odessa.

Drei Tage später saß sie im Zug.

Viertes Kapitel

Vielleicht wäre es das Beste, wenn du dich jetzt hier in eine Statue verwandeln würdest. Eine von denen, wie sie in den Parks oder auf den Friedhöfen der Gojim stehen. Mit langem Gewand, Bändern im Haar und steinblinden Augen. Wäre das schön! Dann sähest du nichts, fühltest nichts und würdest auch an nichts mehr denken.

Mit aller Kraft versuchte Sarah, die Bilder und Ereignisse der letzten Tage und Wochen zu verdrängen. Sie fürchtete sich davor, zurückzuschauen und sich zu erinnern, weil ihr jetzt klar geworden war, dass ihr Leben nie mehr so unbeschwert sein würde wie vor dem Pogrom. Da konnte sie sich auflehnen und weinen, so viel sie wollte: Es war nicht zu ändern. Ihre Eltern waren fort, ihre Schwester, die Cousins, alle. Doch der Schmerz ihrer Seele ließ sich nicht so einfach verdrängen und auch nicht mit Tränen fortspülen.

Sarah saß zusammengekauert auf einer der 192 Stufen der Potemkin-Treppe, die am Ende des Nikolai-Boulevards zum Hafen von Odessa führte. Die Treppe war Odessas ganzer Stolz und raffiniert dazu. Gestern und vorgestern war Sarah noch völlig begeistert von ihr gewesen. Mehrmals war sie die Treppe hinauf- und heruntergestiegen, gerannt, geschlendert, gehüpft – und jedes Mal war sie aufs Neue angetan davon, dass sie von unten nur Stufen sah, von oben dagegen nur die zehn breiten Rampen.

Jetzt war alles anders, sie hatte keine Lust mehr. Der Schmerz hatte ihren Körper zusammengepresst, gleichgültig dem warmen Wind gegenüber, der Sarah ums Haar schmeichelte und ihr die verschiedenen Düfte Odessas in die Nase wehte. Er roch nach Früchten und Salz, Fisch und Teer, vor allem aber nach Meer und Kohle. Mal blies er von vorne, dann kam er plötzlich von hinten und nach ein paar Augenblicken der Stille auch einmal von der Seite.

Nach ungezählter Zeit blickte Sarah auf und zog die Stirn kraus. Wie lange eigentlich saß sie schon hier? Eine Stunde? Zwei? Oder vielleicht schon drei? Sie hätte es nicht schätzen können, aber dies war völlig gleichgültig. Sie fühlte nur sich und ihren Schmerz. Verlassen und hungrig saß sie da und schaute teilnahmslos zu, wie die Sonne hinter einer dunstigen Wolkenwand verschwand. Das Meer, das den Hafen gerade noch azurblau und mit silbrigen Wellenkämmen geschmückt hatte, kräuselte sich jetzt graugrün. Licht und Schatten waren verschwunden, die Kontraste zerflossen.

Es ging auf den Abend zu, aber noch immer herrschte an den Kais Betriebsamkeit. Sarahs Augen waren wund, die Seele leer geweint. Ihr Kleid war am Bauch nass von den Tränen und klebte kühl auf ihrer Haut. Erst jetzt spürte sie, wie ihr Magen knurrte, doch der Hunger hatte auch sein Gutes. Er machte wach, lenkte von ihrem Seelenschmerz ab und ließ Stück für Stück die Szenerie vor ihr lebendig werden. Mit wachsendem Staunen betrachtete sie die von armdicken Tauen festgezurrten Frachter, die sich drehenden Kräne, die Schiffsaufbauten und gewaltigen Laderäume, die rauchenden Schornsteine.

Denn tatsächlich war Odessas Freitreppe ein gigantischer

Logenplatz für die Sinne. Wer Muster und Farben der Flaggen betrachtete, hörte gleichzeitig kreischende Sirenen und bimmelnde Glocken. Dann wieder fühlte man die Vibrationen der heranrollenden Dampflokomotiven oder konnte sich einbilden, das Gewicht der Säcke auf seinen Schultern zu spüren, die von zahllosen Lastträgern auf Karren und Fuhrgespanne geladen wurden.

Sarahs Großvater hatte ihr einmal erzählt, dass es im gesamten russischen Reich nirgends so viel Juden wie in Odessa gebe, aber dennoch sei die Stadt genauso wenig jüdisch wie russisch oder ukrainisch. Odessa war das Marseille des Schwarzen Meeres, eine Handelsstadt mit zahlreichen Kirchen und Klöstern, Russlands bedeutendster Hafen für den Export von Getreide, Holz, Wolle, Vieh und Zucker. Polen, Deutsche, Griechen, Tataren, Armenier und Franzosen arbeiteten hier mit Russen, Ukrainern und Juden zusammen und verliehen der Stadt Weltläufigkeit und Charme, ließen sie freier wirken als andere Städte des russischen Reiches.

Sarah lächelte, als sie an die Beschreibungen ihres Großvaters dachte. Für etliche Minuten vergaß sie ihren Schmerz und beobachtete das Grüppchen uniformierter und rauchender Matrosen, die sich mit zwei Kaftan-Juden unterhielten. Sie traten zur Seite, als Lastträger mit bloßen Oberkörpern und zerrissenen Hemden Fässer an ihnen vorbeirollten und lachten, während einer ihnen etwas zurief. An einem anderen Kai standen Bosjaken und Soldaten, zwischen ihnen tänzelnde Pferde mit Kosaken und zwei Esel. Am Kai mit dem Passagierdampfer hielt eine Kutsche, aus der eine Dame mit Sonnenschirm stieg, die erregt gestikulierte. Einfach gekleidete Menschen mit Rucksäcken

und Koffern drängten sich an ihr vorbei – sie alle wollten an Bord des Dampfers.
Vielleicht nach Amerika.
Sarahs Lippen bewegten sich stumm, und ihr Lächeln erstarb.
Amerika.
Eltern und Schwester, Tante, Onkel und Cousins hatten sich nach New York eingeschifft. Mit dieser Nachricht hatte sie Großonkel Hejnech empfangen. Er hatte sie vom Bahnhof abgeholt und bei sich aufgenommen.
»Weißt du, als deine Bagage hier ankam, da hab ich gleich gesagt: Haut ab von hier. Odessa ist von Juden heillos übervölkert. Ihr habt keine Zukunft.«
Onkel Hejnech sah nicht nur aus wie ein Goj, sondern benahm sich auch wie einer. Er war ein Schrank von Mann, arbeitete in einer Brauerei. Zuweilen esse er, wenn das Geld knapp sei, schon mal Schweinefleisch, erzählte er. Auch gehe er nur zu den hohen Festen in die Synagoge. Und er bete im Übrigen nur dann, wenn er ordentlich einen sitzen habe.
»Du siehst: Ich bin ein Prachtexemplar des schlechten Juden. Und nur mein Weib – lang lebe sie – ist noch ein Stückchen schlechter.«
Onkel Hejnech hatte schallend gelacht und sie dann mit schlitzigen Augen gemustert. Von der ersten Sekunde an war er Sarah widerwärtig. Mit seinen blutunterlaufenen Augen, dem kupferroten Bart und der hässlichen rotweißen Haut sah er aus wie der leibhaftige Unhold. Dazu stank er nach Bier und Fisch und hatte einen ekligen, nässenden Ausschlag im rechten Mundwinkel. Warum seine Frau noch schlechter sei als er, begriff Sarah, als sie mitbe-

kam, wie ihre Großtante einem Soldaten unter der Hand so genannte »interessante Pariser Ansichtskarten« verhökerte – Postkarten von jener sehr eindeutigen Art, wie sie ihr in Njeschin einmal ein betrunkener Offizier geschenkt hatte. Also Amerika.

Wenn ein Neuanfang, dann ein richtiger, hatte Onkel Hejnech gesagt.

»Schließlich hat es auch in Odessa Pogrome gegeben. Neue liegen in der Luft. Wenn Sarah – Gott helfe ihr und beschütze sie – hier zwischenzeitlich eintrifft, bleibt sie so lange bei uns, bis ich Post von euch erhalte. Dann nimmt sie sofort das nächste Schiff.«

Sarah ahnte, dass sie sich auf viele Wochen bei Onkel Hejnech einstellen musste. Vielleicht sogar Monate, wenn der Winter ins Land zog. Der Hafen nämlich, bekam sie zu hören, könne durchaus zufrieren.

Was aber war bis dahin mit Josua? Sie war ihm versprochen, ein Hochzeitsvertrag ausgehandelt.

Seltsamerweise schien er ihr in der Erinnerung näher als damals beim Plaudern auf der matschigen Straße in Njeschin, nachdem sie ihm sein kostbares Buch aus der Schlammpfütze geangelt hatte. Nein, ans Heiraten hatte sie damals nicht denken mögen. Hatte sie nicht geweint? Hatte sie ihn nicht abgelehnt? War nicht er es gewesen, der sich in sie verguckt hatte? Josua, der Sohn des Rebben Jankovic aus Njeschin. Eine Ewigkeit schien seitdem vergangen. Und doch: Nun war es ihre Erinnerung an ihn, den sie doch nicht hatte lieben wollen. Und er? Konnte es sein, dass er sie bereits vergessen hatte? Ihr Bild ausgetauscht gegen Gesichter und Stimmen aus einer neuen Umgebung?

Was in diesem Fall nichts Geringeres bedeutete als die Auflösung des Eheversprechens. Fürs Erste wäre sie dann frei. Aber ihr nächster Bräutigam. Ob der Himmel ihr noch einmal einen schickte, der eine solch schejne Partie war wie Josua?

Auf Sarahs Gesicht malte sich Trotz. Du bist jetzt sechzehn, fuhr es ihr durch den Kopf. Wahrhaftig kein Kind mehr. Beinahe überreif für die Ehe. Über deine Schicksenstimme regt sich längst niemand mehr auf, und kein jüdischer Mann brachte sie mehr mit Lilith, ihr Name sei ausgelöscht, in Verbindung.

Irgendwie war sie fast froh, allein und ungebunden zu sein, mochte dies auch ein ketzerischer Gedanke sein. Gab es einen Sinn für ihr Dasein?

Sarah dachte an die seltsame Vision, die sie bei Gregor und Iridna in Kiew gehabt hatte. Ihr Großvater war darin wie ein Heiliger erschienen und hatte sie aufgefordert, einen Mann zu heilen, dessen Gesicht sie an Josua erinnert hatte, aber einen Josua, der nicht jung war, sondern abgehärmt und staubig. Sie hatte den Staub geschmeckt, er war gelb, kalt und klebrig, und ihre Lippen hatten zitternd wie flatternde Schmetterlingsflügel Josuas trockene Haut berührt, die verwittert schien, als gäbe es kein Leben mehr unter ihr.

Was mochte das alles bedeuten? Was war Traum, was Vision? Was war der Sinn ihrer Gabe? Der Verlust von Familie und versprochener Ehe, ihre Wurzellosigkeit in der Welt – war das die Kehrseite ihrer himmlischen Heilkraft? Sollte sie, Sarahs Atem stockte, also nicht nur im engen Kreis für einige wenige Menschen da sein, sondern der ganzen Welt dienen?

Wie unter Schock schloss sie die Augen.

Andersherum wäre es vielleicht auch ganz schön, ohne Gabe.
Das Beste an einer Hochzeit wäre die Aussteuer, sinnierte sie weiter. Was würdest du bekommen? Ein Seidenkleid für die Trauung, eins aus Wolle für den Winter, zwei Kleider für den Sommer. Dazu zwei Mäntel. Einen katzenfellgefütterten für wochentags und einen guten mit Schleifen für Schabbes. Dazu Schuhe mit Quasten. Für später ein Korsett. Dann noch neue Handschuhe, bestickte Taschentücher und, wenn das Geld reichte, sogar einen Sonnenschirm.
Sarah lächelte schwach. Sie stellte sich ihre neue Kleidung vor, suchte Farben für sich aus. Leise begann sie ein Hochzeitslied zu summen, erinnerte sich dabei aber mit Schaudern an die düstere Geschichte, die letztes Jahr passiert war. Da hatte sich ein Mädchen in einen Burschen aus der Nachbarstadt Konotop verliebt, ihn dort besucht und mit ihm ... Die Mutter wurde darüber krank und starb, der Vater floh vor dem Getuschel in den Schnaps. Daraufhin überlegte es sich der Bursche anders, löste die Verlobung und nahm eine andere. Die Rettung nahte in Gestalt eines kinderlosen Witwers. Doch obwohl er wusste, auf was er sich eingelassen hatte, prügelte er seine niedergekommene Frau halb tot, raffte deren Mitgift zusammen und verschwand mit allem Geld auf Nimmerwiedersehen. Die Mutter nahm darauf das Kind, sprang in den Fluss und ertrank. Ihr Sohn überlebte. Und wächst jetzt bei seinem Säufergroßvater auf. Auch ihre Eltern gehörten zu denen, die Geld gegeben hatten, um eine Amme zu bezahlen.
Ja, so traurig konnte das Schicksal eines jüdischen Mädchens sein. Erneut überfiel Sarah ein Gefühl tiefer Verlas-

senheit. Was kümmert e sie der Hafen, was interessierte sie seine lebhafte Szenerie. In dem dunstig grauen Licht wirkte er bloß noch abstoßend. Auch der Wind tat jetzt weh. Es war kühl geworden. Sarah begann zu frösteln.
Trotzdem blieb sie sitzen. Zu sehr graute es ihr davor, mit ihrem Großonkel und ihrer Großtante zu Abend zu essen. Und das, obwohl der Hunger immer größer wurde.
Sarah schloss die Augen, suchte Trost in allerlei Melodien, die sie vor sich hin zu summen begann – was sie oft getan hatte, wenn sie traurig war. Zwar hätte sie lieber gesungen, aber das war ihr wegen des sinnlichen Klangs ihrer Stimme verboten worden. Jetzt hatte sie sich längst daran gewöhnt, vermisste das Singen nicht mehr.
Wenn mein Schatz Hochzeit macht, fröhliche Hochzeit macht, hab ich meinen traurigen Tag ... Leise, dann von Vers zu Vers lauter, summte Sarah dieses bekannte jüdische Lied, dehnte und wiederholte es und überließ sich ganz seiner Schwermut. Die verhalten gehauchten Töne einer Klarinette, die plötzlich an ihr Ohr drangen, erschienen dabei wie selbstverständlich. So summte sie in einem fort, ließ sich begleiten und genoss die kleinen Verzierungen, die das geheimnisvolle Instrument um die Melodie zauberte. *Des Abends, wenn ich schlafen geh* ..., auf einmal ging die Klarinette eigene Wege. Aus den Verzierungen erwuchsen Improvisationen, die die Melodie in kontrastierenden Farben aufleuchten ließ. Von abgrundtiefer Traurigkeit bis zu ekstatisch quietschendem Jubel reichte die Palette dieses Klezmers, der ein paar Stufen hinter Sarah stand und auf seiner Klarinette spielte, dass ihr das Herz zu schmelzen begann.
Als er mit seinem Spiel zu Ende war, fasste er sich ans Herz

und verbeugte sich. Seine Augen leuchteten verschmitzt, sein Gesicht glänzte. Für Sarah sah er gar nicht aus wie ein Klezmer, sondern wie ein gut situierter, modisch gekleideter junger Herr: mit schwarzem Gehrock, glänzenden Stiefeln und goldenen Manschettenknöpfen. Sein Haar war nicht kraus, sondern glatt, dazu in der Mitte sorgfältig gescheitelt. Sarah erschnupperte sogar einen Hauch Rasierwasser.

»Du sitzt da«, begann er leichthin, »als trauertest du um deinen Liebsten, der da irgendwo draußen Klejna zum Opfer gefallen ist.«

»Was bitte?«

»Klejna, das Seeungeheuer. Du kennst es nicht? Du, ein jüdisches Mädchen?«

»Nein.«

»Dann pass auf: Klejna hat die Angewohnheit, sich mit Schlamm und Erde zu bedecken, dann aufzutauchen und so lange zu warten, bis Gras auf ihm wächst und man es für eine bergige Insel hält. Die Seefahrer freuen sich und besuchen die Insel. Ruhen sich aus und beginnen dann irgendwann, sich Essen zu kochen. Aber darauf hat das Ungeheuer nur gewartet. Sobald es die Wärme auf seinem Rücken fühlt, taucht es in die Tiefe. Alle, die auf ihm lagern, ertrinken und werden dann von Klejna gefressen.«

Der Klezmer schraubte seine Klarinette auseinander und verstaute sie im Futteral seines Instrumentenkoffers.

»Warum hast du mich denn begleitet?«, fragte sie neugierig.

»Warum hast du gesummt?«

»Weil ...«

»Weil, weil, weil«, unterbrach sie der Klezmer vergnügt.

»Wann singen wir Juden? Wenn wir Hunger haben. Und dir sehe ich an der Nasenspitze an, dass du den Brotsegen das letzte Mal heute Morgen gesprochen hast.«
»Stimmt. Aber erstens siehst du nicht aus wie ein Jude, und zweitens kann ich mich beherrschen.«
»Ich, Awrom, sehe – Gott behüte – nicht aus wie ein Jude? Oh, wie wahr. Aber das liegt nur an Odessa. Hier sehen Juden durchaus so aus, dass man im Leben nicht sagen würde, es ist ein Jude. Doch was heißt, du kannst dich beherrschen? Schließlich, erstens, du bist fremd hier, worauf zweitens folgt: Wohin gehörst du? Denn so reif wie deine Stimme klingt, ist ihre Verpackung – dies sei wohl unterschieden – nicht. Hab ich recht?«
Sarah lachte auf und nickte. Dieser Klezmer besaß einen ähnlichen Humor wie Friedel der Possenreißer zu Hause in Njeschin. Friedel konnte auf Hochzeiten seine Witze säckeweise über die Gäste ausschütten, war aber ein durch und durch anständiger Mensch, der immer freigiebig Almosen an die Kinder verteilte. Dass dieser Klezmer hier so viel vornehmer aussah als Friedel – nun, Odessa war ganz einfach nicht Njeschin. Mit seinem Spiel hatte er auf jeden Fall bewiesen, dass er ein empfindsamer Jude war. Jetzt redete er sogar noch wie einer.
Sarah beschloss, Awrom zu vertrauen.
Hatte sie nicht auch Glück mit diesem fremden Goj, ihrem Onkelchen Gregor Nikolajewitsch, gehabt? Warum nicht auch mit einem der Ihren?
Awrom runzelte nachdenklich die Stirn, als sie ihm ihre Geschichte erzählte, und lud sie ein, ihn einmal zu besuchen.
»Heute geht es nicht, aber ein andermal. Gott hat die Welt ja auch nicht an einem Tag erschaffen.«

Er half ihr auf die Beine, weil sie vom langen Sitzen steif geworden waren, und zog sie noch für ein kurzes Stück an der Hand, ganz so, als wolle er seine kleine Schwester mit sich ziehen.

Es war Abend, der Onkel kam zur Tür herein. Sarahs Widerwillen gegen ihn war kaum weniger geworden. Immerhin hatte er sich geweigert, das Kostgeld, das sie ihm angeboten hatte, anzunehmen. Schließlich seien sie ja verwandt, meinte er. Ihm sei es aber lieb, wenn sie ihm für den Abend an Schabbes ein paar Kopeken zum Saufen schenken würde.

Sarah gab ihm einen Rubel für einen Monat. Besser geben als nehmen, sagte sie sich. Soll er der König sein. Dann bist du die Kaiserin. Und dann hält er bestimmt auch an sich. Denn nach wie vor guckte der Onkel ihr lüstern auf die Brust, die der unerwünschten Aufmerksamkeit zu allem Überfluss von Tag zu Tag mehr entgegenzukommen schien.

Es kam Sarah manchmal vor, als würde ihre Haut dem Druck von innen nicht standhalten und reißen. Doch wenn sie nachts ihre Brüste streichelte, war dies ein wunderschönes Gefühl. Dass Männer so etwas gerne taten, erschien ihr nur allzu verständlich. Und wenn dies dann noch einer wäre wie dieser Awrom – eine solche Frau musste zu beneiden sein.

»Was gibt's zu essen?«, fragte der Onkel wie gewöhnlich. Er gähnte, rieb sich das Gesicht und ging daran, sich die Hände zu waschen. Stets brauchte er viel Wasser, weil die Hände immer entsetzlich nach Chlor stanken. Heute bat er Sarah an den zerbeulten Krug.

»Schade, dass du jetzt nicht im Nachthemd vor mir stehst«, murmelte er und grinste anzüglich. Dann hielt er ihr seine Hände unter die Nase.
»Fass an«, sagte er. »Dann verlierst du etwas von deinem Ekel.«
Sarah lief rot an und wollte protestieren, doch der Onkel lachte nur und kniff ihr in die Wange.
»Kann mich doch selbst nicht ausstehen. Glaubst du, ich weiß nicht, wie ich aussehe?«
Onkel Hejnech klang resigniert. Es war das erste Mal, dass Sarah so etwas wie Mitgefühl für ihn empfand. Denn soviel ihr Onkel auch trank und ihr mit seinen Blicken zusetzte: Er schuftete täglich zwölf Stunden in der Brauerei und musste dies sogar an Schabbes tun.
»Was soll ich machen? Die Brauerei gehört nun mal einem Goj. Und vom Sündenaufzählen wird noch nicht einmal ein frommer Jude fett. Aber Gott – gepriesen sei er – hat mich eh nicht auf der Rechnung. Weißt du, warum? Weil ich herausgefunden habe, dass er sowieso nur die Reichen mag. Denn würde er sie nicht mögen, wären die Reichen keine Reichen.«
Dies war das hoffnungsloseste Bekenntnis, das Sarah bislang gehört hatte. So begriff sie, dass Onkel Hejnech ihrer Familie nicht aus Gleichgültigkeit oder gar Bosheit den Rat gegeben hatte, Europa zu verlassen. Sie sah es doch selbst, erlebte es täglich: Die Moldawanka war ein übervölkertes Ghetto, in dem jeder Zweite ein Luftmensch war, der sich das tägliche Brot irgendwie zusammenschnorren musste. Es gab einfach zu wenig Arbeit, um alle aus den angrenzenden Gouvernements in die Stadt strömenden Juden zu ernähren.

Wie entsetzlich beengt allein Tante und Onkel hausten! Wobei es ihnen geradezu gut ging im Vergleich zu den Familien, die in derselben Wohnung nicht zu zweit, sondern zu fünft lebten. So hatte die Tante zwar unter ihrem Makel zu leiden, unfruchtbar zu sein und einen Säufer zum Mann zu haben, der an Schabbes arbeitete, doch Sarah sah es an den Gesichtern: Viele Frauen in der Moldawanka hätten gerne mit ihrer Großtante getauscht. Wenn nicht Sorgen, so sperrte ihre Zweisamkeit doch wenigstens echte Not aus. Tante und Onkel hatten immer zu essen, und im Winter genug Kohle, um nicht zu frieren. Wie schwer dagegen trugen die Mütter an ihrem Los, die vier, fünf oder noch mehr Mäuler stopfen mussten, deren Männer aber nur dann Geld nach Hause brachten, wenn sie für irgendjemand etwas schleppen durften oder aus ihren Lumpensammlungen ein Stück verkauften?

Onkel Hejnech hatte seine Bettstatt in einer Abstellkammer, die Tante schlief auf einer zerschlissenen Ottomane in der Stube. Für Sarah hatte sie an der gegenüberliegenden Wand an zwei Deckenhaken eine Schnur gezogen, an der mit Wäscheklammern ein durchlöchertes Bettlaken befestigt war. Dahinter stand eine ausgeliehene Armeepritsche. Zudecken konnte Sarah sich mit einem Bettbezug, der mit Lumpen gefüllt war.

Als sie das erste Mal in die kleine Stube getreten war, hatte es ihr vor Widerwillen den Hals zugeschnürt. Es roch nach verbranntem Knoblauch und war dunkel, weil eine Hälfte des Fensters mit Pappe geflickt war.

Ein Käfig!, schrie es in ihr. Nachts wirst du hier ersticken!

Die Stube war das Sinnbild leibhaftiger Enge.

Der Tisch stand in der Mitte eines Gevierts, das von Sarahs

Pritsche, der Ottomane der Tante, einer Anrichte und einem klobigen Schrank mit Vitrinenaufsatz gebildet wurde. Zwischen allen Möbeln war nicht mehr als zwei Ellen breit Luft. Von minimalem Komfort zeugten allein der blinkende Samowar und der Vitrinenschrank, dem aber seit dem letzten Pogrom die Scheiben fehlten.

Aber was kümmerten Onkel und Tante ihre Ängste! Wo in Wahrheit, für die Verhältnisse in Odessa, alles nur halb so schlimm war. Sarah riss sich zusammen. Nach wenigen Tagen sah sie klarer: Im Vergleich zu den wirklich Armen, die mit Zeitungspapier zugedeckt draußen schlafen, gehörst du hier zu den Privilegierten.

Diesen Awrom musste also tatsächlich der Himmel geschickt haben. Wer so gepflegt war und so herzzerreißend Klarinette spielte, konnte kein schlechterer Jude sein als dieser Säufer und Wüstling von Großonkel! Nein, ganz im Gegenteil: Awrom war ein feiner Mann. Bestimmt einer von den »reichen Jiddn«, wie Mutter und Tante Rebekka gesagt hätten.

Warum besuchte sie ihn nicht endlich? Schließlich hatte sie eine Einladung bekommen!

Wie er sie an die Hand genommen hatte!

Sarah kam ihr Großvater in den Sinn, dessen Hand genauso fest und warm gewesen war wie die Awroms. Als sie noch klein war, hatte er sie an Schabbes oft an der Hand auf einen Spaziergang mitgenommen und sich dann gerne über die Gojim lustig gemacht. Vor allem darüber, dass sie immer alles sehen oder fühlen müssten. Sogar ihren Gott.

»In Petersburg küssen sie Ikonen, in Wien Reliquien und Heiligenfiguren, besonders gerne aber die Statuen ihrer so genannten Gottesmutter. Was sie nicht anfassen können, glauben sie nicht. Ihren Messias haben sie erst ans Kreuz gehängt und jetzt an die Wand – mit Kerzen drum herum und Blumen. Wenn sie nicht in regelmäßigen Abständen sein Blut und sein Fleisch essen, fühlen sie sich schwach. Sag mir also: Was kann solch ein Gott ausrichten? Nichts! Du sollst dir kein Bild machen, fordert der Einzige – heilig ist er allein – von uns. Weil nur das ewig ist, was keine Gestalt hat. Alles andere ist zerstörbar.«

Sarah bekam ein schlechtes Gewissen. Was die eigene Religion betraf, verhielt sie sich sündhaft nachlässig. Zwar war sie im Gespräch mit Gott, blieb aber der Synagoge fern und suchte nach dem Ende der Regel noch nicht einmal das rituelle Reinigungsbad in der Mikwe auf.

Eigentlich lebte sie wie eine von den Gojim. Trotzdem aber glaubte sie, Gott nahe zu sein wie kaum ein anderer Mensch. Auch wenn sie einer Kultur angehörte, die dem heiligen Wort ergriffen lauschte und im bildlosen Glauben die höchsten Weihen sah, bemerkte Sarah an sich, dass sie sich immer mehr zu einem Menschen entwickelte, der seine Welt gleichsam mit den Händen sah. Aber ob sie sich nun dagegen auflehnte oder nicht, es war nicht zu ändern: Ihre Hände wurden von Tag zu Tag empfindlicher. Dies nicht in dem Sinne, dass sie heftiger schmerzten, wenn sie Heißes oder Kaltes anfassten. Auch war es nicht so, dass ihre Haut Ausschlag bekam, wenn sie zum Beispiel mit Erde, Mehl oder Obst in Berührung kam – nein, ihre Hände schienen zu einer Art hoch empfindlicher Membran geworden zu sein, über die sie Dinge in der Welt wahrnahm, die anderen verborgen blieben.

Wie nun ging es in der Moldawanka zu? Im Südwesten der Stadt gelegen, waren die Straßen genauso reißbrettartig angelegt wie im Zentrum. Doch so belebt es im Boulevardbezirk auch war, in der Moldawanka hauste die Unruhe selbst. Und je weiter Sarah sich vom Zentrum entfernte, desto schiefer wurden die Fassaden. Der Putz der pastellfarbenen Häuser war staubig wie die Steppe, die das karstige Plateau, das sich Odessa nannte, umschloss. Schmutz und Armut nahmen zu, und die Mesusot an den Türpfosten, in denen auf Pergamentröllchen das Schema Israel geschrieben stand, steckten in fahlgrauem Holz. Silber kannten die Menschen, die hier hausten, nur aus der Synagoge.

Bevor es Licht wird, muss die Finsternis noch dunkler sein. Sarah hatte diesen Spruch oft genug gehört. Von ihrem Großvater, aber merkwürdigerweise auch von Gregor Nikolajewitsch. Seit sie Njeschin verlassen hatte, trug sie seinen Dolch bei sich. Eingewickelt in ein Taschentuch im Schürzenbeutel: ihr Talisman. Sie würde ihn Gregor irgendwann zurückbringen – so, wie er es verlangt hatte. Jetzt aber gab ihr der Dolch ein Gefühl der Sicherheit. Obwohl sie sich nicht im Traum vorstellen konnte, ihn jemals gegen einen Menschen einzusetzen. Zum Obstschälen und Fingernagelputzen aber war er recht praktisch, und er half gegen die Langeweile. Sarah polierte gerne Klinge und Perlmutt.

Sie wagte sich in die ärmsten Gegenden. Die Menschen lungerten auf den Straßen. Kinder bolzten gegen verrostete Dosen, Männer, denen gleich mehrere Finger fehlten, rauchten und standen in Grüppchen beisammen. Ein Mann sah besonders abschreckend aus: Er hatte ein Loch im Gesicht. Bei einem Pogrom war ihm die Nase abgeschnitten worden. Er winkte einem Träger zu, dessen Lenden mit dicken Stricken umgürtet waren. An den Füßen trug er Soldatenstiefel, sein Hemd war nass von Schweiß. Ein Ausgemusterter. Einer von Tausenden, die in der Armee des Zaren gedient hatten. Fast alle waren sie gepresst worden, und nach zehn Jahren wurden sie ausgespuckt wie Aussatz.

»Schmule, du siehst erledigt aus. Aber dann hast du Arbeit gehabt, wie?«

Schmule blieb stehen und stellte sich in Siegerpose. Er zeigte seine Muskeln und strahlte.

»Gott war heute mit mir. Wir werden einen Schabbes feiern, sag ich euch. Wie Brodsky.«

Sarah fing seinen strahlenden Blick auf und sah dem Mann nach. Er verschwand hinter einer angelehnten Holztür. Keine Minute später kam seine Frau heraus. Mit einem Einkaufskorb, im Schlepptau zwei blasse Mädchen. Sie hatte Tränen in den Augen und lief, so schnell sie konnte, zum Markt.

Etliche Häuser weiter traf Sarah auf einen Alten, der leicht verrückt sein musste. Weil es wohl Freitag war, sang er inbrünstige Lieder. Er wiegte sich beim Gehen, ja tanzte fast. Und weil er dies mit geschlossenen Augen tat, torkelte er von einer Hauswand zur anderen, wobei er sich oft heftig den Kopf anschlug. Dabei trat er immer wieder in Haufen von Unrat. Sein Kaftan war völlig verkotet, die Schaufäden seines Tallis, den er darunter trug, hatten sich vor Dreck in harte Klöppel verwandelt.

Sarah ging ihm aus dem Weg und geriet mitten in eine Horde von Gassenjungen, die dem Alten hinterherliefen und

ihn verspotteten. Ein Junge mit tatarischem Einschlag und nur einem Hosenträger, der gerade ein Stück Brot abgebissen und die Arme ausgebreitet hatte, wie um den Alten zu schützen, prallte mit ihr zusammen und stürzte. Sofort wurde gelacht und gehänselt. Der Alte war vergessen.
Sarah wollte dem Jungen aufhelfen, doch der kümmerte sich gar nicht um sie. Hass flammte in seinen Augen auf. Er bewegte seinen Mund, man konnte sehen, wie er mit der Zunge spielte. Dann spuckte er aus. Er traf genau an das Bein eines viel größeren Jungen. Ein Batzen zerkautes Brot zerfloss schmierig auf dessen zerlumpter Hose. Hass verwandelte sich in Triumph, doch schon einen Augenblick später stieß ihn der Bespuckte zu Boden und sprang auf ihn.
Ein ungleicher Kampf begann. Der Junge drehte sich unter Anspannung aller Kraft unter dem Angreifer heraus und richtete sich wieder auf, sein Hosenträger hing zu Boden. Sarah musste unwillkürlich lächeln, als sie die Fäuste des Jungen sah. In einer war das Brot verborgen. In diesem Viertel ein kleiner Schatz.
»Gib auf, Chlaw!«, rief der Ältere und warf seinen Widersacher erneut zu Boden.
Er verdrehte ihm den Arm, während Chlaw nach vorne robbte.
»Gib auf! Gib bloß auf!«
Es klang überlegen, belustigt. Doch Sarah hörte auch den gefährlichen Unterton, der davon zeugte, dass er Chlaw nach allen Regeln der Kunst zu verdreschen gedachte.
Chlaw ächzte, aber es gelang ihm, sich halb zu erheben. Da wurde er in den Schwitzkasten genommen, in die Knie gezwungen, sein Kopf in den Staub gedrückt.

Doch Chlaw robbte mit seinem Peiniger auf dem Rücken in Richtung Gosse und kratzte sich Stirn und Schläfen blutig. Die Rangelei artete aus. Beide Jungen schrien. Chlaw vor Schmerzen, der andere, weil ihn das Entsetzen über Chlaws Unbeugsamkeit Angst machte. Er solle doch endlich aufgeben, schrie er immer wieder und begann zu schluchzen.
Sarah trennte die beiden, schlug beiden eine harte Ohrfeige und schrie sie an, sie sollten sich schämen, sich am Vorabend von Schabbes so gehen zu lassen.
Der Rest der Horde rannte davon. Wie in Nejschin, dachte Sarah. Damals, als sie Josua aus der Pfütze geholfen hatte.
Chlaw kauerte auf der Straße. Er bebte am ganzen Leib, keuchte vor Wut, und das Brot quoll ihm zwischen den Fingern heraus.
Sarah ging in die Hocke. Chlaw reagierte unwillig. Er drehte sich weg und zuckte unwillig mit den Schultern. Blut und Dreck vermischten sich auf seinen Wunden zu einer rotschwarzen Schmiere, die wie fettige Farbe aussah. Sarah zog ihr Taschentuch hervor und winkte damit einer Frau, die aus dem Fenster guckte.
»Habt ihr sauberes Wasser?«
Die Frau kam mit einer Schüssel. Sarah tupfte die Wunden sauber. Chlaw sog jedes Mal scharf die Luft ein, schließlich tat es ihm so weh, dass er anfing zu jammern.
»Nur noch ein klein bisschen. Sonst entzündet sich nachher noch alles.«
»Ich schlag ihn tot«, sagte Chlaw. »Und dann binde ich sei nen Leichnam an ein Pferd und peitsch es hier durch.«
»Genauso siehst du auch aus, Chlaw«, tadelte ihn Sarah. »Mach lieber deinen Eltern Freude.«
Chlaw schwieg.

»So – und nun stell dich gerade hin. Mit dem Rücken zu mir. Und lauf nicht weg, egal, was du spürst. Es ist nur zu deinem Besten.«
Chlaw guckte weniger misstrauisch als überrascht.
Sarah dagegen wunderte sich über sich selbst. Sie spielte die große, überlegene Schwester, dabei war sie vielleicht gerade mal fünf Jahre älter als Chlaw. Und dann tat sie so, als hätte sie schon dutzende Male auf offener Straße die Hände aufgelegt. Wieso war sie sich auf einmal so sicher? Was trieb sie überhaupt dazu? Eitelkeit?
Sarah lauschte kurz in sich hinein. Du bist eben eine Kriegerin, sagte sie sich, eine Art Amazone. Und hast gerade einfach Lust dazu. Mehr nicht.
Wahrscheinlich reicht es schon, wenn du ihm die Hände nicht auflegst, sondern sie vor sein Gesicht hältst.
»Sag, wenn es nicht mehr brennt, ja?«
Chlaw brummte zustimmend.
Sarah spreizte die Finger und führte beide Hände dicht vor Chlaws Gesicht. Der entspannte sich binnen Sekunden und seufzte erleichtert auf, als würden ihm von einem Moment auf den anderen sämtliche Beschwernisse genommen. Nach einer Minute lehnte er seinen Kopf an Sarahs Brust und schloss die Augen. Eine weitere Minute verging. Chlaw sagte keinen Ton.
»Schlaf mir nicht ein«, sagte Sarah und nahm die Hände weg. »Tut es noch weh?«
Chlaw schüttelte den Kopf. Langsam drehte er sich zu Sarah um und strahlte sie an. Er hatte sich aus einem aggressiven Raufbold zurück in einen ganz normalen Gassenjungen verwandelt. Seine Schrammen glänzten dunkelrot, bluteten aber nicht mehr. Sarah gab Chlaw einen Klaps. Der

schaute sie noch einmal dankbar an und rannte darauf johlend die Straße hinunter – mit wild schlenkerndem Hosenträger.

Die Frau, die Sarah das Wasser gebracht hatte, schüttelte den Kopf.

»Ich kenne den Chlaw. Der ist mutig wie David. Aber auch so unbeherrscht wie König Saul.« Sie holte Luft. »Meinem Gerschon hat er einmal wegen einer verlorenen Murmel die Faust ins Gesicht gestoßen.«

Nachdenklich sah sie ihm nach. Sekundenlang schien sie unsicher, ob sie einer Fremden Näheres erzählen sollte. Doch ihre Lust auf einen Schwatz siegte.

»Ich werde dir mal was erzählen, bist ja noch jung und kannst noch was lernen.« Sie schaute Sarah prüfend an, diese nickte nur, und die Frau fuhr fort: »Seine Mutter, Siwa, ist eine vom Volk Dschingis Khans. Sie wurde blutjung an einen Kosakenoffizier verkauft. Denn am Don herrscht Mangel an Frauen. Doch der band sie eines Tages, weil er glaubte, sie wäre ihm untreu geworden, an einen klapprigen Gaul, den er in die Steppe peitschte. Das Seil riss irgendwann. Wer sie fand, war ein Wilderer. Er päppelte Siwa auf, aber nur, um jemanden zu haben, an dem er sich vergehen konnte. Irgendwann lief sie weg. Schlug sich bis Nowotscherkask durch. Heuerte dort auf einem Schiff an, das Felle und Pelze nach Odessa brachte. Das war kurz vor einem der großen Pogrome. Als die Griechen damals zusammen mit den Kosaken auf dem Neuen Markt losschlugen, geriet Siwa zwischen die Fronten. Vor den Augen unseres Reb Dovid sollte sie geschändet werden. Reb Dovid gab den Griechen etwas Geld. Sie ließen von ihr ab, aber nahmen sich dann ihn selbst vor. Weil sie glaubten, er habe noch mehr Geld, schlugen sie ihn. Einer setzte ihm das Messer an den Hals. Das brachte Siwa aus der Fassung. Sie bettelte um Reb Dovids Leben. Dafür wurde sie geschändet. Reb Dovid jedoch war sein Geld los und ist darüber verrückt geworden. Aber Siwa und er blieben zusammen. Er ist der Alte, der hier gerade vorbeigetorkelt ist. Er singt fast andauernd. Chlaw ist sein Sohn. Leben tun sie vom Schnorren und weil Siwa Teppiche knüpft und verkauft.«

»Das ist doch ein Märchen, oder?«, fragte Sarah ungläubig.

»Aber eins, das wahr ist«, entgegnete die Frau. »Kein Hokuspokus jedenfalls, wie dein bisschen Zauberei mit den Händen. Aber ich werde es mir merken. Bei Kindern hilft es.«

»Es ist kein Hokuspokus!«, begehrte Sarah auf. »Ich habe Chlaw wirklich die Schmerzen genommen. Es ist eine Gabe.«

»Gütiger Gott! Ist das wahr?« Die Frau tat einen Schritt zurück. Fassungslos musterte sie Sarah, als könne ihr Äußeres erkennen lassen, was es verbarg. Doch natürlich fand sie nicht das kleinste Zeichen.

»Ist es wirklich wahr?«, fragte sie ein zweites Mal, und Sarah hörte aus der Frage die Hoffnung heraus, es möge stimmen.

»Lügen hieße, eine Todsünde zu begehen«, antwortete sie mit fester Stimme.

»Warte!«

Die Frau brachte eilends die Schüssel ins Haus und rief, sie besuche Dwossje.

»Dann komm!«

Sie packte Sarah am Handgelenk und zog sie mit sich.
»Ich heiße Malka. Dwossje ist meine Schwägerin. Ach, sie hat es so heftig im Leib. Als ob sich ein Dämon eingenistet hat.«

Die Schwägerin war die Frau eines Schusters. Die Tochter erinnerte Sarah an ihre Schwester Lea. Sie war im gleichen Alter, trug dieselben Holzpantinen und sang Leas Lieblingslied. Dabei fegte sie mit einem abgewetzten Reisigbesen den Fußboden. Ihr Bruder saß vor dem Haus auf einer selbst gezimmerten Bank und polierte das Messing einer Kutschenlaterne. Ihm gegenüber hockte sein Bruder, der Strohsterne flocht. Beide Jungen trugen die Jarmulke auf dem Kopf. Im Haus roch es nach Schweiß, Schuhwichse und Leder. Gleich hinter der Eingangstür lag die Werkstatt. Schmule, dem Schuster, hingen einzelne Zwirnfäden aus dem Mund. Er hämmerte auf einer Sohle, um ihn herum ein Berg voller Lederflicken und Lumpen. An einer Wand hingen mehrere Bürsten, Hämmer, Hanf, Rosshaarbündel, auf schmalen Regalen zahlreiche Leisten verschiedener Größe. An den unzähligen schwarzen Lochmustern im Holz erkannte Sarah das jahrelange Wirken eines Holzwurmes, der wohl ebenso emsig gearbeitet hatte wie Schmule, sein Hauswirt.
»Sie wird Dwossje die Schmerzen wegmachen!«, rief Malka und schob Sarah an den Schultern in die Tiefe des Raumes.
Sofort unterbrach jeder seine Beschäftigung.
Sarah fühlte plötzlich große Anspannung. Sie durfte jetzt nicht versagen. Denn dies war der Prüfstein. Wenn sie jetzt – gewissermaßen auf Kommando – helfen konnte,

dann durfte sie sicher sein, eine Gabe zu besitzen, die kostbarer war als Gold.

»Dwossje!« Malka stürzte in das Schlafzimmer und winkte Sarah heran. »Dwossje – sie sagt, sie hat es in den Händen und macht damit gesund!«

Sarah schlug das Herz bis zum Hals, als sie die ausgetretene Schwelle überschritt, die in einen abgedunkelten, muffigen Raum führte. Auf einer niedrigen Bettstatt vor ihr lag eine zusammengekrümmte Frau, deren Gesicht grau vor Schmerzen war. Sie presste beide Hände gegen den Leib. Die Decke, mit der sie sich zugedeckt hatte, lag zu einem Knäuel gestampft am Fußende des Betts. Sie drehte ein wenig den Kopf, in der glanzlosen Dumpfheit ihrer Augen glomm langsam ein Funke Hoffnung auf. Die fahlgrauen Lippen, die stumm zuckten, wirkten wie verwittertes Holz mit dunklen Einkerbungen: Bissspuren, die von den Qualen zeugten, die die Frau litt. Sarah schielte zu Schmule und den Kindern. Erwartungsvoll, mit großen Augen standen sie alle im Türrahmen.

»Sie will nicht zum Tataren. So heißt hier einfachheitshalber der Arzt«, sagte Schmule. »Es geht jetzt schon seit Tagen so.«

Gequält stöhnte Dwossje auf. Wie damals bei Olga spürte Sarah ein unangenehmes Pulsieren in den Fingern. Es wurde stärker, je näher sie Dwossje kam.

»Lasst uns allein!«, sagte sie, zur Tür gewandt.

Sarah sprach so bestimmt, als wäre es für sie die selbstverständlichste Sache von der Welt, derartige Befehle auszusprechen. Sie war sich sicher, und doch auch wieder nicht. Die Angst vor der eigenen Courage blieb. Und sie spürte den Druck der Hoffnung, der plötzlich auf ihr lastete.

Malka schlich auf Zehenspitzen hinaus. Schmule ging als Letzter.
»Es fällt kein Spatz vom Dach ohne Seinen Willen, gepriesen sei Er in Seiner Herrlichkeit«, sagte er. »Aber schon Salomo sagte: Es sind alle Dinge so voll Mühe – umsonst soll deine nicht sein.«
Dwossje entfuhr ein gurgelnder Laut, der Sarah einen Schauer über den Rücken jagte. Hilf mir Herr, rief sie, dann fasste sie nach Dwossjes Händen. Sie waren knochig, kalt und nass.
Ein schrecklicher Gedanke durchfuhr Sarah.
Sie bat Dwossje, sich auf den Rücken zu legen. Sarahs Hände arbeiteten, als würden sie alles wissen. Wie in Trance ergriffen sie Dwossjes Rock und zogen ihn ein Stück nach unten. Als Nächstes schoben sie ihr das Leibchen nach oben, zupften das Unterhemd von der Haut.
Als sie die Hände auflegte, empfing sie stechende Signale. Am Bauch waren sie besonders stark, aber auch in Höhe der Brust und im Unterleib waren sie zu spüren, wie sie bald feststellte. Sarah bewegte ihre Hände langsam über Dwossjes Körper und konnte nichts dagegen tun, dass in ihrem Kopf der Satz herumspukte: Sie wird sterben.
»Ich lege jetzt meine Hände auf«, sagte sie leise. »Wenn du müde wirst, ist es ein gutes Zeichen.«
Dwossje versuchte zu lächeln. Ihr Atem wurde ruhiger.
»Jetzt fühlst du dich besser, ja?«, fragte Sarah nach fünf Minuten.
Sie hatte viel von ihrer Energie an Dwossje abgegeben. Und fühlte sich jetzt selbst erschöpft.
Dwossje seufzte. Aber als Sarah ihre Hände fortnahm, blickte sie in ein paar tieftraurige Augen.

»Ich werde sterben«, sagte sie. »Wie du es gefühlt und gedacht hast.«
Sarah schaute Dwossje aufmerksam an. In ihrer Seele tobte ein kurzer Kampf: der zwischen Lüge und Wahrheit. Doch durfte sie eine Lüge überhaupt in Erwägung ziehen? Es wäre einer Verleugnung ihrer Gabe gleichgekommen. Gott würde sie bestrafen. Die Antwort konnte also nur die Wahrheit sein.
Sarah nickte. Dann sagte sie leise ja. Im selben Moment bekam sie es mit der Angst. Sie schien die Furcht mit den Händen eingefangen zu haben, denn diese wurden plötzlich kalt. Sarah sprang auf, Grauen überfiel sie. Dwossje bemerkte es kaum, wunderte sich nur, dass Sarah auf einmal an der Tür war, sie aufriss und davonlief.
»Ich komme morgen wieder!«, hörte sie sie im Flur noch rufen, dann schlug schon die Haustür zu.
Sarah rannte wie gehetzt. Sie glaubte auf einmal, eine schreckliche Sünde begangen zu haben. Gleichzeitig fühlte sie sich so leer und einsam wie seit Tagen nicht mehr.
Was war sie denn? Ein Wesen, unbeschützt und einsam. Tag für Tag nährte sie sich von der Hoffnung, das Leben meistern zu können. Sie war auf sich selbst zurückgeworfen, um sie herum waren nur Fremde.
Sie musste ihren Weg allein finden.
Und doch besaß sie durch ihre Gabe mehr als andere – selbst wenn ihre Fähigkeit, mit den Händen zu heilen, noch in einem dünnwandigen, zerbrechlichen Gefäß steckte.
Sarah rollte sich wie ein Säugling zusammen. Sehnsucht nach ihren Eltern ergriff sie. Aber auch nach Njeschin. Am liebsten wäre sie sofort in den Zug gestiegen.

Aber das ging ja nun nicht mehr! Dwossje erwartete sie morgen.
Sarah schluckte ihre Tränen herunter, lauschte in sich hinein. Das Selbstvertrauen kehrte zurück, ja, sie war auf einmal stolz auf sich. Die Verantwortung, die sie auf sich geladen hatte, besaß etwas Tröstendes. Dwossje würde leben. Sie würde den Kampf gegen den Tod gewinnen.
In der Moldawanka dagegen beruhigte sich das Leben. Schabbes stand vor der Tür. Juden ins Badhaus!, hörte Sarah den Ruf des Schammes.

Wie ausgelaugt sie vom Handauflegen war, wurde Sarah erst richtig bewusst, als sie auf ihrer Pritsche lag. Zum Glück war sie allein. Sie fühlte sich, als hätte sie stundenlang geschuftet – mit dem Unterschied, dass ihr nirgends etwas wehtat. Kein Muskelkater, kein lahmer Rücken, nicht eine einzige Schwiele, weder Dreck noch Schweiß.
Sie döste mit geschlossenen Augen vor sich hin, hatte sich längst ausgeweint. Dass Dwossje, wie sie glaubte gefühlt zu haben, würde sterben müssen, war Unsinn. Ganz einfach deshalb, weil ein Mensch nicht wissen konnte, was allein Gott für ihn bestimmt hatte.
Das Einzige, was sie gespürt hatte, war der Kampf, der sich in Dwossjes sterblicher Hülle abspielte: das Ringen zweier Energien – des Dunkels und des Lichtes – um die Vorherrschaft.
Sarah begann zu summen. Es lenkte sie von ihrem Körper ab, von ihren Händen, denen es auf einmal zuwider war, zu spüren, zu fühlen, anzufassen. Es wird sich bestimmt wieder geben, sagte sie zu sich. Bis morgen muss es auf jeden Fall vorbei sein. Dwossje braucht mich, denn in ihr steckt

etwas Böses, das wie ein Krake ist. Es hat sich im Bauch festgesetzt, und seine Tentakeln auch schon gen Brust und Unterleib ausgestreckt. Aber du hast gespürt, wie es unter deinen Energien an Kraft verliert. Doch wer ist stärker?
Sarah setzte sich auf und betrachtete ihre Hände. Du weißt, dass sie heilen, aber wie genau, das weißt du nicht. Und leider verstehst du vom menschlichen Körper auch nicht mehr als ein Gleisbauer von einer Lokomotive.
Aber wozu gab es schließlich Bücher?
Ob ihr Awrom weiterhelfen konnte? Er war klug und machte einen gebildeten Eindruck. Der Gedanke hatte etwas Elektrisierendes an sich. Sarah vergaß ihre Müdigkeit und fasste einen Entschluss.
Auf zu Awrom! Und zwar so bald wie möglich. Dafür war er gut! Deshalb hatte Gott – gepriesen sei Er in alle Ewigkeit – sie mit ihm zusammentreffen lassen. So klar schrieb er das Buch seiner Geschöpfe. Man musste es nur zu lesen wissen.

Doch erst die Arbeit. Dwossje sei zwar noch nicht auf den Beinen, aber sie behaupte, sich seit Tagen nicht mehr so wohl gefühlt zu haben wie heute, erzählte Schmule, der gerade aus der Synagoge gekommen war, am nächsten Tag. Kaum hatte er Sarah erblickt, begann er Segenssprüche über ihr auszuschütten, die ihn selbst zu Tränen rührten. Denn Schmule war noch ganz im Bann seines Gespräches mit Gott. Bei ihm hatte er sich ausgeweint wie lange nicht mehr und war endlich mit sich und dem Schöpfer der Welt im Reinen.
Schmule glühte unter dem Gebetsmantel, seinem kostbarsten Stück. Beim Beten hatte er gestanden und vor Erregung

gehüpft und geschrien. Sein großer Kopf, der etwas wackelig auf einem schmächtigen Körper saß, war schweißnass. An der einen Stirnseite hatte er eine eigenartige Delle, unter der es heftig zuckte.

»Wenigstens ein Stückl musst du uns zu Gefallen nehmen!«, rief Schmule und eilte in die Küche, aus der er ein dickes Stück Rosinenkuchen mitbrachte. »Lieber die Kopeken dem Bäcker als dem Arzt. Denn wenn du schon kein Geld annehmen willst – ach, allein deswegen musst du die Tochter eines Heiligen sein ...«

»Bin ich nicht«, sagte Sarah. »Aber ich will es noch einmal versuchen. Deine Dwossje ist ja noch nicht gesund.«

»Oh – leben soll sie! Leben! Leben!«

Schmule zitterten die Hände. Sarah brach sich ein Stück vom Kuchen ab und stopfte ihn sich in den Mund. Mit vollen Backen trat sie vor Dwossje, die sogleich die Arme nach ihr ausstreckte.

Sarah kaute, nickte, dann schüttelte sie den Kopf.

»Ich will kein Wort mehr hören«, sagte sie.

»Trotzdem«, sagte Dwossje, und ihre Augen leuchteten. »Wenn ich ohne Schmerzen sterben darf, würde ich bis zum letzten Atemzug jubeln.«

Sarah fasste Dwossjes Hände und drückte sie. Sofort spürte sie, wie wenig Lebenskraft in ihnen war. Wie durfte sie es da wagen, ihr falsche Hoffnungen zu machen? Aber gehörte die Hoffnung nicht mit zum Gesundwerden?

Wieder ließ Sarah ihre Hände über Dwossjes Leib schweben und legte sie dann auf. War es Einbildung? Die stechenden Signale, die sie empfing, schienen schwächer zu sein. Sie konzentrierte sich mit aller Kraft, deren sie fähig war. Was du auch bist, ich bin stärker, dachte sie. Und ich

bringe dich zum Schweigen. Weil meine Energie von Gott kommt und deine nur des Teufels ist.
Nach fünf Minuten war auch diese Behandlung zu Ende. Sarah kam sich vor, als hätte ein Magnet an ihr gezogen. Sie stand auf, ordnete ihr Haar und seufzte kräftig auf.
»Du verstehst es, dich bei mir zu bedienen«, sagte sie lächelnd. »Aber das ist gut so. Ich weiß jetzt bestimmt, dass du wieder gesund wirst. Gestern aber wirktest du so schwach, dass ich das Schlimmste befürchtete.«
»Sarah … wie soll ich dir danken?«
»Bete, dass ich nie überschnappe«, antwortete Sarah launig.

Der Weg zu Awrom führte Sarah durch die prächtigen Geschäftsstraßen Odessas. Hier gab es alles, was das Herz begehrte: Hut-, Weißwaren- und Modegeschäfte, Schaufenster mit Pelzen, Kristallgläsern, Konfiserien, Cafés und alle möglichen Feinkostarten. Irgendwo zwischen Nikolaiboulevard und Rischeljewskaja blieb Sarah vor einem Bäcker stehen, schnupperte genießerisch und verschwand dann im Laden. Heraus kam sie mit einer ausländischen Spezialität, die ihr die Verkäuferin empfohlen hatte: einer Tüte mit englischen Muffins, warm und duftend.
Mit einem frischen Muffin blieb sie vor dem Schaufenster eines Juweliers stehen und seufzte dessen Auslagen an. Etliche Schritte weiter bewunderte sie das Angebot eines Parfümeurs, der nicht nur Flakons und bemalte Salbendöschen ausstellte, sondern auch Handtaschen und Pelzmützen aus Zobelfell.
»Das ist der Unterschied zwischen Arm und Reich: Wer reich ist, kann alles anfassen. Wer arm ist, darf nur gucken«, sagte jemand neben ihr.

»Das ist mir nicht neu!«, pflichtete Sarah der verhärmten Dienstmagd bei, die einen Korb voller Austern trug. »Bei uns zu Hause sagt man: Für den, der reich ist, hat der Monat sieben Tage, für den, der arm ist, sieben Wochen.«
»Hier in Odessa ist das nicht anders. Selbst meine Herrschaften pflegen immer zu sagen: Ein Monat sollte zwei Wochen haben, weil nur dann die Ausgaben wirklich hinreichen.«
Die Dienstmagd schaute gierig auf den Muffin, den Sarah gedankenlos aus ihrer Tüte zog. Doch Sarah bemerkte den Blick noch rechtzeitig und rettete die Situation, indem sie der Magd die Tüte mit dem dritten Muffin gab und sagte, ihrer Meinung nach schmeckten die Muffins zu sehr nach Talg und zu wenig nach Butter.
»Hab ich nicht Recht?«, fragte sie, froh, geistesgegenwärtig gehandelt zu haben.
»Es gibt bessere, aber auch schlechtere«, sagte die Magd abwägend, zog dabei aber ein Gesicht, als würde sie jeden Augenblick vor Genuss die Augen schließen müssen.
»Ist es eigentlich noch weit zur Chersonski?«, fragte Sarah.
Die Magd schüttelte den Kopf und nuschelte mit vollem Mund ein paar Namen. Sarah hörte sie Deribassowskaja, Rischeljewskaja, Jekaterinskaja, Preobraschenskaja sagen, Straßennamen, die ihr vom Klang geläufig waren und deren Schilder sie alle schon gelesen hatte. Odessas auf dem Reißbrett geplante Straßen hatten für sie noch kein eigenes Gesicht, drei-, viermal fragte sie noch nach dem Weg und genoss ansonsten die städtische Betriebsamkeit.
Endlich erblickte sie das Schild der Chersonski. Am fürstlichen Palais vorbei, waren es nur noch ein paar Häuser, dann stand sie vor einem zweistöckigen weißen Gebäude

mit Erkern und Turm, das aussah wie ein geschrumpftes Schloss.

Durch den Vorgarten führte der Weg an der herrschaftlichen Eingangstreppe vorbei nach hinten, machte einen Knick und endete vor einer unscheinbaren Tür, zu der fünf Treppenstufen hinabführten. Sarah fühlte, wie eine seltsame Unruhe über sie kam. Ihre Hände hatten sich zu einer lockeren Faust geballt – als ob sie sich für einen Kampf bereitmachen wollten.

Auf ihr Klopfen öffnete Awrom die Tür.

»Du bist gekommen, das ist schön.«

Er führte sie hinein und rief über die Schulter, dass sie heute Abend einen Gast hätten. Einen Augenblick später schlug eine Tür zu. Sarah glaubte, ein Stöhnen gehört zu haben.

Awroms Bleibe bestand aus einem großen Souterrain mit angrenzender Bibliothekskammer und Schlafzimmer. Zwei große, hohe Fenster, die den Blick auf den Rasen eines englischen Parks freigaben, sorgten im Wohnzimmer für ausreichend Licht. Dort ging eine weitere Tür ab – wieder war dahinter schmerzerfülltes Seufzen zu hören.

»Schau dich nur um. Mir gehört kein einziges Stück. Hinter der Fassade des Klezmer Awrom findest du nur Katzengold.«

Awrom grinste und machte eine weit ausholende Geste.

»Ich selbst mag zwar aussehen wie Graf Rubelsack, bin aber in Wahrheit bloß Awrom, das Kopekenstück. Vergiss nicht, dass wir Klezmer alle gerne dick auftragen.«

Auf den ersten Blick lebte er beinahe herrschaftlich. An den Wänden hingen opulente Bilder von Schiffen in Seenot, zwischen ihnen thronten auf Ebenholzsimsen diverse Bronzebüsten und Statuen olympischer Berühmtheiten.

Am meisten beeindruckte Sarah die Statue der Penthesilea: Die Amazonenkönigin reckte sich und spannte ihren Bogen, die freie linke Brust dem imaginären Gegner selbstbewusst entgegengestreckt.
»Sie war die Königin der Amazonen«, erklärte Awrom. »Kämpfte mit ihren Kriegerinnen auf der Seite der Troer gegen die Griechen und streckte etliche von deren Helden nieder. Nur Achill war sie nicht gewachsen. Der allerdings nicht damit gerechnet hatte, dass er sich in die Sterbende verlieben würde, als er ihr den Helm abnahm.«
Nach dieser Erklärung ließ Awrom Sarah allein und verschwand ins angrenzende Zimmer.
Sarah sah sich weiter um. In einem Wandregal entdeckte sie einen Ledergloebus, der von einem Fernrohr und Sextanten eingerahmt war. Ob er sich auch drehte? Sarah überlegte nicht lange und tippte mit den Fingerspitzen gegen ihn. Der Globus drehte sich. Wo lag Odessa? Sarah brauchte lange, bis sie das Schwarze Meer fand und war überrascht, wie winzig es im Vergleich mit den Ozeanen war. Und wo lag New York? Sarah fuhr mit dem Zeigefinger durch den Bosporus und die Dardanellen, kreiste um den Peloponnes und Sizilien und ritschte mit dem Nagel des Zeigefingers durch die Meerenge bei Gibraltar. Dann stoppte sie und drehte mit den Fingerspitzen der anderen Hand den Globus weiter. Punktgenau landete sie in New York. Eine Stadt von vielen, in einem gigantischen Kontinent. Tausende Werst Land, von zwei Ozeanen eingerahmt. New York, das hatte Sarah von ihrem Onkel Hejnech erfahren, war die Stadt, in deren Hafen alle Einwandererschiffe einliefen. Also auch das ihrer Eltern. Doch wo waren sie? In welche Himmelsrichtung hatte das Schicksal sie getrieben? Sollte

sie, die totgeglaubte Sarah, ihnen wirklich nachreisen? Noch war keine Nachricht von ihnen eingetroffen. Und Geld hatte sie auch keines.
Ein Schaudern überkam sie. Das war ja eine Reise um die halbe Welt! Eine, die man nur einmal im Leben machen kann. Was dann im Grunde genommen bedeutete: entweder in die unbekannte Ferne, zu den Wurzeln der Familie, oder – Sarah hatte sekundenlang Josuas Jungengesicht mit den wippenden Schläfenlocken vor Augen – neue Wurzeln irgendwo zwischen Dnjestr und Dnjepr schlagen.
Die Entscheidung schien klar. Doch an wessen Seite? Sarah wischte Josuas Bild fort, als wedele sie Staubflocken durch die Luft. Es schien ihr aber, als blickten seine dunklen Augen auf sie, ernst und wissend.
Vor dem Fenster huschte ein kleiner Körper vorbei, dem ein zweiter folgte. Flattern und Vogelstimmen rissen Sarah aus ihren Gedanken. Sie reckte sich und tat einen Schritt nach vorn. Blattgroße schwarze Vögelchen mit orangerotem Schweif tauchten, Perlenfischern gleich, in das volle Grün.
»Mein Herzblatt – ich darf dir Sarah vorstellen. Sarah, das ist Alma. So wie du ist sie ein Geschöpf, das sich in der Antike den Amazonen anschließen würde.«
Sarah fuhr herum.
Awrom führte eine Frau herein, die ein dunkelblaues Samtkleid mit eng geschnürtem Oberteil trug. Der glockenförmige Rock war an einer Seite mit goldschimmernden Knöpfen besetzt, Ärmel und Kragen waren schneeweiß und spitzenverziert. Um den Hals trug sie eine Kette mit einem silbernen Kreuz.
Sarah hielt den Atem an. Das Kleid war bestimmt das

schönste, das sie jemals gesehen hatte – nicht zuletzt, weil die Frau, die es trug, eine makellose Figur haben musste. Sie stützte sich auf Awroms Arm und versuchte zu lächeln. Aber ihr Mund brachte nur ein schiefes Grinsen zu Wege, das auf ihrem blassen Gesicht zu einer entstellenden Maske gefror. Nach einem flüchtigen Kuss auf die Stirn führte Awrom die Frau zum Diwan, holte einen Hocker und bettete ihre Beine darauf. Sarah schaute unverwandt zu, unfähig, irgendetwas zu sagen oder zu denken. Ihre Finger zitterten leicht, wobei sie das Gefühl hatte, als richteten sie sich, einer Kompassnadel gleich, nach der Frau aus.

»Willkommen«, hauchte Alma und senkte ihren Blick. Ob aus Schmerz oder Ablehnung war nicht zu erkennen. Ihr schönes Gesicht blieb weitgehend unbewegt.

Awrom räusperte sich. Er wolle den Tisch decken, sagte er. »Denn sonst fällt unser Gast – Gott behüte – vor Hunger noch über deine Liköre her, mein Herz.«

Alma bemühte sich um ein Lächeln, das Awrom galt, nicht ihr. Sarah schlug das Herz bis zum Hals, fühlte ein seltsames Unbehagen in sich aufsteigen. Diese Alma ist schön, aber herzlos, dachte sie. Sarah schielte auf das Silberkreuz, das Alma an einer langen Kette trug. Alma bemerkte diesen Blick und sagte plötzlich bemüht freundlich, dass sie aus Lemberg komme und die Tochter eines Bahnhofsvorstehers sei.

»Und in Lemberg ist man erstens Christ und zweitens katholisch.«

Sarah nickte, versuchte, unbekümmert zu bleiben.

Awrom kam mit einem Tablett herein. Er brachte Gurken und Rettich, Brot, einen Topf Butter, eingelegte Tomaten und kaltes Huhn.

Sarah lief das Wasser im Mund zusammen. Awrom trug dann noch einen gekochten Schinken auf, von dem er zwei dünne Scheiben abgeschnitten und sie mit Petersilie und Senf garniert hatte.
Aßen die Juden in Odessa etwa alle Schweinefleisch?
Awrom führte Alma an den Tisch. Sarah starrte angewidert auf den Schinken.
»So, du bist dran, mein Herz«, sagte Awrom zu Alma.
»Lieber Herr Jesus, sei unser Gast und segne, was du uns bescheret hast. Amen.«
Sarah schoss das Blut zu Kopf. Die Worte klangen fremd und falsch. Doch sie beherrschte sich und beschloss, nur Brot und Tee zu sich zu nehmen. Ohne dass sie es eigentlich wollte, drängten sich ihr die ersten Worte des »Schema Israel« auf: Höre Israel, der Ewige ist unser Gott, der Ewige ist einzig ...
»Sarah, nebbech, verzeih mir!«, rief Awrom und tippte sich gegen die Stirn. »Was sind wir dumm. Nicht für eine Kopeke haben wir nachgedacht! Stattdessen dich einfach überrumpelt mit unserem persönlichen Arrangement. Aber so ist das in Odessa. Alma hat ihre Religion, ich meine. Abends betet sie zu ihrem Gott, ich morgens zu unserem. Der Schinken ist mein Joch, ihres der Schabbes. Aber du verzeihst uns, nicht wahr?«
Sarah nickte. Awrom zählte eben zu den so genannten aufgeklärten Juden, über die sich einst Rabbi Jankovic, Josuas Vater, so aufgeregt hatte. Sie sind es, die Lehre und Gesetz, die wir auf dem Berg Sinai empfangen haben, auf das Niveau heidnischer Grabhügel herunterhobeln!, erinnerte Sarah sich an einen seiner Wutausbrüche.
Sarah rief sich ins Gedächtnis, wie selbstverständlich sie in

den Tagen ihrer Genesung bei den Gojim Gregor und Iridna am Tisch gesessen hatte. Allerdings hatten beide gar nicht erst gebetet und auch kein Schweinefleisch aufgedeckt: Iridna hatte es gemieden, weil sie fürchtete, fett davon zu werden, und Gregor behauptete, immer wenn er es äße, hätte er das Gefühl, ihm würden Borsten wachsen. Weshalb auch er darauf verzichtete.

Sarah griff nach einem Stück Brot. Alma war damit beschäftigt, ihren Wollschal zurechtzuzupfen. Dabei verhedderte sich ihr Ring in den Maschen. Der Schal verrutschte und für einen kurzen Moment blieb ihre Wange unbedeckt. Da geschah es. Alma sog plötzlich scharf die Luft ein und begann heftig zu atmen. Sie schloss die Augen, ihr Gesicht wurde kalkweiß. Von einer Sekunde auf die andere begannen ihre Hände zu zittern. Mit schmerzverzerrtem Gesicht drückte sie sich den Schal an den Kopf, den Mund leicht geöffnet. Darauf begann sie, flach zu keuchen.

»Ein Anfall«, flüsterte Awrom. »Beten wir, dass er schnell vorübergeht.«

Alma schüttelte unwillig den Kopf. Awrom half ihr vom Stuhl und führte sie zum Diwan, auf den sie erschöpft niedersank. Sie ließ sich die Beine hochlegen und verlangte nach einer Decke.

»Ich könnte helfen!«, sagte Sarah selbstbewusst.

Almas Gesichtszüge entstellten sich, wobei Sarah das Gefühl nicht loswurde, dass sie ihr Gesicht auch deshalb verzog, weil sie es als unter ihrer Würde empfand, sich von ihr helfen zu lassen.

»Leise!«, beschwor Awrom sie. »Seit drei Monaten geht das schon so. Der Schmerz kommt aus heiterem Himmel. Und tobt dann derart, dass Alma sich schon einmal den

Kopf an der Wand zerschmettern wollte. Er zieht sich von der Stirn über das Auge und frisst sich weiter über die Schläfe bis in den Oberkiefer. Zwischen den Attacken ist es dann, als poche der Nerv von innen gegen die Wange.«

»Aber ich kann *wirklich* helfen«, beharrte Sarah voller Leidenschaft auf ihrem Angebot.

Alma wandte den Kopf ab.

Sarah hob ihre Hände und sah Awrom beschwörend an.

»Habt einfach Vertrauen«, sagte Sarah. »Es hilft. Bestimmt!«

Ohne eine Antwort abzuwarten, nahm sie den Hocker und stellte ihn ans Kopfende des Diwans. Erst warf sie das Haar nach hinten, dann streifte sie die Ärmel ihres Kleids nach oben. Mit vorgestreckten Händen ließ sie sich breitbeinig auf dem Hocker nieder und schloss die Augen.

Alma wandte Sarah den Kopf zu, musterte sie widerwillig. Und trotz ihres quälenden Zustands trieb ihr Stolz sie dazu, Sarah zu belehren.

»Weißt du, dass in dem, was wir das Alte Testament nennen, nirgends eine Geschichte steht, in der ein Kranker durch Handauflegen gesund gemacht wurde? In unserem Neuen Testament aber steht geschrieben, dass Christus und seine Apostel so geheilt haben.«

Sarah ließ ihre Hände sinken.

»Euer Christus war einfach ein guter Rabbi«, sagte sie gleichmütig. »Ein Wunderrabbi. Wir kennen noch etliche andere.«

Alma verzog den Mund.

Aber die Schmerzen machten sie mürbe.

Sarah hob wieder die Hände. Das Bedürfnis, Alma zu helfen, war stärker als ihr Ärger über deren Feindseligkeit.

»Es könnte am Anfang etwas wehtun«, sagte sie vorsorglich.
Alma versteifte sich. Ihre Augen weiteten sich vor Angst. Langsam ließ Sarah ihre Hände auf sie zuschweben und erwartete jeden Augenblick, dass Alma ebenso gellend aufschrie wie damals Olga Petrowna in Njeschin. Doch das Gegenteil geschah. Alma begann tief ein- und auszuatmen und ließ bald ein leises Seufzen der Erleichterung hören. Es würde ihr warm, flüsterte sie, und seltsam leicht. Als Sarahs Hände noch eine knappe Fingerbreite von ihrem Kopf entfernt waren, musste sie zwar für Sekunden hecheln, doch darauf entspannte sie sich nur umso mehr. Es kam Alma vor, als verdunsteten die Schmerzen wie Wasserflecken in der Sonne. Ein watteweiches Wohlbefinden stellte sich ein, das sie schläfrig machte. Eine süße Schwäche durchrieselte ihre Glieder. Gleichzeitig hatte sie das Gefühl, Kraft gewonnen zu haben.
Sarah dagegen schien es anfangs, als kämpfe sie gegen eine böse Macht. Diese Macht schoss Pfeile auf sie ab, die auf ihre Hände zurasten, dort aber wirkungslos zerschellten. Kraft ihrer eigenen Konzentration wurden die Pfeile weniger, und schließlich hörte der Beschuss ganz auf. Von dieser Sekunde an begann die Heilung. Sarah spürte, wie ihr die Energien gleichsam aus den Händen flossen und von Almas Kopf aufgesogen wurden, als befände sich dort ein Schwamm. Voller und voller wurde dieser Schwamm, bis er irgendwann nichts mehr aufnehmen konnte.
Für einen Moment dachte Sarah an ihre Vision darüber, wie sie Josua im Beisein ihres Großvaters gerettet hatte. Plötzlich spürte sie auch dessen Hand und erinnerte sich so deutlich wie noch nie seit seinem Tod an sein Lächeln. Sie hörte

seine heisere Stimme und sah seine blitzenden Augen, wenn sie ihm an den Tagen vor Pessach stolz ihre Schüssel mit den zusammengesuchten gesäuerten Brotkrümeln präsentierte. Irgendwann einmal hatte er zu ihr gesagt, sie sei wie eine Kriegerin. Sarah grübelte, wann dies gewesen war, aber ein verhaltenes Schniefen riss sie in die Gegenwart zurück.
Alma weinte – mit einem seligen Lächeln auf den Lippen. Sarah schaute verlegen zur Seite, wobei ihr Blick auf den Schinken fiel. Doch anstatt sich zu ekeln, begann sie zu lachen. Mag das Schwein auch unrein sein, sagte sie sich, Gott hat es trotzdem erschaffen. Und wenn nicht für uns, dann eben für die Gojim.
»Es ist kein Wunder. Aber eine Gabe«, sagte sie.
»So ist es. Gott hat geholfen«, setzte Awrom nach.
»Nein, Gott hat mich nicht verlassen«, entgegnete Alma betont ernst.
Sarah konnte nichts dagegen tun, dass ihr das Blut ins Gesicht schoss.
Doch im selben Moment begann Alma zu glucksen.
Awrom begriff den Scherz. Leise, dann immer lauter begann er zu lachen und steckte schließlich Sarah an.
»Dieser Unterschied!«, rief er ein ums andere Mal. »Ist das Philosophie, wie? Jiddn reden rechts herum, Gojim links. Tanzen aber um denselben Kreis.«
Eine Stunde später war das Huhn verputzt, das Gurkenschälchen leer und von den in Olivenöl eingelegten Tomaten nur noch ein Pfützchen Öl übrig.

Das anatomische Lexikon, das sich Sarah von Awrom ausgeliehen hatte, half ihr endlich, den menschlichen Körper besser zu verstehen und Zuordnungen zu treffen. Zwar konnte sie mit keinem der lateinischen Wörter etwas anfangen, aber die nach der Natur gezeichneten Holzschnitte zeigten ihr den Menschen, wie er unter der Haut aussah. Knochen und Muskeln, Adern, Nerven – alles war ein Wunderwerk.

Anfangs flößte ihr dies noch ein Schaudern ein. Doch schließlich ging ihre Begeisterung so weit, dass sie etliche Bilder abzeichnete. Ganz einfach, weil sie nicht anders konnte. Sie wollte wissen, wo ihre Heilenergien wirkten, wenn sie die Hände auflegte. Damit sie wenigstens einige Körperteile richtig benennen konnte, kaufte sie sich ein Wörterbuch der medizinischen Fachausdrücke, wo sie im Anhang einige russisch-lateinische Tafeln und Abbildungen fand, an denen sie sich orientierte.

Die Tante dagegen meinte, was sie da tue, sei verwerflich, die Abbildungen seien Teufelswerk. Denn wenn das zweite Gebot forderte, du sollst dir kein Bild machen, nicht von Gott und nicht von den Menschen – war dann das, was sie da tat, nicht eine große Sünde? Zumal sie versuchte, sich alle Einzelheiten genau einzuprägen? Mit Grausen wandte sich die Tante ab, als Sarah daranging, die Organe der Bauchhöhle abzuzeichnen. Und als sie auch noch begann, sich mit den Geschlechtsorganen zu beschäftigen, nahm sie ihr das Buch kurzerhand weg und schloss es ein.

Sarah ließ es geschehen. Sie hatte viel zu viel Angst, das Buch könne Schaden nehmen. Lieber wartete sie, bis die Tante außer Haus ging. Dann ging sie an den großen Vitrinenschrank und drückte mit einem Nagel das Schloss auf. Den Trick hatte sie sich bei ihrem Onkel abgeguckt, der wusste, dass seine Frau im hintersten Winkel ein Geldkästchen versteckt hatte. Darin lagen immer ein paar Kopeken.

Der Onkel nahm sich die Hälfte und freute sich. Was er nicht wusste, war, dass die Tante das Kästchen zum Schein mit Kopeken fütterte. Die Tante wiederum wusste nicht, dass Sarah den Trick mit dem Nagel kannte, und diese wiederum glaubte, der Onkel habe keine Ahnung von ihrem Buch und den Zeichnungen.

Eines Tages brach sich bei ihr die Bewunderung für die Anatomie des Menschen derart rückhaltlos Bahn, dass sie die Holzschnitte lauthals als ebenso schön pries wie die Muster orientalischer Teppiche. Mit Pathos und großer Gebärde erklärte sie, dass vom Prinzip her gar nicht hässlich sein könne, was Gott so zweckmäßig geschaffen habe.
»Blut und Gekröse soll also schön sein?«, fragte die Tante zurück. »Ah – ich verstehe. Du hast den Grund entdeckt, warum die Gojim es immer wieder vergießen. Weil dieses Rot so schön ist. Sie können dann einfach nicht mehr an sich halten und schlitzen ein paar Juden oder Muselmänner auf. Schließlich hat ihr Christus ja auch tüchtig bluten müssen.«
»Du bist dumm, Tante. Verzeih mir«, sagte Sarah hochnäsig und schlug das Lexikon zu.
Sie fühlte sich stark und frisch, schlicht deshalb, weil Awrom sie für den nächsten Abend eingeladen hatte.
»Soso – ich bin also dumm«, sagte die Tante scheinbar nachdenklich. »Dumm.«
Sie stemmte die Arme in die Hüften und sah Sarah böse an. Plötzlich war der brackig saure Geruch ihrer Schürze allgegenwärtig. Sarah indes ließ sich nicht aus der Ruhe bringen. Belustigt schaute sie ihre Tante an, die in diesem Augenblick aussah wie eine Zeitungskarikatur: kleine, runde

Frau mit Kopftuch, wurstigen Armen nebst Hosen unter dem Rock. Besonders lächerlich wirkte sie durch ihre offensichtlich lebendig gewordene Warze. Sie hing an einem dünnen Hautfaden unterhalb des linken Lids, blähte sich wie ein winziger Dudelsack und pulsierte abwechselnd hell- und dunkelbraun.

»Ich will dir was sagen, liebe Großnichte«, keifte sie los, »nur weil ich mit meinem Handel deines Großonkels Dreckslohn strecke, bin ich noch lange nicht dumm. Du aber bist es. Vergeudest deine Gabe für Almosen. Könntest längst Rubel verdienen. Aber vielleicht tust du das ja auch. Wenn ja – gib was ab. Als Lohn dafür, dass ich dich bekoche.«

»Du schimpfst ja wie ein Fischweib«, sagte Sarah übertrieben erstaunt und neigte den Kopf zur Seite.

Sie bekam Lust, die Tante noch weiter zu provozieren. Vorsichtshalber aber steckte sie zuerst das Buch in ihre Jutetasche und verwahrte diese unter ihrer Pritsche. Darauf versuchte sie, so bekümmert wie möglich zu gucken: mit schiefem Schmollmund und weit aufgerissenen Augen.

Aber ihr Auftritt verfing nicht. Die Tante lachte nur gehässig auf. Selbst ihre Warze verlor zusehends an Lebendigkeit. Bald hing sie wieder schlaff unter ihrem Lid, fahl und hässlich. Das erste Mal verspürte Sarah den Wunsch, sie abzureißen und zwischen ihren Fingern zu zerquetschen.

»Mein Täubchen«, begann die Tante unerwartet mit honigsüßer Stimme, »du spuckst ja nur große Töne, weil dein Awrom dir den Kopf verdreht hat. Verguckt hast du dich! Was du selbst nur noch nicht weißt. Und natürlich nie zugeben würdest.«

»Das ist nicht wahr!«, begehrte Sarah auf.

Trotzdem schoss ihr das Blut ins Gesicht. Mit einem Schlag fühlte sie sich unsicher. Denn die Tante traf mit ihrer Behauptung zwar nicht ins Schwarze, lag damit aber auch nicht falsch.
Umso lächerlicher kam sie sich auf einmal in ihrer ukrainischen Tracht vor.
»Es stimmt einfach nicht«, zischte sie ohnmächtig und ballte die Fäuste.
Die Tante ignorierte ihre Großnichte. Sie wischte die Wachstuchdecke des einzigen Tisches mit solcher Hingabe, dass ihre Warze zitterte – Schabbesputz.
»Einen Rat gebe ich dir, mein Täubchen«, sagte die Tante. »Frauen neigen dazu, ihr Herz zu verschenken und den Verstand zu verlieren. Mädchen verlieren ihre Unschuld. Sei also vorsichtig.«
»Was denkst du eigentlich von mir!«, blaffte Sarah sie an. »Du tust gerade so, als wäre ich ein Flittchen!«
»Verliebte Mädchen sind beinahe dasselbe«, sagte die Tante gleichmütig.
»Du bist ja meschugge!«
»Hüte deine Zunge, Nichte!«
Die Warze am Lid bekam wieder Farbe.
»Meschugge, meschugge, meschugge!«
Sarah rief es mit Leibeskräften. Sie stand da wie ein trotziges Kind, das auf Teufel komm raus böse sein wollte.
Die Großtante kam um den Tisch herum, wollte Sarah mit dem Wischlappen ohrfeigen. Doch die war schneller. Wie in einer Komödie rannten sie ein paar Mal um den Tisch: linksherum, rechtsherum, ein Katz-und-Maus-Spiel, das schnell seinen Ernst verlor und zum Spiel wurde. Je eifriger die Großtante Sarah zu fangen versuchte, umso wilder

wurde diese. Bald schlugen die Stühle gegen den Tisch, und die Tante drohte mit Prügel biblischen Ausmaßes. Sarah juchzte immer lauter, und ihre Augen blitzten vor Vergnügen. Wann hatte sie das letzte Mal derart getobt? Sie hatte es vergessen. Umso wohler fühlte sie sich jetzt und ließ bald alle Hemmungen fallen. Sie riss an den Stühlen, haschte nach dem Putzlappen der Tante und kreischte, als habe sie den Verstand verloren.

»Großtante – Quasselkante! Obertante – Unterkante!«

Schließlich schleuderte sie die Wachstuchdecke vom Tisch und tat so, als wäre sie ein Segel. Und dabei passierte, was kommen musste: Sie fegte den Samowar von der Anrichte und riss ihren Bettvorhang von der Leine. Dabei trat sie auf das Tuch, stolperte und schlug der Länge nach hin.

Die Tante schrie lauter als sie, und der Onkel, der in diesem Moment zur Tür hereintrat, brüllte, dass die Erzfrommen Recht hätten, wenn sie sagten, in Odessa und sieben Meilen drum herum lebten nur tollwütige Juden.

Sarah war nicht minder überrascht als die Tante. Es war zwar schon später Nachmittag, aber eigentlich hätte der Onkel noch in der Brauerei sein müssen.

Hatten sie ihn etwa entlassen?

Schnaps und Chlorgeruch breiteten sich im Zimmer aus, es war wie jeden Tag. Onkel Hejnech packte Sarah am Kragen und zog sie hoch, als wolle er sie wie eine Katze in den Sack stecken. Sarah stöhnte, dampfte vor Hitze. Sie hatte eine kleine Beule an der Stirn, und das Haar klebte ihr im Gesicht. Ihr Rock war an der Seitennaht aufgeplatzt, und am Leibchen fehlte ein Knopf. Sarah erwartete, dass ihr Onkel jetzt mit einer Strafpredigt über sie herfiel oder gar auf sie eindrosch, aber nichts dergleichen geschah. Stattdessen drückte er sie auf einen Stuhl und stemmte sich mit seiner Pranke auf ihre Schulter, als wolle er sie mitsamt dem Stuhl in den Boden drücken.

»Onkel, das tut weh«, jammerte Sarah.

»Weh?«, fuhr der Onkel sie an. »Ich sag dir, was mir wehtut! Eine Nichte im Haus zu haben, die sich an einen Schnösel verschenken will. Glaubst wohl, weil ich das Maul halte, wär's mir egal? Wenn du meine Tochter wärst, dann, dann …«

Der Onkel riss an der Stuhllehne, dass Sarah mit herumwirbelte. Sarah sah entsetzt in das dunkelrote Gesicht, aus dem die blutunterlaufenen Augen auf sie einhieben, als könnten sie ihre Tracht zerfetzen.

»Hat er dich schon beschlafen, wie?«, stieß er hervor und grinste. »Weißt jetzt, wie's geht, hm? Nass und schön! Ich kann's mir vorstellen. Aufgefressen hast du ihn. Wild wie eine Hexe.«

Er kicherte heiser und fasste nach Sarahs Kinn. Sie konnte der Kraft des Onkels nichts entgegensetzen. Sosehr sie sich auch anstrengte, Sarahs Kinn klappte nach unten. Ihr Mund wurde zum Fischmaul zusammengepresst, und ihr schossen die Tränen in die Augen.

Der Onkel schnaufte. Sarah war starr vor Entsetzen. Warum schritt die Tante nicht ein? Onkel Hejnech aber ließ es noch immer nicht genug sein. Er wollte Sarah demütigen. Das tat er, indem er ihr seinen Zeigefinger in den Mund drückte und ihre Zunge zu streicheln begann. Der Ekel überkam Sarah. Es fehlte nicht mehr viel, und sie würde sich übergeben. Da endlich erbarmte sich die Tante.

»Hejnech! Lass sie in Ruhe.«

Sarah bebte am ganzen Körper. Ekel und Verzweiflung

hatten sie gepackt. Am liebsten wäre sie auf der Stelle tot umgefallen.
Die Zeit floss dahin. Onkel Hejnech ging um den Tisch herum und setzte sich Sarah gegenüber. Sie hielt die Augen geschlossen, voller Grauen, den struppigen und verklebten roten Bart des Onkels ansehen zu müssen. Der Chlorgeruch, der sich in seiner Kleidung und in den Lungen festgesetzt hatte, war so stark wie noch nie.
Als sie die Augen aufschlug, war die Tante umgezogen. Sie stellte die beiden Schabbesleuchter auf den Tisch, steckte neue Kerzen hinein und zündete sie an. Dann breitete sie die Hände über die Flamme und sprach den Lichtersegen.
»Gelobt seist Du, Herr, unser Gott, König der Welt, der Du uns geheiligt hast durch Deine Gebote und uns befohlen hast, das Schabbeslicht anzuzünden.«
Sarah ordnete ihr Haar und betastete ihre Beule. Sie konnte es nicht verhindern, dass sie dabei den Blick ihres Onkels kreuzte. Es schien ihr, als versuchten seine Lippen ein Lächeln.
»Gut Schabbes«, sagte die Tante, stand auf und holte Salz, die Challebrote und einen Teller mit gebackenen Sardinen. Sie brach das Brot, streute Salz darauf und legte auf jeden Teller eine Sardine. Ihr Gesicht blieb völlig unbewegt, ihre Augen ausdruckslos. Trotzdem übertrug sich ein Funke der heiligen Handlung. Denn es geschah etwas, mit dem Sarah und die Tante niemals gerechnet hatten.
Der Onkel weinte.
Diesem rohen Titan, der wie ein Kraftmensch sprach und lebte, floss eine schmierige, gelbbraune Brühe aus den Augen, die in seinem roten Bart kleben blieb.
Zunächst weinte Onkel Hejnech stumm, doch dann be-

gann sein Körper zu zittern. Bald waren die ersten Schluchzer zu hören. Ein Keuchen gesellte sich dazu, das schließlich in ein fauchendes Röcheln überging. Die Luft bebte um den gewaltigen Leib. Sarah und die Tante starrten voller Angst auf diesen Menschen, dessen Mund auf- und zuklappte wie der eines Nussknackers. Je klarer die Tränen wurden, umso trüber wurden Onkel Hejnechs Augen, die nichts mehr zu sehen schienen und ausdruckslos vor sich hin starrten.

Seine Pranken ballten sich zu Fäusten. Zitternd schlugen sie auf den Tisch und brachten ihn zum Schwingen. Dann plötzlich schlug der Onkel sich vor die Augen und begann zu brüllen. Wut und Hass schwangen darin, aber noch viel mehr Verzweiflung und Ohnmacht. Das Brüllen verwandelte sich in Lallen, in dem Sarah und die Tante irgendwann die Worte »Ewiger Gott« verstanden – minutenlang beherrschten nur diese beiden Worte das Zimmer, dann gesellte sich ihnen noch ein drittes hinzu: »lieben«.

Onkel Hejnech begann sich zu wiegen. Sein Atem wurde ruhiger. Er flüsterte. Schließlich verstummte er ganz. Es war so still, dass man hören konnte, wie Sarah an ihren Lippen knabberte.

»Mir ist es zu eng, die Farben stehen mir nicht mehr, und außerdem ist es nicht mehr à la mode. Warum sollst du es dann nicht haben?«

Alma hielt Sarah das taubenblaube Kleid an und nötigte sie, es anzuziehen. Es hatte eine schmale Taille, das Oberteil war seidig bestickt und der Rockteil kelchförmig weit. Ein schönes Kleid, fand Sarah, und doch wusste sie, dass es Alma nicht darum ging, ihr eine Freude zu machen, son-

dern nur darum, eine ausstehende Schuld zu begleichen. Mit dem abgelegten Kleid erleichterte sie ihr Gemüt. Damit war die Sache mit der Heilung für sie erledigt.
Wenigstens machte Awrom Sarah das Kompliment, dass sie sich mit beängstigender Sicherheit in dem Kleid zu bewegen verstehe. Es sehe hervorragend an ihr aus, und wenn man sie jetzt so sähe, würde sie jeder ohne weiteres für eine Tochter aus höherem Hause halten.
»Du kamst als Jiddn-Kindchen und bist jetzt eine entzückende junge Dame. Erst ein bisschen pfui, jetzt ojojojojoj. Pass auf, ich verlieb mich noch in dich.«
Awrom betrachtete sie mit dem Ausdruck unverhohlener Bewunderung. Alma dagegen schob die Unterlippe vor und legte die Stirn in Falten.
»Herrje! Willst du sie närrisch machen? Dieses Geplapper! Richtig dumm!«
Sarah spürte Almas Unmut so körperlich, dass sie unbewusst in Abwehrhaltung ging. Die Ellenbogen an den Leib gepresst, hielt sie die Finger leicht gespreizt. Enttäuschung und Empörung stritten in ihr – wie konnte es bloß angehen, dass eine so schöne Frau wie sie sich wegen eines unschuldigen Scherzes in eine eifersüchtige Vogelscheuche verwandelte.
Oder hatte Awrom vielleicht gar keinen Scherz gemacht? Ein Funken Hoffnung, der aufglomm.
Doch Awrom fuhr ungerührt fort, es sei nun mal ihre spezielle Art der Beziehung, dass sie sich gerne stritten. Und dies vor allem seit der Hochzeit seiner Cousine, die mit einem Kischinewer Getreidehändler übrigens eine gute Partie gemacht habe – auch wenn er dreißig Jahre älter sei als sie.

Alma schnaubte. Es sei unverschämt, sie als Schuldige hinzustellen, worauf Awrom beteuerte, er habe ja auch nicht gesagt, dass sie allein die Schuld trage. Alma warf ihm vor, ein Wortverdreher zu sein. Awrom behauptete, sie sei nur darauf aus, ihn mit Gewalt misszuverstehen. Sarahs Kopf wanderte im Rhythmus der gegenseitigen Beschuldigungen hin und her. Alma bot das Bild der gekränkten Geliebten, Awrom das des Liebhabers, der ihrer überdrüssig war.

»Wozu viel Worte machen: Wir meinten beide, dass es eigentlich anständig wäre, sich ebenfalls zu verheiraten. Doch wer konvertiert? Ich nicht. Und Alma auch nicht. Das ist das ganze Drama.«

»Ich glaube nicht, dass dies Sarah besonders interessiert«, bemerkte Alma mit unterdrückter Wut.

»Sie ist erwachsen, verlobt und bestimmt über derlei Querelen erhaben«, bemerkte Awrom achselzuckend.

»Aber mit Verlaub: Es geht sie nichts an«, blaffte Alma zurück.

»Weil sie Sarah heißt, Jüdin ist und dir zu hübsch, wie?« Awrom sagte es mit einer Schärfe, die Sarah frösteln ließ. Es war dies das Letzte, was sie gewollt hatte: dass Awrom ihre frisch erblühte Attraktivität gegen die Almas ausspielte. Verlegen ließ sie ihre Blicke im Raum umherschweifen und verweilte schließlich bei der Penthesilea-Plastik. Du willst doch eine Kriegerin sein, oder? Der Satz war plötzlich da.

»Dass du direkt sein kannst, liegt an deiner verkehrten Religion«, sagte Alma eisig. »Aber jetzt erst begreife ich endlich, was es heißt, dass ihr Juden immer hinter frischem Blut her seid.«

Almas Anspielung auf die widerlichste Diffamierung, die

ein Christ Juden gegenüber äußern konnte, verstörte Awrom dermaßen, dass er Sarah, wie um bei ihr Halt zu suchen, an sich zog. Wie Bruder und Schwester standen sie nebeneinander und sahen, unfähig zu denken oder gar etwas zu erwidern, Alma zu, wie sie ihren Mantel überwarf. Die Tür krachte. Darauf war es so still, dass beide das Blut in ihren Ohren rauschen hörten. Sie wirkten wie zwei aus dem Irgendwo hingestellte Figuren. Doch ihr Herz pochte mit einer Aufgeregtheit, als wolle es die Verstörung von innen heraus zerschlagen.

»Wenn sie könnte, würde sie uns beide jetzt bestimmt in einem Löffel Wasser ersaufen«, scherzte Awrom irgendwann traurig.

Er presste Sarah noch enger an sich, doch im selben Moment schob er sie sanft beiseite. »Nachher hat sie noch Recht. Wir beide hier in einem Raum – das ist schon beinahe Unzucht. Sünde sowieso.«

Awrom versuchte ein Lächeln. Aber es gelang ihm nicht.

Er ging zum Barwagen, nahm zwei Cognacschwenker und schenkte fingerbreit ein. Aufmunternd schaute er Sarah an. Sarah zögerte. Doch der Duft, der um Flasche und Schwenker lag, war schlichtweg unwiderstehlich.

Sie nippte, ließ Awrom dabei nicht aus den Augen. Der tat es nicht anders, doch schlug dann den Blick nieder. Sarah konnte das Gefühl des Triumphs nicht unterdrücken. Mit dieser Geste hatte Awrom bewiesen, dass sie für ihn doch mehr war als nur ein Mädchen, dem er brüderliche Gefühle entgegenbrachte. Sarah schloss die Augen. Der zweite Schluck war größer. Er brannte und verwandelte sich im Bauch in ein kräftigendes Feuer – eines, das sie dazu aufstachelte, einen dritten, noch größeren Schluck zu nehmen. Er brannte noch mehr und zog ihr den Hals zusammen, dass ihr übel wurde. Ihr Mund wässerte wie ein Brunnen, und sie musste sich mit aller Macht beherrschen, nicht auszuspucken. Sie schüttelte sich und wischte sich die feucht gewordenen Augen.

»Jetzt weißt du, wie es in der Welt mit der Liebe geht«, sagte Awrom. »Man nippt und findet es aufregend, beschließt also, einen größeren Schluck zu nehmen, der dich dann auch wärmt und euphorisch macht, doch schon beim dritten kommen die Tränen. Natürlich habe ich dir nicht deswegen eingeschenkt. Sondern einfach so. Allerdings auch, weil alleine Trinken das Einsamste ist, was es auf der Welt gibt. Da bin ich Egoist. Alles andere kam mir nur gerade so in den Sinn. Was aber machen eigentlich deine anatomischen Studien?«

»Eigentlich bräuchte ich jemanden, der mir sagt, wie die vielen lateinischen Begriff auf Russisch heißen.«

»Russisch?«, fragte Awrom verwundert. »Ich dachte, Jiddisch?«

Er guckte dabei ganz unschuldig, lachte dann aber laut auf und schüttelte den Kopf.

»Ich kann mal wieder nichts ernst nehmen«, rief er. »Deshalb hat Gott mich auch zum Klezmer gemacht. Und zwar zu einem von der Sorte, die, wenn sie fünf Rubel in der Tasche haben und einen verlieren, jubeln und rufen: Seht doch! Ich habe immer noch vier!«

Seine Augen begannen zu glänzen, je länger er Sarah anschaute. Und so närrisch es vielleicht war, ihre Gegenwart tat ihm gut wie einer Blume die wärmenden Strahlen der Frühlingssonne.

Wen hatte Gott ihm da bloß über den Weg geschickt? Ihm,

dem Klezmer? Denn das war er ja – nichts als ein Klezmer. Wie seine Vorfahren bei Kischinew, wo sein Großvater Lejb der Zimbler genannt wurde, weil er Zimbel spielte und sein Vater Mojsche für alle nur der Bass war, weil er eben den Kontrabass oder das Cello geigte. Dass er auch Trompete konnte oder fiedelte, war egal. Sein Vater Mojsche war der Bass, weil er einen Brustkasten hatte so groß wie ein Schrein und seine Stimme dröhnen konnte wie das Widderhorn, das am Neujahrsfest in der Synagoge geblasen wird. Trotzdem starb er eines Tages schneller als ein flackerndes Licht. Er, Awrom, erbte alle Instrumente, bekam aber zwei Jahre darauf einen Stiefvater verpasst, der mit seinem Geiz seinen noch lebenden, aber inzwischen bettlägerigen Großvater bald unter die Erde gebracht hatte. Und ihn, Awrom, mit der Begründung aus dem Haus jagte, dass ein Klezmer überall zu sein habe, nur nicht dort, wo er geboren sei.

Also ging er auf Wanderschaft, verkaufte die anderen Instrumente und blies auf Hochzeiten seine Klarinette. Bald hieß es, seit Israels Jubelmusik über die Vernichtung der Ägypter im Schilfmeer habe nie mehr ein Jude solch fröhlich ekstatische Klänge zu Wege gebracht. Andere wieder sagten, dass bei der Zerstörung des Tempels die Menschen kaum heftiger geweint hätten als die Hochzeitsgäste, wenn er traurige Lieder spiele.

Alle wollten ihn haben und hören. Die Armen und die Reichen. Bis nach Odessa drang sein Ruf. Auf einer Hochzeit hatte er schließlich seinen Vermieter getroffen. Einen englischen Kapitän, der das Mittelmeer und das Schwarze Meer befahren hatte. Hier, in Odessa, hatte der Kapitän seine Frau kennen gelernt, eine Jüdin, die ihm zuliebe konvertierte. Die Tochter jedoch trat wieder zum Judentum über, weil sie sich in einen Broder Getreidehändler verliebt hatte. Die Broder waren Galizier und hießen so, weil sie aus der Stadt Brody kamen. Die hiesigen Juden hassten sie kaum weniger als die Griechen, mit denen sie sich den Getreidehandel teilten.

Auf der Hochzeit seiner Tochter hatte der Kapitän ihm dann die Souterrainwohnung in seinem »Zwergschloss« angeboten. Für wenig Geld, mit der Auflage, ihm nur dann und wann Gesellschaft zu leisten. Weil seine Frau vor der Hochzeit an der Schwindsucht gestorben war.

Awrom war gerade eingezogen, da ereignete sich die Geschichte mit Alma auf dem Bahnhof. Der Kapitän war tolerant. Sollten sie in wilder Ehe zusammenleben, meinte er. Ihm sei es gleichgültig. Denn Moral habe nur der, der moralisch sei. Awrom erinnerte sich gerne an diesen Satz und machte ihn sich zu Eigen. Was ihm die Kraft gab, Almas immer wieder zu Tage tretende Judenverachtung zu meistern. Er kam sich dabei immer überlegen vor und fühlte sich als der Stärkere von beiden, was er Alma auch spüren ließ. So rief er zu Beginn eines Streits inbrünstig »Vater unser, der du bist im Himmel, dein Wille geschehe. Amen«. Christus nannte er in der Diskussion stets Rabbi Jesus, und Almas Ausfälle kommentierte er so lange mit spöttischen Liebenswürdigkeiten, bis sie selbst zu lachen begann und sich ihm dann in die Arme warf und um Verzeihung bat.

Das ging so lange gut, bis sie sich den Gesichtsnerv erkältete. Als man sie an der deutschen Schule vom Unterrichten freistellte, brach für sie eine Welt zusammen. Die Verbitterung wuchs, denn jetzt war sie auf Awroms Verdienst angewiesen, auf Judenrubel, wie sie einmal gehässig meinte.

Eine Beschimpfung, die er ihr das erste Mal wirklich übel genommen hatte. Und was gerade geschehen war – war das Maß jetzt voll? Hatte sie schon vergessen, was Sarah für sie getan hatte? Oder war es für sie, die Christin, einfach selbstverständlich?
Doch was nützten die Fragen.
Denn liebte er Alma nicht noch genauso?
Awrom blickte die Monate zurück.
Alma war kaum weniger zu bedauern als er. Ihr Vater war ein Jahr nach der Mutter gestorben, und dann war sie zu ihrem Onkel, einem Priester, gekommen. Der aber war verdorben bis ins Mark. Einmal hatte er seine Gelüste beim Anblick der jungen Nichte nicht mehr zähmen können ... So schnell sie konnte, war Alma davongelaufen. Dem Bahnhofsvorstand gab sie vor, sie solle für Hochwürden ein Billett erster Klasse nach Wien abholen. Für den Abendzug. Doch nicht der Onkel, sondern sie selbst war es, die einstieg. In der nächstgrößeren Stadt allerdings tauschte sie das Billett gegen eins zweiter Klasse nach Odessa.
Das Geld, das ihr übrig geblieben war, sollte für ungefähr drei Tage reichen. Bis dahin wollte sie Arbeit finden.
Mit nichts als einem Koffer war sie angekommen: Ihr Besitz erschöpfte sich in zwei Kleidern, dem Nötigsten zum Anziehen, drei Lieblingsbüchern und ihren Zeugnissen. Als sie sich im Bahnhof umschaute, lief ihr eine Horde jüdischer Bettelkinder in die Arme. Darunter war ein Mädchen mit ungewaschenem und zerzaustem Haar, das sie um ein Almosen anflehte. Dies aber unter Zerren, Reißen, Röcheln und Schluchzen, als würde sie vergewaltigt. Alma stellte also ihren Koffer ab, um in ihrer Handtasche nach ein paar Kopeken zu suchen – die sie langsamer loswurde

als ihren Koffer. Wofür das Diebsgesindel mit seinem Schubsen und Drängen wohlweislich gesorgt hatte.
Alma stand da wie vom Donner gerührt, war so gründlich überrumpelt, dass sie vergaß, um Hilfe zu rufen. Und zur Polizei wagte sie sich nicht, weil sie Angst hatte, auf allen Bahnhöfen als Betrügerin gesucht zu werden. Schließlich eilte sie auf eigene Faust los – mit Schirm und langem Kleid. Gleich die erste Stufe wurde ihr zum Verhängnis.
Er hatte sie gleichsam im Flug aufgefangen.
Awrom würde es nie vergessen: wie sie an seine Brust prallte, er ihren Busen spürte, das Parfum roch, ihr Haar an seiner Wange kitzelte. Die Nähe hatte ausgereicht, dass er sich sofort in sie verliebte. Zum Glück war der Koffer für die Diebesbrut zu schwer. Die Ohrfeigen, die er den kleinen Räubern verpasste, hätten jedem Chejder-Lehrer Ehre gemacht. Awrom juckte es wieder in den Fingern. Nur, dass er diesmal Alma und sich selbst hätte ohrfeigen wollen. Aber da Alma fort war ... Awrom seufzte auf, musterte Sarah. Die blätterte lustlos in einem Buch, ganz so, als warte sie auf irgendetwas.
Awrom fasste einen Entschluss.
Er würde sich selbst ein wenig in Versuchung führen, indem er mit Sarah ausging. Sollte Alma denken, was sie wollte.
»Weißt du«, begann er langsam, »wir werden Alma erst einmal verzeihen. Und das geht am besten, wenn wir eine Kleinigkeit essen. Ich weiß da ein koscheres Plätzchen. Vielleicht finden wir dort sogar Doktor Wonslaw. Iwan Iwanowitsch Wonslaw. Er ist ein sturer, zynischer Knochen, aber verrückterweise kein Antisemit. War Assistenzarzt im Russisch-Türkischen Krieg.«

»Fein!«

Sarah strahlte. Awrom strich sich das Haar glatt, zog seine Taschenuhr auf und überprüfte den Sitz seiner vergoldeten Manschettenknöpfe. Er bewegte sich bedächtig. Als er aus dem Schlafzimmer trat, duftete er nach Rasierwasser, und in seiner Armbeuge hing ein Stock mit silbernem Griff. Auch der Binder war gewechselt. Und an seiner rechten Hand blinkte ein großer goldener Siegelring.

»Darf ich's wagen, Arm und Geleit ihr anzutragen?«

Awrom schauspielerte wieder. Sarah nickte huldvoll mit dem Kopf. Und beschloss in diesem Augenblick endgültig, Rabbi Jankovics Sohn Josua nie und nimmer zu heiraten.

Sie sahen aus wie ein Paar.

Sarah hatte sich bei Awrom eingehängt. Er ging mit vorgestrecktem Kinn, schwang ab und an seinen Stock, sie stolzierte kerzengerade und versuchte sich in verschiedenen Gesichtsausdrücken: mal teilnahmslos, das andere Mal aristokratisch blasiert, dann wieder wach und neugierig.

Wohin Awrom mit ihr in der Dämmerung dieses Wintertages ging, war ihr dabei völlig gleichgültig. Sie überließ sich ganz seiner Führung und genoss die eigenartige Stimmung, die um sie beide war. Ab und zu spähte sie ihn von der Seite an, in der Hoffnung, dass sich ihre und seine Blicke wieder einmal trafen. Denn wenn Awrom lächelte, schienen seine Augen zu sagen: Wenn du nur ein paar Jährchen älter wärst ... was Sarah romantisch vor sich hin träumen ließ.

Wenn es dir im Laufe des Abends gelingen würde, die Jahre zu Stunden schrumpfen zu lassen? Was dann?

So war sie nicht unglücklich darüber, dass Awrom ihre Stimmung nicht mit Konversation verwässerte. Es war eh keine Jahreszeit zum Flanieren. Zwischen den Akazien pfiff es, und die Laternen schwankten im Wind. Ihr grüngelber Schein verlieh selbst den Prachtfassaden etwas Gespenstisches, wobei die Hermen und Köpfe bedrohlich auf die Menschen hinabzustarren schienen. Heimelig sah es nur da aus, wo Fenster leuchteten und Licht die satten Farben der Vorhänge beschien.

»Hast du eigentlich Hunger?«, fragte Awrom.

»Wie, als wir uns kennen lernten«, antwortete Sarah – was übertrieben war, aber sie hoffte, Awrom mit dieser Antwort eine Freude zu machen.

Awrom blieb stehen, sah sie prüfend an. Sarah hielt seinem Blick stand und öffnete ein wenig die Lippen. Küss mich, dachte sie. Oder tu einfach, was du willst. Kokett legte sie den Kopf in den Nacken.

Doch statt ihr einen Kuss auf den Mund zu geben, fasste Awrom nur ihren Kopf und hauchte ihr auf die Stirn.

Und schon gingen sie weiter.

Sarah war enttäuscht. Eine beiläufige Bemerkung ihres Großvaters kam ihr in den Sinn: Der Mensch solle wie ein Gefäß sein, das willig empfängt, was sein Eigentümer hineingießt. Sei es Wein, sei es Essig.

Aber, Großvater, dachte Sarah: Wie schmeckt es, wenn Wein und Essig gemischt werden? Der Wein wird saurer, aber bleibt Wein, der Essig bleibt Essig, wird aber süßer. Und was ist bei dir jetzt mehr? Wein oder Essig?

Für einen kurzen Moment dachte sie an ihre Gabe. Ohne länger zu überlegen, machte sie sich von Awrom frei, trat ihm in den Weg und fasste nach seinen Händen. Awrom zuckte zusammen. Zwar lachte er kurz auf, doch sein Gesicht verzog sich, und seine Augen wurden schmal. Sarah riss ihre Hände weg. Ihre anfängliche Hochstimmung war mit einem Schlag wie eingeäschert.

Jetzt fließt viel Essig in den Wein, fuhr es ihr durch den Kopf.

Sarah lief rot an. Sie habe nur einen Scherz gemacht, sagte sie, Awrom solle ihn vergessen.

Der lachte jetzt laut auf und schüttelte den Kopf.

»Du wolltest nur ein wenig Lilith spielen«, sagte er. »Aber das brauchst du nicht! Denn wie dein Appetit, so ist deine Ausstrahlung. Misstraust du dir?«

Die Frage klang leidenschaftlich.

Sarah indes frohlockte. Doch bevor sie richtig triumphieren konnte, redete Awrom weiter.

»›Wen Gott straft, dem nimmt er den Verstand‹, heißt es schön richtig. Ich spür's doch an mir selbst. Du, du – du hast mich glatt verhext.«

Die Worte klangen traurig, doch Sarah hörte es nicht. Denn Awrom zog sie an sich und küsste sie.

Jetzt ist es Wein – frohlockte Sarah und öffnete ihre Lippen. Aber ihre Glück währte nur kurz. Awrom goss wieder Essig in sie hinein.

»Es soll dies das einzige Mal gewesen sein. Weil sich nichts weiter zwischen uns entwickeln darf, Sarah. Ich verbiete es mir. Und dir. Und du musst gehorchen. Denn nur dann hat unsere Zeit hier Bestand.«

Awrom schob Sarah von sich und legte sich den Zeigefinger auf den Mund. Eindringlich blickte er Sarah an, und die verstand. Würde sie jetzt etwas sagen, wäre der Zauber ihrer Zweisamkeit ein für alle Mal verflogen.

Langsam gingen sie weiter.

Und Sarah begann zu überlegen, ob sie nun gerade mehr Essig oder mehr Wein in sich trug.

Vor einer sanft ansteigenden Treppe blieben sie stehen. Zwei vergoldete Löwen, die ihre jeweils rechte Tatze auf eine Kugel hielten, flankierten den Aufgang zum Restaurant. Die Fenster waren hell erleuchtet, die Tür stand offen. Fröhliche Stimmen in buntem Durcheinander klangen ihnen entgegen, dazu viel Tabakqualm und die hingetupften Töne eines Basses.

Niemand schenkte ihnen besondere Beachtung, als sie durch das Lokal schritten. An den Tischen saßen Herren in Anzügen, genauso aber einfache Matrosen. Juden im Kaftan diskutierten gestenreich mit ukrainischen Arbeitern, deren muskulöse Unterarme voller Tätowierungen waren. Drei Alte mit riesigem weißem Bart droschen am Nachbartisch Karten. An der Bar saßen zwei Zigaretten rauchende Damen, an einem der Tische lärmte eine Familie mit einer Schar kleiner Kinder.

In den »Zwei Tatzen« gab es eine grottenähnliche, im orientalischen Stil geflieste Bühne. Sarah zählte drei Musiker. Fasziniert schaute sie zu, wie der Bassist ein Glas Bier kippte, wobei sein Adamsapfel schauerlich auf und nieder rollte. Sarah sah die entsprechende Abbildung von Awroms Anatomiebuch vor sich: Der Adamsapfel ist ein Teil des Kehlkopfes, gebildet durch ein hervortretendes Stück eines Knorpels der Schilddrüse.

Was du nicht alles weißt! Sarah war stolz auf sich.

»Die anderen beiden sind Leon, die Gurke, an der Geige und Mottl, der Klavierspieler«, stieß Awrom sie an. »Leon sagt, er sei bei seiner Geburt in ein Gurkenfeld gefallen und habe nach dem ersten Schrei schon in eine Gurke gehapst. Was ihm angeblich so gut geschmeckt habe, dass er seitdem täglich ein Pfund davon essen müsse.«

Leon kaute tatsächlich eine Gurke. Er sah Awrom zuerst. Sein gedunsenes, gleichmütiges Gesicht spannte sich vor Freude. Er stopfte sich die restliche Gurke in den Mund und kam mit vollen Backen auf Awrom zu, um ihn zu umarmen. Einen Augenblick später hatten Awrom auch die anderen Musiker gesehen. Mottl, der Klavierspieler, ließ seine Knöchel knacken, und der andere, der das Bier in sich hineingeschüttet hatte und aussah wie eine gerupfte Krähe, grinste so breit, dass Sarah fürchtete, seine Lippen würden reißen.

»Ist das eine Überraschung, he?«, rief Mottl und schaute zu Leon, der eifrig nickte und sichtlich bemüht war, endlich seine Gurke herunterzuschlucken.

»Er sieht heute aus wie Awrom Awromowitsch, der Reiche«, sagte der Bierschlucker kichernd und musterte Sarah, wobei seine Augen vor Vergnügen sprühten.

»Sarah, das ist Reb Chaikel. Nach mir der zweitbeste Klarinettist der Welt. Aber ihr bester Bassist bestimmt.«

»Sarah?«, rief Reb Chaikel. »Ich dachte immer, Alma!«

Awrom tippte Reb Chaikel an die Stirn und nannte ihn einen Holzkopf. Leon dagegen verbeugte sich vor Sarah. Doch dies geschah so förmlich und ernst, dass es eher so wirkte, als wolle er sie verspotten.

Solche Gesellen nannten sich Awroms Freunde? Sarah waren alle drei Musiker unsympathisch. Unmut kam in ihr hoch. Warum hatte Awrom sie bloß hierher geführt?

Sie lächelte steif. Zum Glück spürte Awrom ihre Verstimmung.

»Passt auf«, sagte er bestimmt. »Lasst mich heute in Ruhe, fragt keinen Blödsinn und spielt lieber. Denn erstens ist alles anders, und zweitens benehmt ihr euch wie Dampfsäcke.«

»Oj – da spricht das Genie«, sagte Reb Chaikel pathetisch.
»Genie?«, krähte Mottl und ließ seine Fingerknöchel so laut krachen, dass Sarah übel wurde. »Genies sind die, die mit Schuhen herumlaufen, aus denen die Zehen herausschauen. Sieht er aber so aus?«
Die drei wollten sich ausschütten vor Lachen, gingen aber gehorsam auf die Bühne zurück. Im Gänsemarsch. Es hatte etwas Lächerliches an sich.
Awrom nötigte Sarah an den letzten freien Tisch. Nachdem er sich mehrfach übers Haar gefahren war, begann er zu erzählen. Die »Zwei Tatzen« waren sein Stammlokal, und die Musiker habe er in den Jahren auf verschiedenen Hochzeiten kennen gelernt. Sie seien seit längerem eine lose Mannschaft, die mal als Trio, mal als Quartett aufträten. Almas Krankheit habe ihr gemeinsames Musizieren allerdings erheblich unterbrochen. Doch damit sei es zum Glück ja vorbei.
Die Sätze, die Sarah darauf zu hören bekam, demütigten sie.
»Du bist genau zur rechten Zeit nach Odessa gekommen«, sagte Awrom freimütig. »Denn meine Ersparnisse waren praktisch aufgebraucht. Jetzt kann, nein muss Awrom Awromowitsch, der angeblich Reiche, wieder zum Klezmer werden.«
»Und ich aus deinem Leben verschwinden«, sagte Sarah. »Du gibst ein Abschiedsessen, nicht wahr?«
Ihre Stimme war leise, aber fest. Sie sah Awrom geradeheraus an. Dessen Gesicht war unbeweglich, seine Augen aber schienen zu schreien. Sarah indes wollte seine Entschuldigungen nicht sehen. Sie nickte, senkte den Blick und schaute auf ihre Hände.

Essig rief es in ihr. Viel, viel Essig.
Der Wirt trat hinzu. Er klopfte Awrom mit jovialem Lächeln auf die Schulter und fragte ohne Umschweife, ob er Wein bringen dürfe.
Awrom bejahte.
Sarah blutete das Herz. Die Enttäuschung war so groß, dass ihr Tränen in die Augen stiegen. Hätte sie gekonnt, wäre sie aufgesprungen und davongerannt. Doch bleischwer blieb sie sitzen, den Kopf taub, mit trockenem Mund und merkwürdigerweise knurrendem Bauch.
»Verschwinden. Abschiedsessen. Du Backfisch, du!«
Awrom schüttelte den Kopf, seine Stimme war voller Spott. Er haschte nach Sarahs Hand, zog sie über den Tisch und hauchte ihr einen Kuss auf den Handrücken.
»Kein Wort mehr«, sagte er streng. »Dies ist kein Abschied, sondern ein Anfang. Lass dir und mir Zeit zum Reifen. Denn ein jegliches hat seine Zeit, und jedes Vorhaben unter dem Himmel hat seine Stunde. So steht es bei Prediger Salomo geschrieben.«
Leon, der Geiger, strich ein paar aufmerksamkeitsheischende Takte, die zu einem Walzer überleiteten – einem Wiener Walzer, dessen sentimentale österreichische Melodie Sarah sofort gefangen nahm. Sie war erstaunt, welch bezwingende Macht die Töne in diesem Moment über ihre Seele hatten. Mit einem Mal war Leichtigkeit in ihr, ein Wiegen und Schweben. Und die Süßigkeit der Melodie verschmolz mit Awroms Lächeln und seinem Versprechen.
Jetzt bekam sie doppelt Wein.
Das erste Glas leerten sie Aug in Aug, dann bestellte Awrom italienische Vorspeisen und Seezunge. Sarah überließ sich ganz dem Schmelz der Melodie, auf die sie fremde

Worte summte, ohne dass ihr dies richtig bewusst wurde. Und noch nie hatte sie so köstlich gegessen. Die gerösteten Auberginen und Zucchini, die mit Öl und Käse serviert wurden, schmeckten ihr so gut, dass sie die Augen schloss. Der Fisch weckte ihre Sinne, der Wein berauschte sie. Am liebsten hätte sie getanzt oder getollt wie einst als Kind. Du bist einsam, aber frei. Die Welt steht dir offen. Und du bist schön.

Es war das erste Mal, dass sie nicht mehr darunter litt, ohne Eltern und Familie zu sein. Sollte sie überhaupt noch fahren? Sich der Gefahr aussetzen, in Amerika womöglich an irgendeinen Geschäftsmann verheiratet zu werden? Ein Leben im Schatten von Ehe und Kindern zu führen?

Nein – abwarten, überlegen. Alles hat seine Zeit.

Und auf einmal war sie Awrom sehr dankbar, dass er sich ihr gegenüber Zurückhaltung auferlegt hatte. Damit bewies er Stärke und blieb für sie interessant.

Awrom strich sich über sein Haar, rückte den Binder zurecht und erhob sich.

»Ich muss jetzt spielen«, sagte er. »Für dich, für mich, für uns.«

Leon, Mottl und Reb Chaikel, die noch spielten, guckten neugierig, als Awrom in Richtung Bühne ging. Sie verständigten sich mit den Augen und beendeten in wenigen Augenblicken ihr Stück.

»Du willst wirklich …«, begann Leon ungläubig, doch mit hoffnungsvoller Stimme.

»So wie sonst«, antwortete Awrom. »Lustig – traurig. Immer in dieser Reihenfolge.«

Awrom öffnete die Tür einer kleinen Kredenz, die seitlich von der Bühne stand, und zog hinter zwei Notenstapeln seinen Instrumentenkoffer hervor. Sarah bemerkte, dass es ruhiger wurde, als Awrom sein Instrument zusammensteckte. Er ließ sich von Mottl das a geben, prüfte die Stimmung. Es wurde noch ruhiger. Die Gäste rückten ihre Stühle, Köpfe drehten sich, die Greise beendeten ihr Kartenspiel. Eine süße Unruhe überfiel Sarah, als sie Awroms Blick auf sich ruhen sah. Der schloss für einen kurzen Moment die Augen – ein Tusch erklang, eine Fanfare, die in einem gewaltigen Tremolo endete. Awroms Brust hob sich. Ein kieksender Laut war zu hören, noch einer, dann vier Töne, die wie eine Frage klangen. Mottl antwortete donnernd im Bass, Leon wisperte auf der Geige, Reb Chaikels Bass schnarrte.

Dann brach die Musik los. So ungestüm, als hetze eine Armee Kosaken hinter ihr her. Tjia, tjia, tjia, tjia, tjiaaa – tjia, tjia, tjia, tjia, tjiaaa. Der Kriegsruf wurde variiert und, weil Mottl ihn gleichzeitig im Diskant und Bass anstimmte, karikiert. Wozu die monotone Zupffigur von Reb Chaikel ein Übriges tat. Awrom führte alles ins Gelächter. Die Vorschläge begannen zu torkeln, die Bewegung wurde langsamer.

Sarah erkannte hinter der neuen, verfremdeten Melodie auf einmal das »O du lieber Augustin«, das Leon so imitierte, als verpasse er laufend seinen Einsatz. Die Gesichter strahlten. Und ob in orgelnder Tiefe oder kieksender Höhe, Awroms Klarinette hatte einen unerschöpflichen Tonvorrat. Die Minuten verflogen. Die Bewegung der Musik bemächtigte sich der Füße und der Hände. Es wurde auf Tischplatten geklopft, an Stuhllehnen getrommelt, mit den Absätzen gestampft.

Sarah begriff voller Bewunderung, wie fest Awrom in seiner Welt und seinem Talent ruhte. Er gab seinem Leben Sinn durch die Kunst, dies war das Geheimnis seiner Großzügigkeit. Sarah verspürte auf einmal so etwas wie Neid darauf, dass Awrom sein Ziel gefunden hatte, aber dies Gefühl verwandelte sich kurze Zeit später in Ehrgeiz: Auch du wirst Erfolg haben!, rief sie sich im Geiste zu. Awrom fesselt die Menschen mit seiner Musik, dir wird dies in einem noch viel höheren Grad mit deinen heilenden Händen gelingen. Dann stehen wir uns gleichwertig gegenüber, und unsere Liebe füreinander hat das Fundament, das sie braucht.

Und was war mit Alma?

Sarah wischte ihr Bild weg, bevor es sie zu quälen begann. Die Musik hatte sich von »Lustig« in »Traurig« gewandelt. Die Klage der Klarinette rührte jetzt mächtig an, so dass Sarah und das restliche Publikum völlig ihrem Bann erlagen. Awrom spielte die allen Juden bekannten Melodien des Weinens, die einzigartig auf der Welt sind, weil nur in ihnen das Wissen um die Entbehrung der Freude zum reinsten Ausdruck findet. Sarah starb mit allen Gliedern, und ob Jude oder nicht, die Gäste der »Zwei Tatzen« fühlten nur noch ihr Herz. Es wurde voller und voller, bis es überfloss und ihnen Tränen in die Augen drückte.

Awrom spielte allein. Nur Reb Chaikel hatte anfangs noch ein paar Tupfer beigesteuert, aber weil Awrom sich zusehends einem freien rhapsodischen Spiel überließ, musste er, der Bassist, schließlich passen. Und so hörte er zu – wie Leon und Mottl, denen die Augen glänzten und die verzückt lächelten.

Es war totenstill, als Awrom sich ausgespielt hatte – bis sich einer der Gäste donnernd schnäuzte. Erst da rührte

sich Applaus, der sofort in Trampeln überging. Awrom fasste sich ans Herz und schraubte seine Klarinette auseinander. Er ließ sich zu keiner Zugabe nötigen, versprach aber, morgen wiederzukommen.
Darauf eilte er zu Sarah.
»Komm«, stieß er zufrieden hervor. »Lass uns gehen. Jetzt halte ich es hier nicht mehr aus.«
»Bezahlst du denn gar nicht?«
»Ein andermal. Außerdem habe ich hier Kredit.«

Draußen erzählte Awrom, der keine Komplimente hören wollte, was sein Großvater ihm über das Wesen der Melodie beigebracht hatte. Melodien, auf die man Worte singen könne, stünden auf einer weniger hohen Stufe als Melodien, die aus sich selbst heraus bestünden. Doch auch diese Melodien brauchten noch Lippen, Stimmen oder Instrumente, lebten schlichtweg dadurch, dass sie von Körperlichem erzeugt werden.
»Die höchste Stufe nun ist die Melodie, die ganz ohne Stimme auskommt, verstehst du? Sie kommt aus dem Inneren, dem Herzen, dem ganzen Sein des Menschen. Sie ist so, wie es König David meinte: Alle meine Gebeine preisen den Herrn. Sie ist alles in einem. Weil sie ein Teil der Melodie ist, mit der Gott der Welt einst ihre Seele eingehaucht hat. Ihr jage ich nach.«
»Warum erzählst du mir das?«, fragte Sarah.
Awrom blieb stehen und schaute in den Himmel. Der wirkte jetzt wie blank geputzt. Wolken und Wind waren verschwunden, die Luft stand klar und kalt.
»Vielleicht, weil ich mir Kraft einreden muss«, sagte er.
»Für den Kampf mit Alma?«

»Kampf? Gott behüte!«, sagte Awrom. »Ich bin doch kein Goj!«
Er zog Sarah in den Schein einer Laterne und griff nach ihrer Hand, als wolle er aus ihr wahrsagen.
»Ich würde dich am liebsten um einen kleinen Gefallen bitten«, sagte er mit einem Lächeln in der Stimme. »Aber nur, wenn du versprichst, mir nicht wehzutun«.
Sarah legte sich die Hand aufs Herz.
»Dann mach, dass ich es aushalte, zwei Frauen zu lieben.«
Sarah hatte alles erwartet, nur das nicht. Der Stich, den sie spürte, war heftig. Plötzlich war sie da, die Eifersucht auf Alma. Eine verzehrende, leidenschaftliche Eifersucht.
Awroms Hand war warm, ihre kalt.
Sie sahen sich in die Augen. Awrom seufzte. Schließlich spürte Sarah, wie sein Arm zu zittern begann. Mit einem leisen Schrei riss Awrom seine Hand weg. Ungläubig, aber auch irritiert schaute er Sarah an und rieb sich dann mit der anderen Hand über seine Finger, die er so vorsichtig bewegte, als misstraue er ihrer Beweglichkeit.
»Eigentlich habe ich es als Scherz gemeint«, sagte Awrom leise. »Doch nun weiß ich, welche Kraft du wirklich hast.«
»Und? Hast du jetzt die Kraft, die du dir gewünscht hast?«
»Das wird sich zeigen. Aber was hast du eigentlich gemacht?«
»Nichts«, sagte Sarah kühl. »Was du gespürt hast, kam alles aus dir selbst.«
»Du lügst.«
Es klang so hart, dass ein dumpfer Schmerz sich Sarahs bemächtigte. Essig, schrie es in ihr. Dein Leben ist Essig. Sie spürte einen Kloß im Hals und hatte das Bedürfnis, laut zu weinen. Awrom bemerkte ihre Erschütterung. Er nahm

Sarah in den Arm und schaukelte sie lange hin und her. Dabei schaute er immer wieder in den Himmel.

»Ich hab etwas geschwindelt«, gestand ihm Sarah schließlich. »Einen kurzen Moment habe ich doch etwas gemacht.«

»Gemacht oder gedacht?«

»Beides.«

»Den schönsten Satz der Welt?«

Sarah seufzte und nickte schwach.

»Ein Ziel hast du erreicht«, flüsterte Awrom. »Dass ich dich jetzt nie mehr vergessen kann. Du hast mich nämlich signiert.«

Sarah kicherte los.

»Und wie schreibt Alma auf dir?«, fragte sie.

»So was fragt man doch nicht«, sagte Awrom mit übertriebener Entrüstung. »Aber wenn es dich beruhigt, einige Buchstaben dieser Schrift beherrschst du schon ganz vorzüglich.«

Sein Ton war nicht mehr ernst. Sarah sah ein, dass sie Awrom mit Alma teilen musste. Aber die Eifersucht blieb. Mehr Essig oder mehr Wein?, fragte sie sich.

Als Awrom sie vor der Wohnung von Onkel und Tante zum Abschied auf beide Wangen küsste, war sie nicht klüger.

Iwan Iwanowitsch Wonslaw bot mit seinem aufgedunsenen Gesicht, der Knollennase und der großporigen, blauroten Haut das Bild des Alkoholikers schlechthin. Das Saufen hatte er bei der Belagerung von Sewastopol angefangen, als die Kanonen von Tante Vite, wie die Ukrainer Queen Victoria nannten, die Festung sturmreif schossen. Junger Feldscher, der er war, begriff er, dass Freund und Feind gleichermaßen verwundbar waren. Wenn er sie unters Messer nahm, schrien und stöhnten sie alle. Keiner war ohne Angst vor seinem Skalpell, wenn er sich mit seinen vorstehenden Glubschaugen über sie beugte.

Dr. Wonslaw hatte sich damals abgewöhnt, Menschen nach Rasse oder Religion zu beurteilen. Mithin gehörte er zu den wenigen Ärzten, denen antisemitische Ressentiments fremd waren. Sein Laster war die Sinnlichkeit – weshalb er mit seinen gut sechzig Jahren weder reich noch ausgeglichen war.

Eigentlich war er gebürtiger Brite und hieß Patrick. Aber seine Vorfahren stammten sämtlich aus der Ukraine. Sein Vater hatte hier ein Gut besessen, es beim Spiel in St. Petersburg aber gegen einen durchreisenden Londoner Zocker verloren. Mit dem letzten Geld, das er hatte, schiffte er sich nach London ein, um dem vermeintlichen Falschspieler den Garaus zu machen. Doch dies misslang, und sein Vater landete im Tower. Zum Glück machte seine Frau daheim eine Erbschaft. Sie konnte ihren Mann freikaufen, aber nun hatten beide kein Geld. Also blieben sie in London und änderten erst einmal ihren Namen. Aus Wonslaw wurde – seine Frau hatte die Idee mit dem Palindrom – Walsnow, aus Iwan Iwanowitsch, Ivan, besser, Sir Ivan. Sir Ivan spielte den spleenigen Briten, kauderwelschte mit Pfeife und Zylinder und setzte alles auf eine Karte. Er steckte sein restliches Geld in Eisenbahnaktien und machte mit den Gewinnen einen Delikatesswarenladen auf. Das Geschäft florierte, aber der Schwindel mit dem angemaßten »Sir« flog auf. Zum Glück zeigte sich die Krone darüber eher »amused«. Wonslaw alias Walsnow kehrte in die

Ukraine, auf das Gut seiner Schwiegereltern, zurück. Sein Sohn Patrick aber durfte die Schule beenden. Und sogar Medizin studieren – unter der Auflage, der königlichen Armee zur Verfügung zu stehen.

So kam Patrick auf die Krim, wo seine ukrainische Seele wieder erwachte. Nach der Eroberung Sewastopols flüchtete er auf das Gut seines Onkels zu seiner Mutter. Dort war vor kurzem sein Vater an Verbitterung gestorben.

Patrick nahm Vor- und Vatersnamen seines Vaters an und wurde damit zu Iwan Iwanowitsch Wonslaw. Weil es ihm auf dem Gut aber langweilig wurde, zog er nach Odessa und ließ sich dort als Arzt nieder. Sein ehernes Lebensprinzip war, sich niemals in Abhängigkeit zu begeben. Weshalb er sich nicht danach drängte, in wohlhabenden Häusern gegen »hysterische Marotten« anzukurieren – aus Angst, dabei einmal einem Sinnlichkeitsanfall zu erliegen.

»Je reicher die Frauen, umso mehr haben sie es überall«, war seine Überzeugung.

Damen vom melancholischen Typ schickte er zur Kur nach Jalta, Frauen, die unter nervöser Hysterie litten, nach Baden-Baden. Krankheiten, die nichts mit Wunden zu tun hatten oder nicht eindeutig zu diagnostizieren waren, kurierte er im Prinzip nach immer demselben Muster: Er verordnete spezielle Diäten, die mit geringen Mengen Opium zubereitet werden mussten, riet zu Schwitzkuren oder kurzen, unbekleideten Aufenthalten in eiskalten Räumen. Bei Fieber ließ er, obwohl diese Praktik vom medizinischen Fortschritt längst überholt war, mäßig zur Ader, lokale Schmerzen behandelte er mit Senfpflastern. Ansonsten achtete er sehr auf Sauberkeit – das Einzige, was ihm von der Bakteriologie praktisch anwendbar erschien.

Jetzt hatte das Schicksal zugeschlagen und ihm das Pech ins Haus geschickt.
Wehe, wenn er bei dieser Patientin versagte! Es würde nichts Geringeres bedeuten als die Diskreditierung bei der kleinen, doch zahlungskräftigen Klientel, die ihm sein Laster finanzieren half.
Iwan Iwanowitsch stand an der Ottomane der Burlakowa. Lange würde er deren griesgrämige Gesichtszüge nicht mehr aushalten. So schaute er immer wieder auf die roten Samtvorhänge, die in der schrägen Wintersonne phantastisch glühten. Der Salon erinnerte ihn mit seinen gestreiften blauen Tapeten, dem runden Tisch in der Mitte und den Ikonen an der Wand an den seines Onkels. Auch die Bodenkerze flackerte nicht anders, und es roch heimelig nach Ruß und Wachs.
Im Kamin krachte das Holz, der Raum war mollig warm, während draußen den ganzen Tag der Frost anhielt.
Iwan Iwanowitsch war mit seinem Latein am Ende. Die Burlakowa schien das gleiche Leiden befallen zu haben wie seinen Onkel: Harnröhrenverschluss. Aber einer Dame wie ihr einen Katheter legen? Unvorstellbar. Eine Frau war kein Mann. So einfach war das.
Trotzdem verlangte die Burlakowa Hilfe. Weil sie, wie sie sagte, dafür ja bezahle. Sie meinte, einem Arzt genauso befehlen zu können wie ihren Dienstboten. Sie von der Unmöglichkeit ihrer Forderung zu überzeugen war zwecklos. Madame Burlakowa war die Witwe eines Obristen. Nicht reich, aber vermögend. Ihr Geld hätte er gerne gehabt.
»Nun, Iwan Iwanowitsch? Noch mehr Opiumtropfen? Oder haben Sie heute die richtige Medizin im Gepäck?«

Iwan Iwanowitsch schluckte seinen Ärger herunter. Am liebsten hätte er die Burlakowa angebrüllt, dass auch eine Obristenwitwe einen Harnleiter habe und ihr deshalb nur auf eine Art geholfen werden könne. Nervös nestelte er in seiner Rocktasche, um sich zu vergewissern, dass sein Flachmann noch ausreichend Gewicht hatte. Ob er sich einen Schluck genehmigte? Er war schlau genug, dies vor der Burlakowa als Therapie zu rechtfertigen, hatte da seine Methode.

»Teuerste, Sie können sich glücklich schätzen, dass ich weiß, was Ihnen fehlt. Die Medizin für einen Mann wäre – ich sage dies als alter Feldscher ganz nüchtern – ein Katheter.«

»Schwadronieren Sie nicht! Ein Katheter! Was hätte ich davon? Erleichterung. Aber für wie lange?«

Das Schlimme war, die Burlakowa war nicht nur griesgrämig, reich und jenseits der Begehrlichkeit, sondern auch noch klug. In diesem Fall hatte sie sogar Recht. Zwar wusste er, dass ihr irgendeine Geschwulst auf die Harnröhre drückte, aber wo, das war bestenfalls zu ahnen. Und welches Medikament half schon gegen Geschwülste? Da half Beten oder ein Wunder. Ansonsten allein das Messer. Aber mit dem erledigte ein Chirurg nicht nur die Geschwulst, sondern die Burlakowa gleich mit.

»Teuerste, ich kann dort, wo sich das Übel aller meiner Erfahrung nach höchstwahrscheinlich lokalisieren lässt, noch ein spezielles Senfpflaster empfehlen. Wärme erhöht den Druck auf die Gefäße. Sie werden anschließend Linderung verspüren.«

Madame Burlakowa stöhnte angewidert auf. Doch bevor sie Iwan Iwanowitsch an den Kopf werfen konnte, dass er dumm, unfähig und nichts als ein Geldschneider sei, klopfte es an die Tür, und ihr Mädchen trat ein.

»Ihre Vorleserin wünscht, Ihnen aufwarten zu dürfen«, sagte sie und knickste vor Iwan Iwanowitsch.

Madame Burlakowa ließ bitten. Iwan Iwanowitsch zog einen Rezeptblock aus der Tasche und murmelte so laut, dass die Burlakowa es hören konnte: Senfpflaster gemäß nachfolgender Rezeptur, sechsmal.

»Bleiben Sie«, knurrte die Burlakowa. »Ich möchte Sie mit meiner Neuerwerbung bekannt machen. Im Gegensatz zu Ihnen versteht sie es, mich zuweilen zum Lachen zu bringen. Doch was Sie betrifft: Machen Sie es nicht so teuer.«

Iwan Iwanowitsch nickte. Wieselflink fingerte er nach seinem Flachmann und setzte ihn an die Lippen – aber nicht, ohne vorher auf die Uhr geschaut zu haben, die er demonstrativ in der anderen Hand hielt. Nach dem Schluck machte er ein bekümmertes Gesicht, seufzte, verdrehte die Augen. Der Trick wirkte. Die Burlakowa guckte zwar, hielt aber den Mund.

Dafür machte Iwan Iwanowitsch große Augen, als die »Neuerwerbung« der Burlakowa in den Salon trat. Er kannte die Frau. An ihren Namen konnte er sich nicht mehr erinnern, wohl aber an ihr Leiden. Dass sie möglicherweise hübsch anzusehen war, hatte er damals bestenfalls geahnt. Sie war mit einem hässlichen Wollschal um den Kopf in seine Praxis gekommen und hatte so leidend ausgesehen, als stünde ihr die Kreuzigung bevor.

»Iwan Iwanowitsch, ich habe das Vergnügen, Ihnen Alma vorzustellen. Sie kommt aus Lemberg. Und wie Sie selber am besten wissen, ist auch sie eines Ihrer Opfer. Aber – so ist das im Leben – hätten Sie ihr geholfen, wäre sie jetzt nicht hier. Und das wäre schade.«

»Alma – richtig«, sagte Iwan Iwanowitsch Wonslaw und verbeugte sich. »Madame Alma mit dem Wollschal.«

Jetzt erinnerte er sich wieder genau. Zweimal war Alma bei ihm gewesen. Mit ihrem Begleiter. Diesem Klarinettisten aus den »Zwei Tatzen«. Der zwar, so sein Eindruck, ein wenig ein Möchtegern war, doch geistvoll im Umgang.

Iwan Iwanowitschs Glubschaugen begannen zu funkeln. Von einer Sekunde auf die andere blühte er auf, als durchströme ihn neues Blut. Was in gewisser Weise nicht falsch war. Denn die Sinnlichkeit explodierte in ihm mit der Wucht einer Granate. Seine Schwäche für Frauen glich in Wahrheit einer Krankheit. Er musste Frauen haben. Für immer ein und dasselbe. Er war versessen nach Schößen. Mit Liebe hatte dies nichts zu tun. Es war einzig das Verlangen nach Fleisch, das ihn trieb. Die Gier nach Vereinigung, nach dem Höhepunkt war so groß, dass er täglich zu Huren ging. Mittlerweile gab es in Odessa keine mehr, die er nicht gehabt hatte.

Diese Alma weckte jetzt seine Bedürfnisse. Sie wallten so stark in ihm auf, dass sein Körper darauf reagierte. Iwan Iwanowitsch kannte dies. Aber es war für ihn keine Bedrohung mehr. Er trug besondere Unterhosen, die nichts verrieten.

Er wusste, dass seine Lust krankhaft war. Aber er tat nichts dagegen, vertraute sich auch niemandem an. Gewöhnlich war es so, dass er eine Frau sah und gleich darauf zu einer Hure ging. Dies dauerte nie länger als Viertelstunde, danach war es wieder gut. Doch dies war leider auch der Grund, weshalb er nie zu Geld kam.

Iwan Iwanowitsch ließ sich seine Erregung nicht anmerken. Zwar fühlte er sich kurz vor dem Zerplatzen, aber das bisschen Konversation würde er noch schaffen.
»Sie haben sich nicht mehr blicken lassen, Madame«, sagte er freundlich, fast gelangweilt. »So ging ich davon aus, Ihnen geholfen zu haben.«
»Es wäre schön gewesen, Monsieur Wonslaw«, sagte Alma. »Meine Schmerzen waren aber wohl doch von ganz besonderer Art.«
»Das sind meine auch!«, höhnte die Burlakowa. »Aber wir wollen Monsieur Wonslaw nicht in Verlegenheit setzen. Wahrscheinlich, liebe Alma, hatten Sie nur ebenso viel Pech wie ich seit ein paar Tagen.«
»Sie sind doch aber jetzt gesund, oder?«, fragte Wonslaw, dem ein Rest Neugier geblieben war.
»Vollkommen, soweit ich es beurteilen kann«, sagte Alma und setzte nach einem schnellen Seitenblick auf die Burlakowa hinzu: »Aber eben nicht durch Ihr Verdienst.«
Die Burlakowa brummte zufrieden und tätschelte Alma die Hand. Sie hatte in der Zeitung nach einer Vorleserin gesucht, weil ihre Augen zu schwach geworden waren. Für eine Brille war sie zu eitel, und ihr Lorgnon benutzte sie nur im Theater. Nicht nur Alma hatte sich vorgestellt. Doch die Vorleserin, die die Burlakowa sich vorstellte, sollte nicht nur wesentlich jünger sein als sie, sondern auch in ihrer Ausstrahlung mit ihr harmonieren. Und da war Alma genau richtig. Sie strahlte diese gewisse Unnahbarkeit, andere würden sagen Kälte, aus.
»Ich finde, Kunst und Tränen passen nicht zusammen«, sagte sie bei der Vorstellung und schlug damit alle Mitbewerberinnen aus dem Feld.

Seitdem war Alma täglich mit der Burlakowa zusammen. Sie las ihr nicht bloß vor, sondern begleitete sie ins Theater, flanierte mit ihr auf den Boulevards und speiste mit ihr zu Abend.
Alma wurde zur Gesellschafterin.
Die Abende, an denen sie über Nacht bei der Burlakowa blieb, häuften sich. Je weniger sie Awrom sah, umso selbstbewusster wurde sie. Liebte sie ihn eigentlich noch? Alma wich der Antwort aus. Sie schätzte Awrom. Seinen Esprit, seine Großzügigkeit, sein geniales Klarinettenspiel. Dass er Jude war, störte sie jetzt viel weniger – seit die Burlakowa gesagt hatte, sie hätte unter denselben Umständen auch nicht anders gehandelt. Schließlich stünde das Jüdische für gute Betten, und die Hand rutsche diesen Männern bekanntlich auch nicht so schnell aus.
»Gesund – aber nicht durch mein Verdienst?«, wiederholte Wonslaw Almas Entgegnung mehr amüsiert als irritiert. »Wer sonst war der glückliche Kollege, wenn ich so unverschämt sein darf, dies zu fragen?«
»Ja, Alma!«, krächzte die Burlakowa. »Sagen Sie es ihm! Dr. Wonslaw scheint es nicht glauben zu wollen. Er ist eitel. Wie Ärzte nun mal sind. Aber sprechen Sie bitte den Namen langsam und bedächtig aus. Ich will Dr. Iwan Iwanowitsch Wonslaws Gesicht sehen, wie es in sich zusammenfällt.«
»Wie grausam Sie sind, Maria Jakoflewna Burlakow«, sagte Wonslaw belustigt.
Innerlich bebte er vor Ärger. Zwei Frauen führten ihn hier vor wie einen dummen Zirkusgaul. Der Ärger wurde so mächtig, dass es Iwan Iwanowitsch sogar seinen Trieb abschwächte.

Alma focht einen Kampf mit sich aus. Sollte sie tatsächlich preisgeben, dass ein Judenmädchen sie durch bloßes Handauflegen geheilt hatte? Das würde für diese Sarah bedeuten, dass sie in die besseren Kreise Eingang fand. Bei ihren unbestrittenen Fähigkeiten wäre ihr Anerkennung sicher. Alma bereute ihre Andeutungen. Andererseits sagte sie sich, dass ihre Beziehung zur Burlakowa nur gewinnen konnte, wenn Sarah deren Leiden heilte. In der Moldawanka, wusste sie von Awrom, hatte sie bereits den Ruf einer barmherzigen Samariterin. Sie arbeitete für Gotteslohn, sagte schlicht: Gebt, wenn ihr glaubt, dass ihr etwas geben könnt.

Alma entschied sich zu helfen. Damit war der Burlakowa gedient, und überdies konnte sie sich an diesem Dr. Wonslaw rächen. Warum auch war er so dumm gewesen, ihr nicht zu helfen? Vielleicht, überlegte sie, ergibt sich auf diese Weise irgendwann die Möglichkeit, gegen Sarah eine Intrige zu spinnen und sie für immer aus Awroms Leben zu verbannen. Denn auch wenn sie Awrom nicht mehr so liebte wie früher: Sie war eifersüchtig auf jede Frau, die sich ihm näherte.

»Wenn ich meine Quelle nenne«, begann sie zögernd, »bitte ich inständig darum, mich nicht zu verlachen. Mir wurde geholfen. Und das ist genauso wahr, wie dass ich entsetzliche Schmerzen hatte. Das schwöre ich bei meinem Leben.«

»Ich glaube Ihnen, Alma!«, sagte die Burlakowa. »Aber machen Sie es nicht so spannend. Sonst ist bei unserem guten Iwan Iwanowitsch Schluss mit lustig.«

»Mir half kein Arzt, sondern ein jüdisches Mädchen«, sagte Alma schlicht. »Indem sie die Hände auflegte. Das ist alles.«

Wonslaw stierte Alma verblüfft an, die Burlakowa dagegen guckte sofort interessiert.
»Es gibt eben mehr zwischen Himmel und Erde, Iwan Iwanowitsch, als ihr Ärzte es euch träumen lasst«, sagte sie selbstgefällig.
»Das ist närrisch!«, blaffte Dr. Wonslaw jetzt in den Raum. »Hysterie! Wissenschaftlich unbewiesen. Alma, mit Verlaub, Sie waren dann nur scheinkrank. Ihre Schmerzen waren Einbildung ohne organische Ursache. Ähnlich wie der Phantomschmerz nach einer Amputation. Da schmerzt Soldaten das Bein, das sie gar nicht mehr haben, noch monatelang.«
»Ich lüge nicht, Dr. Wonslaw«, sagte Alma bestimmt.
»Das habe ich auch nicht behauptet. Trotzdem ... «
Wonslaw brach ab und schnaufte empört. Ungeniert griff er nach seinem Flachmann. Dass er sich aufregte, war wenigstens von Vorteil für seinen Geldbeutel. Die Gier auf eine Frau war ihm vergangen. So zog er wieder seine Uhr hervor, schnupperte misstrauisch über den Flaschenhals und genehmigte sich mit Todesverachtung einen großen Schluck.
»Alma«, befahl die Burlakowa, »schicken Sie mir das Mädchen. Ich bin überzeugt, dass sie mir helfen kann. Sie, Dr. Wonslaw, dürfen dabei Wache halten. Und Ihre Senfpflaster – bringen Sie trotzdem mit.«
»Ihr Diener«, empfahl sich Wonslaw und schritt zur Tür. Alma würdigte er keines Blickes.
Die Kälte draußen tat ihm gut. Es blies ein schwacher, doch schneidender Wind. Wonslaw trank den Rest seines Cognacs und stapfte los. Nach Hause, entschied er. Oder? Zwei Mädchen kamen ihm entgegen, hatten sich gegen-

seitig untergehakt. Die eine hatte eine weiße Pelzmütze auf, die andere eine blaue. Beiden aber glänzten die Lippen vor Fett. Ihre Gesichter strahlten, als hätten sie gerade über etwas gelacht. Und wie sie gingen! Als hätten sie es darauf abgesehen, ihn aufzustacheln. Doch leider, ihr Hüftschlenkern galt den beiden Kerlen hinter ihnen. Gymnasiasten.

»Irina, Vera – lauft nicht so schnell!«

Die Mädchen brachen in helles Gelächter aus und blieben stehen. Eine von ihnen drehte sich um, und legte den Kopf etwas zur Seite. Und dann tat sie etwas, das Iwan Iwanowitsch nicht nach Hause gehen ließ, sondern in Richtung Hafen. Das Mädchen fuhr sich mit der Zungenspitze einmal über die Lippen, so als wisse sie um alle Lüste der Welt. Darauf drehte sie sich schnell wieder um und zerrte ihre Freundin mit sich.

Ob es fror oder regnete, auf dem Markt der Moldawanka waren immer Menschen. Vor allem Trödler, die mit gebrauchten Unterkleidern, Leibchen und Lumpen handelten, aber auch Halbwüchsige, die sich gegenseitig mit Hierher-Rufen zu überschreien versuchten, obwohl sie doch alle dasselbe anboten: heiße Bohnen und Fladen oder geröstetes Gemüse mit viel Zwiebeln und Knoblauch.

Einige der Händler waren Kleinkinder. Sie hockten mit gehäkelten Wollmützen auf einem Dreibein und boten Holzrätschen und anderes Spielzeug an. Es lag auf glatt gestrichenen Lumpen, die so fleckig und vergilbt waren wie ihre verschnieften Gesichter. Ihre Mütter, die in der Nähe einen Stand hatten, schauten regelmäßig nach ihnen, brachten heiße Suppe oder Tee, und wenn die Kleinen etwas verkauft hatten, gab es Küsse. Dann wurden sie jubelnd hochgehoben und gestreichelt. Aber die Kälte biss in die Finger. Immer wieder gingen die Mütter in die Hocke, um ihren Kleinsten die Fäustchen warm zu rubbeln.

Die ärmeren Frauen hatten Kiepen voller Gemüse oder Obst auf dem Buckel. Sie traten von einem Bein aufs andere, riefen Preise und Sorten und verfielen darüber oft in einen eigentümlichen Singsang. Halb Gebet, halb Lied. Eine Art Meditation, die ihnen half, die Strapazen ihrer Arbeit zu überstehen.

Sarah fühlte sich verpflichtet, diesen Frauen zu helfen. Dazu stellte sie sich, wenn eine von ihnen in ihren Singsang fiel, in deren Nähe. Mit schlaff herabhängenden Armen und gespreizten Händen tat sie so, als mache sie Fingerübungen gegen die Kälte. Nach einer Weile schloss sie dann für einige Sekunden die Augen und konzentrierte sich darauf, den Frauen Kraft zu übermitteln. Sie befahl ihren Fingerspitzen, Wärme und Wohlbefinden zu schicken, und beobachtete neugierig, ob diese »geistige« Methode anschlug. Das Ergebnis war eher enttäuschend. An den Gesichtern konnte sie ablesen, dass sie bei mehr als der Hälfte der Frauen nichts bewirkte. Nur wenige seufzten erleichtert auf und strahlten, eine Frau wenigstens lachte glücklich auf und pries Gott, dass er ihr Gebet nach Stärke erhört habe.

»Ich habe dich beobachtet«, wurde Sarah von einem spindeldürren Mann mit asketischen Zügen und Vergrößerungsglas im Auge angesprochen. Trotz der Kälte reparierte er vor aller Augen verschiedene Wecker. Seine Hände steckten in aufgeschnittenen, bis zu den Knöcheln reichenden Handschuhen. »Warum tust du das? Du bist doch die

Sarah, die Dwossje, die Frau von Schmule dem Schuster, gesund gemacht hat, oder?«
»Ja – aber was soll die Frage?«
»Ich meine, warum vergeudest du deine Kräfte umsonst?«
»Das wirft mir auch meine Großtante vor«, sagte Sarah. »Damals habe ich lange nach einer passenden Antwort gesucht. Eines Morgens wachte ich dann auf und wusste, warum.«
»Ja, und?«
»Es ist meine Art des Wirtschaftens. Ich spekuliere nicht mit Aktien, sondern mit der Anständigkeit der Menschen. So gewinne ich zwar kein Geld, aber ein Guthaben an moralischen Verpflichtungen. Gleichsam einen Kredit, der sich aus Dankbarkeit, Freude und guten Wünschen speist. Sollte ich dann einmal Hilfe benötigen, bekomme ich sie von den Menschen irgendwann zurück. Davon bin ich bis jetzt überzeugt.«
»Das gehört zum Dümmsten, was ich überhaupt gehört habe«, rief der Uhrmacher und nahm sein Vergrößerungsglas aus dem Auge. »Aber, das sei wohl unterschieden, auch zum Schönsten. Bist du einer von den sechsunddreißig Gerechten, ohne die die Welt nicht bestehen kann? Wenn ja – dann komm mit!«
Der Uhrmacher kam um seinen Tisch herum, kramte eine Decke hervor und legte sie über seine Wecker. Dann winkte er einen Jungen heran, drückte ihm eine Kopeke in die Hand und befahl ihm, seinen Tisch zu bewachen.
»Pass auf!«, sagte er zu Sarah. »Ich führe dich zu jemandem, von dem du garantiert nie etwas zurückbekommen wirst.«
Sarah war zu neugierig, um Nein zu sagen. Der Uhrmacher

eilte durch die Stände und grüßte den nichtjüdischen städtischen Marktaufseher. Der hatte sich vor einem Händler aufgepflanzt und hielt ungeniert die Hand auf. Bestimmt ging es um Schwarzwaren. Pelze, verbotene Bücher, selbst Waffen – alles war in der Moldawanka zu haben. Blechgeschirr und Modeln lagen auf den Tischen, in Säcken und Koffern aber, die unter schmutzigen Planen lagen, befand sich das eigentliche Handelsgut.

»Du kennst den Aufseher?«, fragte Sarah.

»Wer nicht?«, bekam sie zur Antwort. »Das Schwein will auch leben. Sein Bettelsack ist ein bisschen Drohung.«

»Und unserer?«

»Ist aus Leinwand. Aber einen Bettelsack trägt jeder. Selbst der Reiche. Getarnt als billiger Kredit von der Bank. Und deiner ist die Philosophie der Gegenseitigkeit.«

»Und was bedeutet das?«

»Dein Bettelsack wird immer leer bleiben.«

Sarah ahnte, wohin der Uhrmacher sie führte: ins Armenhaus. Prompt fühlte sie sich ertappt. Denn dort zu helfen, wo es am dringendsten gebraucht wurde, dazu fehlte ihr der Mut, nein, mehr noch: der Wille. Sie hatte das Erlebnis mit Wano, dem Heizer, nicht vergessen. Er war ein Ausgestoßener, der ihre Hilfe abgelehnt hatte. Das hatte ihren Stolz verletzt – so sehr, dass sie mit Wano alle anderen Armen über einen Kamm schor. Wie viele mochten sein wie er? Wenige, das wusste sie. Trotzdem hatte sie Angst vor einem neuen Wano. Nie wieder wollte sie zurückgestoßen werden. Weder von armen noch reichen Kranken.

Aber was hieß Armut? Kannte sie überhaupt wirkliche Armut? Armut, die doch nichts anderes war als Elend? Wo sie bislang gewesen war, hatte noch jeder seine Behausung ge-

habt. Bestand diese auch nur aus einem Zimmer mit Stroh und Erde über nacktem Stein. Im Armenhaus aber – da besaßen die Menschen buchstäblich nicht mehr als das, was sie auf dem Leib trugen. Sie hausten in Verschlägen, die wie türlose Pferdeboxen aussahen. Doch wo dort die Futtertröge standen, machte Sarah mit Lumpen bedeckte Strohlager aus.
Die meisten Schlafstätten waren belegt. Die Menschen schliefen oder dösten, nur die Hälfte von ihnen auf Pritschen. Seufzen, Röcheln, Hüsteln – Sarah begriff: Hier war jeder krank. Wenn einer saß, dann ließ er den Kopf nach unten hängen, stocherte im Stroh herum oder kratzte sich. Ein alter Mann mit Rabbi-Gesicht blickte sie teilnahmslos an, er hatte einen Knüppel in der Hand, über dem Knie hing ihm ein blutiger Lappen. Doch Sarah vernahm in der ihr entgegenschlagenden Düsternis nicht nur Hüsteln, sondern auch Gelächter, Geschirrklappern und Wiegenlieder.
Irgendwo jammerte ein heisere Frauenstimme.
Es stank nach Terpentinöl, das die jüdische Gemeinde zum Einreiben ausschenkte. Läuse, Wanzen und Krätze waren so allgegenwärtig wie der Tod.
»Hier stirbt einer pro Woche«, sagte Chaim. »Man trägt ihn nach draußen und deckt ihn zu. Ist es ein Kind, sieht es aus, als ob jemand einen Haufen sperrigen Unrat zusammengescharrt und ein Tuch darüber gebreitet hat.«
Sarah folgte dem Uhrmacher durch den Essraum. Rohe Tische standen vor rohen Holzbänken. Eine Spüle aus Stein diente zum Abwaschen des Geschirrs. Die Fenster waren verrußt, aber es gab wenigstens einen großen Ofen.
Im hinteren Teil des Hauses kamen sie an eine Gittertür,

die nur von der anderen Seite zu öffnen war: der Frauentrakt.
»Jemand soll aufmachen!«, rief der Uhrmacher.
»Wer ist da?«
»Ein Gast!«, rief der Uhrmacher und lächelte Sarah das erste Mal an. »Das ist besser so«, sagte er und schmunzelte. »Hätte ich gesagt, eine Ärztin oder eine Heilige: sie würden wie hungrige Flöhe auf dich springen.«
Eine alte Frau öffnete die Tür.
»Ein Gast?«, krähte sie. »Chaim, lass dir was Besseres einfallen. So wie die sehen nur Spitzel aus. Schick sie nach Hause.«
»Husch – geh ins Körbchen«, sagte Chaim unwillig. »Wir wollen zu Sejscha. Lebt ihr Sohn noch?«
Die Alte gab keine Antwort. Sie humpelte voran und zeigte in eine fensterlose Zelle. Der Boden darin war voller Stroh. In der Ecke lehnte eine Frau mit einem Jungen auf dem Arm, dem sie unablässig über den Kopf streichelte. Wenn sie aufschaute, jammerte sie unartikuliert auf – sie war es gewesen, die Sarah beim Eintreten gehört hatte.
Sarah lief ein Schauder über den Rücken. Die Frau war von beispielloser Hässlichkeit. Mit einem viel zu großen Schädel, fehlendem Kinn, aber einer Nase, die so gewaltig war, dass sie Sarah an ein mit weißer Haut bespanntes Stück Fels erinnerte. Das Haar der Frau war grauweiß, völlig verfilzt und stank nach Terpentin. Aber vor allem ihre Hände: Sie waren nicht nur affenartig, sondern auch schief an die Arme gewachsen, die Nägel blutig gekaut.
»Sejscha«, sagte Chaim. »Das ist Sarah. Sie kann deinem Jakob helfen.«
Die Frau ließ ihre Augen von Chaim zu Sarah wandern und

begann zu wimmern. Sarah hörte die Laute eines Menschen, dessen Geist die Schwelle in den Abgrund der Umnachtung übertreten hatte. Aber Sejscha verstand offensichtlich, was Chaim gesagt hatte. Sie legte ihren Jungen behutsam nieder, erhob sich und nahm ihn wieder auf: Wie ein Opferlamm trug sie ihr Kind vor sich her und legte ihren Jakob in Sarahs Arme. Das Kind war abgemagert, atmete nur flach. Sein Kopf war kahl, das Gesicht greisenhaft.

»Wenn man ihn anschaut«, sagte Chaim leise, »erkennt man, dass Gott, ich will ihn trotzdem preisen, beschlossen hat, Jakob die Monate zu Jahren zu machen.«

Sarah hörte kaum hin, was Chaim sagte. Sie hielt Jakob wie einen Säugling, die linke Hand unter seinem Hinterkopf. Mit dem Handrücken prüfte sie die Stärke seines Atems, fühlte seine Temperatur. Das Kind fieberte nur schwach – Sarah war sich sicher, dass es nicht überleben würde.

Behutsam ging sie in die Knie, bettete Jakob auf die Strohschütte seiner Mutter. Sejscha hockte sich neben sie, begann zu wimmern und fasste nach Sarahs Händen. Die zuckte zusammen und sah sich nach Chaim um, aber der war nicht mehr da.

»Kobele, Kobele«, rief Sejscha ihren Sohn mit überraschend melodischer Stimme. Sie beugte sich nieder und legte ihr Ohr auf sein Herz. Ein Leuchten glitt über ihr Gesicht. Mit einem glücklichen Lächeln schaute sie Sarah direkt in die Augen, doch von einer Sekunde auf die andere veränderte sich ihr Gesichtsausdruck. Sarah las die panische Angst, die Sejscha gepackt hatte. Verlegen irrte sie mit ihren Händen über Jakobs Körper. Er schien überall Löcher zu haben, war wie ein Sieb, aus dem das Leben hinausfloss. Von Minute zu Minute wurde er schwächer. Jakob strömte das Leben aus dem Körper, als seien Dämme in ihm gebrochen.

Jakob war schwindsüchtig, es gab keine Rettung. Sarah versuchte trotzdem, dagegen anzugehen. Aber ihre Energien versickerten wie ein Rinnsal im Sand. Glaubte sie ein Leck an der Brust abgedichtet zu haben, war der Dammbruch am Bauch umso größer.

Plötzlich schlug Jakob die Augen auf. Ein Paar kristallklare Kinderaugen leuchteten Sarah aus dem Greisengesicht an. Wunderschöne große Augen, die klug und allwissend zu sein schienen.

»Mame?«, fragte Jakob mit verständiger Stimme, drehte dabei ein wenig den Kopf und lächelte seine Mutter an, als wäre er aus erholsamem Schlaf aufgewacht.

»Kobele, Kobele. Mein Kobele«, flüsterte Sejscha zärtlich und warf Sarah einen glücklichen Blick zu.

Wenige Augenblicke lag Jakob mit offenen Augen da, dann seufzte er tief auf, zwinkerte seiner Mutter zu und rollte sich auf die Seite.

Sarah strich ihm über den Rücken und spürte kurz darauf ein schwaches Beben – sie wusste sofort, was es bedeutete. Die Aura Jakobs löste sich auf, es war, als verdunste sein Leben. Nach einer Weile fühlte Sarah nur noch ein warmes Etwas. Es hätte ein abkühlender Laib Brot sein können oder auch nur ein lauer Stein.

»Kobele?«, fragte Sejscha beinahe streng und suchte Sarahs Blick.

Mit der einen Hand tastete sie nach Jakobs Brust.

Es war, als zerreiße die Welt.

Sejschas Antlitz verwandelte sich von einer Sekunde auf die andere in eine menschenfeindliche Fratze. Sie schrie mit der Wut eines aufgespießten Tieres, geiferte los wie eine Ausgeburt der Hölle. Ihre Affenhände fassten nach Sarahs Kleid, um es ihr vom Körper zu reißen. Es krachte in allen Nähten. Sarah schwankte. Noch einmal packte Sejscha zu. Aus Angst um ihr Kleid gab Sarah etwas nach, da brachte Sejscha sie zu Fall, warf sich über sie und ging ihr an den Hals. Sarah war zu schockiert, um Angst zu empfinden. Doch Sejchas Affenhände waren wie Schraubzwingen.

Sarah riss an Sejchas Haar. Doch dies war nicht minder nutzlos als ihr Strampeln. Todesangst packte sie. Mit beiden Händen fasste sie nach Sejschas Kopf, zog an ihm. Ihr Herz raste. Die Schmerzen an der Gurgel wurden unerträglich. Sejschas Schreien verwandelte sich in ihren Ohren in dumpfes Dröhnen.

Mit letzter Kraft konzentrierte sie sich auf ihre Hände.

Hilf doch, Gott!

Da bekam sie wieder Luft. Das Erste, was sie wahrnahm, war, wie Sejscha sich den Kopf hielt und ihre Stirn gegen die Wand schlug. Da endlich griffen irgendwelche Arme nach Sejscha und zerrten sie fort. Ein unsägliches Grauen hatte Sarah ergriffen. Sie zwängte sich an den Menschen vorbei und hastete hinaus.

Draußen schlug ihr ein eisiger Wind entgegen. Der graue Himmel und die Schneeluft brachten sie schnell wieder zu sich. Trotzdem wurde Sarah so übel, dass sie sich gegen eine Hauswand lehnen musste. Und es fehlte nicht viel, so hätte sie sich übergeben.

Eine Weile später hörte sie Schritte hinter sich. Es war Chaim.

Er legte ihr die Hand auf die Schulter und zwickte sie in die Hüfte. Dabei kicherte er asthmatisch, aber auch triumphierend.
»Oj, oj, oj! Da kam wohl irgendwie – Gott behüte – etwas dazwischen, wie? Aber das macht nichts. Der Tod ist etwas Feines. Im Gegensatz zum Sterben. Doch wie steht es jetzt mit deinem Kredit? Glaubst du immer noch daran? Meinst du, dass Sejscha dir einen einräumt?«
Sarah fuhr herum. Chaim hob beide Hände, winkte. Seine Augen sprühten vor Vergnügen.
»Wer bist du?«, fragte Sarah.
»Chaim, der Uhrmacher. Zu Diensten.«
Er machte eine leichte Verbeugung und suchte in seiner Rocktasche nach einer Münze. Sarah bekam eine Kopeke in die Hand gedrückt.
»Immer mit Lohn«, schärfte er ihr ein. »Nichts darf unbelohnt bleiben.«

Sarah suchte nach dem Sinn dieser letzten Begegnung. Je länger sie über sie nachdachte, desto eher war sie bereit, in Chaim einen Geist zu sehen. Weder die Tante noch Dwossje kannten ihn, und auf dem Markt hatte sie ihn seitdem nicht mehr gesehen. Umso mehr grübelte sie über seine Worte. Immer mit Lohn! Nichts darf unbelohnt bleiben.
Sarah verstand diesen Satz, begriff ihn aber nicht. Er kam ihr besserwisserisch vor, zynisch, gemein und unmoralisch. Trotzdem war da etwas, das ihr sagte, Chaim hat Recht. Aber sosehr sie auch hinter das Geheimnis kommen wollte, ihre Fragen verwirrten sich. Pass auf, denk an dich. War das die tiefere Wahrheit? Sarah fiel ein Satz von Rabbi Jankovic ein, den er einmal in Anlehnung an den berühmten

Baalschem gesagt hatte: Die Wahrheit wird von Ort zu Ort verstoßen. Also wandert sie weiter.
Aber was hatten Lohn und Wahrheit miteinander zu tun? Bedeutete es in ihrem Fall, dass sie in Zukunft in der Welt umherwandern würde und für ihr Heilen Lohn empfing? Aber welchen Lohn?
Sejscha würde sie ewig mit Hass verfolgen. Konnte Lohn auch Hass sein? Wie war so ein Monstrum wie sie überhaupt zu einem Kind gekommen?
Sejscha sei eine Streunerin, brachte ihre Tante in Erfahrung. Mit festem Wohnsitz im Armenhaus, wo sie auch ihr Kind zur Welt gebracht hatte. Wer der Vater war, hatte niemand aus ihr herausbekommen. Doch dies nicht, weil sie zu blöde zum Sprechen sei. Sejscha sei nämlich gar nicht so geistesschwach, wie sie tue.
»Sie will, dass es ein Geheimnis bleibt«, sagte die Tante. »Am wahrscheinlichsten ist, dass sie das Opfer eines sturzbesoffenen Matrosen war. Denn ihr Lieblingsplatz ist der Hafen. Dort sitzt sie gerne und guckt. Gleich nach der Geburt ist sie wieder mit ihrem Sohn dorthin gegangen, hat gebettelt und gesungen. Ihre samtige Stimme bringt ihr immer einige Kopeken ein. Sie gibt sogar ab. Deswegen hat sie auch eine Einzelzelle. Ihr Jakob, das Kobele, war auf jeden Fall ihr Gott, die Verkörperung der Liebe und aller Herrlichkeit der Welt.«
»Und natürlich glaubt sie nun, ich hätte ihn getötet«, sagte Sarah. »Dieser Chaim – er ist schuld. Ich weiß überhaupt nicht mehr, ob das, was ich tue, gut oder böse ist.«
Sarah dachte an den bevorstehenden Besuch bei der Burlakowa. Welche Konsequenzen würde dies wohl wieder nach sich ziehen?

Alma war freundlich, sprach von guten Rubeln, die sie verdienen würde. Aber dieser Dr. Wonslaw – er würde sie hassen. Daran konnte es keinen Zweifel geben.
Nichts darf unbelohnt bleiben.
Heißt es nicht ganz ähnlich: Nichts wird unbelohnt bleiben?
Awrom meinte zwar, er habe Dr. Wonslaw umgänglich in Erinnerung – aber würde dies aus noch gelten, wenn sie, die Jüdin, ihm Patienten wegnahm? Noch dazu ohne medizinische Ausbildung?
Sarah tröstete sich, dass sie nach außen hin ein Weib war wie jedes andere, dazu an Jahren noch jung. Überdies war es nicht zu ändern: Kein Mensch kann klüger sein als sein Schicksal. Jetzt schickte es ihr wohl einen Menschen, von dem sie das erste Mal in ihrem Leben richtig Lohn bekam. Was ja eigentlich auch Zeit wurde. Denn eine volle Geldbörse ist bekanntlich nicht so gut, wie eine leere schlecht ist.
Und wie war das mit dem Satz: Ehen werden im Himmel geschlossen?
Sarah las noch einmal den Brief, der leider nicht aus New York, sondern Njeschin gekommen war. Josua hatte geschrieben. Seine Mutter und er waren aus Warschau zurück. Wie es sich für den Sohn eines Rabbi gehörte, war der Brief eine kalligrafische Kostbarkeit, so schön, dass er eingerahmt eine Wand hätte schmücken können.
Das Geschriebene jedoch ließ ihre Seele unberührt. Zwar handelten die ersten Zeilen wortreich von der ihr widerfahrenen Gnade des Höchsten – gepriesen sei er bis in alle Ewigkeit –, doch von Hochzeit stand kein Wort in dem Brief.

So froh sie darüber war, ein wenig kränkte es sie doch.
»Von Josuas Hand bedeutet, dass seine Mutter ihn diktiert hat, Sarah. Sie hofft jetzt, wir schreiben zurück, dass du mit deinem Retter oder sonst wem durchgebrannt bist. Weil sie damit die Scheidung für ihren Goldsohn erwirken kann. Damit, wie es sich in ihren Augen gehört, schejn mit reich versippt, verstehst du?«
»Das hoffe ich, dass ihr mir den Gefallen tut«, brauste Sarah auf. »Ich habe längst beschlossen, Josua nicht zu heiraten. Sein Vater – möge er im Paradies glücklich sein – war wohl schon etwas wunderlich im Kopf.«
»Du bist wohl nicht ganz bei Trost!«, rief die Tante erbost. »Josua ist der Sohn eines Rabbi! Und er liebt dich! Das ist doch der Himmel auf Erden. So ein Masel. Ich wollte, ich ...«
»Wie kann sie sich jetzt noch an so einen lebensuntüchtigen Blässling verschwenden wollen?«, ließ sich der Onkel vernehmen. »Mein Engel hat schon von einem ganz anderen Kerl gekostet ...«
»Ein trefener Jid bist du, Hejnech«, unterbrach ihn die Tante. »Besessen vom bösen Trieb. Wie steh ich da, wenn Sarah von dir erzählt? Schande. Ewige Schande.«
Die Tante kniete neben der Chaiselongue und tropfte ihrem Mann einen Salbeiauszug ins Lid. Die blasse Flüssigkeit lief aus seinem Auge in eine Schüssel, in der bei genauem Hinsehen winzige grauweiße Eiterflocken schwammen. Die Prozedur folgte nach einer Fünfminutenbehandlung Sarahs, bei der sie ihre rechte Hand vor Onkel Hejnechs Augen kreisen ließ. Bei der ersten Sitzung hatte sie beide Hände abwechselnd kurz aufgelegt, aber ihr Onkel fühlte sich dabei unwohl. Es drücke, meinte er, sie solle sie lieber

wegnehmen. Sarah fand dabei heraus, dass der Onkel die rechte Hand intensiver empfand als die linke. Sie hatte keine Erklärung dafür, aber um es genau zu wissen, machte sie ein Experiment. Gegenstand wurde ihre Tante. Die hatte an den Knöcheln beider Hände mehrere kleine Warzen, die Sarah, wie sie ankündigte, einfach wegstreichen werde. Das Ergebnis war beeindruckend: Nach drei Tagen waren die Warzen, die sie mit der rechten Hand wegstrich, verschwunden, während diejenigen, die sie mit der linken Hand behandelte, zwei Tage länger zu sehen waren.

»Trefener Jid, trefener Jid.«

Onkel Hejnech hatte seinen Spaß an der Beschimpfung. Während eines Streits hatte ihm ein Arbeiter die Stahlbürste ins Gesicht geworfen, mit der die Absetzbottiche von der Brandhefe gereinigt wurden. Sie traf mit den Borsten auf Augenhöhe – rostige Borsten mit triefender Chlorlauge, mit der in der Brauerei gegen Ungeziefer vorgegangen wurde.

Stumm hatte er stundenlang unbeweglich dagesessen – nass von eiskaltem Schweiß, so gewaltig waren die Schmerzen. Er konnte nicht einmal mehr schreien oder wimmern. Unvorstellbar für ihn, den rohen Titanen, der im kleinen Finger so viel Kraft hatte wie andere im Arm. Er fühlte sich von den Qualen innerlich aufgefressen. Mit verbundenen Augen saß er in der Meisterklause der Brauerei und glaubte, nie mehr sehen zu dürfen. Er wollte nicht nach Hause, weil er Angst hatte, durch die Erschütterungen des Gehens die Schmerzen noch zu steigern.

Man brachte ihn trotzdem zum Arzt. Zu viert, damit sie ihn festhalten konnten. Die Augen eiterten ein wenig, sagte der Arzt. Die Schmerzen deuteten auf zerrissene Hornhäu-

te. Letzteres würde irgendwann heilen. Aber wenn Rost in den Augapfel gedrungen sei, würde es diesen nach und nach vergiften. Spülungen könnten möglicherweise helfen, aber er sollte mit allem rechnen.
Zu Hause legte ihm Sarah die Hände auf. Die Schmerzen verdampften. Und schon nach zwei Tagen waren sie ganz weg. Er konnte die Augäpfel wieder rollen, ertrug Licht, sah wieder die Welt.
Seitdem nannte er Sarah seinen Engel.
Trotzdem konnte er es nicht lassen, gegen sie zu frotzeln.
»Beten oder blind werden. Oder beides. Das hat er gesagt, dieser Hund von Arzt«, brummte der Onkel.
»Was willst du? Du bist arm und Jud dazu. Einer weniger ist einer besser.«
Die Tante sprach aus, was jeder Jude im Zarenreich wusste. Für sie war kein Platz. Sie wurden gehasst und verfolgt. Schon während des Krieges gegen die Türken hatten etliche Zeitungen geschrieben, die jüdischen Heereslieferanten würden den Staat ausplündern. Noch heute flammten Gerüchte auf, die besagten, die Juden begingen Ritualmorde und missbrauchten Christenblut.
»Und das alles wegen der ewigen Hetze, wir würden den Handel kontrollieren und jetzt auch die Fabriken. Weil hier ein paar galizische Juden ein großes Rad im Getreidehandel drehen und Brodsky in Kiew die Welt mit Zucker versorgt. Die Zunge gehört diesen Verbrechern in Petersburg rausgerissen. Mit glühenden Zangen. Wie es Iwan vor vierhundert Jahren mit den Bojaren gemacht hat.«
»Jajaja. Sei endlich still.«
»Still? Wer bringt dir Geld, wenn ich blind bin? Der Messias? Von wegen! Der kommt nicht. Ach, wozu bloß dies

ganze Martyrium, das wir Juden auf uns nehmen.« Onkel Hejnech gefiel sich plötzlich darin, wie ein gebrochener Greis zu lamentieren. »Wenn du da bist, Gott, vergib mir. Wenn du nicht da bist: Was ist dann?«

Sarah hörte nicht mehr hin.

Sie hatte sich in eins von Awroms Schiffsbüchern vertieft – ein Buch mit eingebundenen Bildbeilagen und Stahlstichen von Passagierdampfern. Nachdenklich studierte sie die Längsschnitte, berührte jede eingezeichnete Koje, zeichnete jedes Bullauge mit dem Nagel nach. Waren Treppen eingezeichnet, spazierte sie mit den Fingern über die Stufen und fuhr über das Geländer. Angesichts einer Fotografie, in der auf einer Doppelseite eine Koje abgebildet war, legte sie ihre Wange an der Stelle auf das Papier, wo sich das Bett befand. Plötzlich standen ihr Tränen in den Augen.

Große Sehnsucht nach ihren Eltern ergriff sie. Je länger sie die Bilder betrachtete, umso mehr bildete sie sich ein, ein Zipfelchen ihrer Familie zu spüren. Auf so einem Deck haben bestimmt auch Lea, Samuel und Scholem herumgetollt, dachte sie. Und in irgend so einem Speisesaal haben sie mit Mama, Papa, Tante Rifke und Onkel David gegessen.

Sarah seufzte, wischte sich verstohlen die Tränen aus den Augen. Mittlerweile war die Augenwaschung beendet. Der Onkel gähnte, drehte den Kopf zur Wand. Bestimmt würde er gleich einschlafen. Ihre Behandlung mache müde wie eine Flasche Schnaps, meinte er. Mit dem Unterschied, dass man davon keinen Kater bekomme.

»Wird's denn?«, fragte Sarah teilnahmslos.

Der Onkel grunzte zufrieden. Wenige Augenblicke später wurden seine Atemzüge tief und gleichmäßig.

»Was wohl mehr hilft? Deine Hände? Oder mein Salbeiauszug?«
Sarah gab keine Antwort. Sie sehnte sich fort. Nach etwas Neuem. Nach einem richtigen Leben.
Vielleicht bot der Besuch bei der Burlakowa eine Chance. Vor ein paar Monaten noch hättest du gerne viel Geld gehabt. Für schöne Kleider, Hüte, Parfum und so weiter. Warum sollte dies jetzt anders sein?

Die Hände im Muff, hatten sie beide den gleichen festen Schritt. Sie schauten weder nach rechts noch links, und unterhalten mochten sie sich auch nicht. Alma, weil sie an den Neffen der Burlakowa dachte; Sarah, weil sie zu angespannt war.
Wie große und kleine Schwester sähen sie aus, verabschiedete sie Awrom. Sarah bekam einen Kuss auf die Wange, Alma auf den Mund. Sarah durchschaute das Spiel. Awrom wollte damit nur demonstrieren, dass es zwischen Alma und ihm nach wie vor keine Differenzen gab.
Es war natürlich eine Lüge. Weswegen Sarah auch nicht eifersüchtig wurde. Im Übrigen hatte sie sich in ihrer unerfüllte Liebe zu Awrom gut eingerichtet. Sie fragte sich aber, ob sie Awrom nicht warnen müsste. Denn sie spürte nur allzu genau, dass Alma nicht ehrlich zu Awrom war. Sie wirkte zu glatt, zu aufmerksam in den kleinen Dingen. Dazu bewegte sie sich mit einer Geschmeidigkeit, die Sarah als Aufgeregtheit deutete.
Alma verbirgt etwas, dachte sie. Sie ist eine kostümierte, unaufrichtige Seele.
Awroms Bemerkung mit den Schwestern war Sarah zudem peinlich. Tatsächlich ging sie ja in Almas Kleid. Denn die

wenigen Kopeken, die sie bislang verdient hatte, reichten gerade aus, sich bei einem Pfand-Comptoir Hut und Mantel auszuleihen.
Der Hut war breitkrempig, mit buschigen Federn geschmückt und passte mit seinem Dunkelrot gut zu ihrem rostroten Kleid. Sarah war fest entschlossen, sich Hut und Mantel zu kaufen – wenn das Glück und die Burlakowa mitspielten.
Es hatte ein wenig geschneit, nun aber riss der Himmel auf. Das Licht blendete Sarah, selbst das Blau des Himmels war ihr zu hell. Sie zog die Stirn zusammen und schaute auf ihre Stiefel. An den Rändern der Trottoirs lagen wolkige Schneehäubchen, die wie Juwelenhaufen glitzerten. Manchmal bildeten sie kleine Rampen zu den Rabatten der Boulevards, dann wieder schmiegten sie sich ein Stück weit an die Akazien, die in Odessa allgegenwärtig waren. Sarah entdeckte winzige Schneeklümpchen in den Astgabeln, die, wenn sie in der Sonne tauten, in dunklen Flecken die graugrüne Rinde herabflossen.
Manchmal knisterte es geheimnisvoll. Eine Windböe ließ Schnee aufstieben. Sarah genoss das kühle Sprenkeln auf der Haut. Aber sie fühlte sich einsam und verloren, je näher sie der Wohnung der Burlakowa kamen.
»Und denk daran: Madame Burlakow hört sich gerne reden. Steh deinem Glück nicht im Weg.«
Alma redete ganz von oben herab. Sarah warf ihr einen scheelen Blick zu. Ah so – aus den Schwestern sind Madame und Mädchen geworden. Alma bemerkte ihren Blick. Ihr Lächeln glich dem einer hochmütigen Gräfin.
Und so einer hast du geholfen.

Das erste Mal in ihrem Leben betrat Sarah eine wirklich herrschaftliche Wohnung – doch sie kam kaum dazu, sich umzuschauen. Ein Diener in alter militärischer Livree nahm ihnen Muffs und Hüte ab, gleich darauf knickste ein Dienstmädchen vor ihnen und führte sie schnurstracks in den Salon.

Sarah beneidete Alma in diesen Augenblicken um ihre hoheitsvolle Kühle. Während sie sich für jeden Handgriff des Dieners bedankte, ließ sich Alma ihre Sachen mit einer geradezu verächtlichen Selbstverständlichkeit abnehmen.

»Hereinspaziert!«, empfing sie die Stimme der Burlakowa. Sie lag auf ihrer Ottomane, die Samtvorhänge waren zugezogen. Im Salon brannte die typische russische Lampe mit schwerem Fuß und grünem Glasschirm, auf einem Servierwagen brodelte der Samowar. Vier Teegedecke standen um ihn herum, nebst einer Flasche Rum.

Alma schwebte auf die Burlakowa zu. Sie strahlte über das ganze Gesicht, streckte die Hände aus und hauchte ihr einen Kuss auf die Wange. Sofort begann sie loszuplaudern, erzählte vom Schnee, der Sonne und der Stille draußen, beschwor Erinnerungen an den Frühling.

So also muss man es machen!, sagte Sarah sich, nicht ohne Verblüffung. Oberflächlich sein und schmeicheln.

»… aber, wie Sie natürlich schon gesehen haben: Ich habe Wort gehalten. Diese junge Dame hier ist Sarah, die zur Stelle war, als ich sie brauchte.«

»Sie sieht eher so aus, als wäre es ihre Profession, Männern den Kopf zu verdrehen«, sagte die Burlakowa und griff zu ihrem Lorgnon.

Sarah wurde angeschaut wie ein Insekt. Die Burlakowa war ihr nicht direkt unsympathisch, aber sie fragte sich, ob

sie wirklich den Gleichmut aufbringen würde, ihr mit den Händen über den Unterleib zu tasten.
»Meinem Jid hat sie es tatsächlich angetan«, fuhr Alma spöttisch fort. »Aber ich bürge für ihre Unschuld.«
Sie schaute Sarah an, als hätte sie ihr ein Stück Konfekt angeboten.
Sarah wurde glutrot. Sie ballte die Fäuste, ihre Augen verzogen sich zu Schlitzen. Nie wieder, schwor sie sich, wirst du einer wie Alma helfen. Selbst wenn sie blutend und schreiend vor dir am Boden liegt.
Ein maliziöses Lächeln spielte um Almas Mund. Sie war zufrieden mit sich. Es war ihr das erste Mal gelungen, Sarah wirklich aus der Fassung zu bringen.
»Unschuld? Bin ich hier wirklich richtig?«, ließ sich eine Stimme vernehmen. »Verehrte Maria Jakowlewna, bitte, wie ist Ihr kostbares Befinden?«
Iwan Iwanowitsch Wonslaw trat gemessenen Schritts auf die Burlakowa zu, die ihm einen Handkuss gewährte.
»Es geht mir schlecht, Dr. Wonslaw«, sagte die Burlakowa schlicht, und die tiefen Falten um ihre Mundwinkel wurden noch ein wenig tiefer. »Aber, Gott sei es gedankt: Die Erlösung ist ja in Form dieser reizenden jungen Dame zugegen. Sie wird ausrichten, was Sie nicht schafften, nicht wahr?«
Die Burlakowa blickte an Wonslaw vorbei auf Sarah. Die war noch mit sich selbst beschäftigt und brachte noch nicht einmal ein Lächeln zustande. Dennoch wusste sie, dass sie irgendetwas sagen musste. Zwar hatte sie keinerlei Vorstellung, was, aber wie ein dummes Mädchen zu schweigen, diese Blöße wollte sie sich vor Alma auf keinen Fall geben.
»Ich bin keine Heilige«, begann sie zögernd, »aber …«

»Sie ist wenigstens ehrlich«, unterbrach sie Wonslaw. »Aber, junges Fräulein, Sie wurden mir noch nicht vorgestellt. Verraten Sie mir Ihren werten Namen?«
»Sarah. Wie die Frau von Abraham«, warf Alma leichthin dazwischen.
Wonslaw hüstelte belustigt, dabei war er hingerissen. Er konnte sich nicht daran erinnern, jemals eine solche Erregung beim Anblick einer Frau verspürt zu haben. Gegen Sarah wirkte Alma auf ihn wie ein kalter Fisch. Es war ein Fest. Er konnte nicht anders, als Sarah in Gedanken das Kleid vom Leib zu reißen und sich an ihrem nackten Körper zu weiden. Und so verordnete er sich Konzilianz. Was auch kommen möge, er würde sich beherrschen. Die dumme Sache zur guten machen, sagte er sich. Biete dieser Sarah Hilfe an. Mache sie abhängig von dir. Und dann, Wonslaw leckte sich die Lippen, nimm sie dir.
»Wie die Frau von Abraham«, sagte er gemütlich und in betonter Naivität. »Das ist schlicht. Und geheimnisvoll. Aber eben üblich für solch schöne Geschöpfe, die auf Magie statt Wissenschaft setzen.«
»Ich achte die Wissenschaft«, sagte Sarah. »Aber was kann ich dafür, dass Gott mir eine gewisse Gabe verliehen hat?«
»Lass du Gott besser aus dem Spiel, Sarah«, mischte sich Alma wieder ins Gespräch. Sie hatte sich einen Lehnstuhl genommen, saß neben der Burlakowa und hielt deren Hand. »Wie ich dir schon einmal vorgehalten habe: Christus und die Apostel pflegten die Hände aufzulegen. Nicht Moses oder Abraham.«
Die Burlakowa nickte anerkennend mit dem Kopf. Trotzdem war ihr Alma diesmal zu scharf. Immerhin sollte ihr dies Mädchen helfen.

»Sarah, kommen Sie. Ich muss wohl ein wenig für Sie sprechen. Zwei gegen einen, das ist, so nennen es die Briten hier, nicht fair.«
»Wir wollen eben nur Ihr Bestes«, sagte Wonslaw gönnerhaft. »Denn glauben Sie wirklich, ich kann es verantworten, dass Sie, teuerste Maria Jakowlewna, auf Quacksalberei hereinfallen? Wäre diese junge Dame nicht so entzückend und hätte eine so reine Ausstrahlung, ein anderes Subjekt hätte ich längst am Kragen gepackt und rausgeworfen.«
Wonslaw schaute Sarah entschuldigend an, zog seine Taschenuhr und seufzte auf. Er brauchte einen Schluck. Denn so souverän, wie er redete, fühlte er sich nicht.
Außerdem tobte es bei ihm im Souterrain.
»Ich sag Ihnen auf den Kopf zu, Dr. Iwan Iwanowitsch Wonslaw, dass Ihre Medizin, die Sie da gerade zu sich nehmen, ziemlich wirkungslos zu sein scheint«, sagte die Burlakowa gereizt. »Denn seit Ihrem letzten Besuch müssten Sie, hochgerechnet, etliche Liter davon konsumiert haben.«
Siehst du, so muss man es machen, las Sarah in ihren Augen.
Wonslaw stierte die Burlakowa konsterniert an, suchte nach einer Replik. Doch die Oberstwitwe wollte ihn nicht weiter beachten. Sie nötigte Sarah, sich ans Fußende ihrer Ottomane zu setzen, und fragte, was sie denn in ihren Fingern spüre, wenn sie die Hände auflege.
»Es ist schwer zu beschreiben, Maria Jakowlewna Burlakow. Vielleicht hilft ein Vergleich. Es ist ungefähr so, als wenn ich mit den Fingern durch ein dünnes Seidentuch die Perlmutteinlage einer Tischplatte befühle. Selbst wenn das

Perlmutt so genau in das Holz eingearbeitet ist, dass man nicht die geringste Fuge wahrnehmen kann. Trotzdem kann der, der einen empfindlichen Tastsinn hat, durch das Tuch den Unterschied zwischen Holz und Perlmutt spüren. Ich sehe nun gleichsam mit meinen Fingern die eingelegten Figuren, spüre, wo unter der Haut ein Organ krank ist. Ich empfange Signale wie Stiche oder Pulse, fühle aber auch seltsame Verdichtungen. Dort sitzt meist der Schmerz. Aber es gibt auch einige Leiden, bei denen von einer solchen Verdichtung aus noch in ganz anderen Körperstellen Schmerzen auftreten. Drücke ich zum Beispiel in einem solchen Fall leicht auf ein Schmerzfeld im Leib, äußern die Patienten, dass es sie auch in der Brust oder sogar im Kopf schmerzt. Meistens finde ich dann gerade dort wieder diese Gewebeverdichtungen.«

»Schön einstudiert«, sagte Wonslaw und begann, im Salon auf und ab zu schreiten. »In meinen Ohren klingt dies zwar immer noch nach Humbug, aber auch wieder interessant. Sie müssen mir Ihre Empfindlichkeit einmal demonstrieren. Denn sicher, die Diskrimination, also die Fähigkeit, zwischen einem einzigen und zwei dicht nebeneinander liegenden Nadelstichen zu unterscheiden, ist an den Fußsohlen viel geringer als an den Fingerspitzen. Auch weiß jeder, dass Blinde besser tasten als Sehende. Ich gebe Ihnen Recht, Sie sind jung, ich alt, und da jede Zeit moderne Sensibilitäten ausprägt: Heutzutage sprechen wir ja immerfort von Blicken, die kalt oder heiß, weich oder hart sind, die stechen und brennen, die stumpf sind oder stählern – ach, alles ist Material, und dies fühlen, spüren wir in der Tat. ›Esse est tangere‹ ist die Devise der epikureischen Jugend! Das erscheint uns Alten, die wir mit dem ›Noli tangere‹ aufgewachsen sind, natürlich verwerflich. Aber auch der niedere Sinn kommt schließlich von Gott. Immerhin hat unser Herr Jesus Christus zu Thomas gesagt, dass dieser ihm seine Hand in die Seite legen soll. Weil, wie er sagte, kein Geist Knochen und Fleisch hat. Und was wäre unser Gottesdienst, dürften wir nicht die Ikonen küssen? Es ist das Elementare, das uns da anrührt. Tasten, Berühren, Spüren, Fühlen – was ist unmittelbarer? Ein Neugeborenes, wann wird es sofort ruhig? Wenn es die Haut der Mutter spürt, ihre Brust und Wärme. Denn es kann nicht sehen, selbst das Hören ist ihm noch weitgehend fremd. Seine Geborgenheit bezieht es aus Fühlen und Spüren. Und es ist ja wahr: Welches Kind seufzt nicht erleichtert auf, wenn ihm nach einem Streit über den Kopf gestreichelt wird? Und später – lächeln wir nicht alle, wenn uns ein Freund, ein Weib umarmt?«

Wonslaw blieb stehen und schloss berauscht von seiner Rede die Augen. Alma deutete Applaus an.

Sarah indes misstraute diesem plötzlichen Ausbruch von Weitsichtigkeit und Toleranz. Sie glaubte nicht, dass Wonslaw wirklich zu diesen Worten stand. Irgendetwas, sagte ihr eine innere Stimme, war falsch an ihm, obwohl sie an dem, was er gesagt hatte, nichts auszusetzen hatte.

Alma ergriff als Erste das Wort. Wichtigtuerisch erzählte sie Wonslaw von Sarahs anatomischen Zeichnungen und ihren Bemühungen um korrekte wissenschaftliche Terminologie. Unverblümt fragte sie, ob er ihr bei einigen Zuordnungs- und Übersetzungsschwierigkeiten vielleicht behilflich sein könnte. Wonslaw nickte begeistert, seine Glubschaugen traten noch weiter hervor.

Als ob er sie in Schleim gebadet hat, dachte Sarah.

Aber was war passiert? Bis jetzt hatte Alma keine Gelegenheit verstreichen lassen, sie zu demütigen. Auf einmal setzte sie sich für sie ein, als sei sie ihr Schützling.
Sarah fühlte sich mehr als unwohl, als Wonslaw anbot, sie dürfe ihn in dieser Angelegenheit gerne besuchen. Andererseits war es genau das, was sie gehofft hatte. Schon Awrom hatte ja angedeutet, dass dieser Arzt dafür in Frage käme. Sarah beschloss, ihr Misstrauen vorerst beiseite zu lassen. Dass Dr. Wonslaw Vorbehalte ihrer Gabe gegenüber hatte – hätte sie dies im umgekehrten Falle nicht auch?
Und dennoch: Seine gelehrten Worte und seine Ausstrahlung hatten etwas von Blüten auf einem Misthaufen an sich.
»Im Übrigen«, sagte er gewichtig, »ist es meine Pflicht, Sarah, Sie mit der Wissenschaft bekannt zu machen.«
Die Burlakowa stöhnte auf. Sie war tief in die Kissen gesunken; ihre Gesichtszüge wirkten wie gemeißelt. Sarah kannte dieses Bild gut. Es war das immer gleiche und leibhaftige Abbild plötzlicher heftiger Schmerzen im Unterleib. Sarah reckte sich, lächelte. Aufregung und Ärger waren vergessen.
»Fangen Sie endlich an, Sarah«, sagte die Burlakowa schwach und wedelte Alma und Dr. Wonslaw davon wie störende Lakaien. »Anschließend trinken wir Tee.«
Die Tür schloss sich. Es war still. Nur der Samowar brodelte leise.
»Sie werden sich danach der Ruhe hingeben wollen, Maria Jakowlewna Burlakow.«
»Wir werden Tee trinken«, sagte die Burlakowa.
Sarah nickte, dachte sich ihren Teil. Ihre Hände wanderten unter die Decke. Einen Augenblick hielt sie inne, um sich

zu konzentrieren. Erst ließ sie ihre Hände schweben, doch schon während sie ausatmete, berührten ihre Finger Haut. Die Oberstwitwe zuckte erst zusammen, dann aber seufzte sie erleichtert auf. Die Falten glätteten sich, die Augen verzogen sich zu Schlitzen. Ihr zufriedenes Grunzen glich einem Schnurren.

Maria Jakowlewna Burlakow döste ein wie eine Katze.

Sarah schlich auf Zehenspitzen hinaus.

»Maria Jakowlewna wünscht zu schlafen«, beschied sie Alma und Wonslaw selbstbewusst.

Nichts darf unbelohnt bleiben.

Morgen würde sich zeigen, ob Chaim Recht hatte.

Drei Behandlungen waren vonnöten, bis die Burlakowa wieder Wasser lassen konnte.

Sarah wurde fürstlich belohnt. Der Lakai der Witwe servierte ihr auf einem Tablett dreimal fünf feuerrote Zehnrubelscheine – und das war beinahe so viel Geld wie Holz, wenn sie daran dachte, dass ein voll beschäftigter Lastträger in Odessa es auf gerade mal einen Rubel am Tag brachte.

Sie hatte einhundertundfünfzig Rubel verdient. Für eine lächerliche Viertelstunde Handauflegen: Darben und Verzicht hatten ein Ende.

Als Erstes schenkte sie der Tante zwanzig Rubel, was mehr war als der Monatslohn des Onkels.

Dann genoss sie Odessa. Sie kaufte sich einen Hut, neue Stiefel, Unterwäsche und einen Mantel. Und natürlich würde sie ausziehen. Ins Zentrum Odessas, dort, wo das Leben lebenswert war.

Masel tow, hatte die Tante nur gesagt. Aber Sarah hatte auch den Neid in ihren Augen aufblitzen sehen.

Seit Sejscha ihr Kobele ins Grab hatte geben müssen, war es mit ihrer Ruhe vorbei. Saß sie früher stundenlang am Hafen oder auf einem der Boulevards, träumte vor sich hin und sang, irrte sie jetzt in der Stadt umher – und dies bei jedem Wetter.

Morgens verließ sie das Armenhaus, abends kehrte sie zurück. Fast ununterbrochen war sie auf den Beinen, gönnte sich keine Rast und aß und trank den ganzen Tag nichts. Woher sie die Kraft nahm, war jedem ein Rätsel. Die Tante meinte, Sejscha wolle sich bewusst in den Tod laufen. Mit dem Rest Verstand, der ihr geblieben war, hoffe sie, mitten im Laufen umzufallen und dann nie wieder aufzustehen.

Aber Sejscha wollte etwas anderes.

Sie suchte Sarah.

Um sich an ihr zu rächen. Denn war es nicht sie, die ihr Kobele getötet hatte? Für Sejscha gab es keinen Zweifel. Sie hatte, was niemand vermutete, wache Augen. Nichts entging ihr. Obwohl sie gebückt ging, erfasste sie die Gesichter der Menschen in Sekundenschnelle. Sie hatte keinerlei Skrupel, Frauen am Kleid oder Mantel zu reißen, wenn sie glaubte, in einer von ihnen Sarah entdeckt zu haben. Ihr maskenhaftes Gesicht verzerrte sich dann vor Hass, aber weil die Vermutete nicht Sarah war, setzte Sejscha blitzschnell eine schuldbewusste Miene auf.

»Wollt ich nicht!«, verkündete sie mit ihrer wohltönenden Stimme und klatschte entschuldigend in ihre Affenhände.

Darauf hastete sie davon.

Nur der Terpentingeruch, den sie hinterließ, erinnerte ihre Opfer daran, dass sie nicht geträumt hatten.

Iwan Iwanowitsch Wonslaws Befinden war von gespannter Aufmerksamkeit. Er freute sich auf Sarahs Besuch, machte sich aber auch Sorgen, ob sein in den letzten Nächten ausgeheckter Plan gelänge.
Er stand extra früh auf, um noch einmal alles bei einem Morgenspaziergang zu überdenken. Immerhin ging es um nichts Geringeres als Sein oder Nichtsein, Existenz oder Bankrott.
Bankrott – seit Tagen spukte ihm dieses Wort im Kopf herum, war so mächtig geworden, dass es selbst seine Libido dämpfte. Heute allerdings war es anders.
Auf dem Meeresboulevard war er der Einzige, doch Wonslaw hatte keine Muße zu schauen. Odessas schönste Avenue, von deren Höhe man Hafen und Meer überblickte, ließ ihn kalt, er wollte nur laufen, sich einfach bewegen.
Zielstrebig steuerte er auf die große Treppe am Ende des Boulevards zu. Die Frau, die ihm dort von unten entgegenkam, schien ein lebender Putzlappen zu sein, so sehr stank sie nach Terpentin. Mein Gott, wie monströs hässlich sind deine Geschöpfe, befand Wonslaw schaudernd und wandte sich angeekelt von Sejscha ab. Wenn es dich überkommt, reicht es wahrscheinlich schon, sich ihre Nase zu imaginieren. Das dürfte dich schon abkühlen.
Wonslaw blieb stehen und sah Sejscha nach. Die drehte sich ebenfalls um und humpelte die Stufen erwartungsvoll wieder hinunter.
»Sag mal«, begann Wonslaw, ohne zu überlegen, und schaute Sejscha so widerwillig wie aufmerksam an, »da oben das Denkmal: Ist das Odessas größter Sohn? Ich bin leider fremd hier.«
Sejscha schüttelte bekümmert den Kopf und rang ihre

affenförmigen Hände. Wonslaw betrachtete auch diese Scheußlichkeit gleichermaßen fasziniert wie angewidert. Dass Sejscha nicht ganz bei Verstand war, sagte ihm schon ihr Gang.

»Sohn? Kobele. Ist tot«, sagte Sejscha.

Wonslaw fand ihre Stimme entzückend. Er zog seine Geldbörse hervor und drückte der Frau ein Fünfkopekenstück in die Hand.

»Tot? Das ist der da oben bestimmt«, sagte Wonslaw belustigt.

Er ließ Sejscha stehen, wollte weg von ihr, nahm jetzt zwei Stufen auf einmal.

Sejscha sah ihm lange nach und stieg die Treppe wieder hoch. Oben angekommen, setzte sie sich auf die Ketten, von denen das Denkmal des Duc du Richelieu, des ersten Gouverneurs der Stadt, geschützt wurde, und begann zu singen.

Sein oder Nichtsein – Wonslaw dachte an Sarah und dämpfte die aufkommende Erregung mit dem Bild Sejschas. Es funktionierte besser, als er gedacht hatte. Und so flanierte er weiter, schließlich war gutes Wetter und Sonntag dazu. Sogar das Glockenläuten klang heute freundlicher. Überall öffneten sich die Haustüren der Kirchgänger. Kaleschen rollten los, Peitschen schnalzten. Wonslaw sah Damen ganz in Weiß oder Schwarz, Offiziere in Paradeuniform, Kinder in Pelzen, Mägde aller Altersstufen.

Kommt überhaupt nicht in Frage, murmelte er. Was nichts anderes bedeutete, als dass er sich Kirche und Gottesdienst nach wie vor verweigerte – was seit Sewastopol der Fall war.

Ob Kitti schon Kunden empfing?
Die vielen Frauen auf den Avenuen taten es Wonslaw immer mehr an. Als er bei seiner momentanen Lieblingsadresse vor der Tür stand, ebbte das Glockenläuten ab.
»Pariser Ansichtskarten?«
Die Frau hatte eine Warze, trug ein immerhin seidenes Kopftuch und war ansonsten ebenso jüdisch wie klein und stämmig. Ihre Ware spickte unter einem Schal hervor, den sie sich um die Hand gebunden hatte.
Wonslaw nickte und kaufte unbesehen den ganzen Stapel. Es war demütigend, aber manchmal, wenn das Geld zu Ende war, musste er sich eben auf diese Art behelfen.
»Verschwinde«, sagte er grob.
Der Türklopfer knallte gegen die Tür. Sankt Georgs Lanze schlug in das Maul des Drachen.
»Kitti ist in der Kirche«, begrüßte ihn deren pausbäckige Kollegin. Sie war ein brünetter Wuschelkopf, an dessen Wangen je ein Schönheitspflästerchen klebte. Sie hatte ihre Augen bereits dunkel geschminkt und duftete nach Orangenparfum.
»Auch recht«, sagte Wonslaw und ließ sich den Mantel abnehmen. »Aber Nora?«
»Ist krank, Iwan Iwanowitsch«, bekam er bedauernd zu hören.
»Ja, und du in Gottes Namen?«, fragte er ungehalten, denn das Mädchen stand in Unterkleidung vor ihm, das Korsett noch nicht geschnürt.
»Unpässlich.«
»Ach – und deshalb bist du nicht in der Kirche?«
»Nun, wenn die Bauchschmerzen vorbeigehen würden ....«

»Alles nebbich für mich, wie?«, brummte Wonslaw.
»Nicht zwangsläufig, Iwan Iwanowitsch«, sagte das Mädchen, griff nach Wonslaws Hand und zog ihn noch ein Stück in den ganz in Beige gehaltenen Salon. »Wenn es Ihnen zusagt: Ich bediene, mit Verlaub, auch über das zweite Stockwerk.«
Das Mädchen öffnete ihren noch nicht geschminkten Mund und schaute Wonslaw viel sagend an.
»Ah – Sein oder Nichtsein«, deklamierte Wonslaw und nickte.
»Ich verstehe nicht...«
»Kannst du auch nicht, mein Kind.«
Wonslaw ließ sich in ein Lederfauteuil nieder, das vor einem mit Seidenvorhängen abgeschirmten Fenster stand. Daneben stand ein Nussbaumtischchen mit einem Silbertablett, darauf zwei Champagnerflöten.
Das Mädchen fragte, ob sie außerdem noch etwas anbieten könne. Wonslaw wiegte unschlüssig den Kopf, entschied sich dann aber für ein Glas Wein. Zusätzlich nahm er vorher noch einen kräftigen Schluck aus seinem Flachmann.
Als das Mädchen mit Wein und geschminkten Lippen wiederkam, hatte er sich schon vorbereitet. Die Lustgefühle, die einsetzten, taten gut. Das Mädchen stöhnte äußerst aufreizend, Wonslaw aber hielt sich an Sejschas Affenhände, ihre Nase und ihr terpentingetränktes Haar.
Aber die Wirklichkeit war um vieles stärker. Es gelang Wonslaw nicht, den Höhepunkt nennenswert hinauszuzögern.
»Setz alles auf die Rechnung«, sagte er und legte wohlig den Kopf in den Nacken. Dabei streichelte er ein wenig den Kopf des Mädchens.

»Wäre ja auch ein Wunder gewesen«, seufzte er und trank nach einer Weile seinen Wein aus.
Wieder draußen, schaute Wonslaw auf die Uhr. Ein Viertelstündchen nur war vergangen, aber er fühlte sich endlich leicht und ausgeglichen.
Sein oder Nichtsein – Iwan Iwanowitsch Wonslaw lächelte. Die Zweifel waren verschwunden. Sein Plan würde für diese Sarah in Odessa nur Nichtsein bedeuten.

Ein seltsamer Morgen! Erst wachte sie auf, weil anscheinend jemand ihren Namen gerufen hatte, dann erschreckte sie der Onkel, weil er ohne Vorwarnung seinen hässlichen Kopf hinter das Bettlaken steckte.
»Damit du nicht vergisst, wie ich aussehe, wenn dir dein Neuer an die Wäsche geht.«
Womit Wonslaw gemeint war, den Sarah heute besuchen wollte.
Das war der Anfang.
Weiter ging es, indem sie sich beim Fingernägelsäubern an Gregors Dolch schnitt. Aber anscheinend war dies immer noch nicht genug – die Tante nämlich verstauchte sich kurz darauf den Fuß. Doch selbst dies reichte nicht. Denn kaum hatte sie ihr die Schmerzen weggestrichen, begann sie zu weinen.
Und als sie begriff, warum, weinte sie mit.
Der Grund war eine Fotografie ihrer Eltern. Auf deren Rückseite stand neben einem Gruß der Satz geschrieben: »Deine Zeit steht in seinen Händen« – ein Zitat aus dem 31. Psalm.
»Ich wollte es dir erst zur Hochzeit schenken. Weil – ich hatte, als du hierher kamst, Angst, du würdest sonst vor

Sehnsucht verrückt werden. Jetzt aber, ach, du bist ja gar keine Braut mehr.«

Die Tante putzte sich die Nase und schaute Sarah so liebevoll an, wie sie es noch nie getan hatte. Sarah presste die Fotografie an ihr Gesicht und küsste sie. Irgendwann legte sie sich auf ihre Pritsche, wo sie den Vormittag über liegen blieb und sich in die Gesichter ihrer Eltern vertiefte.

Sarah kannte das Foto gut. Es war kurz nach der Hochzeit gemacht worden. Ihr Vater trug einen Frack und stand, ihre Mutter saß in ihrem weißen Hochzeitskleid, das am Hals kokett aufgeknöpft war, auf einem Sessel. Und vor allem: Sie trug noch keine Perücke. Das Haar war zu einem Knoten gebunden und mit Kämmen besteckt. Über ihrer Stirn ringelte sich eine Locke.

Sarah begann zu träumen, rief sich die Bilder ihrer Kindheit in Erinnerung.

Darüber schlief sie ein.

Als sie aufstand, war die Tante bereits wieder auf Tour, um ihre so genannten Pariser Ansichtskarten zu verkaufen. Sarah wusste, dass die Tante die Fotos im Vitrinenschrank unter einem Stapel Tischtücher versteckt hielt, aber da sie sich beim Onkel den Trick mit dem Nagel abgeguckt hatte, war sie genau im Bilde, was die Tante verkaufte.

Nahm sie eigentlich immer alle Ansichtskarten mit?

Nein. Sarah zog ein gutes Dutzend hervor. Zwei davon waren koloriert. Sie zeigten jedes Mal denselben Mann und dieselbe Frau. Der Mann kniete in Tropenkleidung neben einer nackten Frau, die auf dem Balg eines Tigers lag und ihren Kopf auf dem Schädel des Tieres abstützte. Sie hatte die Beine gespreizt, die Hand des Mannes lag genau in ihrem Schritt. »Seine Rechte herzt mich«, war die Unterschrift des Bildes, eine Anspielung auf das Hohe Lied Salomos.

Die Frau hielt die Augen geschlossen. Ihr Gesicht zeigte auf allen Fotos den gleichen verzückten Ausdruck.

Wann wohl die Tante zurückkam?

Sarah kämpfte einen kurzen Kampf gegen sich, aber der süße Schauder, der sie überkam, war stärker.

Sie legte sich wieder auf ihre Pritsche. Mit der Fotografie.

Was für ein verrückter Tag, dachte sie. Erst weinst du vor Rührung und Erschütterung, jetzt gibst du dich der Sünde hin. Und dass du dies bei klarem Verstand tust, macht alles noch schlimmer. In der einen Hand hielt sie das Foto, mit der anderen schlüpfte sie unter ihr Nachthemd. Ihr Körper schien nur darauf gewartet zu haben. Er kam ihr bereitwillig entgegen. Alles geschah wie von selbst, während sie auf das Foto schaute. Sarah hörte sich stöhnen, richtete sich auf und schaute sich zu, dann wieder ließ sie sich zurückfallen und schloss die Augen. Als sie zum Höhepunkt kam, kratzte sie sich über die Brust und rutschte von ihrer Pritsche. Der kalte Boden brachte sie augenblicklich wieder zur Besinnung.

Trotzdem blieb sie liegen.

Sie betastete sich weiter. Aber diesmal so, als führe sie an sich eine Untersuchung durch. Dabei nannte sie laut die entsprechenden anatomischen Fachausdrücke. Als sie schließlich an ihr Jungfernhäutchen gelangte, rief sie in den Raum, dass sie den Verstand verloren habe.

Erst sehr viel später zogen in ihren Kopf andere Gedanken ein. Das schmutzige Lachen Onkel Hejnechs ging über in das Kichern Iridnas, nach Gregors Dolch und seinem Schnauzbart verlor sie sich an das Bild von Sejschas Kind.

Dazwischen tummelten sich Erinnerungen aus Nejschin, Stimmen und Geräusche ihrer Cousins, Awroms und Dwossjes, Almas und ihrer Eltern.
Unvermittelt sprang sie auf und legte die Ansichtskarten wieder an ihren Platz. Sie wusch sich so schnell sie konnte und kleidete sich an. Zeit nahm sie sich nur für ihr Haar. Sie bürstete es ausgiebig, steckte es mit Nadeln und Kämmen zusammen und beschloss, sich ein Parfum zu kaufen.

Draußen lag ein Hauch von Frühling in der Luft. In Wahrheit stand in wenigen Tagen das Weihnachtsfest an. Zuerst für die Christen, dann für die Orthodoxen, für die jetzt die Fastenzeit begann. Die Geschäfte der Stadt waren weihnachtlich geschmückt. Die Kinder der Moldawanka bastelten Sterne und schnitzten Engel. Man traf sie auf den Straßen, in Cafés und Restaurants. Was sie verkauften, wanderte in den Topf der Familie, aber es gab immer mal wieder eine gut situierte Dame, die sich ihrer erbarmte und ihnen zusätzlich Schokolade oder Lebkuchen schenkte.
Der Himmel war milchig blau, Odessa roch nach Meer. Sarah bekam große Lust, an den Hafen zu gehen, überhaupt fühlte sie sich unglaublich unternehmungslustig. Ohne zu zögern, schlüpfte sie aus ihrem Mantel und legte ihn sich über den Arm.
»Es ist wirklich so warm wie im Frühling«, freute sie sich – und machte auf dem Absatz kehrt, denn sie hatte nicht nur die Mappe mit ihren anatomischen Zeichnungen vergessen, sondern auch Gregors Dolch.
Und wo hatte sie eigentlich das Foto ihrer Eltern hingelegt?
»Oh, eine Dame von Welt!«
Die Tante war zurück.

Im Schürzenbeutel ihrer ukrainischen Tracht fand Sarah den Dolch. Und die Anatomiemappe lag auf dem Tisch. Doch wo war das Foto ihrer Eltern? Es lag nicht auf der Pritsche, nicht unter ihr, nicht zwischen der Bettwäsche. Sarah überlief es siedend heiß: Sie hatte das Foto zwischen die Ansichtskarten der Tante gesteckt! Wenn die jetzt wieder .... die Vorstellung ließ sie vor Scham schwindelig werden.
Dies war also die Strafe für ihr Treiben.
Trotzdem fragte Sarah nach den Geschäften.
Die Tante war zufrieden. Sie erzählte, sie habe die Ware schnell losbekommen. Ein glubschäugiger Goj habe sie ihr vor einem besonderen Etablissement abgekauft.
»Wann darf ich sie endlich einmal angucken?«, fragte Sarah vorwitzig.
Sie solle es ja nicht wagen, schimpfte die Tante und drohte mit dem Finger. Aber sie war viel zu gut gelaunt, um Sarah wirklich böse zu sein. So probierte Sarah es noch einmal – aber diesmal auf eine Art, die der Tante das nackte Entsetzen ins Gesicht trieb. Sie stellte sich nämlich vor sie hin und erging sich darin, ihr Teile der männlichen und weiblichen Geschlechtsorgane zu referieren.
»Dem Präputium, der Vorhaut des männlichen Penis, entspricht bei uns Frauen das Präputium clitoridis, auch Vorhaut des Kitzlers genannt. Ganz ähnlich ist es mit der Glans, der Eichel des Mannes, bei uns Frauen wird schlicht von Glans clitoridis, der Eichel des Kitzlers, gesprochen. Im Übrigen wird der Kitzler nur sichtbar, wenn man die kleinen Schamlippen, Labia minus pudendi ....«
»Halt den Mund!«
Die Tante hatte die Fassung wiedergewonnen. Sarah hinge-

gen war stolz auf sich. Sie handhabte die medizinische Terminologie souverän. Ihre neu gewonnene Courage war ein Zeichen der Reife. Jung an Jahren, aber alt an Erfahrung. Was ein Orgasmus so alles bewirkte.

»Wann also?«, hakte sie nach.

»Ein andermal. Heute nicht«, quetschte die Tante heraus.

Sarah umarmte sie und eilte wieder nach draußen. Sollte die Tante jetzt das Foto finden, wäre das Donnerwetter bestimmt nicht mehr ganz so fürchterlich. Die anatomischen Studien entschuldigten ebenfalls.

Draußen konnte Sarah sich das Lachen nicht mehr verkneifen. Waren solche Geschichtchen nicht Awroms Kragenweite. Ob sie ihm etwas davon erzählen sollte? Sarah fühlte sich leicht – und völlig erwachsen.

Wonslaw hatte seine Wohnung am französischen Boulevard, einer breiten Allee, die vom Zentrum direkt in die Villenvororte führte. Sarah schaute sich noch einmal nach der Sonne um, bevor sie in den schattigen Innenhof trat, der mit Weinreben bewachsen war. Langsam schloss sie die Tür und betrachtete das Licht, das schmal auf ihre rechte Handfläche fiel. Sie machte eine Faust, als wolle sie es einfangen, und konzentrierte sich auf die Energie, die ihr in den Fingerspitzen kitzelte.

»Und doch bist du wie ein Kind«, sagte sie zu sich. »Spielst mit dem Licht. Willst es mitnehmen zu diesem Dr. Wonslaw?«

Langsam stieg sie die Stufen zu Wonslaws Wohnung hoch – wie betrunken von der gleißenden Sonne. Ihr schwindelte.

Wonslaw schloss Sarah in die Arme, als wäre sie seine Nichte. Für ihn ein phantastisches Gefühl, das mit einem

großen Erregungsschub einherging. Ohne Umschweife führte er sie in sein Arbeitszimmer, dessen eine Wand von einem gewaltigen Arzneischrank beherrscht war. Davor standen ein lebensgroßes Skelett, gegenüber zwei großformatige Tafeln, die Muskeln und innere Organe zeigten.
»In natura alles sehr empfindlich«, witzelte er und zeigte auf die Kartusche einer Granate, die ihm als Papierkorb diente.
Wonslaw überflog Sarahs Zeichnungen und machte ihr Komplimente. Es wäre eine Sache von nur einem Vormittag, die fehlenden medizinischen Begriffe nachzutragen.
»Und, liebe Sarah, ich verrate Ihnen jetzt ein Geheimnis: Glauben Sie bloß nicht, dass ich dies ohne Lexikon tun könnte. Die Studienzeit ist lange her bei mir. Immerhin, ich finde, das gilt heute noch mehr als früher, Wissenschaft und Heilen sind zwei Paar Schuh.«
Wonslaw schaute Sarah verschwörerisch an. Die nickte, runzelte jedoch die Stirn, weil sie Wonslaw anders in Erinnerung hatte. Bei der Burlakowa hatte er die Wissenschaft gegen ihre Quacksalberei ins Feld geführt. Hier nun schien er bemüht, sie auf keinen Fall zu brüskieren.
»Das ist Mary Seacole«, fuhr Wonslaw fort und nahm eine Fotografie von seinem Schreibtisch, die eine Farbige zeigte. »Meine Kameradin. Eine Heldin. Sie starb letztes Jahr. Für ihren Einsatz vor Sewastopol erhielt sie den Krimorden der französischen Ehrendivision. Ach, das waren Zeiten. Wie wir Seite an Seite über die Schlachtfelder gezogen sind, uns unter die Toten und Sterbenden gemischt hatten. Mary verband vor Ort, tröstete die Verwundeten, heilte.«
Sarah schwieg beeindruckt. Wonslaw griff zu seinem Taschentuch und schnäuzte sich.

»Ach, Mary«, begann er gedankenverloren. »Du kamst aus Kingston auf Jamaika. Wo eure Medizinmänner nicht so dumm waren wie wir Weißen damals.«
Wonslaw stellte die Fotografie umständlich wieder an ihren Platz, genau hinter die kleine Seidenrose, die in einer schweren Kristallvase steckte. Dabei erzählte er, dass Mary Seacole eine der wenigen war, die wusste, wie ansteckend die Cholera war.
»Aber weil sie eine Farbige war, wurde ihre Bewerbung als Lazarettschwester abgelehnt. Ihr blieb nichts anderes übrig, als die Sache selbst in die Hand zu nehmen. Im Februar '55 traf sie mit einem Dampfer aus London in Balaklava ein, wollte dort ein Genesungsheim für höhere Dienstgrade einrichten. Wir Ärzte kämpften damals einen aussichtslosen Kampf gegen Cholera und Ruhr im Hospital. Waren zu hoffnungslos überarbeiteten Sanitätern heruntergekommen, die kaum mehr tun konnten, als dafür zu sorgen, dass das Trinkwasser frisch blieb, genügend Chinin und Weingeist vorhanden waren und das Verbandszeug nicht ausging. Über geglückte Operationen konnte sich keiner von uns freuen, denn anschließend steckten sich die Geschwächten mit der Cholera an und starben. Diese Zeit war nur mit Zynismus auszuhalten. So sagte unser Stabsarzt, wer von den Soldaten Flickschusterei und Cholera überlebe, gehöre wegen Verrats an seinen Kameraden erschossen.«
Wonslaw erzählte so spannend, dass Sarah sich in das Fauteuil neben dem Skelett setzte und neugierig zusah, wie Wonslaw aus einer Karaffe Wasser in zwei Becher füllte. Er zog ein Kästchen aus dem Arzneischrank und entnahm ihm mit einem Spatel eine kleine Menge braunen Pulvers, das er

ins Wasser rührte. Bevor er Sarah das Glas in die Hand drückte, nahm er selbst einen Schluck.
Sarah tat es ihm nach, es schmeckte nach Zimt.
Wonslaw lächelte, nickte ihr zu.
Dann erzählte er weiter.
Sarah fiel in wohlige Entspannung und fand, dass sie lange nicht mehr so gut unterhalten worden war. Selbst von Awrom nicht. Sie bildete sich fast ein, die Eierkuchen und Plätzchen riechen zu können, die Mary Seacole den Kranken und Verwundeten am Kai von Balaklava reichte.
»Limonade auszuschenken und Kuchen zu verfüttern – mehr erlaubten ihr die Hospitalärzte nicht. Was sich erst änderte, als sie einen Unteroffizier so weit durchbrachte, dass er ins vier Tage entfernte Hauptlazarett in Skutari verbracht werden konnte. Skutari, wissen Sie, die Briten unterhielten dort einen Stützpunkt. Es liegt Istanbul gegenüber. Auf der anderen Seite der Meerenge.«
Wonslaw schenkte Wasser nach. Sarah empfand es fast als Störung. Sie fühlte sich wie in Watte gepackt, wollte nur noch zuhören.
»Wie brachte sie den Unteroffizier denn durch?«, fragte sie neugierig.
Wonslaw musterte Sarah ein wenig zu belustigt, wie sie fand, aber das Opium, das er ihr in den Zimt gemischt hatte, tat bereits seine Wirkung.
»Hiermit«, sagte er und trank sein Glas aus. »Natürlich noch mit anderem. Der arme Kerl hatte zwei Steckschussoperationen überlebt, bekam aber fünf Tage nach der Operation den typischen wässrigen Durchfall. Unser Stabsarzt gab ihn sofort auf und knurrte, dass die Kerle jetzt schon so frech seien, sich erst noch operieren zu lassen.«

»So ein Unmensch«, sagte Sarah.
»Der teure Weingeist! Das Opium, das Verbandszeug – ein Jammer. Erst will er verbluten, jetzt geht er stiften über die Scheißerei.«
Wonslaw imitierte den zynischen Ton des Stabsarztes und prüfte, ob Sarah an seiner derben Ausdrucksweise Anstoß nahm. Die aber trank ihr Wasser und musste sich beherrschen, nicht ihre Beine anzuziehen, um das Kinn darauf abzustützen.
»Wenn Sie mich ließen, ich brächte ihn durch, meinte Mary, die gerade Limonade ausschenkte, als Visite war. Längst war sie der Liebling der Soldaten – der schwarze Engel mit der weißen Seele. Wen sie pflegte, der schwor, falls er durchkäme, sie nie zu vergessen. Aber der Herr Stabsarzt las ihr die Leviten: Selbst wenn nur noch er und sie allein im Hospital wären, eine Farbige dürfe keine Verantwortung für weiße Männer übernehmen.«
»Aber sie wären doch alle gestorben?«, begehrte Sarah auf.
Wonslaw strahlte vor Vergnügen. Er steckte seinen Kopf aus dem Arbeitszimmer und rief seinem Burschen zu, er solle sich bereithalten, in Kürze zu servieren.
»Das Gleiche sagte Mary auch«, fuhr Wonslaw fort »Und so schlug sie vor, der Stabsarzt dürfe sie an die Russen ausliefern, wenn sie den Unteroffizier nicht durchbringe.«
»Wie mutig!«, rief Sarah.
Sie reichte ihm die Hand und ließ sich aus dem Fauteuil helfen. Wonslaw legte Sarah den Arm um die Schulter und führte sie in das Esszimmer, wo bereits gedeckt war.
Sarah fühlte sich geschmeichelt. Sie ließ sich Wein einschenken und schnupperte undamenhaft über die Hühnersuppe, die ihr serviert wurde. Wonslaw entschuldigte sich,

dass er sie mit seinen Erinnerungen so lange aufhalte. Sie müssten sich jetzt unnötig mit dem Essen beeilen, denn er erwarte noch einen Gast, der sehr neugierig sei, ihre Fähigkeiten kennen zu lernen.

Sarah interessierte es wenig. Sie wollte wissen, womit Mary Seacole den Unteroffizier behandelt hatte. Nach der Suppe war es ihr kaum möglich, noch etwas zu essen. Aus Höflichkeit zwang sie die Hälfte des geräucherten Makrelenfilets hinunter und schaffte auch noch ein paar Bissen Fleisch.

»Teuerste, Sie sehen blass aus«, hörte sie Wonslaw wie aus der Ferne sagen. »Ist Ihnen nicht wohl?«

»Ich glaube, meine Neugier und der Wein haben mir ein bisschen den Appetit genommen«, sagte Sarah und schämte sich, dass sie ausgerechnet jetzt eine so schlechte Figur machte.

Sie ahnte nicht, dass Wonslaw auch ihren Wein mit Opium angereichert hatte. Dass sie sich nicht mehr konzentrieren konnte, führte sie aber auf die Mischung in ihrem Bauch zurück. Zu Fisch und Suppe hatte es Weißwein gegeben, zum Fleisch einen Roten und zum Dessert, von dem sie nur ein Stück Birne aß, trank sie jetzt einen süßen Tokajer.

Wonslaw stellte sich neben sie und legte ihr die Hände auf die Schultern. Gierig sog er den Duft ihres Haars ein. Sarah war es unangenehm, aber sie fühlte sich zu entschlusslos, um Wonslaw ihren Widerwillen zu zeigen.

Zum Glück öffnete er das Fenster.

Sarah erhob sich schwerfällig und lehnte sich weit hinaus. Die kalte Luft erschien ihr so köstlich wie einem Verdurstenden ein Glas Wasser. Nach einer Weile gesellte sich Wonslaw zu ihr, stellte sich direkt hinter sie. Nur eine Fingerbreite trennte seinen Unterleib von Sarahs Hüften.

Noch nicht, sagte er auf Englisch und mit geschlossenen Augen.
Er hatte sich völlig in der Gewalt.
»Bitte?«
»Ich meine, wie es weiterging, ist schnell erzählt«, fuhr Wonslaw fort. »Mary verabreichte nur abgekochtes Wasser und päppelte ihren Unteroffizier mit Senfpflastern hoch. Diese Methode habe ich übernommen, auch ihr Zimtwasser. Mary lehrte mich, dass es adstringierend und appetitanregend wirkt. Vor allem aber blutsäubernd. Und was die Senfpflaster anging: Sie klebte sie auf Wirbelsäule und Nacken, um dort, wie sie sagte, die Körpertemperatur zu erhöhen. So packte sie den Unteroffizier nicht nur in Decken, sondern zog ihm auch noch Wollsocken an. Das Herz müsse warm bleiben, sagte sie, nur dann habe es Kraft. Sie glaubte daran. Und es half. Das Allerwichtigste aber, das sie predigte, war Sauberkeit. Heute, nach der Entdeckung der Bakterien, wissen wir, wie Recht sie damit hatte. Damals glaubten wir alle noch an Miasmen. Gegen die wir mit Heilkräutern anräucherten. Oh ja – die Wissenschaft bringt schon Fortschritte.«
»Dr. Wonslaw, Sie haben mir etwas gegeben, nicht wahr?«, sagte Sarah und drehte sich langsam um.
Sie war blass, ihre Pupillen hatten nur noch die Größe eines Stecknadelkopfes. Bei jeder Bewegung, die sie jetzt tat, glaubte sie, zu schweben. Gewaltige Entfernungen schienen zischen ihr und Wonslaws Sessel zu liegen.
Wie sollte sie es allein so weit schaffen?
»Liebe Sarah – so ein Unsinn«, beruhigte sie Wonslaw und schloss das Fenster.
Sarah begriff, dass sie nicht mehr Herrin ihrer selbst war.

Sie wollte schreien, aber kein Ton kam über ihre Lippen. Angst befiel sie. Noch nie hatte sie plötzlich so viel Angst verspürt. Sie verkroch sich in ihren Sessel – doch der schien auf einmal immer tiefer zu werden. Wonslaw dagegen wurde immer größer. Zum Glück blieb er freundlich und begann von der wunderbaren Kraft der Liebe zu philosophieren, die sie besitzen müsse, wenn sie der Burlakowa habe helfen können.
»Und daran, dass gleich ein Gast kommt, der hofft, dass Sie Ihre Kräfte gegen seine Migräne richten, können Sie ja schon ermessen, dass ich Ihnen nicht übel will. Den Vorwurf, den ich mir aber mache, betrifft die Weine. Sie sind jung, ich dagegen bin ein trinkstarker Haudegen. Ich gebe Ihnen etwas gegen Ihre Benommenheit. Es wird Ihnen gut tun.«
»Nein, bitte nicht!«
Tränen traten in ihre Augen. Sie wollte Wonslaw zurückziehen, aber ihre Arme gehorchten ihr nicht mehr. Irgendeine Kraft hielt sie fest, und dann – was sollte sie auch gegen einen Mann ausrichten, der schweben konnte und sich vor ihren Augen in eine Art lebendige Lohe verwandelte?
Die Zeit setzte aus. Wonslaws Salon verwandelte sich in einen riesigen Tempelsaal. Von den Fenstern her wogten kolossale Lichtermeere, aus denen Sonnenstrahlen hervorschossen. Sarah fühlte sich von ihnen auf schmerzlose Art durchbohrt, lernte aber, wie sie mit den Strahlen jonglieren und ihnen die Farben des Regenbogens entlocken konnte. Phantastische Räume entstanden, perspektivverzerrte Welten, in denen Sarah glaubte, die umherfliegenden Gegenstände wieder einfangen zu müssen. Und dann die Geräu-

sche – dieses Rauschen und Rumoren, das sich hinter den Lichtermeeren und Spiegeln versteckt hielt und plötzlich mit schrillem Pfeifen an ihren Ohren vorbeibrauste, als seien es Dämonen.

»Nein, nicht mehr, Iwan Iwanowitsch«, stammelte Sarah, als plötzlich ein Mann vor ihr stand, der so breit war, dass er mit seinem Leib den Tempelsaal auseinander drückte. Aber das saure Getränk, das ihre Lippen netzte, tat gut, und die Fee, die aus der Achselhöhle Wonslaws hervorkroch, lächelte wie ihre Mutter.

»Haben Sie ein Quäntchen Zeit für mich?«, hörte Sarah eine merkwürdig echoartige Männerstimme. »Bitte, es soll nicht umsonst sein.«

Es dauerte lange, bis Sarah den Sinn der Worte begriff, doch schließlich erhob sie sich. Auf einmal war alles wieder halbwegs normal. Vor ihr stand ein Mann, der sich auf Wonslaws Arm stützte. Er war in einen schwarzen Gehrock gekleidet und sah mit seiner Rundbrille und den mageren Gesichtszügen aus wie der Advokat schlechthin. Sarah wusste sofort, dass er krank war, denn seine Augen bestanden aus zwei nervös flackernden Schlitzen, über denen die Stirn zuckte.

»Sehen Sie, Sarah«, sagte Wonslaw, »ein bisschen Zitronensaft, Eiswasser und ein paar Bitterkräuter für den Kreislauf, und schon fühlen Sie sich besser. Fjodor Michailowitsch Kreskin, der sich auf Empfehlung unserer Burlakowa hier eingefunden hat, bittet, Sie gestatten den Scherz, um Ihre Hand. Dürfen wir hoffen, dass Sie ihn und mich nicht enttäuschen?«

Wonslaw sprach übertrieben höflich, aber mit stechendem Blick. Sein glubschäugiges Gesicht wirkte auf Sarah unnatürlich aufgedunsen, so, als ob es jeden Moment zerplatzen könnte.

»Wenn es weiter nichts ist«, sagte Sarah und bewegte die Finger, als sei sie eine Pianistin.

Wollte Wonslaw sie auf die Probe stellen? Weil er nicht glauben wollte, was die Burlakowa ihr längst mit etlichen Rubeln honoriert hatte? Sarah fühlte sich unendlich siegessicher und ärgerte sich, die letzte Stunde ein so erbärmliches Bild abgegeben zu haben. Dass ihre Hände bis jetzt keine Signale empfingen, irritierte sie zwar, aber dies konnte auch bedeuten, dass dieser Kreskin keine allzu großen Schmerzen hatte.

Diese Behandlung ist ein Spaziergängchen, redete sie sich ein. Obwohl sie Lust hatte, kräftig zu gähnen, glaubte sie, wieder voll und ganz über sich zu verfügen.

»Ich werde Sie bestimmt nicht enttäuschen«, sagte sie.

Kreskin setzte sich in den Lesesessel und schloss die Augen. Sarah stellte sich hinter ihn und tat so, als modelliere sie um seinen Kopf eine unsichtbare Hülle.

»Es wird schon besser, nicht?«

Kreskin grunzte, es klang wenig freundlich.

Sarah griff nach dem Glas mit dem Zitronenwasser, das ihr Wonslaw hinhielt, und trank es in einem Zug aus. Wieder konzentrierte sie sich auf ihre Hände. Doch das Opium hatte die Verbindung zwischen ihnen und ihrem Geist unterbrochen.

Noch ein Versuch. Nervös kreisten ihre Hände um Kreskins Kopf. Schließlich legte sie sie auf.

Doch statt Energie zu verströmen, brach ihr der Schweiß aus. Ihre Hände waren kalt. Kreskin schüttelte unwillig den Kopf.

»Widerlich!«, blaffte er los und schnellte aus dem Sessel. »Iwan Iwanowitsch, ich hätte auf Sie hören sollen!«

Sarah glaubte, ihr Herz bliebe stehen. Mit einem Schlag begriff sie Wonslaws Spiel. Die Angst, womöglich ihre Gabe verloren zu haben, wurde so groß, dass sie einen Anfall von Schüttelfrost erlitt. Der Boden unter ihr begann zu schwanken, wölbte sich schließlich zu einem Ungeheuer auf, wie nur Klejna es sein konnte. Sarah ruderte mit den Armen in der Luft, rief nach Hilfe.

Darauf brach sie zusammen.

Eine Höllenfahrt setzte ein, in der Kreskins Verwünschungen mit zerstörerischer Gewalt über ihr zusammenschlugen. Sie verstand kein Wort. Die Laute waren wie kreischende Dämonen, klatschten ihr wie Ohrfeigen gegen den Kopf – Ohrfeigen, die sehr leiblich schmerzten.

Wonslaw bellte wie ein Hund, verwandelte sich in eine Bestie. Sarah versuchte, vor ihm wegzurutschen, flüchtete sich in das Licht einer Kerze. Es war ein wohltuendes Licht, das Liebe ausstrahlte und zu dem fliegen zu können sie sehnlichst wünschte.

Als Sarah die bekannte warme Stimme ihres Großvaters hörte, wusste sie sogleich, dass er nicht das erste Mal gerufen hatte. Sie wollte gerade antworten, doch da fühlte sie sich schon an der Hand gepackt und fortgezogen. Gleichzeitig überkam sie das Gefühl, etwas getan zu haben, das sie nicht hatte tun dürfen. Doch sosehr sie auch nachdachte, ihr fiel nicht ein, was es gewesen sein könnte. Sie überlegte, ob es Sinn machte, jetzt die Augen zu öffnen, obwohl sie wusste, dass sie blind war, doch da sah sie bereits, wohin der Großvater sie mitnahm.

Sie sah, weil er zu erzählen begonnen hatte und jedes seiner Worte sich augenblicklich in Bilder verwandelte. Sarah kannte die Schlucht nicht, in der sie gingen, trotzdem war sie voller Zutrauen. Aber auch neugierig.
»Wohin führst du mich, Großvater?«, fragte sie, während die Schlucht sich zu einem gewundenen Pfad verengte.
»Na, zu dir«, hörte sie ihn belustigt antworten. »Wohin denn sonst?«
Die Hand löste sich aus ihrer, und auf einmal spürte Sarah, wie sie über den Pfad flog. Er löste sich in einem hellen Schemen auf und war auf einmal verschwunden. Als sie wieder etwas sah, spürte sie auch die Hand des Großvaters wieder, der ihr mit einem verschmitzten Lächeln in der Stimme erzählte, dass sie jetzt in der Mitte der Erde angelangt seien.
Sarah blickte sich um und bemerkte, dass sie auf einem Plateau stand, das von bizarren Felswänden umgeben war. Dahinter erhoben sich schneebedeckte Berggipfel, die von ungeheuerer Höhe waren. Es war Nacht, die Sterne blitzten am Himmel.
»Was siehst du?«, fragte der Großvater.
»Alles und nichts«, hörte Sarah sich vorwitzig sagen.
»Dann schließe die Augen.«
Sarah tat, wie ihr geheißen, und fühlte, wie der Großvater seine Hand vor ihre Augen hielt und auf Hebräisch laut Hephatha! rief, was so viel bedeutete wie: Tue dich auf!
»Und was siehst du jetzt?«
Sarah bemerkte zwei Felsen vor sich, beide auf den ersten Blick gleich hoch und voller Klüfte und Schrunden. Sie musste unwillkürlich lächeln, als sie einen von ihnen betrachtete, und bekam große Sehnsucht, auf ihn zuzufliegen,

weil sie plötzlich mit absoluter Sicherheit wusste, dass sie dort etwas sehr Schönes finden würde. Doch sie fühlte sich wie festgewachsen. Also betrachtete sie den anderen Felsen, der, sobald sie auf ihn zuging, viel größer erschien als der andere.

»Großvater, was soll ich tun?«, fragte sie und machte einen Schritt vorwärts.

Als sie sich umschaute, kniete der Großvater in weiter Ferne auf dem Plateau und betete. Sarah vermisste seine warme Hand und wollte wieder zurückgehen, doch neugierig, wie sie war, sah sie noch einmal in Richtung des Felsens.

War es möglich, dass der Felsen ein Gesicht hatte?

Sarah trat noch einen Schritt vor, und da erkannte sie, dass sich aus den Schrunden und Klüften ein Antlitz ergab, das ihr bekannt vorkam.

Sie lächelte, das Antlitz schien zurückzulächeln.

Also entschloss sie sich, noch einen Schritt zu tun.

Jetzt sah sie, dass die Schrunden und Klüfte mit bunten Steinen besetzt waren und das Antlitz höchst lebendig war. Es betrachtete sie mit ruhigen, aber durchdringenden Augen, denen nichts verborgen blieb. Sarah spürte, dass das Gesicht ihre Aufregung verstand und nicht minder neugierig war wie sie. Weil sie nicht weiterwusste, breitete sie die Arme aus, und da war es ihr plötzlich, als könne sie sich selbst durch die Augen des Felsantlitzes betrachten. Sie sah sich und das Plateau, in weiter Ferne den betenden Großvater und neben sich den Fels, zu dem sie so gerne hingeflogen wäre. Sie spürte ihren Körper, fühlte ihre Unruhe und Neugier. Für einen schicksalhaften Augenblick wurde sie mit dem Antlitz im Fels eins, dann stand sie plötzlich wieder neben ihrem Großvater und spürte seine warme Hand.

Aber anders als vorhin sah sie das Antlitz jetzt noch immer ganz deutlich. Entdeckte sogar, dass es von schwarzem Haar eingerahmt war, sanft geschwungene Augenbrauen hatte und volle Lippen.
Und noch etwas fiel ihr auf.
Zum Antlitz der Frau gehörte ein Körper, der gekleidet war wie der von Kriegerinnen uralter Zeiten: in ein seitlich offenes, in der Taille gegürtetes Hemdgewand mit Spange über der Schulter. Die Brust war mit silberbeplanktem Lederbesatz verstärkt, die Waden mit Lederriemen umbunden. Die Frau war eine Kriegerin, aber eine ohne Waffen. Dafür aber mit Händen, die wie Diamanten funkelten.
»Wer ist sie?«, fragte Sarah. »Warum schaut sie mich so an und sieht wie eine Kriegerin aus?«
Der Großvater tat erstaunt.
»Du erkennst dich nicht, Sarah? Hast du dich nicht immer selbst wie eine Kriegerin gefühlt und warst bereit, alles zu wagen? Diese Frau ist deine Seele, Sarah. Höre, was sie dir zu sagen hat.«
Der Großvater berührte mit beiden Händen Sarahs Ohren und sagte wieder laut Hephatha! Da konnte Sarah verstehen, was das Antlitz im Felsen sprach:
»Was jetzt ist, gleicht immer zu einem großen Teil dem, was einmal war. Und wie einstmals im tiefsten Innern der Erde das Böse gegen das Gute kämpfte, so kämpft auch heute noch das Gute gegen das Böse. Stets gab und gibt es auf beiden Seiten Kriegerinnen, die sich in diesem Getümmel wohl fühlen, ihre Fähigkeit zur Mutterschaft eine Weile vergessen und auf dem ewigen Schlachtfeld das Schwert führen.
Eine dieser Kriegerinnen kämpfte auf der Seite des Guten.

Sie war tapfer wie die größten Helden des Schwertes und versetzte viele von ihnen in höchstes Erstaunen. Überall, wo die Schlacht am härtesten tobte, war sie zu finden, wo sie für Brüderlichkeit und Barmherzigkeit, Liebe und Geduld focht. Weil sie unermüdlich kämpfte, gewann die Seite des Guten. Ihre Mitstreiter suchten sie, doch niemand konnte sie finden. Sie war weder unter den Lebenden noch unter den Toten.

Zum Andenken an sie meißelten ihre Mitstreiter ihr Bild in diesen Felsen. Sie ist die einzige Frau, der je solch eine Ehre zuteil wurde.«

»Hast du verstanden, was die Kriegerin erzählt hat, Sarah?«, wollte der Großvater wissen.

»Ja«, antwortete Sarah und bemerkte verwundert, dass sie bereits wieder über dem Pfad schwebte, den sie gekommen waren. »Das Gute wird im Kampf gegen das Böse siegen.«

»Das ist richtig, Sarah«, sagte der Großvater. »Aber da ist noch etwas.«

Sarah fand sich in der Schlucht wieder, begegnete aber diesmal Menschen, von denen ihr einige bekannt vorkamen.

»Das andere, Sarah«, fuhr ihr Großvater fort, »ist, dass du zu dir selbst finden musst, weil es dir bestimmt ist, eine Kriegerin zu sein, so wie das Antlitz gesagt hat. Und erinnere dich: Nach dem Sieg verschwand die Kriegerin nicht, sondern lebte weiter und wird auch ewig im Schoß von Mutter Erde leben. Immer wieder wird sie aus der Tiefe heraufsteigen und die Gestalt verschiedener Frauen annehmen. Es werden jene Frauen sein, die den Kampf gegen das Böse auf sich genommen haben.«

»Aber mit welchen Waffen?«, fragte Sarah.

»Mit denen, die ihnen eigen sind«, erhielt sie zur Antwort. »Aber manchmal auch mit denen, die sie bei sich tragen.«
Es klang nicht glücklich. Und die Dunkelheit, die sie plötzlich umgab, machte ihr Angst. Sie verschluckte den Großvater, der zu einem Lichtpunkt schrumpfte. Sarah versuchte angestrengt, seine Konturen aufzulösen, doch was sie dabei erlebte, ließ ihr das Haar zu Berge stehen.

Sie befand sich in einem Tunnel, in dem Iwan Iwanowitsch Wonslaw sie verfolgte. Er wurde mit jedem Schritt größer, wuchs sich aus zu einem Titanen. Sie begann zu schreien, aber Wonslaw lachte nur. Der Boden erzitterte unter seinem Gewicht, und die Worte, die er sprach, klangen so höhnisch wie ein grotesker Marsch.
Wonslaw äußerte sich bekümmert über den Vertrauensverlust seiner Patienten in seine ärztliche Kunst. Dabei schien er zu tanzen und das Zaubern gelernt zu haben. Sarah staunte, dass er auf einmal die Ansichtskarten ihrer Tante in der Hand hielt und die nackten Frauen darauf viel größer erschienen, als sie eigentlich sein konnten.
Sarah gelang es, sich in dem Tunnel aufzurichten. Sie wunderte sich, dass sie nicht mit dem Kopf an die Decke stieß, doch da wurde sie schon an den Haaren gepackt. Wonslaw zerrte ihren Kopf in Richtung seines Schoßes. Und der war plötzlich nackt. Alles Entsetzen nützte nichts, Wonslaw hätte ihr alle Haare ausgerissen. Sie musste es geschehen lassen, dass er sein pulsierendes Stück Fleisch gegen ihre Lippen stieß.
Der Ekel ließ Widerstand und Willen wachsen. Die Kräfte nahmen zu.

Sie packte Wonslaw an seiner Weste, ihr Kopf kam frei. Sarah schnellte nach hinten, doch Wonslaw haschte, während sie fiel, nach ihrem Kleid. Stoff riss. Und schon einen Augenblick später lag er auf ihr. Wenn sie es anders wolle, sei es ihm auch Recht, geiferte er und ging ihr mit einer Hand an den Hals, während er sich mit der anderen daranmachte, ihr das Kleid hochzuschieben.
Sarah wollte sich schon aufgeben, da erinnerte sie sich plötzlich an ihre Vision. Und hörte die Stimme ihres Großvaters: Sie solle mit den Waffen kämpfen, die ihr bestimmt seien, aber auch mit denen, die sie bei sich trage.
Der Dolch!
Zwischen Schmerzen und Angst wirbelten Sarah die Namen von Gott und Gregor Nikolajewitsch durch den Kopf, während Wonslaws Finger sich bereits in ihr Schamhaar krallten. Er zwängte sein Knie zwischen ihre Schenkel, und dies mit so kalter und konzentrierter Miene, als lese er ein schwieriges Buch. Es kostete Sarah größte Überwindung, Wonslaw nicht von sich zu drücken – wozu ihr ohnehin die Kraft gefehlt hätte. Stattdessen gelang es ihr, eine Hand zwischen sich und ihn zu bekommen. Als sie das Futteral des Dolches ertastete, schöpfte sie Hoffnung. Es dauerte unendlich lange, bis sich ihre Finger in die Tasche des Kleides vorgearbeitet hatten und sie den Griff zu fassen bekam. Das eingelegte Perlmutt – sie konnte es spüren. Sarah war, als würde ein Licht aufgehen.
Sie stach zu.
Wonslaw schrie auf.
Sarah stieß noch einmal zu, trieb damit Angst und Grauen aus sich heraus. Wonslaw kippte stöhnend auf die Seite, das Gesicht verzerrt vor Schmerz. Sarah holte aus zu einem

dritten Stich, am liebsten hätte sie Wonslaw in Stücke zerhackt. Doch er konnte ihr schon nicht mehr gefährlich werden.

Du sollst nicht töten! Das fünfte Gebot.

Gregors Dolch in der blutbesudelten Hand, fand sie sich auf dem Französischen Boulevard wieder.

Sarah rannte los. Es war bereits dunkel. Zum Glück reichte der Schein der Gaslaternen nicht bis in die Mitte der Allee. Kaum einer achtete auf sie. Niemand sah das Blut und den Dolch.

Das Grauen peitschte sie vorwärts. Die Angst, nie wieder mit ihren Händen heilen zu können, raubte ihr fast den Verstand. Doch auch das Opium gab sie noch nicht frei. Die Zeit wurde wieder unwirklich wie in einem Traum. In ihrem halb wachen, von dem Schock und der Droge gemarterten Hirn begriff Sarah, dass sie in einen der Villenvororte geflüchtet war.

Das Meer rauschte, der Wind frischte auf.

Wasser, durchfuhr es sie. Du musst dich rein machen.

Am Strand war kein Mensch. Ihre Begleitung war allein der Mond. Sarah fand keinen Halt mehr im Sand, wieder schien der Boden zu schwanken. Ihre Füße schleppten sie willenlos voran, und der Wind trug ihr plötzlich Geräusche zu, die sich anhörten wie die Seufzer körperloser Geschöpfe. Das Meer vor ihr schimmerte rot, irgendwo am Himmel flatterten seltsame Wesen.

Das Wasser züngelte nach ihr, sein Schaum war bitter. Der schale Geschmack und die Kälte brachten sie schnell wieder zur Besinnung. Sarah wusch sich, rieb ihre Hände mit Sand ab und spritzte sich Wasser auf das Kleid – dies jedoch so wild, dass ihre Hände zu schmerzen begannen. Sie fühlten sich an, als hätten sie in Schnee gewühlt, brannten wie eine offene Wunde.

Du wirst erfrieren!

Sarah rannte am Wasser entlang, gelangte irgendwann an einen steilen Hang. Sie hielt sich an Ginster und vertrocknetem Wermut fest, erklomm unter größten Anstrengungen einen Felsvorsprung nach dem anderen und gewann so langsam an Höhe. Jeder Griff wurde zu einer Flut von Reizen. Ob Stein oder Pflanze, Erde oder Sand – Sarah schien es, als entwickelten ihre Hände ein Gedächtnis, so deutlich und körperlich prägte sich ihren Händen die belebte und unbelebte Natur ein.

Und sie kletterte immer weiter. In der Tiefe rumorte das Meer wie ein unbekanntes Tier, das mit seinen Pranken an Felsen und Strand schlug. Das Mondlicht beleuchtete die Wellen, zauberte aus der Gischt eine Wolke silbrigen Sprühregens. Sarah verspürte das Verlangen, sich in das Mondlicht zu werfen und sich in der Unendlichkeit aufzulösen. Sie griff nach dem Mond, haschte nach seinem Licht und verstaute es schließlich in ihrem Kleid neben Gregors Dolch.

Darauf ließ sie den Wind mit ihren Fingern spielen und konzentrierte sich auf die tausendfachen Nuancen seiner Berührung. Die Natur, nein die ganze Welt kam ihr auf einmal vor wie ein Buch, das mit geheimnisvollen Zeichen und Namen voll geschrieben war. Einen Teil der Eintragungen konnte sie mit ihren Fingern lesen, fühlte, wie zweckmäßig alles war. So spürte sie den Rippen verschiedener Gräser und Kräuter nach und ließ ihre Hände die stillen Ströme hinter der Rinde der Bäume erlauschen. Sie entdeckte das wunderbare Glitzern der Tautropfen und fühlte aus ihrem

Erzittern die Macht der Schöpfung. Gottes Buch ist die Natur, erkannte sie, es ist ein unendliches Gedicht mit unendlich vielen Versen. Er allein macht die Lieder dazu, er ist es, der in den Himmel greift, wo Sterne und Planeten musikalischen Notenzeichen glichen. Und nur er allein versteht es, diese Noten zu Harmonien zu verbinden.

Sarah fand endlich Ruhe. Aber die Kälte und der Wind trieben sie weiter. Während sie durch die Vegetation der Steilküste streunte, bat sie Wonslaw um Verzeihung.

Aber welche Wahl hätte sie gehabt? Konnte sie klüger handeln als sein Schicksal?

Nach einer Weile sah sie Licht.

Es drang aus einer der vornehmen Villen, in denen die Oberschicht ihre Sommerfrische verbrachte. Jetzt, im Winter, waren sie in ihren Stadtwohnungen, aber kaum einer ließ die Villen längere Zeit unbeaufsichtigt. Zu ihrer Bewachung wurde Personal abkommandiert, in der Regel ein kräftiger Bursche mit Hund, der es sich im beheizten Salon bequem machen durfte.

Wer nicht lesen konnte, starb vor Langeweile.

Sarah machte sich gar nicht erst die Mühe, um das Haus herumzuschleichen. Dazu fror sie zu sehr. Sie vertraute ganz auf die Rubel, die sie bei sich hatte.

Da schlug auch schon der Hund an.

»Aufmachen!«, rief Sarah.

Der Bursche war jung, blond und kräftig.

»Wie auch immer du heißt«, sagte Sarah. »Ich gebe dir dreißig Rubel, wenn du nicht fragst und nichts erzählst.«

Der Bursche zögerte.

Er schaute sich nach seinem Hund um, der unablässig kläffte.

Sarah streckte ihm ihre Rechte entgegen.

»Ich würde das nicht tun.«

Doch der Hund schnappte nicht zu, sondern ließ sich über den Kopf streicheln.

»Dreißig Rubel?«

Sarah nickte und zog drei Scheine aus der Tasche.

Noch in der Nacht warf der Bursche ihr Kleid ins Meer. Sarah ließ sich das Haar abschneiden und schrieb an Awrom. Am nächsten Abend stand sie im grauen Kleid eines Dienstmädchens am Bahnsteig.

Als der Zug einfuhr, warb ein Zeitungsjunge mit ihrer Bluttat um Kundschaft.

Der Bote, der Sarahs Brief brachte, war ein jüdischer Junge aus der Moldawanka. Sarah hatte ihm eingeschärft, den Brief nur persönlich auszuhändigen. Aber Alma gab ihm eine Ohrfeige und riss ihm den Brief einfach aus der Hand.

Je mehr sie las, umso schadenfroher wurde ihr Gesicht. Auch ihr Onkel hatte sich mit derlei Ansichtskarten in Stimmung gebracht – die er ebenso oft von den Juden kaufte, wie er sie beschimpfte.

»Viel Glück, Sarah.«

Alma zerriss den Brief und warf das Papier ins Kaminfeuer.

Awrom machte sich gerade im Schlafzimmer für die »Zwei Tatzen« zurecht.

Dass er zu spät kam, daran war Alma schuld.

Sie war so leidenschaftlich wie früher. Awrom konnte sie wieder lieben – mit der Wildheit eines Wolfs.

Fünftes Kapitel

Sarah glaubte ihren Ohren nicht zu trauen: Sie würde in einem Haus an der Côte d'Azur leben – hoch über dem blauesten der Meere. Die Wände schneeweiß gekalkt, auf dem Dach Ziegel im Ton reifer Aprikosen, die Böden bedeckt mit frisch gebrannten Terrakottafliesen. Und, natürlich, im Salon ein wandhoher Kamin, umrahmt mit Simsen von kostbarem Porzellan. Umgeben von Pinienmöbeln, dick gepolstert und blütenfarbig, würde sie an Wochenenden und Feiertagen ihre Muße genießen – vom Erwachen am späten Vormittag bis zum Funkeln der Sterne in samtblauer Nacht. Das Haus hätte einen mächtigen Garten mit alten Olivenbäumen und über die Terrassen würde eine steile Treppe zwischen Weinreben und Zitronensträuchern zum eigenen Strand führen.

»Dann der Duft! Nach Mimosen und Harz, nach Zitronenblüten, Minze, Oregano, Thymian, Lavendel! Ich sage dir – wenn wir dies hier hinter uns haben, dann wird alles Wirklichkeit. Dann schneiden wir uns ein Stück vom Paradies ab. So wahr du mein Goldschatz bist.«

Gregor redete in echter Begeisterung – dies aber mehr für sich als für Sarah. Er war entflammt wie ein Zündholz. Was aber nicht Erinnerungen an eine Frankreichreise zuzuschreiben war, sondern mit der Aura dieser Straße zu tun hatte. Denn er und Sarah schlenderten über den Newskij-Prospekt, St. Petersburgs berühmteste und belebteste Adresse. Sein Kopf ging hin und her, während er in einem fort redete. Abwechselnd erging er sich in rosigen Visionen über die Zukunft, dann wieder wandte er sich der Schönheit der russischen Hauptmagistrale zu. Gerade eben noch waren dies die breiten, gefegten Trottoirs, die beidseitig von Palästen, Kirchen und palastähnlichen Gebäuden gesäumt waren, jetzt war es die Eleganz der Ladenreihen mit der bunten Pracht der Flanierenden.

Was Sarah in kleinerem Maßstab aus Odessa erzählt hatte, begegnete ihnen hier en gros: Parfümierte Dandys in Kaschmirwesten wechselten ab mit Muschiks in weitem Kaftan und langem Bart, dazwischen stolzierten Uniformierte aller Ränge, deren Federbüsche nicht minder prächtig waren als ihre auf dem Pflaster kratzenden Säbelscheiden. Gregor schaute matronenhaften Damen und zerbrechlichen Fräuleins ebenso nach wie grobknochigen Bäuerinnen, die aus allen Teilen Russlands kamen. Pariser Schick mit wagenradgroßen Hüten mischte sich unter Kopftücher und bunte Trachten. Manche Damen hatten mehr Rubel, als Sterne am Himmel zu sehen waren, andere nur eine Hand voll Kopeken. Westeuropäer, Perser, Armenier, Asiaten, ob weiß gekleidete Muslime mit Turban oder Beamte in alles verschlingendem Schwarz, graue huschende Dienstmädchen oder Lakaien in altertümlicher Livree: Alles war mitreißend und strotzte vor Lebendigkeit.

Was Gregor nicht vermisste, empfand Sarah als Verlust. Ihr fehlten die Juden. Petersburg war ihnen genauso verboten wie Kiew oder Moskau, von ein paar assimilierten Ausnahmen abgesehen. Keine Schläfenlocken, keine Rabbinerhüte, keine Scheitelkäppchen, kein wiegender Gang, nirgends disputierende Grüppchen, Bethäuser oder eine Synagoge. Sarah wurde hier bewusst, wie sehr sie die geistige Welt und die Accessoires ihrer Religion geprägt hatten. Sie war Jüdin und würde es, so tolerant sie auch erzogen worden war, bleiben. Zu einem anderen Glauben überzutreten käme für sie nicht in Frage – nicht zuletzt ihrer Vision wegen, diese phantastischen Bilder mit ihrem Großvater auf dem Felsplateau. Mochten sie auch vom Opium inspiriert gewesen sein: Sarah wusste, dass in ihnen eine Wahrheit ausgesprochen war, die sie unmittelbar betraf. Kein Zweifel, sie war eine Kriegerin, ganz so, wie ihr Großvater es in der Schlucht gesagt hatte.

Gregor wusste nichts von ihrer Vision, und Sarah hütete sich, ihn damit zu provozieren. Obwohl es ihr seltsam schien, dass Gott – einzig ist er allein – und Gregors Christus sich anscheinend abgesprochen hatten, was ihr gemeinsames Schicksal betraf. Wie sie sah Gregor sich an einem entscheidenden Wendepunkt seines Lebens, glaubte fest daran, dass Christus ihm ein Zeichen gegeben hatte. Denn wie konnte dies Zufall sein, dass Sarah ihm just um dieselbe Zeit seinen Dolch zurückbrachte, als sein Vater ihm ein kleines Sümmchen Geld vererbt hatte? Immerhin etwas mehr als tausend Rubel, womit man in Petersburg zwei Jahre auskommen konnte.

»Das alles kann kein Zufall sein, Goldschatz«, hatte Gregor gesagt.

»Ist es auch nicht«, hatte sie zugestimmt. »Wer glaubt, weiß, das alles vorherbestimmt ist.«

»Aber du und ich glauben verschieden«, wandte Gregor ein.

Sie hatte nicht überlegt und sofort geantwortet.

»Zufall«, sagte sie, »ist kein koscheres Wort.«

Sie lief untergehakt an seiner Seite, in einem dunkelblauen Kleid, das kurze Haar unter einem Netz mit falschen Perlen, geschminkt und parfümiert. Wieder stand sie in Gregors Schuld. Mit dem Unterschied, dass sie diesmal noch fünfzig Rubel ihr Eigen nannte.
Gregor indes nahm das, was passiert war, auf die leichte Schulter. Ihre Furcht vor Entdeckung sei unbegründet, zweitens sei sie im Recht, und drittens habe sie Iwan Iwanowitsch Wonslaw ja nur verletzt. Zerstreuung sei jetzt alles, Flanieren unter Menschen das Beste. Irgendwann werde sie begreifen, dass St. Petersburg von Odessa genauso weit entfernt sei wie der Mond von der Erde.
»Dann endlich wirst du deine Unnahbarkeit ablegen und meine Geliebte.«
Es war ein Scherz, aber Sarah traute Gregor zu, dass er sich vergaß und sich an ihr verging.
Sie hätte dann keinen Dolch mehr …
Auf Iridna nämlich hatte er leichten Herzens verzichtet – vornehm ausgedrückt. Sie war ihm bald nach seiner Rückkehr aus Njeschin weggelaufen. Vorausgegangen war ein Streit. Iridna hatte ihm vorgeworfen, dass er sich von einem Judenmädchen habe an der Nase herumführen lassen, worauf er die Beherrschung verlor. Sein Wutausbruch riss ihn zu unmäßiger Gewalt hin, was Gregor im Nachhinein mit der Vorbestimmung durch das Schicksal rechtfertigte: Es habe dafür gesorgt, dass das Fass überlaufe, damit er für sie, Sarah, frei werde.
»Wenn mich die Wut packt und ich schlagen muss – soll ich mir da etwa die Faust an der Wand zerschmettern?«
Sarah überfiel jedes Mal derselbe Schauder, wenn sie an diese Worte dachte. Gregors Hände empfand sie als ebenso

stark und brutal wie die Wonslaws. Jetzt war er friedlich, zeigte begeistert auf die Sehenswürdigkeiten. Aber wie war er, wenn sich sein Blut mit Wodka sättigte?
Sarah schob die düsteren Gedanken beiseite. Die Kolliers von Tula und daneben die exklusiven Pelzroben des Astrachaner Pelzgeschäfts lenkten sie ab.
»Ist das nicht wirklich Pracht hier?« Gregor genoss das Schauspiel der aufflackernden Gaslaternen, die sich in den Scheiben der Geschäfte spiegelten. »Aber das ist kein Wunder bei einer Straße, deren Fahrweg mit Holz gedielt ist. Weißt du, es ist wahr: Dies hier ist die Pulsader Russlands.«
Sarah sah ihn von der Seite an.
»Und was soll dann das Gerede von der Côte d'Azur? Gregor Nikolajewitsch: Deine Seele ist russisch. Du säufst Wodka, schlägst deine Frauen, als wären sie Sandsäcke, und wenn du es besonders ernst meinst, greifst du dir …«
»Wie?«
Gregor schaute sie begriffsstutzig an. Seine Aufmerksamkeit galt einer Schönen in einem dunkelroten engtaillierten Kleid mit wiegendem Gang.
»… deinen Dolch …«, zischte Sarah wütend.
Gregors Blick trübte sich, seine Lippen wurden schmal. Nachdenklich strich er sich seinen nach wie vor gepflegten Schnauzer, wodurch Sarah den Eindruck gewann, er würde jetzt endlich das sagen, was er wirklich mit ihr vorhatte.
»Ja, und du, Sarah, mein Goldschatz?«, fragte er spöttisch. »Willst du keinen – eigenen mehr? Wie ich in Erinnerung habe, könntest du, wie mir scheint, auch ab und zu einen brauchen, wie?«
»Was hat das mit deinen komischen Phantastereien zu tun?«

»Du bist doch klug«, entgegnete Gregor leichthin. Er schaute sie listig an, eine Augenbraue hochgezogen. »Hast du nicht eine besondere Gabe? Bist du nicht ansehnlich, wie? Ließe sich damit nicht Geld machen?«
Er wies mit ausgestrecktem Arm auf die flanierenden Menschen.
»Schau sie dir an, die reichen Mesdames und Mademoiselles, deren Finger das Licht kaum kennen, weil sie so selten aus Muff und Glacéleder herauskommen. Was glaubst du, womit sie sich befassen, außer Schmuck, Kleidern, Schauspielen und Musik? Womit? Frag dich das einmal! Ich sag's dir: mit ihren tausendfachen Wehwehchen! Goldschatz, das Geld liegt auf der Straße! Ob hier oder an der französischen Adelsküste!«
»Ach – das also bin ich dir schuldig?«, stieß Sarah empört und verzweifelt zugleich hervor. »Du willst mich zur Leibeigenen machen. Kapital aus mir pressen!«
»Nur ein wenig. Warum denn nicht? Du profitierst doch auch. Was willst du sonst? Heilen doch, oder? Und ein gut jüdisches Geschäftchen damit zu machen, wäre das unkoscher? Allerdings würde ich nicht Nein sagen, käme es dir in den Sinn, deinen Schuldenberg anders abzutragen …«
Gregor grinste anzüglich und stellte sich dabei in Positur wie ein Mime. Sarah wusste, dass er nicht alles ernst meinte, was er sagte. Aber seine primitive Anspielung brachte sie aus der Fassung. Sie zerrte sich einen ihrer Samthandschuhe von den Fingern, um sie Gregor ins Gesicht zu schleudern. Doch offensichtlich hatte der nichts anderes erwartet.
»Kleine Hexe!«, sagte er sanft und packte Sarah ohne Zimperlichkeiten beim Handgelenk.

Seine Augen lachten, versprühten Charme. Er zog sie dicht an sein Gesicht heran. Sarahs Wut verflüchtigte sich. Gregor roch gut, sein neues Rasierwasser wirkte besänftigend.

»Ich könnte dir jetzt deine Nase abbeißen, Gregor Nikolajewitsch«, sagte Sarah mit tiefer, rauchiger Stimme. »Einfach so. Dann wärst du für immer hässlich, und dein Schreien wäre Musik für mich.«

Gregor brummte vergnügt.

»Das ist der Goldschatz, wie ich ihn will. Eine Amazone.«

Für weitere Auseinandersetzungen fehlte Sarah die Kraft. Von ihrer Pension zwischen Bahnhof und Alexander-Newskij-Kloster hatten sie die knapp viereinhalb Kilometer des Newskij-Prospekts zu Fuß zurückgelegt. Jetzt standen sie vor der gewaltigen Admiralität. Gregor erzählte, dass die Nadel des Turms, den eine Wetterfahne in Gestalt eines Schiffchens krönte, das Wahrzeichen der Stadt darstelle.

»Und die achtundzwanzig Skulpturen auf der Dachkolonnade symbolisieren Russlands Größe und Stärke als Seemacht.«

»Jaja, Größe und Stärke von Tante Rossija.«

Sarah war gelangweilt und zog Gregor trotz der frischen Temperaturen auf eine der sonnenbeschienenen Bänke im Alexandergarten. Sofort wurde sie müde. Sie schloss die Augen, lehnte ihren Kopf an Gregors Schulter. Was nützt es dir, wenn du dich an ihm abarbeitest, sagte sie sich. Er ist stärker und hat das Geld. Dass du lebst, verdankst du schließlich ihm. Er gibt dir zu essen und zu trinken, kauft dir Kleider, hat dich aufgenommen. Bis jetzt kostest du nur, bist nichts als eine Investition in die Zukunft. Wie würde wohl Awrom, der Jude, dies kommentieren? Wahrscheinlich so: Durchaus schön Ihr Plan, Euer Wohlgeboren, durchaus. Sarah ist so gut wie sicheres Geld – aber eben, nicht wahr, es ist noch etwas weit von der Tasche, hm?

Warum nur hatte Awrom ihr nie geschrieben? Bestimmt steckte Alma dahinter.

Sarah blinzelte unter der Sonne hindurch und ließ sich von ein paar Jungen in Matrosenanzügen ablenken, die Reifen rollten. Ihre Gouvernante saß ihnen gegenüber und strickte. Sie sah aus wie eine Großmutter aus dem Märchen: mit Brille, silbergrauem Haar und ganz in Schwarz gekleidet. Ab und zu schaute sie auf, was einen fremden Jungen veranlasste, sie etwas zu fragen.

Die Gouvernante schüttelte den Kopf, schaute aber um sich, erhob sich sogar. Der Junge war vielleicht zehn Jahre alt. Seine nackten Füße steckten in Sandalen, was wider die Jahreszeit war. Genauso war er gekleidet. Mit nichts als einem dicken weißen Müllerhemd, das ihm nach Art der Bauern über die viel zu weite Hose hing. Zusammengehalten wurde beides von einem schmalen Gürtel, dessen eines Ende ihm fast bis zu den Kniekehlen reichte. Offensichtlich hatte er etwas verloren. Und die gutmütige Gouvernante erbarmte sich seiner, indem sie ihm, der in Tränen auszubrechen drohte, ein paar Kopeken schenkte.

Ein paar Augenblicke später, die Uhren schlugen sechs, brach die Gouvernante mit ihren Schützlingen auf. Sarah döste vor sich ihn.

Ein paar Minuten später sprach sie der Junge an.

»Madame, Sie haben hier nicht zufällig einen Ring mit blauem Stein gefunden?«

»Leider nein«, sagte Sarah und sah in ein abgehärmtes Gesicht mit stumpfen Augen, das einem verhungernden Vogel glich. »War es dein Ring?«

»Der meiner Schwester«, flehte der Junge, und seine Augen füllten sich mit Tränen. »Ich habe ihn gerade für sie aus dem Pfandhaus ausgelöst. Er ist nicht viel wert, Katzengold und Glas, aber sie hängt daran. Morgen hat sie Geburtstag. Da will ich sie damit überraschen.«

»Ach je«, sagte Sarah lang gedehnt.

»Willst zehn Kopeken?«, sagte Gregor neben ihr.

»Wofür denn?«, rief der Junge, doch Sarah sah im Gegenlicht, wie sein Gesicht aufleuchtete und in seinen Augen der Spott aufblitzte.

Der Junge log. Sarah spürte die Kälte seiner Ausstrahlung. Seine Aura stimmte nicht mit der Verzweiflung überein. Wie gekonnt seine Hand nach Gregors Fünfkopekenstücken griff! Die Finger schnappten zu wie eine Falle. Und mit der Geschmeidigkeit des geborenen Taschendiebs wanderte sie in die schon ausgebeulte Hosentasche.

»Hast du der Gouvernante vorhin eigentlich das gleiche Geschichtchen erzählt?«, fragte Sarah ruhig.

»Hexe!«, zischte der Junge und nahm die Beine in die Hand.

Gregor fuhr hoch.

Sarah hielt ihn zurück.

»Und du willst mit mir Geld machen, Onkelchen?«, fragte sie spöttisch.

»Und du gönnst nicht mal Kindern eine Lüge gegen ihre Not?«, konterte er. »Sehr barmherzig. Was hättest du gemacht, wenn ich das Bürschchen verdroschen hätte?«

Sarah fühlte sich ertappt. Gregor dagegen begann leise, dann zunehmend heftig, heiser und kehlig zu lachen. Er

stellte sich vor Sarah, verbeugte sich und riss sie mit einem Ruck zu sich hoch. Sarah ergab sich in ihr Schicksal. Gregor machte drei, vier plumpe Walzerschritte mit ihr, zwang sie in eine Drehung und trat ihr dabei kräftig auf den Fuß.
»Oh, wie wir zusammenpassen, oh, wie wir zusammenpassen, rumtata, rumtata.«

Gregors Hochstimmung hielt an. Er hatte sich in den Kopf gesetzt, die Oper zu besuchen. Bis zum Vorstellungsbeginn jedoch ging die Besichtigungstour weiter. Vom Alexanderpark an der Admiralität ging es über den Senatsplatz bis vor das Reiterstandbild Zar Peters des Großen. Katharina II., die deutsche Zarin, hatte es vor einhundert Jahren enthüllt, hörte Sarah einen wichtigtuerischen Beamten erzählen, der einer Gruppe von Kollegen, die alle in ebenso feines Schwarz gekleidet waren wie er, einen Vortrag hielt.
»Elf Kilometer von der Stadt entfernt, am Meer, fand man den Piedestal für dieses Standbild. Der Volksmund nannte ihn Donnerstein, weil nach einem Gewitter der Blitz darin eingeschlagen hatte. Zar Peter hatte von seiner Spitze aus einst das Umland betrachtet. Wie viel er wog? Eintausendsechshundert Tonnen. Er wurde auf Rundhölzer gezogen und ans Meer befördert. Dort in einen versenkten Kahn verladen, aus dem man anschließend das Wasser pumpte. Bis er hier anlandete, dauerte es zwei Jahre. Dann ging man daran, den Teil wegzuschlagen, der für den Sockel bestimmt war. Was übrig blieb, war so gewaltig wie hässlich.«
Der Lehrer schaute in die Runde und winkte seine Kollegen näher zu sich heran. Sarah und Gregor standen aber so

dicht bei der Gruppe, dass sie alle weiteren Ausführungen verstanden.
»Bald darauf kam ein heruntergekommener, betrunkener Bauer. Und sagte, er würde mit seinem klapprigen Gaul und seinem Wagen den Fels wegräumen. Alle lachten ihn aus. Doch der Bauer begann ein Loch zu graben. Er grub den ganzen Tag, den nächsten, übernächsten. Die ausgehobene Erde fuhr er zur Newa. Und am vierten Tag? Da rollte der Felskoloss von selbst in das Loch. Der Bauer schaufelte es zu, bis der Fels ganz von Erde bedeckt war. Man hat etwas von der Erde wieder abgetragen. Aber wenn ihr jetzt den Reiter bewundert: Denkt daran, der Piedestal ist ein unterirdisches Monument für den kleinen Mann, für den es bis heute in Russland kein Denkmal gibt. Unser aller Puschkin hat dies Standbild in seinem Poem denn auch als Symbol des Staates gesehen: Für ihn ist das Aufbäumen des Pferdes die Geste par excellence – wehe dem, der unter die Hufe kommt.«
Die letzten Worte waren leise gesprochen. Das Grüppchen Lehrer wirkte wie ein Häufchen Verschwörer, es wurde getuschelt, man hüstelte, blickte verstohlen um sich. Gregor lächelte dem Lehrer zu, zwinkerte mit dem Auge. Schließlich seufzte er laut auf und sagte, dass er, der eine Zarenrente bekomme, solche ketzerischen Anschauungen eigentlich nicht teilen dürfe.
»So?«, sagte Sarah. »In meinen Augen seid ihr alle Heuchler. Tut lieber was für diejenigen, die bereits unter die Hufe gekommen sind. Die Herren Beamten hören sich Vorträge über das Gestern an, das Elend um sie herum aber ignorieren sie.«
Sie machte auf einen Jungen aufmerksam, der am Fuß des

Piedestals hockte. Der Kopf hing ihm wie einem Betrunkenen vornüber, im Schoß hielt er eine Schirmmütze, in der ein kümmerliches Kopekenstück lag. Einsamkeit ging von ihm aus, Haltung und Gestalt kündeten von einem Leben, das allein darauf wartete, zu Ende zu gehen.

»Aha, du willst was wettmachen«, sagte Gregor.

»Vielleicht. Gib mir zehn Kopeken.«

Sarah trat erhobenen Hauptes auf den Jungen zu und warf ihm das Geld in seine Mütze. Der Junge schlief. Sein Gesicht war grauweiß, die Hände schmutzig und an den Knöcheln zerkratzt. Sarah strich ihm so lange über die Wange, bis seine Lippen zu zucken begannen. Abgrundtiefe Erschöpfung strahlten diese Wangen aus, schließlich huschte ein Lächeln darüber. Als der Junge die Augen aufschlug, spiegelte sich in ihnen Glück, aber schon eine Sekunde später war dies Glück erloschen. Der Junge blickte enttäuscht und vorwurfsvoll, es traf Sarah mitten ins Herz.

Ohne zu überlegen, rief sie den Lehrern hinterher, sie sollten dann doch besser gar nicht mehr zum Zaren hinauf-, sondern nur noch zu seinen Kindern hinunterblicken.

»Schauen Sie nicht weg, wo die Hufe von Zar Peters Pferd im Begriff sind, wieder jemanden unter sich zu zermalmen.«

Die Männer drehten sich verwundert um. Mit ausgestrecktem Arm und anklagend nach unten gebogener Hand sah Sarah selbst aus wie ein Denkmal.

Wirklich eine Amazone, dachte Gregor bei sich. Bewunderung machte sich in ihm breit.

Auf einmal war er stolz auf sich.

Du hast sie gerettet! Hast ein Kind aus den Klauen eines Titanen befreit, ein Kind, aus dem ein prächtiges Weib

geworden ist. Bloß, wie lange würde er dies ihr gegenüber noch ausspielen können? Sie hatte ihre heilenden Hände und ihre Weiblichkeit, er ihr Bewusstsein, in seiner Schuld zu stehen. Was dies anging, hatte Sarah ausgesprochenes Glück. Das Geld, das sie ihn kostete, zahlte er ohne Verdruss. Und auch, wenn er sie begehrte: Sich gegen ihren Willen an ihr zu vergehen, dazu fühlte er sich viel zu stolz.
Natürlich durfte sie dies alles nicht wissen. Darum spielte er immer mal wieder den Zyniker und Grobian. Wenn es Not tat, sogar ein bisschen den Narren.
Die Beamten zogen ihre Geldbörsen und bedachten den Jungen mit einem Kopekenregen. Blicke und Gesten der Beamten sagten Sarah: Wie könnten wir uns solch charmanter Barmherzigkeit widersetzen? Sie gaben nur, weil eine schöne junge Frau sie dazu anstachelte. Die Not des Jungen aber berührte ihr Herz nicht wirklich.
»Und, Goldschatz – fühlst du dich nun besser?«
»Ja«, sagte Sarah zufrieden. »Kriegerinnen und Heilerinnen müssen kämpfen. Jetzt kann ich mir ohne Reue Musik anhören.«

Tatjana Michailowna Sassonow stand im Foyer des Marinskij-Theaters an eine Säule gelehnt und nippte nervös an ihrem Champagner. Ein wenig Aufsehen erregendes Bild für eine Frau ihres Standes. Wer sie allerdings genauer betrachtete, dem fiel der bittere Zug auf, der ihre Lippen blass und schmal machte wie die einer verblühten Frau.
Er war es, sagte ihr Herz. Er kann es nicht sein, sprach ihr Verstand.
Sie hatte sich gewaltsam zurückhalten müssen, noch einmal an die Stelle zurückzulaufen, an der sie ihn auf dem

Newskij-Prospekt gesehen hatte. Jetzt quälte es sie, dies nicht getan zu haben.
Aufseufzend setzte sie zu einem neuen Schluck an, aber der Champagner schmeckte nur wie bittere Medizin. Wütend blitzte sie einen feisten Militär in Paradeuniform an, der sie mit eindeutigen Blicken abmaß. Denn obwohl Tatjana Michailowna etwas Asketisch-Melancholisches ausstrahlte: das eng taillierte dunkelrote Samtkleid, das sie trug, widersprach diesem Eindruck. Zwar war sie nicht mehr ganz jung, aber begehrenswert allemal: um die vierzig, rothaarig, mit hohen Wangenknochen und graublauen Augen, die sinnlich schillerten. Ihr kerzengerader Gang hatte etwas Aufreizendes an sich, überhaupt war ihre schlanke Figur atemberaubend. Ein Traum in nackt, wie ein Student seinem Kommilitonen zuflüsterte, nachdem er Tatjana vorgestellt worden war. Wie der Militär in seiner Paradeuniform hatte er sich an ihrem tiefen Ausschnitt berauscht, den sie provozierend frei ohne die übliche Perlenkette zur Schau stellte – es waren die Brillantnadeln in ihrer Hochfrisur, die Tatjana als Frau der Oberschicht auswiesen.
Das Licht der Lüster brach sich auf den Marmorsäulen, bei einer Lachsalve stob der Duft von Parfum auf. Tatjana Michailowna hatte keinen Blick für die Gesellschaft an den kleinen Tischen, die lebhaft Konversation machte und es sich bei Kaviar und Champagner, Lerchenbrüstchen, Erdbeeren und anderen Delikatessen gut gehen ließ. Sie stellte ihr halb geleertes Glas auf eins der Tabletts und drängte sich durch eine Gruppe des so genannten St. Petersburger Intelligenzproletariats – so nannte ihr Mann die Studenten und Künstler, die sich keinen Champagner leisten konnten. Man blickte ihr nach, hinter den Augen schmutzige Phan-

tasien. Tatjana Michailowna aber floh vor ihren Gefühlen in ihre Loge, wo sie hoffte, Sergej und seine Freunde zu treffen. Deren Geplapper würde sie hoffentlich ablenken und sie das Spukbild vom Newski-Prospekt vergessen lassen.

Aber die Loge war leer. Was auch nicht anders zu erwarten war. Denn Sergej und seine Freunde wollten sich amüsieren, ein bisschen spionieren, wie sie es nannten. Mädchen waren ihnen wichtiger als die Vorstellung. Nur Sergej interessierte sich wirklich für die Oper. Er träumte manchmal von einer Karriere als Pianist, aber genauso leidenschaftlich studierte er Medizin und Chirurgie.

Tatjana zupfte an ihrem Kleid herum und suchte mit dem Opernglas Parkett und Ränge ab. Sie hatte nicht die Ruhe, über ihren Sohn nachzudenken. Der Newski-Prospekt ließ sie nicht los. Doch plötzlich schüttelte sie energisch den Kopf und schalt sich eine Hysterikerin.

Wo blieb Sergej? Es läutete bereits zum dritten Mal. Die Menschen strömten auf ihre Plätze. Die Vorfreude auf die Vorstellung sprang wie ein Funke auf das behaglich sitzende Publikum der Parkettreihen und Logen über. Jeder Puls schien schneller zu schlagen. Alles wartete darauf, dass sich der Saal verdunkelte.

»Mama, entschuldige«, hauchte Sergej.

Tatjana lächelte. Was sollte sie den jungen Leuten vorwerfen? Sie nahmen mit dem Dirigenten ihre Plätze ein, waren pünktlich auf die Sekunde. Tatjana konnte die erhitzten Gesichter spüren, ahnte die Erregung, die die St. Petersburger Schönheiten in Sergej und seinen Freunden ausgelöst hatten. Für einen Moment vertrieb der Duft von Zigarren und Pomade, Stiefelwichse und Eau de Toilette ihre Grübeleien. Sie lauschte dem Papier- und Kleiderrascheln, dem Scharren der Stiefel. Doch schon bei den ersten Takten der Oper erinnerte sie sich wieder an die Hände des Mannes, der sie das erste Mal berührt hatte.

Wie lange war dies her? Tatjana hörte das Vorspiel zu Eugen Onegin und hörte es doch nicht. Trotzdem riss sie die Musik augenblicklich mit sich fort. Die schwermütigen Kantilenen der Gutsbesitzerin Larina und ihrer Töchter Olga und Tatjana ließen längst vergessene Gefühle aufflammen – weil sie auf dem Newski-Prospekt an einem Mann vorbeigelaufen war, der sie an die große Liebe ihres Lebens erinnerte. Er war damals nicht standesgemäß gewesen, hatte zu wenig Geld und sich in patriotischem Überschwang als Freiwilliger zum Krieg gegen die Türken gemeldet. Sie hatte ihn auf dem Gut ihres Vaters kennen gelernt, war siebzehn, er zwei Jahre älter. Sein Vater war Eisenbahnbauer, seine Mutter opiumsüchtig.

»Nitschko« – Tatjana flüsterte den Namen, unter dem sie Gregor kennen lernte. Es war einen Tag nach ihrem siebzehnten Geburtstag. Um die Mittagszeit fuhr er mit dem eigens für sie gebauten Zweisitzer in schnellem Tempo auf den Hof – ein Geschenk des Vaters, das er bei einem der städtischen Stellmacher in Auftrag gegeben hatte. Gregor war dort Geselle. Verschwitzt sprang er mit seinen langen muskulösen Beinen vom Wagen, dessen blauer Anstrich metallisch glänzte. Nie würde sie diesen ersten Moment der Begegnung vergessen: Erregt, voller Begeisterung von der flotten Fahrt und der hoch stehenden Sonne, ging ein magisches Ziehen von Gregor aus. Und dies umso mehr, weil er mit seinen breiten Schultern, den halb geöffneten vollen Lippen unter dem gepflegten Schnauzer nicht nur äußerst sinnlich wirkte, sondern in einem Schwindel erregenden Maße kraftvoll. Seine Ausstrahlung wirkte wie der Kuss eines Zauberers. Weder er noch sie fanden Worte. Zeit enthoben standen sie da und versanken suchend in den Augen des anderen.

Was folgte, waren vorgetäuschte Reparaturen mit anschließenden Ausfahrten in die Stadt. Gregor war geschickt genug, sich auch der anderen Fahrzeuge ihres Vaters anzunehmen: Sie trafen sich in der Werkstatt, küssten einander dort nicht nur mit den Augen. Aber nie vergaß sie, dass sie bereits verlobt war, verlor selbst auf den beiden Ausfahrten in den Wald nicht die Beherrschung – etwas, das sie sich noch heute vorwarf. Du willst, dass wir nicht richtig zueinander finden, sagte er ihr beim Abschied. Sie weinte und schlug ihn, er küsste ihr die Tränen von den Wangen. Darauf riss er sich los und lief fort, ohne sich umzudrehen.

Am nächsten Tag rückte er ein.

Sie heiratete wenig später den Sohn ihres Nachbarn: Pawel Jefimytsch Sassonow. Einen Ehrgeizling. Nicht ohne Charme und mit geschliffenen Manieren. Er machte bei der »Dritten Abteilung«, der russischen Geheimpolizei, Karriere. Nach den Judenpogromen der Jahre 1881 und 82 wurde er ins Innenministerium berufen. Dort erstellte er Gutachten und Referate über die Judenfrage im russischen Ansiedlungsrayon – eine Arbeit, die ihn zum zynischen Bürokraten machte. Die Prämien, die er seinen Denunzianten bezahlte, waren stets durch dreißig, den Judaslohn, teilbar.

Da es keinen Gott gibt, kann er mich für meine Arbeit auch nicht strafen, pflegte er zu sagen. Weshalb er in dieser Arbeit aufging und sich schließlich von ihr auffressen ließ.

»Nitschko« – Tatjana streichelte den Namen, als sie ihn aussprach, und hob mechanisch ihre Hände zum Applaus. Erst als das Licht wieder zunahm, wurde ihr bewusst, dass sie den ganzen ersten Akt verträumt hatte. Ein unsäglich bitteres Gefühl stieg in ihr hoch – ähnlich wie in der Briefszene Tatjana Onegin ihre Liebe gesteht, hatte sie, Tatjana Michailowna, aufgrund einer flüchtigen Begegnung an ihre erste und einzige große Liebe gedacht.
Sollte sie sich jetzt noch den Rest der Oper antun? Wo im Finale Tatjana sich genauso für ihren ungeliebten Ehemann ausspricht, wie sie, die richtige Tatjana, es im wirklichen Leben für den Bürokraten Sassonow getan hatte?
Nein!
Tatjana Michailowna schnellte aus ihrem Sessel und stürmte durch die Logentür. Sie werde nach Hause fahren, beschied sie ihren Sohn. Ihr sei nicht wohl. Nichts Ernstes.
Der Wunsch, dem Theater zu entfliehen, wurde so übermächtig, dass sie vergaß, ihre Garderobe abzuholen. Jeder Schritt, den sie machte, brachte sie den Tränen ein Stück näher. Sie eilte durchs Foyer, erreichte die Treppe. Hastig nahm sie Stufe um Stufe. Ihr Herz schlug wild, ein Schwindel hatte sie erfasst.
Die ihr entgegenströmende Kühle wirkte beruhigend.
Meine Garderobe!
Tatjana blieb unschlüssig auf einer der Rampen stehen und überlegte, ob sie kehrt machen oder bis ganz nach unten laufen sollte. Da die Bewegung ihr wohl tat, entschied sie sich, den Weg ins Foyer über die Treppe der anderen Seite zu nehmen.
»Wie alt bist du eigentlich?«, sagte sie halblaut zu sich. Die eigene Stimme zu hören stärkte ihr Selbstbewusstsein.

Und so entschied sie sich in einem Anflug von Heroismus, die Oper bis zum Schluss durchzustehen.
In der Zwischenzeit hatten sich die Türen auf den Gängen geöffnet. Wie ein Fisch gegen den Strom versuchte Tatjana in der ihr entgegenkommenen Menschenmenge auf die andere Seite des Entrees zu gelangen. Es schien unmöglich, wollte sie nicht undamenhaft drängeln. So stellte sie sich auf die Zehenspitzen, um einen besseren Überblick zu bekommen, als die Stimme einer jungen Frau sie zwang, sich irritiert umzudrehen: »Und deine Tatjana? Hast du sie sehr geliebt?«
Tatjana Michailownas schreckgeweitete Augen streiften Sarahs ahnungsloses Gesicht und blieben fassungslos an Gregor hängen.
Erkannte er sie?
Forschend sahen sie sich an, Raum und Zeit zerstoben. Beiden schien, als stünden sie auf einer blumenübersäten Wiese – die Farben der Kleider, das Glitzern von Schmuck, das Säuseln der Stimmen, all dies verdichtete sich zu einem zeitenthobenen, doch intensiven Moment an Erinnerungen, die Jahrzehnte zurücklagen.
»Ja, sehr«, hörte Tatjana Gregor mit fester Stimme sagen. Der Satz klang in ihr auf wie eine Verheißung. Doch einen Herzschlag später erwachte die Eifersucht in ihr. Denn Gregors Augen wanderten weg zu jener jungen Frau, die jetzt als Geliebte ihren Platz eingenommen haben musste. Oder war dies jüdisch aussehende junge Ding seine Tochter?
Sie schaute Sarah an.
Sarah erwiderte den Blick. Sie verstand.
Als hätte Gregor Tatjanas Gedanken erraten, fasste er Sarah um die Schulter und stellte sie vor: »Tatjana Michai-

lowna, ich habe das Vergnügen, Ihnen meine« – Gregor zögerte – »Nichte Sarah vorzustellen.«
Tatjana runzelte die Stirn.
»Sarah ...?«
Bevor Gregor eingreifen konnte, sah er Sarah geistesgegenwärtig knicksen. Schnell ergriff sie das Wort.
»Ich glaube jetzt endgültig nicht mehr an den Zufall. Wohl deshalb pflegen etliche Menschen zu sagen, dass das Wort Zufall nicht koscher ist. Vor ein paar Minuten erst erfuhr ich von Ihnen, jetzt stehen Sie leibhaftig vor mir.«
»Deine ... Nichte ... scheint die Klugheit ihrer Mutter geerbt zu haben«, erwiderte Tatjana spitz, ohne sich darum zu kümmern, dass sie Gregor ansprach wie vor dreiundzwanzig Jahren.
Gregor blieb gelassen. Dass Tatjana ihm nicht glaubte, war verständlich. Umso mehr amüsierte ihn ihre Eifersucht. Er deutete eine leichte Verbeugung an und sagte höflich, aber mit feurig sprechenden Augen: »Wenn es Ihnen zusagt, Teuerste, würde ich Sie mit größtem Vergnügen nach der Vorstellung auf ein Glas einladen.«
»Wenn es dich nicht stört, meinen trinkfesten Sohn und dessen Freunde dabeizuhaben ...«
Wie selbstverständlich fuhr Tatjana fort, Gregor zu duzen.
»Onkelchen ist großzügig«, sagte Sarah herablassend und hakte sich bei Gregor ein. »Ich könnte es beschwören.«
Es bereitete ihr Vergnügen, diese gefährlich schöne Frau zu provozieren. Sie war ihr eher unsympathisch, und es verdross sie, dass sie Gregor duzte. Doch sie spürte mehr. Sarah war sich sicher: Hier stand ein wunderschöner weiblicher Körper vor ihr, eingenäht in eine maßgeschneiderte Stoffhülle, der die Seele jedoch am liebsten die Nähte

sprengen wollte. Sarah sah den welken Kern, das verdorrte, verleugnete Gemüt, über das gerade ein belebender Frühlingsregen rauschte. Gregors Ausstrahlung ließ in Tatjana neues Leben aufkeimen. Sarah ahnte: Diese beiden Menschen gehörten zusammen, sie waren füreinander bestimmt.

Gleichzeitig spürte sie, wie Gregor sich weiter und weiter von ihr entfernte. Er schälte sich aus ihr heraus und ließ ihr mehr Raum zu atmen. Sie sah ihn gleichsam entschweben, spürte sein lachendes Herz.

Doch plötzlich traf dieses Herz etwas Eiskaltes, schoss auf ihn herunter wie ein alles zerschmetterndes Hagelkorn. Sarah erschrak. Gregor sah für Sekunden klein und weiß aus, verströmte die Aura tiefer Verzweiflung. Doch sie wurde wieder stärker, bis sie langsam in einem rotgoldenen Feuer erlosch.

Sarah glaubte ihrer Vision, auch wenn sie ungelöste Rätsel barg. Zum Glück war sie nur sehr kurz, doch was auch immer kommen musste, ihr war klar, dass Gott eine neue Seite ihres gemeinsamen Schicksalsbuches aufgeschlagen hatte. Alles hatte seinen Sinn. Sarah holte tief Luft und ließ sie langsam zwischen ihren Lippen verströmen. Gregor und Tatjana sollten sich wieder begegnen. Denn Zufall ist kein koscheres Wort.

Sie waren zu sechst. Sarah und Gregor, Tatjana und ihr Sohn Sergej mit seinen beiden Freunden Mischa und Sacharij. Tatjana war mit Sergej in einem Zweisitzer gekommen, der, wie Gregor sich erinnerte, im selben Blau gestrichen war wie der Wagen, mit dem er damals auf das Gut ihres Vaters gefahren war. Sarah war nicht überrascht, dass Tatjana bereitwillig auf Gregors Scherz einging, ob er ihr während der Fahrt wieder ein paar Einzelheiten bezüglich der Wartung erzählen solle.

»Und Sie, Sergej, bürgen mir dafür, dass Sarah kein Haar gekrümmt wird.«

Sergej und seine Freunde lachten laut auf, während der herbeigerufene Kutscher ihnen den Schlag aufhielt. Das Ziel lag nördlich der Newa, auf einer der Inseln. Sergej kannte dort ein Lokal mit Kabarett: Es sei dies genau der richtige Kontrapunkt zur traurigen Oper Tschaikowskys, meinte er. Ein halbes Stündchen Fahrt, die sich lohnen werde.

Kaum zogen die Kutschen an, legte Sergej seine Hand auf die Sarahs und sagte mit gespielter Drohung, dass sie jetzt in seiner Gewalt sei.

»Gewähren Sie mir und meinen Freunden einen Kuss, nur dann sehen Sie Ihren Onkel lebend wieder.«

Er hatte wie Mischa und Sacharij bereits einige Gläser Champagner intus und war dementsprechend übertrieben gestimmt. Sergej war der Unattraktivste von allen, mit wirrem Haar, das um seinen Kopf stand wie der Haarkranz eines Mönchs. Schmal und blass, fast halslos, schien es Sarah, als trage er einen Buckel. Das einzig Schöne an ihm waren seine blauen Augen, die für sein langes Gesicht aber viel zu groß waren. Mischa und Sacharij sahen nur wenig ansprechender aus. Die harte, knochige Statur Mischas wirkte auf Sarah sogar abstoßend. Sacharij wieder bot das Bild eines in die Länge geschossenen Knaben, dessen dichte dunkle Bartstoppeln allerdings in scharfem Kontrast zu seinem pausbäckigen Gesicht standen. Ihnen gemeinsam waren die groben Gehröcke und die schiefen Absätze ihrer Stiefel. Es gab keinen Zweifel, wer ihnen den Champagner in der Oper bezahlt hatte.

»Und wo belieben die Herren mir ihren Kuss aufzwingen zu wollen?«, fragte Sarah zurück, schaute dabei aber aus dem Fenster.

»Wo Sie es wünschen«, sagte Sergej. »Aber es muss schnell geschehen, weil wir jeden Augenblick über die Kuss-Brücke fahren. Sie kennen sie sicher, oder etwa nicht?«

»Ich mache Ihnen einen Gegenvorschlag«, sagte Sarah. »Sie tun, was Sie nicht lassen können, und ich gebe jedem von Ihnen dafür eine zarte Ohrfeige.«

»Abgemacht!«, rief Mischa.

»Schnell! Die Brücke!«, krähte Sergej.

Sacharij, der neben Sarah saß, kam von links, Mischa, ihr gegenüber, suchte sich die rechte Wange aus, und Sergej wagte sich an Sarahs Stirn.

Die Moika lag hinter ihnen.

Sekundenlang herrschte betretenes Schweigen. Sie seien unmöglich, stieß Sergej hervor – dies aber wenig schuldbewusst. So bat er Sarah, kräftig zuzuschlagen. Die wiegte schelmisch den Kopf und winkte Sergej näher zu sich heran. Gehorsam hielt er seine Wange hin und wartete mit angehaltenem Atem. Sarah zupfte sich gemächlich den Handschuh von den Fingern. Langsam kam sie Sergejs Gesicht näher, die Finger ihrer Hand leicht gespreizt. Eine Fingerbreite vor seiner Wange hielt sie inne und schaute Sergej strafend an. Mischa und Sacharij vergaßen zu atmen, so groß war die Spannung.

»Nun?«, fragte Sarah kühl und schlug zu.

Für Mischa und Sacharij sah es nach einer sanften Berührung aus, aber Sergejs Reaktion passte gar nicht zu ihrem Eindruck. Er nämlich sog scharf die Luft ein und strich sich über seine Wange, als wäre sie von einem Batzen kochender Brennnesseln getroffen worden.

»Jetzt ich!«, rief Mischa.

»Nur zu!«, antwortete Sarah ruhig.

Seine grobe Statur würde eine etwas stärkere Bestrafung verkraften. Tatsächlich sah er hinterher nicht anders aus als Sergej. Sacharijs Lächeln war weniger geworden. Er wusste nun, was ihn erwartete. Natürlich verspürte er keine Angst, aber die Gewissheit, dass in den Spaß offensichtlich eine gehörige Portion Zunder gemischt war, dämpfte seine Vorfreude. Zum Glück war Sarah bei ihm gnädig. Sie nahm ihre Kräfte zurück. Sacharij musste am wenigsten aushalten. Was er wegsteckte, glich nur der strafenden Ohrfeige einer ungeduldigen Mutter.

»Aber Sie können auch anders, Sarah, nicht wahr?«, fand Mischa als Erster die Sprache wieder.

Tatsächlich klang seine Stimme etwas besorgt.

»Sicher. Aber jetzt Schluss mit diesen Spielchen. Wohin entführen Sie mich eigentlich?«

Sarahs Nüchternheit verbot alle weiteren Flausen. Sergej riss sich zusammen und hob die Stimme.

»Wir fuhren gerade über die Große Newa und sind jetzt auf der Wassili-Insel, halten uns am Kai. Es ist unser liebstes Fleckchen von St. Petersburg, weil hier die Universität und solch hehre Institute wie die Akademie der Wissenschaften und der Künste stehen. Weiter geht es über die Kleine Newa auf die Petrograder Insel, und von dort machen wir noch einen Hüpfer auf die Kreuzinsel.«

Wie Sarah schaute er aus dem Fenster. Die Laternen standen jetzt in größeren Abständen voneinander und erhellten kaum noch die Kutsche. Plötzlich kam Nebel auf, dessen gelb leuchtender Widerschein eine unwirtliche Stimmung heraufbeschwor. Die Gebäude verflossen zu konturlosen Massen, und Sarah zuckte jedes Mal zusammen, wenn ihnen aus diesem schwarzgelbmilchigen Nichts plötzlich ein Gefährt entgegenkam. Aber zum Glück waren da das gleichmäßige Getrappel der Pferde, das Schellengeklingel und das Ächzen der Achsen.

Es bereitete ihr keine Genugtuung, dass drei junge Männer sie begehrten. Nicht einer von ihnen war ihrer würdig. Keiner hätte einem Awrom das Wasser reichen können.

Awrom. Alma. Odessa.

Nur wenige Monate lagen zwischen dieser glitzernden Welt des guten Lebens und der Armut von Großtante und -onkel. Sarah suchte nach alten Gefühlen, die sie in Odessa gehabt hatte, war aber nicht imstande, irgendwelche von ihnen wieder heraufzubeschwören. Immer noch stand das einschneidende Erlebnis mit dem Opium dazwischen. Es türmte sich zu einem unüberwindbaren Wall auf, hinter den vertraute Gefühle, Hoffnungen und Wünsche verbannt blieben. Sarah war allein ihre Sensibilität geblieben. Die Fähigkeit, Stimmungen und Auren zu sehen, schien hingegen zugenommen zu haben.

Sarah dachte an die Vision in der Oper. Doch schon gestern behauptete sie, sie könne sich vorstellen, bald mit einem Muff aus dickem Leder herumzulaufen. Weil ihre Hände zu viel wahrnähmen.

Gregor meinte, sie solle sich vorerst ihrer Fähigkeit enthalten. Erst solle Gras über die Geschichte in Odessa wachsen.

Und wenn sie wieder heile, dann am besten gleich an der Côte d'Azur.
An der Côte d'Azur? Sarah sah den Traum entschwinden. Das Haus, die Palmen, die Sonne, der Wein ....

Die Kutschen erreichten eine von Birken gesäumte Anhöhe. Holzhäuser unterschiedlicher Größe und Bauart bildeten einen Halbkreis, von denen diejenigen, die eine Veranda hatten, über breite Holzstege miteinander verbunden waren. Gaslaternen verbreiteten kaltes Licht, in dem der Nebel zwischen den noch kahlen Birken geheimnisvoll umherwaberte. Sie waren nicht die einzigen Menschen, wie Sarah die schemenhaften Umrisse anderer Kutschen verrieten. Beim Aussteigen schlug ihr tief hängender Schornsteinrauch, Tabakdunst und Bratengeruch entgegen.
»Na, haben sie dich in Ruhe gelassen?«, fragte Gregor, schien aber an einer Antwort nicht ernsthaft interessiert.
Sein Arm drückte Tatjanas weißen Pelzmantel fest um deren schlanke Gestalt. Sarah konnte erkennen, wie zufrieden Tatjanas Gesicht unter der Kapuze hervorlugte. Sie wirkte nach dieser Fahrt wie eine Großfürstin, die wusste, welche Schätze sie besaß. Ihr Lächeln war hoheitsvoll, Leib und Seele waren aufgeblüht.
»Wir haben uns geküsst und geschlagen«, sagte Sarah gleichmütig.
Zu gerne hätte sie gewusst, was Tatjana und Gregor während der Fahrt empfunden hatten. Dabei konnte sie das Wesentliche deutlich an ihrer Ausstrahlung ablesen.
»Sergej!«, rief Tatjana aufgebracht. »Sag, dass dies ein hässlicher Scherz ist.«
»Ganz und gar nicht, Mama«, bekam sie zu hören. »Aber

Sarah hat es uns ziemlich gegeben. Sie versteht gewissermaßen ihr Handwerk.«
»Das kann ich mir vorstellen«, sagte Gregor gedehnt.
Sarah und er verständigten sich mit einem Blick. Gregor hob drohend den Finger. Sarah schaute schuldbewusst zu Boden.
Sergej nötigte seine Freunde voranzugehen. Er bot Sarah den Arm. Ziemlich widerwillig hängte sie sich bei ihm ein, doch sie war auch neugierig, was sie hinter den kerzenerleuchteten Sprossenfenstern erwartete. Mischa hatte kaum die Tür geöffnet, da verbeugten sich zwei Spalier stehende Kellner. Gläserklirren und Mandolinenspiel erfüllten die Luft. Die vorwiegend männlichen Gäste saßen in breiten Binsensesseln, die vor wuchtigen Holztischen standen.
Sarah schnürte es den Hals zu, als sie der Kellner ansichtig wurde. Denn die Uniform, die sie so selbstverständlich trugen, war die der Kosaken: graue Pelzmütze und langer Mantel mit weit aufgestülpten roten Ärmeln, an der Brust ein paar Orden, um den Bund ein Gürtel mit schräg vor dem Bauch hängendem Dolch.
Kosaken – die Feinde der Juden schlechthin. Bogdan Chmelnitzki hatte Mitte des 17. Jahrhunderts in Polen Tausende von ihnen auf das Grässlichste abgeschlachtet. Jedes jüdische Kind wusste davon. Kreuze, Säbel und der doppelköpfige russische Adler schmückten ihre Fahnen, wenn sie auf ihren Pferden paradierten. Ihre blauen Hosen mit der roten Streifennaht waren in den Augen der Juden die hässlichsten der Welt.
»Ah, Sergej! Dass Sie, Mischa und Sacharij uns wieder die Freude machen! Welch ein Glück! Und Sie bringen noch andere Herrschaften mit! Ein Festtag!«

Der dies sagte, war ein fetter Kosak in rotem Rock mit Nagaika im Gürtel und einem geschwungenen Schnauzer, dessen Spitzen Sarah sofort an Bajonette erinnerten.

Er führte sie an einen runden Tisch, der in einer Ecke stand, deren Wände mit Ikonen zugepflastert waren. Sarah glaubte, einen schlechten Traum zu träumen. Denn auf dem Tisch stand ein Schabbesleuchter – einen, wie ihre Eltern ihn einst in Njeschin besaßen.

»Alex – wo bleibt der Champagner!«, rief Sergej übermütig.

»Wie gewöhnlich? Monopol?«

»Sicher! Und überhaupt, das Übliche.«

»Interessant«, sagte Tatjana. »Hier also setzt du deine Apanage um.«

»Lass das bitte jetzt, Mama«, sagte Sergej ärgerlich. »Vater kümmert dies bekanntlich nicht.«

Die Kellner brachten Champagner und Obst. Die Früchte waren wie kleine Puppenköpfe in wattegepolsterte Kistchen gebettet. Aus ihnen leuchteten das frische Grün von Birnen und das sonnige Rotblau von Pflaumen. Es gab auch Pfirsiche und Feigen, in einem Schälchen mit Eis lagen sogar ein paar Kirschen – eine Kostbarkeit aus den Treibhäusern Monte Carlos.

Sarah indes starrte auf den Leuchter, dessen Kerzen entzündet wurden. Ihre Brust bewegte sich heftig, ihre Hände lagen zu Fäusten geballt in ihrem Schoß. Ohne dass es ihr bewusst war, mahlte sie mit den Zähnen.

»Sarah, ist Ihnen nicht wohl?«

Die Anteilnahme in Tatjanas Stimme war echt. Sie wusste jetzt, dass Sarah keine Rivalin war – obwohl Gregor während der Fahrt kein Wort über sie verloren hatte. Noch immer spürte sie den Druck seines Armes um ihre Schultern, ganz so, als läge er noch dort. In dieser Umarmung lag alles beschlossen. Ihr Leben würde neu beginnen.

»Erzähl es ihnen«, sagte Sarah tonlos, ohne ihren Blick von dem Leuchter zu nehmen. »Aber lüge nicht!«

Gregor räusperte sich.

»Ein Leuchter wie dieser hier gehört zu Sarahs Vergangenheit. Er erinnert sie an ihre Eltern – an ihre jüdischen Eltern, wie ihr euch denken könnt. Natürlich ist sie nicht meine Nichte. Doch nun lasst es dabei bewenden. Was wir sonst noch wissen, bleibt ein Geheimnis. Das andere bringt die Zeit. Doch Schluss jetzt damit.«

Er wischte über die hölzerne Tischplatte und räusperte sich vernehmlich.

»Wie einfühlsam von mir«, seufzte Sergej. »Sarah, ich habe eine Erzbegabung für Fettnäpfe. Wie kann ich Ihnen dies gutmachen?«

Er war aufrichtig zerknirscht. Seine großen blauen Augen überzogen Schatten, sein langes Gesicht war grau.

»Zum Glück präsentiert sich hier niemand mit blutiger Nagaika«, versuchte Sarah einen Scherz und hob ihr Glas.

Die anderen taten es ihr nach. Dabei schenkte sie Sergej ein Lächeln, das ihn glücklich machte. Ein geheimnisvolles, verführerisches Lächeln, das, wie er fand, auf eigentümliche Art zu ihrer Ohrfeige passte.

Eine Mandoline spielte auf.

Sergej winkte den Spieler an den Tisch. Er war groß und hager, wobei ihm die scharfgeschnittene Nase und die vollen Unterlippen ein deutlich semitisches Äußeres verliehen.

»Aber nun schau dir das an, Goldschatz!«, rief Gregor. »Wenn das nicht für friedliche Zeiten spricht!«

Denn Alex, der feiste Kosakenwirt kam hinterhergelaufen und stützte sich mit voller Kraft auf die schmalen Schultern des Juden. Es sah aus, als hinge ein gigantischer roter Kartoffelsack an einem schlottrigen schwarzen Garderobenständer.
»Das ist Gabriel, meine Herrschaften. Mein bestes Stück.« Er lachte dröhnend. »Überhaupt der musikalischste Mensch in ganz St. Petersburg! Wenn er singt und spielt: da heulen nicht nur wir Kosaken, sondern auch die Tataren und Mongolen. Komm, mach hin, Gabriel! Zier dich nicht!«
Gabriel verbeugte sich stumm, zupfte ein paar Akkorde.
»Er mag der musikalischste Mensch auf der Welt sein, in diesem Raum aber ist er der unglücklichste«, stieß Sarah leidenschaftlich hervor. »Gabriel, woher stammen Sie?«
»Odessa, Euer Wohlgeboren.«
»Odessa?«
»Am Schwarzen Meer.«
»Und wer ist dort der musikalischste Mensch?«
Gabriel zuckte mit den Schultern.
Gregors Hand fiel wuchtig auf die Sarahs. Er sah sie so finster an, dass sie schwieg. Tatjana lächelte. Jetzt wusste sie schon ein kleines bisschen mehr.
»Spielen Sie«, hauchte Sarah.
»Er ist nicht gut heute«, sagte Alex. »Er hat's im Leib. Falsch gegessen.«
»Sarah!«, rief Gregor warnend, doch die war schon aufgesprungen und legte Gabriel die Hand auf den Leib.
»Und ich dachte, sie verpasst ihm eine ihrer Ohrfeigen«, sagte Mischa launig. »Jetzt klampft er bestimmt nur noch wie ein Spieldosenclown.«

Nur Sacharij lachte.
Gabriel aber stand da wie vom Donner gerührt. Seine Leibschmerzen ebbten ab, lösten sich gleichsam auf wie eine Wolke schlechter Luft.
»Ich kann nun mal nicht aus meiner Haut«, sagte Sarah leise zu Gregor, der sie zurück auf den Sitz zog.
»Jaja – so tut, wer aus Odessa kommt«, sagte Tatjana beschwingt.
Sergej runzelte die Stirn, strich sich anschließend noch einmal über die Wange. Neugierig blickte er auf Sarahs Hände. Die wich seinem forschenden Blick aus, aber Sergej wurde gewahr, wie stolz und selbstbewusst sie in ihrem Sessel saß.
Nun hast du dich verliebt, dachte er bei sich, während Gabriel einen Gassenhauer aus Odessa anstimmte.

Draußen erfrischte sie belebender Wind. Der Nebel war fort. Ein sternenklarer Himmel breitete sich über ihnen aus, der Mond war zum Greifen nah. Seine Sichel war scharf, Abbild der lebensfeindlichen Frostkälte, die wieder Besitz von St. Petersburg ergriffen hatte.
Vor ihren Kutschen wartete ein Häufchen Menschen, elende Gestalten, die darauf hofften, ein Almosen zu bekommen. Eine Mutter drückte unter einem Tuch einen Säugling an die Brust, an ihre mageren Knie schmiegte sich ein vielleicht fünfjähriges Mädchen. Neben ihr krümmte sich ein Greis in zerlumpter Hose und bloßen Füßen, um die er notdürftig Stroh- und Stofffetzen gewunden hatte. Vor Kälte zitternd hauchte er in seine Hände.
Tatjana gab ihrem Sohn einen Wink mit dem Kopf. Auch Gregor kramte in seiner Tasche.

»Und Sie, meine Herren, haben kein Herz?«, fragte Sarah Mischa und Sacharij.
Die beiden schoben das Kinn vor und murmelten etwas, das Sarah nicht verstand.
»Wir haben heute schon genug gegeben«, presste Mischa hervor. »Glauben Sie uns das bitte.«
Er und Sacharij stiegen als erste in die Kutsche.
»Wann?«, hörte Sarah Tatjana fragen.
»Hoffentlich bald«, antwortete Gregor.
Er fasste nach Tatjanas Hand und führte sie flüchtig an die Lippen.
Sergej lächelte Sarah zu, legte die Fingerspitzen auf die Lippen und hauchte ihr ein weißes Eisfähnchen zu.
Widerwillig zogen die Pferde an. Sarah starrte in die Nacht. Gregor ebenso. Ab und zu kreuzten sich ihre blicke. Aber keiner wagte, das Schweigen zu brechen. Welch seltsamer Mann du bist, dachte Sarah. Du nimmst und gibst, du hasst und bist doch der Liebe fähig. Du benutzt, kannst aber auch beschützen.
Woher kommst du? Wer bist du?
Ist es möglich, dass du aus den Seelen verschiedener Menschen zusammengeflickt bist? Deine Liebe hast du gefunden. Und doch wirst du verlieren. Denn deine Hände sind nicht geboren, um festzuhalten.

Sarah hatte erwartet, Gregor die nächsten Tage in Hochstimmung zu erleben, doch sie täuschte sich. Gregor war in sich gekehrt und verschlossen. Er sprach nur das Nötigste und verließ oft die angemietete Wohnung, um das nahe gelegene Alexander-Newski-Kloster zu besuchen.
Einmal folgte sie ihm. Nicht aus Neugier auf das Kloster,

sondern nur, um sich zu vergewissern, was sie eigentlich schon ahnte.
Es war kurz nach einem Gottesdienst. Die Mauern bebten noch von der Kraft des Chorgesangs. Die Frauen trugen Schwarz, nur wenige bunte Trachten belebten die nach draußen strömende Menge. Alte Bauern mit schlohweißen Bärten und Augen, die milde blickten, in denen aber auch Tränen schillerten, verströmten archaische Würde. Kosaken zerrissen die fromme Atmosphäre. Sich Scherze zurufend, sprangen sie behänd auf ihre Pferde und kümmerten sich nicht um die zerlumpten Gestalten, die andächtig den Mund bewegten, weil sie noch der Hostie nachschmeckten. Christi Leib schien für sie nicht nur symbolische Speise zu sein, sondern Teil ihres täglichen Brotes. Und doch wusste Sarah, dass gerade diese Ärmsten bei Pogromen am gewalttätigsten waren.
Sie war versucht, bei diesem Anblick das Schema Israel zu beten, aber dies erschien ihr an diesem Ort wie ein Verrat an ihrem Volk. Im gleichen Augenblick machte sie sich Vorwürfe, seit Monaten keine Synagoge mehr besucht zu haben.
Aber in den Tempel der Gojim – da gehst du hin! Schande über dich!
Nachdenklich schaute sie auf die Menschen, die im bunten Marmor der Kathedrale Zuflucht gefunden hatten. Zwei Stunden lang teilten sie ihre irdischen Lasten mit Christus. Ihr war dies verwehrt. Im graublauen Weihrauchnebel bildete Sarah sich ein, die Gebete der Menschen greifen zu können. Er war gesättigt von ihrem Denken, ihren Wünschen, Gefühlen, Hoffnungen und verdrängte mit seiner Schwere sogar die Gerüche von feuchtem Hanf, Leder und

Wachs, ranzigem Fett und fauligem Atem – die Ausdünstungen der Armut.
Sarah beobachtete, wie der Weihrauch sich um die Ikonostase legte – als wolle er den Heiligen all das vermitteln, was die Menschen in ihn hineingeatmet hatten. Er stieg nicht nur senkrecht auf, sondern wallte in unterschiedlich breiten Bahnen durch die Kathedrale. Mystisch wirkte er da, wo er in einen der Lichtkegel trieb, die sich in der Kuppel zu schmalen Lanzen verjüngten.
Zum Beten ist es nie zu spät.
Alles hat seine Zeit.
Sie erinnerte sich an die Worte des Predigers Salomo, gesprochen von ihrem Großvater. Vor langer Zeit hatte Rabbi Jankovic ihn gefragt, warum er an manchen Schabbes-Tagen nicht zur Synagoge gehe. *Weil es auch für den Frommen eine Zeit zu reden und eine Zeit zu schweigen gibt*, war die eigensinnige Antwort des Großvaters, was Rabbi Jankovic ohne Widerspruch hingenommen hatte. Beides – die Worte wie die Stimme des Großvaters im Ohr – gaben ihr Trost und Kraft.
Doch – war sie wirklich fromm?
Bevor Sarah für sich eine Antwort fand, erblickte sie Gregor. Mit gesenktem Kopf näherte er sich der Wand mit den Heiligenbildern. Er küsste eins nach dem anderen und beugte sich vor jedem tief zu Boden. So tief, dass seine Stirn den Boden berührte. Die Kälte des Bodens scheint angenehm zu sein, dachte Sarah bei sich, schämte sich aber sofort ihrer Überheblichkeit. Wir Juden küssen ja auch, durchfuhr es sie – zum Beispiel die vier Schaufäden des Gebetsmantels. Sie sah dem Kirchendiener zu, der mit einer langen Lichtschere aus dem Altarraum

getreten war und sich jetzt daranmachte, die Kerzen zu löschen.
Trotzdem – wie viel Ikonen will er eigentlich noch küssen? Sarah schaute um sich und stellte fest, dass der barocke Prunk der Kathedrale ihr nichts gab. Gewiss, die Kunstwerke darin, die vergoldeten Kapitelle und der prächtige Stuck, die Ikonostase mit den Bildkopien flämischer Meister: All das war schön anzuschauen. Aber was hatten diese Blendwerke mit Gott zu tun?
Unsinn, was mischst du dich ein!, begehrte ihr Verstand auf. Was suchst du als Jüdin in einer orthodoxen Kathedrale? Warum bist du ihm denn gefolgt? Doch nur, weil du dich daran laben willst, dass dein martialisches Onkelchen durch die Begegnung mit seiner Jugendliebe Herzeleid hat. Weil er gefunden hat, was dir Awrom nicht geben wollte: Liebe.
Sarah machte kehrt und huschte in den Weihrauchnebel. Gregor und die Côte d'Azur! Je unwahrscheinlicher es war, dass er diesen Plan Tatjanas wegen umsetzen würde, umso mehr war sie auf einmal von dieser Idee fasziniert. Sie zwang dem Nebel das Bild eines provenzalischen Hauses ab, in dem sie heilen und reich werden würde. Sie sehnte sich nach dem Licht südlicher Gefilde, das ihr endlich Ruhe geben würde, Ruhe von der Vergangenheit. Sarah wünschte sich, diese Weihrauchschwaden packen zu können, um sie wie einen Vorhang aufzureißen. Auf dass sich Licht und Raum dahinter abzeichneten, in denen sich die Zukunft offenbarte.
Warum waren sie nicht gleich nach Frankreich gereist? Gregor hatte sich in Ausreden geflüchtet: Angeblich müssten sie hier in Petersburg ein wenig Weltläufigkeit lernen,

wollten sie an der Côte d'Azur von den reichen Russen ernst genommen werden. Das sei das eine. Das andere: Ein guter Russe müsse einmal in seinem Leben in der Hauptstadt gewesen sein.

Gregor beendete seine Andacht und schnäuzte sich. Als er Sarahs ansichtig wurde, stutzte er. Steifbeinig wie ein alter Mann kam er auf sie zu. Finster sah er sie an.

»Ich bin's, kein Geist«, sagte Sarah kokett. »Fass mich nur an, wenn du es nicht glaubst.«

Dann ging alles sehr schnell.

Gregor schleuderte ihr Schimpfworte entgegen und zerrte sie unerbittlich zum Ausgang. Sarah wehrte sich nicht, denn sie hatte ihn, den sie immer mit Onkelchen ansprach, unterschätzt. Nein, er war es nicht: weder alt noch ein durch und durch reines Onkelchen. Jetzt sprach sein anderes Gesicht, das äußerst kraftvoll und vital war.

»Du jüdisches Miststück«, zischelte er und drückte Sarah gegen eine der Pappeln, die vor dem Eingangsportal mit seinen sechs Säulen standen. »Spionierst mir nach. Glotzt. Verhöhnst meinen Glauben. Töten könnte ich dich dafür.«

»Und was dann?«, fragte Sarah beherrscht zurück und bohrte ihren Blick in den seinen.

Gregor trat zurück. Er holte aus und schlug ihr eine Ohrfeige. Ihr Kiefer knackte. Nochmals stieß er sie gegen den Baum – und ging. Sarah betastete ihr Gesicht. War dies nun das Ende? Sie sah ihm nach. Hatte er sie verstoßen? Sie wartete mit der Antwort, bis Gregor hinter Sträuchern verschwunden war.

Nein. Eine Kriegerin musste auch einstecken können. Doch dass eine Ohrfeige so wehtun konnte! Leider konnte sie

sich ja nicht selbst heilen. Kühle suchend, machte sie sich auf den Weg zum Friedhof.
Schon unter Zar Peter war er als letzte Ruhestätte für Staatsmänner, Wissenschaftler und Künstler vorgesehen. Tschaikowsky und Mussorgsky, die beiden großen Rivalen der russischen Musik, lagen hier, ebenso der Schriftsteller Dostojewski, der einst vom Zaren nach Sibirien verbannt worden war. Sarah indes hatte keine Augen für die gepflegten Grabstätten, die von Eisengittern umgeben waren. Die Büsten zeigten mehr oder weniger alle die gleichen Gesichter: Männer mit Bärten, die erhaben und griesgrämig vor sich hinblickten – so, als ärgerten sie sich darüber, dass der Tod ihnen zwar nicht die Berühmtheit hatte nehmen können, aber eben doch das Wichtigste: das Leben.
Die Wange war geschwollen, doch der Kiefer heil. Sarah begann zu schmunzeln. Du hast auch vor ein paar Tagen kräftig ausgeteilt. Ob du wohl einen bleibenden Eindruck hinterlassen hast? Bei Sergej bestimmt … Sarah fröstelte. Es war April, aber noch immer eiskalt. Die Pappeln blühten zwar verschwenderisch, und ihre Dolden machten aus manchem Stück Weg einen weichen Teppich, aber der kalte Wind erstickte jegliche Frühlingsgefühle.
Wie kann man hier leben? In einer solchen klimatischen Wüste?, dachte Sarah. Jetzt begann es auch noch zu nieseln. Krähen stritten sich, in der Ferne ratschte eine Ente. Große Bitterkeit bemächtigte sich Sarahs auf einmal. Was hatte sich Gott eigentlich für einen bösen Scherz mit ihr erlaubt! »Warum hast du mich gerettet, Herr?«, fragte sie und blieb stehen, um in den grauen Himmel zu schauen. Der Nieselregen überzog ihr Gesicht mit feinen eisigen Stichen, die die heiße Wange kühlten. So lange wie möglich

wollte sie so dastehen. Doch es wurde unangenehmer. Das Wasser floss ihr erst vom Gesicht in den Ausschnitt, weichte ihren Haaransatz auf und brachte ihre Locken zum Triefen. Der Niesel wurde heftiger. Sarah öffnete den Mund, begann den Regen zu kosten.

Er schmeckte nach Metall.

Nur weil ich eine Kriegerin bin, Herr?

Bald lief ihr das Wasser in die Ohren, durchnässte sie bis aufs Unterhemd. Wenn ich jetzt krank werde und sterbe, Herr – hast du dann nicht aufgepasst? In den Regen mischten sich Tränen. Salz und Metall. Brennen und Schneiden. Herr Gott – du nimmst und nimmst und nimmst.

Welchen Pakt hast du mit mir geschlossen, dass du mich so hin und her schleuderst?

Schritte näherten sich. Sarah lauschte mit angehaltenem Atem.

Gib mir ein Zeichen, Herr!

Es war Gregor. Ohne sich zu wundern, blieb er stehen und schaute ihr zu. Ob sie wisse, dass sie sich für ihr Schauspiel im Regen das Grab eines Schriftstellers ausgesucht habe?

»Ich habe irgendwo mal einen hübschen Vergleich gelesen. Es gibt zwei Sorten von Menschen: Die einen haben eine Seele wie ein Wachstuch. Kommt ein Fleck drauf, warten sie, bis der nächste Regen ihn abwäscht. Die anderen haben eine Seele wie ein Seidentuch. Der Regen wäscht bei ihnen den Fleck nur halb aus, so dass die Ränder verfließen. Aber je länger das Leben dauert, umso mehr Flecken kommen auf das Tuch. Irgendwann ist die ursprüngliche Farbe nicht mehr vorhanden. Und nun rate, welchem Typ ich zugehöre und welchem du.«

Sarah schaute Gregor böse an. Der stand da, als wäre

nichts gewesen. Er schwang seinen Stock und schaute sie ungerührt an wie ein zweitklassiges Denkmal. Der Regen troff von seiner Pelerine und tropfte ihm von der Krempe seines Huts.

»Dostojewski«, sagte er knapp und zeigte mit dem Stock auf die Büste.

Das Grab war ein Geviert, das von klobigen schwarzen Ketten umrahmt war. Sarah folgte der Richtung seines Stockes und zuckte zusammen.

Die Büste zeigte nicht Dostojewski, sondern Gregor. Gleichzeitig hörte sie klirrende Geräusche und das Knarren von Wagenrädern. Die Büste verschwamm ihr vor den Augen zu einem grauweißen Ball, in dem Gregor mit nacktem Oberkörper zu sehen war. Er kniete mit gefesselten Händen auf einer Art Schafott und wurde ausgepeitscht. Um ihn herum standen Soldaten, aber auch Männer, von denen Sarah wusste, dass sie zu Gregor gehörten.

Die Vision dauerte nur Sekunden. Aber Gregor war bereits weitergegangen. Er pfiff ein Lied und schwang seinen Stock. Irgendwann blieb er stehen. Und schaute gen Himmel, wie Sarah es getan hatte.

»Nun komm endlich!«, hörte sie ihn rufen. »Ich trockne dich ab, du mich. Und dann gehen wir ins Bett.«

Gregor begann zu lachen und wiederholte in einem fort: ins Bett.

Die Sassonows wohnten am Ufer der Karpowka, eines schmalen, von Kopfweiden und Birken gesäumten Flusses. Stand man am Ufer, wirkte er mit seinen bis zur Wasseroberfläche reichenden Birkenästen ausgesprochen romantisch. Bei Wind streichelten sie das Wasser und dienten als Schaukel für die Meisen, die hier zahlreich nisteten. Einige alte Eichen klammerten sich mit bizarren Wurzelstöcken in den sandigen Boden, in ihren toten Ästen klopfte der Specht. Gelegentlich dümpelte ein altertümlicher Kahn voller Reusen und Fischkörbe vorüber. In ihm saßen halbwüchsige Jungen mit schmutzigen Kitteln. Sie hielten das Ruder, während Frauen mit roten Kopftüchern Netze flickten und dabei mit gepresster Stimme fremd anmutende Lieder sangen.

Die Idylle täuschte. Denn ein paar Schritte zurück, stand man auf einem breiten Boulevard mit neuen Bürgerhäusern. Und die standen für das moderne St. Petersburg. Die Häuser hatten fließendes Wasser, Strom, und wer es sich leisten konnte, bekam sogar Telefon. Von den oberen Stockwerken sah man über die Karpowka-Idylle ans andere Ufer, das schon zum Botanischen Garten gehörte. Zar Peter hatte hier ursprünglich Heilpflanzen anbauen lassen, jetzt war daraus ein prächtiger Landschaftsgarten mit Orangerien, Plastiken und botanischen Instituten geworden, im Sommer das bevorzugte Ziel der Petersburger Mittelschicht.

Sarah und Gregor gingen auf breiten Sandwegen spazieren und erfreuten sich am satt leuchtenden Gelb der Forsythien. Die Temperatur war in den vergangenen Tagen langsam gestiegen, und Sarah war überaus dankbar, dass sie nicht mehr fröstelte. Sie blieb vor einem Holunderbusch stehen, zerpflückte mehrere Blätter und neckte Gregor damit, ob er seiner Angebeteten nicht einen Zweig von der benachbarten Zierjohannisbeere abbrechen wollte. Ihre blassroten Blüten erinnerten sie an Tatjanas Lippen.

»Zieh mich nur auf«, sagte Gregor gedehnt. »Oder willst du damit sagen, du hättest es lieber, wenn ich mich an dir gütlich tue? Fehlt dir etwa was? Sag es mir. Wenn es nur ein Mann ist …«

Sarah wurde rot. Denn es gab Stunden, da fehlte ihr wirklich einer. Zum Glück beließ es Gregor bei dieser einen Bemerkung. An anderen Tagen spielte er gerne den Wüstling. Wobei er es stets schaffte, Sarah im Zweifel zu lassen, ob er eines Tages über sie herfallen würde oder nicht.

Im Übrigen billigte er ihre Idee und ließ sich im Café extra eine Vase für den Zweig bringen. Gregor blieb für Sarah ein Rätsel. Sie wurde nicht klug aus ihm. Seine Launen waren unberechenbar. Einmal war er gelöst, dann wieder abweisend. Stunden später benahm er sich wie ein wirklicher Onkel, dann wieder kehrte er den verschlagenen Soldaten hervor, der nach seinem Dolch griff und sich damit die Fingernägel putzte. Er war ein Sammelsurium sich widersprechender Persönlichkeiten. Ein Mensch, der im Bösen gut war und im Guten böse.

Nur von der Côte d'Azur sprach er nicht mehr.

»Oh Monsieur – das erinnert mich an Paris!«, rief der früh ergraute Kellner. Mit seinem zwischen die Schultern gezogenen Kopf hatte er etwas Verhuschtes an sich. Andächtig steckte er den Zweig in die Vase, sein Gesicht erinnerte Sarah an das eines mittelalterlichen Ritters.

Er nahm eine Fotografie von der Wand, die ihn mit einer Frau im weißen Kleid zeigte. Die Frau lachte überschwänglich und präsentierte ihren aufgeklappten Sonnenschirm wie ein Soldat sein Gewehr.

»Ja, das waren schöne Zeiten«, setzte der Kellner sehnsüchtig nach. »Im Bois du Boulogne. Ich war verliebt, sie war verliebt, und beide hatten wir unser Auskommen.«

»Das glaube ich«, sagte Sarah. »Aber der Tod stand ihr da schon ins Gesicht geschrieben.«

Sie hielt sich die Fotografie vor die Nase und berührte das Glas an der Stelle, wo der Kopf der Frau abgebildet war.

»Woher wissen Sie das?«, fragte der Kellner verblüfft. »Denn wirklich, ein halbes Jahr später war Celine tot.«

»Ein bisschen Intuition«, wich Sarah aus.

Tatsächlich hatte sie bei der Betrachtung der Fotografie für einen kurzen Moment das Gefühl gehabt, in die Zeit eingetaucht zu sein, in der das Foto gemacht worden war. Zeit und Person waren im Einklang, aber schon einen Herzschlag später war das Gleichgewicht zerbrochen. Die Atmosphäre wogte zwar noch in Sarah nach, doch die Person auf dem Foto hatte nichts mehr mit ihr zu tun.

»Intuition«, wiederholte der Kellner wehmütig. »Celine hatte zuvor immer wieder über Kopfschmerzen geklagt. Dann eines Abend waren sie so stark, dass sie mit dem Kopf gegen die Wand rannte. Mehr und mehr versagte ihr Körper den Dienst. Erst erlosch das Sehen, dann versiegte ihr das Gehör. Darauf verlor sie Geruch und Geschmack, schließlich wusste sie nicht mehr, wo oben und unten ist. Und als sie dann das Atmen vergaß …«

»… war's aus«, sagte Gregor gelangweilt.

Er nahm Sarah die Fotografie aus der Hand und gab sie dem Kellner zurück. Die Geschichte ließ ihn kalt.

Unmensch!, schleuderte Sarah ihm in Gedanken entgegen. Deine Stunde schlägt auch noch! Sie versuchte, sich auf die Vision auf dem Friedhof zu konzentrieren, doch ihre Wut über sein steinernes, kaltes Herz blockierte sie. Seine

Gleichgültigkeit musste selbst für Tod und Teufel eine Herausforderung sein.
Sarah konzentrierte sich. Du musst dich beherrschen.
»Celine ist immer bei mir. Das weiß ich«, sagte der Kellner dumpf. »Manchmal kommt es mir so vor, als trage nicht ich die Tabletts, sondern sie.«
Sarah steckte ihm ein Trinkgeld zu. Bis vor das Haus der Sassonows sprach sie mit Gregor kein Wort mehr. Wie hatte sie glauben können, an der Seite eines solchen Scheusals ein neues Leben an der Côte d'Azur zu beginnen! Gregor aber schwang seinen Stock und schnupperte an dem Zweig der Zierjohannisbeere.
»Ich hoffe, dass Tatjana dir gleich einen Fußtritt gibt«, sagte Sarah, während Gregor an der Haustür läutete.
»Ihr Mann bestimmt«, entgegnete er spöttisch. Sie warteten. Schließlich wurde die Tür geöffnet. Gregors Selbstsicherheit fiel von einer Sekunde auf die andere von ihm ab. Sein Zynismus zerplatzte wie ein Ballon.
Pawel Jefimytsch Sassonow persönlich hatte die Tür geöffnet.
Sarah entging nicht, dass auch er stutzte, doch schon die ersten Willkommensworte verdrängten Sassonows Irritation.
Er küsste Sarah die Hand und geleitete sie ohne Umschweife in sein mit dunklem Walnussholz getäfeltes Arbeitszimmer, dessen einziger Schmuck die russische Fahne mit dem Doppeladler und ein Porträt des Zaren und der Zarin war. Hier erst nahm er ihnen die Garderobe ab und reichte sie einem mageren Mädchen.
Er tut, als wäre er Rechtsanwalt und wir Klienten, dachte Sarah.

»Ich diene gern«, sagte Pawel Jefimytsch, als habe er Sarahs Gedanken gelesen. »Und ich habe auch das Glück, dass meine Gesinnung bislang nie in Versuchung geführt wurde.«

Wie selbstgefällig, dachte Sarah, wunderte sich aber, dass Pawel Jefimytsch Gregor aufmerksam musterte. Er hatte wässrige blaue Augen, von denen das rechte etwas größer war als das linke, was seinem hageren Gesicht mit den tiefen Falten um den Mund etwas Spöttisches verlieh. Leicht gebeugt, bewegte er sich jedoch sehr geschmeidig, mit militärisch knappen Gesten. Seine Augen und das herabhängende mönchische Haar erinnerten sofort an Sergej, Sarah aber spürte, dass Vater und Sohn vom Wesen her zwei völlig unterschiedliche Menschen waren.

Zum Glück kam Tatjana zur Tür herein. Sie war sehr bleich, hatte zu viel Puder auf der Haut. Ihre Lippen waren blassrot geschminkt und standen in auffallendem Kontrast zu ihrem beigefarbenen, asiatisch geschnittenen Seidenkleid. Gregor gönnte ihr nur ein schwaches Lächeln und überreichte ihr den Johannisbeerzweig kaum weniger linkisch als ein Gymnasiast, der auf einem Ball seine Dame das erste Mal zum Tanz auffordert. Nicht einmal seine Augen blitzten, als er sich steif mit zusammengeschlagenen Hacken vor ihr verbeugte.

Alles war unwirklich wie in einem Traum. Hätte Sergej nicht Klavier gespielt, sie hätte sich nicht gewundert, wenn alle Menschen um sie herum zu fliegen begonnen hätten.

Auf dem Weg in den Salon fiel Sarah der Unterschied zur Wohnung der Burlakowa ins Auge. Wirkte in Odessa alles russisch anheimelnd, waren die Räume hier von nüchterner Eleganz. Alles war größer, die Decken waren höher, und das Parkett knarrte lauter. Statt kräftiger Farben herrschten Pastelltöne vor. Die Vorhänge waren weiß, die Möbel blass gebeizt. Insgesamt, und obwohl gut geheizt war, konnte Sarah sich eines Schauderns nicht erwehren. Sie kam sich seltsam überflüssig vor, unwichtig wie ein Statist auf einer viel zu großen, kahlen Bühne. Hier herrschte der reine Intellekt, alles Übrige besaß den Rang unwichtiger Requisiten.

Tatjana hatte hier nichts zu sagen.

Schon allein, dass Blumen fehlten, nirgends eine Vase stand. Pawel Jefimytsch behauptete später, abgeschnittene Blumen seien Leichen und machten ihn krank. Allein Sergejs Klavierspiel verbreitete etwas Wärme und Leben. Aber weder der Klang an sich noch die Musik gehörten für Sarah an diesen Ort.

Sergej spielte irgendetwas elegisch Schönes, von dem Sarah sich einbildete, es schon einmal gehört zu haben. Und tatsächlich: Sie irrte sich nicht.

»Was mag der kommende Tag mir bringen ...«, begann Sergej zu singen. Er hatte einen klaren, kräftigen Tenor. »Die Arie des Lenski aus dem Onegin. Vor dem Duell. Erinnern Sie sich, Sarah?«

Sergej spielte und sang weiter, ohne eine Antwort abzuwarten. Seine Hingabe an die Musik war aufrichtig. Nur kurz warf er Sarah einen strahlenden Blick zu, dann verstummte er und ließ Lenskis Melodie in die rechte Hand wandern. Jetzt begannen die Tasten zu singen – Sergej verstand es zu zaubern. Seine mangelnde Attraktivität als Mann war verschwunden. Mit seinem Klavierspiel wuchs ihm eine Aura goldenen Lichts zu, die ihm Würde und Stolz, Sensibilität, aber auch Kraft verlieh.

Für einen Moment vergaß Sarah, wo sie war. Das Erlebnis auf der großen Treppe in Odessa kam ihr in den Sinn, wie Awrom mit seiner Klarinette in ihr trauriges Summen eingestimmt hatte. »Wenn mein Schatz Hochzeit macht« – lange, obwohl doch nur ein Jahr, war das her. Was war es anderes gewesen als sehnsüchtiges Verliebtsein, versalzen durch Verzicht und Trauer? Älter und um vieles reifer stand sie nun hier, umfangen von den elegischen Tönen Tschaikowskys. Unwillkürlich fragte sie sich, auch wenn ihr der Gedanke völlig abwegig erschien, ob ein Mann wie Sergej je würde an Awroms Stelle treten können.

»Schön, schön. Aber auch genug«, befand Pawel Jefimytsch ungeduldig. »Du solltest dich den Gästen deiner Mutter lieber als angehender Chirurg vorstellen. Nicht als Schwarmgeist.«

Sergej kadenzierte in dürren Akkorden ab.

Die goldene Aura war erloschen.

Tatjana applaudierte dünn, Sarah schloss sich ihr an – weniger aus Höflichkeit als aus tatsächlicher Begeisterung heraus. Gregor aber wirkte immer noch wie eingefroren. Sarah war nicht entgangen, dass er, während Sergej spielte, Pawel Jefymitsch verstohlen musterte. Beide mussten sich kennen, daran gab es für sie keinen Zweifel. Ob er ihr erzählen würde, welches Geheimnis sie miteinander verband? Mit Tatjana konnte es kaum zu tun haben. Die beiden Männer beargwöhnten sich wegen etwas anderem.

»Vater, ich bin mir sicher, selbst wenn man mich als zweiten Anton Rubinstein rühmte, würdest du sagen: Verglichen mit einem Rudolf Carl Virchow oder einem Robert Koch ist ein Pianist ungefähr so wichtig wie das Gesumm einer Schmeißfliege.«

»Dein Bonmot werde ich mir merken, Sergej. Es ist seit langem das Vernünftigste, was du von dir gegeben hast.«

»Pawel, bitte«, sagte Tatjana. »Nimm etwas Rücksicht auf unsere Gäste.«

»Teuerste, tu ich das etwa nicht?«

Pawels Stimme war honigsüß und triefte vor geheuchelter Besorgnis. Er beugte sich über die Hand seiner Frau und führte sie an seine Lippen. Triumph und Grausamkeit leuchteten in seinem Gesicht auf. Anschließend schaute er noch eine Spur spöttischer drein, als er es ohnehin schon tat.

»Sarah, mein Herr Papa will aus mir einen Chirurg machen, der für Russlands Medizin dasselbe darstellt wie General Kutusow für die Armee.«

»Ist das falsch?«, blaffte Pawel los. »Kutusow vernichtete Napoleon. Und deine Begabung reichte allemal, unserem Familiennamen eine ähnliche Wertigkeit zu verleihen. Und zwar beständige Wertigkeit!«

Pawel Jefimytschs Falten waren so tief geworden, dass sie Schatten warfen. Seine Stimme war unangenehm scharf, was in auffallendem Kontrast zu seinem spöttischen Blick stand. Gregor und Tatjana schienen ihn überhaupt nicht mehr zu interessieren. Einzig Sarah gönnte er ein paar hellwache Blicke. Und ihr erklärte er auch, dass Sergej schon im Gymnasium unter den ersten dreien war, jetzt aber in seinem Medizinstudium trotz seiner Klavierspielerei die Nummer eins sei. Denn er habe die Gnade eines außergewöhnlichen Gedächtnisses, lerne gleichsam im Schlaf.

»Leider hat auf der anderen Seite der Wiege der Teufel gestanden und ihm den größeren Teil seines Hirns mit Musik vernebelt.«

»Wenn bei mir der Teufel an der Wiege gestanden hat, Vater, dann an deiner Wiege bestimmt kein Engel«.

Sergej drehte sich abrupt um und bot Sarah den Arm. Eigentümlicherweise ließ ihn seine Widerständigkeit Sarah sympathisch erscheinen. Pawel Jefymitsch dagegen war der unbarmherzigste Mensch, den sie bislang kennen gelernt hatte. Wie hatte eine Frau wie Tatjana es mehr als zwei Jahrzehnte an der Seite eines solchen Menschen ausgehalten? Von Gregors steinernem Herz keine Spur. Im Gegenteil. Er litt mit Tatjana. Und obwohl er eingeschüchtert war, brannte in ihm der Wille, sie aus dieser Hölle herauszuholen.

Die Côte d'Azur lag in weiter Ferne.

Den Tee nahmen sie im Esszimmer, das von nichts außer einem ovalen Tisch mit acht Armlehnstühlen beherrscht wurde. Auf dem Boden lag ein chinesischer Teppich mit einem tief dunkelblauen Medaillon. Die Wände waren mit hellblauen Seidentapeten bespannt, gegen die sich Gregors Johannisbeerzweig mit seinem blassen Rot eigentümlich stark absetzte.

Sergej und Sarah lächelten einander zu.

»Meine Njanja war Engländerin«, begann Pawel Jefimytsch versöhnlich. »Die Begeisterung für Tee und Butter-Cookies habe ich von ihr. Auch ihre Auffassung, dass ein gewisser Purismus die beste Gewähr bietet, den Verstand immer lernwillig zu halten.«

Weder Tatjana noch Sergej sagten ein Wort.

»Sie sind Jüdin, nicht wahr?«, fragte Pawel Jefymitsch unvermittelt.

»Muss sie deswegen jetzt vor die Tür?«

Sergej zwinkerte Sarah zu.

»Hören Sie nicht auf ihn«, sagte Pawel Jefymitsch beschwichtigend. »Ich habe nichts gegen das Judentum an sich. Ganz einfach deshalb, weil ich immer auf das Individuum selbst schaue. Für aufgeklärte Juden, die sich in unsere moderne Gesellschaft eingefügt haben, gelten die Disziplinierungsmaßnahmen meiner Regierung nicht.«

»Sarah, weil Sie schön sind und ansehnlich gekleidet, sind Sie eine gute Jüdin. Wären Sie hässlich und hässlich gekleidet, müssten Sie diszipliniert werden.«

»Danke, Sergej«, sagte Sarah fest. »Sie nehmen kein Blatt vor den Mund ...«

»Pawel, Sergej! Wir sitzen hier nicht, um politische Parolen auszutauschen«, fiel ihr Tatjana ins Wort.

»Bestimmt, Tatjana Michailowna«, entgegnete Sarah. »Aber bitte gestatten Sie, dass ich mir erlaube, einzelne dieser Disziplinierungsmaßnahmen wenigstens anzuzweifeln.« Sarah war angesichts der Gewandtheit ihrer Worte selbst verblüfft. Noch nie war ihr das Reden so leicht gefallen. Eine Fülle an Ungerechtigkeiten gegen ihr Volk fielen ihr ein, die sie Pawel Jefimytsch mit wachsendem Zorn vorhielt. »Warum darf man uns einfach umbringen, unser Eigentum beschlagnahmen, unsere Mütter vergewaltigen? Warum lässt der Zar es zu, dass im Winter bei sibirischer Kälte zweitausend Moskauer Juden so plötzlich in die Ghettos vertrieben werden, dass die Kinder unterwegs erfrieren? Warum dürfen jüdische Kranke nicht in öffentliche Krankenhäuser? Warum müssen wir für das Tragen jüdischer Kleidung, für jede Schabbeskerze, für jedes koscher geschächtete Tier Sondersteuern entrichten? Warum dürfen Juden in Zügen keine Plätze erster Klasse belegen, selbst wenn sie diese bezahlen könnten? Selbst Straßen zu begehen, an denen eure Kirchen stehen, ist uns verboten. Es gibt sogar Berichte, dass Eltern Prügelstrafen angedroht werden, wenn ihre Kinder auf öffentlichen Plätzen toben. Warum das alles? Damit wir konvertieren? Christen werden? Grausame Christen? Unsere Religion ist die ältere. Uns hat Gott die Zehn Gebote gegeben. Meine Religion ist die eures so genannten Alten Testaments. Euer Christus ist von Patriarchen und Päpsten gemacht. Er selbst war Rabbi. Rabbi Jesus, ein Heiler, der Gott suchte und ihm eigenwillig nahe stand.«

»Bravo!«, rief Sergej begeistert. »Vater, bitte respektiere jetzt den Wunsch von Mama: keine weiteren Diskussionen über Politik!«

»So jung und schon eine Revolutionärin. Schade um Sie.« Es klang ungerührt. Er bekam ein Tablett mit drei Papiertütchen und Wasser serviert. Mit stoischer Ruhe schüttete er die Pulver ins Glas, rührte alles mit einem Edelhölzchen um und trank das Gemisch in einem Zug.

Wie es in ihm arbeitet, dachte Sarah spöttisch. Wie Sie mich hassen, Pawel Jefymitsch Sassonow. Aber Ihre Aura verrät Sie! Krank sind Sie! An Seele und Körper. Um Ihr Haupt lagen vorhin schon Schatten, doch jetzt, durch Ihren Hass, färben sie sich dunkel ein, wie Rußfahnen. An Kraft haben Sie auch verloren. Ihr Wille und Ihr Wollen sind nur noch ein Hecheln – Pawel Jefymitsch Sassonow, Sie sind dem Untergang geweiht.

Es war keine Vision. Seit dem dramatischen Opiumrausch häuften sich die Situationen, in denen sie Auren wahrnahm. Doch nie war ihr diese Fähigkeit so nützlich erschienen wie in diesem Moment. Mit nur wenig Konzentration gelang es ihr, auch die Auren von Gregor, Tatjana und Ser-

gej zu sehen. Jede war anders, aber alle waren sie in etwa gleich stark. Die Farben waren verschieden, aber jedes Mal deutlich und von gewissermaßen positiver Qualität. Nur Pawel Jefymitsch umgab ein schmutziges Feld, ganz so, wie es zu seinem Beruf als Spitzel passte.
Die Verurteilung als Revolutionärin empfand sie wie eine Auszeichnung. Dabei hatte sie nichts weiter getan, als einige Ungerechtigkeiten beim Namen zu nennen. Was Onkel Hejnech ihr oft gepredigt hatte, die Feststellung des Mediziners Leon Pinskers aus Odessa, galt nach wie vor: Der Jude ist für die Lebenden ein Toter, für die Eingeborenen ein Fremder, für die Einheimischen ein Landstreicher, für die Besitzenden ein Bettler, für die Armen ein Ausbeuter und Millionär, für die Patrioten ein Vaterlandsloser, kurzum: für alle Klassen ein verhasster Konkurrent.
»Pawel Jefymitsch – Sie sind doch hoffentlich nicht krank?«
Nicht um Sarah beizustehen, sondern um vor Tatjana Haltung zu zeigen, brachte Gregor diese zweideutige Frage vor. Für das Schicksal der Juden Partei zu ergreifen – so weit war es noch lange nicht.
»Sie meinen krank – am Körper?«, fragte Pawel Jefimytsch lauernd und fixierte Gregor so eindringlich, als wolle er ihn mit Blicken an die Wand nageln.
»Nun, der Gesündeste bist du nicht«, warf Tatjana dazwischen.
»Leider, wie?«
»Pawel Jefimytsch, Sie geruhen, uns alle ein wenig zu sehr in die Ecke der Revolutionäre zu stellen«, ergriff Gregor bemüht versöhnlich das Wort und strich sich den Schnauzer, um seiner Befangenheit Herr zu werden.
Er war zu der Überzeugung gelangt, dass er sich unnötig

bedroht fühlte. Denn was hatte dieser Bürokrat gegen ihn in der Hand? Nichts! Gregor rief sich noch einmal die Begegnung in Njeschin in Erinnerung. Pawel Jefimytsch, im schwarzen neuen Gehrock, duftete nach Eau de Cologne und süßem Tabak. Er hatte aus der ihm angebotenen Schnapsflasche getrunken, sie aber dann vor seinen Füßen zerplatzen lassen. Warum aber war Pawel Jefimytsch damals nicht in St. Petersburg? Bestimmt, um das Pogrom zu beobachten und dabei etwaigen jüdischen Selbstverteidigungsorganisationen auf die Spur zu kommen.

Was würde wohl geschehen, wenn Sarah erfuhr, wen sie da vor sich hatte? Sie würde ihn bestimmt heute Abend fragen, warum er sich so zurückgenommen hatte. Bis dahin musste er eine Ausrede gefunden haben, denn die Wahrheit war viel zu gefährlich. Gregors Gedanken überschlugen sich. Ein falsches Wort von Sarah gegenüber Sergej würde genügen. Pawel Jefymitsch würde Nachforschungen anstellen und schnell seine Schlüsse ziehen. Am Ende warteten der Strang oder die Verbannung nach Sibirien.

Zum Glück war Pawel Jefimytsch selbst von einer Vermutung noch weit entfernt. Und dies musste unbedingt so bleiben. Denn ob Tatjana ihn, Gregor, auch noch lieben würde, wenn sie wüsste, dass er ein Mörder war, darauf wollte er nicht hoffen.

Mit einem Schlag wurde ihm bewusst, welch seltsame Teegesellschaft sich hier versammelt hatte: Er, der Mörder, saß Tatjana, einer potenziellen Ehebrecherin, gegenüber, und Sarah, die Messerstecherin, hatte den Schreibtischmörder Pawel Jefimytsch vor sich. Nur Sergej war unbelastet. Aber längst in ihr Gespinst verwoben, weil er sich in Sarah verguckt hatte und seinen Vater hasste.

»Gregor Nikolajewitsch, ich glaube, ich habe Ihnen schon einmal gesagt, dass ich Ihnen nicht unterstelle, Sympathien für Revolutionäre zu hegen«, griff Pawel Jefimytsch Gregors Bemerkung auf.
Er erhob sich und verkündete, seiner Arbeit nachgehen zu müssen. Seiner Frau hauchte er einen Kuss auf die Fingerspitzen.
»Sergej wird bestimmt gleich wieder spielen«, setzte er nach. »Das mögen Sie doch, Sarah, nicht wahr?«
Er nickte ihr höflich zu, seine Gesichtszüge undurchsichtig erstarrt. In der Tür drehte er sich noch einmal um.
»Sollte mir hier irgendwer meine Frau entführen wollen, möchte ich noch daran erinnern, dass mir viele, viele Personen dabei helfen würden, sie wieder zu finden.«

Du siehst älter aus, als du bist, du bist schön, und die Miete ist fürs Erste bezahlt. Leg deine Hände in den Schoß, mach es dir schön.
Sarah lag mit übereinander geschlagenen Beinen auf dem Diwan und knabberte an den Fingernägeln. Der Ärger über sich selbst hatte sie so verspannt, dass ihr der Nacken knirschte und die Kissen in ihrem Kreuz wie mit Steinen gefüllt waren.
Es war, als hätte Gregor einen Dämon zurückgelassen.
Weder konnte sie sein anzügliches Grinsen vergessen, noch gingen ihr seine Worte aus dem Kopf. Dabei war so Ungeheuerliches gar nicht geschehen. Er hatte vorgegeben, sie zum Abschied noch einmal väterlich in den Arm nehmen zu wollen, sich dann aber plötzlich an sie gepresst und ihr den Hals abgeküsst. Doch nicht nur das. Weil sie unter dem Morgenrock nackt war, hatte er einfach zugelangt.

»Irgendwann muss doch selbst dein Onkelchen mal anfangen, Schulden einzutreiben.«

Mehr war zum Glück nicht passiert. Sarah schalt sich ein liederliches Subjekt. Sie fühlte sich schmutzig, musste sich aber eingestehen, dass Gregors Attacke ihre Lust geweckt hatte. Es gab nur eine Erklärung: Der böse Trieb ergriff allmählich Besitz von ihr. Je weniger sie die Hände auflegte, umso stärker wurde er. Gregor ahnte dies. Die Zeit spielte ihm zu – wenn alles so blieb wie bisher, würde sie ihn eines Tages wohl wirklich im offenen Morgenrock empfangen.

Sarah biss sich vor Wut in den Finger. Sie hing an Gregors Gängelband, und der kehrte den rechthaberischen Onkel mit dem Geldsack heraus und hüllte sich in Schweigen, wann immer sie ihn auf Sassonow ansprach. Natürlich gönnte er ihr kein Wort darüber, wie es weitergehen sollte, wie lange er und sie voneinander getrennt in St. Petersburg leben würden. Ach ja, und den Côte-d'Azur-Traum mit dem Haus in einem Garten voller Olivenbäume nebst Reben und Zypressen – dieses sentimentale Trugbild habe sie doch wohl hoffentlich nicht ernst gemeint.

Der Finger blutete. Der Schmerz tat gut. Schmollend beobachtete sie, wie das Blut in den Handteller lief und sich dort sammelte. Als die Handlinien vollständig ertrunken waren, rutschte es weiter über das Handgelenk und tropfte auf ihren Morgenrock.

Mit der freien Hand riss sie ihn bis zu den Hüften hoch und legte die blutige Hand auf ihre Scham. Wenn sie Geld brauchte, hatte Gregor gesagt, könne sie sich als Dienstmädchen oder Hure ja ein paar Rubel hinzuverdienen. Dieser Satz hatte sie mehr als alles andere verletzt.

Es reizte Sarah, sich jetzt deswegen zu quälen.

Mit flachem Atem konzentrierte sie sich auf die beiden so unterschiedlichen Empfindungen. Da war die Lust der Berührung, dort das Brennen ihres blutenden Fingers. Freud und Leid liegen eben dicht beieinander, dachte sie zynisch. Und natürlich kann man nichts spüren, ohne sich dabei selbst zu spüren: Ich fühle, also bin ich. Deine Haut ist dein Ich, du bist Märtyrer und Folterer in einem.
Wie es da unten jetzt wohl aussieht?
Sarah stemmte sich hoch und spreizte die Beine. Die Schamlippen waren fleckig, das Schamhaar verkrustet. Ihr Hand war widerlich verschmiert, aber der Finger blutete nicht mehr.
»Und doch mache ich, was ich will!«, sagte sie tonlos. »Als ob ein solch dreckiger Goj wie du mir etwas verbieten kann.«
Von einer Sekunde auf die andere stand ihr Entschluss fest. Sie würde das Schicksal herausfordern. Wozu sonst war sie auf der Welt?

Als Sarah zur Wohnung ihrer Wirtin hochstieg, beantwortete die Treppe jeden ihrer Schritte mit einer Salve heller Krachlaute, ganz so, als sollte Sarah eingeschüchtert werden, bevor sie Lisa Koljanowa unter die Augen trat.
»Kindchen, nicht dieser Lärm!«, jammerte es Sarah aus der angelehnten Haustür entgegen, »Du machst einen ja krank!«
»Woher wissen Sie denn, dass ich es bin?«, fragte Sarah belustigt und trat die Tür mit dem Hacken ins Schloss.
»Frag nicht so einen Unsinn!«, krähte es aus der Stube. »Was willst du?«
»Darf ich eintreten?«

»Wie nun – bist du gekommen, um dumme Scherze zu machen?«

Lisa Koljanowa stand neben dem Fenster vor einem Bügelbrett, neben sich einen Korb mit weißen Hemden. Sie musste schon seit Stunden bügeln, denn auf der Anrichte stapelten sich die zusammengelegten Hemden in drei ellenhohen Haufen.

»Passen Sie auf, werte Lisa Koljanowa: Ich will Sie nur eine Kleinigkeit fragen. Kennen Sie jemanden, der krank ist? Wenn ja, geben Sie mir die Adresse. Dann gehe ich hin und helfe.«

Sarah kleidete ihre Frage in denselben belanglosen Ton, in dem andere Frauen nach einem billigen Frisör fragen. Trotzdem war sie so aufgeregt, dass sie Flecken am Hals hatte. Denn ihre Worte mussten für Lisa Koljanowa, deren Begriffsstutzigkeit so groß war wie ihr Busen, wie die einer Verrückten klingen. Aber Sarah hatte sich entschieden, ihr Schicksal herauszufordern. Sie musste heilen, das war ihre Bestimmung. Was sollte sie da erst lang Pläne schmieden? Kranke gab es schließlich überall. Nicht nur an der Côte d'Azur.

Ein Gebet wuchs in ihr.

Ich bin jetzt Dein Golem, Herr, gepriesen seist Du in alle Ewigkeit. Mache Du mich lebendig. Denn meine Augen sehen nicht, und meine Ohren hören nicht. Meine Nase ist nur Fleisch, und mein Mund ohne Geschmack. Ich stehe, kann aber nicht gehen, mein Kopf ist, hat aber keinen Verstand.

Doch ich will!

»Haben Sie mir zugehört?«, fragte Sarah zögernd, denn Lisa Koljanowa bügelte ungerührt weiter.
»Mädchen, lass deine dummen Scherze. Was willst du?«
»Helfen. Heilen«, wiederholte Sarah ungeduldig.
Endlich drehte sich Lisa Koljanowa um. Das Bügeleisen in ihrer Hand sah aus wie ein missratenes Schiffsmodell, an dessen Henkel die Schornsteine fehlten. Sarah gab Gregor Recht – Lisa hatte tatsächlich den Umfang und die Haltung einer Kropftaube, und dazu das Gesicht einer Spitzmaus.
»Kindchen, was ist in dich gefahren? Hast du Ärger mit deinen Geschichten?«
»Nein, Lisa Koljanowa, ich hab's in den Händen!«, stieß Sarah ungeduldig heraus. »Das ist alles. Aber doch wohl genug, oder?«
Lisa streckte den Busen vor und nahm den Kopf zurück – stand da wie die Schwiegermutter in der Komödie. Auf ihrem Busen hätte jetzt das Bügeleisen Platz gehabt, und ihr spitzmausiges Gesicht zitterte, als nehme es Witterung auf. Sarah fragte sich, ob Lisas Knopfaugen sie in diesem Moment überhaupt sahen, und begann zu winken.
»Machst du dich auch noch lustig?«, fragte Lisa. »Mich in der Arbeit zu stören mit solchen Verrücktheiten. Du bist doch jung! Heilen tun die weisen Frauen. Und die sind alt. Dich würden sie nicht einmal beim Roten Kreuz nehmen. Dein Onkel hat aber doch bezahlt. Was machst du dir also Sorgen ums Geld?«
Sarah trat auf Lisa zu, nahm ihr das Bügeleisen aus der Hand und zog sie auf den Diwan. Sie kam sich vor wie eine Tochter, die ihrer etwas beschränkten Mutter alles noch einmal würde erklären müssen. Alle Aufregung war vorbei. Also trug sie ihr Anliegen noch einmal vor. Beschwörend

sah sie Lisa dabei in die Augen und griff nach ihren Händen.

Nur, Lisa glaubte ihr nicht. Ihr Spitzmausgesicht zuckte spöttisch, und ihr Kropftaubenbusen strahlte so viel selbstsichere Ignoranz aus, dass Sarah sich entschloss, Lisa einen Denkzettel zu verpassen. Sie fragte sie, ob ihr vom vielen Bügeln nicht das Kreuz wehtue. Lisa zögerte, nickte schließlich. Sarah legte beide Hände auf und schloss die Augen.

»Spüren Sie die Wärme?«

»Kindchen, nun ja … «

»Wenn Sie nicht wollen, muss ich Ihnen eine Ohrfeige geben«, scherzte Sarah, »aber natürlich nur eine ganz klitzekleine.«

»Dass du es nicht wagst!«, schnaubte Lisa und streckte abwehrend ihren Busen vor, was Sarah aber nicht im Geringsten kümmerte.

Sie stellte sich vor sie und legte ihr die Hand auf die Wange. Lisa wollte keine Spielverderberin sein und seufzte nachsichtig. Sarah war ja doch ein liebes Kind. Sie hatte sie gleich ins Herz geschlossen, als sie und ihr Onkel hier eingezogen waren. Denn sie erinnerte sie an ihre Jugendfreundin und damit an den Mann, den sie damals beide liebten und der sie beide gehabt hatte.

Lisa Koljanowa wurde plötzlich melancholisch und begann zu weinen. Dicke Tränen rollten ihr über die Wangen, doch da sie jetzt nicht schwach sein wollte, legte sie ihre Hand auf die Sarahs und schaute sie liebevoll an.

»Jetzt?«, fragte sie.

»Ja.«

Lisa Koljanowa schniefte und lächelte.

»Ach, Kindchen …«
»Lisa, bitte, haben Sie nichts gespürt?«
»Ach, Sarah, Kindchen – du bist doch viel zu jung.«
Lisa sah in ein Gesicht, aus dem sich das Leben von Sekunde zu Sekunde zurückzog, gleichsam wie eine Lampe erlosch, der das Öl ausging. Die Augen veraschten zu zwei blicklosen Murmeln, die sinnlichen Lippen verwelkten.
Sarah sackte zusammen.
Lisas Kopf wackelte vor Schreck. Wieder sah es aus, als wittere sie in ihre Umgebung hinein, in Wahrheit aber war sie überfordert. Mehr als Sarahs Namen und »Kindchen, Kindchen« brachte sie nicht heraus. Erst als sie Sarah schluchzen hörte, riss es sie vom Diwan.
Sie braucht dich! Jesus Christus!
Lisa Koljanowa kam es vor, als sei sie soeben aus einem Jungbrunnen gestiegen. Die Nähte ihres Hemds krachten, so gewaltig blühte sie auf. Bärenkräfte wurden in ihr wach. Aus Sarah, der jungen Frau, wurde für sie Sarah, das kleine Mädchen. Lisa Koljanowa nahm sie in die Arme und hielt sie mit derselben Mühelosigkeit wie ihre gebügelten Hemden. Vorsichtig bettete sie Sarah auf den Diwan und streichelte ihr über die Stirn. Und dann bekam sie das schönste Geschenk ihres Lebens. Es bestand in nichts als einem Wort.
Sarah hatte »Mame« zu ihr gesagt.
»Ach, Kindchen. Freud und Leid. Beides ist so nah beisammen.«
Lisa holte eine Decke und kuschelte Sarah darin ein.
»Jetzt wird geschlafen, Kindchen«, sagte sie streng.
Darauf griff sie zu ihrem Eisen und ging wieder ans Bügelbrett.

Lisa sträubte sich, Sarah zu glauben. Auch wenn diese hundertmal beschwor, dass sie es, wie die weisen Frauen, in den Händen habe – ihr war eine anlehnungsbedürftige und zerbrechliche Sarah lieber. Sie wünschte sich, dass Sarah diese wunderliche Idee mit dem Handauflegen für immer begrub. Jeden Tag hoffte sie, alles möge nur Einbildung sein.

Lisa begann Gründe zu suchen, aber ihr kleiner Verstand fand nur wenig. So erklärte sie sich alles mit dem Nächstliegenden: Sarah war in einem empfindsamen Alter, und ihre Geschichten waren heftiger als bei anderen Frauen. Da konnte es ja gar nicht anders sein, dass sich dies auch auf die Nerven übertrug. Zumal, wenn Vater und Mutter irgendwo in Amerika hausten und ihr »Onkelchen« ein zwielichtiges Mannsbild war.

Kräftigung hieß jetzt die Devise. Sarah war eine zu Bemutternde. Und das bedeutete, sie viel essen zu lassen und früh zu Bett zu schicken. Mittagsschläfchen, nachmittags ein Stündchen Spazierengehen im Klosterpark, abends leichte Hausarbeit – dies war der beste Weg, um Sarahs Nerven wiederherzustellen.

Anfangs lief alles so, wie Lisa es eingerichtet hatte. Vor allem mit dem Essen. Schon wenn Lisa die nackte Pfanne auf den Herd setzte, lief Sarah das Wasser im Mund zusammen. Dann nämlich gab es neue Blini. Lisa würzte die Hefeplinsen mit Zimt und Nelkenpfeffer, und Sarah futterte sie wie Bonbons. Überhaupt kaute sie ständig auf irgendetwas herum. Kaum hatte sie sich an Blini gütlich getan, frischte sie ihre Esslust mit Lisas eingelegten Gurken auf, die so sauer waren, dass die Zähne davon rau wie Kreide wurden. Lisa animierte sie dann zu ein paar kalten Pelme-

ni, herrlichen Maultäschchen mit gehacktem Rindfleisch, die Sarah mit Esslöffeln voller saurer Sahne in sich hineinstopfte.
Es war eine herrliche Zeit. Allzu lange währte sie aber nicht. Sarah hatte nicht vergessen, wer sie war und was sie eigentlich wollte. Doch fürs Erste ließ sie sich bemuttern, weil sie den Moment, wo sie an Lisa überprüfen wollte, ob sie ihre Gabe wirklich verloren hatte, immer wieder hinausschob.
Sarah aß, um nicht ins Grübeln zu kommen. Die Völlerei diente ihr dazu, Ängste im Ansatz zu unterdrücken.
Schon zum Frühstück verdrückte sie Piroggen, mittags waren Soljanka oder Borschtsch die Vorspeise zu Aufläufen oder gefülltem Huhn. Abends was Leichtes, und das war Fisch und Salat mit Joghurt. Den Abwasch begleiteten Blini und Nachbarschaftsklatsch: Nebenan habe er sie im Suff geschlagen und dann grob genommen, woanders habe es eine Fehlgeburt gegeben, weil er sie beim selben Spiel nicht geschont hatte. Lisa wusste alles ganz genau. Andererseits war sie schlau genug, kein Wort von ihrer Rolle als neue Mame zu erzählen.
Dass Sarah Jüdin war, interessierte sie keinen Pfifferling.
»Kindchen, Religion wollen wir beide hier gar nicht haben«, hatte sie am Tag nach Sarahs Zusammenbruch in strahlender Beleibtheit verkündet. »Die lassen wir einfach den Bärtigen. Die haben die Bücher. Wir Weiber unsere eigenen Geschichten.«
Wenigstens besaß Lisa Koljanowa so viel Takt, Schweinefleisch zu meiden. Aber natürlich kochte sie alles andere als koscher. Sarah nahm keinen Anstoß daran. Sie klaubte die Erinnerungen an ihr Judentum zusammen, als seien sie sau-

re Krümel, die bis Chumez zu beseitigen waren. Ihr Kehrblech waren die Schüsseln voller Essen, ihr Abfalleimer ihre Trägheit.
Sie protestierte nicht einmal, wenn Lisa Fleischiges und Milchiges im selben Topf zubereitete oder, für gläubige Juden ein Gräuel, das eine im anderen garte.
Schließlich kam der Tag, an dem Sarahs Körper rebellierte. Es war vor dem Mittagessen. Sie biss gerade in eine Steinpilz-Pirogge, weil ihr Gaumen von den zuvor verschlungenen Blini mit Lachsmousse überreizt war – da wurde sie sich endlich wieder ihrer Körperlichkeit bewusst. Die Holzschnitte aus dem Anatomiebuch kamen ihr in den Sinn, und sie sah vor ihrem inneren Auge, wie das Stück Pirogge von den Kontraktionen ihrer Speiseröhre allmählich zum Magen hinunterbefördert wurde. Sogar der Name für diese Bewegungen fiel ihr ein: Peristaltik.
»Mame, mir wird schlecht.«
Ihr Stimme war dünn wie der Rauch einer ausgeblasenen Kerze.
»Nu, Kindchen – vor Mittag?«
Lisa kam nicht mehr dazu, die Soljanka umzufüllen. Sarah riss ihr den Topf aus der Hand.
Er wurde ihr Spucknapf.
Lisa stand steif da, als würde sie Wache halten, in Wahrheit aber war es ihr, als risse Sarah sie aus einem Traum. Ihr Kindchen schluchzte mehr, als sie es von solchen Geschichten kannte. Auch klang es anders. Lisa begriff. Es war Verzweiflung, die sie hörte. Und Angst. Indem Sarah ihre Blini und Piroggen herauswürgte, entleerte sie sich einer fetten falschen Hülle. Es war Ekel vor sich selbst. Verzweiflung darüber, dass ihre Hände nicht mehr funktionierten. Jetzt

war Sarah wieder da angekommen, wo sie vor Wochen gestanden hatte.

»Mame!«

»Kind!«

Lisa schrie auf wie eine Frau, die erkannte, dass sie einen fürchterlichen Fehler gemacht hatte. Sie hatte nur sich gesehen. Hatte sich in dem Wahn eingerichtet, Mutter zu sein. Aber wenn sie die sein wollte, musste sie wirklich helfen. Lisa griff zu einem Tuch, wischte Sarahs Gesicht, barg ihren Kopf an dem Busen und begann von Väterchen Ilja zu erzählen.

»Für viele ist er nur ein Schwachsinniger, für die meisten aber ein Gottesnarr ...«

Sergej wusste längst, wie es um seine Mutter stand. Was ihn nicht wunderte. Sonderbar fand er nur, dass sein Vater so tat, als könne ihm dieser Gregor Nikolajewitsch in keiner Weise gefährlich werden – selbst in Angelegenheiten des Herzens nicht. Ließ es ihn wirklich kalt, wenn dieser spröde Veteran mit seinem eitlen Schnauzer sich mit seiner Frau traf? War es ihm egal, was sich ganz offensichtlich daraus entwickelte, entwickeln musste? Oder hatte sein Vater so viel gegen ihn in der Hand, dass er genau abschätzen konnte, wie viel Leine er seiner Frau und ihm ließ? So viel war klar: Sie waren sich einst über den Weg gelaufen, und damals wie heute trennte sie das Politische. Was in Sergejs Augen eine Selbstverständlichkeit war. Denn an einem solchen zweckfixierten Bürokraten wie seinem Vater rieben sich schließlich fünfundneunzig Prozent aller Russen. Was seinen Antisemitismus betraf, nahm er es mit jedem Provinzpopen auf. Andererseits, dieser Gregor – Sergej glaubte

zu wissen, dass auch er nicht zu den Freunden der Anhänger Mose gehörte.
Was hatten Sarah und er bloß miteinander zu schaffen? Sergejs Atem ging schneller, wenn er an Sarah dachte. Die Erinnerung an ihre mirakulöse Ohrfeige vergaß er selbst beim Klavierspielen nicht. Manchmal wurde sein Verlangen danach, sie wieder zu berühren, so groß, dass er seine Hand auf die Wange legte, die Sarah zum Glühen gebracht hatte. Seine linke Hand tobte sich dann im Bass in Akkordsprüngen oder explosiven Läufen aus – ein improvisiertes Konzert für die linke Hand, wie er seiner Mutter erzählte, als die ihn einmal bei diesem Gebaren überraschte. Sie hatte keinen Verdacht geschöpft. Aber Mutter, die sie war – ahnte oder wusste sie eigentlich, wie es um ihn stand?
Waren ihre Ohren so aufmerksam, dass sie an seinem Klavierspiel die Veränderungen bemerkten? Er spielte andere Stücke als vorher. Chopin statt Beethoven, den cis-Moll-Walzer statt »Die Wut über den verlorenen Groschen«. Bis jetzt hatte sie ihn kein einziges Mal darauf angesprochen, selbst als er einen ganzen Tag lang nichts anderes gespielt hatte als immer wieder Mozarts schwermütiges a-Moll-Rondo.
Sergej betrachtete seine Mutter von der Seite. Seit er denken konnte, war er stolz auf ihre Schönheit. Bis zu seinem zehnten Lebensjahr sogar in sie verliebt. Kindlich verliebt. Sergej dachte an die Fotografie, die er damals mehr als jede Ikone verehrt und mehr als jede Ikone geküsst hatte. Mama mit offenem Haar, weißen Rosen, Fächer und Spitzenschal. Oh, wie ihn damals ihr Parfum faszinierte! Bis zum Wahnsinn! Eines Tages hatte er Mamas Fotografie damit benetzt und begonnen, es nachts mit sich ins Bett zu nehmen, was

jedes Mal ein kräftezehrendes Spiel war und ihm höchste Selbstdisziplin abverlangte. Denn er durfte doch nicht mit einem Foto im Arm einschlafen! Die Njanja hätte einen Aufstand gemacht! Das Glas wäre gesplittert, Mama brüskiert gewesen und er vom Vater als weibischer Schwächling beschimpft und geschlagen worden.

Sergej schaute und sah das Spiel der Eisschollen doch nicht. Er stand auf das Geländer der Eremitage-Brücke gestützt, in seinen wässrig blauen Augen spiegelte sich das Geschehen: Eisschollen auf der Newa, das jährlich wiederkehrende Spiel der Giganten. Ganze Eisberge schwammen den Fluss hinab und stießen einander in die Flanken. Doch einige träge Platten vor ihnen sperrten den Weg zur finnischen Mündung, so dass ein Berg den anderen rammte. Es war ein stetes Ringen. Die mächtigere Scholle drückte ihre schwächeren Konkurrenten unter Wasser, zertrümmerte und zersplitterte sie. Die Klänge, die dabei entstanden, waren wie eine Symphonie. Das Eis rieselte und ächzte, stöhnte, jammerte. Barst es, entfuhren ihm spitze Todesschreie, verkeilte es sich ineinander, rumorte es dumpf. Auf der Brücke stehend, konnte man die Anteilnahme des Bauwerks an diesem Kampf spüren. Sie übertrug sich über die Pfeiler als zartes Beben, was Sergej einmal zu der Äußerung hingerissen hatte, dies zu spüren sei für die Beine genauso erregend wie für das Auge das Funkenschlagen eines Seidenkleides in der Nacht.

Heute teilte er dieses Spektakel mit seiner Mutter – was er seit langen Jahren nicht mehr getan hatte. Tatjana und er hatten, bis in die Tertia hinein, jedes Jahr dem Bruch der Schollen zugeschaut, seit der Sekunda tat er dies mit seinen so genannten Freunden.

Und heute? Seine Mutter war mit Gregor auf dieser Brücke verabredet. Sie brauchte ihn gewissermaßen als Anstandsjungen. Gregor Nikolajewitsch war heute unpünktlich. Sergej wurde allmählich ungeduldig. Überhaupt ärgerte er sich, dass er dem Wunsch seiner Mutter so schnell nachgegeben hatte. Aber die Hoffnung, Sarah wieder zu sehen, war stärker als sein Stolz.
Andererseits hatte die Situation etwas Grundkomisches an sich: Der Vorwand seiner Mutter waren die Eisschollen, seine Einwilligung ein jüdisches Mädchen. Sie war verliebt, er war verliebt. Mit dem Unterschied, dass die Alten sich gefunden hatten, Sarah sich hingegen so benahm, als interessiere er sie so viel wie eine blasse Romanfigur.
Ein Aufjohlen der Menge riss Sergej aus seinen Gedanken, schließlich standen er und seine Mutter nicht allein auf der Brücke. Die Menge verteilte sich über den Admiralitätskai bis weit über das Winterpalais hinaus. Männer und Frauen, Alt und Jung ergötzten sich an dem Eisspektakel, die Fülle der Nationalitäten war groß wie auf dem Newskij-Prospekt. Denn es gab noch ganz andere Dinge zu sehen als nur Eis.
Sergej sah eine Eisscholle von der Größe eines Dorfmarktes heranschwimmen. Und tatsächlich, sie trug noch die Spuren einer menschlichen Behausung: eine Lehmwand, Holzstücke und Stroh, Schmutz und Steine, ein Ofenrohr. Ein mistähnlicher, erdfarbener Fleck markierte den einstigen Abtritt, Wasser drückte sich durch das Eisloch. Selbst Schlittenspuren waren auf der Scholle noch auszumachen, eine von ihnen führte direkt an den Abbruch, an dessen gläsernen Ecken jetzt das Wasser nagte. Indes, was die Menge so faszinierte, waren der Bernhardiner und das

Huhn. Der Hund stand mit seinen Vorderpfoten auf dem Ofenrohr und bellte und jaulte abwechselnd. Ihm gegenüber scharrte in respektvollem Abstand, aber mit der größten Ruhe das Huhn im Eis.

»Teuerste, ich hoffe, Sie scharren nicht auch schon vor Ungeduld.«

Sergej und seine Mutter fuhren herum. Gregor war gekommen, sichtlich außer Atem. Es verlieh ihm etwas Jugendliches, zumal er ohne Hut kam. Das erste Mal bekam Sergej eine Ahnung, was seine Mutter an ihm fand, jedenfalls gestand er sich ein, dass Gregor als Mann eine Ausstrahlung hatte, die Frauen anziehen musste.

Warum Sarah nicht bei ihm sei, erklärte Gregor an Sergej gewandt, liege an ihrer beider gemeinsamer Übereinkunft: Man wolle sich bis auf weiteres aus dem Wege gehen, die Harmonie sei zu sehr gestört.

Sergej schluckte und konnte nichts dagegen unternehmen, dass ihm das Blut ins Gesicht schoss. Jetzt war er doppelt betrogen. Seine Mutter reichte ihrem – Sergej suchte nach einem anderen Wort, fand aber keines – Geliebten zwar nur förmlich die Hand, aber ihre Augen: Sie strahlten wie das Meer in der Sonne.

Sergej war es peinlich.

Hinzu kam, dass seine Mutter sich nicht genierte, ihm gegenüber zu wirken wie eine Frau, die glücklich ist. Dies billigte Sergej ihr mit dem Verstand zwar zu, doch seinen moralischen Vorstellungen lief es zuwider.

Schau auf den Hund und das Huhn. Guck nicht hin.

Sergej rückte von seiner Mutter weg.

Der Hund rannte jetzt auf der Eisscholle im Kreis, blieb wie angewurzelt stehen und jaulte herzzerreißend. Und wenn schon, er kann ja schwimmen, hörte er die beruhigende Stimme einer Mutter, deren Sohn auf der Brüstung saß. Sie hatte ihn fest um den Leib gepackt und liebkoste sein rotes Ohr mit ihrer Nase.

»Aber das Huhn!«, rief der Junge.

»Das fliegt weg«, sagte eine Männerstimme.

»Hühner können nicht fliegen«, erboste sich der Junge.

»Dann legt es ein Ei, setzt sich drauf und spielt Floß.«

Gelächter brandete auf.

Sergej wagte einen Blick zur Seite. Das Gesicht seiner Mutter war Gregor zugewandt, ihre Lippen weich und leicht geöffnet, so als hätte sie am liebsten hier und jetzt jedes freie Stückchen Haut von ihm liebkost.

War das wirklich seine Mutter? Dieselbe, der er als kleiner Junge um das Kleid gestrichen war wie ein schmusebedürftiger Kater? Die ihn vor seinem Vater in Schutz nahm, wenn der ihn für sein Klavierspiel am liebsten mit dem Rohrstock verdroschen hätte?

Sergej erinnerte sich an die süßen, belustigten Schreie seiner Mutter, wenn er mit ihr durch den Salon tobte. Manchmal spielten sie Fangen, obwohl der Vater dies ausdrücklich verboten hatte.

»Du bist groß, gehst jetzt aufs Gymnasium und trägst eine Uniform. Sei also nicht so kindisch. Das ist lächerlich.«

Sergej hätte sich am liebsten die Ohren zugehalten. Ihm fiel ein, wie er seiner Mutter einmal einen Schuh hinterhergetragen hatte, den er vor ihr übermütig küsste. Eine Theaterszene. Er durfte ihr daraufhin sogar den Schuh anziehen. Es war Sommer. Ihr Fuß war nackt. Seine Mutter hatte gegurrt vor Vergnügen. Und dabei den Kopf mit ihrer Haarpracht kokett nach hinten geworfen. Belohnt wurde er mit

einem Kussreigen. Wobei seine Mutter so tat, als schmecke er ganz besonders gut, am besten aber hinter dem Ohr.
Nein, ausgeschlossen, er würde hier keine Minute länger bleiben können. Es war nicht zu ertragen. Eine Qual. Sergej hatte plötzlich ein Bild vor Augen, das an sich zwar nichts Kühnes beinhaltete, aber einem empfindsamen Sohn wie ihm den Verstand zerrütten konnte: Er sah Gregor und seine Mutter, wie sie sich küssten und sie dabei dieselben Laute ausstieß wie in den Jahren, als sie mit ihm im Salon spielte.

Aber wie sich verabschieden, ohne das Gesicht zu verlieren? Sergej entschied sich für die Flucht nach vorn.

Er räusperte sich und sagte, er habe genug von dem Spektakel. Es langweile ihn, die Bilder seien doch Jahr für Jahr dieselben.

»Nun, werter Gregor Nikolajewitsch« – Sergej lächelte bemüht –, »Sie sind mir jetzt bestimmt nicht böse, wenn ich Ihnen die Verantwortung für meine Mutter übertrage? Wenn Sie Sarah meine besten Empfehlungen übermitteln würden.«

Er hauchte seiner Mutter einen Kuss auf die Wange, grüßte knapp und verschwand in der Menge. Sein Platz an der Brüstung wurde sofort von jemand anderem eingenommen.

Der Hund bellte jetzt hysterisch, doch das Huhn scharrte und scharrte weiter im Eis, ganz so, als wäre es das Normalste von der Welt.

Wohin?

Einen saufen, sagte sich Sergej. Vergessen.

Aber das ging nicht so leicht, wie er dachte. Sergej brauchte drei Gläser Wodka, um Bildern und Stimmen die Wucht zu nehmen.

Schließlich ergab er sich ihnen.

Wo sind sie?

Antwort: in einem Stundenlokal.

Was machen sie?

Antwort: Sie lieben sich.

Es war nicht zu ändern. Er musste hindurch. Sergej sah seine Mutter, wie sie sich entkleidete, sah sie im Unterkleid und schließlich nackt. Da – ihre Brüste, ihr Schoß. Jetzt Gregor, der Mann. Seine behaarte Brust, der nicht mehr ganz flache Bauch ... Sergej rief sich zu: Himmel, du bist doch Mediziner! Was ist denn schon dabei? Eine Flut von lateinischen Begriffen ergoss sich in sein Hirn: Vesicula, Prostata, Urethra, Ductus deferens – Vulva, Klitoris, Vagina, Uterus. Begriffe, die Empörung auslösten.

Sergej stöhnte angewidert auf, doch dann entdeckte er ein neues Gefühl in sich. Eines, das ihn endgültig umwarf: Neid.

Deine Mutter darf lieben, dir ist das bisher versagt geblieben.

Und wo blieb bei alledem der Vater?

Sergej konzentrierte sich so angestrengt, dass er seinen restlichen Wodka verschüttete. Was er von seinem Vater zu fassen bekam, war dessen negative Aura. Da konnte er suchen, so viel er wollte. Ungeahnter Hass stieg in ihm auf.

Wer war schuld an allem?

Er. Du.

Der Kopf sank ihm auf die Tischplatte.

Sarah fragte sich, woher Lisa eigentlich all das Geld nahm, das sie für ihr Kindchen ausgab. Weil Lisa meinte, sie dürfe nicht im Stadtkostüm vor Väterchen Ilja erscheinen, kaufte sie Stoff und ließ Sarah ein bäuerisch anmutendes Kleid schneidern: weiß, mit rotem Kragen, drei rot-weißen Schulteraufnähern und rotem Rocksaum. Die Aufnäher verliehen dem Kleid etwas Militärisches, was Sarah halbwegs mit der Farbe versöhnte.
»Warum bloß so viel Rot?«
»Kindchen – Rot ist schön. Rot ist einfach Russland.«
»Blut ist auch rot.«
Sarah drehte sich vor dem Spiegel, langsam, dann schnell. Der Rock flog, wurde weit. Lisa hielt ihr die gestärkte Haube hin, auch sie war rot.
»Mame, das trag ich nicht. Noch bin ich Jüdin. Wir bedecken unseren Kopf nicht mit der unreinen Farbe des Todes.«
»Ach was! Ihr Juden seid meschugge«, sagte Lisa und witterte mit zusammengezogenen Augenbrauen in den Spiegel. »Es gibt rote Rosen, rote Blumen, und was wäre das Obst, wenn ihm das Rot fehlte? Selbst die Sonne geht rot auf und unter. Gott mag Rot. Punkt.«
Sarah verzog den Mund. Gegen Lisa kam sie nicht an.
»Da mein Großvater sagte, ich wäre eine Kriegerin …«
»Kindchen, erzähl dies bloß nicht Väterchen Ilja!«, rief Lisa besorgt aus. »Er ist der friedliebenste Mensch, den es gibt. Soldaten weist er alle ab.«
»Das ist auch Gewalt«, sagte Sarah. »Also kann er kein Heiliger sein.«
»Er ist ja auch ein Gottesnarr.«
Sarah ließ sich die Haube aufsetzen. Sie passte und stand ihr

vorzüglich, weil sie mit ihrem geraden Rand ihre hohe Stirn betonte. Und ob sie wollte oder nicht: Sie fühlte sich wohl.

»So – und nun ausziehen und ab ins Bett. Die Troika ist für ganz früh bestellt.«

»Eine Troika? Mame, woher nimmst du all das Geld?«

Lisa Koljanowa schwieg.

»Mame!«

Sarah drehte sich um und erschrak. Lisa hatte Tränen in den Augen. Unverwandt sah sie Sarah an. Ihr Busen wirkte in diesem Augenblick wie ein Schanzwerk, hinter dem Lisa versuchte, ihr Selbst zu verstecken. Auf einmal war sie eine gebrochene Frau.

Zum ersten Mal fühlte Sarah sich wirklich zu ihr hingezogen und schämte sich, dass sie Lisa so leichtfertig mit dem Wort Mame verwöhnt hatte. Gewiss, es war aus Verzweiflung geboren, aber dies gab ihr noch lange nicht das Recht, aus ihrer Not dermaßen eigennützig Kapital zu schlagen.

Sarah wollte Lisa umarmen und suchte nach Worten des Danks, aber Lisa schüttelte nur den Kopf. Sie tupfte sich mit einem Zipfel ihrer Schürze die Augen trocken und sagte schuldbewusst: »Weißt du, eigentlich lebe ich in geordneten Verhältnissen. Mir gehört nicht nur dieses Haus, sondern noch ein anderes. Allein die Mieten bringen mir mehr Geld, als ich im Jahr ausgebe. Und auf der Bank liegen auch noch ein paar Sack Rubel.«

»Sack?«

Lisa sank auf den Diwan und weinte.

»Kindchen, das verdanke ich alles meinem Bruder«, stieß sie schluchzend hervor. »Er war ein Säufer und hat zwei totgeschlagen. Dafür bekam er Katorga in Sibirien,

Zwangsarbeit. Aber dort ist er von ins Rutschen gekommenen Baumstämmen totgerollt worden. Aber weißt du, was er als Letztes gekauft hat? Ein Los! Das ich für ihn aufbewahren sollte, weil er fest daran geglaubt hat, damit zu gewinnen. Und dann hat das Los tatsächlich gewonnen! 75 000 Rubel. Und weißt du, wann? Einen Tag, nachdem das Holz über ihn rüber ist.«

Lisa gab sich ihrem Schmerz hin. Wie bei einem Klageweib überschlugen sich ihre Schluchzer und wurden zu kehligen Jodlern. Der massige Busen bebte wie ein Pumpenschlägel auf und ab. Unter ihren rosigen Fäusten, die sie in die Augen presste, rannen Tränen – eine Allegorie der Ohnmacht und des Nichtverstehens.

Sarah war unfähig, sie zu trösten.

Lisa Koljanowas Verzweiflung hatte für sie etwas so Theatralisches, dass sie sich bemühen musste, das Lachen zu unterdrücken. So blieb sie wie angewurzelt stehen und wartete, bis Lisa verstummte. Irgendwann reichte sie ihr ein Taschentuch, wie ein hochnäsiger Ritter, der einem Burgfräulein erklärt, er sei ihrer überdrüssig.

Lisa schnäuzte sich geräuschvoll.

»Ach, Kindchen – ich denke immer, es ist Sünde, so viel Geld zu haben. Aber irgendwie kann ich's nicht ausgeben. Ich bin ein so mäßiger Mensch.«

»Du könntest Gutes damit tun«, wandte Sarah ein.

»Das versuche ich ja. Am Tor der Peter-Pauls-Festung. Immer dann, wenn es einen Sibirientransport gibt. Erst gebe ich dem befehlenden Feldjäger Geld, dann den Gendarmen, schließlich den Kutschern. Sie warten einen Moment, und ich darf endlich in die Kutschen steigen. Jeder Sünder bekommt ein paar Rubel.«

»Woher weißt du denn, wann es einen Transport gibt?«
»Kindchen, wie dumm du bist! Mit Geld weiß man alles!«
Lisa Koljanowa klang gereizt. Sarah erlebte das erste Mal, dass Lisa auch böse gucken konnte. Aber damit verschaffte Lisa sich mitnichten mehr Respekt bei ihr. Denn Sarah hatte plötzlich die Stimme ihrer Tante Rebekka im Ohr, wie sie entzückt das Wort »Schmalzgrube« ausrief.
»Masel-tow! Nicht bloß ein Stückl Glück, das ist eine Schmalzgrube!«
Sarah gab ihrer Tante Recht. Hatte sie nicht Masel? Hatte der Einzige – gepriesen sei er – sie nicht tatsächlich in eine Schmalzgrube geworfen? Diese Frau vor ihr sagte ständig »Kindchen«, und sie sagte »Mame«. Sie gab ihr nicht nur zu essen, kleidete sie, gluckte um sie herum, sondern schien sie auch aufrichtig in ihr Herz geschlossen zu haben – und dazu war sie beinahe so reich wie Rothschild.
Sarah kniff sich in den Arm.
Welche Kapriolen das Schicksal wohl noch mit ihr schlug?
Was wohl passieren würde, wenn sie jetzt lachte?
»Mame, du tust mir Leid.«
Sarah stemmte die Hände in die Hüften und schaute übertrieben bekümmert auf Lisa hinunter. Eine Schmalzgrube. Fett. Viel. Lisa. Vorher: Josua, Tante Rebekka, Moische, der Schadchen. Der Pogrom. Dann Gregor, Awrom, die Burlakowa, Opium, Blut und das Meer. Und jetzt? Lisa und ihr Gottesnarr! Die Lachlust war am Gären wie ein Hefeteig. Schon schlug sie Blasen, gewann an Volumen. Die Schlagworte wurden zu Treibsätzen.
»Mame, du tust mir Leid.«
Sarah lachte, dass ihr die Tränen aus den Augen spritzten, hielt sich an einer Stuhllehne fest. Und wenn es auch Sünde

war: Sie konnte nicht anders. Denn wie Lisa sie gerade mit ihrem Spitzmausgesicht auswitterte – da bekam die Seele Lust, über das Maß zu gehen:

»Mame, tu nicht so wie der Jidd mit Zwicker vor 'nem Rubelsäckchen. Nicht!«

Sarah breitete die Arme aus.

Und Lisa begann zu glucksen.

»Ki-Ki-Ki-Ki-Kindchen …«

Väterchen Ilja, der Gottesnarr, lebte gut dreißig Werst nordwestlich von Petersburg am Rasliwsee. Man war in aller Herrgottsfrühe losgefahren – der milchgraue Himmel schnürte die Stadt noch zusammen, gönnte Häusern, Schornsteinen, Bäumen, Zäunen und Sträuchern nur ihre flachen Fassaden. Die Farben waren stumpf und ohne Wert. Ob Weiß, Grün, Gelb oder hie und da ein Rot, alles war stumpf und duckte sich unter der Nässe, die nicht frisch war wie nach einem Regen, sondern klebrig wie der Tau von Läusen. Sarah wünschte sich Hände so groß wie die von Riesen, aber auch so klein wie die von Zwergen, um der Welt diesen traurigen Belag wegstreichen zu können.

Lisa dagegen meinte, es würde noch ein herrlicher Tag werden. Schließlich sei es Mai.

»Die Sonne, ich kann sie riechen.«

»Du?«

»Kindchen, was du in den Händen hast, habe ich in der Nase.«

Sie fuhren in einem komfortablen Zweisitzer, eingehüllt in Wolldecken, die Lisa auf dem Ofen vorgewärmt hatte. Sarah war noch nie so bequem gereist. Wie herrlich es war, nicht aufs Geld achten zu müssen, machte ihr dieses Gefährt im wahrsten Sinne des Wortes körperlich bewusst. Alles war weich und anschmiegsam, die Federung eine Lust. Die vorgeformten Sitze gaben Halt und Geborgenheit, das braunrote Leder roch nicht, sondern duftete. Und so behaglich, wie Sarah saß, war auch die Verkleidung: Armlehnen und Türinnenseiten luden mit ihren prallen Rundungen zum Streicheln ein. Man konnte sich einbilden, in einem rollenden Bett zu reisen. Und nicht anders sollte es auch sein, denn der Kutschenhimmel war mit Plissee ausgeschlagen, das in einem regelmäßigen Rautenmuster abgesteppt war. Wo Metall war, glänzte es golden, alles Holz war honiggelb lackiert.

Lisa behielt Recht, das trübe Nebelgewebe zerriss unter der lichten Last der Frühlingssonne. Fast augenblicklich wurde es angenehm warm, und in die Farben kehrte das Leben zurück – grünes Leben. Es beherrschte Sarahs Blicke, stellte sich ihr immer wieder anders vor. Trumpfte im Vordergrund das lichte Grün von Gräsern und Birken auf, war der Horizont vom stumpfen Grün der Kiefern beherrscht. In der Nähe schimmerten die grünen Pappeln dunkelorange, und die Blätter und Stängel von Holunder und Ginster am Wegrand schienen zu fordern: Fass zu, glaub es – wir zwingen den Sommer herbei.

Sarah hielt die Hände in den Wind, spielte mit der Luft, die sie durch die Finger strömen ließ. Konnte es sein, dass sie Kühle und Wärme auf einmal intensiver empfand? Genas ihre Gabe allein durch die Reibung mit der Luft?

Nein.

Sarah hielt ihre Hände vors Gesicht. Was sie spürte, war nur ihr Fleisch und Blut. Sosehr sie sich auch konzentrierte – noch waren es gewöhnliche Hände. Und damit könnte

doch alles so weitergehen. Sie spielte die Tochter, ließ sich verwöhnen, und Lisa würde sich für den Rest ihres Lebens in dem Glück einrichten, Mame zu sein.
Du lebst tatsächlich in einer Schmalzgrube! Und ein Tröpfchen davon ist gerade Substanz geworden in diesem Wagen. Ein Genuss-Glück-Schmalz-Tröpfchen, das sich gerade in Troika, Bewegung und Geschwindigkeit modelliert! Es ist Lisas Geld-Schmalz, Schmalz-Geld, das an deinen Sinnen die Natur vorbeigleiten lässt wie eine süße Verführung!
Vielleicht sollten sie einfach umkehren.
Doch Sarah bekam den Mund nicht auf.
»Und wenn Väterchen Ilja nicht helfen kann?«, fragte sie.
Lisa schlief. Ihr Mund stand einen Spalt offen, weit genug für eine Ameise, aber nicht für die Fliege, die in immer neuen Anläufen versuchte, mit ihrem Rüssel dort etwas zu saugen, wo es für sie am verführerischsten duftete. Sarah wedelte das Insekt weg – einmal, zweimal, ein halbes Dutzend Mal. Es kam immer wieder.
Sie riecht deinen Schmalztopf, Mame, dachte Sarah. Sie hat den sechsten Sinn. Und weil sie so klein ist und du so groß, weil du so viel Schmalz hast, dass er dir aus dem Mund läuft, fordert sie ihren Teil. Nur ein tausendmillionstel Gramm Schmalz. Dies aber hartnäckig.
Fliege, du kannst eigentlich nur eine jüdische Fliege sein.
Du riechst mit deinem Rüssel, was ich mit meinen Händen fühle.
Fühlte, verbesserte Sarah sich.
Die Sonne stieg höher, die Landschaft wurde weiter. Die Troika glitt so sanft dahin, dass Sarah glaubte, sie säße in einem Schlitten. Die Sandwege begannen zu gleißen, die

Kiefernwäldchen verströmten Harz und Wärme. Pappeln und Birken wetteiferten um das schönere Rauschen.
Wie lange noch? Lisa gähnte.
»Kindchen, wir sind da.«
Sarah bemerkte nichts außer einem Birkenwäldchen, hinter dem das Blau eines Sees schimmerte. Der Weg, zerfahren und an einigen Stellen mit fauligem Heu ausgelegt, endete in einem großen Bogen: die Wendestelle. Unter einer mächtigen Birke war eine Feuerstelle, dahinter ein Abfallhaufen mit verrostetem Gerät, Angelschnüren und einem Grillrost. Im Gebüsch hingen Papierfetzen. Sarah entdeckte ein durchlöchertes Hemd und eine an einen Baum genagelte Ikone. Sie zeigte die Gottesmutter mit ihrem Sohn, dies aber so kitschig wie auf den Postkarten, die die Katholiken sich in ihrem Herrgottswinkel aufhängten.
Lisa ließ sich vom Kutscher ihren Korb aushändigen und stapfte los – so ungerührt, als besuche sie eine Nachbarin in der Stadt. Sie nahm den ausgetrampelten Pfad durch Blaubeerbüsche und Birken. Bis auf das Säuseln des Windes war es still.
Zum Gottesnarren zu pilgern!
Sarah seufzte unwillig. Wie tief war sie eigentlich gesunken? Nun trabte sie schon einer Frau hinterher, die mindestens so meschugge war wie Gregor grob.
Väterchen Ilja!
Bestimmt war er ein Greis, der wunderliche Reden führte und einen Bart trug wie ein Muschik, der Haarwuchsmittel trank. Was tat so einer? Lisa meinte, Väterchen Ilja verfüge über die Gabe, Dinge zu sehen und zu hören, von denen andere nichts ahnten. Nur, dass er der Welt davon in absichtlich verschlüsselter Weise erzähle. Er spiele den Toren,

während er in Wirklichkeit jemand sei, der das Böse und die Ungerechtigkeit aufdecke. Dabei spotte er selbstverständlich jeglicher Konvention, für sich selbst aber setze Väterchen Ilja strenge Grenzen, Regeln und Tabus.
Der Pfad führte auf eine Wiese, die direkt an den See grenzte. Da das Gelände leicht abschüssig war, hatte man vom Saum des Birkenwaldes eine herrliche Aussicht. Sarah blieb stehen, um zu genießen, Lisa aber steuerte direkt auf das Blockhaus zu, das in der Mitte der Wiese stand, beschattet von einer Gruppe Pappeln.
Zeig dich, du Gottesnarr, murmelte Sarah.
Väterchen Ilja schien Sarah gehört zu haben, denn er bog augenblicklich um die Ecke seiner Behausung – nur wie! Auf Händen.
Mit bloßem Oberkörper und zwischen den Zehen eine Leine. Die Leine endete in einem Halsband. Das Halsband lag um den Kopf eines auf seinen Hintertatzen laufenden Bären. Doch damit nicht genug: Auf der Schulter des Bären hockte ein Affe mit einer Tröte.
Wenigstens das Blockhaus war normal, wenn man es denn Blockhaus nennen wollte. Eigentlich glich es eher einer Hütte mit morschen, moosbedeckten Balken. Sarah zählte zwei Fenster. Das eine war mit der Blasenhaut einer Kuh überspannt, das andere schien als Rauchöffnung zu dienen.
»Väterchen Ilja!«, rief Lisa. »Was macht Ihr bloß für Sachen?«
Der Gottesnarr antwortete mit einem zirkusreifen Salto. Der Bär lief wieder auf vier Tatzen, und der Affe schmiss seine Tröte in hohem Bogen ins Gras.
»Ab und zu den Händen geben, was den Füßen vorbehalten ist«, sagte Väterchen Ilja.

Er warf dem Affen die Leine zu und verabschiedete die beiden Tiere mit einem schrillen Pfiff und heftigem Händeklatschen. Der Bär trottete in Richtung Ufer, der Affe kratzte sich gelangweilt. Väterchen Ilja setzte sich ins Gras, das Gesicht Sarah zugewandt, die wie angewurzelt im Schatten der Birken stand. Ein paar Mal wiegte er den Kopf, schließlich winkte er sie ungeduldig zu sich heran. Lisa Koljanowa nötigte er, sich neben ihn ins Gras zu setzen.
Sarah kam langsam näher. Ihr Herz klopfte, aber ihr Kopf war leer. Zu anders war dieser Gottesnarr als in ihrer Vorstellung. Denn Väterchen Ilja hatte keinen Bart, war kein Greis, sondern ein jugendlicher Mann mit makellos blasser Haut. Mit seinem blonden, in der Mitte gescheitelten Haar wirkte er wie Christus auf alten Bildern. Sein athletischer Oberkörper mit den Kupferreifen um die Oberarme erinnerte dagegen an einen Diskuswerfer aus der Antike.
Seine hellen Augen waren der Spott selbst. Sarah konnte nicht umhin, ihnen etwas Wissendes zuzugestehen. Was vor allem an der Schnelligkeit der Blicke lag. Wo Väterchen Ilja auch hinschaute, er verleibte sich alles ein, als wären es Gegenstände. Er war wie jemand, der Menschen und Auren hamsterte. Dies verlieh seiner Ausstrahlung über die äußere Ruhe hinaus etwas Nervöses. Auf jeden Fall wirkte er alles andere als narrisch. Sarah versuchte, etwas von seiner Aura zu sehen, aber auch das misslang. Sie sah nur Sonne und Grün, Muskeln und Lisa Koljanowa, die ständig Fliegen von dem blendenden Weiß ihres Korbtuches wedelte.
»Setz dich«, sagte Väterchen Ilja. »Ich fürchtete schon, du wärst vor Furcht zerbröckelt.«
»Sarah hat so Kummer«, mischte sich Lisa ein.

»Ihr Kummer ist bestimmt so nutzlos wie im Sommer der Schatten, wenn er aufs Wasser fällt«, sagte Väterchen Ilja.
»Dann wisst Ihr schon, was ihr fehlt?«, rief Lisa hocherfreut aus.
»Wie kannst du das glauben, Lisa Koljanowa?«, fragte Väterchen Ilja erstaunt. »Ich will euch zweien etwas sagen: Die ganze Welt will immerfort etwas glauben. Unablässig spielt sie sich diese Melodie vor. Und warum? Weil niemand es sich mit dem Satz bequem machen will, der da heißt: Ich weiß es nicht.«
»Ach!«, jammerte Lisa los. »Kaum tut Ihr den Mund auf, so sprecht Ihr in Rätseln.«
»Nein, Mame ...«
»Du bist nicht ihre Tochter«, sagte Väterchen Ilja streng. »Hört mit dem Lügen auf! Beide! Ich bin vorhin auf Händen gelaufen – wie lange komme ich so voran? Wer lügt, zwingt Gott, ihm eins auszuwischen. Vergessen, wie?«
»Gott hat mich bestimmt schon genug gezüchtigt«, sagte Sarah. »Er schenkte mir eine Gabe. Die Gnade des Handauflegens. Warum hat er sie mir wieder genommen?«
»Hat er das? Du weißt mal wieder alles ganz genau«, sagte Väterchen Ilja mit beißendem Spott und kam Sarahs Gesicht nahe. »Der wollenden Sarah, dem Gut-Kind! Was weggenommen! Der Sandkasten-Sarah die Modeln und Förmchen? Was hat dir denn gehört?«
»Väterchen, seid nicht so streng. Schaut doch! Sie ist ganz hilflos.«
»Ich komme aus einer Gegend, in der es einen heiligen Stein gibt«, begann Väterchen Ilja ungerührt zu erzählen. »Heilig deshalb, weil er ein Kreuzzeichen in seinen Adern hat. Der Dorfpope ließ eine Holzkapelle drum herum bauen,

und das Geschäft begann. Die Mütter brachten ihre Kinder, und der Pope schlug sie mit der Stirn gegen den Stein. Sie gaben sich dem Glauben hin, ihren Kleinen damit Vernunft einhämmern zu können.«

»Ach so. Ich verstehe«, sagte Sarah böse. »Ich bin der Pope. Ihm sein Stein, mir die Hände.«

»Das macht deinen Kummer aus, meine Tochter«, sagte Väterchen Ilja gleichmütig und deckte Lisas Korb ab. »Du und der Pope haben genötigt. Ihr habt euch versündigt durch angemaßte Gewissheit. Brenne das Holz um dich herum nieder. Der Stein gehört nicht dem Popen, ebenso wenig wie deine Gabe dir.«

»Das hätte unser Rabbi Jankovic sagen können«, sagte Sarah bissig. »Aber, mit Verlaub, Väterchen Ilja, wenn dies denn mein Fehler ist, gut, ich seh ihn ein – aber wer und wo soll mich wie anzünden? Ich selbst kann mir nicht helfen.«

»Du kannst. Entzünde dich selbst. Manchmal reicht dazu ein bisschen Wasser«, sagte Väterchen Ilja und biss in eine Pelmeni.

»Du sprichst in Rätseln. Erst Feuer, nun Wasser?«

»Finde es selbst heraus.«

Väterchen Ilja pfiff und klatschte in die Hände. Bär und Affe ließen nicht lange auf sich warten.

»Sie sind harmlos.«

Lisa und Sarah sahen lieber aus der Entfernung zu, wie Väterchen Ilja Pelmeni und Piroggen verfütterte.

Er ist eben doch ein Gottesnarr, tröstete sich Lisa. Bis auf wenige Häppchen nämlich schenkte Väterchen Ilja den Inhalt des Fresskorbes seinen Tieren. Bananen und Äpfel bekam der Affe, den Honig der Bär: Väterchen Ilja setzte ihm das Glas an die Schnauze und kippte einfach drauflos.

Der Bär röchelte vor Behagen.
Geraume Zeit später lief Väterchen Ilja wieder auf den Händen.
»Und jetzt?«
Lisa zuckte mit den Schultern.
»Dafür dieser Weg?«, fragte Sarah entgeistert. »Das liebe Geld für ein Rätsel? Mame, was hast du dir dabei gedacht?«
»Kindchen, nu – du sollst doch nicht Mame sagen«, sagte Lisa verunsichert.
»Von mir aus!«, blaffte Sarah sie an. »Dieser meschuggene Goj. Auf Händen zu laufen! Festwachsen soll er. Und sein Bär ihm tagelang die Fußsohlen lecken.«

Sarah wohnte wieder in der von Gregor angemieteten Wohnung. Aus »Mame« und »Kindchen« waren, Väterchen Iljas Rat zufolge, Lisa und Sarah geworden. Das Schicksal hatte sie im Guten zusammengeführt, jetzt war es an ihnen, den gemeinsamen Frieden zu sichern. Gleichwohl hielten beide an familiären Umgangsformen fest. Lisa kochte nach wie vor, wusch und nähte, Sarah suchte nach sich selbst und glaubte immer häufiger, sie sei gar nicht mehr die, als die sie geboren war.
»Die Hauptsache Sarah, du bleibst mir treu«, sagte Lisa und streichelte ihr die Wange. »Ohne dich kann und will ich nicht mehr leben. Weißt du, ich brauche dich, weil ich jemanden haben will, der mir in meinem kaputten Kopf ein schönes Bild macht. Meine meschuggene Liebe, wie du sagen würdest, wird dich überallhin verfolgen.«
»Aber, Lisa! Bin ich das denn wert?«
»Kaufen kann ich dich ja nicht«, antwortete Lisa mit ehr-

lich enttäuschter Stimme. »Aber ich weiß, dass ich dich mit ein paar Rubelchen ein wenig verpflichten kann, mir gewogen zu bleiben.«
Lisa griff in ihre Schürze und kramte fünf Hundertrubelscheine daraus hervor.
»Nimm nur«, sagte sie. »Das tut mir nicht weh. Ich weiß, dass du kein Nichtsnutz bist.«
Lisa schob Sarah sanft zur Tür hinaus und machte hinter ihr zu. Seitdem war es Sarah peinlich, wenn sie mit Lisa zusammen war. Sie fürchtete, dass sich alles als Traum entpuppte und sie in einer Welt aufwachte, in der Gregor zu ihr sagte: Es ist Zeit, dass du deine Schulden bei mir abträgst.

Eines Sonntags erschien Sergej. Sarah war es keineswegs unangenehm. Sergej gab vor, die Idee zu dem Besuch unmittelbar nach der Vorlesung gehabt zu haben, doch er duftete nicht nur frisch nach Rasierwasser, sondern kam auch ohne Arbeitsunterlagen. Sarah nahm Sergej seine Schwindelei nicht übel. Er begehrte sie. Und das lenkte ab.
Später spottete er in der Kutsche über Lisas Aussehen, besaß aber so viel Selbstironie, auch sich als Unschönling zu bezeichnen.
»Dafür haben Männer wie ich Herz«, meinte er. »Schöne Männer sind bloß böse Buben.«
»Und schöne Frauen?«
»Sollten auf Männer mit Herz fliegen.«
Sergej hoffte auf eine launige Bemerkung, aber Sarah blickte aus dem Fenster. Er wagte nicht, sie weiter anzusprechen. Sarah hatte sich in eine schwermütige, abweisende Stille zurückgezogen. Ihm blieb nur die Betrachtung ihres

Profils. Ob auch andere seinen Eindruck teilen würden? Sergej schrieb es seiner Künstlernatur zu, dass sie auf ihn wie eine Zauberin aus ferner Zeit wirkte. Beide sind wir das, überlegte er. Und beide leiden wir. Eigentlich gehören wir zusammen! Kurz entschlossen strich er ihr mit dem Finger über die Wange.

Sarah schrak zusammen.

»Ich hätte Lust auf eine Ihrer Ohrfeigen«, sagte Sergej. »Sie sehen so traurig aus.«

»Ich wollte auch einmal jemanden trösten«, sagte Sarah. »Ein Mädchen aus unserer Stadt. Sie war klein und bekam die Pocken. So stark, dass sie davon erblindete. Sie tat mir Leid. Du siehst alles, klagte sie, ich sehe nur schwarz. Da sagte ich ihr, dass alles schwarz sei, damit sie nicht länger neidisch war. Das Mädchen aber bekam davon einen fürchterlichen Schreck. Es schlief schlecht und schrie von Teufeln, die das Licht geraubt hätten, und von Löchern im Himmel, hinter denen nur Feuer brenne. Was ich damit sagen will, Tröstungen können im wahrsten Sinn des Wortes in die Augen gehen. Aber Sie haben noch gar nicht gesagt, wohin wir fahren?«

»Ans Meer! Aber was bedrückt Sie, Sarah?«

»Dass Ihnen eine neue Ohrfeige von mir nicht so gefallen würde wie die erste.«

Der Strand in Lachta, gleich hinter der Stadtgrenze, lag in der Sonne. Liegestühle waren aufgestellt, einige Besucher hatten sich Sonnenschirme mitgebracht. Sie steckten schief im Sand, denn von Westen drückte ein kräftiger Wind. Er war angenehm warm, aber der Wind gerbte einem das Gesicht und verzog Sarahs und Sergejs Augen zu Schlitzen. Sie schlenderten nah am Wasser und drehten sich immer wieder in den Wind, um sich durchpusten zu lassen. Beider Stiefel waren so durchweicht, dass sie bereits Salzränder aufwiesen. Weder sie noch er kümmerte sich darum. Selbstvergessen genossen sie die Stimmung. Am Saum von Sarahs Kleid klebte Sand. Der nasse Stoff, der auf dem Sand schleifte, verwischte ihre Spuren.

Das Brausen der Wellen machte alle Konversation zunichte. Die starke Brandung schlug das sandgelbe Wasser schäumend an den Strand, doch Sonne und schneeweiße Gischt verliehen dem Meer ein reines Gesicht. Die Gedanken kamen zur Ruhe, und so war es eine Lust zu schauen. Kinder in Matrosenanzügen rannten barfuß durch die auslaufenden Wellen, andere bauten Sandburgen. Ein Grüppchen älterer Buben zankte sich um das Vorrecht, ein Segelschiff zu ziehen. Die Gouvernante musste einschreiten. Sie erhob sich widerwillig aus ihrem Liegestuhl, unter dem ein Packen Magazine lag, und trippelte durch den Sand. Dabei raffte sie ihr schwarzes Baumwollkleid so weit hoch, dass unter dem Knie das Strumpfband zum Vorschein kam. Der Junge, der am meisten Lärm machte, bekam eine Ohrfeige und erhielt auf Englisch eine Strafpredigt, die mit französischen Wörtern gespickt war.

Sarah und Sergej fingen ihren verärgerten Blick auf, der zu besagen schien: Ihr beide da, schafft euch bloß keine Kinder an, man hat doch nur Scherereien mit ihnen.

Sie waren jetzt so weit gelaufen, dass sie die Zone mit den Sommerhäusern erreicht hatten. Diese lagen in frühlingsgrüne Birkenhaine eingebettet, durch die der Wind pfiff. Es waren malerische Holzhäuser, so genannte Isbis, mit reichem Laubenschnitzwerk. Die Fenster weiß oder hellblau eingerahmt, die Gärten mehr verwildert als gepflegt. Trotz des Seewindes roch es gelegentlich nach Feuer, in einem Fall riss der Wind braunblauen Rauch aus dem Schornstein.

»Dies hier erinnert mich an unsere Sommerfrische auf der Krim«, sagte Sergej. »Ich würde Sie gerne einmal dorthin entführen.«

»Nur zu. Wenn Sie mich dort nicht einsperren?«

»Ach, Sarah!«

Sergej griff nach ihrer Hand und zog sie neben sich auf den Sand. Der Wind war inzwischen noch stärker geworden. Die Sonnenschirme wurden zusammengeklappt, den Frauen flogen die Hüte davon. Kinder rannten ihnen hinterher und bekamen, wenn sie sie zurückbrachten, zur Belohnung Süßigkeiten.

»Zu kalt!«, rief Sarah und wollte sich erheben.

Sergej hielt sie fest.

»Ich liebe Sie!«, rief er trotzig.

»Ich weiß«, entgegnete Sarah.

Sie lächelte Sergej an wie eine erfahrene Frau, zog seinen Kopf zu sich und hauchte ihm einen Kuss auf die Stirn.

»Sie bleiben mein Freund«, sagte sie ernst. »Mehr kann ich Ihnen für den Moment nicht bieten.«

»Für den Moment? Ich darf also hoffen?«

»Kein Wort mehr, Sergej.«

Um ihn zu trösten, hängte sie sich bei ihm ein.

Der Bootssteg vor ihnen war das Ziel. Er war weit ins Meer hineingebaut und diente Jollen und Fischerbooten als Anlegeplatz. Kinder rannten auf ihm herum, hinter ihnen schimpfende Mütter und Väter, die Angst hatten, der Wind könne ihre Sprösslinge ins Wasser wehen. Schwallweise drückte der starke Seegang das Wasser wischen den Bohlen hindurch und überschwemmte das Holz zuweilen knöcheltief. Bis auf ein Ruderboot waren alle anderen Boote weit auf den Strand gezogen, wo sie kieloben einigen Möwen als Ruheplatz dienten. Nur die stärksten Wellen reichten an sie heran und konnten ein wenig Sand unter ihnen weglecken.

Kaum auf dem Bootssteg, erfasste Sarah und Sergej die Gischt. Sarahs Kleid war bald voller großer dunkler Flecke, und ihre Stiefel knietschten von dem Wasser, das sich in ihnen sammelte. Das Gesicht spannte vom Salz, und in ihrem Haar glitzerten Gischttröpfchen. Obwohl sie ein kleines bisschen fröstelte, jubelte Sarah. Die Gewalt des Meeres ignorierte alle Gefühle, die guten wie die schlechten. Der Körper war jetzt alles, nichts der Geist. Der Wind griff jeden ihrer Gedanken und zerfetzte ihn schon hinter der Stirn. Atem raubend, drückte er ihr ins Gesicht und machte die Hände gefühllos und klamm.

Doch auch Sergej ließ sich vom Strudel der tobenden Elemente mitreißen. Wie Sarah sprang er über die zwischen den Bohlen schmatzenden Wassermassen und breitete voll kindlicher Freude die Arme aus, wenn ihn eine Gischtwolke erfasste.

»Achtung! Heiß und fettig!«

Vier Halbwüchsige rannten auf den Steg, allesamt in Ölzeug und mit einem Paddel bewaffnet. Statt Schelte empfingen sie Gelächter und aufmunternde Zurufe. Jeder war froh, dass es endlich etwas zu gucken gab. Denn wohin die Jungen wollten, war klar: auf das bauchige Ruderboot an zu langer Leine, dessen Boden bereits von einer dünnen Schicht Wasser bedeckt war. Die Wellen machten mit dem

Boot, was sie wollten: Mal drückten sie es an die Stegwand, dann wieder schleuderten sie es krachend mit dem Bug gegen die Eichenpfähle, um die das Wasser strudelte.
»Wollt ihr wirklich Fahrt aufnehmen?«, rief ein stämmiger Mann mit Schirmmütze und Wollpullover. »Gegen diese Dünung anarbeiten?«
»Kerle wie wir, die setzen auf Muskeln und nicht auf Papier!«
»Klar, denn immer nur Gymnasium, da wird man dumm!«
Ein halber Meter lag zwischen Welle und Wellental, doch weil das Wasser an diesem Tag hoch auflief, war es nicht schwer, ins Boot zu gelangen. Schwieriger war es dagegen, beim Einstieg das Gleichgewicht zu halten. Und da zeigte sich, dass von den vier Jungen nur einer wirklich Übung hatte.
Mit gemischten Gefühlen verfolgten die Zuschauer, wie die anderen drei Jungen ungelenk in das kräftig schwankende Boot fielen. Ihr Anführer, ein schlanker Junge mit dem geschorenen Kopf eines Sträflings, hatte sich vorher die Paddel reichen lassen und schärfte ihnen noch einmal ein, exakt auf sein Kommando mit den Ruderschlägen zu beginnen. Darauf teilte er die Paddel aus und winkte den Zuschauern.
»Leine los!«
Sergej stand am nächsten.
»Leine los!«, rief er und warf sie dem Geschorenen zu.
Der fing sie auf, grüßte militärisch und befahl seinen Kameraden, das Boot erst ein paar Meter vom Steg wegtreiben zu lassen. Dies geschah mit großer Geschwindigkeit, wobei die Wellen so stark auf die Breitseite des Boots drückten, dass es in Schieflage kam.

»Hoffentlich können alle schwimmen«, sagte Sarah.
»Bestimmt«, sagte der Mann mit dem Wollpullover. »Aber im Ölzeug nützt das wenig. Badekleidung. Das wär's gewesen.«
»An die Ruder!«, ertönte der Ruf.
Zwei paddelten rechts, zwei links. Die Schläge waren kurz und schnell, nicht ungeübt. Offensichtlich hatten die Jungen bei Wettkämpfen auf der Newa Rudererfahrung gesammelt. Tatsächlich gelang es ihnen, das Boot zu stabilisieren und Fahrt aufzunehmen.
Aber um welchen Preis!
»Denen geht doch spätestens in einer Viertelstunde die Puste aus«, meinte Sarah.
»Wenn sie im Training sind, vielleicht doppelt so lange«, meinte der Mann. »Aber dann ... Sie müssen aufpassen, wenn sie sich an den Strand treiben lassen, dass ihr Kahn nicht umschlägt.«
Doch erst einmal ruderten die Jungen mit einer Verbissenheit, als kämpften sie um eine Trophäe für ihre Schule. Und eins, und zwei, und drei – im Takt mit den zählenden Zuschauern stachen die Paddel ins Wasser. Und doch bewegte sich das Boot nur im Schneckentempo auf die See hinaus. Es war zu schwer, und sein Bug bot den Wellen eine zu große Angriffsfläche. Aber der Ehrgeiz der Jungen war gewaltig. Sie setzten alles daran, im 90-Grad-Winkel den Wellen zu trotzen. Wenigstens für Augenblicke das Meer zu bezwingen, es zu durchpflügen, die Wellenkämme zu spalten! Boot und See taten ihnen den Gefallen. Das Boot rammte sich mit Gischtfontänen Zentimeter um Zentimeter voran, trotzte Wellentälern und -kämmen. Doch irgendwann schien es nur noch auf der Stelle zu stehen. Die Wellen

waren zu stark, die Kräfte erschöpft. Für einen kurzen Augenblick sah es so aus, als wolle die See diese vier Helden belohnen, indem es seine Wellen um das Boot herumdirigierte, aber die Ruderer hatten nur das Glück, in einem etwas länger andauernden Wellental zu treiben. Schon bei der nächsten Woge wurde das Boot mitleidlos in Richtung Strand gedrückt. Dabei bäumte es sich gefährlich auf. Der Bug schoss so weit auf, dass die Ruderer nach hinten fielen.

Sie rappelten sich hoch, brüllten, lachten, johlten. Übermütig peitschte der Anführer mit seinem Paddel die See. Noch einmal trotzten die Jungen den Elementen. Fünf Minuten lang. Als sie das Boot ein paar Zentimeter vorangebracht hatten, jubelten sie.

Wieder hatten sie gewonnen.

Die Wellen aber wurden höher, kamen schneller. Sarahs Augen weiteten sich vor Schreck, als das Boot von einer Woge in die Höhe gerissen wurde und dann in ein so tiefes Wellental fiel, dass es nicht mehr zu sehen war.

Sergej und der Mann fluchten.

Im selben Augenblick wusste Sarah, was sich gleich ereignen würde. Die Vision war so deutlich wie intensiv.

»Bleib sitzen!«, schrie sie in den Wind und packte Sergej am Arm. »Sitzen bleiben!«

Der Wind drückte ihr die Worte wieder in den Mund zurück und riss auch den Entsetzensschrei mit sich, der wenige Sekunden darauf auf dem Bootssteg ausgestoßen wurde. Der Junge mit dem Sträflingskopf war von seinem Sitz geschnellt und reckte die Faust. Wie ein Revolutionär schleuderte er sie der See entgegen und brüllte sie an.

Da war die Woge heran.

Sie war gar nicht so heftig, aber schnell. Der Bug des Bootes stieg in die Höhe, und der Junge verlor das Gleichgewicht. Er kippte seitlich nach hinten, wobei er erst hart auf die Kante der Bootswand fiel und dann über Bord ging.
Sarah glaubte, seinen Schrei zu hören und den Schrecken zu spüren. Ihr Herz setzte aus, über ihren Körper floss ein eisiger Schauer.
Die nächsten Wellen waren heran. Das Boot wurde zum Spielball. Die Jungen knieten zwischen den Sitzbänken und durchwühlten hilflos das Wasser. Mischa-Rufe waren zu hören. Immer wieder. Endlose Sekunden verrannen, da tauchte Mischa auf. Er winkte mit dem Arm, aber zwischen ihm und dem Boot lagen zwei Paddellängen.
Wellenberge, Wellentäler.
Sarah betete – alles betete und schrie durcheinander. Der Mann mit dem Wollpullover brüllte Durchhaltekommandos.
»Lass dich treiben! Du hast die Kraft! Nicht anstrengen. Ruhig! Ruhig, Junge.«
Natürlich kam keines seiner Worte an, aber Mischa schien eine trainierte Wasserratte zu sein. Trotz seines Ölzeugs gelang es ihm, ein Stück zum Boot zu schwimmen, denn beide wurden parallel zum Strand getrieben. Einer der Jungen im Boot beugte sich, so weit es ging, mit einem Paddel vor, festgehalten von seinen Kameraden, die sich in sein Ölzeug krallten.
Mischa kämpfte. Aber das schwere Ölzeug zog ihn nach unten, und das eisige Wasser nahm ihm den Atem. Sein Winken wurde schwächer. Wieder ein Schwimmzug, noch zwei – da endlich bekam Mischa das Paddel zu fassen.
Die Menschen auf dem Bootssteg fielen sich in die Arme,

lachten und weinen gleichzeitig, die Kinder tanzten und klatschten.
Alles rannte zum Strand, wo das Boot anlanden musste.
Doch Mischa war noch nicht gerettet. Er hing zwar am Paddel, aber die Strömung war so stark und er so schwer, dass sein Kamerad ihn nicht zu sich heranziehen konnte. Er selbst musste mit aller Kraft von den anderen beiden gehalten werden – ein Wettlauf mit der Zeit begann.
Eine Viertelstunde würde es mindestens dauern, bis das Boot am Strand war. Würde Mischa die Unterkühlung überleben?
Schon das Anklammern ans Paddel kostete Kraft. Sarah spürte, als erlitte sie es selbst, wie Mischa die Kräfte schwanden. Schließlich war er so schwach, dass er den Kopf nicht mehr ständig über Wasser halten konnte. Die Wellen überspülten ihn in immer kürzeren Abständen. Das Paddel wurde zum Strohhalm für sein Leben. Doch kurz vor dem Strand löste sich seine Hand.
Sein Kamerad riss sich das Ölzeug vom Leib und sprang ins Wasser. Mit dem Mut der Verzweiflung schwamm er auf den leblosen Körper zu. Als er ihn zu fassen bekam, merkte er, dass er stehen konnte. Der nächste Junge sprang. Gemeinsam schafften sie es, sich mit Mischa an Land spülen zu lassen.
Sergej rannte ins Wasser.
»Ich bin Arzt!«
Mischa wurde das Ölzeug heruntergezerrt, Pullover und Hemd ausgezogen. Er war nicht ansprechbar, atmete mit kaum noch wahrnehmbaren Brustbewegungen. Sein Gesicht war graustumpf. Sergej schüttelte den Kopf, er konnte an beiden Halsseiten keinen Puls mehr ertasten.

Mischas Kameraden flehten Sergej an, alles zu versuchen, als er mit der Wiederbelebung begann. Zwei Fingerbreit über dem Ende des Brustbeins war der Druckpunkt für die Herzmassage. Sergej legte den Handballen auf, legte die andere Hand darüber.

»Den Druck genau lotrecht«, sagte der Mann.

»Gut, dass Sie sich auskennen«, sagte Sergej. »Dann können Sie mich ablösen. Aber jetzt geben Sie, wenn ich es sage, Atemspenden direkt in die Nase.«

»Hab ich noch nie gemacht«, sagte der Mann hilflos.

»Ich weiß, wie es geht«, sagte Sarah.

Sergej schaute sie sprachlos vor Erstaunen an. Sarah wurde rot. Was sie vorgab zu wissen, waren Erinnerungen an die Abbildungen aus dem Medizinbuch. Man musste seitlich am Kopf des Ertrunkenen knien, mit einer Hand an die Stirn, mit der anderen unter das Kinn fassen. Dann irgendwie mit dem Daumen die Lippen zusammenpressen, mit weit geöffnetem Mund die Nase umschließen und dem Ertrunkenen behutsam die Luft einblasen.

Es gab kein Zurück.

Sergej begann mit der Massage. Mit durchgestreckten Ellenbogen drückte er fünfmal auf Mischas Brustbein, darauf war Sarah mit der Atemspende an der Reihe. Die erste misslang völlig. Sergej massierte wieder fünfmal. Die zweite Spende war kaum besser. Erst die dritte gelang halb.

Mischa zeigte kein Lebenszeichen.

Sechzig Kompressionen die Minute, klärte Sergej die Umstehenden auf, nach jeder zwölften zweimal beatmen.

Es war ein schweißtreibendes Geschäft. Doch Mischa reagierte nicht. Sarah machte sich Vorwürfe. Es schien ihr einfach nicht richtig gelingen zu wollen, Mischa Luft in die

Nase zu pressen. Sergejs anerkennende Blicke trösteten sie da wenig. Nach wenigen Minuten ließ Sergej sich ablösen, doch der andere Masseur entpuppte sich als viel zu ungeschickt.

»Ich kenn's nur aus Büchern«, jammerte er. »Alles Theorie. Und die macht dumm.«

Verzeihung heischend suchte er die Blicke von Mischas Kameraden.

Einer nickte, brachte sogar ein schwaches Lächeln zu Stande.

Aber so viel Sergej und Sarah sich auch abmühten, Mischa bekam keinen Puls.

Schließlich hielt Sergej inne. Er war hochrot im Gesicht, schnaufte, schüttelte den Kopf.

»Mischa, Mischa«, flehten seine Freunde. »Mensch, Mischa. Du doch nicht.«

Einige Kinder begannen zu weinen. Sarah tat der Rücken weh, die Knie schmerzten, sie selbst rang nach Luft. Aber etwas in ihr sagte, dass sie nicht aufgeben durfte. Als sie Mischa wieder ins Gesicht sah, schien es ihr, als sehe sie es lachen. Sein Kopf war auf einmal auch nicht mehr der eines Sträflings, sondern der eines jungen Mannes mit wallendem Kraushaar.

»Er ist nicht tot!«, rief sie leidenschaftlich aus.

Die Blicke der Umstehenden wandten sich ab, nur Sergej schaute sie groß an. Sarah las in seinen Augen, dass er ihr glauben wollte.

Und das ließ sie handeln.

Sie legte Mischa die Hände auf die Brust und atmete tief ein.

Tu es nicht mir zuliebe, Herr, gepriesen seist Du.

Langsam ließ sie den Atem aus sich herausfließen und stellte sich vor, ihn wieder über ihre Hände zu verströmen. Dabei kam es ihr vor, als ob ihre Fingerspitzen die Kälte von Mischas Körper besonders intensiv spürten.
Wärme. Gib ihm Wärme. Nur Wärme.
Sarah hatte das Gefühl, als krieche ihr Mischas Kälte in den Leib. Sie ließ ihre Hände über Mischas Brust kreisen und befahl ihnen, Wärme zu spenden. Die Kälte, die ihre Fingerspitzen wahrnahmen, wurde weniger. Sarah schloss die Augen. Irgendwann nahm sie eine Art Unruhe über Mischas Brust wahr. Es war, als ob das Leben sich von einem winzigen Punkt aus wieder in ihm ausbreitete, gleichsam angelockt wurde durch die ködernde Wärme ihrer Hände.
»Er bekommt Puls!«, rief Sergej.
Sarah lächelte. Das Glück breitete sich von innen in Kreisen in ihr aus, wurde so mächtig, dass es sich auf ihre Hände übertrug, die schließlich zu feuern begannen. Ihre Gabe kehrte zurück, einem in Stand gesetzten Motor nicht unähnlich, der beim ersten Anwerfen noch stottert, aber mit jeder Sekunde an rundem Lauf gewinnt.
Mischa zuckte zusammen, begann zu röcheln. Dann bäumte sich sein Körper auf und erbrach einen Schwall Wasser. Seine Augen gingen auf, fielen aber sofort wieder zu. Dafür aber grunzte er ganz schwach einen Namen.
Jeder wollte sich jetzt ein Stück seiner Kleidung vom Leib reißen, um Mischa zu wärmen.
Auf einem Liegestuhl trug man ihn in eines der Holzhäuser. Am nächsten Morgen stand die wunderbare Rettung in der Zeitung.

Viele wollten Sarah sehen, noch mehr sie erleben. Ihre Adresse in der Nähe des Alexander-Newski-Klosters spielte dabei eine nicht geringe Rolle – anfangs war es vor allem an den Wochenenden so, dass Lisas Haus angestaunt wurde wie ein neues Ausflugsziel. War die Sensationslust gestillt, hatte man dort auf den Treppen genug gebrechliche Mütterchen, schreiende Kinder, Verletzte und Verrückte betrachtet, gab es anschließend Pilgerspaziergänge auf den Lazarus- und Tichwiner Friedhof, die Nekropolen der Geistes- und Kulturwelt Russlands. Wem Sarahs Therapie dagegen etwas gab, der hoffte, mit einem Bittgang vor den Ikonostase, mit Beten und Kerzenanzünden im Alexander-Newski-Kloster die Wirkung ihrer Hände zu erhöhen.

Natürlich besuchten Sarah nicht nur Sensationslüsterne und Kranke, sondern auch Gesunde. Sie empfing Skeptiker und Verächter genauso wie Spitzel und Neider. Sergej hatte sie darauf vorbereitet, doch Sarah verhielt sich durch ihre schrecklichen Erfahrungen in Odessa nicht blauäugig. Sie machte keinerlei Aufhebens und behauptete vor allen situiert aussehenden Schwarzröcken, Mischas Rettung sei zuallererst ein Wunder.

»Erst in zweiter Linie haben meine Hände etwas damit zu tun. Es war ganz einfach so, dass ich Gott und alle Engel angefleht habe, Mischa durch meine Hände gleichsam aufzuwecken. Er hat mich erhört, sich einfach meiner bedient.«

»Das glaube ich Ihnen aufs Wort«, sagte ein hagerer Mann.

Er stellte sich als Tichon Wladimirowitsch Gatschew vor, hatte bohrende Bernsteinaugen und ein schlankes Gesicht, dessen rechte Wange von einer langen Narbe entstellt war.

Feine Linien verliefen zwischen Mund und Nase. Wegen seines unablässigen Lächelns wirkte er auf Sarah wie ein besserer Spitzel. Aber ebenso gut hätte Tichon auch ein zynisch gewordener Antiquar sein können.

»Trotzdem komme ich zu Ihnen. Wie finden Sie das?«

»Es steht mir nicht an, Sie zu beurteilen, Tichon Wladimirowitsch«, sagte Sarah.

»Sie wissen, dass das, was Sie tun, nichts als Suggestion ist, ja?«

»Ich mache nichts anderes als im weitesten Sinne Massage«, begehrte Sarah auf. »Nirgendwo und zu keiner Zeit habe ich behauptet, Ärztin oder Hypnotiseur zu sein. Ich stand schlicht auf einmal in der Zeitung. Und die Menschen haben nichts als Hoffnung. Das können die Behörden mir doch nicht zum Vorwurf machen. Wenn sie meinen Dienst nicht dulden, dann postieren sie am besten einen Gendarm vor diesem Haus, der den Menschen mit Gefängnis droht.«

»Keine Angst. Ich bin kein Bürokrat«, wehrte Tichon ab und bohrte seinen Blick in Sarahs Augen. »Ich bekenne nur offen, dass ich nicht ans Handauflegen glaube. Gleichwohl weiß ich, wie sehr Körper und Geist zusammenhängen. Bei vielen Menschen ist der Glaube an solchen Hokuspokus allerdings riesig. Womit sich ein gutes Geschäft machen lässt.«

»Ich verlange kein Geld, bitte nur um eine Spende. Wer gibt, gibt freiwillig.«

Tichon Wladimirowitsch verzog seine schmalen Lippen, nickte dann, wie Sarah feststellte, zufrieden und erhob sich von seinem Stuhl.

»Vielleicht ist ja doch etwas dran? Zumindest bei Ihnen?«

Tichon zog einen Fünfrubelschein aus seiner Brieftasche und ließ ihn in den Spendenkorb fallen.
»Seien Sie jetzt bitte so gut: mein Kreuz. Wärme hilft nicht, Salben nicht, Umschläge nicht. Ein präsenter Dauerschmerz. Zwar auszuhalten, aber doch lästig und ermüdend.«
»Sie wollen mich auf die Probe stellen? Bitte. Ich kann es immer nur versuchen. Versprechen werde ich nichts. Sollten Sie etwas spüren, bitte ich Sie, Ihre Ablehnung zu überdenken.«
Sarah versuchte, gleichgültig zu klingen. Aber in Wahrheit überlegte sie angestrengt, welche Taktik sie wählen sollte. War es besser zu versagen oder diesem Menschen mit einer Salve von Energie gleichsam ein Mal auf den Rücken zu brennen? Was bezweckte er mit seiner Skepsis? Sarah hatte das unbestimmte Gefühl, dass es diesem Tichon Wladimirowitsch gar nicht wichtig war, ob sie die Gabe des Handheilens besaß oder nicht. Andererseits spürte sie seine Neugier. Sie war so groß, dass Tichon Wladimirowitschs Aura gleichsam pulsierte, was ihm etwas unangenehm Lauerndes verlieh.
»Sie bevorzugen es, die Hände richtig aufzulegen?«
Tichon legte die Weste ab und machte sich daran, das Hemd aufzuknöpfen.
»Manchmal ist es sicherer. Meine Hände lauschen so am besten.«
Sarahs Antwort gefiel Tichon.
»Lauschen. Wunderbar.«
Beinahe zärtlich wiederholte er das Wort, hielt aber scharf die Luft an, als er Sarahs Hände spürte. Die empfing keine besonderen Signale. Tichon simulierte. Sarah entschied,

ihm nur ein kleines bisschen das Blut zu erwärmen. Tichon sollte dann denken, was er wollte. Wie aber würde er reagieren, wenn sie andeutete, dass er womöglich ein Nierenleiden mit sich herumschleppte?

»So«, sagte sie gedehnt. »Wenn es sich nicht anfühlt, als habe Sie jemand mit einer Wärmesalbe eingerieben, dann dürfen Sie Ihre fünf Rubel wieder einstecken. Aber sind Sie sicher, dass Ihre Nieren gesund sind? Keine Schmerzen, oder gar Koliken?«

»Wahrsagerin wollen Sie auch noch sein?«

Tichon lächelte gezwungen.

Er schwankte zwischen Leiden und Blasiertheit. Ob Sarah wollte oder nicht: Sie konnte nicht verhindern, dass Schadenfreude in ihr aufstieg. Tichon zog sich an und trat an das Geldkörbchen. Mit dem Zeigefinger wühlte er darin herum, bis er fand, was er suchte: zwei Rubel.

»Die beiden muss ich mir dann doch zurückholen. Was aber immerhin heißt, dass Sie die anderen drei wert sind.«

Sarah maß dieser Begegnung nicht allzu viel Bedeutung bei. Es war nicht zu ändern: Die einen glaubten an sie, die anderen nicht. Letztere wollten sie versuchen, es gehörte eben zum Geschäft. Entschädigt wurde sie von den Kranken, denen sie wirklich helfen konnte. Wie zum Beispiel dem Mann mit dem aufgetriebenen Bauch, der seit Tagen unter Krämpfen litt. Schon nach einmaligem Handauflegen hatte sie die Darmblähung beseitigt, worüber der Mann so dankbar war, dass er ihr neben einem hohen Honorar am nächsten Tag einen gewaltigen Rosenstrauß brachte.

Wochen und Monate vergingen. Sarah empfing von morgens bis abends. Die einfachen Menschen saßen im Treppenhaus auf der Stiege, die Begüterten knabberten in Lisas Wohnzimmer Plätzchen und schlürften Tee. So vielfältig wie die Menschen waren ihre Leiden. Drei Behandlungen waren nötig, um einer Frau die Schuppenflechte zu nehmen, die sich über sie gelegt hatte, nachdem ihr Mann gestorben war. Für Warzen bei Kindern brauchte sie meist nur eine Sitzung. Ein blutendes Magengeschwür heilte sie mit zwanzigmal Handauflegen, Entzündungen an der Galle mit fünfmal. Manche Kranke schickte sie ins Krankenhaus und übernahm die Nachbehandlung. Einem Mann wurde ein Geschwür am Zwölffingerdarm entfernt, seinem Freund der Blinddarm operiert. Sie genasen wesentlich schneller als Patienten ohne ihre Hilfe. Es gab Tage, an denen sie ausschließlich mit der Nachsorge von Wunden und Nähten beschäftigt war.

Und beinahe täglich gab es Menschen, die vorgaben, krank zu sein, es aber nicht waren. Sie spürten alle etwas, wenn sie ihnen die Hände auflegte, aber hinterher wollten sie es nicht zugeben. Sie traten gerne mit einem wissenden Lächeln aus dem Behandlungszimmer und wiegten den Kopf. Auf Fragen, wie es gewesen sei, antworteten sie gar nicht oder höchstens, dass es interessant gewesen sei, bestimmt eine Bereicherung.

Eines Tages kamen zwei Männer von der Zeitung. Einer von ihnen bat um eine Diagnose. Er fühle sich seit Tagen nicht wohl, habe Fieber und Schmerzen im Bauch. Sarah bat ihn, sich entspannt hinzustellen, und legte ihm an verschiedenen Stellen seines Leibes die Hände auf.

»Sie haben etwas an der Leber, Verehrtester«, sagte sie.

»Genauer gesagt, in Ihrer Leber ist ein Herd, der sie von innen vergiftet.«
Der Mann lachte heiser auf.
»Völlig ausgeschlossen«, sagte er. »Ich trinke nicht. Sie glauben wohl, ich sei ein Säufer, nur weil ich eine grobe Haut habe?«
Sein Kollege nickte.
Sarah wandte sich zu ihm um und sagte:
»Und Sie, Verehrtester, haben Schnupfen.«
»Stimmt!«, rief er enthusiastisch. »Das hört und sieht man.«
»Passen Sie auf!«
Sarah packte aus einer Laune heraus der Ehrgeiz, dem Zeitungsmann ihre Fähigkeiten zu demonstrieren. Sie hielt ihm für ein paar Sekunden die Hände vors Gesicht und beendete die Behandlung, indem sie ihm mit Mittelfinger und Daumen an die Stirn tippte.
Das Gesicht des Mannes verklärte sich. Er konnte wieder frei atmen, und das Brennen in der Nase war verschwunden.
»Boris – es hat geholfen. Ob ich nun wollte oder nicht!«
»Du warst schon immer hysterisch«, murrte Boris.
»Und du bist misanthropisch.«
»Verehrteste, was fehlt mir noch?«, wandte sich der andere wieder an Sarah.
Die tastete seinen Körper von den Beinen aufwärts bis zu den Schultern ab. Die Diagnose war leicht. Wo Gelenke waren, spürte sie, wie eine Art fiebrige Unruhe in ihre Finger ausstrahlte – das sichere Zeichen für Rheuma.
»Es kommt in Schüben, morgens ist es am schlimmsten, dann fühlen Sie sich müde. Vielleicht haben Sie davor

schon leichtes Fieber, auf jeden Fall schmerzen Ihnen die Kniegelenke, und in den Hüften bilden Sie sich ein, Sie müssten dort Scharniere ölen.«

Der Mann nickte. Aller Hochmut war geschwunden. Er setzte sich auf einen Stuhl und sagte: »Wenn Sie es wegbringen und ich darüber schreibe, dann wird am nächsten Tag eine Kalesche vorfahren und Sie an den Hof bringen.«

Sarah zögerte keine Sekunde.

»Bitte nicht«, sagte sie. »Ich behandle Sie gerne. Aber nicht, weil ich an den Hof will.«

»Viktor, mein Freund, lass uns gehen«, drängelte Boris.

»Warum sträuben Sie sich so?«, fragte Sarah.

»Weil nicht sein kann, was Sie belieben, mir zu unterstellen«, erwiderte Boris gereizt.

»Und warum sind Sie dann hier?«

»Um vor Ihnen zu warnen. Und dies jetzt noch mehr, da mein Freund Viktor Ihren hypnotischen Verführungen erliegt.«

»Erlaube bitte ...«

»Ach was. Ich muss dich vor dir selbst schützen.«

Sarah fixierte Boris. Er log. Sie war sich sicher. Bestimmt war er von der Zeitung, aber dies war nur ein Vorwand. Viktor hatte er nur mitgebracht, um den Anschein rechtschaffener Recherche zu wahren. Tatsächlich lag es von vornherein in seiner Absicht, sie schlecht zu machen.

Sarah ritt der Teufel. Sie wollte sich nicht damit abfinden, dass wer auch immer ihre Arbeit beschimpfte. Und so sicher, wie sie wusste, dass falsch war, was sie jetzt gleich tun würde, so unbeirrt hielt sie an ihrem Vorsatz fest.

Diesem Boris gehörte ein Denkzettel verpasst. Bete, dass ich nicht überschnappe, hatte sie in Odessa zu Dwossje gesagt. Jetzt war sie im Begriff, dieses Gebot zu übertreten. Zwar hatte sie vor Monaten bei Lisa auf Grund ähnlicher Anmaßung ihre Gabe verloren, doch es kümmerte sie nicht. Sarah war ihr Leben lästig geworden. Sie sah keinen Sinn mehr darin, von morgens bis abends zu heilen, Geld anzuhäufen, um es in den Geschäften rund um den Newski-Prospekt wieder auszugeben.

»Schreiben Sie, Boris, was Sie gleich spüren«, zischte sie und legte ihm die Rechte auf den Bauch.

Der wollte ob der aufgezwungenen Berührung protestieren, doch sein Gesicht wurde fahl. Wenige Sekunden später sackte er zusammen. Sarah hatte ihm in einer einzigen Willensanstrengung so viel von ihrer Energie in den Leib gepumpt, dass er unter der Wucht zusammenbrach.

»Himmel, was haben Sie getan?«, rief Viktor.

»Nichts«, log Sarah. »Sie glauben doch nicht im Ernst, dass ich einen Menschen durch eine kurze Berührung in die Knie zwingen kann?«

Wenige Tage später erschien ein Artikel.

Sarah las ihn Lisa vor:

»Einen kurzen Augenblick nur hielt diese jüdische Hexe ihre Hände vor meinen Leib. Dann wandte sie sich ab, wohl um mir ihr teuflisches Gesicht zu ersparen. Aber es war zu spät. Ihre hypnotischen Fähigkeiten und meine geschwächte Konstitution taten ein Übriges: Ich brach zusammen. Mir wurde schwindelig, mein Blick vernebelte sich, die Knie wurden mir weich. Ich wollte mich noch hinsetzen, aber es war längst zu spät. Die Schwäche hatte so sehr von mir Besitz ergriffen, dass ich zu Boden stürzte und das Bewusstsein verlor. Die Hypnose war verheerend. Ich erlebte mich als kleinen Jungen wieder, der friedlich im Sand spielt. Es war ein sonniger Tag, doch plötzlich fiel ein Schatten auf mich. Ein schwarz gekleideter Mann von ungeheurer Größe, aber ohne Gesicht stand unbeweglich vor mir. Mir schmerzte augenblicklich der Bauch, und zu allem Überfluss schien ich mit meinen Schmerzen diesem Mann entgegenzuschweben. Mehr noch, ich glaubte, er strecke seine Arme nach mir aus.

Diese angebliche Heilerin hatte es also geschafft, mir das Symbol des schwarzen Manns vor Augen zu hexen, mithin, mir mit dem Tod zu drohen. Die Frage, die ich jetzt stelle, ist bar jeder Rhetorik: Gehört einem solchen Menschen nicht das Handwerk gelegt? Ein Leichtes wäre es, diese Frau ob ihres verkehrten Glaubens zu denunzieren, aber das ist zu billig. Schließlich hat sie die Fähigkeiten zur Hypnose. Dies aber in einem so beängstigenden Ausmaß, dass unsere Obrigkeit hier aufgerufen ist, Grenzen zu setzen – was milde ausgedrückt ist. Ich vermeide es ausdrücklich, daran zu erinnern, wie in der Vergangenheit mit derart ›weisen Frauen‹ umgegangen wurde.

Es bleibt mir noch übrig, zu berichten, wie ich gerettet wurde. Mein Freund Viktor Alexandrowitsch Tschischtschenko beschützte mich während meiner ungefähr fünf Minuten dauernden Bewusstlosigkeit vor weiteren Attacken dieses Subjekts – das, um in der Sprache des jüdischen Kultus zu bleiben, nebenbei einer echten Lilith gleicht: schön wie eine Königin der Nacht und von einer Sinnlichkeit, die nur Frauen ausstrahlen, die sich mit dämonischen Mächten eingelassen haben.

Viktor – kann es denn einen passenderen Namen für einen Retter geben – brachte mich mit reichlich kaltem Wasser

wieder in die reale Welt zurück. Sonst wäre ich wohl dem schwarzen Mann, mithin, dem Wahnsinn verfallen. Ich war schweißüberströmt, als ich zu mir kam, mein Herz raste. Meine Leibschmerzen waren selbstverständlich nicht weniger, sondern mehr geworden. Deren Ursache – demütig blicke ich auf die wahre Medizin und ihre Diagnostik – ist eine bakterielle Leberinfektion. Eine nicht zu verharmlosende Sache, wie mir Chefarzt Professor Doktor Nikolai Lasarowitsch Tschechow verriet. Aber was wollte jene verachtenswerte Nichtheilerin daraus machen? Eine Vergiftung durch unzureichend gekochtes Sauerkraut.
Ich überlasse es Ihnen, der aufgeklärten Leserschaft unserer Zeitung, das Fazit zu ziehen. Stellen Sie sich nur einmal vor, ich wäre nicht ich gewesen, sondern ein anderer: Ihre liebe Frau oder eines Ihrer vortrefflichen Kinder.«
Sarah warf die Zeitung zu Boden und zerfetzte sie mit den Stiefeln.
»Kindchen – und nu?«, fragte Lisa.
»Ich höre auf«, sagte Sarah kühl. »Sarah, die Handheilerin, gibt es nicht mehr.«
»Du solltest heiraten und Kinder bekommen«, sagte Lisa. »Dann packt ihr hier die Koffer und zieht auf die Krim. Und mich nehmt ihr mit.«
»Wer ist ihr?«
»Nu, dieser Sergej. Er ist doch aus gutem Hause. Eine empfindsame Seele.«

Sergej war nicht zu Hause, die Überraschung war misslungen. Bestimmt sei er mit seinen Freunden in einem seiner Lieblingslokale, vielleicht im Café Wolf oder im Beranger. In Letzterem spiele er gelegentlich. Das Dienstmädchen, das kräftig nach Parfum duftete, musterte sie aus dunstigen Augen. Es sah aus, als hätte es geschlafen. Ihr Atem ging heftig, ihre Frisur war in Unordnung. Sie war jung und hübsch, mit einer sinnlichen, warmen Ausstrahlung. Sarah konnte sich nicht an sie erinnern – aber schließlich war es etliche Monate her, seit sie mit Gregor hier gewesen war.

»Ich darf Ihnen nichts versprechen. Möglicherweise ist der junge Herr auch im Kabarett auf der Kreuzinsel.«

Ob Sie hier auf ihn warten wolle?

Sarah dankte, schüttelte aber den Kopf. In weiser Voraussicht hatte sie die Kutsche warten lassen. Es ist sowieso lächerlich, was du tust, sagte sie sich. Fährst einem hässlichen Mann hinterher, als wärst du eine Sitzengebliebene, die jetzt nach dem Strohhalm greift.

»Richte einen Gruß aus«, sagte sie und wandte sich zum Gehen.

»Verzeihung«, hörte sie das Dienstmädchen ihr nachrufen. »Sie sind es, nicht wahr, über die in der Zeitung so hergezogen wurde?«

»Ja.«

Sarah versuchte, so unbeschwert wie möglich zu klingen.

»Der junge Herr hat sich sehr über den Artikel aufgeregt. Ganz ehrlich.«

»Ich zweifle nicht daran«, sagte Sarah.

»Und ich nicht an Ihnen!«, rief das Dienstmädchen. »Ich weiß, dass Sie wirklich diese Gabe haben. Und bestimmt könnten Sie mir helfen.«

»Damit ist es jetzt vorbei«, sagte Sarah hart. »Ich bin nur noch privat. Wann und wo ich wieder meiner Bestimmung nachgehe, ich werde die Zeichen zu deuten wissen. Leb wohl!«

»Warten Sie! Bitte!«

Das Dienstmädchen schaute sie bettelnd an. Sarah seufzte. Es war falsch, dass sie nachgab. Noch auf der Türschwelle wäre sie am liebsten davongelaufen, aber schon war es zu spät. Die Pastelltöne des Flurs waren das Erste, was sie an damals erinnerte. Es schien jetzt noch wärmer zu sein, obwohl es längst Sommer war, was den blassen, klassizistischen Möbeln eine umso kältere Ausstrahlung verlieh.

Alles wirkt wie unbewohnt, dachte Sarah. Und alles ist Schein. Hinter den Dingen aber hausten Einsamkeit und Elend.

Rimma, so hieß das Mädchen, besaß ein eigenes kleines Zimmer – es war hell und sauber und im gleichen Stil eingerichtet wie das ihrer Herrschaften. Vor einer Ikone brannte eine Kerze, es roch ein wenig nach Weingeist und Parfum. Rimmas Bett aber war völlig zerwühlt.

Auf einer Anrichte standen ein Krug mit Tee und eine Schüssel mit Resten von Petersilienwurzel.

»Sie können mir bestimmt helfen! Sie müssen nur wollen.«

Rimma schloss die Tür ihres Zimmers und warf sich auf ihr Bett. Mit größter Geschwindigkeit zog sie sich den Rock herunter und riss sich das Hemd bis unter die Brust. Es roch intensiv nach Weingeist, so, als ob Rimma ihre Unterwäsche darin gebadet hätte.

Sarah setzte sich auf die Bettkante und legte Rimma die Hand auf den Bauch.

»Tiefer«, sagte diese. »Noch tiefer.«

Sarah ließ ihre Hand bis zum Schamberg wandern. Sie empfing keine Signale, Rimma war nicht krank. Überdies sah sie auch nicht so aus.

»Du bist gesund«, sagte sie.

»Ja!«, stieß Rimma leidenschaftlich und unglücklich zugleich hervor. »Es ist nichts, verflucht.«
Sarah legte noch einmal ihre Hand auf. Sie hatte etwas gespürt. Aber nichts, was sie als krank oder falsch empfunden hatte. Es war etwas anderes.
»Du bist schwanger«, sagte sie. »Dein Kind, ich spüre seinen Herzschlag.«
Rimma presste ihre Hand auf die Sarahs, hielt sie fest. Ihr Blick glich einer Beschwörung. Hoffnung, Verzweiflung, Entschlossenheit – Sarah wusste, was Rimma wollte.
»Ich trinke Beifußtee bis zum Platzen, mache Spülungen mit heißem Weingeist, springe, wann immer es geht, vom Bett und habe bis heute bestimmt mehrere Pfund Petersilienwurzeln gegessen. Aber es ist alles sinnlos. Nur Sie können es wegmachen.«
»Das darf ich nicht, Rimma«, sagte Sarah sanft. »Ich bin Heilerin, keine Engelmacherin.«
»Es ist doch nichts dabei«, hauchte Rimma. »Wenn Sie es nicht machen, muss ich ja doch zu so einer Frau. Aber das sind Schlächterinnen. Ich werde verbluten.«
»Du sollst nicht töten, heißt eines der Gebote. Das ist das eine. In unserem jüdischen Glauben ist Nachkommenschaft sogar ein Gesetz.«
Noch immer hielt Rimma Sarahs Hand fest. Rimma war dasselbe zugestoßen wie Tausenden von anderen Dienstmädchen auf der Welt. Unverheiratet, aber schwanger, verloren sie ihre Stellung und fanden keine neue mehr. Nur zu oft beschritten sie anschließend die Spirale ins Elend. An deren Ende warteten Prostitution, Krankheit und Tod.
Trotzdem – was Rimma forderte, war eine Ungeheuerlich-

keit. Sarah blieb fest. Sosehr Rimma sie auch beschwor, sie würde sich nicht erweichen lassen.

»Wer ist der Vater?«

»Das bleibt mein Geheimnis«, sagte Rimma mit dem Trotz eines Kindes und schob Sarahs Hand von ihrem Leib.

Sie zog sich den Rock hoch und stopfte das Hemd in den Bund. Mit leerem Gesicht schaute sie auf den Krug mit dem Beifußtee. Ihre Augen füllten sich langsam mit Tränen. Sarah nahm sie in den Arm. Du bist so alt wie sie und doch älter, sagte sie sich. Musst du jetzt auch die Verantwortung der Älteren übernehmen? Sarah atmete tief ein. Was war der Sinn dieser Begegnung, wenn es denn keinen Zufall gibt?

Vielleicht geht es ja auch gar nicht um mich, grübelte Sarah weiter. Wie Gott Lisa für dich zum Werkzeug gemacht hat, hat er mich zum Werkzeug für Rimma und ihr Kind gemacht. Ich habe Geld, Rimma keines.

»Du musst mir versprechen, dir und deinem Kind nichts anzutun, Rimma«, sagte sie. »Ich werde mit deinen Herrschaften sprechen. Wenn Sie dich nicht länger wollen, kommst du zu mir.«

»Wirklich?«

Sarah nahm Rimmas Kopf in die Hände.

»Wirklich«, sagte sie.

»Ich hätte es an Ihrer Stelle auch nicht getan«, sagte Rimma. »Und zur Engelmacherin wäre ich auch nicht gegangen. Dazu bin ich zu feige.«

Wohin? Sarah warf eine Münze in die Luft.

»Café Beranger!«

Die Kutsche zog an.

Das Café lag im Herzen der Stadt, an der Mojka. Es war ein gelbes Haus mit weißen Säulen davor, fein und elegant. Tatsächlich spielte irgendwer Klavier, und dieser Irgendwer war kein anderer als Sergej.
Er sah sie sofort.
Ein freudiges Lächeln huschte über sein Gesicht, aber er ließ sich in seinem Spiel nicht beirren. Sergej trug Walzer vor, die er mit Improvisationen spickte, die aus brillanten Läufen und Trillerketten bestanden. Sarah begriff schnell, dass er bewusst oberflächlich spielte, ohne Tiefe und Herz. Aber wozu auch. Niemand hier wollte wirklich auf die Musik achten, sie diente nur als angenehme Kulisse.
»Wieso spielt er hier?«, fragte sie Sacharij, der allein an einem Tisch saß und rauchte.
Sacharij sah noch immer so pausbäckig aus wie früher. Seine Bartstoppeln aber schienen noch dunkler geworden zu sein. Er lächelte dümmlich, die Pupillen seiner Augen waren winzig.
»Bitte?«
Sarah wiederholte ihre Frage.
Sacharij nickte.
»Dialektik«, sagte er. »Das Gemeine ist Teil der Welt. Ihr Falsches muss immer wieder gefühlt werden, damit das Wahre und Gute als solches noch gewürdigt werden kann.«
»Ich versteh kein Wort«, sagte Sarah.
»Ist auch egal«, antwortete Sacharij. »Auf jeden Fall wird es heute dann nichts mehr mit den Weibern.«
»Sind Sie betrunken, Sacharij?«
»Haschisch.«
Die Musik war zu Ende.

Sergej eilte an den Tisch.
»Haben Sie sich meiner erbarmt? Oder müssen wir wieder Menschen retten?«
»Vielleicht ist das nicht ganz falsch«, antwortete Sarah.
»Wunderbar! Wir werden Sacharij aber lieber hier lassen, nicht wahr, mein Freund?«, sagte Sergej bestimmt und bohrte seine Augen mit unmissverständlicher Botschaft in die des Freundes.
»Ich hätte eh nichts mehr zu Stande gebracht«, rief Sacharij gleichmütig. »Au revoir.«
»Rätsel über Rätsel«, sagte Sarah spitz. »Sehr galant.«
Sie war mehr amüsiert als verärgert. Schließlich wusste sie, was Rauschgift anrichten konnte. Hauptsache, Sergej war bei klarem Kopf.

Am Strand in Lachta war diesmal alles anders. Es gab keine Brandung, kein Ruderboot, keine vorwitzigen Gymnasiasten. Stattdessen empfing Sergej und Sarah eine müde See, deren Wellen so kraftlos waren, dass man Mitleid mit ihnen bekommen konnte. Nicht größer als ein kleiner Finger, brachen sie sich glucksend am Strand, zu schwach, selbst kleinste Steine zu bewegen.
»Im Leben wiederholt sich nichts«, seufzte Sarah. »Wie kann das Meer auf einmal so langweilig sein.«
Sie stand hart am Wasser, so dass die Wellen ihre Stiefelspitzen benetzten. Sie hatte ein paar Muscheln gesammelt, fühlte ihren Kanten nach und warf sie dann wieder ins Meer. Sergej tat dasselbe mit Kieseln. Sie war gelangweilt, er stand unter Spannung.
Es muss doch einen Weg geben, sie zu erobern, dachte er. Sie hat doch schon den ersten Schritt getan. Aber wie es an-

stellen? Sie an sich reißen und küssen? Nein, das gäbe bloß Spott und Ohrfeigen. Ihr ein Geständnis machen? Das hatte er schon einmal getan, und es würde auch diesmal nicht zum Erfolg führen.

Aber du willst sie haben! Du musst!

Sergej dachte an die Mädchen in den Etablissements. Dort war alles wunderbar einfach, hier alles entsetzlich kompliziert. Dort brauchte er Geld, hier etwas anderes. Aber was? Sergej überließ sich für einen Augenblick seinen Wunschträumen: Sarah nackt, in seinen Armen, stöhnend und fordernd. Bestimmt würde sie ihn beißen. Ob sie schrie, wenn sie kam? Oder war sie in Wahrheit prüde? Badete mit Sägespänen im Wasser und würde einen Mann nur in völliger Dunkelheit an sich heranlassen? Im Nachthemd? Beide. Er dürfte es einmal im Monat tun, und sie läge dann im Bett wie eine Robbe auf der Sandbank. Kusslos, mit geschlossenen Augen und den Lippen einer leidenden Madonna.

Nein, sie ist anders. Sergej nickte, war sich dessen gewiss. Er stellte sich ihre gespreizten Schenkel vor, sah sie sich auf Damast winden, das blauschwarze Haar zerzaust. Sie macht es sich selbst, nimmt mich mit dem Mund. Will immerzu, immer mehr. So, wie er es einmal mit …

»An welche Musik denken Sie gerade, Sergej?«, platzte Sarah mit sibyllinischem Lächeln in seine erotischen Phantasien.

»Die schönste Musik, die sich denken lässt«, antwortete Sergej und breitete die Arme aus. »Sie ist voller Leidenschaft, wild wie für uns das Meer. Und so überwältigend, dass man, wenn sie ausgespielt hat, matt und leer ins Nichts zurückfällt. Nur leider hat noch niemand eine solche Musik komponiert – trotzdem träumt jeder von ihr.«

Er bot ihr den Arm. Ein freudiger Schreck durchfuhr ihn, Sarah lehnte sich an ihn.
»Sie haben noch gar nicht gefragt, woher ich wusste, wo ich Sie finde.«
»Wirklich?«, tat Sergej erstaunt.
Sarahs Bemerkung machte die frisch erwachten süßen Gefühle zunichte.
»Von Rimma, eurem Dienstmädchen«, sagte Sarah. »Ist sie neu? Aber ich kann mich auch täuschen.«
»Nein, Sie haben ganz Recht«, sagte Sergej. Und nach einer kurzen Pause: »Sie ist hübsch, nicht? Das jedenfalls findet mein Vater auch. Er hat sie seinem Schneider abgekauft. Um es Mutter mit gleicher Münze heimzuzahlen ... Dafür, dass sie dein so genanntes Onkelchen in sein Leben gebracht hat, wandelt die Neue nun als ständige Drohung durchs Haus.«
»Ich verstehe«, sagte Sarah. »Sie sind sehr offen. Bekommt Ihrem Vater diese Art von Drohung? Ich meine: Gibt er sich Ihnen gegenüber jetzt weniger streng?«
»Ich glaube, er hat endlich begriffen, dass meine Liebe zur Musik der Medizin nicht im Weg steht. Das eine betrifft das Herz, das andere den Verstand. Wenn ich ihm erzähle, mit welcher Begeisterung ich seziere, stimmt ihn dies meinem Klavierspiel gegenüber gnädig.«
Sie hatten den Bootssteg erreicht. Die Pfähle sahen heute knochig aus, waren unschön vermoost. Die See lag graugrün vor ihnen und war flach wie ein Spiegel. Es roch nach faulendem Tang. Trotz oder vielleicht wegen der Schwüle lief Sarah ein Frösteln über den Rücken.
»Sergej – führen Sie mich aus. Aber bitte von hier weg. Tun Sie das?«

Sie machte sich von ihm los und stellte sich dicht vor ihn hin.
»Wer ist hübscher?«, fragte sie kokett. »Rimma oder ich?«
»Rimma«, sagte Sergej im Ton bewusst übertriebener Überzeugung. »Aber«, er wurde schwärmerisch und schloss die Augen, »Sie sind begehrenswerter, Sarah. Sie wecken Sehnsüchte. Sie sind Kraft. Und – Sie sind schön. Mit einem Wort: Sie sind das, was ein Mann ein Weib nennt. Rimma ist und wird auf immer ein Mädchen bleiben.«
»Ich glaube, Sie sind ehrlich«, sagte Sarah. »Damit gewinnt man mich am schnellsten.«

Ziellos fuhren sie durch die Stadt. Bis zum Beginn der Oper war noch genügend Zeit. Sarah spielte mit dem Feuer. Sie fragte, wie die Frau sein müsse, mit der er sein Leben verbringen wolle, und bekam sofort die Antwort: so wie sie. Ob er Kinder wolle? Mit ihr, sofort. Ein Dutzend. Ob er seiner Frau Geschenke machen würde? Ihr jeden Tag etwas anderes. Ob er treu sei? Ihr bis in den Tod – Sergej zögerte keine Sekunde, doch hörte sich seine Stimme jetzt nicht so klar und enthusiastisch an. Sarah schob es auf sein schlechtes Gewissen. Bestimmt ging Sergej zu bestimmten Damen. Die Vorstellung, dass er in den Armen einer solchen Frau liegen könnte, stachelte sie auf. Es machte ihn interessant. Sie würde sich nie in ihn verlieben wie einst in Awrom, aber Sergej versprach dafür etwas, das Awrom nicht hatte.
War es die sinnliche Erfahrung, die Mischung aus geistigem Tun und körperlicher Unmoral, die er ausstrahlte?
Es ist ein gefährliches Spiel, sagte sie sich. Du könntest dich daran verbrennen – erinnere dich an Rimma. Es geht so

schnell. Aber bist du eine Nonne? Nein. Sarah wurde rot, als sie an ihre eigenen Spielchen dachte. Du bist eine Kriegerin – und Krieger haben sich immer schon genommen, worauf sie im Moment Lust hatten.
Aber hatte sie Lust auf Sergej? Nein, aber auf einen Mann. Und Sergej war natürlich ein Mann. Er küsste gut, wie sie gerade feststellen konnte. Sollte er ihr erster Mann sein? Dann hast du es hinter dir, sagte sie sich und bot ihm erneut die Lippen. Aber denk an Rimma – nein, du wirst nicht schwanger.
Nachdem sie wieder zu Atem gekommen war, glaubte sie, draußen Sergejs Vater gesehen zu haben.
»Unzweifelhaft, er ist es«, bestätigte Sergej.
»Er kam aus dem roten Haus«, sagte Sarah.
»Wollen wir ihm mal ein bisschen nachspionieren?«, fragte Sergej übermütig. »Das wäre nur gerecht. Weißt du, mein ganzes Leben lechze ich nach solch kleinen Gemeinheiten. Damit ich ihm heimzahlen kann, was er Mutter und mir mit seiner eiskalten Seele angetan hat.«
»Aber wie willst du es gegen ihn verwenden?«
»Die Irritation in seinen Augen würde mir schon genügen«, sagte Sergej. »Ihn einmal unsicher sehen. Und nicht spöttisch.«
Er ließ anhalten.
Das rote Haus war neu gebaut. Im Erdgeschoss befanden sich auf der einen Seite des Eingang eine Parfümerie, auf der anderen eine Apotheke. Die Fassade wirkte mit ihrem weißen Jugendstildekor überladen, die hehren Köpfe der Göttinnen waren übergroß. Sarah fand, sie sähen abstoßender aus als die beiden grinsenden Herkules-Hermen, die den Eingang flankierten.

»Das passende Haus für eine Geliebte«, stellte Sergej lakonisch fest. »Leider bin ich dumm. Hier wohnen zehn Parteien. Was nützt es, wenn ich das Haus weiß, aber nicht den Namen der Angebeteten?«
Sergej zuckte mit den Schultern. Kein Name sagte ihm etwas.
»Gatschew«, murmelte Sarah leise. »Der Name kommt mir bekannt vor. »Aber wie sind Vor- und Vatersnamen ...?«
Sergej spähte durch die Glasscheibe der Haustür.
»Wenn mich nicht alles täuscht: T. W. Gatschew.«
»Was? Bist du sicher?«
»Ziemlich.«
Sarah zog Sergej am Ärmel. Sie dürften jetzt nicht auffallen, sagte sie. Den Grund erfahre er gleich.
Sie überquerten die Straße und bogen um die nächste Ecke. Bis dahin sagte sie keinen Ton, sosehr Sergej sie auch mit Fragen überschüttete. Und statt zu antworten, wollte sie unbedingt von ihm wissen, wie gut er über den Gesundheitszustand seines Vaters informiert sei. Sergej gab an, dass er seinen Vater so gut wie nie sehe.
»Aber wenn, scheint er wieder ein Stück hagerer geworden zu sein. Er trinkt keinen Wein, raucht keine Zigarren. Bei den Mahlzeiten spricht er kein Wort. Gut möglich, dass er krank ist. Jedenfalls mischt er sich nach wie vor obskure Pülverchen ins Wasser.«
Sarah erzählte ihm von ihrer Fähigkeit des Aura-Sehens und beschrieb, wie wenig bunt sie die Farben bei Sergejs Vater erlebt hatte. Vielmehr seien sie erdig gewesen, was nach ihrer Erfahrung ein Zeichen für Schwäche und Krankheit sei. Sergej nickte, jaja, aber was, bitte, bedeute dies alles.

»Ich glaube, ich kann mit an Sicherheit grenzender Wahrscheinlichkeit ausschließen, dass dein Vater in dieses Haus gegangen ist, weil er eine Geliebte hat«, sagte Sarah. »T. W. Gatschew steht auf jeden Fall für einen Mann. Er kam mal zu mir, um mich zu prüfen. Ein mir sehr unangenehmer Mensch, der sich auffallend für meine Gabe interessierte, sie aber gleichwohl leugnete. Ich glaube, jetzt weiß ich, warum. Er ist ein Heiler, aber ein Scharlatan. Und dein Vater ist todkrank. Wenn die Medizin nichts mehr ausrichten kann, klammert sich der Mensch an den letzten Strohhalm. Er geht zum Heiler. Möglicherweise steckt dieser Mann auch hinter dem Artikel gegen mich.«

»Glaubst du wirklich, was du da sagst?«

»Wir wissen es, wenn du dieses Subjekt besuchst«, sagte Sarah. »Du gehst jetzt zu ihm hin und bittest um eine Behandlung. Kreuzschmerzen. Wenn du in fünf Minuten nicht wieder draußen bist, hole ich dich in einer halben Stunde ab.«

Sergej musterte Sarah. Bewunderung und Skepsis stritten miteinander. Ihre Spontaneität und ihr Wagemut reizten zum Widerspruch, stachelten ihn aber andererseits auf, ihr noch mehr zu gefallen. Vor kurzer Zeit noch hatte er sich alle möglichen Lüste mit ihr ausgemalt, jetzt zeigte sie ihm, wie eigenständig sie dachte und handelte. Nicht du hast sie erobert, wurde Sergej klar, sie hat dich erobert. Ihr Ja ist eine Laune. Genauso gut hätte sie Nein sagen können. Sie ist die Katze, du die Maus. Und sie wird nie die Frau sein, die sich etwas sagen oder gar befehlen lässt.

»Gib mir einen Kuss«, flüsterte Sarah.

»Zu Befehl, Euer Wohlgeboren«, sagte Sergej.

Tichon Wladimirowitschs Behandlungszimmer schmückte ein chinesischer Apothekenschrank, bei dem einige der kleinen Schubladen dekorativ hervorgezogen waren. An der Wand gegenüber hingen zwei Ikonen, vor denen gewaltige, armdicke Opferstockkerzen brannten. Es roch angenehm zart nach Zimt, Nelken und Sandelholz.

»Ja, darauf bin ich stolz«, sagte Tichon Wladimirowitsch, womit er den chinesischen Seidenteppich und das Drachenmobile meinte, die beide in prächtigem Blau, Gold und Rot gehalten waren. »Es ist der einzige Hokuspokus, den ich mir gestatte. Glück, Geister, Glanz – Farben und Fabel: Es ist gut, auch das Fremde im Blick zu behalten.«

Tichon setzte sein gewinnendstes Lächeln auf und bat Sergej, Platz zu nehmen. Er selbst setzte sich hinter einen kleinen, uralten Tisch, auf dem außer Block, Feder und Tinte nur ein Haufen ungeordneter Papiere lag.

Sergej studierte die feinen Linien auf Tichons Gesicht und blieb dabei zum wiederholten Mal an den Bernsteinaugen hängen, die zu Tichons Lächeln in starkem Kontrast standen.

Tichon traute ihm nicht, das spürte er.

»Gegen Ihre Kreuzschmerzen gibt es kein Patentrezept«, sagte Tichon. »Im Übrigen gebe ich ungern Erfolgsversprechen ab. Aber eine Ballenpressur in Kombination mit einem Gürtel bestimmter Steine dürften Ihnen Linderung verschaffen.«

Tichon schwieg. Sergej spürte die Konzentration seines Blickes. Ihm schien es, als umschlössen ihn Tichons honigfarbene Augen wie flüssiger Bernstein ein Insekt. Mit dieser Masche fängst du mich nicht, du Hund, dachte Sergej. Mich hypnotisierst du nicht. Nimm dir hysterische Jungfrauen und Melancholikerinnen. Oder biete dich denen als Strohhalm, die ihre Hoffnung bereits aufgegeben haben – wie mein Vater.

Sergej unterdrückte seine Wut. Ein Rest Familienehre wurde in ihm wach. Er konnte und wollte nicht fassen, dass ausgerechnet ein Mann wie sein Vater einem solchen Scharlatan auf den Leim ging.

»Ballenpressur? Steingürtel?«, presste er hervor.

»Sie haben richtig gehört. Wären Sie sonst zu mir gekommen? Ich bin Heiler. Meine Methoden entsprechen der Erfahrung anderer. Kennen Sie sich, Verehrtester, mit chinesischer Kultur aus? Nun, zwischen Geist und Körper gibt es als Bindeglied ein ätherisches Etwas. Dieses Etwas nenne ich den korpuskularen Raum. In diesen greife ich ein. Provoziere damit Wechselwirkungen zwischen Geist und Körper. Dass beide zusammenhängen, wussten aber nicht nur die Chinesen, sondern schon die alten Griechen. Mit mechanischem Druck und der eingeschlossenen Energie der Steine stimuliere ich die Schwingungen Ihres korpuskularen Raums und reguliere damit die Verspannungen in Ihrem Kreuz.«

»Und wie viel Rubel nehmen Sie für Ihre kostbaren Steine?«

Sergej verbarg seine Faust in der Jackentasche.

An der Haustür klingelte es. Tichon blieb ihm eine Antwort schuldig. Er wusste längst, dass dieser Mensch da vor ihm nicht eine Kopeke geben würde.

Das Dienstmädchen führte Sarah herein. Tichon blickte von einem zum anderen.

»Ah, so ist das. Ich verstehe. Das junge Fräulein spioniert mir nach.«

»Und Sie nehmen die Rubel von Kranken, um mich in der Zeitung anzuschwärzen«, erwiderte Sarah eisig.
»Haben Sie einen Beweis für Ihre Unverschämtheiten?«
Tichon lächelte dünn. Hinter der Narbe auf seiner rechten Wange zuckte es.
»Werden Sie nicht frech, Gatschew!«, rief Sergej. »Was machen Sie mit meinem Vater? Los, reden Sie, Sie ... Sie Scharlatan!«
»Ihr Vater?«
Tichons Stimme verriet zum ersten Mal Unsicherheit. Für Sekunden bleckte er die Zähne. Die Wut über sich selbst wuchs schneller als der Ärger über seine Entlarvung. Wie konnte ihm das passieren! Es war die Gier nach dem Geld. Sergejs Anzug, seine im ersten Augenblick dümmlich-hässliche Erscheinung hatten ihn blind gemacht.
»Sie verdienen bestimmt gut an ihm, oder?«
Der beißende Spott in Sarahs Stimme brachte Tichon vollends aus der Fassung.
»Verlassen Sie sofort meine Wohnung!«, rief er und riss die Tür auf. »Sollte Ihr Vater nicht gesunden, sind Sie und nur Sie verantwortlich. Dass er noch lebt, verdankt er allein mir! Ich bin es, der ihm Hoffnung gibt! Ich!«

Trotz des Zeitungsartikels kamen die Menschen weiterhin zur Behandlung. In den ersten Tagen weniger, dann wieder ebenso viele wie früher.
Brachte ihr die Arbeit vor dem Artikel noch grundsätzlich Freude, bemerkte Lisa jetzt, dass diese ihrem Schützling von Tag zu Tag lästiger wurde. Sarah schien zu schrumpfen, auf jeden Fall nahm sie ab. Du arbeitest zu viel. Kind-

chen, du musst zur Kur. Gebetsmühlenartig wiederholte Lisa diese Sätze.

Sie machte es damit Sarah, die ein zunehmend schlechtes Gewissen bekam, nur schwerer. Schuldgefühle plagten sie. In Odessa war es ihr Wunschtraum gewesen zu heilen, wie konnte es da angehen, dass sie auf einmal immer gleichgültiger gegen die Leiden der Menschen wurde? Wie sah die nächste Strafe aus, die Gott sich deswegen für sie ausdachte? Oder gab es gar keinen Gott, wie Sergej behauptete?

Unsinn. Alle Gebete besagen: Es gibt Gott. Er sieht und hört, und er erbarmt sich seiner Geschöpfe. Er kann zornig sein und verdammen, aber er vergibt auch Sünden.

Und er belohnt.

Und straft.

Sergej würde den Kopf schütteln. Er gehörte zu denen, die über die Gläubigen, für die Gott der Schöpfer war, lächelten. Glauben tat er zwar auch – doch lediglich an die Weisheit und Kraft einer mechanistischen Theorie. Einer Theorie, die er Evolution nannte und die sich ihrer eigenen Existenz nicht bewusst zu sein brauchte. Ihr zufolge sei alles aus einer Ursuppe entstanden. Das Primitive habe sich zum Höheren weiterentwickelt – und der Mensch sei in dieser Entwicklung die Krönung.

»Eines Tages gab es dann Wesen, die vom Meer aufs Land krochen. Irgendwann entwickelte sich daraus eine Art Affe. Schließlich trennten sich die Wege. Die einen blieben Affen, die anderen wurden Menschen.«

»Und dafür braucht es keinen Gott?«

»Nein. Die Natur schafft aus sich heraus. Gott, gäbe es ihn, könnte sich gar nicht anders verhalten, als Natur- und Evolutionsgesetze es vorschreiben. Das weiß man jetzt. Wir brauchen Gott nicht mehr. Früher taugte er dazu, das zu erklären, was wir uns nicht erklären konnten.«

»Aber was trieb die Meerwesen aufs Land? Fühlten sie sich im Meer nicht mehr wohl? Was hatten sie davon? Und dein sagenhafter Uraffe, der weder Mensch noch eigentlich Affe war: Warum entschied er sich dazu, zu dem zu werden, was heute ist: Affe und Mensch?«

»Das kann ich dir erklären«, sagte Sergej stolz. »So wie die Menschen nicht hinter das Wissen ihrer Vorfahren zurückfallen, so ist es mit der Entwicklung in der Natur. Wie sich in unvorstellbar langer Zeit aus dem Uraffen der Mensch gebildet hat, so bewahrt die Natur jeden wirklichen Fortschritt. Darauf baut sie weiter auf. Ein Zurück hat sie sich verboten.«

»Trotzdem – wer hat deine Gesetze, Ursuppe und Evolution überhaupt zugelassen? Wie kam es so weit? Ich sage dir, es kann nur Gott gewesen sein. Denn vor allem, was ist, steht die Idee dessen, was ist und wird. Das sagen unsere Rabbis. Gesetze hin oder her – erst muss einer überhaupt die Idee haben, dass es Gesetze, Ursuppe und Evolution gibt.«

Sergej war beeindruckt, aber natürlich nicht zu überzeugen gewesen. Sie dagegen war verunsichert. Was war, wenn Sergej Recht hatte?

Sarah, der dies Gespräch zum wiederholten Mal im Kopf herumging, stellte sich eine Synagoge vor: Da waren die Mittelstrade mit den vier Säulen, die Heilige Lade mit den Gesetzesrollen, das Gebetpult des Vorbeters, die Regale mit den Heiligen Büchern. Über der Heiligen Lade, die von vergoldeten Löwen getragen wurde, prangten am Sims auf einer Tafel die Lettern der Zehn Gebote.

Sarah sprach sie langsam vor sich hin. Es gab ihr etwas Kraft.

Sie spazierte im Park des Alexander-Newski-Klosters. Es war ein warmer Spätsommertag, der viele Menschen nach draußen gelockt hatte.

Wenigstens die Welt der Kinder entlockte ihr ein Lächeln. Mädchen, die aus Lehm Kuchen buken und Ringelreihen tanzten. Die Kleinen, die Vater und Mutter spielten – nein, das war nicht fade wie das Gegrübel über Gott oder nicht Gott. Kinder waren zu beneiden. Bei ihnen hatte alles Sinn und heitere Ordnung. Sarah schaute verträumt auf den kleinen Jungen, der das Oberhaupt der Familie spielte und mit finsterer Miene und Stecken im Mund zuguckte, wie seine mit einem langen Zopf und großer Schleife hantierende Frau das Abendessen richtete. Es bestand aus einem Stück Baumrinde, die Suppe aus Sand und Wasser, das Fleisch aus Kiefernzapfen und der Nachtisch aus mit Kreide bemalten Holzstückchen. Mit einer Tonscherbe wurde serviert.

Fehlt dir das?, fragte Sarah sich. Lisa würde natürlich zustimmen.

Wo waren die Bilder ihrer Kindheit geblieben?

Sarah hörte ihren Großvater fragen: »Woran erkennt der Jud in einem ordentlichen Schtetl den Wochentag, hm? Ich sage euch: am Spülwasser.«

»Wieso?«, fragte Lea.

»Weil es jeden Tag eine bestimmte Farbe hat, anders riecht, und vor allem, weil jeden Tag etwas anderes darin schwimmt. Ist das Wasser voll von gelbem Sand und schwimmen Fischschuppen, Krallen und Hühnerköpfe darin, ist es ...«

»Freitag!«, hörte Sarah sich rufen.
»Und an Schabbes schwimmen Zwiebel- und Rettichschalen darin, Makrelenschwänze, ausgehöhlte Markknochen, Lebersehnen!«, rief wieder Lea.
»Und wenn es in einem ordentlichen Schtetl bloß Reste von angebrannter Grütze, vertrocknetem Teig, Wischlumpenfetzen gibt, dann ist …«
»Sonntag. Sonntag!«
Lea kreischte, sie kreischte – Sarah lächelte.
Was machte sie sich für unnütze Gedanken. An ihrer Unlust zu arbeiten war allein der Brief von Tante und Onkel aus Odessa schuld.
Sie hatten Post aus Amerika bekommen.
Ihre Eltern lebten, es ging ihnen gut. Wenn Tante und Onkel diese Postkarte lesen würden, wären sie aber schon nicht mehr in New York, sondern bereits in San Francisco an der Westküste – der Sonne wegen. Sarah lachte und weinte gleichzeitig, als sie diese Zeilen las.
Wieder hatten ihre Eltern keine Adresse hinterlassen. Offensichtlich nahmen sie an, sie sei tot. Und das bedeutete: Onkel und Tante mussten weiter auf Post warten. Doch wie lange würde dies wieder dauern? Wann würde das Schicksal es wollen, dass sie den Aufenthaltsort ihrer Eltern erfuhr? Wie konnte Gott so grausam sein? Was ihr widerfuhr war eine Komödie, bei der man weinte. So etwas konnte nur den Juden passieren. Es war zum Haareausraufen.
Sarah wurde angesprochen.
Es war Rimma.
»So eine Überraschung. Du warst im Kloster?«
»Irgendwer muss einen doch trösten«, sagte Rimma und streichelte über ihren Bauch.

Es war noch nicht viel zu sehen, aber die Schwangerschaft machte aus Rimma eine Schönheit, nach der sich die Männer umsahen.
»Und wo ist der Vater?«, fragte Sarah.
»Er schwängert bestimmt eine andere«, sagte Rimma. »So ist das nun mal.«
»Rimma, sag die Wahrheit«, bohrte Sarah nach. »Mir machst du nichts vor. Ich weiß, dass du noch nicht sehr lange bei den Sassonows bist.«
Rimma riss die Augen auf, senkte den Blick dann wieder.
»Du brauchst nichts zu erzählen«, sagte Sarah. »Ich weiß, wie schnell das gehen kann. Ich hatte nur das Glück, mich wehren zu können.«
Rimma verzog das Gesicht.
»Vielleicht interessiert es Sie: Der alte und der junge Herr haben eine heftige Auseinandersetzung gehabt. Worum es ging, kann ich nicht mit Bestimmtheit sagen. Allerdings hat der alte Herr zum Schluss gerufen: Solange er Herr seiner selbst sei, würde er sich niemals von einer Jüdin anfassen lassen. Die Herrin versuchte zu schlichten – ich glaube, er hat sie sogar geschlagen. Beide haben sie den alten Herrn verwünscht. Sie ist weinend aus dem Haus gestürzt, und der junge Herr hat wie rasend Klavier gespielt. Können Sie sich einen Reim darauf machen?«
»Ich glaube schon«, sagte Sarah. »Trotzdem, Rimma, ich darf darüber nichts sagen. Du wirst alles bald selbst herausfinden.«
Sarah ging ihres Wegs. Sie konnte sich gut vorstellen, was geschehen war. Sergej hatte seinen Vater zur Rede gestellt und ihm Vorwürfe gemacht, dass er sich einem Scharlatan ausliefere. Und Pawel Jefimytsch, dem obersten Observan-

ten der Juden im Zarenreich, einem der höchsten Beamten der russischen Geheimpolizei, gingen daraufhin die Nerven durch. Ausgerechnet sein Sohn hatte ihn entlarvt, wusste jetzt um das Ausmaß seiner Schwäche. Sergej wird diesen Auftritt genossen haben. Natürlich war ihm klar, dass sein Vater viel zu stolz war, sich von ihr, der Jüdin, helfen zu lassen. Er wollte sich mit dem Hinweis auf sie nur rächen. Er wusste, dass er seinem Vater damit neue Hoffnung einpflanzte. Noch würde sich Pawel Jefimytsch wehren – aber die Zeit war gegen ihn. Eines Tages würde er angekrochen kommen, und dies wäre dann Sergejs Triumph.

Wenn sie dich heilt, Vater, akzeptierst du sie dann als Schwiegertochter? Nein? Dann soll sie dich also nicht heilen? Du meinst, deine Ehre wäre dann dahin? Deine Karriere? Weil du es nicht ertragen kannst, als oberster Spion des Reiches ausgerechnet eine jüdische Schwiegertochter zu haben? Tja – du musst wählen Vater. Entweder das Leben oder den Tod.

Sarah gingen die Gedanken durch. Den Spaziergängern kam eine junge Frau entgegen, die wie eine Windsbraut durch den Klosterpark schritt. Ihr Gesicht war gerötet, die Hände waren zu Fäusten geballt. Sarahs Blut war in Wallung, sie sah nichts und niemanden. Ob Blumen oder Büsche, Skulpturen, Brunnen oder Bänke – in Gedanken haderte Sarah mit Pawel Jefymitsch, beschimpfte ihn Rimmas wegen als Mädchenschänder und demütigte ihn, indem sie sich ausmalte, wie er sie weinend anbettelte, sie möge ihm doch die Hände auflegen.

Nachts hatte sie einen entsetzlichen Traum.

Sie wusste, dass sie schwanger war. Mit gewölbtem Leib hockte sie auf einem Karrenwagen und raste durch die Steppe. Sie wollte nach Hause, aber es war so entsetzlich weit. Der Himmel war mit Sternen übersät. Plötzlich wurde der Karren langsamer, und eine dunkle Wolke hüllte sie ein. Da begannen die Wehen. Sie hörte sich stöhnen. In ihren Händen spürte sie den Kopf eines Kindes – ihres Kindes. Sie zog daran, zog sich das eigene Kind aus dem Leib. Rechts und links vom Karren standen Wölfe. Sie hörte Geräusche, wie wenn Hunde an frischem Fleisch zerren und ihre Reißzähne auf den Knochen treffen.

Da begriff sie, dass die Wölfe sie und ihr Kind fressen wollten. Fieberhaft begann sie zu überlegen. Es ist ja gar nicht mein Kind, sagte sie. Es ist das von Iwan Iwanowitsch Wonslaw. Wirf es also weg. Sollen die Wölfe es auffressen und dich verschonen.

Gerade als sie das Kind den Wölfen zum Fraß vorwerfen wollte, richtete es sich auf und schaute sie aus ernsten Augen an. Sie zuckte zusammen, der Blick ging ihr durch Mark und Bein. Er war ein einziger Vorwurf. Sie wollte schreien vor Angst, aber sie konnte es nicht. Nur die Geräusche der Wölfe um sie herum wurden immer lauter. Zum Schweigen verurteilt, sah sie zu, wie ihrem Kind plötzlich das Blut aus den Mundwinkeln tropfte. Der kleine Körper zitterte, und sie vermeinte zu hören, wie ihr Kind »Mama, helfen! Mama, helfen!« rief.

Es starb wenig später in ihren Armen. Jetzt war sie so verzweifelt und ihr Herz so schwer, dass sie glaubte, vor Gram zu zerspringen. Der Karren fuhr wieder und nahm immer mehr Fahrt auf. In Windeseile war sie jetzt zu Hause, wo sie nicht wollte, dass man ihr das tote Kind aus den Armen

nahm. Da trat ihr Großvater mit ernstem Gesicht an sie heran und sagte mit Grabesstimme: »So gib es mir, wenn du ihm schon nicht helfen wolltest.«
Er nahm das Kind und legte es in einen Sarg. Dann zwang er sie, sich von ihm zu verabschieden. Aber als sie in den Sarg schaute, lag darin kein Säugling, sondern ein alter Mann.
Pawel Jefimytsch Sassonow.

Lisa weckte sie.
»Kindchen, was schreist du! Deine Nerven. Morgen ist aber Schluss mit der Arbeit.«
Lisa sah in ihrem bodenlangen weißen Nachthemd und den gelösten Haaren wie eine Tote aus. Sarah schaute sie an wie ein fremdes Wesen. Zögernd streckte sie die Hand nach ihr aus, um sich zu vergewissern, dass Lisa leibhaftig und kein Gespenst war. Sie fror. Ihre Hände waren eiskalt.
»Und doch muss ich ihm helfen, Lisa«, flüsterte sie. »Es ist ein Befehl.«
»Kindchen, wem musst du helfen? Und selbst wenn – erst nach dem Urlaub. Du kommst jetzt mit nach oben, und ich mache dir etwas zu essen. Dann schläfst du in meinem Bett. Keine Widerrede.«
Sarah gehorchte. Sie streckte ihre Hände vor, damit Lisa sie aus dem Bett ziehen konnte.
Wie ein Kind ging sie an ihrer Hand die Stufen zu Lisas Wohnung hoch – barfuß, in einem seidenen Nachthemd, das ihr kalt am Körper klebte.

Lisa war resolut genug, die Patienten wegzuschicken. Sarah erholte sich. Doch längst war ihr Weg wieder dort angekommen, wo das Schicksal sich deutlich in ihr irdisches Leben einmischte. Gregor trat auf den Plan. Er wolle sich mit ihr über Geld unterhalten, schrieb er.

Sarah war erleichtert. So wie Gregor mit Tatjana lebte, musste er sein Erbe längst durchgebracht haben, selbst wenn sie den Großteil der Ausgaben bestritt. Sarah betrachtete es als kleines Wunder, dass Tatjana und er tatsächlich ihre Liebe lebten und zu ihr standen. Noch verwunderlicher aber fand sie, dass Pawel Jefimytsch seine Frau ohne Auseinandersetzungen ziehen ließ – zumindest hatte Sergej nichts davon berichtet.

»Du musst wissen«, meinte er, »mein Vater duldet und schweigt lieber, als einen Skandal zu riskieren. Im Übrigen geht er wohl ohnehin davon aus, diese Welt bald zu verlassen. Er ist jetzt nicht mehr dünn, sondern klapprig. Ich bewundere einzig seine eiserne Disziplin. Ich glaube, es ist sein Ziel, in seinem Büro tot vom Stuhl zu fallen.«

»Ich könnte ihm bestimmt helfen.«

»Warte«, sagte Sergej. »Erst müssen die Schmerzen kommen. Dann geht es schnell.«

»Sprich nicht so!«

»Ich imitiere nur«, sagte Sergej bitter. »Dieser Satz ist eine Notiz, die er einst auf das Protokoll eines Verhörs schrieb. Offensichtlich verlief es nicht so, dass es für ihn von Nutzen gewesen wäre.«

Sarah lief noch immer ein Schauder über den Rücken, wenn sie daran dachte. Sie konnte sich nicht vorstellen, dass ein solcher Mann es ungesühnt geschehen ließ, dass ein anderer ihm die Frau wegnahm. Hatte Gregor keine Angst? Oder wartete Pawel Jefimytsch einfach ab?

Gregor hatte sich bereits am Treffpunkt eingefunden: dem Peterstor der Peter-und-Pauls-Festung. Er stand mitten unter dem Triumphbogen, studierte die Inschrift.

»›Apostel Peter siegt über Simon den Magier‹, steht auf dem Relief, mein Goldschatz«, begrüßte er sie mit einer angedeuteten Verbeugung, wobei er seinen Zylinder zog.

Du bist fülliger geworden, dachte Sarah. Dein Gesicht ist rosig.

Liebe tut gut, wie?

Trotz der Wärme trug Gregor Weste und Anzug. Und einen Gehstock hatte er auch. Sein Schnauzer glänzte in seidigem Schwarz, bestimmt war er gefärbt.

»Du willst der Gregor Nikolajewitsch mit dem Dolch sein?«, fragte Sarah ihn kokett. »Onkelchen, ich glaub dir nicht.«

Sie musterte die beiden Göttinnen, die rechts und links des Tores standen – bestimmt Krieg und Handwerk, dachte sie. Was sonst passt auf eine Festung.

»Soll ich dir mein Schätzchen unter die Nase halten?«, fragte Gregor zurück. »Ich habe einige Übung darin.«

»Ah – deshalb triffst du dich hier mit mir – damit die Wachen dort vorn dich gleich hier behalten können. Ich verstehe.«

Gregor grinste, seine Augen wurden zu Schlitzen. Er schlug vor, ein bisschen entlang der Bastionen zu spazieren. Der Wind hier sei der erfrischendste in ganz St. Petersburg.

Sie schlenderten los. Längere Zeit sprachen sie kein Wort miteinander. Es roch nach Meer, der Himmel war azurblau, und über ihnen flogen Möwen. Sarah bekam Lust, auf das nächste Schiff zu steigen und in die Welt zu fahren. Warum nicht auf der Stelle nach San Francisco? Sie würde ihre Eltern schon finden.

An der Narischkin-Bastion, deren Geschütz auf die Newa wies, blieb Gregor stehen. Er schwang seinen Stock, drehte sich dann unvermittelt um und sagte überraschend barsch:

»Du wirst ihm nicht helfen, Goldschatz.«

»Und ich dachte, du wolltest Geld«, sagte Sarah verblüfft.

»Beides«, erwiderte Gregor, wieder konzilianter im Ton. Er hielt seinen Stock waagerecht vom Leib und trat so dicht auf Sarah zu, dass dessen Spitze sie berührte.

»Trotz des feinen Zwirns, Gregor Nikolajewitsch, du hast dich nicht geändert«, sagte Sarah. »Oder spielst du dieses Spiel immer nur mit mir?«

»Fangen wir mit dem Geld an«, sagte Gregor und sah sie aufmerksam an, wobei er Sarah mit seinem Stock weiter auf Distanz hielt. »Wie viel kannst du geben? Wie viel kann ich verlangen?«

Sarah zog ein Bündel Scheine aus ihrer Handtasche. Gregor ließ seinen Stock sinken. Er nahm das Geld, ohne zu zählen. Darauf verbeugte er sich wieder und zog den Zylinder.

»Dein Schuldenberg ist geschrumpft, Goldschatz. Es wird aber nicht das letzte Mal sein, dass ich dich anbettele.«

»Du gibst es wenigstens zu«, sagte Sarah. »Aber sei versichert: Heute betrachte ich es nicht als Bettelei. Auch das nächste Mal nicht.«

»Goldschatz.«

Sie gingen wieder ein Stück zurück, bis sie beim Newator angelangt waren, unter dessen Bogen einige Markierungen waren, die an besonders dramatische Hochwasser erinnerten.

»Ich mag die Festung nicht«, sagte Sarah.
»Ich auch nicht«, sagte Gregor. »Aber sie schien mir irgendwie passend bezüglich meiner anderen Forderung.«
»Die ich dir nicht erfülle«, sagte Sarah klamm.
Sie dachte an ihre letzte Vision – eine Warnung.
»Mein ist die Rache, spricht Gott«, fuhr sie fort. »Sosehr ich ihn auch hasse – ich werde ihm die Hand auflegen, wenn er es wünscht. Ich bin Heilerin. Keine Henkerin.«
»Du schäbige Hexe!«, zischte Gregor. »Was habe ich alles für dich getan!«
»Das werde ich dir auch nie vergessen!«, rief Sarah gequält.
Sie war versucht, Gregor von ihrer Vision zu erzählen, aber dies war natürlich sinnlos. Selbst wenn er ihr glaubte, würde er auf seiner Forderung beharren.
»Und wenn er mich gar nicht aufsuchen wird? Was gibt dir überhaupt die Gewissheit, dass ich ihm helfen kann?«
»Ich weiß es!«, donnerte er sie an. »Dieses Schwein muss krepieren. Tatjana und ich wollen frei sein.«
Warum sagte sie nicht einfach Ja? Und half Pawel Jefimytsch dann doch? Weil es keine Lösung wäre, beantwortete sie sich selbst ihre Frage. Gregor würde wiederkommen und irgendwann dann verlangen, dass sie ihn tötete.
Wäre ich doch frei wie der Wind! Einfach davonlaufen. Was hielt sie hier eigentlich? Lisa hatte doch Geld! Warum waren sie beide nicht längst in Amerika?
»Er hat Rimma geschwängert. Weiß das Tatjana?«, versuchte Sarah abzulenken.
»Sie weiß, dass Rimma schwanger ist. Der Rest interessiert sie nicht. Warum willst du so einem Verbrecher noch helfen, Sarah?«

Noch nie hatte sie Gregors Stimme so resigniert und mild empfunden. Er ließ sich ins Gras sinken und starrte auf die Newa. Neben sich seinen Zylinder. Sein Haar war nass vor Schweiß, an den Koteletten war die Haut leicht verschmiert. Erst jetzt strich er sich über seinen Schnauzer, besah sich dann seine Finger. Um seinen Mund spielte ein melancholisches Lächeln.
Sarah lauschte in sich hinein. Sie spürte kein Mitleid.
»Grüße Tatjana«, sagte sie.
»Und du Sergej«, sagte Gregor. »Wie ist er denn so?«
Er sah sich nach ihr um und grinste anzüglich. Eine innere Stimme sagte ihm, dass er noch nicht verloren hatte. Sarah war einfach zu tief in seiner Schuld.
Gregor legte sich zurück ins Gras, begann ein Liedchen zu pfeifen. Einen Augenblick lang verdunkelte eine Wolke die Sonne. Gregor brummte zufrieden. Heute Abend würde er Tatjana ausführen. Vielleicht starb das Schwein ja auch von selbst.

Lisa hatte Verständnis für Gregors Forderung. Sie jedenfalls würde einem solchen Unmenschen wie Pawel Jefimytsch nicht helfen. Und entgegen ihrer sonstigen Schlichtheit im Denken fragte sie Sarah, ob sie wirklich glaube, sein Leben würde in ihrer Hand liegen.
»Kindchen, ich sehe es so: Jeder hat sein Schicksal. Also auch Pawel Jefimytsch. Wenn es ihm in die Wiege gelegt wurde, dass du ihn einst heilen wirst – dann hat er Glück gehabt. Wenn du ihm nicht hilfst, ist dies aber ebenfalls Bestimmung. In beiden Fällen trifft dich keine Schuld. Denn wie du dich auch entscheidest, Kindchen, geschehen wird, was Gott für Pawel Jefymitsch vorgesehen hat: Du bist nur

Mittel zum Zweck. Ein Philosoph würde sagen, du bist sein Schicksal. Höre einfach auf dein Herz. Dann machst du es schon richtig.«

»Mir wird auch nichts anderes übrig bleiben«, seufzte Sarah.

Seit Tagen zermarterte sie sich den Kopf und hoffte auf ein Zeichen. Aber nichts geschah. Die Zeit verstrich, der Herbst zog herauf, und Rimmas Bauch wurde immer spitzer. Sie kündigte bei den Sassonows und zog zu Lisa. Letztere machte schließlich Sarah darauf aufmerksam, dass Sergej sie seitdem kein einziges Mal mehr besucht habe – ob er sich für seinen Vater schäme?

Sarah bejahte dies und zeigte Lisa eine gut gefüllte Brieftasche. Das Geld sei für das Kind, habe Sergej gesagt. Sein Vater dürfe aber nichts davon wissen. Er selbst fragte nie nach Rimma. Ihr Schicksal schien ihn nicht zu berühren. Tatsächlich kam es Sarah vor, als ob er Erörterungen zu diesem Thema auswich. Doch auch Rimma wollte kein Wort über die Sassonows verlieren. Sie werde ein Kind zur Welt bringen und es mit dem Geld nach der Stillzeit in einer Erziehungsanstalt aufziehen lassen. Die Sache sei damit erledigt.

»Neuer Mann – neues Glück.«

Nicht nur Lisa war diese kaltblütige Lebensplanung suspekt.

Die Geburt wurde dank Sarahs helfender Hände eine fast schmerzfreie Angelegenheit. Das Kind war ein Junge. Sergej ließ Blumen bringen.

»Ich will sie nicht haben«, sagte Rimma.

»Kindchen, was hast du gegen Sergej?«, fragte Lisa.

Statt zu antworten, schaute Rimma sie mit glühenden Augen an. Ihr Gesicht war weiß, die Lippen bebten. Sarah schien es, als ob Rimma sich etwas verbat – mehr noch, sie schwieg mit einer Anstrengung, die etwas Gewaltsames an sich hatte.

»Rimma, du hast mir nicht alles erzählt«, sagte Sarah. »Das weiß ich jetzt.«

Rimma schloss die Augen.

»Es ist nur eine Winzigkeit«, keuchte sie. »Bestimmt. Eine Winzigkeit. Aber ich darf sie nicht preisgeben. Bitte lasst mich.«

Sarah legte ihr die Hand auf und schickte Rimma in den Schlaf.

Sie musste sich noch zurechtmachen. Sergej wollte sie in die Oper entführen. Zu einer Premiere. Was gegeben werden sollte, hatte sie vergessen. Sarah stand zu ihrem Banausentum. Sie war ein jüdisches Mädchen aus der Provinz. Sergej konnte nicht alles bekommen.

»Dafür bekommst du anderes, oder?«

Sie drehte sich vor dem Spiegel, nur mit einem Nachthemd bekleidet. Sergej liebte solche Überraschungen.

Als es klopfte, öffnete sie die Tür.

»Sergej – was soll ich anziehen?«, rief sie theatralisch und ließ das Nachthemd von den Schultern gleiten. »Ich habe nichts.«

Sie verkehrte mit Sergej aus reiner Leidenschaft heraus. Hinterher fühlte sie sich stets schlecht. Sergej tröstete sie dann mit der Versicherung, wenn sie erst geheiratet hätten, verschwänden diese Selbstzweifel. Sie schreckte jedes Mal aufs Neue zusammen, wenn Sergej von Heirat sprach. Er meinte es ernst, das spürte sie. Aber war er auch der Richtige?

Ehen werden im Himmel geschlossen. Hatte ihr aber der Himmel nicht Josua zum Mann bestimmt?
Sei nicht töricht, sagte Sarah sich nach der Oper zum hundertsten Mal. Du liebtest Josua nicht. Du liebst Sergej nicht. Deine Seele ist rein. Was kümmert sie dein Körper?
Nimm zum Vergleich deine Gabe – sie existiert über deine Seele, deinen Kopf. Dein Körper hat nichts mit ihr zu tun. Er tut, was er will. Du tust, was dein Schicksal will.
Du hast zu viel Champagner getrunken, sagte Sarah sich und sackte in einen Sessel.
Lange Zeit saß sie so in der Dunkelheit ihres Schlafzimmers und starrte auf die Klinke, in der sich der Mond spiegelte. Was wäre, wenn jetzt Dämonen dahinter lauerten? Sarah lief ein Schauer über den Rücken. Der Gedanke hatte etwas Beängstigendes an sich. Naamah, Iggereth, Machlath – Herrscherinnen aus der Welt der Schatten, Verwandte des Satans. Sarah erinnerte sich an einige Namen, und mit ihnen kam die Angst.

Plötzlich fühlte sie sich von unheimlichen Mächten bedroht. Sie waren noch hinter der Tür, doch krochen sie bereits durchs Schlüsselloch. Die Klinke schimmerte grüngelb, die Stille um sie herum wurde immer lauter, begann zu schnauben und legte sich mit der Last bleischwerer Luft auf sie.
Sarah wartete auf den Angriff. Sie wollen deine Seele!
Du wirst sie besiegen.
Sarah spreizte die Hände – und begann leise zu knurren. Auf einmal war sie begierig auf den Kampf. Deine Hände gegen ihre Klauen und Zähne, dein Geist gegen Satan, dein Ich gegen die Hölle.

Da wurde sie angesprungen. Eine Welle gefühlloser Kälte stürzte sich über sie und schlug wie Eis in ihre Brust. Sarah spürte, wie das Gift des Wahnsinns sie in einen Strudel zu zerren versuchte. Die Haare standen ihr zu Berge, doch sie packte zu und stieß die Kräfte von sich, die an ihrer Aura zerrten, als rissen sie an lebendigem Fleisch.

Der Kampf trug sie aus ihrem Zimmer hinaus mitten in die Unendlichkeit der Steppe. Die Dämonen glichen einem gummiartigen Teig, der, wenn sie ihn packte, aus den Fäusten herausquoll und sich wieder von neuem zum Bösen manifestierte. Erst wenn sie ihn in kleinste Fetzen zerriss, konnten die Teile sich nicht wiederfinden. Sie kämpfte und wunderte sich, dass sie immer stärker zu werden schien. Ihre Hände schleuderten Blitze und formten den Donner zu mächtigen Keulen. Die Kälte um sie schwand, es war, als sei eine nächtliche Sonne aufgegangen. Das Mondlicht der Türklinke begann rot zu flackern und erleuchtete die Steppe mit ihren Wolken bis zum Horizont. Eis fiel vom Himmel. Sie zerpflückte es und zerquetschte es in ihren Fäusten zu Wasser. Das Gras bog sich unter dem Regen und riss die Dämonenfetzen in einer Sturzflut mit sich.

Als sie um sich schaute, erglühten die Ränder der Wolken im Licht des Mondes wie Asche nach einem Brand. Pfützen und Rinnsale leuchteten blutrot. Es war ein erhabenes Gefühl, die Dämonen darin zu wissen, die jetzt ins Nichts geschwemmt wurden. Sarah jubelte. Sie reckte ihre Hände gen Himmel und sang in einer Sprache, die sie nicht verstand. Die Melodie war herrlich. Sie wurde lauter und lauter, bis sie von vertrauten irdischen Geräuschen verdrängt wurde. Irgendjemand klopfte gegen die Tür und rief ihren Namen.

Sarah erkannte Lisas Stimme.
»Kindchen, seit wann schließt du denn ab?«
Hinter Lisa stand ein Mann, ein Gendarm in Zivil, der Sarah sofort seinen Ausweis reichte. Er entschuldigte sich wortreich für die Störung zu so später Stunde, aber er sei nur ein kleines Licht und müsse die an ihn ergangenen Befehle ausführen, ob es ihm gefalle oder nicht.
»Wenn es nicht so dringend wäre und mein Vorgesetzter ...«
»Ich komme«, sagte Sarah. »Sie sind wegen Pawel Jefimytsch Sassonow gekommen, nicht wahr?«
»Ja.«
»Lisa, es ist so weit. Wie gut, dass ich noch nicht geschlafen habe.«
»Kindchen, denk an das, was ich dir gesagt habe.«
»Ich habe die Dämonen längst besiegt, Lisa. Keine Angst.«

Pawel Jefimytsch Sassonow besaß eine bescheidene Datscha auf der Steininsel, dem Hauptsitz der Petersburger Reichen. Adel, Kaufleute und hohe Beamten hatten hier ihre Villen, deren Gartenanlagen trotz der nördlichen Hemisphäre italienisches Flair ausstrahlten. Alles stand bewusst im Kontrast zu den Furcht erregenden Petersburger Palästen und Fassaden. Hier fröne die Geldelite ihrer Sichtweise der Bescheidenheit, charakterisierte Sergej diese Refugien.
»Blumen über Blumen, entzückende Perspektiven zwischen Bäumen und Fluss, keine Bettler, nur fröhliche Gesichter – eure Steininsel ist das am besten desinfizierte Terrain Russlands.«
In Pawel Jefimytsch klangen diese Worte seines Sohnes

nach, und er gab ihm Recht, obwohl sie nachmittags im Streit voneinander geschieden waren. Sergej hatte ihm gestanden, Sarah sei für ihn die Frau, nur sie und sonst keine andere. Er dagegen hatte ihm Sarah verboten. Aus Gründen, die aufzuzählen er sich erspare.

Jetzt sah er sich genötigt, dieser Sarah ihre Grenzen aufzuzeigen. Sollte sich sein Sohn mit ihr vergnügen, wie er lustig war, mehr kam nicht in Frage.

Pawel Jefimytsch saß in einem Ohrensessel vor dem Kamin, neben sich ein Tischchen mit einem Krug Wasser und verschiedenen Schälchen mit weißen und grauen Pulvern. Der Raum war voll von anheimelndem Licht, es duftete nach frischem Holz. Zwei Teppiche und zwei kleine Bilder mit dem elterlichen Gut in der Ukraine waren der einzige Schmuck. Alles war genauso zweckmäßig wie in der Stadtwohnung, mit dem Unterschied, dass hier honiggelbes Kiefernholz die Atmosphäre beherrschte.

»Eigentlich ist es wirklich gemütlich«, dachte er. »Schade, dass du es nicht mehr lange genießen wirst.«

Vor ein paar Stunden hatte er seine bislang heftigste Schmerzattacke durchgestanden. Es fehlte nicht viel, und er hätte sich den Schädel selbst zertrümmert. Vorausgegangen waren Koliken. Dann, ganz plötzlich, war alles wieder vorbei. Eine ungeahnte Leichtigkeit überfiel ihn, fast schon Heiterkeit. Endlich brauchte er sich nicht mehr mit Hoffnungen aufrecht halten. Die lästigen Besuche bei Tichon gehörten der Vergangenheit an, er würde weder dessen Pülverchen einnehmen noch dessen Diätvorschriften beachten.

Die Zeit der Lügen war vorbei.

Pawel Jefimytsch befahl seinem Burschen, sämtliche Medi-

kamente wegzuräumen und ihm statt dessen Champagner zu bringen.
»Und beschaff mir ein paar Leckereien, egal, wo und wie.«
Oder war sein Vorsatz lächerlich?
Natürlich! Er war abgemagert, geradezu klapprig. Ein Nichts. Was gab es für ihn noch zu leben! Wo noch Substanz ist, sind es die Geschwüre. Allein der Krebs hält dich zusammen.
Keine Macht der Welt würde ihm mehr helfen können. Selbst diese Jüdin nicht.
Pawel Jefimytsch hatte sich geschworen, bis zum wahren Schmerz auszuhalten. Der war jetzt gekommen.
Schade, wärst du kräftiger, könntest du sie vergewaltigen, dachte er. Einfach so. Warum nicht? Er hatte so viel Leid über andere gebracht, da kam es auf ein Unrecht mehr oder weniger nicht mehr an.

»Sie sind schöner geworden«, begrüßte er sie. »Das macht die Liebe, nicht wahr?«
Er wies auf einen Sessel. Sarah nahm das ihr angebotene Glas Champagner an. Auch ihr war eine Last von der Seele genommen. Pawel Jefimytschs Aura war völlig deformiert. Er glich einem Menschen, der in einem verzogenen Schmutzrahmen stand. Er war nicht mehr zu retten. Sein Schicksal war besiegelt. Allein die Schmerzen würde sie ihm nehmen können. Doch dazu hätte sie bei ihm bleiben müssen – aber das war mehr als unwahrscheinlich.
»Sie wissen, warum ich Sie zu mir beordert habe?«
»Hoffentlich nicht, um mich zu beleidigen.«
»Auf Ihr Wohl, Sarah!«
Ein kurzes, heiseres Lachen klang in das Knistern des Hol-

zes. Sarah hob ihr Glas und trank. Sie fühlte sich Pawel Jefimytsch gewachsen, wenn nicht sogar überlegen. Mit der größten Selbstverständlichkeit füllte sie sich eines der Porzellanschälchen mit Kaviar und nahm sich eines der mit Butter bestrichenen Weißbrotscheiben.
»Denn Kaviar ist gut für die Liebe«, sagte sie.
»Das ist wahr«, entgegnete Pawel Jefymitsch. »Wie viel Geld muss ich Ihnen geben, damit Sie Sergej freigeben?«
»Wie viel wäre er Ihnen denn wert?«, fragte sie kokett zurück und schob sich genießerisch einen satt gehäuften Löffel Kaviar in den Mund.
»So seid ihr doch alle«, sagte Pawel Jefymitsch verächtlich, aber seine Augen blitzten vor Vergnügen.
Doch nur kurze Zeit. »Zum Teufel!«, rief er plötzlich. Sein Gesicht erstarrte zur Maske, er begann zu zittern. Ohne sich um Sarah zu kümmern, stöhnte er angewidert auf und schlug sich die Fäuste gegen die Stirn.
Die Schmerzen nahmen zu.
Pawel Jefymitsch stand auf und wankte zur Wand. Wenn jetzt noch die Koliken einsetzten, würde er sich und sie kurzerhand erschießen. Sarah versuchte, unbeeindruckt zu bleiben, mehr noch, das Bild zu genießen – doch plötzlich füllte sich ihr Herz mit Empörung gegen sich selbst. Wenn du nichts unternimmst, bist du wie er!, rief es in ihr. Handle! Das ist Demütigung genug.
Sie sprang auf und riss Pawel Jefymitsch zurück in seinen Sessel. Wie leicht er bereits war. Als ob sich ein Teil seiner Seele schon davongestohlen hatte. Kaum berührte sie ihn, spürte sie die Signale des Krebses. Es schien ihr, als würden Nägel in ihre Finger getrieben. Die kranken Energien feuerten mit einer Gewalt gegen sie, die nur noch dämonisch zu

nennen war. Sarah brauchte all ihre Kraft, um sie zurückzudrängen. Sie zu besiegen war unmöglich. Der Krebs hatte Pawel Jefymitschs Körper erobert wie der Rost einen alten Eimer. Er verwandelte das Blech in eine nutzlose, bald löchrige Hülle. Schließlich brach Wasser durch – bei Pawel Jefymitsch waren es die Schmerzen.

Fünf Minuten später trank er wieder Champagner und aß Kaviar.

»Ich hätte früher nach Ihnen schicken sollen«, sagte er anerkennend. »Sie haben mich überzeugt.«

»Warum sind Sie so, wie Sie sind?«, fragte Sarah.

»Fragen Sie doch mal Ihren so genannten Gott!«

»Das heißt, Sie glauben nicht an ihn?«

»Es gibt keinen. Fliegen Sie durch die Welten, bereisen Sie Sonnen und Milchstraßen, die Wüsten der Unendlichkeit zwischen den Gestirnen: Sie werden ihn nicht finden. Gott ist eine leere Augenhöhle. Es ist alles starres, stummes Nichts. Wir werden regiert von kalter Notwendigkeit. Das Leben darin ist einzig ein Seufzer des Zufalls.«

Pawel Jefymitsch rief nach mehr Kaviar.

»Verraten Sie mir, wie Sie und Ihr so genanntes ›Onkelchen‹ zusammengekommen sind? Meine Nachforschungen haben ergeben, dass es in Njeschin gewesen sein muss. Ihre Eltern wanderten nach dem Pogrom aus. Weshalb ohne Sie? Weil Sie zu dieser Zeit in Kiew, bei Ihrem ›Onkelchen‹, wohnten – aber warum?«

»Sie müssten mich schon foltern lassen«, sagte Sarah und schenkte sich eigenhändig ein neues Glas Champagner ein.

Ihre Selbstsicherheit schwand. Dieser Mann hier war kein Mensch mehr. Ihn beherrschten Rachegefühle. Sarah erkannte jetzt, dass es Pawel Jefimytsch weniger um sie und

Sergej als um Gregor ging. Er suchte nach dem entscheidenden Detail, um ihn in seine Finger zu bekommen. Gregors Schicksal hing an einem seidenen Faden.
»Wurden Sie schon einmal gefoltert? Wenn nein, dann sollten Sie so etwas nicht sagen.«
»Satan! Lassen Sie mich gehen!«
Sarah schnellte aus ihrem Sessel und eilte zur Tür.
»Gemach«, sagte Pawel. »Ich will Ihnen noch ein letztes Schauspiel bieten.«
Sarah erkannte, wie in seinen Augen der Wahn aufflackerte.
Sie drückte die Klinke nieder – doch die Tür war abgeschlossen.
»Ich tue Ihnen nichts. Wäre ich bei Kräften, würde ich mich bestimmt an Ihnen vergehen. Mir bleibt leider nur der Kaviar. Wir wollen warten.«
Sarah setzte sich wieder in ihren Sessel. Pawel Jefimytsch schloss die Augen. Er war mit sich im Reinen. Was mit Sergej und dieser Jüdin geschah, war ihm gleichgültig. Das Glück seiner Frau und ihres Liebhabers jedoch würde nicht lange dauern. Er hatte alles vorbereitet. In seinem Testament ging es nur um diese letzte Amtshandlung. Alles andere regelten die Gesetze.
Sarah hörte auf das Ticken der Uhr. Das Feuer im Kamin war heruntergebrannt. Draußen schlug irgendwo ein Fensterladen. Die Stille war lastend, doch diesmal wartete der Dämon nicht hinter der Tür, sondern saß vor ihr und verspeiste löffelweise Kaviar. Leicht schmatzend schmeckte Pawel Jefimytsch jedem Löffel nach, hielt aber die Augen nach wie vor geschlossen. Wenn sein Mund sich nicht bewegte, lächelte er allwissend.

Sarah war unfähig, an irgendetwas zu denken. Sie hatte keine Angst, aber die Spannung im Raum übertrug sich und machte sie nervös. Aber irgendwann ist es Morgen, tröstete sie sich.

Bete doch!

Sie versuchte es. Doch Pawel Jefimytsch war längst zum Dämon geworden. Seine Ausstrahlung war so schwarz und vernichtend, dass Sarah keine Worte fand.

Endlich, nach unermesslicher Zeit erhob er sich. Seine Augen flatterten. Seine Haut war wächsern mit winzigen Schweißperlen auf der Stirn. Trotzdem gelang es ihm, Sarah einen schelmischen Blick zuzuwerfen.

Sie sah zu, wie er quer durch den Raum auf einen schmalen, hohen Schrank zuging, der im Schatten stand. Quietschend öffnete sich die Tür. Pawel Jefimytsch Sassonow entnahm ihm etwas Hartes. Langsam drehte er sich um – als Sarah erkannte, dass er sich eine Jagdpistole in den Mund gesteckt hatte, drückte er ab.

Sechstes Kapitel

Auf der Krim? Dort sei es genauso herrlich wie an der Côte d'Azur, meinte Tatjana, wenn nicht sogar schöner! Und die bescheidene Sassonowsche Datscha in Jalta sei für sie allemal komfortabler als ein provenzalisches Haus zwischen Macchiengestrüpp.

Also die Krim. Im Grunde war es Sarah gleichgültig, wohin die Reise ging. Hauptsache, sie konnte St. Petersburg den Rücken kehren. Die Bilder von Pawel Jefimytschs entsetzlichem Selbstmord verfolgten sie. Nachts wachte sie auf, weil sie in ihren Alpträumen von Blut und Hirn bespritzt wurde. Danach wieder einzuschlafen war unmöglich. Lisa musste sie streicheln und wiegen und ihr so lange vorlesen, bis ihrem »Kindchen« die Augen wieder zufielen.

Während Sarah mit verdunkeltem Gemüt in den Tag lebte, brach für Gregor und Tatjana eine euphorische Glückszeit an. Für sie war Pawel Jefimytschs Selbstmord die Erlösung vom Bösen schlechthin. Sie würden in Jalta heiraten, möglicherweise für immer auf die Krim ziehen. Sergej ließ sich von ihrer Freude anstecken und rang Sarah das Versprechen ab, ebenfalls mit ihm in Jalta vor den Altar zu treten.

»Eine Doppelhochzeit!«, schwärmte er ihr vor. »Ich werde dich auf Händen tragen, und Lisa wird sich vor Rührung die Augen aus dem Kopf weinen.«

Sarah brachte ein schwaches Lächeln zustande, hielt Sergej ihren Mund hin. Sie mochte nicht reden, aber auch nicht mehr lieben. Sergej, mittlerweile examinierter Chirurg, war feinfühlig genug, sie nicht zu bedrängen. Wann immer er Zeit hatte, spielte er für sie, während Gregor und Tatjana die Vorbereitungen für die Reise trafen. Beide benahmen sich dabei vor Glück wie Kinder. Während das Mädchen und der Bursche die Koffer packten, haschten sie durch die Wohnung, küssten sich ungeniert und fütterten einander mit so genannten Liebeshäppchen: mal ein Weißbrotscheibchen mit Kaviar, mal eine Erdbeere oder ein Orangenschnitz, dann zur Abwechslung eine Pirogge, aber auch kleine Würstchen oder ein Maiskölbchen, ein Löffelchen Pudding oder Pralinen. Gregor war so hungrig wie Tatjana. Gegen den Durst gab es nur Champagner, und wenn Gregor mit Wodka nachgespült hatte, wurde er so närrisch, dass er sich von Tatjana noch ein Kind wünschte.

St. Petersburg – Moskau – Kiew – Odessa. Wie konnte ein Land so groß sein. Drei Tage und zwei Nächte dauerte die Reise. Als sie Njeschin passierten, löste sich in Sarahs Hals ein Kloß, der sie stundenlang weinen ließ. In Odessa hatte sie nicht die Kraft, Onkel und Tante zu besuchen. Wozu auch – es gab ja doch keine Post aus San Francisco.

Ob ihre Eltern noch an sie dachten? Ob sie sie jemals wiedersehen würde?

Sarah stand an der Reling und schaute aufs Wasser. Lieber nicht erinnern, sagte sie sich. Versuche, zu genießen. Hast du nicht ein herrliches Leben? Willst du zurück in die Moldawanka?

Ob Sejscha nach ihr suchte? Spielte Awrom heute in den »Zwei Tatzen«?

Sarah löste sich von den an die Bordwände schwappenden

Wellen und atmete tief durch. Sie blinzelte in die Sonne, beobachtete den Trubel an Deck. Einst warst du ein mittelloses Mädchen, das auf der großen Freitreppe saß und den Schiffen nachträumte, jetzt bist du eine junge, wohlhabende Dame, die auf der »Puschkin«, dem Flagschiff der Krimpassage, steht. Hier tobt das Leben! Du bist an der Pforte des Orients. Die Völker des Kaukasus, Kleinasiens, der Türkei und Europas geben sich ein Stelldichein. Lausche einmal den Sprachen und Dialekten: Deutsch, Russisch, Französisch, Englisch – am Kai rumänische, griechische, armenische, türkische, tatarische, kaukasische Brocken.

Sarah zwang sich zu offenen, heiteren Gefühlen. Gleich legte das Schiff ab, würde sie die erste Seereise ihres Lebens machen. Wie verschieden war das Gebaren der Menschen, wenn sie voneinander Abschied nahmen! Dort der Alttürke, der sich in vornehmer Haltung auf dem Deck niederlässt und stoisch rauchend das Getriebe um sich her betrachtet. Daneben Rumänen und Griechen mit ihrem lebhaften Gebärdenspiel. Ihre klangvollen Laute hallten auffallend laut durch die Menge, bestimmt riefen auch sie die bekannten Worte: »Bleib hübsch gesund! Grüß schön! Schreib bald! Bleib mir treu!« Dazwischen der stumme Händedruck der Engländer oder das geschäftliche, französisch geführte Gespräch über die neuesten Nachrichten von der Börse.

Vor allem aber die Russen und Ukrainer! Ihre Begierde, sich zu küssen, kam fast schon einem Ablecken gleich, wenn es ans endgültige Verabschieden ging. Ihre Tränen, ihr Schnäuzen, die geschwenkten weißen Taschentücher – Sarah wurden selbst die Augen feucht, als sie sah, mit welcher Leidenschaft die Njanja ihre in Matrosenuniformen steckenden Zöglinge abküsste. Die Kinder weinten, sie weinte. Sie putzte ihnen die Nase, zupfte unablässig an ihnen herum. Die Schürze war ausgebeult von den Taschentüchern, und als die Schiffsglocke zum dritten Mal ertönte, schlug sie das Kreuz und murmelte geheime Segenssprüche. Mit jeder Drehung der Schiffsschraube entfaltete sich das prächtige Panorama, das Odessa vom Meer aus bot. Die zunehmende Entfernung ließ die Stadt über dem Meer schweben, so luftig wirkten die weißen Häuser, malerischen Kirchenkuppeln und grünen Anlagen. Sarah war sich sicher, noch nie ein so fabelhaft schönes Bild gesehen zu haben. Die Stadt stach zunächst scharf aus dem Gelb der Felsen und aufsteigenden Terrassen, dann verschwand sie langsam im Dunst, den Staub und Hitze über dem stark erwärmten Land zusammenballten.

Sergej hatte den Arm um Sarah gelegt und zog sie an sich. Gemeinsam warteten sie, bis die Küste zum Streifen wurde und sie endlich nur noch das offene Meer umgab – blau, klar, ewig.

»Müde und satt ist das Auge, hungrig der Bauch«, sagte Sergej. »Lasst uns zu Tisch gehen.«

»Sitzt denn der Kapitän bei uns?«

»Er wartet nur auf dich!«, rief Sergej enthusiastisch.

Sie stießen mit Krimsekt auf den Abend an: der Kapitän, Sarah, Sergej, Gregor und Tatjana, Lisa und Monsieur Godart mit seiner Begleitung, Madame Glinka. Beide sprachen sowohl Russisch als auch Französisch, vom Kapitän wusste man, dass er sich außerdem in Deutsch und Englisch unterhalten konnte, und dies so mühelos, dass er scherzte, bis jetzt habe niemand seine wirkliche Muttersprache erraten können.

»Verwandt? Nein, nicht verwandt!«, rief Natalia Petrowna Glinka, eine Moskauer Schönheit in einem schimmernden dunkelgrünen Seidenkleid. »Aber, Monsieur Kapitän, ich spiele auf meiner Geige so süß, wie Glinka komponiert.«
Sergej zwinkerte Sarah zu, denn Madame Glinka war schön, aber etwas laut und offensichtlich sehr von sich eingenommen. Sie klimperte mit ihren Augen und lächelte den Kapitän dermaßen enthusiastisch an, als hoffte sie darauf, dass er sie auf der Stelle mit sich nahm.
»Natalia – unser Monsieur Kapitän wird dich gleich verpflichten, an den Tischen aufzuspielen«, sagte Monsieur Godart, der in seinem schwarzweiß gestreiften Anzug, mit der roten Rose und seinem gezwirbelten Bart wie die Karikatur eines Impresario schlechthin aussah.
Seine Aura zeigte Schatten, war nur schwach. Er wackelte ständig ein klein wenig mit dem Kopf – Sarah gab ihm kein Jahr mehr zu leben.
»Spielen Sie für uns, ja!«, rief der Kapitän und erhob sich, noch bevor der Hauptgang serviert wurde. »Wir lieben doch alle Musik, nicht wahr?«
Er verbeugte sich und verschwand auf die Brücke, Madame Godart sah ihm sehnsüchtig nach.
»Wie interessant!«, sagte Sergej. »Sie sind Violinistin?«
»Das auch«, sagte Monsieur Godart.
»Wie – nicht das allein?«, fragte Sarah. »Spielen Sie noch ein Instrument, Natalia Petrowna?«
Sarah ließ sich nichts anmerken, aber Sergej und auch Gregor konnten an ihren Augen ablesen, wie sehr sie zum Spott aufgelegt war.
»Du meinst Flöte?«, warf Gregor gemütlich dazwischen

und tupfte sich umständlich den Mund, um danach ausgiebig seinen Schnauzer zu streicheln.
»Nicht die Flöte!«, entrüstete sich Monsieur Godart. »Ich wollte andeuten, dass Natalia Petrowna eine Virtuosin ist, wenn es darum geht, Herzen zu erobern.«
»Männerherzen, oder?«, fragte Tatjana.
»Männerherzen«, antwortete Monsieur Godart trübsinnig und schaute Sarah so Mitleid erregend an, dass er damit alle am Tisch zum Lachen brachte.
»Bist du wieder hässlich zu mir«, sagte Natalia Petrowna gekränkt. »Was kann ich dafür, dass ich so eine große Künstlerin bin? Ich spiele – und den Herren in Frankreich trüben sich die Augen. In Petersburg trinken sie deswegen noch mehr Champagner, in Moskau tropft ihnen das Wasser in die Bärte.«
Sie sprach mit tiefer Stimme, klimperte Sergej an. Sarah hatte auf einmal das Gefühl, dass Natalia absichtlich leicht beschränkt tat. Ihr flächiges, vollendet proportioniertes Gesicht strahlte bezwingende Kraft aus, ihre Aura war von der Farbigkeit eines Regenbogens.
Gregor schlug vor, noch eine Weile an Deck zu gehen, um das Schauspiel der untergehenden Sonne zu genießen. Golden stand sie über dem Horizont, färbte sich rot und lockte die an Bord befindlichen Türken nach draußen. Jeder von ihnen breitete einen kleinen Teppich aus und verrichtete, das Gesicht dem feurigen Sonnenball zugekehrt, sein Gebet. Die in ihren Augen Ungläubigen, die Giaurs, sahen ihnen schweigend zu. Niemand war so dreist, die Zeremonie zu stören. Hier auf dem Meer gab sich jeder tolerant, so merkwürdig die Knienden, die nicht müde wurden, mit ihrer Stirn die nackten Decksplanken

zu berühren, für die wohlhabenden Russinnen auch aussahen.
Sarah begab sich anschließend mit Lisa in ihre Kabine, Gregor und Tatjana suchten die Bar auf.
»Kindchen, so ein Meer – das ist doch das, was du brauchst. Es schafft Abstand.«
»Du hast eigentlich noch nie gesagt, ob du Sergej heiraten würdest«, sagte Sarah und legte sich angezogen auf ihr Bett, während Lisa sich aus ihrem Kleid schälte.
»Lass ihn sich amüsieren«, sagte Lisa und gähnte. »Diese Geigerin ist genau das Richtige für ihn: schön, eitel, dumm, und Künstlerin dazu.«
Sie war bald eingeschlafen. Sarah dagegen lag wach. Eigentlich ist es zum Schlafen doch viel zu schade, schalt sie sich. Denn schon morgen früh würden sie die »Puschkin« verlassen. Das Schiff fuhr um die Krimhalbinsel bis in den äußersten Osten nach Kertsch, sie aber gingen bereits in Sewastopol an Land. Gregor wollte unbedingt die berühmte Krimkrieg-Festung besuchen, sie war Mary Seacoles wegen ebenfalls neugierig.
Eine Weile noch blieb sie liegen. Gewiss, die schrecklichen Bilder waren mit der Zeit weniger geworden, doch an ihre Stelle trat eine Art gefühllose Leere. Alles wurde irgendwie gleichgültig, es gab nichts, über das sie sich besonders ärgerte oder freute. Dass sie Heilerin war, eine einzigartige Gabe besaß, war ihr nur mehr ein Schulterzucken wert. Zwar glitt sie nicht so weit ab, dass sie dies als selbstverständlich annahm, aber sie hatte auch keine Ambitionen mehr, den Menschen ihre Hilfe anzubieten. Wer kam, dem wurde geholfen, aber sie würde nie mehr, wie damals in Odessa, ihre Gabe wie eine Ware feilbieten.

»Schläfst du?«
Es kam keine Antwort. Sarah raffte sich auf. Sie kämmte sich, strich ihr Kleid glatt und frischte das Parfum auf. Die Augen zu schminken hatte sie nicht nötig. Sie schaute in den Spiegel. Gleichgültige Augen sahen sie an. Sie seufzte, als sie das Klavier hörte, doch ihre Lippen verhärteten sich, als sich die Klänge einer Geige dazugesellten.
»Sie wollen in Jalta auftreten«, sagte Monsieur Godart. »Ist das ein Anblick, wie? Nein, sagen Sie lieber nichts. Aber weiden Sie sich an meiner Eifersucht.«
»Fühlen Sie die bei jedem Pianisten?«, fragte Sarah und setzte sich.
»Bei jedem«, sagte Monsieur Godart treuherzig und bestellte eine neue Flasche Krimsekt.
Der Applaus war herzlich. Sergej gab eine kleine Zwischenmusik. Hatte Natalia Petrowna ihn vorhin noch huldvoll angelächelt, stand sie jetzt wie eine Säule neben dem Flügel. Sarah bemerkte nicht ohne Schadenfreude, dass Sergej ihr mit seiner effektvollen Walzerimprovisation die Schau stahl. Natalia Petrowna strafte ihn, indem sie hochmütig und gelangweilt vor sich hin schaute.
Sergej wiegelte den Applaus ab, warf Natalia kokett eine Kusshand zu. Er blätterte in den Noten, schlug ein paar Takte an und ließ Natalia ihr Instrument neu stimmen.
Was folgte, waren irgendwelche Zigeunerweisen. Und bei diesen entfaltete Natalia ein verblüffendes Talent. Ihre Violine schmachtete und jubelte, seufzte brünftig in der tiefen Lage und schwang sich zu jubelnden Fiorituren auf.
»Oh – wie schön. Göttlich. Ich will sterben.«
Monsieur Godart tupfte sich mit dem Taschentuch die Stirn. Seine Augen leuchteten, seine Gesichtszüge aber gli-

chen ausgewaschenen, toten Tälern. Natalia Petrowna bot einen wunderbaren Anblick. Wie alt ist sie eigentlich?, fragte sich Sarah. Fünfundzwanzig? Ihr Alter war nicht zu bestimmen. Denn Natalia war bereits von jenem schwermütigen Reiz des Verblühens umhaucht, der Russinnen ihres Schlages so anziehend machte. Die zarte Wange an das goldschimmernde Holz geschmiegt, das matt glänzende Haar nachlässig gelockt, und mit dem biegsamen, schlanken Leib den Bogenstrichen folgend, glich sie einer zum Leben erwachten Bronzestatue. Sarah entging nicht, dass sie bei zarten und leidenschaftlichen Stellen ihre großen umschatteten Augen auf Sergej heftete.

Der stürmische Beifall war gerecht. Natalia verneigte sich leicht, die Töne schienen in ihr noch nachzuzittern. Ihre Augen suchten die Sergejs, ihr Lächeln glich einem Versprechen. Sergej wurde verlegen. Er fasste nach Natalias Hand, verbeugte sich ein letztes Mal mit ihr und eilte an den Tisch zu Monsieur Godart und Sarah.

»Wie waren wir?«, fragte er Sarah stürmisch und griff nach der Sektflasche, aus der er so übermütig einschenkte, dass die Gläser überschäumten.

»Monsieur Godart litt«, sagte Sarah.

»Und du?«

»Ich blieb ebenfalls nicht unberührt«, erwiderte Sarah spitz.

Sie war nicht wirklich eifersüchtig, aber Sergej sollte merken, dass sie ihm nicht alle Freiheiten lassen würde. So beteiligte sie sich nicht weiter an den Gesprächen über Musik, sondern gesellte sich an die Bar, wo Gregor und Tatjana bereits so viel getrunken hatten, dass sie über jeden Witz des Barkeepers lachten.

Sewastopol bot in der Morgenbeleuchtung einen malerischen Anblick. Das Ausbleiben der Schraubenbewegungen des Schiffes hatte Sarah aufwachen lassen. Die weißen Häuser mit den flachen bunten Dächern, die stattlichen Kirchen, das neue Theater hart am Ufer, die Gartenanlagen, die sich bis zum Strand erstreckten, schließlich auf dem höchsten Punkt der Stadt die Ruine nach der Art eines griechischen Tempels – all das war ganz anders, als Sarah es sich in ihrer Phantasie vorgestellt hatte.
Erst als sie die Straßen durchwanderte, begegnete ihr der Krieg. Bald die Hälfte der Häuser lag noch in Trümmern. Der Anblick der Marinekasernen im Hafen hatte etwas Gespenstisches an sich. Die zweistöckigen Gebäude gähnten ausgebrannt und mit durchlöcherten Mauern gen Himmel – Sarah glaubte auf einmal, die Kraft des Feuers zu spüren, das hier gelodert hatte. Je länger sie in der Stadt umherwanderte, umso häufiger bildete sie sich ein, für Augenblicke in die Zeit zurückzureisen. Sie hörte Gewehrfeuer, Kanonendonnern, Stöhnen und Schreien. Die Hitze des Tages und die Eindrücke eines vergangenen Krieges ließen sie halluzinieren, so dass sie sich an keinem der Gespräche zwischen Sergej und Gregor beteiligte.
Mit einem gemieteten Boot fuhren sie durch den Kriegshafen nach Malakow, um den berühmten Kurgan-Hügel mit seinem Turm zu besichtigen. Sarah hatte keine Augen für die kaiserliche Jacht »Livadja« oder die Korvette »Tschesme«, die im Hafen vor Anker lagen – sie fieberte den Kasematten entgegen, die als Kriegsdenkmäler gepflegt wurden. Lange hielt sie sich in der zweistöckigen Batterie auf, deren Grundform an eine Ellipse erinnerte. Das untere Stockwerk war in den Boden versenkt, seine Schießscharten zeig-

ten auf einen Graben. Während Gregor und Sergej bis zum Gipfel des Malakow stiegen, um sich einen Überblick über die Laufgräben der Russen und Franzosen zu verschaffen, überließ sie sich auf der Galerie der Batterie ihren Bildern.

Weißer Rauch hängt über dem Schlachtfeld. In der Ferne ankern die englischen Kriegsschiffe, die die Stadt beschießen. Auf einem Verbandplatz operiert ein Feldscher. Die Erde ist von Einschlägen durchpflügt, Soldaten schreien, fallen, fliegen in gelben Blitzen durch die Luft. Dascha, die Frau in der Uniform, gibt einem Sterbenden zu trinken, während die Franzosen versuchen, auf Leitern über die Brustwehr zu klettern. Eine rote Alarm-Flagge steht im Rauch – Holztrümmer, Kanonen, Kartuschen, ein Pope mit Kruzifix und einer Schar gläubiger Soldaten hinter sich zieht vorüber. Und dann der Soldat in dem Zelt, der seitlich auf seinem Tornister liegt. Er hustet blutigen Schleim. Sie will ihn deutlicher sehen, sieht aber nur sein zerrissenes Bein und wie der Arzt ihm seinen Mantel über den Leib zieht.

»Nun, Goldschatz«, neckte sie Gregor, »die Aura einer Mary Seacole wirst du hier nicht finden, dazu müssten wir nach Balaklava.«
»Es ist gleich«, sagte Sarah. »Ob sie oder Dascha, ich fühle mich beiden verbunden. Lasst uns gehen.«
Es war Sarah wirklich gleich, denn patriotischer Gefühle wegen war sie nicht hier. Mary Seacole wirkte eben in Balaklava, wo viertausend englische Dragoner ins russische Geschützfeuer ritten und darin umkamen, und Dascha in Sewastopol – ein Mädchen in Matrosenuniform, das den

russischen Soldaten half, die in der Schlacht am Alma-Fluss verbluteten.
Zum Abschluss der Besichtigung ging es nach Sewernaja, der Friedhofsanlage, die den »Helden von Sewastopol« gewidmet ist. Ernst und mahnend blickte sie unter der südlichen Sonne auf das Meer, umrahmt von einer weißen Mauer. Ihren Eingang säumten blühende Mandelbäume. Seid gesund, begrüßte sie ein alter Veteran und ging mit ihnen einen Weg zwischen Zypressen und Lebensbäumen.
Sarah hatte das Gefühl, mit jedem Schritt an Gewicht zuzunehmen. Die Menschen unter den Gräbern, bildete sie sich ein, hängten sich an ihr Kleid und wollten sie am Weitergehen hindern. Schließlich reichte ihre Kraft nicht mehr aus, vorwärts zu kommen. Sie rief nach Sergej und Gregor, die sie in die Mitte nehmen mussten und wie eine alte, kranke Frau an den Denkmälern der Offiziere vorbeiführten. »Brüdergrab« stand auf den grauen Sandsteinplatten, die die Massengräber deckten – etwas, das Gregor zu der Bemerkung hinriss, im Tod seien bestimmt alle Soldaten Brüder.
»Aber die irdische Eitelkeit zwingt die Menschheit, ihren Offizieren Obelisken, Kapellen, ja ganze Mausoleen zu errichten.«
Der Veteran nickte wissend. Er klopfte Gregor auf die Schulter und führte ihn zu einer senkrechten Steinplatte, die eine in den Berg führende Gruft verschloss.
»Graf Totleben!«, las Sergej die einzige Inschrift. »Das ist Größe. Keine Silbe über Geburt und Tod, nichts über Stellung und Verdienst.«
»Er war damals Oberstleutnant«, erklärte der Veteran, »hatte die Idee, Steine und Geröll in Weidenkörbe zu füllen

und daraus Schutzmauern zu bauen. Während die Franzosen zögerten, ob sie die Stadt von Norden oder Süden angreifen sollten, wurden die Verteidigungslinien gesichert. Ein Wunder.«

»Offiziere vollbringen immer Wunder. Nie der einfache Soldat. In Wahrheit ist es umgekehrt«, sagte Gregor verächtlich. »Dieser Totleben – er war auch beim Sturm auf Plewna mit von der Partie. Als Angreifer ließ er seine Soldaten zu Tausenden sinnlos ins Feuer rennen. Ich war dabei, nur, ich hab's überlebt. Nein, dieser Mann ist kein Held. Er brauchte immer nur zu befehlen. Zigtausende Tote gehen auf seine Rechnung. Aber wie könnte es auch anders sein bei einem, der so heißt.«

Sarah wurde schwindelig. Bereits was Gregor sagte, begriff sie nicht mehr richtig. Als sie die pyramidenförmige Friedhofskirche erblickte, brach sie zusammen.

Als sie wieder zu sich kam, war es Abend. Lisa saß auf der Bettkante und betupfte ihr die Stirn mit Weingeist. Sarah fühlte sich leicht und gekräftigt, wie nach langem, erholsamem Schlaf. Sie hatte weder geträumt, noch war sie von Visionen heimgesucht worden. Die zurückliegenden Stunden glichen nichtexistenter Zeit. Eben noch war sie auf dem Friedhof gewesen, jetzt ging ihr Leben hier im Hotel weiter.

»Kindchen, was machst du für Sachen«, sagte Lisa. »Du warst wie tot, nur Herz und Puls schlugen wie bei einem Gesunden. Wie kann man auch so lange in der Sonne sein! Und dazu diese steilen Wege gehen! Ich sag dir, ich hab Sergej und Gregor eingeheizt, wie …«

»Lisa, Mame – bitte, tust du mir einen Gefallen? Lässt du mich allein?«

»Wenn du meinst«, sagte Lisa pikiert. »Sag mir nur eins, kannst du morgen nach Jalta reisen?«
»Ich bin nicht krank!«, rief Sarah. »Sag Sergej, er soll sich weder Sorgen machen noch Rücksicht nehmen.«
Sie wollte die Nacht für sich allein.
Die Gräuel des Krieges, die schrecklichen Bilder vom Tod Pawel Jefymitschs waren nicht vergessen, aber sie bedrückten sie nicht mehr. Sarah fühlte sich leicht, sie hätte tanzen können. Alles war auf eigentümliche Weise beschwingt. Ihre Seele schien so frei in ihr zu atmen, als bewohne sie ein mit glänzendem Licht gefülltes Gefäß.
Du wirst das Schöne genießen!, rief sie sich zu. Sie öffnete das Fenster und lauschte dem Rauschen des Meeres, labte sich an dem Duft von Blumen und Salz. Die Dunkelheit der Nacht war warm wie ein unendlich großes Gewand und atmete die lautere Schönheit des Südens. Sarah genoss die Stimmung mit einer Freude, die ihr die Sinne schärfte. Da war der Flügelschlag der Falter, dort das mit Harz gesättigte Lüftchen, und vom Meer kam ein kühler Dunst, dessen Feuchte sich auf ihr Gesicht stahl und sie allmählich müde machte. Als sie sich wieder zu Bett legte, ging über dem Meer der Mond auf. Du darfst keinen Schatten werfen, verwirrten sich ihr die Gedanken, du darfst nicht mit deinem Schatten sein heiliges Licht stören …

Am nächsten Morgen verbat sie sich jegliche Fragerei nach ihrem Befinden. Stattdessen trieb sie zur Eile an, denn sie wolle endlich das Krimgebirge erleben. Die Fahrt sei wichtiger als das Ziel.
In einem bequemen offenen Wagen traten sie die Reise an. Vierundachtzig Werst waren es bis Jalta, zu wenig, wie

Sarah fand. Von der ersten Poststation wand sich die Straße langsam den Westhang des Jailagebirges hoch, dem die Krim-Halbinsel ihre malerischen Winkel, ihr heiteres Klima und ihren südlichen Pflanzenreichtum verdankte. Zunächst wechselten Buchen- und Eichengehölz mit grünen Tälern ab, dann, mit zunehmenden Schlangenwindungen, frischte der Wind auf. Der Boreas packt wieder zu, sagte der Kutscher, der Nordwind. Er pflegt sich jedem Krimbesucher zu empfehlen, will sein Mütchen an ihm kühlen. Weil er genau weiß, was den Reisenden hinter dem Baidartor erwartet.

Sarah jubelte. Der Wind zauste ihr das Haar und blähte ihr die Ärmel des Mantels. Die Berg- und Waldeinsamkeit berührte sie märchenhaft, während Lisa jammerte, sie wäre besser mit Tatjana auf dem Schiff geblieben. Vor einem bescheidenen Wirtshaus hielt ihr Wagen, das Baidartor war erreicht. Es lag in einer Talsenke zwischen zwei Bergrücken, deren engste Stelle von einem römischen Torbogen ummauert war – massiv und gewaltig wie ein antikes Bauwerk. Fürst Woronzow hat es bauen lassen, erklärte Sergej und ging auf der Treppe voran, die das Bauwerk erschloss. Die Aussicht ging auf die Bergwildnis. Der Wind blies kalt, dazu versteckte sich die Sonne hinter einer grauen Wolkenwand. Wieder wollte Sarah allein sein. Sie stand und lauschte, streckte die Hände aus und ließ sie von dem feinen Nieselregen benetzen, der eingesetzt hatte. Der Wind zerrte an ihr, als wolle er nicht zulassen, dass da ein Mensch stand, um die Natur zu genießen. Er wurde frischer und kälter, aber Sarah fror nicht, obwohl es ihr irgendwann vorkam, als stünde sie nackt da und bade in Luft.

Wie lange hältst du es aus?
Wie lange bist du wohl schon auf der Welt?
Sarah hatte die Frage kaum gestellt, da sah sie sich auf eine Pyramide zufliegen.

Vor dieser Pyramide stand eine mächtige Eiche, die sie als den Baum erkannte, der neben dem Wirtshaus des Baidartors stand. Wie kann eine Eiche in der Wüste stehen? Sarah winkte ihrem Großvater zu und beschloss, ihn zu fragen. Doch ihr Großvater sah aus wie ein ägyptischer Priester. In einer Hand hielt er eine steinerne Schale, in der anderen trug er einen Stab aus Stein, dessen Griff mit dem Kopf eines Hundes geschmückt war.
Sarah näherte sich der Eiche und sah, dass an ihrem Fuß, wo die Wurzeln in der Erde verschwanden, ein Trichter gähnte. Der Großvater nickte ihr aufmunternd zu, nahm sie an die Hand, und so stiegen sie in die Öffnung. Ihr Zeitgefühl setzte aus, trotzdem zählte sie ihre Schritte, aber die Zahlen bedeuteten nichts. Der Weg ging bergab, vorbei an Welten, deren Bilder sie alle schon einmal gesehen hatte, die ihr aber trotzdem fremd vorkamen.
»Jetzt sind wir unter der Pyramide«, sagte der Großvater. Sarah sah sich um. Sie befand sich unter der Erde, aber die Sonne schien. Es gab Blumen, die betörend dufteten, Bäume, einen Bachlauf, Vögel und Tiere. Alles war eben und dehnte sich unendlich aus. Aber in der Mitte dieser Unendlichkeit stand ein Sarkophag, dessen Relief einen Menschen zeigte.
»Wir wollen sehen, wer es ist«, sagte der Großvater und hob seinen Stab mit dem Hundekopf.
Um sie herum versank die Welt, und der Sarkophag wurde

immer größer. Als er sie zu erdrücken drohte, klopfte der Großvater an den Stein. Sarah stand jetzt vor dem Sarkophag, konnte das Relief betrachten.

Es zeigte eine Frau in moderner Kleidung, die Sarah anzusehen schien. Sie trug eine Perlenkette, ihr Haar war zusammengesteckt.

»Das bin ja ich!«, rief Sarah aus.

»Wirklich?«, fragte der Großvater. »Schau noch einmal hin!«

Die Frau war eine andere. Sie trug eine schlichte antike Tracht, und ihre Stirn war mit einer Kette geschmückt, an der ein Türkisstein blitzte.

»Aber es sind meine Augen. Meine Stirn, meine Lippen – und meine Hände.«

»Berühre die Hände.«

Sarah berührte sie. Sie fühlte nichts, aber das Relief verschwand und verwandelte sich in eine Steinplatte, die mit fremdartigen Zeichen bedeckt war.

»Hephatha, tue dich auf«, rief der Großvater.

Zwei mächtige Sphinxe standen auf einmal neben dem Sarkophag und schienen sich mit ihren Blicken in sie hineinzubohren. Sarah wusste, dass sie viele der Rätsel des Lebens kannten, und fand heraus, dass sie die Zeichen auf der Steinplatte von oben nach unten lesen musste. Doch sosehr sie sich auch anstrengte, sie konnte ihre Bedeutung nicht enträtseln. Sie wollte ihren Großvater fragen, doch da begann es ihr unter den Blicken der Sphinxe zu schwindeln. Es war, als würde ihr Geist mit Wissen gefüttert. Sie lernte in unglaublicher Geschwindigkeit, und auf einmal konnte sie die Zeichen lesen. Doch sie vergaß so schnell, wie sie begriff, und in Sekundenschnelle durchlebte sie alle Gefühle,

die ein Mensch haben konnte. Für Bruchteile von Sekunden erlitt sie selbst physische Schmerzen, und es geschah sogar, dass sie ohne Atem blieb.
Allmählich wurde ihr das Lesen zu viel. Denn was nützte es, wenn sie sich an nichts erinnern konnte? In Gedanken rief sie ihren Großvater und stand auch blitzschnell wieder neben ihm. Sphinxe und Steinplatte waren verschwunden, stattdessen sah sie wieder das Relief der Frau in moderner Kleidung.
»Es stimmt, Sarah. Das war dein Leben. Deine Leben. Die Zeit nämlich ist unteilbar. Das ist der Sinn der Ewigkeit. Zwei Bilder hast du von dir gesehen – die Sarah des Anfangs und die heutige Sarah. Nicht jedem Menschen gibt Gott eine so lange Vergangenheit. Aber nicht jeder hat auch deine Gabe. Du wirst wieder heilen. Auch wenn es dir sinnlos erscheint und dir Geist und Seele verwirrt sind, wisse: Gott hat alles wohl gemacht.«
Der Großvater hob seinen Steinstock und klopfte an den Sarkophag. Ein kalter Wind kam auf, Regen setzte ein. Sarah fror plötzlich und sagte sich, sie müsse jetzt schleunigst ins Wirtshaus zurückkehren, um sich nicht zu erkälten.

Die Weiterfahrt glich einem Traum. Im Torbogen selbst machte die Straße einen Knick, von dem aus man nicht sehen konnte, welches Bild sich auftat, weder vor einem noch hinter einem – dies war die Überraschung, die Sergej versprochen hatte.
Nicht nur Sarah stockte der Atem. Denn am Ausgang des Tors wand sich die Straße steil talabwärts und verschwand in einem Tunnel. Der Berg stürzte jäh hinab, und wie aus dem Nichts dehnte sich plötzlich das Meer vor ihnen aus –

neunhundert Meter unter ihnen. Auf den ersten Blick lag es da wie eine blaue Fläche, bei näherem Hinschauen erkannte Sarah dann den weißen Wellenkamm und Hütten und Häuser, die aus der Höhe so winzig schienen, als seien sie Spielzeug.

»Ab hier beginnt der Orient!«, rief Sergej. »Vorher waren wir nur im Süden.«

Kaum hatten sie den siebzig Schritt langen Tunnel durchfahren, wurde Sergejs Behauptung Wirklichkeit. Mit jeder der scharfen Kehren kamen sie dem Paradies Russlands näher, wurden die Konturen von Ölbäumen, Zypressen, Korkeichen, Magnolien und Rebanlagen deutlicher. Gelb und Dunkelrot waren die Farben im Osten, Grün im Westen. Schaute sich Sarah um, erblickte sie die Wildnis des Baidar-Passes mit in Felsspalten gekrallten Föhren und in der Luft kreisenden Steinadlern, blickte sie nach vorne, schmiegten sich Obstgärten, Reben und Ölbaumplantagen an die Hänge.

Duftende Mandelbäume, Magnolien und Zypressen säumten die Straße. Station wurde in Kikenéis gemacht, wo die Pferde gewechselt wurden. Die Poststation lag frei unter einer hoch aufragenden, etwas vornübergebeugten Felswand, die wie ein blinder Spiegel auf das unter ihr liegende Meer blickte. »1505 Werst von Moskau« stand in den Fels geschlagen – eine Zahl, die in dieser heiteren Atmosphäre zu gleichen Teilen ernüchternd wie scherzhaft wirkte.

Die letzte Poststation vor Jalta war Mischor. Dort hatte sich das vierzigste Jägerregiment, das die Straße gebaut hatte, ein Denkmal gesetzt: einen Springbrunnen unter einem großen Walnussbaum. Sergej setzte sich auf den Brunnenrand. Wie eine Fee sehe sie aus in ihrem hellgelben Seidenkleid, meinte er. Ob er sich etwas wünschen dürfe?

»Nur zu«, sagte Sarah und ließ das Wasser weiter durch ihre Finger laufen.

»Ich will dich!«

Sergejs Stimme war rau, leidenschaftlich. Er hielt Sarah mit seinem Blick fest. Rasch zog er sie an sich, um sie zu küssen. Sie ließ ihn gewähren, blieb aber unbeteiligt. Irritiert ließ er von ihr ab. Sarah leuchtete, strahlte ungeheure Festigkeit aus. Sie lächelte schelmisch, war ganz ruhig. Ihre Augen schienen alles zu wissen.

»War es bei Rimma genauso?«

Sergejs Miene versteinerte. Er konnte Sarahs forschenden Augen nicht lange standhalten, wendete den Blick ab. Als er ihr wieder ins Gesicht zu sehen wagte, glühte er vor Scham.

»Woher ...?«

»Ich habe es eigentlich schon immer gewusst. Nachdem dein Vater sich das Leben genommen hatte, wusste ich, dass es nicht anders sein konnte.«

»Ob ich der Vater bin, ist noch nicht einmal sicher«, sagte Sergej gepresst. »Es könnte auch Mischa sein.«

»Oh – das ist wohl jene provokante Art der Liebe, passend zum neuen Jahrhundert?«

»Sarah, es war eine Dummheit, ein Besäufnis, Gier, Niedertracht, Fleisch: alles, was unrein ist. Aber niemals Liebe. Verzeih mir.«

»Gib mir Zeit«, sagte Sarah.

Sie schöpfte wiederholt mit beiden Händen Wasser und ließ es durch die Finger laufen. Sergej ballte die Fäuste.

Ein Stück weit vor Jalta lagen die Paläste der Aristokraten, Alupka, Orianda und Livadia – die Domizile der Woronzows, der Familie des Großfürsten Nikolajewitsch und des Zaren. Nur das Domizil der Woronzows war dem Fremden zugänglich; Sergej meinte, es sei die schönste Besitzung der Erde. Alhambra, normannische Gotik, Tudorstil verschmolzen zu einem einzigartigen Gesamtkunstwerk, das von einer dreizehnhundert Meter hohen Felswand überragt wurde, die den Park bis zum türkis schimmernden Meer bewachte.

Die Pracht war überwältigend. Lisa und Sarah fanden sie maßlos. Um die neun Millionen Silberrubel wert, sagte Sergej.

»Lass uns fahren«, sagte Gregor. »Bevor ich beginne, mir die Schufterei der Leibeigenen vorzustellen.«

In Autka, einem Vorort von Jalta, betraten sie endlich die Datscha der Sassonows. Eine Besitzung im maurischen Stil mit einem schattigen Innenhof, der von einem Ziehbrunnen beherrscht wurde. Sie lag in einem Naturgarten voller Zypressen, Föhren, Wacholder und Sträucher aller Art. Die Wege waren mit Schieferplatten ausgelegt. Verwitterte Blumenkübel und ein paar Bänke und Plastiken brachten mediterranes Flair. Jeder bekam ein eigenes Zimmer, Tatjana hatte bereits das Personal aufgestockt.

Die ersten Tage gab sich jeder der Wärme und dem Faulenzen hin. Sarah hielt sich immer ein wenig abseits. Sergej wich ihr bewusst aus. Lisa, die dies bemerkte, schwieg. Weil ihr Müßiggang verwerflich schien, half sie zunächst in der Küche aus, doch weil das ihre Kräfte nicht auslastete, übernahm sie schließlich die gesamte Wirtschaft. Gregor und Tatjana konnten in Ruhe ihre Hochzeit vorbereiten.

Sie heirateten in einer kleinen Dorfkirche. Trauzeugen besorgte der Pope.
Die Flitterwochen verbrachten sie in Jalta im Hotel.
So schön es war – bald griff auf der Datscha Langeweile um sich. Essen, trinken, ruhen, schlafen, lesen – Sarah ertappte sich dabei, wie sie an St. Petersburg und ihre Patienten zu denken begann. Sergej spielte Klavier, aber auf die Natur um sich herum hätte er verzichten können. Er konnte seine städtische Natur nicht verleugnen. Das Grün der Bäume, der Duft der Blumen, das verheißungsvolle Blau des Himmels, der Gesang der Vögel – was war all das gegen die Atmosphäre eines Konzerts oder Theaterabends, gegen den Glanz und die prickelnde Erregung der St. Petersburger Nächte?
Aber wozu waren sie dann überhaupt hier? Er hatte sich für ein ganzes Jahr vom Dienst im Krankenhaus freistellen lassen. Warum? Um Sarah zu heiraten. Doch damit wurde es nun nichts. Womöglich verpasste er ihretwegen noch Fortschritte in der Chirurgie?
Sergej überfiel die Ahnung, eine unnütze Reise begonnen zu haben. Wenn kein Wunder geschah, brachte sie Sarah und ihn nicht zueinander, sondern sogar auseinander. Dabei liebte er sie aufrichtig. Doch von Tag zu Tag verdross ihn ihre selbstgenügsame Ausstrahlung mehr. Sie lebten wie Bruder und Schwester und nicht wie Mann und Frau. Und das an Russlands sinnlichstem Flecken.
Sollte er ausgerechnet hier leben wie ein Mönch? Zeit solle er ihr geben, hatte Sarah von ihm gefordert – nun gut, er war bereit, ihr diese Zeit zu geben. Aber wie lange?
Sergej saß am Klavier, seine Hände spielten mechanisch. Ein Klang, ein Gesicht fiel ihm ein. Wollte sie nicht in Jalta

konzertieren? Mit ihm ein Konzert geben? Sergej folgte seinem inneren Ohr und griff wie von selbst die passenden Harmonien. Klavier und Violine – zwei Instrumente. Natalia Petrowna Glinka, Sergej Pawelitsch Sassonow – zwei Musiker. Sergej ließ sich von der Erinnerung an Natalias biegsame Gestalt verführen, sah die runde Wange vor sich, wie sie sich an das Holz ihres Instrumentes schmiegte, als wäre es der Hals eines Mannes.

Schon einen Abend später waren sie und Monsieur Godart bei ihnen zu Gast. Sarah ließ ihn gewähren. Sergej hatte sich bei ihr zuvor gewissermaßen die Erlaubnis geholt.

»Stelle mich ruhig auf die Probe«, sagte er. »Aber es wird keine zweite Rimma geben.«

»Bei eurem Konzert werde ich es wissen«, sagte Sarah. »Derweil erlaube ich mir, Monsieur Godart zu bitten, mich morgen auf einem Ausflug zu begleiten.«

Der dankte geschmeichelt. Er habe keine Rechte auf Natalia, gestand er Sarah später, trotzdem quäle ihn die Eifersucht.

»Ich hasse jeden Mann, den ich an ihrer Seite sehe. Ihren Sergej könnte ich umbringen.«

»Dann machen wir beide einmal Natalia eifersüchtig«, sagte Sarah.

»Ach – ich bin bald tot, Teuerste«, sagte Monsieur Godart resigniert. »Selbst wenn Sie mich öffentlich küssten: Natalia würde nur lachen. Denn ich bin eine tragikomische Figur. Ein Impresario wie aus der Komödie, ein Liebender wie aus der Tragödie. Natalia ist mein Unglück. Aber ohne dieses Unglück will ich nicht leben.«

Monsieur Godart zog ein gewaltiges weißes Schnupftuch aus dem Sakko und wischte sich die Augen. Doch als Natalia ihrer Geige die ersten Töne entlockte, schmolz er dahin. Sarah schüttelte den Kopf. Wie konnte es angehen, dass Musik solche Macht ausüben konnte. Sergej, Natalia, Monsieur Godart – sie waren zu Sklaven ihrer Leidenschaften geworden.

Der Ausflug brachte endlich Abwechslung. Bei der Exkursion zu den »Fliegenden Wassern« ging es vorbei an Nadelwald und tief hinabstürzenden Schluchten. Ihr Führer war ein junger Tatar mit ebenmäßigen Gesichtszügen, schwarzen Augen und bronzefarbener Haut. Anmutig und doch kraftvoll, beherrscht und zielstrebig zog er an dem kleinen tatarischen Bergpferd, das mit Sarah auf dem Rücken bergan stieg. Der Pfad ging mitten durch die Berg- und Waldlandschaft, was Monsieur Godart irgendwann an die heimischen Vogesen denken ließ. Er begann zu seufzen, auf Französisch zu lamentieren, schnäuzte sich geräuschvoll. Mehrfach sprach er vom Abschiednehmen für immer und brachte damit Sarah und den Bergführer dazu, sich verschmitzte Blicke zuzuwerfen.

Er gleicht einem Khan aus vergangener Zeit, dachte Sarah bei sich. Gerne hätte sie unter dem bis zu den Knöcheln hinabreichenden Gehrock Schagins Muskelspiel zugesehen. Und warum musste Schagin auch diesen roten Fez tragen! Er passt doch gar nicht zu seinem seidigen Haar, entschied sie. Am Ziel der Exkursion machte sie sich extra schwer und ließ sich von Schagin aus dem Sattel heben. Der dampfte von der Anstrengung des Aufstiegs, doch seine Hände zitterten nicht, als er sie um die Hüften fasste und sein Mund ihrem Hals gefährlich nahe kam.

Die »Fliegenden Wasser« stürzten aus einer Höhe von

rund hundert Metern herab. Dabei prallten sie mehrfach auf vorragende Klippen und zerstoben zu einem feinen Gespinst.

»In diesem Wassernebel zu baden – Schagin, sag, hast du dies schon einmal gemacht?«

»Nicht nur einmal«, sagte Schagin. »Denn es ist zu köstlich.«

»Ich würde es bestimmt auch mögen«, sagte Sarah und musterte Schagin. »Aber wie komme ich allein hier hoch?«

Schagin fasste sich ans Herz und verbeugte sich.

»Verbinden Sie mir die Augen. Und wenn ich blinzle, töten Sie mich.«

Sarah lachte hell auf und riss damit auch Monsieur Godart aus seiner Depression. Sie ließ sich wieder in den Sattel heben, den Schagin nach tatarischer Art mit einem federgefüllten Kissen aus Ziegenleder abgepolstert hatte. Der Rückweg führte am Hang entlang, durch eins der Bergdörfer, wo die Frauen mit verschleiertem Gesicht über die Straße huschten. So scheu diese waren, so dreist gebärdeten sich die Jungen. In ihren roten Pumphosen, der kurzen Jacke und dem roten Fez rannten sie mit gellendem Geschrei herbei und forderten Bakschisch. Es war Sarah unmöglich, diesem Chorus zu widerstehen und den flehenden Blicken nicht nachzugeben. Sie warf ein paar Kopeken in die Menge und hoffte, sich damit freigekauft zu haben, doch die Kinder scheuten sich nicht, neben ihrem und Monsieur Godarts Pferd herzulaufen und mit der Bettelei fortzufahren.

Schagin, der dem Treiben gleichmütig zusah, rief plötzlich in die Menge. Darauf murmelte er etwas und hob die Hände – die Kinder erstarrten. Die laute Stimme einer Frau er-

hob sich, dann hörte man sie lachen. Sofort stürzten die Kinder auf sie zu – der Weg war frei.
Schagin lachte und blitzte Sarah an. Er habe erzählt, Monsieur Godart sei ein Zauberer, der sich auf die Kunst verstünde, Bakschisch mit einem Fluch zu versehen, auf dass die Milch sauer werde.
Ob die Herrschaften ihn morgen wieder benötigten?
Sarah sagte sofort zu.
Dann würden sie der Hochebene des Aj-Petri und der Kirche dort einen Besuch abstatten, sagte Schagin und geleitete Sarah und Monsieur Godart zur Poststation, von wo sie ein Wagen nach Autka, zur Datscha der Sassonows, zurückbrachte.

Die markantesten Punkte der Hochebene waren die über zwölfhundert Meter hohen Felsspitzen des Aj-Petri, des heiligen Petrus, die aus Korallengestein bestanden. Unterhalb der Zinnen bot sich Sarah ein grandioser Ausblick auf die Küste und die Jaltaer Chaussee. Bis zur mittelalterlichen Kirche war es von hier aus nur ein kleines Stück Weg.
Die Kirche war nicht verschlossen, Schagin aber zeigte keinerlei Interesse, sie zu betreten.
»Ich habe meine Religion, Sie die Ihre«, sagte er und unterstrich dies mit einem entwaffnenden Lächeln.
»Wie großmütig«, neckte ihn Sarah. »Nur, Schagin, Monsieur Godart und ich sollten die Kirche dann auch nicht betreten. Denn er ist Katholik, und ich bin Jüdin.«
»Jüdin?«
Schagin war entzückt.
»Von allen Ungläubigen sind sie uns am nächsten.«
»Ja, wir sagen Jahwe, ihr Allah«, sagte Sarah.

»Ihr macht es euch einfach«, seufzte Monsieur Godart. »Wir Katholiken haben Gott und Christus, und einige glauben sogar noch an den Heiligen Geist. Dann kommen der Papst und in seinem Gefolge etliche andere irdische Gestalten. Dabei ist es schon schwierig zu entscheiden, ob man zu Gott oder zu Christus betet. Das macht uns konfus. Weshalb wir uns auf handfeste Dinge stürzen, wie zum Beispiel die Erfindung der Dampfmaschine, des Telefons und jetzt des Automobils.«

Schagin interessierte nicht, was Monsieur Godart erzählte, und Sarah wiederum hatte für die weihrauchgesättigte Atmosphäre, die Fresken, das Gestühl und die holzwurmzerfressenen Ikonen keinen Blick. Entzückt nahm sie wahr, wie Schagin von Stunde zu Stunde zutraulicher wurde. Den verwunschenen, steilen Pfad von der Hochebene zurück nach Jalta schien er deshalb gewählt zu haben, weil er Sarah hier oft vom Pferd heben musste. Sie genoss es, ihre Hände auf seine warmen breiten Schultern zu legen, und streckte ihm, wenn es so weit war, die Arme entgegen.

Wieder kamen sie an den »Fliegenden Wassern« vorbei.

»Baden wir?«, fragte Sarah.

»Wenn Sie es befehlen«, sagte Schagin.

Seine Stimme klang rauchig. Er kniete sich an eine Wasserstelle und spritzte sich Wasser ins Gesicht. Das erste Mal sah ihn Sarah ohne Fez. Selbst im Schatten schimmerte sein dunkles Haar. Sarah trat hinter ihn und sagte, sie müsse auch etwas trinken. Schagin wollte sich erheben, um die Feldflasche holen gehen, doch da kniete Sarah schon neben ihn – ein ungünstiger Platz. Der eine Stein war spitz, der andere wackelte. Als sie sich vorbeugte, verlor sie das Gleich-

gewicht und kippte vornüber. Schagins Arm schnellte zur Seite, Sarah schlug mit der Brust gegen ihn.
»Und ich habe mich schon auf das Bad gefreut«, log Sarah.
Schagin strich ihr eine Locke aus dem Gesicht.
»Aber nicht mit Kleid«, sagte er.

Das Konzert fand im großen Saal des »Hotel de Russie« statt. Sergej und Natalia spielten Mozart und Beethoven. Die Musik plätscherte dahin, ließ Sarah unberührt. Gewiss, Natalia spielte mit Leidenschaft, und Sergej gab nicht weniger sein Bestes, was Monsieur Godart immer wieder mit Lauten der Entzückung quittierte – aber Sarah blieb kalt, weil ihre Gefühle wie ein Strudel um einen kreisten: Schagin. Seine Stärke und Eleganz, die dunkle Schönheit seiner Augen, der verhaltene Zauber seines Eros strömten durch ihr Blut. Hatte er ein Mädchen? Ihr Herz klopfte empört. Er durfte keines haben! Er nicht!
Ja, sie hatte sich verliebt. Nein, verschwärmt, verbesserte sie sich. Ihn anzuschauen, mit ihm unter dem Wasserfall zu stehen, sich mit ihm in eine Seidentunika zu hüllen – mehr begehrte sie nicht.
Oder doch?
Jetzt bist du es, die auf Abwegen ist, rief sie sich in Gedanken zu. Aber was hieß schon Abwege – Schagin und sie hatten sich Blicke gegönnt und Berührungen, die flüchtig waren wie Sonnenkringel.
Gregor und Tatjana hatten es dagegen gut. Sie lebten ihre Leidenschaft ungeniert aus, mit verzweifelt anmutender Besessenheit. Die Tage, die sie getrennt waren, weil Tatjana mit der »Puschkin« vorausgefahren war, stellten für sie schon eine Prüfung dar. Sie konnte nicht mehr ohne Gregor

leben, er nicht ohne sie. Und das Schicksal schien ihnen dieses Glück zu gönnen. Pawel Jefimytsch hatte das Geheimnis nicht erfahren, wie sie und Gregor zusammengekommen waren. Sie hatte seine freundliche, aber kalte Stimme nicht vergessen, als er sie danach fragte. Gelegentlich rätselte sie, warum Pawel Jefimytsch dies nicht viel früher getan hatte. Sie kam zu keinem Ergebnis – aber irgendetwas hielt sie davon ab, Gregor und Tatjana davon zu erzählen. Als ob sie argwöhnte, dass sie damit das Glück überschattete.
Du wirst wieder heilen. Die Stimme ihres Großvaters aus ihrer letzten Traumvision fiel in den Schlussakkord der »Kreutzer-Sonate«. Sarah applaudierte genauso begeistert wie das übrige Publikum, doch kam es ihr auf einmal so vor, als applaudiere sie nicht Sergej und Natalia, sondern der Prophezeiung ihres Großvaters. Sie glaubte an seine Worte. Sie gaben ihr Selbstvertrauen und ließen die Langeweile, die trotz der Ausflüge über der Datscha schwebte, für sie erträglicher werden.
Du wirst wieder heilen – Sarah vermeinte, aus diesen Worten herauszuhören, dass sie so wie bislang in St. Petersburg nicht mehr arbeiten würde.
Vielleicht ja an der Seite Sergejs – in einem Krankenhaus? Sarah verbot sich jeden weiteren Gedanken. Vielleicht waren die Tage mit Sergej längst gezählt. Im Grunde waren Natalia und er ein viel besseres Paar. Beide würde immer die Musik verbinden. Denn Liebe erlischt, meinte selbst Sergej. Stimmt nicht, empörte sich Tatjana. Schaut mich und Gregor an!
Die Zugabe war beendet. Sergej und Natalia umarmten sich. Sie gab ihm einen Kuss. Monsieur Godart zog sein

Taschentuch. Seit sie Schagin kannte, verspürte Sarah keinerlei Eifersucht mehr. Leider wollte Monsieur Godart die nächsten Tage keine Ausflüge mehr unternehmen.

»Dann machst du sie eben mit Schagin«, meinte Sergej auf der Feier. »Er ist Muselmane, wird dir nichts tun.«

»Du erlaubst es?«

»Sarah, gönnen Sie es sich«, sagte Natalia. »Wir beide hier machen nur Musik.«

Sie lachte Sarah offen an und zog mit dem Finger Sergejs Kinn zu sich. Eine Handbreit nur war zwischen ihren Gesichtern.

»Wir machen nur Musik, nicht wahr?«, wiederholte sie jetzt in bewusst anzüglicher Diktion.

»Natalia Petrowna, quälen Sie mich nicht«, stotterte Monsieur Godart.

»Monsieur Godart – verstehen Sie doch einmal einen Scherz!«, rief Sarah aus. »Zwischen ihnen ist nichts, bestimmt.«

Sie wusste, dass beide den letzten Schritt noch nicht getan hatten. Ein Triumph für sie.

»Wenn Sie es sagen.« Monsieur Godart beruhigte sich. »Ach, ich bin doch auch wirklich ein Narr«, setzte er nach und leerte sein Glas Champagner in einem Zug. »Ich bin der Impresario. Der Impresario.«

In vier oder fünf Tagen wollte Monsieur Godart dann wieder mit – weil Natalia und Sergej ebenfalls daran dachten, eine Tour zu unternehmen. Sarah seufzte. Was hatte sie dabei von Schagin?

Hinter der Datscha zweigte ein Pfad ab.

Sarah stieg auf eigene Faust los und kam schnell voran. Als

sie sich umblickte, war die Datscha nicht mehr zu sehen. Es war heiß, aber sie hatte sich einen Wassersack umgehängt, eine tatarische Arbeit aus Lammleder, bestickt mit dem Halbmond und arabischen Schriftzeichen.
Zwei Pfade, von denen einer ihrer Orientierung nach zu den »Fliegenden Wassern« führen musste, kreuzten den Aufstieg. Sarah war versucht, ihn zu gehen, aber nach ein paar Schritten kehrte sie um. Sie hatte Angst, sich zu verlaufen. So ging sie auf dem ursprünglichen Pfad weiter, gewann stetig an Höhe. Irgendwann blitzte rechter Hand das Meer durch die Föhren und Zypressen. Ein Felsen davor versperrte ein wenig die Sicht.
Ob sie ihn erreichte?
Sarah fühlte sich frei, aber sie glühte vor Hitze. Sie verließ den Pfad und hielt sich an Kiefern und Gras fest. Nachdem die Senke durchquert war, hatte sie es tatsächlich geschafft: Sie stand auf einem kleinen Felsplateau, das mit einer Föhre und einer großen, graublauen Feigendistel bewachsen war. Vor ihr breitete sich das Meer aus. Kein Laut war zu hören außer einem leichten Rauschen des Windes.
Sarah lehnte sich an die Föhre und kam dadurch in den Genuss lichten Schattens. Das hier wird jetzt dein Platz sein, jubelte sie. Sie beschloss, sich gleich morgen mit Essen zu versorgen und eine Decke mitzunehmen. Daraufhin ließ sie sich fallen, verbannte alle Gedanken und beobachtete, wie die Sonne allmählich um den Berg wanderte. Wind kam auf. Anfangs empfand sie ihn als erfrischend, dann wurde er ihr zu kalt. Im Schutz der Distel legte sie sich auf den Boden und ließ sich von der spätnachmittaglichen Sonne wärmen.
Wie sinnlich die Wärme war. Wie sie dem Körper schmeichelte.

Dann badest du eben in der Sonne.
Morgen. Sie schaute sich um. Vor ihr lag das Meer, hinter ihr der dicht bewachsene Berg. Rechts und links stürzten die Wände fast senkrecht in die Tiefe.

Es war so schön, wie sie es sich vorgestellt hatte. Sarah lag nackt auf einer Decke in der Sonne. Es war eine Lust. Die Strahlen kitzelten, und der Wind wischte alles wieder fort. Sarah fühlte sich von dem goldenen Feuer der Sonne eingehüllt wie in ein Gewand, nur war dieses Gewand unendlich leicht. Es rutschte über den Hals, die Brüste, den Bauch, die Schenkel, die Füße. Rosafarben drang das Licht durch die Lider und wogte hinter ihrer Stirn. Sarah dachte nichts, fühlte nichts. Bis in ihre Knochen drang die Energie des feurigen Sterns und füllte sie mit Wärme und Licht an, so dass sie bald glaubte, von innen explodieren zu müssen.
Als sie wieder zur Datscha zurückkehrte, war sie geblendet und betäubt – so geblendet, dass sie die Dinge kaum mehr erkennen konnte. Doch diese Blindheit besaß etwas Verführerisches, und die Betäubung, die noch nachts dämmrig und schwer auf ihr lag, schien ihr wie ein köstlicher Besitz.
Auch der nächste Tag verstrich nicht anders.
Am dritten Tag hielt sie es nicht mehr aus. Aber nicht vor Hitze, sondern vor purer Energie, die das Licht in sie gepumpt hatte. Braun und fettig vom Olivenöl stand sie auf und drehte sich mit ausgebreiteten Armen im Wind. Sie schüttete Wasser über sich und strich über ihren Körper.
Und wenn dich jemand sieht? Dann bist du eben eine Göttin. Sagen die Griechen nicht, dass ein weißer, nicht durchsonnter Körper ungesund ist?
Sie blieb stehen, bis die Sonne auf dem Fleck vor den Dis-

teln lag. Sie wärmte noch immer, dabei war es längst schon Herbst. Weil das lange Stehen sie müde gemacht hatte, schmiegte Sarah sich in ihre Decke. Ihr Körper feuerte von innen und außen – jetzt einschlafen, dachte sie nur. Schlafen, schlafen …

Als sie erwachte, war etwas anders als die Stunden zuvor. Sie spürte es sofort. Fast hatte sie Angst, die Augen zu öffnen – als sie es dann tat, sah sie nur den roten Fez.

»Schagin!«

Aus seinen Augen schoss eine Flamme und wanderte über ihren Leib. Sie forderten weniger, als sie zu geben versprach.

»Komm«, hörte Sarah sich mit einer Stimme sagen, die ihr fremd war, und schlug die Decke zurück.

Schagin nahm seinen Fez vom Kopf und legte ihn Sarah auf die Augen. Als er ihn wieder entfernte, empfingen ihre Lider die ersten Küsse.

Sie hatten alle Zeit der Welt. Die Sonne wachte über sie, und der Wind hielt alle anderen Laute von ihnen fern. Schagin küsste die Innenseite ihrer Lippen, streichelte sie mit der Zunge. Sarah begann zu zittern vor Begierde. Schagins Hand lag provozierend ruhig auf ihrem Schenkel – er konnte warten. Als er ihren Hals küsste, stöhnte sie auf, was Schagin belohnte, indem er seinen Mund um ihre Brüste wandern ließ. Er saugte und knabberte an ihnen, und endlich begann sich auch seine Hand zu bewegen. Sarah hatte längst darauf gewartet, doch Schagin tat ihr noch nicht den Gefallen, sie dort zu streicheln, wo sie es sich wünschte. Er begnügte sich mit ihrem Venushügel, den er in seiner hohlen Hand einschloss, als müsse er ihn beschützen.

Sarah reckte den Hals, streckte ihre Arme nach hinten. Es glich einem Befehl, den sie unterstrich, indem sie ihre Beine spreizte. Schagin drang schnell mit einem, dann mit zwei Fingern in sie ein und liebkoste ihre Perle mit dem Daumen. Unablässig küsste er ihr Bauch und Brüste und lauschte dabei auf ihren Atem, der schneller und härter wurde. Sie kam mit lautem Stöhnen, doch schon bevor sie wieder zu sich kam, spürte sie die Wärme seines Atems an der Innenseite ihrer nassen Schenkel. Schagins Zunge schlüpfte wie ein Fisch in sie, strich um ihre auseinander gezogenen Schamlippen und reizte ihre Perle mit spitzen, harten Schlägen.

Als sie es nicht mehr aushielt, drang er mit einem einzigen harten Stoß in sie ein. Im Einklang bewegten sich sein und Sarahs Körper miteinander, doch bald war es Schagin nicht mehr möglich, sich zurückzuhalten. Sein Rhythmus wurde immer schneller und heftiger. Sarah betrachtete ihn durch halb geschlossene Augen, sah, wie er den Kopf zurückwarf und sich schließlich aufbäumte. Sein Zittern zu spüren erschien Sarah einzigartig. Schagin seufzte vor Erleichterung.

Als er sich aus ihr zurückzog, war er wieder hart.

Er kniete sich neben sie. Sarah betrachtete sein Glied und nahm es in die Hand. Langsam strich sie an ihm herab und streichelte seine Hoden. Schagin wollte mehr. Sarah erfüllte ihm seinen Wunsch. Schagins Glied war so seidig wie hart. Es glich einem ihr bislang unbekannten Obst, das warm war und schwach vibrierte. Schagin fasste nach Sarahs Kopf, begann sich langsam vor und zurück zu bewegen. Er atmete heftig, hielt dann plötzlich inne – doch Sarah hörte nur ein ihr unbekanntes Wort. Es interessierte sie nicht. Sie setzte sich auf ihn und stützte sich mit den Händen auf Schagins Brust. Er schloss die Augen, und Sarah fühlte sich jetzt völlig frei, widmete sich nur noch ihrer Lust. Schagin ließ sie still gewähren. Erst spät fasste er sie um die Hüften. Kurz vor ihrem gemeinsamen Höhepunkt krallte er sich in ihre Hinterbacken und drückte Sarah so fest auf sich, als wolle er für immer mit ihr zusammenwachsen.

Die Sonne war hinter dem Berg versunken. Das Plateau wirkte öde, und das Meer hatte seinen Zauber verloren. Schagin legte ihr wieder seinen Fez auf die Augen. Als er angekleidet war, lag Sarah träumerisch in ihre Decke gehüllt.

Schagin ging so lautlos, wie er gekommen war.

Noch bevor Sarah die Datscha betrat, spürte sie etwas von der unseligen Atmosphäre, die sie umgab. Sergej stand auf der Veranda und hielt seine Mutter im Arm. Lisa saß etwas abseits auf einem Stuhl und wischte sich mit einem Taschentuch die Augen.

Sie hatten Gregor abgeholt. Auf Befehl Pawel Jefymitsch Sassonows, der ihn des Mordes an Iwan Michailowitsch Lopuchow für schuldig befunden hatte.

Die Haftbefehle waren bereits vor ein paar Monaten abgezeichnet worden. Desgleichen das Urteil.

Sibirien. Verbannung.

Tatjana war fest entschlossen, ihren Mann nicht allein zu lassen. Dies war das Einzige, was Pawel Jefymitsch Sassonow nicht verhindern konnte.

Siebtes Kapitel

Ganz Russland tröstete sich im Sommer 1904 nach den verlustreichen Schlachten um Port Arthur mit der Erklärung, dass die Japaner schon immer außerordentliche Seeleute gewesen seien. Jetzt aber, wo der Krieg auf das Festland übergreife, werde es anders kommen.

So stand es in allen Zeitungen.

Der Oberbefehlshaber der Landstreitkräfte, General Kuropatkin, erklärte vollmundig, ein paar verlorene Seeschlachten bedeuteten noch lange keinen verlorenen Krieg. Denn wie solle man nicht siegen gegen eine Armee, der es an Geld fehle und die genötigt sei, schon sechzehnjährige Kinder und ausgemergelte Greise zu den Fahnen zu rufen? Nein, Friede werde nur in Tokio geschlossen.

Sergej amüsierte sich jedes Mal aufs Neue, wenn er die Propaganda las, aber für die beigesteuerten Bilder und Karikaturen hatte er nichts als Verachtung übrig. Heute gab es einen großen Kosaken, der mit grausam lächelnder Fratze gezeichnet war und einen kleinen, fürchterlich schreienden Japaner mit der Nagaika bearbeitete. Gestern krümmten und wanden sich unter den Soldatenstiefeln eines blutdürstigen Grenadiers kleine Makakenaffen, aus deren Gesäßschwielen das Blut spritzte.

»In den Theatern verlangt das Publikum jetzt nach jedem Akt die Hymne«, berichtete Sergej. »Aber ich sage dir, das ist alles gesteuert. Hier, ein Beispiel: Rigoletto. Vor Beginn des letzten Aktes ertönten plötzlich Stimmen aus dem Publikum. Die Hymne, die Hymne! Der Vorhang hebt sich. Und, pass auf: Sämtliche Choristen stehen im Halbkreis im Kostüm auf der Bühne und singen. Wie kann das sein? Bekanntlich hat der Chor im letzten Akt überhaupt keinen Auftritt. Warum sind die Choristen nicht vor der Pause nach Hause gegangen? Warum waren sie noch nicht mal umgekleidet? Haben sie den Patriotismus allesamt vorausgeahnt? Heiliger Georg!«

»Ich gehe mit«, sagte Sarah.

Sergej ließ die Zeitung sinken.

»Zur Einberufungskommission?«

»Überallhin.«

Sergej schleuderte die Zeitung von sich. Sarah lag auf der Chaiselongue im Salon und sah ihn triumphierend an. Ein halbes Jahr lebte sie nun in dieser sterilen sassonnowschen Pracht, hatte alle Bequemlichkeiten und war dennoch im hohen Maße unzufrieden. Sie verzehrte sich nach einer Aufgabe, glaubte manchmal, unter dem Druck ihrer Energien zu platzen. Es ist dir bestimmt, Heilerin zu sein, schalt sie sich, aber du lebst im Müßiggang. Gehst in teuren Kleidern, trägst Schmuck und isst nicht, weil du Hunger hast, sondern lediglich Appetit.

Stundenlang lag sie auf der Chaiselongue und hörte Sergejs Klavierspiel zu. Er konnte sich in der Musik verlieren, sie nicht. Er war glücklich mit Noten und Tönen, sie, wenn sie Leiden lindern konnte.

Eigentümlicherweise war Sergej ein anderer, sobald er sich vom Klavier erhob. Dann wurde er wieder zum Chirurgen, zu einem Patrioten, der wie alle anderen Männer das Kriegsgeschehen in der fernen Mandschurei minuziös verfolgte. Für einen Chirurgen ist der Krieg der größte Lehrmeister, sagte er sarkastisch. Aber Sarah wusste, dass Sergej nur allzu gern mit dem Gedanken spielte, sich an der Front in einer Lazaretteinheit zu bewähren. Er wollte zwar helfen, doch Sarah wurde den Verdacht nicht los, dass seine Erfahrungen mit Wunden und Verstümmelungen später seinem akademischen Ehrgeiz dienen sollten.

Sie dagegen begriff langsam, dass dieser Krieg auch für sie eine Aufgabe darstellte: Die Vision auf dem Baidartor konnte sich nur hierauf beziehen.

»Denn was ist aus mir, der Heilerin, geworden, Sergej?«, fragte sie ihn leidenschaftlich. »Nichts! Aus ist es mit ihr! Aus. Aus. Sie hat Hände, so empfindlich, dass sie durch eine Fettschürze ein Magengeschwür spürt. Aber was tun diese Hände jetzt? Das ist mir zu wenig. Und Gott erst recht.«

Draußen sang der Regen, hier, drinnen im Salon, schwankten die Flammen des Leuchters träge. Sergej rührte sich nicht. Mit weichen Schlägen tropften die Kerzen auf die Leuchterplatten. Es roch nach Wachs und verkohlten Dochten.

»Ich verbiete es dir einfach«, sagte Sergej leise und begann, im Salon umherzulaufen. »Du wirst hübsch hier bleiben. Krieg ist Männersache.«

»Ich will mich hüten, dir zu widersprechen«, sagte Sarah bestimmt. »Aber pflegen, gesund machen, umsorgen, trösten und auch heilen: Das ist vor allem das Geschäft von uns Frauen.«

Sarah stand auf und stellte sich Sergej in den Weg. Sie sah ihn ruhig an, aber ihr Wesen strahlte ungeheure Entschlossenheit aus.

Sergej trat zurück.

Halluzinierte er oder hatte Sarah sich in den letzten Minuten tatsächlich verändert? Warum erschien sie ihm jetzt so viel größer und stattlicher? Warum ging ein so durchdringender Glanz von ihrem Gesicht aus?

Es ist Seine Majestät, der göttliche Wille, dachte Sergej. Er ist in sie gefahren. Wie soll ich dagegen ankommen, gar über sie bestimmen?

Auf dem großen Hof vor der Einberufungsstelle standen entlang der Zäune bespannte Bauernwagen und Pferde. Auf dem Boden davor kauerten Hunderte von Frauen, Kindern und Greisen. Einige hatten sich ein richtiges Biwak eingerichtet: Feuerstellen rauchten, auf dem Pflaster lagen Scherben und ungezählte Zigarettenstummel. Sie alle warteten auf ihre Männer und Söhne, die hier ihre Gestellungsbefehle erhielten.

Mit dem Gewehrkolben trieben die beiden hünenhaften Soldaten an der Vortreppe die drängelnden Menschen auseinander. Sarah sah einen weinenden Muschik, der die Soldaten anflehte, ihn endlich vorzulassen. Seit zwei Tagen warte er schon hier, zu Hause habe er, weil er doch Witwer sei, drei hungrige Kinder. Doch die Soldaten blieben stur. Er habe seinen Termin verpasst, also solle er sich gedulden. Oder wieder nach Hause fahren.

»Aber ich musste doch dreißig Werst zurücklegen! Und erst wen für die Kinder finden. Habt doch Mitleid!«

Der Mann heulte wie verrückt und ruderte mit den Fäusten in der Luft umher. Andere versuchten ihn zu beruhigen: Er sei immer noch gut dran. Einem Bekannten sei es anders ergangen. Er hatte eine herzkranke Frau, die sich, als sie von dem Gestellungsbefehl erfuhr, so sehr darüber aufregte, dass sie einen Herzschlag bekam. Der Mann habe die Leiche seiner Frau betrachtet und geschrien, was jetzt aus seinen beiden Kindern werden solle. Kurzerhand habe er ein Beil genommen und sie beide erschlagen. Darauf sei er auf den Dachboden hoch und habe sich erhängt.

Sergej zog Sarah durch das Gedränge, alle notwendigen Papiere in der Brusttasche. Es stank nach Schnaps und Knoblauch, Schweiß und Pferden. Beide hatten sie sich nur mäßig vornehm gekleidet, trotzdem gellten sofort Pfiffe auf, in die sich Pöbeleien und Anzüglichkeiten mischten. Es war wie ein Spießrutenlauf. Sarah wurde an die Hüften gefasst, ein Mann schnoberte ihr sogar am Hals.

»Euer Wohlgeboren, Eingang und Warteräume für die Angehörigen höherer Stände sind auf der anderen Seite des Gebäudes«, sagte der Soldat, während er die Papiere überflog.

»Ich bin keine Angehörige, sondern Aktive«, warf Sarah ein.

»Das ist ganz gleich«, beharrte der Soldat eigensinnig.

»Du ungehobelter Klotz!«, blaffte Sarah ihn an und verpasste ihm eine Ohrfeige.

Sie packte Sergej am Arm und zog ihn an dem völlig verdatterten Mann vorbei. Der rieb sich die Wange, während um ihn herum das Gelächter wütete.

»Bist du von Sinnen? So war das nicht abgemacht!«, herrschte Sergej sie an, während sie durch das Treppenhaus rannten, als würden sie verfolgt.

»Glaubst du wirklich, du hättest mit ihm diskutieren können? Das war ein Prätorianer der Bürokratie. Gegen solche helfen nur Watschen«, erwiderte Sarah. »Ich kenne sogar Männer, die einst darum gebettelt haben.«

»Kriegerin!«
»Wäre ich sonst eine Heilerin?«
In den langen Fluren gab es keine Bänke. Die Menschen standen oder hockten mit dem Rücken an der Wand, rauchten und brüteten vor sich hin. Türen knallten, Kanzleibedienstete eilten über die Flure. Im Trakt, in dem die Gestellungsbefehle für Ärzte und Sanitäter ausgeteilt wurden, ging es moderater zu. Sergej meldete sich in einem der Vorzimmer und wurde nach kurzem Warten in die Mobilisationsstelle befohlen.
»Du kannst nicht mit.«
»Sollen sie mich erst einmal rausschmeißen.«
An den rot gebeizten Tischen saßen ein Offizier, ein Arzt und eine Schreibkraft – drei vom Äußeren her völlig unterschiedliche Menschen, die jedoch die Liebe zum Papier, zu Vorschriften, zu Ordnung und Gründlichkeit verband. Ihr Bürokratismus dünstete eine Form von Energie aus, die Sarah sich einbildete, fassen zu können. Er fühlte sich für sie an wie eine eifersüchtige Haut, die sofort mit Ausschlag reagiert, wenn sie sich einem fremden Klima ausgesetzt wähnt. Trotzdem hielt Sarah es für möglich, dass sie, weil eine Frau, gar nicht wahrgenommen wurde. Die Herren behandelten sie bestimmt wie einen unvorhergesehenen, abstrakten Fall: gleichsam als falschen Vorgang, der mit einem Zettel um den Hals erst einmal auf den Aktenwagen gesetzt und von einem herbeigeklingelten Bediensteten am Abend zu einer neuen Dienststelle befördert wurde.
Doch es kam anders.
»Die Dame ist Ihre Gattin?«, fragte der Offizier.
»Sie möchte sich an meiner Seite als Lazarettschwester ins-

kribieren lassen«, wich Sergej aus, nachdem er seinen Namen genannt hatte.
Der Offizier warf dem Arzt einen Blick zu, der runzelte die Stirn.
»Die Dame ist sehr unruhig«, bemerkte er unwillig. »Zieht es Sie deshalb an die Front?«
»Ich bin doch ganz still«, warf Sarah ein.
Der Schreiber hüstelte. Sarah spürte, wie etwas in der Atmosphäre dieses Raumes durcheinander geriet. Als ob allein ihr Wille schon die Ordnung störte.
Währenddessen ging der Offizier die Mobilisationsliste durch. Zunächst fand er den Namen nicht und erbat sich deswegen die Kartei des Arztes.
»Hier haben wir ihn. Aber auf meiner Liste finde ich ihn nicht«, knurrte der Offizier.
»Sergej Pawelitsch Sassonow?«, fragte Sarah sanft, aber voller Berechnung.
Offizier und Arzt blickten auf, mehr verwundert als verärgert. Sergej biss sich auf die Lippen, um ernst zu bleiben. Sarah war es gelungen, so viel Eigensinn zu verströmen, dass jetzt der Arzt die Mobilisationsliste und der Offizier die Kartei durchging. Schließlich fand sich Sergejs Name. Arzt und Offizier nannten ihn gleichzeitig, und einmal in Schwung, zeichnete der Arzt dort ab, wo der Offizier hätte unterschreiben müssen.
»Kruzitürken!«
Der Arzt stand auf und ging zum Schreiber. Mit einem zurechtgeschnittenen Papierschnipsel und Gummiarabicum wurde das Malheur behoben.
Darauf verkündete der Offizier Sergej feierlich, wo er sich mit Ausrüstung in fünf Tagen zu melden habe. Der Schrei

ber machte sich daran, den Gestellungsbefehl fertigzuschreiben – eine Ausführung für Sergej, die andere für die Akten.
»Und ich darf bei meinem Mann bleiben, ja?«, fragte Sarah betont fröhlich.
Der Schreiber seufzte auf: Er hatte sich schon wieder verschrieben.
»Das entscheidet der Chefarzt der zuständigen Division«, sagte der Arzt.
»Können Sie auf dem Befehl nicht einen Vermerk anbringen?«, fragte Sarah hoffnungsvoll und mit gottergeben ausgebreiteten Händen.
»Verehrte Dame, Sie bringen noch alles durcheinander«, sagte der Offizier ärgerlich. »Ich bin es doch nicht, der befugt ist für das Schwesternwesen.«
»Und wenn ich Sie bitte, nur meinen Namen auf ein Blankoformular zu setzen?«
Sarah richtete die Frage direkt an den Schreiber, der gerade zum zweiten Mal an diesem Tag mit der Gummiarabicumflasche hantierte und mit Höchstkonzentration den verschriebenen Gestellungsbefehl reparierte. Als er damit fertig war, überreichte er ihn Sergej. Die seltsame Unruhe, die auf einmal den Raum beherrschte, war jetzt körperlich zu spüren. Der Arzt nahm seine Brille ab, um sie zu putzen, der Offizier erhob sich, um das Fenster zu öffnen.
»Nur so«, sagte Sarah.
»Was nützt Ihnen das?«, fragte der Arzt.
»Macht es denn so viel Arbeit?«
»In Gottes Namen!«, schnauzte der Offizier. »Aber jetzt lassen Sie uns in Ruhe.«

Der Schreiber notierte Sarahs Namen und schlug gewohnheitsmäßig noch einen Stempel auf das Papier.
»Für Gott und unseren Zaren!«, verabschiedete sich Sergej.
Auf dem Flur brachen sie beide in Gelächter aus. Ob Sarah dem Divisionsoberarzt noch einen Besuch abstatten wolle? Sarah schüttelte den Kopf, wedelte mit dem Papier in der Hand.
»Das wird einfach an deinen Gestellungsbefehl geheftet. Und wenn mir dann noch einer dumm kommt, gibt es einfach wieder einen hinter die Löffel.«

Knapp achttausend Werst lagen vor der Truppe. Ziel war die südliche Mandschurei, wo die Front zwischen Liaujüan und Mukden verlief, ungefähr sechshundert Werst nordöstlich von Peking. Die Mannschaften reisten in Waggons dritter Klasse, Offiziere, Ärzte und Schwestern in Abteilwagen. Sarah war mit drei anderen Schwestern dem Lukaschoff'schen Lazarett zugeordnet, einer überwiegend aus Reservisten zusammengestellten Mannschaft, die neben Schutztruppen und Verwaltungsbediensteten drei Ärzte, einen Oberarzt und einen Chefarzt aufwies. Sergej und seine beiden Kollegen reisten im Rang eines Leutnants, der Oberarzt war Hauptmann und der Chefarzt Oberstleutnant.
Auch die einfachen Mannschaften durften sich frei bewegen, was vor allem in den ersten Tagen pausenlosen Dienst für die befehlshabenden Offiziere bedeutete. Ununterbrochen waren sie damit beschäftigt, Schlägereien zu unterbinden und Saufereien in den Griff zu kriegen. Ob Arzt oder Offizier einer Kampfeinheit – die Vorgesetzten hatten ei

nen schweren Stand: Kassierten sie die Branntweinflaschen ein, murrten die Soldaten drohend, schlugen sie ihnen die Flasche aus der Hand, erdreisteten sich Einzelne, handgreiflich zu werden.

Gleich am ersten Tag der Reise kam ein Offizier mit Gehirnerschütterung in den Krankenwaggon.

»Welches Recht hast du, meine Flasche zu zerschlagen!«, hatte ihn ein Soldat angebrüllt und ihm im Zorn ohne Vorwarnung die Faust ins Gesicht geschmettert. Der Oberleutnant schlug mit dem Hinterkopf gegen eine Holzlehne und wurde bewusstlos.

Als er aufwachte, sah er in die aufmerksamen Augen einer jungen Frau.

»Es wird wieder«, sagte Sarah ruhig.

Sie saß bereits eine Weile neben ihm, die Hände seinem Kopf zugewandt. Eine Blutung hatten sie im Gehirn nicht ausmachen können. Das war ein Glück, wenn auch der Faustschlag in seiner Erinnerung lebendig bleiben würde.

»Aber mir ist schlecht!«

Sarah legte den Finger auf den Mund und tat, als ob sie mit der Hand Fieber messen wollte. Tatsächlich konzentrierte sie sich ein paar Sekunden und schickte den Oberleutnant für sechzehn Stunden in den Schlaf der Genesung.

Schon Tage vor der Abfahrt war es zu Ausschreitungen gekommen. Verzweifelte pöbelten oder schossen sich ins Bein, andere vergaßen auch noch die letzten Hemmungen und begingen Vergewaltigungen. Vor dem Tod noch einmal eine Frau!, schrien sie und schlugen anschließend in den Schnapsläden alles kurz und klein. Angst vor Bestrafung hatten sie nicht: Sollen sie uns vors Gericht schleppen, es ist uns egal. Wir krepieren ja sowieso. Das war die Devise, und so wurde immer bestialischer getrunken. Der Wodka sorgte auf der Fahrt für etliche Verwundete. Ärzte und Schwestern waren von Anfang an gefordert. Sarah verband nach Sergejs Anweisungen Schnittwunden und Prellungen, heilte, ohne dass es den Einberufenen in ihrem Rausch bewusst wurde.

Sie wurde kaum beachtet, ganz so wie die anderen Schwestern, deren Kleidung jegliche Reize unterdrückte. Alle trugen sie dasselbe graue Kleid mit einem weißen Kopftuch. Dieses war absichtlich so geschnitten, dass es nicht nur das Haar, sondern auch die Stirn verhüllte. Sarahs Gesicht wirkte dadurch breit und flach wie ein Pfannkuchen. Sergej musste genau hinsehen, um sie nicht mit den anderen Schwestern zu verwechseln. Das Tuch, das sie wie die anderen Schwestern zusätzlich über dem grauen Kleid trug, fiel ihr wie eine Art Talar über Brust und Schultern, reichte ihr sogar noch bis über die Taille. Sarah war bis zur Unkenntlichkeit uniformiert, es gab bei ihr nichts anzustarren. Und da die Soldaten betrunken waren, spürten sie auch nichts von ihren heilenden Energien, die sie ganz unauffällig verabreichte, zum Beispiel, wenn sie einen Verband wechselte.

Aber schließlich kam der Tag, an dem sie Leben rettete. Das erste war das des Schuhmachers Stulpin. Er war kosakischer Unteroffizier, von keinem Vorgesetzten einzuschüchtern und ein geradezu fanatischer Tänzer. Bereit, auch einmal seine kranken Kameraden zu unterhalten, klatschte er in die Hände und rief nach der Harmonika. Natürlich war er betrunken, aber dies hinderte ihn nicht daran, mit den Händen nach seiner Stiefelspitze zu fassen und auf einem Bein zu tanzen. Der Boden des Waggons zitterte unter seinem Absatz, während der Zug über eine Weiche rumpelte. Stulpin rutschte aus. Und weil es eng war, schlug er sich den Kopf – doch zu seinem Pech nicht an einem Bein, sondern an einem Bajonett, wobei er sich die Wange bis über die Schläfe aufschlitzte. Wäre Sarah nicht im Krankenwagon gewesen, um Verbände nachzuschauen, Stulpin wäre verblutet. Denn die Ärzte spielten in ihren Abteilwagen Karten und Schach, lasen, rauchten oder schliefen.

Sofort erhob sich tumultartiges Geschrei. Stulpin lag jammernd in einer Blutlache, die sich von Sekunde zu Sekunde vergrößerte. Aus dem angrenzenden Waggon klang lallendes Reden und Gelächter. Eine Gewehrsalve krepierte, alles brüllte Hurra. Sarah kannte dies längst. Irgendjemand hatte wieder einmal auf eine vorbeiziehende Viehherde geschossen und ein Tier erlegt.

»Schwester! Hilfe! Ein Arzt!«

Stulpin verdrehte bereits die Augen. Das Rot seiner Uniformstreifen war das des Blutes, das aus ihm herausspritzte, als pumpe etwas durch ein Leck. Sarah grauste es. Außer Kranken und ein Paar von deren Kameraden befand sich niemand im Waggon. Sie hatte keine Wahl. Es war ihre bislang größte Herausforderung, sie musste sie annehmen.

Sie kniete sich in die Blutlache, fasste Stulpins Kopf und drehte ihn zur Seite. Von der Schläfe bis zum Kinn zog sich der scharfe Schnitt. So wie das Blut herausspritzte, war Sarah sofort klar, dass die Schläfenarterie aufgeschnitten war.

»Wir machen einen Druckverband«, rief jemand.

Sarah merkte gar nicht, dass sie den Kopf schüttelte. Ein

Druckverband am Kopf schien ihr wegen Stulpins großem Schädel sinnlos. Er wäre in wenigen Sekunden durchgeblutet gewesen. Nein, es gab nur eine Möglichkeit. Sie musste den passenden arteriellen Druckpunkt finden. Anders ließ sich Stulpins Leben nicht retten. Sarah suchte am Kopf, kostbare Sekunden vergingen. Das Blut strömte über ihre Hand, sie war am Verzweifeln. Dazu um sich herum die neugierigen Augen, das Geschnaufe und Gekeuch. Stulpin begann zu fiepen. Wo war der Druckpunkt? Sarah glaubte, Blei in den Armen zu haben, wusste auf einmal gar nichts mehr. Ziellos irrten ihre Hände über Stulpins Kopf und Hals, drückten schließlich wahllos zu. Ihr wurde schwindelig. Jeden Moment glaubte sie, in Ohnmacht zu fallen.

Da vernahm sie plötzlich die Stimme ihres Großvaters.

»Schließe die Arterie!«

Sarah drückte zu. Sie traf die Karotisarterie an der Halsseite unterhalb des Unterkiefers. Die Blutfontäne erlosch. Das bewundernde Geraune, das aufklang, rief sie in die Wirklichkeit zurück. Doch was jetzt? Sarah wusste nicht, was sie tun sollte. Trotzdem hörte sie sich sagen, dass einer der Soldaten übernehmen sollte. Der Harmonikaspieler, ein schlanker Bursche mit zerzaustem Haar, dem das Hemd aus der Hose hing und dessen Atem nach Schokolade und Knoblauch roch, kniete sich hin, Sarah gegenüber.

»Drück fest zu«, sagte Sarah.

Der Harmonikaspieler brummte irgendetwas von einem Orden, Sarah aber quetschte mit Zeige- und Mittelfinger der linken Hand das auseinander klaffende Fleisch zusammen und kreiste mit der rechten Hand über dem Wulst. Es schien ihr, als sei es nicht sie, die da handelte, sondern

jemand anderes. Alles ging wie von selbst. Sarah kamen nicht die geringsten Zweifel, dass es ihr gelingen würde, das Gewebe ohne Nadel und den üblichen Nähfaden aus Schafs- oder Ziegendarm zusammenzubringen.
Zwanzig Minuten schwebte ihre Hand über Stulpins Schläfe, dann spürte sie, wie ihre Energie schwächer wurde. Eine ungewöhnliche Stille herrschte im Waggon, als Sarah ihre Hand wegnahm. Ehrfürchtig schaute der Harmonikaspieler sie an, die übrigen Soldaten gafften. Niemand fand Worte. Für Augenblicke herrschte eine heilige Ergriffenheit, und selbst Sarah empfand es als Wunder, dass die Soldaten um sie herum ihr Tun mit keinem Wort in Frage gestellt hatten.
Noch immer drückte der Harmonikaspieler Stulpins Arterie. Sarah war sich sicher, dass die Blutung gestoppt war, trotzdem schlug ihr das Herz bis zum Hals.
»Lass los«, flüsterte sie. »Aber langsam.«
Stulpin ließ einen schnarchähnlichen Laut hören, aber die Wunde war geschlossen. Ein hauchzartes, durchsichtiges Gewebe lag über dem Schnitt. Es schien von Minute zu Minute an Dichte zu gewinnen, schimmerte silbrig durch das an Stulpins Kopf antrocknende Blut. Sarah verlangte Verbandszeug und Chlumsky-Lösung, ein Antiseptikum aus Phenol, Kampfer und Alkohol. Sie tupfte das Blut weg und legte einen Verband an. Als sie damit fertig war, war sie so erschöpft, dass sie bat, man möge ihr aufhelfen.
Von diesem Moment an war sie für die Männer eine Heilige. Und ihre Autorität bei den Mannschaften war hinfort größer als die eines Obersten.

Hunderte von Werst folgten aufeinander. So weit das Auge reichte, war die Landschaft flach wie ein Tisch. Ab und an zeigte sich ein Wald, oder die Gleise führten durch lange Gebüschraine. Sarah entdeckte kaum Äcker, endlos dehnten sich dafür die Wiesen mit großen und kleinen, sich in der Ferne dunkel abhebenden Heuschobern. Das Gras war jedoch nicht abgemäht. Gelb und dürr bis zur Wurzel, war es ein Spielball des Windes. Wenn der Zug stand, konnte sie die Samen in ihren trockenen Kapseln knistern und rascheln hören – die Landarbeiter waren eingezogen, wurden in den Krieg getrieben, die Heuernte fiel aus. Eine lähmende Verzweiflung hing über dem Land, und als die Depesche von der Niederlage bei Liaujüan den Zug erreichte, sank die Moral auf einen Tiefpunkt.

»Wer von uns weiß wirklich, warum wir Krieg führen«, schnappte Sarah das Lamento eines Hauptmanns auf. »Ist nur einer von uns begeistert? Wir werden doch getrieben wie eine Herde Hammel! Die Generäle streiten sich, die Intendantur bereichert sich. An der Front weichen wir an allen Ecken und Enden. Ein geordneter Rückzug wird ausgewalzt wie ein Sieg. Die Japaner kämpfen für die Idee, die wir nicht haben: Und diese Idee heißt Sieg!«

»Nun, an Verzweiflung stirbt kein Soldat«, sagte der Chefarzt ausweichend – ein grau melierter Herr, der, wie Sarah fand, Gregors älterer Bruder hätte sein können.

»Aber wie soll der russische Soldat kämpfen, wenn er Stiefel hat, die nach zwei Monaten zerrissen sind und bei denen sich nach dem ersten Regen die Sohle löst?«, fuhr der Hauptmann leidenschaftlich fort. »Ach, es hat keinen Zweck. Wir schaffen durch das ewige Stationmachen und die Ausweichmanöver im Schnitt zweihundert Werst am

Tag. Sind wir an der Front, haben wir einen vollen Monat hinter uns. Die Nerven sind ruiniert. Die Hälfte der Truppe bis dahin krank von dem Fraß, den die Furage bietet.«

»Ist der Geist gesund, besiegt man den Feind in allen Stiefeln«, sagte der Chefarzt mit voller, selbstbewusster Stimme.

Er gab sich alle Mühe, Sarah nicht zu beachten. Von Anfang an erschien ihm ihr Engagement übertrieben. Seit dem Vorfall mit Stulpin behandelte er sie wie Luft. Ihre Gabe hielt er für Scharlatanerie, von einer Arterienverletzung wollte er nichts wissen. Glück, nichts als Glück habe sie und damit dieser Stulpin gehabt. Stattdessen rühmte er die vorzügliche Qualität des Verbandsmaterials. Solange es steril sei, könne bei Wunden nichts passieren.

Sarah verhielt sich diplomatisch: Sie schwieg. Auch weil die Beziehung zu Sergej von Tag zu Tag gleichgültiger wurde. Der Chefarzt wiegelte ihn auf, spielte ihm gegenüber den mitleidigen, aber vor allem ironischen Vorgesetzten. Die meisten Männer hätten ja normale Ehefrauen, sagte er einmal in Sergejs Gegenwart zum Oberarzt, nicht alle hätten das Pech gehabt, eine Hexe an ihrer Seite zu haben.

Da die Moral bereits bei den Offizieren bröckelte, war es nicht verwunderlich, dass es bei jeder Station zu Plünderungen in den umliegenden Gehöften kam. Sarah war hin- und hergerissen zwischen Verständnis und Ablehnung. Einerseits stahlen die Soldaten selbst Sachen, die sie in keinem Fall an der Front gebrauchen konnten, wie zum Beispiel gusseiserne Kessel, Beile, Eimer oder Taburetts, andererseits entschuldigte die miserable Verpflegung ihre Taten.

»Wenn ihr eure eigenen Leute bestehlt«, rief Sarah auf der

letzten Station vor Krasnojarsk, »wie wollt ihr dann jemals als dekorierte Helden zurückkehren?«
»Schwester«, brüllte ein älterer Soldat, der schwerhörig war und dem das Haar aus den Ohren wuchs, »wir tun nur was gegen die Ungerechtigkeit. Unsere drei obersten Kommandeure erhalten neuntausend Rubel im Monat, einer vom Korps zweieinhalbtausend, und selbst der faulste Schreiber in der Etappe bekommt noch an die zehn Rubel. Aber uns, die wir uns von Schrapnells zerlegen lassen dürfen, uns zahlt man im Monat dreiundvierzigeinhalb Kopeken, und das ist erhöhter Sold. Deshalb Schwester, gibt es gleich erst mal eine gute Suppe.«
Die Umstehenden grölten zustimmend. Stulpin, der seinen Kopfverband wie eine Auszeichnung trug, klopfte Sarah auf die Schulter. Die Soldaten vertrauten ihr. Sie war die Einzige unter den so genannten »Wohlgeborenen« des Zuges, die bei ihnen gleichsam freien Tisch hatte. Sarah hockte auf einem der gestohlenen Taburetts, vor ihr hing ein gewaltiger Kessel, in dem Hühner und Enten mit Wiesenkräutern schwammen. Der Duft war betörend und ließ ihr das Wasser im Mund zusammenlaufen. Die zurückliegenden Tage hatten die Schwestern und Ärzte sich nur von Kohlsuppe und Kwas ernährt, Brot war ausgegangen. Dagegen tafelten die hohen Offiziersränge nach wie vor fürstlich in ihren Coupés, umschwirrt von Adjutanten, deren Hauptsorge war, in den Städten Kaviar, Zigarren und Champagner zu beschaffen. Die Händler machten glänzende Geschäfte. Mit jedem neuen Zug stiegen die Preise. Die Adjutanten wurden gegeneinander ausgespielt. Ihre Proviantierungscheques verloren an Wert, je weiter der Zug ins Landesinnere kam. Schließlich mussten Rubel her. Die De-

likatessen wurden gleichsam versteigert. Wer jetzt keinen guten Draht zu seinem Vorgesetzten hatte, der bekam schon mal mehr als nur barsche Worte. Nicht nur Sergej wurde Zeuge, wie die Adjutanten seines Chefarztes mit Fußtritten bedacht wurden, weil der Kaviar ausgegangen war. Es war am Geburtstag des Oberstleutnants, zu dem alle Angehörigen des Lazaretts bis auf die »Hexe« Sarah eingeladen waren.

Nun stand der Zug wieder. Ein vielstündiger Aufenthalt war angesagt, weil man einem der entgegenkommenden Lazarettzüge ausweichen musste. Zum Glück waren die Temperaturen hier erträglich. Die Steppenlandschaft des Ural mit ihren verkümmerten Birken lag hinter ihnen, jetzt führte die teils eingleisige Strecke durch mächtige Wälder. Der Zug war irgendwo auf ein Abstellgleis gerollt, das mitten in einem Dorf endete. Vom Krieg war hier nichts zu spüren. Sarah glaubte, in eine Märchenlandschaft geraten zu sein. Die Bäume schienen sich zu unterhalten, so zauberisch rauschte der Wind durch Kiefern und Fichten. Dazu ein Licht, das auf die Kronen gemalt zu sein schien. Vom Himmel regnete ein tiefes Blau, zwischen dem das Laub der Espen in zarten bis kräftigen Gold- und Purpurfarben glänzte.

Hühner und Gänse waren noch nicht gar. Ein magerer, fast klappriger Russe mit stahlblauen Augen und kahl rasiertem Schädel machte in einem Holzverschlag neben dem Gleis den Hanswurst für alle. Er hatte sich mit einer Bastmatte umwickelt, und in seinen Händen hielt er ein verrostetes Ofenrohr.

»Min sehr verehrte schejne Herrschaften!«, rief er, einen jüdischen Impresario nachahmend. »Ein bissel Geduld.

Die Musike gleich beginnt. Bitte nicht stören. Weil, oh, ich verspreche Ihnen, es wird schejn unglaublich werden.«
Die wenigen Dorfbewohner hatten sich ebenfalls um die Feuerstelle versammelt. Je mehr kamen, umso eindringlicher bat der Glatzkopf um Geduld. Als Sarah sich umsah, bemerkte sie, wie ein paar Soldaten die Feuerstelle verließen. Sie ahnte, was vor sich ging, war aber unschlüssig, ob sie den Männern folgen sollte, um sie von ihrem Diebeszug abzuhalten.
Die Vorstellung begann. Der Harmonikaspieler trat hinzu, und der Glatzkopf begann mit heiserer Stimme zu singen: »Du bist verrückt, mein Kind, trotzdem, ich liebe dich … du bist verrückt mein Kind, und doch, ach herze mich.« Dazu machte er walzerähnliche Schritte und drückte das Ofenrohr an sich, das er hinterrücks übertrieben streichelte. Danach wurde es zur Drehorgel umfunktioniert, und der Glatzkopf krächzte: »Maschenka, mein Mäuschen, Maschenka, komm her, Maschenka, mach's Bettchen und mir nicht so schwer.«
Sarah hörte die Leute lachen und applaudieren. Ihre Neugier war zu groß geworden, sie war den Männern gefolgt. Die grasten einen Hühnerstall nach dem anderen ab und machten jeder mit einem Beil in der Hand kurzen Prozess. Sarah war unfähig einzuschreiten. Die Männer aber winkten ihr zu, als wollten sie sich dafür bedanken, dass sie Schmiere stand. In der Ferne klang die Musik, und damit niemand von den Dörflern das Gegacker der Hühner hörte, grölten alle Soldaten im Chor.
Nach der Vorstellung zog der Glatzkopf Stulpin die Mütze vom Kopf und machte sich daran, Münzen einzusammeln.

»Mine schejne Herrschaften! Bitte ein klein Trinkgeld, ein kleines, für so talentische Musike.«

»Gar!«, brüllte der Kesselaufseher.

Die Männer nahmen auf ihren Taburetts Platz, die Dörfler waren vergessen. Aber schon nach einer Viertelstunde gab es Krach. Sarah überließ sich gerade einem Schlegel, als eine Abordnung der kräftigsten Männer mit Dreschflegeln auf die Feuerstelle zustürmte. Sie schrien und schimpften durcheinander, in einem Kauderwelsch, das niemand verstand. Die Soldaten indes ließen sich nicht stören. Sie löffelten, nagten, lutschten die Finger ab. Rülpser erklangen, Branntweinflaschen machten die Runde. Als die Dorfmeute nur noch ein paar Schritte entfernt war, bequemte sich der Kesselaufseher zu einer Bemerkung: »Wir sind im Dienst des Zaren. Ihr dagegen pudert eure Weiber. Sonst noch was?«

Das Gelächter war schrill und gehässig. Dann krachte vom Perron aus ein Schuss. Der Glatzkopf hatte in die Luft geschossen.

»Scharf genug?«, brüllte er mit seiner heiseren Stimme.

Die Dörfler blieben wie versteinert stehen. Aber der Schuss rief einen Hauptmann auf den Plan. Als die Dörfler ihn bemerkten, stürmten sie auf ihn zu, klagten los und zeigten auf Stulpin, den Glatzkopf und Sarah.

»Schwester!«, rief der Hauptmann.

»Zu Befehl, Herr Hauptmann.«

»Sie haben geklaut!«

»Ich leugne nicht, gesehen zu haben, wie geklaut wurde.«

»Wer hat dann geklaut?«

»Es ist gegen die Ehre, Kameraden zu verraten«, sagte Sarah.

Lauter Beifall erklang, von begeisterten Pfiffen durchsetzt. Sarah konnte nicht umhin, sich einzugestehen, dass sie in diesem Augenblick stolz war. Sie fühlte mit diesen Männern, die hungrig waren, weil sie seit Tagen nichts Warmes mehr bekommen hatten.
Der Hauptmann nickte. Ihm war die Sache an sich völlig gleichgültig. Aber ein Rest von Soldatenehre sagte ihm, dass die Dörfler eine Entschädigung für ihre Hühner verdienten. Zudem ging es nicht an, dass er erstens sein Gesicht vor diesen Provinzlern verlor und zweitens ihm schon ein paar tausend Werst vor der Front niemand mehr gehorchte.
Dem Hauptmann kam eine Idee.
Er brüllte in die Runde, dass jeder jetzt eine halbe Kopeke zahlen werde, um den Ruf der russischen Armee nicht zu schädigen. Er winkte Stulpin zu sich heran und nahm ihm die Mütze vom Kopf.
»Einsammeln!«, befahl er ihm.
Stulpin grinste. Er ging durch die Reihen, verbeugte sich und bat im Namen des Zaren und seiner großen Armee laut um eine halbe Kopeke. Überall erntete er Kopfschütteln. Was jedoch in seine Schirmmütze gelegt wurde, waren sauber abgenagte Geflügelknochen.
»Herr Hauptmann, man gehorcht nicht«, sagte Stulpin bedauernd und präsentierte die Mütze mit den aufgetürmten Knochen so, als wolle er ihn damit krönen.
Der Hauptmann schlug Stulpin mit dem Handrücken ins Gesicht und stampfte Knochen und Mütze in den Dreck.
»Ihr zahlt!«, brüllte er. »Oder ich sorge dafür, dass jeder von euch ins Strafbataillon kommt. Und damit in die erste Frontreihe!«

Die Gesichter grinsten zwar immer noch, aber Sarah sah sofort, wie eingefroren sie mit einem Mal waren. Der Hauptmann war rot vor Wut, seine Aura ein Feld explodierenden Hasses. Sarah begriff, dass er seine Drohung wahr machen würde. Und dann wären Stulpin und seine Kameraden so gut wie verloren. Seine Rettung erschien Sarah plötzlich wie eine Verhöhnung ihrer Fähigkeiten.

Was konnte sie tun?

Heilen!, sprach eine Stimme in ihr. Dazu bist du da!

»Herr Hauptmann, sagen Sie bitte den Menschen, ich werde ihre Kranken besuchen. Sagen Sie ihnen, ich kann bestimmt helfen.«

Sarah zeigte ihm ihre Hände. Der Hauptmann stierte sie begriffsstutzig an, Stulpin aber stellte sich sofort hinter sie und sagte, dass er sie begleiten werde. Auch der Harmonikaspieler erhob sich. Und mit ihm alle diejenigen, die Zeuge von Stulpins Rettung waren.

Sarah stieg zurück in den Waggon und holte ihre Verbandstasche. Anschließend gestaltete sich ein unwirkliches, märchenhaftes Bild, das die Szenerie eines Theaterstücks widerzuspiegeln schien: Sarah marschierte vorweg, flankiert von den Dörflern, die Soldaten hinter ihnen. Niemand redete, über ihnen rauschte der Wind. Als ob sie wüsste, wo die Kranken waren, schritt Sarah in die nächstbeste Behausung, eine Kate mit nur zwei Räumen. Auf der Herdstelle stand eine Pfanne, in der Pilze schmorten. Aus einem Kessel dampfte Wasser. In der Schlafkammer kauerte in der Ecke auf einem Strohlager ein vielleicht zwölfjähriger Junge, dem der Kopf mit einem Tuch umwickelt war. Er wimmerte, seine Augen glänzten fiebrig. Sarah näherte ihre Rechte seinem Gesicht und spürte unangenehme Sti-

che in den Fingerspitzen – ähnlich wie bei einer Hand, die eingeschlafen ist.
»Am Unterkiefer, nicht wahr?«, fragte sie.
Der Junge nickte und stöhnte. Sarah bewegte ihre Hand am Kiefer entlang und stellte eine Entzündung fest.
»Mach den Mund auf.«
Widerliche Fäulnis schlug ihr entgegen. Sarah drehte den Kopf des Jungen gegen das Licht. Was sie sah, war ein brauner Zahn, um den herum das Fleisch dunkelrot, an einigen Stellen aber bereits weißgrau verfärbt war – totes Gewebe, das von Eiterkrusten durchsetzt war.
»Zwei Mann zu mir«, sagte sie leise. »Haltet seinen Kopf.«
Stulpin und der Harmonikaspieler grinsten den Jungen an und packten dann blitzschnell zu. Der Junge schrie vor Entsetzen. Sarah nutzte den Moment, um dem Jungen ein Stück Holz in den Mund zu schieben. Jetzt konnte er nicht mehr zubeißen, die Operation konnte beginnen.
»Ganz ruhig«, flüsterte sie und legte ihre Hand auf den Unterkiefer. »Wenn es nicht mehr wehtut, gib mir ein Zeichen, ja?«
Nach wenigen Minuten zupfte der Junge ihr an der Schürze. Sarah öffnete ihren Koffer und entnahm ihm das Skalpell. Der Zahn war bereits so verfault und wackelig, dass er ohne Zange herausgehebelt werden konnte.
»Du wirst dich schon morgen wie neu geboren fühlen«, sagte sie und legte ihre Hand auf die Stirn des Jungen. Langsam atmete sie ein und schloss dann die Augen. Ihr Ziel war, den Jungen so müde zu machen, dass er die Schmerzen der Operation nur zur Hälfte spürte.
»Du willst jetzt nichts als schlafen, ja?«
Der Junge ließ ein schwaches Grunzen hören. Sarah lächel-

te. Sie fühlte sich so sicher, als habe sie in ihrem Leben nichts anderes getan. Dabei war es das erste Mal, dass sie mit einem Skalpell hantierte. Der Junge schien weniger Schmerz zu empfinden, als sie befürchtet hatte. Sie schnitt erst das tote Fleisch weg, dann setzte sie das Skalpell flach unter den Zahn und schnitt ihn ein wenig frei. Der Junge atmete heftig, stöhnte gequält. Noch ein Schnitt. Der Junge bäumte sich auf. Das Blut troff ihm aus den Mundwinkeln. Sarah fasste mit Daumen und Zeigefinger nach dem Zahn, konzentrierte sich. Ein Ruck genügte.

»Wasser!«

Einer der Dörfler schöpfte es mit einem Holzbecher aus dem Kessel.

»Versuche, nicht zu schlucken.«

Mit dieser Ermahnung schleuderte sie dem Jungen das Wasser mit Schwung in den Mund. Stulpin und der Harmonikaspieler drückten darauf sofort seinen Kopf nach unten. Der Junge wimmerte wie ein Schwerstverwundeter. Aber es war noch nicht vorbei. Eine Wurzel steckte noch in der Wunde. Sarah griff wieder zum Skalpell. Wo das Loch war, musste auch die Wurzel sein. Sarah zögerte nur eine Sekunde. Es gab keine andere Möglichkeit. Also stach sie zu und drehte das Instrument einmal um seine Achse.

Es war scheußlich. Der Junge ließ einen gurgelnden, Grauen erregenden Schrei hören. Sarah kippte ihm mehrere Becher Wasser in den Mund und tränkte anschließend einen Tampon mit einer Mischung aus Weingeist und Kampferöl.

»Jetzt fest zusammenbeißen.«

»Meinen Respekt, Schwester«, sagte Stulpin leise und voller Ehrfurcht.

Sarah bettete den Jungen auf sein Strohlager und legte noch einmal die Hand auf. Das Kribbeln war einem dumpfen Pulsieren gewichen.

Der Junge war über den Berg.

»Wer ist der Nächste?«

Ein Mann von ungefähr fünfzig Jahren. Er saß vor seinem Haus auf einer Bank und flocht Körbe. Sein Leiden waren die Zehen. Seine Frau erzählte, er könne nur sehr kurze Strecken laufen, dann müsse er Rast einlegen.

Sarah besah sich die Zehen. Es war nicht allzu viel zu erkennen. Sie waren insgesamt etwas geschwollen, am auffälligsten war ihre rote Farbe.

»Es kribbelt und ist auch wieder taub«, erzählte der Mann. »Was jetzt eine Kleinigkeit ist. Aber im Winter – wie oft habe ich da schon mit der Axt dagestanden. Weil die Zehen da so schmerzen, dass ich sie abhacken könnte. Ein Farbenspiel ist es mit ihnen. Erst sind sie weiß, dann werden sie blau und schließlich rot. Schwester, was ist das?«

»Ich weiß es nicht«, sagte Sarah. »Aber es hat was mit der Durchblutung zu tun. Sie ist gestört.«

Sie legte die Hände auf. Der Mann brummte wohlig auf.

»Warm«, sagte er. »So warm wie früher.«

Nach fünf Minuten nahm Sarah die Hände weg.

»Und nun lauf!«, sagte sie.

Der Mann sah sie verblüfft an.

Er erhob sich und ging barfuß vor dem Haus herum.

»Ich kann laufen«, flüsterte er erst leise, dann begann er zu rufen. Schließlich brüllte er in alle vier Himmelsrichtungen und begann gleichzeitig zu lachen und zu weinen.

Er wollte sich vor Sarah in den Dreck werfen, doch sie schritt schon auf das nächste Haus zu. Die Soldaten muss-

ten sie vor den herandrängenden Dörflern schützen, die jetzt aufgeregt durcheinander schrien, weil jeder versuchte, sie in ein anderes Haus zu zerren.
Sarah machte einer Frau ihre Kopfschmerzen weg, einem jungen Mädchen verschaffte sie Erleichterung, indem sie deren Unterleibskrämpfe wegzauberte, und ein Greis konnte endlich wieder Wasser lassen. Wo sie nicht heilen konnte, schaffte sie wenigstens Linderung. Und wo sie nicht helfen konnte, weil der Krebs oder andere Geschwüre schon zu sehr gewuchert waren, schenkte sie wenigstens Schlaf.
Das ganze Dorf war auf den Beinen, folgte Sarah auf dem Fuß. Ob sie ihre Hände auf Warzen legte, Schmerzen nahm oder entzündete Wunden behandelte: Es lag etwas Unwirkliches über allem. Sarah schien es, als sei hier mitten in den Wäldern hinter der kasachischen Steppe die Zeit stehen geblieben und die Welt dahinter nicht mehr vorhanden. Es kam ihr vor, als verliere sie an Gewicht und würde den Boden unter ihren Füßen verlieren. Schließlich sackte sie mitten in einer Behandlung zusammen. Die Soldaten mussten sie in die Mitte nehmen, sonst hätte sich das Dorf auf sie gestürzt und in Stücke gerissen. Man versuchte, ihr Gewand zu berühren, und bettelte darum, sie möge ihre Hände doch wenigstens noch in die ihr entgegengestreckten Wasserkrüge tunken.
Erschöpft lag sie nachts in ihrem Abteil, konnte aber nicht einschlafen. Was nicht am Lärm der Soldaten lag, die sich um das Feuer versammelt hatten und jetzt mit den Dörflern tranken. Es waren Bilder aus weit zurückliegenden Tagen, die sich plötzlich in ihrem Kopf tummelten. Vor allem die von Josua mit seinen Schläfenlocken, wie er mit verdelltem

Filzhut in der Pfütze stand, mit dunkel schimmernden Augen und so wenig in der Welt, wie es hochstudierten Juden eigen war. Sarah sah seine schlanke Gestalt, die kantige Nase und erinnerte sich an den golden aufleuchtenden Himmel. Sie war damals Lilith, er der fromme Sohn. Er hatte sich in sie verguckt, sie nahm ihn nicht ernst.

Und dann war da noch die Vision in Kiew, bei Gregor und Iridna. Der Sterbende, den sie retten sollte: Hatte er nicht die Gesichtszüge Josuas gehabt? Warum überhaupt dachte sie hier an ihn?

Sarah versuchte sich vorzustellen, wie Josua jetzt aussah. Es wollte ihr nicht gelingen. Das Bild des damals Sechzehnjährigen ließ sich nicht verändern. Es war wie ein Plakat, das sich hinter ihre Augen geschoben hatte.

Josua rannte vor ihr davon. Sie ihm hinterher, obwohl sie eigentlich gar keine Lust hatte. Warum bloß hatte sie zugestimmt, mit ihm Verstecken zu spielen? In dem Gewölbe, in dem sie ihn schließlich fand, las er schon wieder den Talmud. Es war dunkel, aber Josua saß auf einer Tonne, über der ein Lichtstrahl direkt auf sein Buch schien. Als er sie sah, sprang er auf und schien in den Lichtstrahl hineinzuhasten. Das kann ich auch!, hörte sie sich rufen und rannte auf einer Treppe, die von diesem Licht umstrahlt war, nach oben. Josua kam mit seinem nassen Kaftan nicht so schnell voran wie sie. Gleich würde sie ihn zu fassen kriegen – zumindest einen der Schaufäden. Doch Josua konnte plötzlich fliegen. Was sie lange nicht so seltsam empfand wie seine Verwandlung. Immer noch blickte er wie auf einem Plakat, aber sein Körper steckte in einer Soldatenuniform. Es ist doch Frühling!, rief er. Da darf man frei wie ein Vogel sein. Aber schau mal nach unten! Sie war so schläfrig, hatte keine Lust. Und was sie sah, war nichts als eine Art umgegrabener Steppe, Erde und Hügel, Senken und Mulden.

Wie dumm sie doch war! Josua hatte sie abgelenkt. Er war verschwunden. Nach Hause!, sagte Sarah sich und war im selben Augenblick auf dem Gipfel eines Berges, der mit hohem Gras bewachsen war und auf dem es nach Pfefferminze und anderen Kräutern duftete. Großvater! Sie spürte seine weiche Hand und schritt mit ihm durch das Gras. Und schon wieder standen sie plötzlich vor einem Mann, der auf dem Rücken lag. Das ist ja dieselbe Vision wie damals!, rief sie. Und dann sah sie sich selbst, wie sie das Gesicht des Mannes betrachtete, Gott anrief und ihn bat, den Mann zu retten.

War es nicht Josua? Aber der hatte doch gerade eine Soldatenuniform angehabt. Dieser Mann hier war nackt!

Sarah fühlte, wie die Lust sie überkam. Am liebsten hätte sie sich die Kleider vom Leib gerissen, sich auf den nackten Mann gelegt und ihn geküsst. Aber Sergej – was sollte sie ihm sagen? Was passierte mit ihr? Sarah spürte, wie sie geliebt wurde. Schagin! Maschenka, Maschenka, mach's Bettchen und mir nicht so schwer.

Sarah wachte auf, verschwitzt und voller Lust. Konnte sie es wagen? Anetschka schlief fest. Ab und zu schmatzte sie. Sie musste vom Essen träumen. Sarah schob sich den Rock hoch. Nur ein kleines bisschen.

Es reichte schon.

Von Krasnojarsk ging es weiter nach Irkutsk. Die Landschaft wurde gebirgig. Bei jeder Eisenbahnbrücke und jeder Werststange standen Bahnwärter. Sarah empfand ihre einsamen Gestalten in der Dämmerung wie die letzten Denkmäler der allrussischen Bürokratie.
Kurz vor Irkutsk begegnete ihnen ein Sanitätszug. Durch die Fenster konnte Sarah die Schwerverwundeten auf ihren Pritschen liegen sehen – in Verbände gehüllte Wachsgesichter, von denen etliche mit dem Kopf wackelten und irgendwelche Laute vor sich hin brabbelten. Niemanden ließen diese Bilder unberührt. Wie ist es »dort«? – das war die immer neu gestellte, ängstliche Frage in den Schnaps- und Zigarettenrunden auf dem Bahnsteig.
Wie sehen die Japaner eigentlich aus? Stimme es, dass sie Gefangenen den Bauch aufschlitzten? Wer habe die besseren Kanonen? Wie rieche es dort? Was passiere mit den Toten? Wie seien die Lazarette? Sarah war überrascht, zu erfahren, dass in ihnen genauso viel Typhuskranke lagen wie Frontopfer. So begann sie selbst eine Frage nach der anderen zu stellen, und die leichter Verwundeten wurden nicht müde, ihre Fragen zu beantworten. Sie strahlten voller Glück und Zufriedenheit, denn sie hatten »es« hinter sich. Zu gerne zeigten sie den »Grünen« schmunzelnd ihre Orden herum und schmückten ihre Fronterlebnisse aus. Die Kosaken erzählten, jedem Japaner, der ihnen in die Hände gefallen sei, hätten sie die Haare einzeln rausgerissen. Schlimmer aber seien die Mandschu-Mongolen, Saboteure im japanischen Sold, die nachts Überfälle auf Proviant- und Munitionslager begingen und ausgesprochene Schlitzer seien.
Ein sibirischer Kosak, dem der Fuß abgenommen war,

winkte ab und rief, das seien alles Lügen. Er wisse es besser. Sofort wurde er umringt und genötigt zu berichten. Er hatte ein gutmütiges Bauerngesicht und trug das Georgskreuz an seinem Rock. Er sei bei einer Schwärmattacke auf eine Schwadron Japaner dabei gewesen, erzählte er langsam und kraulte sich dabei seinen Bart.

»Wir haben sie allesamt mit Lanzen erstochen. Denn obwohl sie gute Pferde haben, die Schlitzaugen, müssen viele mit Säbeln und bloßen Revolvern kämpfen.«

»Und wie viel hast du getötet?«

»Drei.«

Er sagte es tonlos, verzog dabei keine Miene. Sarah aber sah, wie es hinter seinem gutherzigen Gesicht wirklich aussah: Der Mann litt, er war alles andere als stolz auf seine Tat.

»Ja und?«, drängelte ein anderer. »Was hast du gefühlt, als du deine Lanze in ihn gebohrt hast?«

Der Kosak sah ihn ausdruckslos an.

»Beim Ersten war es mir so seltsam und ungemütlich ums Herz, dass es mir schwindelig wurde. Du hast nämlich Angst, einen lebenden Menschen einfach so zu erstechen. Dann aber hast du Angst, dass du jetzt dran bist. Und wirst rasend. Steigerst dich in Wut hinein. Ich hätte nach dem Zweiten noch ein Dutzend mehr erstechen können.«

»Da kann ich mir vorstellen, dass du jetzt bedauerst, verwundet zu sein«, sagte ein Oberleutnant. »Wärst glücklich, noch ein paar von den Gelbnasen in den Sand zu bohren, wie?«

Der Kosak sah ihn verständnislos an. Sein Gesicht verdüsterte sich.

»Nein, Euer Wohlgeboren«, sagte er dumpf. »Ich muss

jetzt daran denken, wie ich meine Frau und Kinder ernähre.«
Seine Augen wurden rot und füllten sich mit Tränen.

Der Baikal! Endlich! Der Zug endete hier. Jeder begrüßte die Abwechslung, die die Schiffspassage mit sich bringen würde, aber der Wermutstropfen war die Kälte. Es war zwar erst Anfang September, aber der Frost hatte bereits alles im Griff. Sämtliche Soldaten, Schwestern und Pferde mussten die Waggons verlassen. Die Güterwagen mit den Fuhrwerken und dem Sanitätsmaterial sollten komplett auf den Eisbrecher verbracht werden.
Doch der lag nicht im Hafen. Sechs Stunden betrage die Wartezeit, hieß es. Am Büfett der Station aber gebe es Tee.
Als Sarah und Sergej an die Reihe kamen, war außer Schnaps und gefrorenem Baikalfisch nichts mehr zu bekommen. Der Fisch lag in handlichen Blöcken neben einer Schneide, die aussah wie eine Papierschneidemaschine. Er wurde hauchdünn geschnitten und musste noch vor dem Auftauen gegessen werden. Tatsächlich war er eine Delikatesse, die sehr gut zum Schnaps passte.
Die Soldaten hockten dicht aneinander gedängt auf ihren Tornistern. Einer schreckte sie nach gut einer Stunde mit der Nachricht auf, dass es jetzt am Wächterhäuschen heißes Wasser gebe. Draußen pfiff jedoch der Wind, und es war dunkel. Nur wenige räumten den halbwegs warmen Stationssaal.
Nach zwei weiteren Stunden fuhr ein neuer Zug ein. Er war voll mit Ersatztruppen, Tataren-, Mordwinen- und Baschkiren-Reservisten aus den vorderuralischen Gouvernements Kasan, Ufa und Kuibyschew. Von der bestimmt an

die tausend Mann starken Staffel stürzten etliche mit Teekannen in der Hand auf das Wächterhäuschen zu, vor dem auf einem Schild stand, dass es hier kochendes Wasser gebe. Sarah und Sergej ließen sich das Spektakel nicht entgehen. Die untersetzten Gestalten mit ihren hervorstehenden Backenknochen wirkten trotz ihrer Uniform exotisch. Die Männer waren schon recht alt, was Sergej sofort empörte.

»Nichts als Kanonenfutter«, sagte er. »Schau mal, wie geduldig sie anstehen. In einer Reihe! Beinahe apathisch.«

Natürlich reichte das Wasser nicht. Mit leeren Gesichtern und leeren Kannen kehrten die Soldaten um und setzten sich, wo sie Platz fanden, auf den eisigen Boden. Die im Wind quietschenden Laternen warfen ein orangefarbenes, schwaches Licht, das auf Sarah ebenso befremdend wirkte wie die kehligen, ihr unbekannten Sprachen.

Sie beugte sich zu einem mageren Mann hinunter, der bestimmt schon weit über fünfzig Jahre alt war. Er hockte mit untergeschlagenen Beinen vornübergebeugt auf einem zotteligen Fell und hielt sich den Bauch. Dabei wiegte er sich leicht hin und her, ähnlich wie ein betender Jude. Aber Sarah wusste es besser: Es waren Leibschmerzen, die den Mann sich so bewegen ließen.

»Kann ich helfen?«

»Er versteht dich doch nicht«, sagte Sergej.

»Der Tonfall der Hilfe ist bei allen gleich«, beharrte Sarah.

Der Mann schaute auf, verwundert, ohne ein Lächeln. Sarah zeigte ihm ihre Hände, spreizte die Finger. Ob er die Geste verstehen würde?

Ein Lächeln huschte über das Gesicht des Tataren. Dann aber fixierte er Sergej, so als wolle er sich zuerst vergewissern, ob er Sarah überhaupt erlaube, ihm zu helfen.

Sergej zeigte jetzt seinerseits seine Hände und nickte aufmunternd. Der Tatar zuckte mit den Schultern und stieß dabei ein schleimiges Röcheln aus. Seine schmalen Augen aber strahlten. Er nahm die Hände von seinem Leib und fasste nach denen Sarahs. Dabei flüsterte er in einem Singsang, mit der Stimme eines alten Weibes. Durch die Montur spürte Sarah, dass der Mann mehrere Magengeschwüre haben musste, von denen einige bereits bluteten. Mit einer Behandlung war da nichts zu machen. Etliche Sitzungen waren hierfür vonnöten, verteilt auf ein gutes halbes Jahr. Sie konnte nichts anderes tun, als ihm für ein paar Stunden die Schmerzen zu nehmen.

»Jetzt geht es dir gleich besser«, sagte sie und lächelte den Mann an, obwohl sie voller Traurigkeit war.

Ihre Kräfte waren begrenzt. Letztlich konnte sie nur wenig ausrichten. Die Erfahrung, immer wieder auf Menschen zu treffen, denen sie nicht helfen konnte, wog hundertmal schwerer als die Freude, eine Krankheit besiegt zu haben. Aber nach wie vor glaubte sie an Gottes Güte. Er gab keines seiner Geschöpfe verloren. Sarah war fest davon überzeugt, dass Gott ihnen immer wieder neue Chancen des Lebens ermöglichte. Wenn er es für richtig hielt, bewirkte er Reinkarnationen, in denen er in einem neuen Leben das gab, was in einem anderen Leben fehlte. Diese Vorstellung tröstete Sarah – vor allem, weil sie Strafe zuließ. Wer böse war, konnte genauso wieder geboren werden wie der Leidende – nur dass Gott denjenigen in einem neuen Leben dann Peinigungen aussetzte. Im Übrigen hatte sie sich angewöhnt, nicht mehr die uralte ketzerische Frage zu stellen, die da heißt: Warum lässt Gott dies alles zu? Die Frage, die sie beschäftigte, lautete: Wird Gott auch strafen? Darauf

gab es in den heiligen Schriften immer die gleiche Antwort, und die hieß: ja. In ihrem Innersten war sie ihrer Religion treu, selbst wenn sie die letzten Jahre wie eine Nichtjüdin gelebt hatte. Auch wenn sie keines der Feste feierte und nicht in die Synagoge ging: Sie verleugnete ihre Religion nicht. Im Gegenteil – sie glaubte immer deutlicher zu spüren, dass ihr Glaube sie trug wie ein Teppich, auf dem sie durch die Welt flog. Sie wusste nur eins: Sie war noch längst nicht am Ziel. Denn meine Gedanken sind nicht eure Gedanken, und eure Wege sind nicht meine Wege, spricht der Herr. So viel der Himmel höher ist als die Erde, so sind auch meine Wege höher als eure Wege und meine Gedanken als eure Gedanken.
Sarah gingen diese Worte des Propheten Jesaja durch den Kopf, während sie dem Tataren die Hand auflegte. Sie spürte, wie sie Gutes tat, und dies machte sie für Sekunden froh, aber gleichzeitig war es ihr, als versickere ihre Energie. Sie tränkte einen Leib, und doch schien es, als habe er ein Leck. Zwar gelang es ihr, dem Mann die Schmerzen zu nehmen, aber ihre Energien glichen einem Windhauch, der nicht die Kraft hatte, eine Wunde zu schließen, sondern sie nur zu kühlen vermochte. Sarah schloss die Augen, konzentrierte sich. Da kam es ihr vor, als sauge an ihr eine ungeheure Kraft – eine Kraft, die in ihrer Stärke überwältigend war. Sich gegen sie zu stemmen war aussichtslos. Und es war auch sinnlos. Sarah begriff dies sofort, ohne noch zu wissen, warum.
Nach einer für sie langen Zeit sah sie den Schemen einer Gestalt, um den ein gleißendes Licht war. Er war menschlich und doch mehr. Sie glaubte, ihn zu kennen. Und doch war er ihr fremd. Sie sah, dass er Schwarz trug. Mehr nicht.

Bewegte er sich, oder war er statisch? Da hörte sie von dieser Gestalt einen Befehl: Lass los. Lass los! Nimm deine Hand fort!

Sarah fuhr zurück. Sie zitterte.

Der Tod hatte zu ihr gesprochen.

Der Tatar war sein. Sie aber hatte sich eingemischt und stemmte sich dem Unabänderlichen entgegen, obwohl sein Schicksal längst besiegelt war. Sie heilte nicht, sie verlängerte nur Leiden.

Der Tatar seufzte befreit auf und begann, in einem brüchigen Singsang zu reden: Worte des Dankes und des Entzückens. Seine Haut spannte, so sehr strahlte er. Dann steckte er zwei Finger in den Mund und ließ einen gellenden Pfiff ertönen. Er rief seinen Kameraden etwas zu und hob seine Hände. Die schauten ihn ungläubig an, schienen über ihn zu witzeln. Der Tatar aber lachte sie aus und zog Sarah an sich, um ihr einen Kuss zu geben.

In diesem Augenblick ertönte durch die Schwärze der Nacht das Dampfsignal des Eisbrechers. Sergej klopfte dem Tataren auf die Schulter, verbat sich mit strenger Geste dessen Gebaren. Der Tatar beschwichtigte ihn. Und so bekam Sarah statt eines Kusses auf die Stirn nur einen auf ihre Hand.

Niemals zuvor in ihrem Leben hatte sich ein Kranker auf diese Weise bei ihr bedankt.

Am Hafen blies ein eisiger Wind aus wechselnden Richtungen. Die Welt schien zu schwanken, aber das lag an den Laternen, deren Lichtkegel in der nebligen Luft ständig in Bewegung waren. Die Pferde tänzelten und wieherten nervös, als sie über die steilen Rampen an Deck geführt wurden.

Viele scheuten wegen der ständigen Pfeifsignale, mit denen die Lokomotiven die Güterwagen in den Bauch des Schiffes schoben. Sie mussten mit aller Gewalt auf das Deck gezerrt und gedrückt werden. Das Fluchen und Peitschenknallen war bald genauso laut wie das Pfeifen der Lokomotiven. Sarah musste sich immer wieder die Augen wischen, weil der ungünstige Wind Ruß und Dampf der Lokomotiven gegen den Kai drückte. Er vermischte sich mit dem Nebel zu einer Schmiere, die Kleidung und Haut überzog und mit der Zeit auf den Tornistern der Soldaten anfror. Am engen Eingang auf das Verdeck kam es immer wieder zu Stockungen.

»Was haltet ihr denn, ihr Wahnsinnigen?«, schrie der Schiffsoffizier von erhöhter Stelle auf sie herab. »Ihr Teufelspack! Gehen sollt ihr! Gehen!«

Sarah war das erste Mal wirklich dankbar, dass sie nicht zu den Mannschaften zählte. Im hellen Salon der ersten Klasse war es warm und behaglich, es gab Tee und Gebäck. Wer wollte, konnte sich sogar für eine Fischsuppe anstellen. Sie war die Erste, die in die Kajüte verschwand, die ihr und den anderen Schwestern vorbehalten war. Der Heizkörper murmelte anheimelnd und brachte die Ruhe, die sie brauchte, um das Erlebnis mit dem Tataren und die Begegnung mit dem Tod zu verarbeiten. Mit Sergej darüber zu sprechen hatte sie von Anfang an keine Lust verspürt – er hatte sich ohnehin gleich auf das Klavier gestürzt und spielte jetzt abwechselnd Marschlieder und Chopin. Die Offiziere sangen, trampelten, kamen bald ins Grölen. Sporen klirrten, Glas zersplitterte. Kurz bevor Sarah einschlief, legten sich auch die anderen Schwestern in ihre Betten.

Die Nacht war kurz.

Über den Baikal jagten graue Wolken. Es wurde noch kälter, der Wind noch eisiger. Wieder wurden die Soldaten angeschrien, wieder scheuten die Pferde und pfiffen die Lokomotiven. Der Wartesaal der Bahnhofsstation war nicht geheizt. Die Soldaten krakeelten und verlangten vom Wärter, dass er einheize. Schließlich seien es bis zur Abfahrt des Zuges noch sechs Stunden.

»Verfluchtes Sibirien! Bindet mir die Augen zu, und ich finde trotzdem den Weg nach Haus«, wurde Sarah von Stulpin begrüßt. »Überall ist Holz in Unmengen aufgeschichtet. Aber was ist hier die oberste Direktive? Vor dem ersten Oktober darf nicht geheizt werden. Unser Schwein von Kommandeur verbündet sich mit dem Vorstand und lässt es sich mit seinen Spießgesellen in dessen Stube wohl sein.«

»Muss ich dir neu einheizen?«, scherzte Sarah.

»So groß sind Ihre Hände nun auch nicht, Schwester«, sagte Stulpin gemütlich.

»Weißt du was? Dann gehe ich eben zum Kommandeur!«

»Ach Schwester, Sie sind eine Heilige.«

Der Kommandeur war ganz freundlich.

»Willkommen. Endlich habe ich einmal das Vergnügen.«

Er paffte eine Zigarre und schrieb gerade einen Brief. Neben ihm stand ein Glas Cognac. Er sah durch ein Monokel und wirkte eher wie ein Minister als ein Militär.

»Schwester, ich habe gehört, Sie haben ein Herz für die Mannschaften. Das ist gut so. Das andere, was Ihnen nachgesagt wird, schadet zumindest niemand. Das ist auch gut so.«

»Herr Oberst, befehlen Sie doch bitte einzuheizen.«

»Schwester, wenn der Chef der Eisenbahnen dem Vorstand

befohlen hat, nicht vor Oktober zu heizen, kann ich es nicht umstoßen. Das wäre Willkür.«

Der Oberst stieß eine blaue Dampfwolke aus, nahm die Zigarre aus dem Mund und betrachtete versonnen deren glimmende Spitze.

»Aber die Mannschaften werden krank! Wie sollen sie dann kämpfen?«

»Eine Depesche an den Chef der Eisenbahnen? Oder vielleicht an den Verkehrsminister? Nein, natürlich: gleich an die allerhöchste Adresse.«

Der Oberst schaute durch Sarah hindurch und verschwand hinter einer blauen Tabakwolke. Er war so fernab aller Realität, dass er gar nicht begreifen wollte. Sarah musste sich mit Macht zusammennehmen, um diesen erbarmungslosen Bürokraten nicht anzuschreien.

»Schwester, es ist gut, dass Sie bei mir waren. Machen Sie den Männern nur wieder Mut.«

Die Audienz war beendet. Sarah begriff jetzt, warum Russland in diesem Krieg an allen Fronten verlor.

Wie auf der Station, so im Zug. Es durfte nicht geheizt werden. Aus den eisigen Wagen der Mannschaften erklang nicht wie sonst Musik und Gesang. Die Männer saßen mit vor Kälte blauen Gesichtern in ihren viel zu dünnen Mänteln dicht aneinander gedrängt und zählten draußen die riesigen Holzbeigen, an denen der Zug vorbeirollte.

Die Kälte in den Waggons passte zur unwirtlichen Landschaft. Es ging an finsteren Bergen vorbei, über dem Zug hingen mächtige Felsblöcke. Manchmal ragten die Felsen so dicht an die Trasse, dass nur ein Fingerbreit Luft zwischen ihnen und den Waggons war. Die Abhänge waren steil wie in einem Alptraum und schienen von so lockerem

Schutt bedeckt, dass Sarah zuweilen glaubte, jeden Moment würde die Masse ins Rutschen kommen und Gleis und Zug in den Abgrund reißen. Im Mondschein sahen die Erdstürze besonders gespenstisch aus. Der Zug schlich dann besonders sacht dahin, als hätte er Angst, einen neuen Erdrutsch zu provozieren. Transbaikalische Langsamkeit regierte jetzt. Der Zug rollte kurze Strecken, blieb stundenlang auf Ausweichstellen stehen. Die Krankenstationen füllten sich, weil die Soldaten fast erfroren. Hinzu kam, dass es auf den Stationen nichts zu essen gab. Bis zu 96 Stunden lagen die Proviantierungsstellen auseinander. Und standen die Soldaten dort wegen Brot an, war dies schnell verkauft. Die Bäcker schlossen ihre Läden, und die Soldaten irrten in den Dörfern umher, wo sie die Bewohner anflehten, ihnen wenigstens Brot zu verkaufen – das Pfund Schwarzbrot zu zehn Kopeken, einem Viertel ihres monatlichen Soldes. Aber zum Plündern war es zu kalt, außerdem hatte der Kommandeur scharfe Strafen angekündigt.

Nur allmählich wurde es wärmer. Über den Himmel zogen gewaltige Wolkentürme, dazu blies ein trockener Wind. Tagesgespräch waren die Erzählungen von Verwundeten, denen man auf den Stationen begegnete. Die Schreckensszenen »dort« wurden drastischer und ängstigten vor allem Sarahs Mitschwestern. Eine hatte sich zu Hause mit Zyankali eingedeckt, das sie eines Abends an ihre Kolleginnen verteilte. Es befand sich in zugelöteten kleinen Reagenzgläsern, durch deren Verschluss eine dünne Kette gezogen werden konnte.

»Ich trage es ab jetzt immer um den Hals«, sagte Sina, die stillste der Schwestern und die älteste, aber auch die mit dem bittersten Zug um den Mund.

Sie war aus demselben Krankenhaus, in dem Sergej gearbeitet hatte, und die einzige echte Operationsschwester des Lukaschoffschen Lazaretts. Vom Rang her war sie damit die Oberschwester. Sarah verstand sich mit ihr, auch wenn Sina trauriger Stimmung war und in sich gekehrt aus dem Fenster schaute. Die Oberschwester war eine leidenschaftliche Leserin und betrachtete jeden Vorfall als Störung der Lektüre. Trotzdem war sie keine herrische Person. Wir sind alle barmherzig und also gleich, hatte sie am Anfang der Reise erklärt. Womit für sie die Hierarchiefrage erledigt war.

»Aber, Sina, wir wollen doch leben!«, sagte Sarah. »Außerdem bezweifle ich, dass wir im schlimmsten Fall Zeit hätten, den Verschluss aufzubekommen.«

»Man erzählt sich grauenhafte Dinge, was sie mit Frauen machen«, beharrte Oberschwester Sina. »Das Glas kann man ja zerbeißen. Bis sie dir die Kleider weggerissen haben, bist du dann schon tot.«

»Hört, sie singen wieder!«, rief Sarah.

»Ja, aber was«, sagte Oberschwester Sina düster. »Bezeichnenderweise das Arrestantenlied.«

Sie lauschte eine Weile und fiel mit ihrem schrillen Alt in die Melodie ein. Tränen rollten ihr aus den Augen, während sie sich die Linke auf das Herz legte und mit der Rechten das Reagenzglas mit dem Zyankali festhielt: Ich sitze hier und weine, und kau mein bisschen Brot. Als Hund ich euch erscheine, als Mensch bin ich euch tot.

Sarah erwachte am folgenden Morgen, weil ein Soldat mit brünftiger Bassgewalt rief, es sei warm und die Sonne wieder da. Sofort öffnete sie das Fenster. Sie rollten durch eine

weite Steppenlandschaft, in der ein kräftiger Wind über trockenes, verbranntes Gras wehte. In der Ferne erblickte sie abschüssige Hügel, bald darauf eine Schafherde.
»Schlitzaugen!«, rief eine Stimme.
Tatsächlich ritten vereinzelte Burjaten durch die Steppe, und sie führten nicht nur Schafe mit sich, sondern auch Kamele. Die chinesische Grenze konnte demnach nicht mehr weit sein. Sofort kochten wieder Gerüchte über die blutrünstigen Mandschu-Mongolen hoch – Gerüchte, die durch ein Erlebnis bei den Burjaten immer schauerlichere Varianten nahmen.
Wieder einmal war ein längerer Halt an einer Ausweichstelle durchzustehen. Ganz in der Nähe befand sich ein burjatisches Zeltlager, das von den Soldaten voller Neugier besichtigt wurde. Sie wurden freundlich empfangen, jedenfalls empfand Sarah die Aura dieses Lagers so. Die schlitzäugigen Menschen mit ihren platten, zimtbraunen Gesichtern lächelten, aber sie boten weder etwas zu essen noch zu trinken an. Die Frauen saßen grüppchenweise vor ihren Jurten und rauchten aus langen Pfeifen. Um sie herum scharrten bronzefarbige Kinder nackt im Sand, die älteren schlugen mit Knochen gegen Holzkugeln.
Gab es Kranke? Sarah sah nichts Auffälliges, und die Jurten, in die sie blickte, waren leer. Auf dem Boden lagen Filzmatten, an den Innenwänden hingen Schaffelle. In jeder Jurte stand eine halbhohe verzierte Truhe, daneben gab es einen Altar mit buddhistischen Statuetten, ein paar Vasen und eine Glocke. Über einer Feuerstelle simmerte ein Kessel mit einer weißlichen Suppe.
Die Menschen hier scheinen behaglicher zu leben als mancher Muschik um St. Petersburg oder viele Juden in Odes-

sa, dachte Sarah. Aber auch die Burjaten litten Mangel. Sarah fielen die braunen, stummeligen Zähne der Menschen auf. Sie seien eben ein Reitervolk, meinte Sergej unbekümmert. Ihn würde nur interessieren, wie sie mit Knochenbrüchen umgingen. Er führte Sarah am Arm, die übrigen Schwestern ließen sich von anderen Offizieren führen. Denn seltsamerweise wurden sie in ihrer Lazaretttracht viel weniger freundlich angesehen als die Soldaten.
Wie groß war doch die Welt, wie unterschiedlich die Menschen! Sarah rätselte über die Bedeutung der Stofffetzen, die überall an den Jurten flatterten. Ihrer Meinung nach hatten sie religiöse Bedeutung. Vielleicht, um irgendwelche Geister zu vertreiben oder sie sich geneigt zu machen. Wer konnte das alles wissen?
Sergej hatte nur Spott für ihre Wissbegierde. Für ihn waren diese Menschen Wilde.
»Sie sind von echter Kultur so weit entfernt wie vergorene Schafsmilch von Champagner.«
Der Oberarzt stimmte ihm zu. Er war bester Laune und rief in die Runde, er werde jetzt ein Schaf kaufen und es sich grillen lassen. Sein Lazarett sei eingeladen.
Er ging auf eine der Frauen zu und zeigte auf ein großes Schaf, das mit seinem Fettschwanz an einen Baum gebunden war. Darauf zog er seine Geldbörse und hob den Daumen. Die Frau schaute ihn an, aber dann begriff sie. Sie lachte meckernd und hob ebenfalls den Daumen – aber noch Zeige- und Mittelfinger dazu.
»Seht euch das an!«, lachte der Oberarzt. »Unseres Zaren Rubel wollen sogar die hier!«
Er klappte mit dem Mittelfinger mehrmals vor und zurück, doch die Burjatin hob sogar noch den Ringfinger. Schallen-

des Gelächter wurde laut. Der Oberarzt entnahm seiner Börse drei Rubelstücke und zählte sie der Frau laut in die Hand. Die Frau ließ das Geld in einem kleinen Wollsäckchen verschwinden, zeigte auf das Schaf und fuhr sich dann mit der Hand über die Kehle. Sie rief etwas in die Runde, worauf zwei Frauen kamen, begleitet von zwei halbwüchsigen Jungen. Sie banden das Schaf los und warfen es gleich unter dem Baum auf den Rücken.

Die Frauen drückten die Füße und den Kopf des Schafes auf den Boden. Einer der Jungen schnitt daraufhin mit seinem Messer dem Schaf den oberen Teil des Bauches auf und griff mit der Hand in den Schlitz hinein. Der andere Burjatenjunge drückte die schmale Schnauze des Schafes zusammen. Nicht nur Sarah wurde übel. Die Soldaten stierten mit weißen Gesichtern auf die grauenhafte Szenerie. Das Schaf schlug um sich, verdrehte seine klaren Augen. Seine Eingeweide quollen weiß hervor. Es war schlimmer als im schlimmsten Alptraum. Der Burjatenjunge wühlte weiter unter den Rippen. Die Eingeweide des Tieres bewegten sich im Takt mit seinem hechelnden Atem, sein Zucken wurde heftiger, sein Blöken immer heiserer. Oberschwester Sina wurde mit einem spitzen Schrei ohnmächtig.

Sarah aber kämpfte. Sie krallte sich in Sergejs Arm, dem der Unterkiefer zitterte. Der Oberarzt stand unbewegt, zwinkerte aber unentwegt mit den Augen.

In der Zwischenzeit war der Burjate beim Zwerchfell angelangt. Er ruckte etwas mit der Hand und riss dann das Herz heraus. Endlich standen die Augen des Schafes still. Beim Enthäuten halfen die Frauen mit.

Noch nie war während der Reise so wenig beim Feuer ge-

sprochen worden. Widerwillig wurde das Fleisch gegessen. Zum Singen fand sich niemand aufgelegt. Jeden beschäftigten die gleichgültigen Gesichter der Burjaten. Sie waren mit ihren undurchsichtigen Mienen und schläfrigen Augen jetzt rätselhafter und fremder als zuvor.
Auf einmal war Sarah froh, Zyankali bei sich zu wissen.

Der Zug befand sich hinter dem Wall des Dschingis-Khan – die Grenze zur Mandschurei war überschrittwen. Die Steppenlandschaft aber blieb dieselbe.
Graue Backsteintürme markierten jetzt die einzelnen Bahnstationen. Neben ihnen ragten mit Stroh umwickelte Signalstangen in den Himmel, und auf den Anhöhen stand jeweils ein Wachtturm auf Pfählen.
Den Mannschaften wurden neue Patronen ausgeteilt, und auf den Lokomotiven und Plattformen postierte man Wachen. Schon beim ersten Halt hinter der Grenze bekamen die Schwestern zu hören, dass die Mandschu-Mongolen woanders einen Wachtposten mit sieben Mann niedergemetzelt hätten.
Der dies sagte, war ein Chinese, der mit Körben voller Sonnenblumenkernen, Nüssen und Zwieback handelte. Er trug einen blauen Rock und blaue Hosen, hatte aber eine russische Schirmmütze auf dem Kopf.
»Was brauchen, Leutnant? Zwieback? Stark süß. Zehn Stück fünf Kopek.«
Sergej kaufte fünf Zwieback und gab dem Chinesen zwei Kopeken.
»Du sprichst unsere Sprache?«, wunderte sich Sarah.
»Sprechen sind gut für Geschäft«, sagte der Chinese und verbeugte sich lächelnd.

Ein anderer kam herbeigelaufen. Er war nackt bis zum Gürtel und hatte einen so langen Zopf, dass er ihn einmal um den Hals geschlungen hatte. Er war schlank und muskulös, seine Haut von makelloser Bronze. Er hielt an einer Hand einen Stock, an dem kleinere Messer mit allen möglichen Klingenformen hingen – das Messer zu jeweils einem Rubel.

»Da haben wir doch Besseres«, sagte Sergej und zeigte auf seinen Revolver.

Der Chinese lachte hellauf und schüttelte den Kopf.

»Leutnant müssen Messer haben«, beharrte er. »Oder Frau.«

Er verbeugte sich und sah Sergej ernst an. Der hakte sich bei Sarah unter und zog sie weiter. Vor einem Waggon stand ein Feldwebel und brüllte, man solle ihm endlich den Gefreiten Ilja schicken.

»Ihr Teufel, macht endlich!«

»Ich dachte, wir seien Menschen?«, hörte Sarah die ihr bekannte Stimme Stulpins.

»Wer hat das gesagt?«, rief der Feldwebel.

Stulpin guckte aus dem Fenster. Er legte die Hand an die Mütze, sah Sarah und Sergej an und sagte erstaunt: »Euer Wohlgeboren, könnt Ihr mir sagen, wer hier gerade so geschimpft hat? Wo ist der Kerl, der es wagt, mich einen Teufel zu nennen? Ich brech ihm alle Knochen.«

Der Feldwebel hatte den Mund schon offen, aber es kam kein Wort heraus. Er schnappte nach Luft und schluckte. Sarah schaute sich demonstrativ um und zuckte mit den Schultern.

»Stulpin, du musst einen Alptraum gehabt haben«, sagte sie. »Bestimmt, nicht?«

Damit blickte sie Sergej an, der das Gesicht verzog, weil er in einen der süßen Zwiebacke gebissen hatte.
»Du wollen Zwieback?«, rief er Stulpin zu. »Stark süß e-eeh? Ich schenken einen?«
»Nimm nur«, sagte Sarah. »Gut sein gegen Alptraum.«
»Euer Wohlgeboren – auf ewig Euer Diener«, rief Stulpin und legte noch einmal die Hand an die Mütze.
Sergej warf ihm den Zwieback durch das Fenster, Stulpin fing ihn auf. Der Feldwebel zog die Mütze und rieb sich die Augen. Mit einem lauten Seufzer setzte er sie wieder auf und ging dann seines Wegs.

Wo genau die Reise hinführte, interessierte erst jetzt. Es ging nur noch im Schneckentempo voran, nach Harbin, das inmitten der mandschurischen Ebene lag. Es war die zentrale Kommandostelle, hier befanden sich große Lazarette und die oberste Kriegsführung. Das Wasser wurde knapp. Die Pferde standen in den drückend heißen Wagons, bekamen nichts zu saufen und nichts zu fressen. Ein an der Station Mandschuria zugestiegener Grenzoffizier echauffierte sich, je länger der Zug auf den ewigen Ausweichstellen schmore, desto entsetzlicher seien die Zustände.
»Warum?«, explodierte er schließlich. »Weil erstens die Züge des Statthalters und des Generalquartiermeisters in Harbin die Gleise blockieren und zweitens der Herr Statthalter nachts keinen Zugverkehr neben seinem Bahnhof duldet, weil das Rasseln der Räder und die Pfeifensignale ihm seinen kostbaren Schlaf rauben!«
»Das ist nicht wahr!«, entrüstete sich Sarah.
»Schwester, es kommt sogar noch besser. Generalquartiermeister Pflug hat für sich und den Statthalter den neuen

Bahnhof requiriert, weil sie dort ihre Verdauungsspaziergänge zu machen pflegen. Aber auch, damit sie sich von dort als Erste aus dem Staub machen können. Im alten Bahnhof aber drängen sich bis zur Weiterfahrt Ärzte, Schwestern und die Frontoffiziere wie Heringe in einem Fass.«

Als der Zug endlich in Harbin eintraf, wurde Sarah gewahr, dass der Grenzoffizier nicht gelogen hatte. Der neue Bahnhof war sauber und geräumig und schimmerte in lichtem Hellgrün in der Sonne. Tatsächlich war er von dem Statthalter und seinem Stab besetzt, und das Gerücht, dass er sich achtundneunzig Ordonnanzen halte, schien auch nicht übertrieben angesichts der überall anzutreffenden Burschen in ihren weißen Anzügen, die so akkurat wirkten wie bei einem Besuch im Theater.

Im alten Bahnhof dagegen herrschte monströser Wirrwarr. Sarah und Sergej stiegen über dösende Mannschaften und schlängelten sich auf pfadähnlichen Gassen an Offizieren und Ärzten vorbei, die auf Taburetts hockten und lasen, Karten spielten oder mit dem Rücken aneinander gelehnt schliefen. Die Brotpreise waren unsinnig hoch, der Tee schmeckte nach Jauche.

Sarah zog es vor, an den fahrbaren Garküchen der Chinesen zu essen. Denn das Essen im Bahnhofskasino war ein undefinierbarer Eintopf, der nach Fisch und Fleisch gleichzeitig roch. Dazu die Atmosphäre: Um den Bahnhof herum glichen die auf die Weiterfahrt wartenden Mannschaften verlorenen Wölfen, die tranken und randalierten. Trotzdem huschten zwischen ihnen Chinesen mit ihren typischen, über die Schulter hängenden Körben umher und machten Geschäfte mit Fladenbrot, Reisbällchen und

Schnaps. Weil aber alles so teuer war, schossen die Soldaten immer wieder auf Tauben. Es stank nach verbranntem Fleisch und Exkrementen, Heerscharen von Fliegen aller Größe schwirrten umeinander. Den Bäumen um den Bahnhof fehlten sämtliche unteren Äste, sie standen da wie überdimensionale Regenschirme. Die Stämme waren von den Feuern unter ihnen verkohlt.

»Wir dürfen zwei Tage hier aushalten«, sagte Sergej. »Bloß weg hier. Das ist eine Bakterienküche. Ich kann den Typhus geradezu riechen. Ich sage dir, in zehn Tagen ist ein Viertel unseres Zuges infiziert.«

Sergej und seine Kollegen fanden ein Hotel, wo sie für zwei Rubel auf dem Korridor schlafen durften. Sarah und ihre Mitschwestern übernachteten in einem Verschlag mit nur zwei Betten. Rücken an Rücken lag Sarah mit der Oberschwester in einem Bett, die Schwestern Wera und Anetschka im anderen. Es war so eng, dass jeder den Atem des anderen roch.

Frühstück gab es in Schichten.

Und jeder Neuankömmling wurde erst einmal mit der Geschichte des Generals Baron Stakelfeld begrüßt, des Befehlshabers der letzten großen Schlacht in der Nähe von Liaujüan.

»Auf dem Schlachtfeld blieben etliche Verwundete zurück, Schwester. Erstens stand Stakelbergs Zug den Lazarettzügen im Weg, zweitens hatte er bessere Arbeit für seine Soldaten, als zu kämpfen. Er hat zwei ganze Kompanien damit beschäftigt, unaufhörlich Wasser auf die Leinwand zu gießen, die über seinen Zug gespannt war. Denn im Zug befand sich seine Frau Gemahlin. Und die fühlte sich von der Hitze belästigt.«

Sarah kam die Schleichfahrt an die Front nach Mukden nach dem Moloch von Harbin wie eine Erholung vor. In den Dörfern ragten graue Pagoden empor, die aus der Ferne wie Bienenkörbe aussahen. Das fruchtbare Gelände, in das sie eingebettet waren, wogte in sattem Grün. Da Erntezeit war, wimmelten die Felder von blau gekleideten Chinesen. Sie schnitten Kaoliang-Stroh und Tschumis. Ochsenkarren standen herum, Männer, Frauen und Kinder arbeiteten. Die Frauen hatten alle ihre Kleinsten auf dem Rücken. Ihre Lieder klangen süß, es war friedlich.

Im Zug aber ging es diszipliniert und ernst zu. Die Stimmung war beinahe feierlich. Sarah pflegte ihre Hände mit Melkfett, Sergej ordnete seine und ihre Lazaretttasche.

Die Front war nah.

Nachmittags um zwei rollte der Zug in Mukden ein. Er kam auf ein Reservegleis. Während Offiziere und Schwestern sich zu einem Imbiss in das Bahnhofscasino aufmachten, wurde den Mannschaften befohlen auszupacken.

Ungefähr drei Stunden waren dafür veranschlagt. Die Mannschaften warfen den Offizieren scheele Blicke zu, aber weil es hier noch mehr Fliegen als in Harbin gab, war das Essen im Kasino keine Erholung, sondern nur ein Kampf gegen den Ekel. Die Fliegen summten in ganzen Schwärmen durch die Luft und fielen über die Suppe her, als seien sie kurz vor dem Verhungern. An den Nachbartischen standen nicht fortgeräumte Suppenteller, die von immer neuen Fliegenschwärmen heimgesucht wurden wie zu eroberndes Gelände. In den Fettaugen schwammen Fliegenleichen, auf denen sich ihre Artgenossen in kleinen Haufen türmten.

»Wenn du genau hinhörst, kannst du ausmachen, wenn wieder eine von ihnen absäuft. Die Flügel spritzen in der Brühe. Sie vergurgeln in ihren Strudeln. Phantastisch. Das hier ist eine Allegorie auf den Krieg.«
Sarah brummte etwas, hatte die Augen halb geschlossen. Anfangs hatte sie noch wie Sergej mit dem Zwieback in die Brühe gestippt, jetzt war ihr dies zu widerlich. Lieber hörte sie auf das Zwitschern der Schwalben, die an den Wänden des Casinos entlangflogen und Fliegen jagten. Der Appetit war ihr vergangen.

Als die Sonne unterging, war das Lukaschoff'sche Lazarett noch immer nicht am Ziel. Fünf Werst von Mukden entfernt, in einem chinesischen Dorf, sollte es aufgeschlagen werden, aber der Stabsordonnanzoffizier, der den Zug anführte, hatte sich verlaufen. Was er natürlich nicht zugeben wollte. Nachmittags hatte es einen heftigen Schauer gegeben, jetzt glänzten die Straßen in dünnem, glitschigem Schmutz. Die Sonne leuchtete rot durch eine trübe Wolkendecke. Es war noch schwül, aber mit jeder Viertelstunde blies der kalte Nordwind kräftiger, bis er schließlich den Himmel sternenklar poliert hatte. Das zeitweise Grollen der Kanonen war jetzt weniger zu hören, zeitweise wurde es von allen sogar vergessen.
Sarah hockte mit den anderen Schwestern in einem der grünen Fuhrwerke, Offiziere und Ärzte waren zu Pferde. Das Knarren der Wagen wirkte einschläfernd, aber das Schnauben der Tiere hielt nicht nur Sarah wach. Mit jeweils vier Pferden waren die Lazarettlastwagen bespannt, auf denen die roten Kreuze Unheil verkündend in der Dämmerung leuchteten.

Ein spöttisch feindseliges Lächeln lag auf den Gesichtern der Soldaten.
»Jetzt fängt der Blödsinn an!«, rief Stulpin. »Habe ich es euch nicht gesagt?«
»Halt!«
Der Zug stockte. Nebenan befand sich eine Fansa, eine chinesische Meierei. Der Stabsordonnanzoffizier sprengte in den Hof und kam wenig später mit dem Oberhaupt, einem alten Mann, zurück. Der Chinese verbeugte sich fortwährend, aber seine Augen waren voller Angst. Warum, erfuhr Sarah wenig später, nachdem die Pferde abgespannt waren. Es gab Geschrei, dann krachten Schüsse. Kurz darauf rannte der Alte, wild mit den Armen fuchtelnd, durch seine Fansa und warf sich Sergej zu Füßen. Mit einem Bündel Reisstroh in der Hand zeigte er auf die Pferde. Dort waren einige Soldaten mit der Fütterung beschäftigt. Was die Tiere fraßen, konnte Sergej in der Dunkelheit nicht erkennen, aber er ahnte, was es nicht war. Er griff sich eine Laterne und folgte dem Chinesen mit einem Kollegen auf die Weide. Tatsächlich fraßen die Pferde keinen Hafer, sondern Reisstroh.
»Ihr Verbrecher!«, schrie Sergej in die Schwärze. »Plündert ihr schon wieder?«
»Wieso? Hier ist Überfluss. Wir haben nicht genug!«
»Auf der Kanzlei gibt es doch Geld!«
»Die hat zu.«
Sergej schaute seinen Kollegen an. Sie beschlossen, dem Alten einen Rubel zu geben und sich das Geld morgen wiederzuholen. Der Alte war überaus dankbar und huschte in sein Haus.
Währenddessen hatten die Soldaten Holz zusammengetra-

gen und kochten Wasser in ihren Geschirren. Es war kalt, dazu blies ein schneidender Wind, der feinen Sand gegen die Zelte wehte. Kaum einer schlief diese erste Nacht im Feld.
Am Morgen war alles von einer dünnen Reifschicht überzogen. Der Wind hatte nachgelassen. Zum Frühstück gab es nur Tee. Sarah knurrte der Magen.
»Wie lange sollen wir hier eigentlich noch frieren?«, fauchte sie den Stabsordonnanzoffizier an. »Haben Sie denn keine Karten?«
»Karten schon. Aber wo wir hinsollen, steht da nicht drauf. Mir hat man nur die Richtung gesagt.«
»Aber wir laufen doch weg von der Front«, sagte Sarah.
»Gute Ohren, Schwester.«
»Ja, aber ...«
»Ihr Lukaschoff'schen sollt ja gar nicht an die Front. Zumindest vorläufig nicht. Ihr habt stattdessen ein Barackenlager mit Kranken zu übernehmen. Die dortige Lazaretteinheit ist es, die in Richtung Front verlegt wird.«
»Ja, da hätte man uns doch gleich an die Front schicken können«, bohrte Sarah weiter. »Stattdessen ziehen die Lazarette hier in der Weltgeschichte umher.«
»Schwester – nicht so übereifrig. Was wollen Sie an der Front? Erstens wird dort geschossen, zweitens mach ich nicht die Befehle, und drittens sterben unsere Leute sowieso.«
Der Ordonnanzoffizier legte die Hand an die Mütze und ging.

Sarah traute ihren Augen nicht. Die Baracken, die das Lukaschoff'sche Lazarett übernehmen sollte, waren voller Kranker, und zu ihrer Bewachung hatte man niemand abgestellt.

Wer halbwegs auf den Füßen stehen konnte, wartete draußen und rauchte. Die Männer winkten mit den Mützen in der Hand und begrüßten die heranrückende Lazarettmannschaft mit lautstarkem Hallo.
In den Baracken bot sich ein Bild unwürdigen Elends. Die Kranken lagen auf bloßen Brettern, manche auf dem nackten Stein. Sie besaßen nichts außer ihrer Ausrüstung, denn die Matratzen, Decken, Handtücher und Waschbecken, alles Geschirr und sämtliche Bettwäsche waren von der abziehenden Einheit wieder mitgenommen worden. Und weil sie den Befehl bekommen hatte, früh um Punkt sieben Uhr aufzubrechen, hatte sie ihre Kranken zwangsweise im Stich lassen müssen.
Eine wilde Hektik entstand. Da dem Lukaschoff'schen Lazarett keine Matratzen zugewiesen waren, sondern nur Matratzensäcke, mussten diese so schnell wie möglich gefüllt werden. Doch womit? Der Oberstleutnant schickte seinen Gehilfen los, er solle Tschumisstroh besorgen. Wenig später jagte er ihm einen anderen Mann hinterher, um zusätzlich Fleisch und Gemüse einzukaufen. Schließlich mussten die Kranken essen. Die Vorräte aber waren von der anderen Einheit ebenfalls mitgenommen worden.
»Unser Essen versackt jetzt in deren gesunden Bäuchen, Schwester«, sagte bitter ein Soldat, der zur großen Schar der Typhuskranken gehörte. »Aber wenn Sie hier weggehen, passiert dasselbe.«
»Bestimmt nicht«, entgegnete Sarah und las das Thermometer ab.
Die gemessene Temperatur trug sie in eine Tabelle ein und gab dem Kranken Tee zu trinken.
»Mehr. Bitte.«

»Nichts mehr da!«, sagte Sarah bedauernd und schaute sich um.
Sie fühlte, dass sie von irgendjemand angestarrt wurde. Und tatsächlich – die Augen gehörten zu einem Kaukasier mit schwarzem Bart und tief eingefallenen Wangen.
»Willst du etwas?«, fragte sie.
»Seit einer Stunde warte ich auf Wasser«, presste der Mann hervor und starrte Sarah böse an.
Sarah winkte Oberschwester Sina. Die schüttelte den Kopf.
»Der Oberarzt hat mir gerade eigenhändig die Wasserkanne ausgeleert. Es darf kein ungekochtes Wasser mehr ausgeschenkt werden. Abgekochtes aber haben wir nicht. Das abgezogene Lazarett hat bis auf einen Kochkessel alle anderen mitgenommen.«
»Da hörst du's«, sagte Sarah und ging zum nächsten Kranken, um bei ihm die Temperatur abzulesen.
Dazu musste sie am Bett des Kaukasiers vorbei. Der Mann glühte jetzt vor Hass. Er zog Sarah so heftig an der Schürze, dass sie zu ihm aufs Bett fiel. Doch damit nicht genug. Er packte sie am Kinn, um sie zu sich herunterzuziehen. Für einen Typhuskranken hatte er erstaunliche Kräfte. Sarah gelang es erst in letzter Sekunde, sich mit der linken Hand am Bettgestell abzustützen. Sonst hätten ihre Lippen unweigerlich die des Kaukasiers berührt.
»Du sollst auch Durst haben«, zischte der Soldat und wollte Sarah noch näher zu sich heranziehen.
Doch sie stützte sich mit ihrer Rechten jetzt auf dessen Stirn ab.
»Schlaf lieber«, sagte sie und blieb zwei Minuten in derselben Haltung.
Der Griff des Kaukasiers wurde schwächer. Schließlich fiel

seine Hand herunter. Fünf Minuten später begann er zu schnarchen.
»Schwester, haben Sie Handschuhe aus Eisen?«, rief der andere Soldat und lachte. »Der Bursche hat es verdient. Ist ein Schwein.«

Bis nach Mitternacht waren die »Lukaschoff'schen« damit beschäftigt, die Matratzensäcke zu füllen. Ständig gingen die Türen auf und fielen krachend wieder ins Schloss. Kältewelle folgte auf Kältewelle. Das Quietschen der Handwagen mischte sich mit dem Knistern des Strohs, das garbenweise in die Säcke geschoben wurde. Da die Fenster schlecht schlossen, zog es zuweilen so heftig, dass es pfiff. Sarah eilte im trüben Licht der rußenden Laternen von Bettstatt zu Bettstatt, um die Kranken wenigstens von Kopfschmerzen freizuhalten. Aber es waren zu viele. Ihre Energien wurden allmählich schwächer, irgendwann glaubte sie, von Vampiren umgeben zu sein. Schließlich musste sie aufgeben. Todmüde schwankte sie zwischen den Reihen umher, schenkte Tee aus. Da etliche Soldaten nur in ihre Mäntel gehüllt waren, weil Decken fehlten, fanden sie in der Kälte nicht in den Schlaf. Aber auch die, die Decken hatten, stöhnten und überließen sich unverständlichem Gemurmel. Einige Soldaten delirierten.
»Schwester«, hörte Sarah eine Stimme. »Der neben mir – ich glaube, er ist tot.«
Der Mann atmete nicht mehr. Sein Mund stand offen, seine Augen waren erloschen. Sarah legte noch einmal ihre Hand auf und schloss die Augen. Wieder hatte sie die schwarze Gestalt mit dem Licht vor Augen. Oder war es nur eine Erinnerung? Sie konnte es nicht mehr unterscheiden. Sie nick-

te nur und strich dem Mann übers Gesicht. Er war noch jung. Vielleicht gerade zwanzig. Mechanisch zog sie ihm die Decke über den Kopf und machte Meldung.
In der Ecke der Baracke, wo die Offiziere lagen, glommen neben den Kopfkissen Kerzen. Oberschwester Sina saß auf einem Taburett und verdingte sich als Vorleserin. Sie las Puschkin, aus »Eugen Onegin«.
»Sina, ich muss mich hinlegen«, hauchte Sarah.
Die Oberschwester nickte – ohne von ihrem Buch aufzuschauen.

Tage später ließ sich der Korpskommandeur blicken. Es ging das Gerücht, er sei genau so unbarmherzig wie lang und mager. Und gehöre zur langen Reihe der obersten Offiziere, die ihre Soldaten mit der Reitgerte ins Gesicht schlugen – obwohl der Zar vor Beginn des Krieges die völlige Abschaffung der Körperstrafen verfügt hatte. Tatsächlich war der General gereizter Stimmung. Denn es war kurz vor Mittag und er längst in der Laune, zu Tisch zu gehen. Weil er stark kurzsichtig war, schienen die hinter den Brillengläsern riesig wirkenden Augen besonders bedrohlich zu sein, kurzum, es gab keinen Menschen an der Front, der gerne General Kalinins Weg kreuzte.
Auf seiner Visite folgten ihm der Chefarzt, Oberstleutnant Lukaschoff, der Oberarzt und Sergejs Kollegen.
Der General schritt durch die Baracke, stand vor jedem Bett wenige Augenblicke still und ging dann weiter. Er sah verdrossen aus und musterte die Kranken mit gleichgültiger bis abschätziger Miene.
»Was fehlt dir?«, fragte er den Soldaten, denselben, dem Sarah am ersten Tag nicht genug Tee hatte geben können.

»Typhus, Euer Hochwohlgeboren«, antwortete der Soldat. Er war auf dem Weg der Genesung, hatte ein rosiges Gesicht. Das Haar war geschnitten, der Bart gestutzt.
»Du siehst nicht so aus.«
»Er hat es so gut wie überstanden«, mischte sich der Oberarzt ein.
»Warum liegt er dann noch hier?«, brauste der General auf. »Was ist das für eine Schlamperei? Ich mache Sie darauf aufmerksam, dass es die Oberbehörde nicht duldet, wenn Sie hier leichte Fälle zu Tode pflegen. Für jedes Wehwehchen stellen Sie die Diagnose Ruhr oder Typhus. Wissen Sie nicht, dass die Ruhr bei uns gar nicht vorkommt? Und Typhus nur ausnahmsweise? Der Kerl hat eine leichte Influenza. Sie bürgen mir dafür, dass er morgen zu seiner Einheit kommt. Verstanden!?«
»Jawohl, Euer Hochwohlgeboren«, sagte der Oberarzt.
Sergej und Sarah stürzten in die Baracke.
»Bitte einen Kollegen zu mir!«, rief Sergej. »Ein Notfall!«
Der General fuhr herum, eine Augenbraue aufgerissen.
»Sie haben Dienst?«, fauchte er Sergej an. »Wo ist dann Ihr Säbel, Herr Leutnant?«
»Mit Verlaub, Euer Hochwohlgeboren: Er stört beim Operieren und Verbinden.«
»Sie haben nach Dienstvorschrift einen Säbel zu tragen, verdammt!«, schnauzte der General. »Oberstleutnant Lukaschoff, ich werde einen Vermerk schreiben. Sie führen kein Lazarett, sondern einen Affenzirkus. Wo sind überhaupt die Heiligenbilder? Was ist das für eine Unordnung?«
»Bitte – wir müssen operieren, Herr General!«, rief Sarah.
»Schwester! Ich habe Sie nicht um Ihre Meinung gebeten!«,

brüllte der General sie an. »Oberstleutnant, welche Disziplin halten Sie hier eigentlich?«

Da alle schwiegen, marschierte der General zur Tür, um sich von dem gemeldeten Notfall selbst ein Bild zu machen. Ohne Sarah und Sergej eines Blickes zu würdigen, trat er ins Freie, wo vor der Operationsbaracke ein Artillerist auf einer Tragbahre lag. Er stöhnte vor Schmerzen, bewegte den Kopf hin und her und stieß in einem fort das Wort »verbinden« aus. Ein Bein steckte im Stiefel – der Rest des anderen Beines, ebenfalls mit Stiefel, war mit einem Gurt an den Stumpf gebunden. Stumpf und abgetrenntes Bein waren mit von schwarzem Blut durchtränkten Verbänden umwickelt, auf denen Fliegen hockten.

»Was ist das?«, fragte der General barsch.

»Sein Gaul scheute, weil im Graben ein Chunguse vor sich hin trottete«, erzählte einer der Träger. »Er fiel herunter, mit dem Bein auf einen Stein. Und genau in der Sekunde rollte der Munitionswagen drüber.«

»Dann operieren Sie ihn gefälligst, Leutnant!«

»Wie Euer Hochwohlgeboren befehlen«, sagte Sergej.

Der Sarkasmus in seiner Stimme war nicht zu überhören.

Zum Glück war es Mittag geworden. General Kalinin legte die Hand an die Mütze und stieg auf seine Schimmelstute. Seine roten Hosen leuchteten in der Sonne, das Gold an den Epauletten glänzte.

»Sorgen Sie dafür, Oberstleutnant, dass es in den Baracken nicht so zieht!«

General Kalinin gab seinem Pferd die Sporen. Es wieherte hochmütig und hinterließ erst einmal zwei Äpfel, bevor es lostrabte.

»Jetzt aber ran!«, rief Sergej.

»Es ist Tischzeit«, sagte Oberstleutnant Lukaschoff. »Sie schaffen das alleine, ja?«
»Bestimmt«, sagte Sergej und warf Sarah einen spöttischen Blick zu.
»Na, dann«, sagte Oberstleutnant Lukaschoff. »Meine Herren, auf den Schreck genehmigen wir uns eine gute Flasche, wie?«
Beifälliges Gemurmel erklang. Sergejs Kollegen zuckten mit den Schultern, nickten ihm aufmunternd zu.

Der Mann lag chloroformiert auf dem Operationstisch. Sergej legte die Säge beiseite, mit der er den zerquetschten Knochenrest abgesägt hatte. Jetzt ging er daran, die Schnittfläche noch einmal mit einer Salzlösung auszuwaschen. Sarah folgte jeder seiner Bewegungen. Sie stand auf der anderen Seite des Operationstisches, die Hand auf dem Herzen des Mannes. Mehr konnte sie nicht tun. Erst wenn Sergej mit dem Nähen fertig war, würde sie in Aktion treten und mit ihren Energien dafür sorgen, dass sich keine Entzündungen am Stumpf bildeten.
Sergej griff zum Skalpell.
»Was machst du jetzt?«
»Ich schneide Haut und Muskeln ein, um so Überlappungsmaterial zu bekommen. Vor allem ist es wichtig, die Nerven weit oberhalb des Stumpfes zu kappen. Um später keine Druckschmerzen aufkommen zu lassen.«
»Wird er, wenn er aufwacht, große Schmerzen haben?«
»Wozu haben wir Sie, Schwester Sarah?«
Sarah seufzte, versuchte ein Lächeln. Sergej verhielt sich wie ein guter Bekannter. Dass sie beide vor dem Krieg in wollüstige Intimitäten verstrickt waren, wirkte auf einmal

so fern wie ihre Zeit in Njeschin. Sie hatte es sich nie vorstellen können, wenn Sergej sagte, die Musik sei seine Geliebte, die Medizin aber seine Leidenschaft. Doch schon auf der Fahrt hatte sie erleben können, wie routiniert Sergej arbeitete. Jetzt hantierte er mit der Geschicklichkeit eines erfahrenen Chirurgen. Seine schlanken Finger, die auf dem Klavier so anmutig anzuschauen waren, troffen jetzt von Blut. Fleisch und Nerven klebten auf ihnen, aber dies schien Sergej nicht das Geringste auszumachen. Er, der Ästhet, den sein Vater im Innersten kalt und glatt genannt hatte, operierte wie eine Maschine und zeigte weder Mitleid noch Furcht.

»So, jetzt badest du diese ganze Geschichte hier in Sublimat.«

»Worin?«

»Sublimat. Eine Quecksilberchlorid-Lösung. Danach wird genäht. Und dann gehen wir zu Tisch – oder erst woandershin?«

»Wie kannst du jetzt ...«

»Ein Mann ist ein Mann und bleibt ein Mann.«

Sergej grinste. Er ging zum Regal und entnahm ihm eine nierenförmige Wanne, in die er aus einem Glasballon eine fast durchsichtige Flüssigkeit laufen ließ. Er drückte sie Sarah in die Hand und küsste sie auf die Lippen.

Sarah packte das Grauen, als sie die Sublimatlösung mit einem Löffel wieder und wieder gegen den Stumpf spritzte. Gewebeteilchen, Blutgerinnsel, Fett, Aderreste, Knochensplitter – der Beinstumpf entäußerte immer neues Material. Schließlich jedoch war er sauber, und das Sublimat tropfte hellrot auf das Operationsleinen.

Sergej begann mit dem Nähen. Jedes Mal, wenn die Nadel

durch die Haut drang, gab es einen dumpfen Laut, gefolgt von einem hellen, beinahe scharfen Geräusch, wenn der Faden durchgezogen wurde.

»Das war's«, sagte Sergej nach einer Weile.

Er zog dem Mann das Lid nach unten und drückte ihm noch einmal den Chloroformschwamm auf die Nase.

»Kreislauf stabil?«

»Ja.«

»Dann haben wir Zeit für uns!«

»Du bist wahnsinnig!«

»Meine Güte – dann eben nicht.«

Sergej wusch sich die Hände und brüllte nach der Bereitschaft.

»Vielleicht haben sie dann wenigstens noch ein Gläschen für mich übrig gelassen«, sagte er, band sich den Kittel ab und den Säbel an.

Sarah sah ihm nach. Sergej rannte beinahe. Es war nicht zu fassen. Er würde jetzt mit Appetit tafeln und Champagner trinken. Und dann bestimmt einen halben Tag Sonderurlaub ergattern, nach Mukden reiten, um dort zu irgendwelchen Kokotten zu gehen – vielleicht auch einfach zu Schwester Anetschka. Denn trotz der Angst vor den »Schlitzaugen« – Anetschka blühte auf, wann immer Sergej sie zum Essen einlud.

Sarah war nicht eifersüchtig. Von Tag zu Tag sah sie deutlicher, dass Sergej nicht der Mann war, der ihr zugedacht war. Es würde noch einen anderen geben.

Sarah hatte es bald begriffen: Die Kranken in der Armee waren die Parias des Krieges. Sie konnten so guten Dienst geleistet haben, wie sie wollten, sie konnten mehr leiden als Verwundete und schneller sterben – sie wurden mit nichts als Geringschätzung behandelt. Denn sie waren uninteressant, galten gleichsam nur als Soldaten hinter den Kulissen. Und damit passten sie nicht ins Bild der glänzenden Kriegsdekoration von Verwundung und Verstümmelung. Sichtbarer Ausdruck dieser Geringschätzung war der Zustand der Aborte. Wer sich mit Ruhr dorthin schleppte, dem bot sich jeden Tag dasselbe monströse Bild. Reinigungen fanden kaum statt, niemand fühlte sich zuständig für die vier Abtritte des Lukaschoff'schen Lazaretts. Die Last trugen Sarah und die anderen Schwestern. Sie mussten morgens die Matratzensäcke reinigen, weil sich die Soldaten immer mehr gehen ließen. Oberschwester Sina dagegen war längst zur Gesellschafterin der kranken Offiziere geworden. Sie las stundenlang vor und diskutierte mit ihnen über Literatur und Musik. Niemandem blieb dies verborgen. Sergej sagte eines Tages, Sina komme ihm vor wie eine Frau, die sich so stark in die Phantasiewelt der Literatur flüchte, dass ihr am Ende nur der Wahnsinn bleibe.

Um wenigsten in der Nacht etwas Ruhe zu haben, kamen Sarah und ihre Mitschwester Wera auf die Idee, die Kranken wie Kinder auf die Nachtgeschirre zu zwingen. Sie rollten mit den Nachtstühlen durch die Baracken – immer zu zweit. Schwester Wera half den Kranken aus dem Bett und setzte sie »auf den Topf«, Sarah besorgte anschließend die Reinigung mit Karbol. Die Methode fand Anerkennung beim Chefarzt, der schließlich Korpskommandeur Kalinin melden konnte, dass der Krankenstand an Typhus- und Ruhrpatienten in seinem Lazarett stetig zurückgehe.

Wera gehörte zu den Schwestern, die sich aus Abenteuerlust und Langeweile eingeschrieben hatten, um ihrem gutbürgerlichen Elternhaus zu entfliehen. Jung und pummelig, hatte sie während der Fahrt hauptsächlich gestrickt und gehäkelt. Sie war eine geduldete Gesellschafterin, die mit den Offizieren Schach spielte, dennoch bändelte keiner mit ihr an. Schuld war ihre pickelige, schorfige Haut – was auch der Grund sei, weshalb sie in St. Petersburg keinen Mann finde, gestand sie Sarah eines Tages freimütig in der Offiziersmesse.

»Die Herren fürchten, ich sei ansteckend«, sagte sie mit vorgehaltener Hand. »Trotz ihrer ganz bestimmten Nöte: Sie lassen die Finger von mir. Vielleicht sollte ich besser kein Parfum mehr auflegen, sondern Karbol.«

Wera lachte über ihren grausamen Scherz, aber Sarah spürte die verzehrende Leidenschaft, die Wera quälte. Sie waren jetzt unter sich, weil der Oberarzt und Sergej sich für die Visite bereitmachten. Chefarzt Lukaschoff rauchte noch an seiner Zigarre und musterte Sarah verstohlen. Mit dem Kompliment, das er ihr und Wera für ihre Pflege gemacht hatte, war Sarah gleichsam rehabilitiert, was bedeutete, dass sie, wie die anderen Schwestern auch, ständig zum Essen und zu Gesellschaften eingeladen wurde.

Selbst eine hässliche Frau in Schwesterntracht war immer noch besser als keine. Legten sie zu Feiern oder Ausgängen ihre Tracht ab, wurden sie umschwärmt. Frontoffiziere rissen sich darum, ihre Bekanntschaft zu machen, hätten die »Damen« am liebsten auf Händen getragen.

»Bei Gott, ich bin durchaus kein schüchterner Mensch«, schnappte Sarah einmal das Geständnis eines Hauptmanns auf. »Bestimmt habe ich mit Damen schon so allerlei Umgang gehabt. Aber hier konnte ich es kaum glauben, als General Kalinin mich bat, seine Schwester Suleika zum Zahnarzt zu begleiten: Da stand ich fünf Minuten lang aufgeregt vor ihrer Tür und wagte nicht einzutreten. So sehr bin ich hier schon den Damen entwöhnt.«

»Unser Herr Oberstleutnant hat, so scheint's, einen Blick auf dich geworfen«, sagte Wera. »Pass auf! Sina ist ihm zu verkopft, und Anetschka zeigt ihm Sergejs wegen die kalte Schulter. Dabei – unser Lukaschoff hat was Draufgängerisches an sich. Und wie gepflegt er ist. Sein Schnauzer, sein edelgraues Haar! Ich würd schwach für ihn werden.«

»Wera!«, tuschelte Sarah. »Wenn ich das geahnt hätte! Soll ich dir helfen?«

»Mit Dutzenden Schönheitspflästerchen, die nach Chlumsky-Lösung riechen?«

»Nein, auf meine Art.«

Wera schüttelte den Kopf, schaute Sarah skeptisch an. Seit Jahren glich die Haut ihres runden Gesichts einer Wüste mit aktiven Vulkanen. Die Pickel wölbten sich erst rot, dann brachen sie auf und versteppten mit Schrunden. Waren sie an einer Stelle verheilt, platzten anderswo zwei neue auf. Zu Hause verbrachte sie Stunden vor dem Spiegel, und mit den Summen, die sie für Schminke ausgab, mussten andere ihre Familien ernähren. Einmal war sie mit dem Rasiermesser an sich herangegangen, hatte ihre Pickel damit gleichsam abgesenst: Die Wunden verheilten, aber es wurde nur noch schlimmer.

Nein, Wunder gab es nicht. Sämtliche Salben und Wässerchen der Welt hatten ihr nicht helfen können, keine Besprecherin, keine weise Frau. Wera glaubte von Anfang an nicht an die Geschichten, die Stulpin und andere erzählten. Es war bloßes Gerede der Mannschaften. Eine Schimäre, eine fromme Hoffnung. Wer wüsste nicht gerne eine Wunderheilerin unter sich, wenn er in den Krieg zog?

»Meine Damen«, kam Oberstleutnant Lukaschoff an den Tisch. »Darf ich Ihnen ein Geheimnis verraten? Ja? Ab morgen dürfen wir uns wirklich bewähren. Denn wir werden verlegt. Ich bekam soeben eine Depesche von General Kalinin.«

»Die Schlacht am Scha-Ho?«, fragte Wera.

»Jawohl.«

Lukaschoff nickte und sah nachdenklich in die Ferne. Wera schaute ihn bewundernd an, und es war nicht falsch: Ihr Chefarzt war ein Bild von einem Mann. Wirklich wie Gregors Bruder, dachte Sarah.

Wie es ihm wohl jetzt in Sibirien ging? War Verbannung nicht besser als Krieg? Zumal, wenn er die Jahre mit Tatjana verbringen durfte? Er war dort, weil er den Riesen Lopuchon getötet hatte. Das war die offizielle Begründung. Aber Sarah redete sich ein, dass Gott Gregor für dessen andere Taten büßen ließ: für seine Teilnahme an Pogromen, seine Prügel gegen Iridna und eben seine Erpressung, die zum Tod von Sergejs Vater und damit zu seinem Verderben geführt hatte.

Für Sekunden glitt das Bild Gregors über das des Chefarztes. Doch als dieser wieder zu sprechen begann, war Gregors Antlitz verschwunden. Unvorstellbare Menschenmassen würden jetzt gegeneinander antreten, erzählte Lukaschoff. General Kuropatkin habe ungefähr eine Viertelmillion Russen mit tausend Kanonen gegen die Japaner geworfen.

»Und was bedeutet das für unsere Armee?«, seufzte Lukaschoff und bot beiden Schwestern den Arm. »Über fünfzigtausend Tote.«

Die Lukaschoff'sche Mannschaft nahm den Abzug in Richtung Front mit gewisser Erleichterung auf. Kommandeure und Offiziere der Kampfeinheiten werden uns jetzt nicht mehr als Urlaubslazarettler beschimpfen, frohlockte der Oberarzt, der in den Baracken bislang so gut wie nicht in Erscheinung getreten war. Er reckte sich in seinen Stiefeln, machte ein paar Turnübungen und hielt die Hand hinter das Ohr, um das Kanonengrollen am Scha-Ho-Fluss besser hören zu können.

Sarah, Wera und Anetschka teilten noch ein letztes Mal Tee aus, während die Mannschaften schon zusammenpackten. Die Prophezeiung des typhuskranken Soldaten traf ein: Jetzt war es das Lukaschoff'sche Lazarett, das reinen Tisch machte. Die Waschtische wurden entfernt, Apotheke und Verbandszeug eingepackt, die Matratzensäcke einkassiert, und in den Küchen wurden tatsächlich wieder die Kessel herausgebrochen. Und selbstverständlich verleibten sich die Mannschaften auch die für die Kranken bestimmten Lebensmittel ein.

»Lassen wir die Kranken etwa auch im Stich?«, fragte Sarah den Oberarzt.

»General Kalinins Marschbefehl gilt für morgen sieben Uhr. Er ist der hiesige Kommandeur. Und er bekommt seine Befehle direkt vom Stab.«

Der Umzug dauerte drei Tage. Deichseln zerbrachen, Pferde scheuten, das Donnern der Kanonen kam immer näher. Der Wind wehte Pulverdampf heran. Es regnete fast ständig. Nachts gab es Frost. Auf einer Pontonbrücke ging es über den Scha-Ho, wenig später über eine angeschwollene Furt. Die Mannschaften steckten bis zum Gürtel im Wasser und stemmten sich gegen die Fuhrwerke, weil sie allmählich im Schlamm zu versinken drohten. Hin und wieder sprangen ein paar Soldaten über die Stoppelfelder und verschwanden in den Kaoliang- und Tschumisschobern.
Am Abend des zweiten Tages war der Kanonendonner so nah, dass Sarah das Zischen der Geschosse hören konnte. Die Luft stand unter einer Spannung, als ballten sich über ihr mehrere Gewitter. Sarah hatte Wera unterdessen zweimal die Hände aufgelegt und ihr verboten, die nächsten zwei Wochen in den Spiegel zu schauen.
»Du stößt dich nämlich selbst ab. Was du siehst, willst du zerstören, gleichsam mit den Händen packen und wie eine falsche Hülle wegreißen.«
»Ich habe zu Hause ständig Angst, irgendwelche Ordnungen zu übertreten«, sagte Wera und tastete nach ihrem Gesicht. »Meine Mutter, mein Vater – ständig schauen sie mich an. Es kommt mir vor, als würden sie mir ihre Vorstellungen von Wohlanständigkeit in die Haut brennen wollen. Einmal, bei einem Fest, da bin ich meinem Tanzpartner quasi an die Wäsche gegangen. Ich hab mich an ihn gedrückt, wie ... Oh, was hat der Schuft für Angst gekriegt.«
»Du hast ihn geliebt?«
»Ja«, seufzte Wera. »Wenn er gewollt hätte, hätte er alles mit mir machen können. So gesehen muss ich ihm dankbar sein.«

Wera atmete heftig. Sie hatte nicht nur mit ihrer Haut zu kämpfen, sondern bekam ab und an Anfälle von Atemnot. Sarah streichelte ihr beruhigend über den Rücken. Denn Wera hatte die Angewohnheit, den Atem anzuhalten, als sei dies für sie die einzige Möglichkeit, über diesen Druck voll und ganz bei sich zu sein.

»Huhu, Schwester Wera«, neckte Sarah sie. »Du kannst nicht aus deiner Haut. Sie ist dein Zuhause. Flüchten geht nicht. Die Männerwelt hier erwartet leider noch mehr als in St. Petersburg, dass eine Frau Dame ist. Das weißt du. Und deshalb hast du geblüht, als wäre dein Gesicht ein Beet mit frischem Kompost.«

»Ich habe geblüht?«, fragte Wera.

»Halte durch«, sagte Sarah. »Der Kompost ist schon ziemlich tot.«

Am Nachmittag bebte die Erde. In den dunklen Regenwolken blitzten die Flammen explodierender Schrapnelle auf. Ständig kamen ihnen jetzt Chinesen entgegen. Sie zogen ihre zweirädrigen, mit Hausrat beladenen Karren meist selbst, obenauf saßen, das Gesicht abgewandt, die Ehefrauen. Ein Bild rührte Sarah besonders: Ihnen begegnete ein Chinese mit einem Joch auf seinen Schultern. In den beiden rundlichen Körben, die an je einem der Jochenden baumelten, schaukelten zwei kleine Jungen. Sie waren dick und rund, mit schwarzen Zöpfchen auf dem Scheitel und saßen mit ihren untergeschlagenen Beinen da wie kleine Buddhas. Der Vater ging mit düsterem, zur Erde gesenktem Blick, aber die Kinder betrachteten fröhlich und voller Neugier den ihnen entgegenkommenden Lazarettzug.

Nördlich der Station Scha-Ho lag die Station Su-ja-Tun –

das Ziel des Lukaschoff'schen Lazaretts. Keine zwei Werst entfernt blitzten die Schrapnells jetzt in ganzen Schwärmen, aufgestachelt von unaufhörlichem Gewehrfeuer und bis zu fünfzig Granateinschlägen in der Minute. Dazu entlud sich über dem Schlachtfeld ein Gewitter, das in seiner Heftigkeit dem irdischen Toben nicht nachstand. Es war, als befinde man sich am Rand des Höllenpfuhls. Die Blitze heulten mit den Granaten und zerrissen in ihrer Grelle den von Pulverdampf und Dreck getrübten Horizont. Der Donner krachte mit der Wucht dutzender Granaten und peitschte Regenmassen nach unten, die sich zu Schlammbächen vereinigten, die gelbbraun durch das Lazarettlager flossen.

Aus Zelten und Baracken klangen Schreie und Stöhnen. Noch zwei andere Lazarette arbeiteten hier. Ärzte und Schwestern hasteten zu den holprigen Zweiradkarren und nahmen neue Verwundete in Empfang. Sie waren völlig durchnässt, ihre Schürzen voller Blut und Dreck.

Das Gewitter hatte mehrere Abfallbehälter mit sich gerissen. Pferdehufe traten die blutdurchtränkten Verbände in den Schlamm, in Rinnsalen klebten menschliche Fleischfetzen. Hunde bellten. Sie schlichen hungrig um das Lazarett. Sarah und die anderen Schwestern bekamen zu hören, sie sollten sich darauf einstellen, nachts Hunden zu begegnen, die sich an amputierten Gliedmaßen satt fräßen. Die umliegenden Dörfer nämlich seien verwaist, und im Übrigen komme man mit dem Vergraben des Abfalls einfach nicht mehr nach.

Beide Operationstische waren belegt. Sergej arbeitete mit Sarah, Wera und Anetschka assistierten dem Oberarzt.

»Was soll der noch auf dem Tisch?«, rief Sergej angesichts

eines Mannes, der am Körper völlig verbrannt und dessen Gesicht nur noch eine Maske aus blutigem Fleisch war.

Sarah wagte nicht, Sergej anzusehen. Sie wusste, was er von ihr verlangte.

»Hilf ihm«, stieß er hervor. »Mach schon. Jeder Stock hat zwei Enden. Das weiß ich seit deinen Ohrfeigen. Der Tod aber ist ihm Heil allein.«

Sarah schüttelte den Kopf, doch sie wusste, dass Sergej Recht hatte.

»Du bist hier, um Leiden zu lindern, Sarah!«, sagte Sergej leidenschaftlich. »Heilen ist was für den Frieden.«

Sarah nickte stumm und legte dem Mann die Hand auf die Brust. Die Haut war rotschwarz und glühte. Sein Herz schlug schnell und hart. Sarah schloss die Augen und wünschte sich, die schwarze Gestalt mit dem Strahlenkranz gäbe ihr ein Zeichen. Sie konzentrierte sich und betete – Worte aus dem neunzigsten Psalm, die so plötzlich in ihrem Gedächtnis waren, als habe sie ein anderer in sie hineingezaubert: Herr, Gott bist Du von Ewigkeit zu Ewigkeit. Der Du die Menschen sterben lässt und sprichst: Kommt wieder, Menschenkinder! Weil tausend Jahre sind vor dir wie der Tag, der gestern vergangen ist.

Frieden breitete sich in ihr aus. Dann spürte sie, wie es an ihren Fingerspitzen zu ziehen begann. Sie brauchte gar nichts zu tun, die Energien flossen ungleichmäßig. Der Sterbende nahm sich, was er brauchte. Sein Herzschlag wurde langsamer und schwächer. Doch wo war die schwarze Gestalt? Sarah schwebte über dem Boden in einem kohlschwarzen Raum. Dann tanzte auf einmal ein Lichtpünktchen vor ihr. Auf dieses Licht flog sie zu. Es wurde immer heller und mächtiger, und in der Sekunde, in

der es alles überstrahlen wollte, trat plötzlich die schwarze Gestalt dazwischen. Der Soldat war tot.
Sarah zitterte. Sie wollte weinen, konnte aber nicht. Sergej kam um den Operationstisch herum und nahm sie in den Arm.
»Es muss weitergehen«, flüsterte er. »Verstehst du?«
Dem nächsten Soldaten waren beide Hände zermalmt, dem darauf das Schienbein zerschmettert. Dieser Mann war kein Soldat, sondern eigentlich nur ein Soldätchen, mit einem Gesicht so zart und rund wie das eines Kindes. Er schnappte nach Luft, sein Nase lief, seine Tränen waren klar. Sergej konnte ihn kaum berühren, da begann er schon kläglich zu jammern. Sarah streichelte ihm unablässig das Gesicht und leitete ihn zusammen mit einer geringen Dosis Chloroform in seliges Vergessen.
Immer neue Verwundete wurden hereingebracht. Manchem musste nur eine Kugel herausoperiert werden, einem anderen flickte Sergej den Bauch. Er machte noch zwei Amputationen, dann wurde er von einem Kollegen abgelöst.
Der Oberarzt gab Sarah den Auftrag, Oberschwester Sina aus ihrer heilen Welt zu holen. Die las tatsächlich wieder im Offizierswinkel und wollte Sarah nicht glauben.
»Sina, der Oberarzt hat es befohlen!«, sagte Sarah erschöpft.
»Er soll selbst kommen. Schließlich bin ich die Oberschwester.«
Sergej stürmte heran. Den Vorhang aufzureißen und Sina das Buch wegzunehmen passierte in ein und derselben Sekunde. In seinem Kittel hingen die Gerüche der Desinfektionsmittel, sein Haar schien davon getränkt zu sein.

»Was soll das, Sina?«, herrschte er sie an. »Hier werden Sie nicht gebraucht!«

Seine Augen waren rot, seine Stirn zuckte. Wer von den Verwundeten konnte, hob den Kopf.

»Sie haben mir nichts, absolut nichts zu befehlen!«, stieß Sina überraschend leidenschaftlich hervor. »Ich stehe über Ihnen. Über euch allen! Indem ich hier aus der Bibel lese, bete ich! Christus erhört mich, Christus hilft. So mache ich mich zum Mittler der Verzweifelten.«

Verzückt schaute sie zum First des Zeltes und faltete die Hände. Ein Lächeln huschte ihr übers Gesicht, nach einer Weile strich sie sich eine Träne aus den Augenwinkeln. Alles starrte sie an. Die Offiziere hüstelten und räusperten sich. Sina neigte den Kopf und streckte die Hand aus. Sie schaute Sergej mit der bezwingenden Logik derjenigen an, die das Reich der Normalität auf immer verlassen haben, fest davon überzeugt, dass ihre Worte der Wahrheit entsprachen. Sarah warf Sergej einen eindringlichen Blick zu und schüttelte dann andeutungsweise den Kopf: Nein, sie verstellt sich nicht. Sina ist verrückt geworden.

Sergej schaute in die Runde.

»Sagen Sie mir bitte nur eins, meine Herren: Stört sie oder stört sie nicht?«

»Wir melden uns, wenn es zu arg wird«, erklang eine Stimme leicht amüsiert. »Sie ist ja niemandem im Weg.«

Sergej gab Sina die Bibel zurück.

»Beten Sie weiter, Sina«, sagte er leise. »Vielleicht hilft es ja tatsächlich.«

Zwölf Tage tobte die Schlacht am Scha-Ho-Fluss. Ärzte und Schwestern arbeiteten bis zum Zusammenbruch. Sarah litt besonders. Sie wollte helfen um jeden Preis, doch die wenigen Stunden Schlaf genügten nicht mehr, um sich zu regenerieren. Der Krieg nötigte sie, zu selektieren. Durchschussopfer überließ sie den eigenen Kräften, um für »schwere Fälle« noch genügend Energie zu haben: zum Beispiel für den Artilleristen, dem Sergej die Distanzröhre eines Schrapnells herausoperierte – einen breiten Kupferkegel, der Kreuzbein und Mastdarm zerrissen hatte. Es gelang ihr, den Darm zu reparieren und die Blutung zu unterbinden, aber derartige Einsätze gingen an die Substanz. Ihre Energien wurden zusehends schwächer, versiegten sogar für gewisse Zeit. Trocken und hart waren ihre Hände dann, wobei es Sarah vorkam, als spürten sie in imaginären Grüften dem Hauch von Verwesung und Tod nach. In diesen Stunden mochte sie nichts anfassen. Sie war zur Tatenlosigkeit verurteilt. Ihre Hände waren bar jeglichen Gefühls und von einer Konsistenz, die auf andere abstoßend wirkte. Sergej bezeichnete sie als polymorph-dämonisches Etwas, das ihn an die grotesken Gebilde missratener Embryonen erinnere, die man zu Studienzwecken in Formalinbehältern konserviert habe.

Stulpin prallte erschrocken zurück, als er mit ihr einen Verwundeten vom Sanitätskarren hob. Waren das wirklich die Hände, die ihm vor zwei Monaten das Leben gerettet hatten? Sarah blickte ihn müde an. In der Dämmerung mischten sich wieder einmal Geschützdonner und Gewitter.

»Der Krieg ist die schlimmste Verhöhnung derjenigen, die sich dem Kampf gegen körperliches Leid verschrieben haben«, sagte sie. »Jede Verwundung zeigt das Glück des Teufels.«

»Aber die Kranken zu Hause, Schwester? Hat die der Teufel nicht auch im Griff?«

»Verwundung und Krankheit sind völlig voneinander geschieden. Krankheit ist ein Prozess, Verwundung ein Schrapnell. Wer gesund ist, kann krank werden – aber dies dauert seine Zeit. Die Verwundung im Krieg aber ist das Werk einer halben Sekunde. Bei einer Krankheit muss selbst der Teufel noch gegen die Heilung kämpfen, sich anstrengen, den Menschen immer wieder heimsuchen. Der Krieg dagegen ist für ihn die perfektionierte Effektivität.«

»Ich verstehe kein Wort, Schwester«, sagte Stulpin.

»Du meinst, mit mir ist es jetzt wie mit Schwester Sina, wie?«

Sarah brachte ein dünnes Lächeln zu Stande. Sie schaute nach einem Verwundeten, dessen Körper von einem Panzer vertrockneten Blutes umgeben war. Der Mann grinste verbissen, geradezu sardonisch. Voller Hass starrte er in die Luft, doch seine Brust bewegte sich nicht. Sarah legte ihm die Hand aufs Herz, zuckte mit den Schultern. Stulpin legte ihm eine Feder zwischen Mund und Nase.

»Kein Puls, kein Herzschlag, kein Atem – kalt wie tot, sieht aus wie tot, ist tot.«

»Und der andere?«, fragte Stulpin.

»Nur ein paar Durchschüsse.«

»Dann mach Platz, mein Freund. Dein Kamerad wird's dir danken.«

Stulpin schloss dem Mann die Augen und kippte ihn dann einfach in den Dreck. Er pfiff und winkte, zeigte auf den Boden. Als er sich umdrehte, sah er Sarah schwanken. Sie

griff sich an die Stirn. Stulpin fing sie in letzter Sekunde auf, lud sie sich auf die Schulter und stapfte in eines der Zelte.
»Ich wollte Sie doch schon immer mal auf mir haben, Schwester«, sagte er und pfiff vergnügt durch die Zähne.
Der Mann mit den Durchschüssen rief um Hilfe. Aber das Gewitter verschluckte seine Schreie. Zwei Stunden blieb er so im Regen auf dem Karren liegen und konnte zusehen, wie sein toter Kamerad von Rinnsalen umspült wurde, ganz so, als wolle das Wasser sich nicht mit seinem Blut beschmutzen.
»Du hast dir schlechtes Wetter ausgesucht, Kamerad«, wurde er begrüßt, als der Tote geborgen wurde. »Aber ist ja kein Bauchschuss, oder?«

Die Kompanie war neu zusammengestellt worden. Die Schlacht am Scha-Ho war geschlagen, jetzt ging es in Richtung Mukden. Es dämmerte bereits, und die Kälte nahm von Stunde zu Stunde zu. Doch die Männer, die hier marschierten, waren Kälte gewöhnt. Sie waren Ostsibirier, denen man nachsagte, dass sie nur an das Morgen dachten, an Tabak, Wodka und zufällig mal an eine Frau.
Ihr Oberleutnant war zu Pferd, die Mannschaften zu Fuß. Die Kompanie führte außerdem Pferdegespanne mit sich, auf denen leicht Verwundete Rücken an Rücken zwischen Munitionskisten, Holz, Kochgeschirren, Kesseln und Konserven saßen. Gelegentlich leuchtete das Glühpünktchen einer Zigarette auf, manchmal spuckte einer aus. Bis vor kurzem war Mundharmonikaspiel zu hören gewesen, jetzt erzählten sich die Männer Witze.
»Was ist der Unterschied zwischen einem Chinesen und

einer Hure? Dem Chinesen hängt der Schwanz hinten vom Kopf, der Hure steckt er vorne drin.«
Die Männer lachten nur kurz, denn sie hatten Hunger und freuten sich darauf, die vier Schweine zu zerlegen, die sie auf einer Fansa abgestochen hatten.
»Euer Wohlgeboren, wo machen wir Rast?«, fragte einer der Soldaten, ein Unteroffizier, der einen Trupp von zwölf Mann befehligte.
»Das fragst du noch?«, bekam er ohne Hochmut in der Stimme zu hören. »Im Dorf.«
»Die Fansen gerade waren Ruinen, euer Wohlgeboren. Wo sollen wir Brennholz herbekommen?«
»Aus dem Dorf«, sagte der Oberleutnant.
Der Unteroffizier schwieg. Wenn der Oberleutnant glaubte, das Dorf sei noch bewohnt und in ihm Brennholz aufzutreiben – bitte. Die Fansen waren hier alle zerstört. Wenn noch Menschen in den Ruinen hausten, dann ein paar Alte, die ihre so genannten gesegneten Felder nicht im Stich lassen wollten.

Der Truppführer sollte Recht behalten. Das Dorf war bereits geplündert worden. Es bestand nur noch aus einer Anhäufung von Lehmwänden. Die Dächer waren abgedeckt, Türen und Fensterrahmen herausgebrochen, die Gemüsegärten verwüstet. Trotzdem hockten ein paar alte Chinesen vor einem Ofen und tranken Tee.
»Jagt sie zum Teufel!«, rief der Oberleutnant. »Ich kann es nicht leiden, wenn mir am Feuer die Zöpfe über die Schulter schauen.«
Es krachten ein paar Schüsse, die Chinesen flohen. Der Truppführer lachte, als er sie laufen sah – denn die Alten

rannten direkt auf ihre gesegneten Flecken, auf denen sich die Soldaten bereits über die Bäume hermachten.
Es war Grabschändung. Aber das interessierte niemand.
Jede chinesische Familie besaß mitten auf einem ihrer Felder einen eigenen, unveräußerlichen Familienfriedhof, das so genannte gesegnete Feld, die Ruhestätte der Ahnen. Auf einem kleinen viereckigen Grundstück neigten sich die Äste von ein oder zwei Weiden auf die Häufchen sich eng aneinander schmiegender kegelförmiger Grabhügel: Sie waren das größte Heiligtum eines jeden Chinesen. Keinem Fremden war es erlaubt, in die geheiligte Umzäunung dieses Feldes einzudringen.
Die Soldaten der ostsibirischen Kompanie kümmerten sich nicht darum. Sie zerschlugen die Zäune und machten sich mit der Axt an den Weiden zu schaffen.
Die alten Chinesen schrien und rangen die Hände. Sie versuchten sogar, den Soldaten Äxte und Sägen wegzunehmen, doch die trieben sie immer wieder fort. Der Truppführer, der mithalf, das Zaunholz auf die Wagen zu laden, legte selbst Hand an eine Weide. Der Baum fiel krachend auf die Gräber und wurde noch an Ort und Stelle zersägt. Dabei wurde einer der konischen Erdhügel aufgerissen, und es kam ein schwerer Sarg zum Vorschein.
»Schaut euch das an!«, rief der Truppführer. »Das ist Holz. Das heizt. Macht das Ding auf!«
Ein Chinese mit abgeschnittenem Zopf und schreckgeweiteten Augen kam angerannt, die runzligen Wangen tränenfeucht. Er fuchtelte auf das Wildeste und warf sich dem Truppführer ausgestreckt vor die Stiefel und begann sie zu küssen. Zwei Soldaten packten ihn an Füßen und Händen und warfen ihn beiseite. Der Chinese ließ sich nicht ab-

schütteln. Ein zweites Mal warf er sich dem Truppführer vor die Stiefel. Wieder wurde er fortgeworfen. Diesmal unter wüstem Fluchen. Als er ein drittes Mal auf die Gräber zu rannte, feuerte der Truppführer mit dem Revolver an ihm vorbei.

»Pack dich endlich!«, rief er.

Der Chinese zitterte. Im Gesicht hatte er blutige Schrammen, seine Hosen waren erdverschmiert. Plötzlich begann er wie von Sinnen zu schreien – es klang wie ein Jodeln, das sich immer wieder überschlug. Die Soldaten hatten den Sargdeckel zertrümmert. Ein gelblicher Schädel kam zum Vorschein, dessen Zopf sich abgelöst hatte.

Die Soldaten schlugen die Seitenwände ab.

Der Chinese rannte auf sie zu, griff nach der Axt.

Im selben Moment wurde er erschossen. Der Truppführer schaute sich überrascht um, nickte.

»Tätlicher Angriff. Klarer Fall.«

Die Männer wühlten den nächsten Grabhügel auf.

Wieder grinste sie ein augenloser Schädel an. Und die gekrümmten dunklen Finger der Leiche streckten sich aus vermodernden, weiten blauen Ärmeln hervor.

Weitere Schüsse fielen. Und die Geräusche einschlagender Äxte klangen noch geraume Zeit über das geplünderte Dorf.

Für die ostsibirische Kompanie wurde es eine vergnügliche Nacht. Während sich auf den gesegneten Feldern wilde Hunde über die unbedeckten Leichen hermachten, hockten die Männer an großen Feuern und rösteten sich Fleisch. Lieder klangen auf, auch die Mundharmonika spielte wieder.

Der Truppführer hockte auf einem Taburett und starrte

satt ins Feuer. Gelegentlich strich er sich über seinen Schnauzer, dann schien ihm etwas Besonderes einzufallen. Er griff sich an die Hüfte und zog einen Krummdolch hervor. Mit einem gewinnenden Lächeln prüfte er mit dem Daumen die Schärfe der Klinge und machte sich daran, seine Fingernägel zu putzen. Irgendwann gähnte er. Und brummte leise:

»Schätzchen, lass mich auch weiterhin nicht im Stich, hörst du?«

Ein Lichtblick war, dass Wera nach der Schlacht endlich eine reine Haut hatte. Auf einmal wurde sie wie die anderen Schwestern umschwärmt. Sie könne sich jetzt die Verhältnisse aussuchen, scherzte sie. Ob es lohnenswert sei, sich ein Schild umzuhängen, auf dem stünde: Jungfrau zu haben?

Sarah und sie freundeten sich an. Sarah litt zunehmend daran, dass sie mit ihren Kräften wenig ausrichten konnte. Dazu kamen die zermürbende Ungerechtigkeit und Sturheit von Vorgesetzten und Verwaltern. Wera versuchte, Trost zu spenden – meistens vergeblich.

Beinahe täglich kam der Befehl, die Verwundeten auf die Sanitätszüge zu evakuieren. Ein Martyrium für die am Bauch und Kopf Verletzten. Am wichtigsten wäre Ruhe gewesen, stattdessen mussten sie auf Grund derartiger Befehle hochgenommen und auf polternde und rüttelnde Karren verladen werden. Eine halbe Werst war es bis zur Bahnstation: Das Heulen, Fluchen und Stöhnen in dieser Zeit trieb Sarah vor Wut Tränen in die Augen. Sie half mit, die Verwundeten in die Sanitätszüge zu laden – da rollte eines Tages ein in kaiserlicher Pracht schimmernder Zug mit hellen

Wagen und spiegelnden Scheiben heran, ein Zug mit Operationssaal, Küche, Waschkabinen. Die Verwundeten lagen in schneeweißen Hemden auf weichen Federmatratzen, umsorgt von Ärzten und Schwestern. Gleich darauf rasselte ein anderer Zug in die Station, aus einfachen Güterwaggons zusammengestellt. Die Türen wurden ausgehängt und die Verwundeten mühsam in die hohen, trittbrettlosen Waggons gestemmt und auf den eben erst vom Pferdemist gereinigten Boden gelegt. Es gab keine Öfen und Abtritte. Kälte und Gestank empfingen die zugeladenen Verwundeten. Wie die anderen würden sie ihre Notdurft verrichten müssen, wo sie gerade lagen.

Als der Zug mit starkem Ruck anfuhr, wurden die Verwundeten am Boden hin und her gerüttelt und krümmten sich vor Schmerzen. Sarah hörte ihre Schreie durch die Waggons gellen. Im Geist sah sie, wie frische Wundnähte aufrissen und die Soldaten in der Dunkelheit verbluteten. Denn die Waggons waren nicht miteinander verbunden und weder Ärzte noch Schwestern fuhren in ihnen mit.

Nicht weniger niederschmetternd als dieses Beispiel für Dummheit und Menschenverachtung war die Ignoranz der Verwaltung, wie sie das Verhalten eines Apothekers zeigte. Wera war vom Oberarzt geschickt worden, Verbandsmaterial zu besorgen, kam aber unverrichteter Dinge wieder zurück, weil der Apotheker sich weigerte, das Material ohne Verlangschein herauszugeben.

»Die Apotheke ist für ihn wie der Zentralmechanismus der Welt«, klagte Wera. »In ihrem geheiligten Gang darf nichts auch nur um ein Haarbreit geändert werden. Dazu ist dieser Mensch von Apotheker betrunken, anmaßend und von einer beleidigenden Beschränktheit.«

»Aber seit wann denn das?«, fragte Sarah.
»Seit der Apotheker hier nicht mehr Timon Michaelowitsch heißt, sondern Nikolai Semjonowitsch.«
»Ich werde ihm den Marsch blasen«, sagte Sarah.
»Viel Glück!«
Der Apotheker empfing Sarah mit blasiertem Hochmut. Er war ein lang aufgeschossener Asthmatiker und Trinker mit wachsweißem Gesicht und Bürstenschnitt, der bei Sarahs Eintreten in die Baracke den Mund bewegte, als kaue er auf etwas herum.
»Sie wissen, weshalb ich hier bin?«, fragte Sarah streng.
»Ich bin Apotheker. Sonst noch was, Schwester?«
Nikolai Semjonowitsch ließ ein leichtes Schmatzen hören und schaute mit hochgezogenen Augenbrauen auf Sarah herab.
»Gut«, sagte Sarah. »Sie wissen es nicht. Ich bitte also um das Verbandsmaterial, so wie es hier auf dem Zettel steht.«
»Ein Zettel, Schwester, ist kein Verlangschein«, antwortete Nikolai Semjonowitsch mit viel Luft in der Stimme.
»Den Verlangschein bekommen Sie ja auch noch«, sagte Sarah ganz ruhig. »Ich verspreche Ihnen, ich fülle ihn gleich aus, wenn ich das Verbandszeug bei uns im Lazarett abgeliefert habe. Schließlich wollen wir ja nicht, dass wegen eines Fetzchens Papier Menschen verbluten, nicht wahr?«
»Schwester, sind Sie im Bilde? Ja? Dann wissen Sie, dass ohne das von Ihnen abfällig bezeichnete Fetzchen Papier nichts aus der Apotheke genommen werden darf. Und wenn ich mich auf Angebote wie Ihres einlassen würde, dann gliche die Apotheke in kürzester Zeit einem leeren Lager.«

»Dann fülle ich den Schein eben hier aus!«, rief Sarah.
»Blankoformulare gibt es bei der Registratur. Ich nehme nur ausgefüllte entgegen«, sagte der Apotheker mit kalter Schadenfreude, schmatzte und wendete sich geziert ab, um in seine Faust zu hüsteln.
Das erste Mal in ihrem Leben erwachten in Sarah echter Hass und ungezähmte Mordlust. Das Gefühl war für sie nicht beherrschbar, ihr Verstand setzte aus, ihr Gesicht glühte. Sie schoss um die Theke herum und schlug dem Apotheker mit aller Kraft und Verachtung, der sie fähig war, ins Gesicht. Die Beschimpfungen, die sie dabei ausstieß, strotzten vor Verwünschungen. Der Apotheker entblödete sich nicht, um Hilfe zu schreien, so dass schließlich zwei Soldaten die Baracke betraten. Sarah war derweil im Lager und raffte zusammen, was sie gerade fand: Binden und Pflaster aller Größe, Kompressen, eine Flasche Chlumsky-Lösung, Watte, Mullunterlagen, Dreiecktücher.
»Haltet sie!«, schrie der Apotheker. »Eine Diebin. Eine Wahnsinnige!«
»Nein!«, hielt Sarah leidenschaftlich dagegen. »Haltet ihn! Er wollte sich an mir vergehen!«
»Lüge!«, brüllte der Apotheker.
Die Soldaten begannen zu lachen. Sie glaubten beiden nicht. Es war eine einzige Groteske. Nikolai Semjonowitsch fuchtelte mit ausgebreiteten Armen herum und wollte Sarah am Verlassen der Baracke hindern. Sie rannte von einer Ecke in die andere, verschanzt hinter dem Karton, in dem das Verbandsmaterial ohne Ordnung aufgetürmt war.
Ein Offizier bemerkte das Tohuwabohu. Als er in die Baracke trat, schlüpfte Sarah an ihm vorbei und rannte davon.

Aus ihrer Schürze hing ein Dreiecktuch. Bald begann sie zu kichern, schließlich zu lachen. Sie rannte im Zickzack, hüpfte über Pfützen, streifte Soldaten. Atemlos erzählte sie dem Oberarzt, wie sie das Problem mit dem Apotheker gelöst hatte. Der ließ Sergej und seine Kollegen holen. Sarah schilderte alle Einzelheiten. Ein Traube bildete sich um sie, wuchs sich zu einem Menschenauflauf aus. Soldaten rannten in die Zelte, und für kurze Zeit verwandelte sich das Lukaschoffsche Lazarett in eine grölende Lachgesellschaft. Der Apotheker aber beschwerte sich beim Korpskommandeur. Und der hieß immer noch General Kalinin.

Es war wie ein Dammbruch. Immer neue Verwundete kamen. Etliche zu Fuß, selbst wenn sie am Leib verwundet waren. Sarah sah nur noch Soldaten mit durchgebluteten Verbänden. In den Zelten war Platz für höchstens dreihundert Menschen – jetzt pferchten sich bis zu tausend Verwundete darin zusammen. Stroh und Matten gingen aus, selbst unter den Betten war kein Platz mehr. Die Verwundeten lagen auf dem Boden, in den Gängen, unter freiem Himmel, in Regen und Wind. Sie zitterten vor Kälte und erfroren unter ihren nassen Mänteln.
So verkam das Lukaschoff'sche Lazarett wie die anderen zu einer Umschlagstation. Die Verwundeten wurden noch auf den Sanitätskarren untersucht und dann zur Bahnstation gebracht. Sie humpelten in Chalats, den wattierten hellgrauen Schlafröcken der Chinesen. Selbst wenn sie von den Japanern dafür verhöhnt wurden, der Spott wog nichts im Vergleich zur nächtlichen Kälte. Die Pfützen froren zu und tauten ab November auch tagsüber nicht mehr auf.
Typhus breitete sich aus. Statt mit Verwundeten füllten

sich die Lazarette wieder mit Kranken. Doch auch Rheumatismus, Bronchitis und Ruhr plagten die russische Armee.
So wurde das Lukaschoff'sche Lazarett wieder verlegt. Es zog von der Front weg in Richtung Mukden, um das über kurz oder lang die Entscheidungsschlacht toben würde. Es ging vorbei an verlassenen Fansen und geplünderten Tempeln.
»Siegen wir nicht an der Front, so wenigstens im Hinterland«, befand Sergej mit seinem typischen Sarkasmus. »Da gewinnen wir jedes Scharmützel.«
Sergej stocherte mit dem Absatz in den Scherben eines Buddhas. Der kleine Dorftempel bot das Bild völliger Verwüstung. Weil irgendwer das Gerücht verbreitet hatte, die Herzen der Buddhas seien aus Gold, gab es in den Dörfern in der Nähe der Front keine unbeschädigte Statue mehr. Die Soldaten plünderten jeden Tempel, den sie betraten. Ohne nachzudenken, zerschlugen sie die Lehmstatuen und nahmen, weil sie kein Gold fanden, aus Enttäuschung die Leuchter und Weihrauchgefäße mit. Schriftrollen benutzten sie zum Feueranzünden, und die trockenen, hölzernen Schreine waren begehrtes Heizmaterial.
Sarah erinnerten die Plünderungen an die Pogrome gegen ihr Volk. Doch so wütend sie die Bilder der zerstörten Tempel auch machten, Schuld gab sie den unmenschlichen Kommandeuren und Bürokraten, die nur an die eigene Bequemlichkeit dachten und den gemeinen Soldaten wie ein Stück minderwertiges Vieh behandelten. So war es für sie beinahe eine logische Folge, dass man den Chinesen mit zunehmender Menschenverachtung begegnete, je verheerender die Niederlagen der Russen waren. Die Berichte häuf-

ten sich, wie Chinesen ohne Grund ermordet wurden. Zum Beispiel, wenn sie die Dächer ihrer Fansen mit Stroh reparierten.

»Höchst gefährlich ist das für die Burschen geworden«, sagte Stulpin. »Ich kenne da so eine Geschichte. Da klettert so ein Zopf aufs Dach, in der Hand eine Garbe Stroh. Er will damit nur das Loch flicken. Aber die Garbe flimmert für einen eifrigen Kosak zu verdächtig in der Luft. Die Kugel saust, der Chines purzelt tot vom Dach. Der Kosak aber sagt, er habe einen japanischen Spion beim Signalgeben erwischt.«

»Sehr lustig«, zischte Sarah.

»Hab ich nicht gesagt, Schwester«, sagte Stulpin gemütlich.

»Aber du klingst so!«, herrschte ihn Sarah an.

»Ist noch gar nichts«, erwiderte Stulpin, ohne sich aus der Ruhe bringen zu lassen, »vor kurzem habe ich gehört, wie eine Tscherkessen-Abteilung in ein Dorf ritt. Die Chinesen laufen zusammen und bestaunen die verspielten bunten Uniformen. Doch die Tscherkessen, leider eben nur kaukasische Schafhirten, fühlen sich bedroht. Und so hauen sie mit ihren Säbeln in die Menge – ob Frauen oder Kinder, war ihnen egal. Die Zöpfe hätten sie am Durchreiten hindern wollen, war ihre Begründung.«

Sarah suchte etwas, das sie Stulpin an den Kopf werfen konnte, doch sie fand nichts. Während das Lazarett aufgebaut wurde, lief sie apathisch umher. Sergej fürchtete, sie sei erkrankt. Sarah aber wollte nichts davon wissen. Am liebsten wäre sie davongelaufen, einfach irgendwohin. Ihre Hände heilten nur noch mit geringer Kraft, sie fühlte sich überflüssig. Eine zweite Mary Seacole hatte sie sich vorgenommen zu werden – jetzt war sie nichts als eine Lazarettschwester wie alle anderen, mit karbolverbrannten Händen und Quetschungen an den Armen, die von den Griffen der im Delirium um sich schlagenden Soldaten stammten. Was zeichnete sie jetzt noch aus? Was taugte ihre Gabe angesichts von hunderttausend Verwundeten und Kranken? Sarah fühlte sich ohne allen Halt. Selbst die spirituelle Stärkung, die sie in ihren Visionen erfahren hatte, schien in den Blutbächen dieses Krieges versiegt zu sein. Das Bild des Großvaters war erloschen, ihre Vergangenheit nur noch eine Ansammlung von Schemen.

In Sarah staute sich dumpfe Wut, die sie gegen sich selbst, aber auch andere richtete. Wera bekam dies als Erste zu spüren. Als sie eines Abends später vom Essen kam, musste sie sich die Frage gefallen lassen, wie es denn Kosakenoffiziere zu tun pflegten. Wera wurde rot – tatsächlich spielte sie seit Tagen mit dem Gedanken. Doch als Sarah sie dann anfuhr, ob der Kosak sie endlich von ihrer Jungfernschaft befreit habe, war Wera so geniert, dass sie sich schwor, mit Sarah kein Wort mehr zu sprechen.

Eine Wende ihrer Laune war nicht in Sicht. Doch sie kam schneller, als Wera es für möglich gehalten hätte – und zwar in Gestalt des Korpskommandeurs General Kalinin. Sarah war dabei, als der General wieder einmal das Lazarett besuchte, weil er glaubte, bei den Lukaschoff'schen tummelten sich zu viele Simulanten.

Wieder schritt der General schweigend durch die Reihen der Bettlägerigen. Vor dem Bett eines jungen Burschen blieb er stehen. Wohl hauptsächlich deshalb, weil dieser ein auffälliges Gesicht mit niedriger, fliehender Stirn und stark herabgezogenen Mundwinkeln hatte. In seinen Augen lag etwas Flehendes, aber die Haut des Burschen war von makelloser Güte, und ein Kraftpaket war er auch, wie die Muskeln an Brust und Schultern verrieten.

»Woher?«

»Euer Hochwohlgeboren, er ist so gut wie taub«, sagte der Oberarzt. »Er hört nichts.«

Der General murrte irgendetwas und schrie dem Mann seine Frage ins Ohr. Der nickte und antwortete, er sei aus Orsk im Ural.

»Was fehlt dir?«, brüllte der General.

»Am Liaujüan bekam er einen Hüftschuss«, sagte der Oberarzt. »Die Wunde ist aber schlecht verheilt und begann während der letzten Schlacht wieder zu bluten.«

»So?«, sagte Kalinin mit beunruhigend hochgezogenen Augenbrauen und fragte, seit wann denn die Taubheit bestehe.

Der Mann erzählte, dass er vor drei Jahren, noch vor dem Militärdienst, vom Kornwagen gefallen und dabei mit dem Kopf auf den Boden geschlagen sei. Von dem Augenblick an habe er immer ein Rauschen in den Ohren gehabt, an Schwindel gelitten und sei schließlich taub geworden.

»Man hat mich trotzdem in den Dienst genommen. Immer wieder hat man mir auf den Kopf geschlagen. Der Feldwebel dort und die anderen. Aus Furcht habe ich geschwiegen. Die hätten mich dort sonst totgeschlagen. Der Doktor aber sagte immer nur: Du verstellst dich. Ich bring dich vors Militärgericht. Da bin ich dann nicht mehr ins Krankenrevier gegangen.«

»Untersuchen Sie den Mann«, befahl der General, an den Oberarzt gewandt.

Sarah eilte davon und kam mit den Instrumenten, die sie im Lazarett für Ohrenuntersuchungen hatten. Der Oberarzt machte sich daran, den Soldaten mit einem trichterförmigen Otoskop zu untersuchen.

»Beide Trommelfelle wirken mir etwas verdickt. Rechts erkenne ich Indizien einer Perforation. Aber, Herr General, auch wenn es unhöflich erscheint, ich bin kein Spezialist für Ohrenkrankheiten, im Gegensatz zu Oberstleutnant Lukaschoff.«

Sarah räusperte sich laut, General Kalinin streifte sie mit einem kalten Blick.

Es schloss sich eine Untersuchung durch den Oberstleutnant an. Er bestätigte den Befund seines Oberarztes.

»Es ist schwer, hier Weiteres zu konstatieren, Herr General«, fuhr der Oberstleutnant fort. »Die Wissenschaft gibt uns noch keine Mittel, Defekte des Ohres auf hirnorganische Störungen zurückzuführen. Mit anderen Worten: Aufgrund des Befundes können wir nicht sagen, ob der Soldat hier simuliert oder nicht.«

»Ich glaube, ich werde es herausbringen, Oberstleutnant Lukaschoff«, sagte Kalinin listig und lächelte – ein Lächeln, das Sarah als das grausame Lächeln eines Despoten erkannte, für den das Urteil schon von vornherein feststand. Die Aura Kalinins war wie ein Frosthauch. An der Stelle, wo sich sein Herz befand, glaubte Sarah einen dunklen, steinernen Fleck zu erkennen – eine Halluzination, die sie das erste Mal seit Tagen wieder daran erinnerte, dass ihr die Sensibilität für Atmosphärisches nicht verloren gegangen war.

Was sich weiter abspielte, war eine grausame Farce. Kalinin sprach sorglos auf den Soldaten ein und beobachtete ihn dabei verstohlen, aber mit scharfem Blick. Einmal sprach er laut, dann wieder leise, stellte Fragen, wie alt der Soldat sei, ob er Familie habe und dergleichen mehr. Sarah sah die bösen Augen, die hinter der Brille auf den Soldaten eindroschen und sich an dessen verwirrten Blicken weideten. Die Fragen zu seiner Familie konnte er zum Teil verstehen, weil er sie von Kalinins Lippen ablas und der General dann langsam und besonders laut sprach.

Kalinin stieß einen verächtlichen Laut aus.

»Er simuliert!«, erklärte er resolut. Er reckte sich triumphierend, wippte dabei sogar einmal in seinen Stiefeln auf und ab. »Auf die Fragen nach seiner Familie nämlich antwortet er sehr wohl. Das Herz sitzt beim einfachen Mann auf der Zunge. Es lügt nicht.«

»Mit Verlaub, Herr General«, wandte der Oberarzt ein, »Sie haben bei diesen Fragen auch sehr laut gesprochen. Und total taub ist unser Mann ja nicht. Das hat niemand hier gesagt.«

»Wir wollen uns darüber nicht streiten, Oberstleutnant«, sagte Kalinin zuvorkommend. »Vertrauen Sie der Nase eines altgedienten Generals. Meine Herren Ärzte, Sie sind zu sehr Zivilisten. Sie haben sich angewöhnt, jedem Kranken Glauben zu schenken. Aber Burschen wie dieser hier missbrauchen Ihre Leichtgläubigkeit. Humanitätsduselei ist da nicht am Platze.«

Sarah lächelte, während sie auf den General zuging. Sie wusste in diesen Sekunden zwar noch nicht, was sie sagen würde, aber sie war sich gewiss, dass alles, was jetzt gleich geschehen würde, gleichsam schon lange vorher beschlossen war. Sie war nur diejenige, die es ausführte. Schon während sie ging, spürte sie eine ungeheure Erleichterung.

Als sie schließlich zu sprechen begann, befreite sie sich mit jedem Wort von ihrer Wut.

»Die Barmherzigkeit, die Sie vermissen lassen, General, ist Verhöhnung des Allmächtigen. So wahr ich hier stehe: Dieser Mann ist kein Simulant. Sie aber eine Geißel, die ich mit Freuden zerbrechen würde, wenn dies nicht Anmaßung vor dem Höchsten wäre. Aber eins weiß ich: Wo Sie hintreten, General, da wächst kein Gras, und wo Ihr Atem weht, da fliegt kein Insekt. Aber Sie glauben, Sie hätten einen Arm wie Gott und müssten mit Ihrem Ziegengequäk donnern wie er. Aber in Wahrheit, Herr General, sind Sie nichts als eine Uniform, in der der Teufel seinen Dreck hinterlassen hat.«

Kalinin war kalkweiß. Sarahs Lächeln indes war erloschen. Sie schaute den Korpskommandeur ruhig an – lauschend, so, als wolle sie von seinem Gesicht noch einmal die Worte ablesen, die sie ihm gerade entgegengeschleudert hatte. Die Stille im Zelt war vollkommen. Sarahs Worte glichen dem Schreckensantlitz der Gorgo. Die Mienen der Ärzte und aller anderen Soldaten, ob Verwundete oder Kranke, waren zu Stein geworden. Einzig der taube Soldat bewegte aufs Höchste verwundert den Kopf und irrte mit seinen Augen verständnislos zwischen den marmornen Gesichtern umher.

Kalinin zog seine Handschuhe aus und ließ sie zu Boden fallen. Dann sog er scharf die Luft ein und marschierte aus der Baracke.

Achtes Kapitel

Gregor hatte keine Sekunde gezögert, als das Gerücht umging, wer sich an der Front bewähre, habe das Lager das letzte Mal gesehen. Die Alternative war, von der Kälte im Winter gar nicht zu reden, Arbeit, Taiga, Wolfsheulen, schlechtes Essen, nochmals Arbeit. Tagaus, tagein Holzfällerei, entweder mit Säge, Axt oder Klaue. Acht Monate im Jahr gefrorener Boden, einmal die Woche sonntags Ausgang ins Dorf, das sich um das Lager herum angesiedelt hatte. Tatjana war dort schon nach einem Jahr krank geworden – wie hätte sie noch weitere elf Jahre aushalten sollen?

Jetzt war sie wieder in St. Petersburg.

Wartend. Hoffend.

Er, Gregor Nikolajewitsch, Held des Russisch-Türkischen Krieges, war darum entschlossen, auch Held des Russisch-Japanischen Krieges zu werden. Nicht, weil er auf eine neue Rente aus war. Nein, es reichte, wenn er alle Schlachten unversehrt überstand. Was für einen wie ihn, der immer in vorderster Linie kämpfte, Heldentum genug bedeutete.

Gregor kauerte als Unteroffizier und Truppführer mit seinen Leuten in einer der vorderen Stellungen, neben sich eine Laterne. Es war still, finster und frühlingsmäßig warm, kein Schuss fiel, keine Kanone donnerte, kein Schrapnell zerplatzte.

Heiligabend 1904.

Er hätte schlafen können, zumindest dösen. Im Gegensatz zu den Divisionskommandeuren rechnete er nicht mit einem feindlichen Angriff. Gestern hatten die Japaner Zettelchen in die Schanzgräben geworfen, auf denen sie versicherten, dass die Russen sich ruhig auf ihr Fest vorbereiten könnten: Sie würden keine Kampfhandlungen vom Zaun brechen. Die hochwohlgeborenen Kommandeure betrachteten dies natürlich als asiatische Hinterlist und versetzten weite Strecken der Front in Alarmbereitschaft – nur sie selbst hockten in ihren Fansen um den Weihnachtsbaum und poussierten dort mit den Lazarettschwestern.
Gregor hob die Laterne und las noch einmal den Brief, der wie ein Wunder heute zum Heiligabend eingetroffen war. Ein Brief von Tatjana, aus der heilen Welt St. Petersburgs. Sie habe sich von den Strapazen Sibiriens erholt und denke jede Minute an ihn, schrieb sie. Ob er eigentlich wisse, dass auch Sergej und Sarah an der Front seien? Sie habe es von Lisa Koljanowa erfahren. Beide seien beim Lukaschoffschen Lazarett.
Gregor las sich zum wiederholten Mal an diesem Satz fest.
Sarah!
Um sie zu retten, hatte er getötet. Deswegen wurde er verhaftet, darum war er nach Sibirien gekommen, und aus diesem Grund war er jetzt auch hier.
Die Kausalität war einsichtig. Trotzdem – die Fragen, die sich dahinter oder deswegen auftürmten, blieben.
Gregor gähnte.
Lauschte.
Wie schön die Welt war, wenn auf ihr nicht geschossen wurde. Über alles andere würde er, wenn überhaupt, erst nach dem Krieg nachdenken. Für den Moment musste

Hiob genügen. Schon er hatte erkennen müssen: »Gott macht's, wie er will. Ja, er wird vollenden, was mir bestimmt ist, und hat noch mehr der Art im Sinn.«
Jetzt zählen die Stille, die Zigarette und die Wodkaflasche. Und das bisschen Hoffnung. Sie stirbt zuallerletzt.
Tatjana wiedersehen.
Tatjana lieben.
So wie sie es ihm in ihrem Brief ausgemalt hatte.
Ein Schuss krachte. Gregor fuhr zusammen und brüllte durch die Verschanzung, die Gefechtsstationen einzunehmen.
Noch ein Schuss krachte.
Wenige Sekunden später knatterte ein rasendes Gewehrfeuer in den vorderen Linien der Russen. Es breitete sich immer weiter aus. Eine Viertelwerst von Gregor entfernt grollten die ersten Kanonen. Seine Männer schrien vor Wut und schworen, jeden Japaner, den sie in die Finger bekämen, zu Tode zu foltern.
Über den japanischen Stellungen leuchteten die Scheinwerfer auf – aber es kam kein Gegenfeuer.
»Sie greifen an!«
Die Stimme kam von links, aus dem vordersten Graben. Gregor rollte sich in seine Schanzmulde und versuchte unter Aufbietung aller Willenskraft das leichte, doch irgendwie auch dichte Gestoße, das den Boden zum Schwingen brachte, zu orten. Es kam immer näher.
»Feuer!«, rief er. »Löscht sie aus, die gelben Schweine!«
Während er drauflosschoss, hörte er irgendwann gellendes Lachen. Es waren Japaner. Bald darauf lachte auch jemand von den Russen. Niemand feuerte mehr. Das Gestoße kam näher, röhrte, quiekte, grunzte.

Eine Wildschweinherde!
Die russische Armee hatte am Heiligabend auf eine Wildschweinherde geschossen.
Gregor zog seine Wodkaflasche.
Wer wohl morgen dazu abkommandiert würde, das Fleisch zu holen? Gehörte eine solche Clownerie auch zum Krieg? Waren morgen Japaner und Russen dazu verdammt, sich wegen Wildschweinen zu bekriegen, sich wegen Schwarzwild totzuschießen? Gregor versuchte, sich den Wortlaut der Depesche vorzustellen. Ungefähr so würde sie wahrscheinlich lauten:
»In der Nacht auf den Heiligabend begannen die Japaner, uns auf der Mitte des soundsovielten Frontabschnitts zu beunruhigen. Rechtzeitig von unseren Wachtposten bemerkt, wurde ihnen aber erfolgreich mit Gewehr- und Artilleriefeuer begegnet, so dass sie sich nach einigem Geplänkel wieder zurückzogen. Wir hatten zwei Tote und siebzehn Verwundete. Darunter ein Fähnrich.«
Am nächsten Morgen ging das Gerücht, auch die Japaner hätten in dieser denkwürdigen Nacht Verluste erlitten: Eine Patrouille habe in einem feindlichen Schanzgraben die Leichen einiger Japaner gesehen, die vor Lachen geplatzt seien.

Sarah gehörte jetzt zu denjenigen, die unmittelbar hinter der Frontlinie auf einem der zahlreichen Verbandsplätze die Verwundeten in Empfang nahmen. Hier arbeiteten Feldschere und Sanitäter, und wenn ihnen dann und wann eine Frau zur Hand ging, war sie aus dem Zuchthaus oder einem sibirischen Frauenlager. Diese Frauen sprachen wenig und hatten Hände so grob wie Sackleinen. Eine von ihnen stand Sarah in der ersten Woche zur Seite, eine üppige Frau von hohem Wuchs. Sie litt an der heiligen Krankheit, war Epileptikerin. Eines Tages, als sie mit dem Sanitäter nach einem Scharmützel die Verwundeten auflas, warf sie ein Anfall nieder. Sie schlug um sich und wälzte sich auf dem Boden. Dabei rollte sie auf einen Blindgänger. Der Sanitäter erlitt keinerlei Verwundungen. Es sei gewesen, als ob heißer Eintopf gegen ihn gespritzt sei, erinnerte er sich. Er wurde in die Heimat geschickt, weil er nachts aus Angst vor den Bildern nicht mehr schlafen konnte.

Jetzt war Sarah die einzige Frau.

Wie einst Mary Seacole zog sie mit ihrer Lazaretttasche durch die Stellungen, legte Verbände an, gab den Sterbenden zu trinken und zählte die Toten. Weil sie hier endgültig nicht mehr heilen konnte, da die Verwundeten gleich in die Lazarette weitertransportiert wurden, regenerierten sich ihre Kräfte. Das Grauen war größer, die Bilder schrecklicher, aber ihre Gabe kehrte zurück.

Wem sie jetzt die Hände auflegte, dem halbierte sie die Schmerzen oder half ihm in selige Ohnmacht. Aber sie war auch der sanfte Todesengel, der den Zerrissenen half, dem Tod entgegenzueilen, wenn er vor ihrem inneren Auge am Horizont erschien: gesichtslos und gewaltig, hinter sich dieses wunderbar helle, verheißungsvoll lockende Licht.

Es herrschte jetzt, Mitte Januar, eisige Kälte. Sarah hockte vor einem Kanonenofen und rieb sich die Hände. Eine Schlacht stand bevor. Seit ein paar Tagen kamen immer wieder Männer ins Zelt, die an der Hand verwundet waren – besonders der rechten. Sarah verband sie und verabreichte den Wunden kräftige Dosen ihrer Energie. Durch schnelle Heilung ersparte sie den Männern das Kriegsgericht. Denn die Verwundungen waren nichts anderes als Selbstverstümmelungen.

»Wie ist das passiert?«, nahm der oberste Feldscher des Regiments einen Infanteristen mit Abstehohren und Hängelippe ins Verhör.

»Nun – ich wollte mir gerade mit ein bisschen Stroh die Schanzgrube auspolstern, aber das war eine lange Garbe, zudem gefroren. Einzeln habe ich die Stängel herausgerissen und im Eifer die Deckung verlassen. Da knallte ein Schuss, das war's.«

»Deine Handwurzel ist aber durchschossen, Freundchen«, sagte der Feldscher. »So, wie du es sagst, müsste dir die Faust zerschossen sein.«

»Schon, nein, aber«, der Infanterist begann zu stottern und netzte seine Hängelippe dabei mit Speichel, »ich hab vorher das Stroh losgelassen, besser gesagt, meine Hand ist abgerutscht an den glatten Stängeln.«

»Widersprüche!«

Der Feldscher warf Sarah einen viel sagenden Blick zu und griff sich ein Formular.

»Wir schauen uns die Wunde noch einmal an«, sagte Sarah schnell. »Wahrscheinlich ist alles nur halb so schlimm.«

Sie wickelte den Verband ab. Der Feldscher beugte sich über die Hand und brummte zufrieden. Der Blutpfropf wirkte wie ein natürlicher Stopfen, darunter schien bereits neues Fleischgewebe zu wachsen.

»Tu das nicht noch mal, du Feigling«, sagte der Feldscher. »An der Schlacht nimmst du teil. Haben wir uns verstanden?«

»Aber ...«

»Was? Du Hund willst wirklich vors Kriegsgericht?«

Der Infanterist lief rot an, sagte keinen Ton mehr. Der Blick, den er Sarah zuwarf, war voller Hass. Sie blieb standhaft.

»Ich weiß, was du denkst«, sagte sie.

Der Infanterist biss sich auf die Lippe, bis sie blutete.

Sarah legte ihm einen neuen Verband an.

»Du hast auf eine durchschossene Handwurzel gesetzt, andere auf den abgeschossenen Zeigefinger«, sagte sie, ohne ihre Stimme zu erheben. »Aber nur das Fehlen des Zeigefingers der rechten Hand befreit, wie jeder weiß, vom Militärdienst. Allerdings, der Finger ist vom Gewehrbügel geschützt. Das ist das eine. Dass ihr so dumm seid, uns immer dieselbe Geschichte zu erzählen: Ich hab bloß das Gewehr in die Luft gehalten, schon hat's mich getroffen. Als ob die japanischen Kugeln zickzack fliegen.«

»Es ist ja nur, weil bald Friede ist«, sagte der Infanterist. »Wozu sich also jetzt noch zerreißen lassen?«

»Wer sagt das mit dem Frieden?«

»Ein Jud, der der Sohn eines Rabbi ist.«

Sarahs Bewegungen wurden langsamer. Neugierig schaute sie den Infanteristen an, dessen Augen auf einmal milde blickten, was ihm zusammen mit seinen Abstehohren und der Hängelippe etwas liebevoll Törichtes verlieh. Es war nichts Außergewöhnliches, dass Juden in der Armee Dienst taten. Im Zuge der Russifizierung wurden sie nach wie vor besonders eifrig zum Militär gepresst. Der Staat setzte alles daran, ihnen ihre jüdische Lebensweise auszutreiben, und hatte damit oft auch Erfolg. Wer sich beugte, gar konvertierte, konnte Karriere machen.

»Seit wann glaubt ihr das, was die Juden sagen?«

Sarah hörte sich wie eine Fremde sprechen. Dass sie selbst

Jüdin war, hatte sie in den letzten Monaten vergessen, was auch damit zu tun hatte, dass sie bislang keine jüdischen Verwundeten zu Gesicht bekommen hatte.

»Er weiß eben, was andere nicht wissen«, sagte der Infanterist. »Selbst wenn er stundenlang Strafposten macht. Dem Regimentskommandeur, der vorbeiging und fragte, ob es sich lohne, für die Prophezeiung Strafe zu stehen, antwortete er: ›Die Wahrheit ist die Wahrheit.‹ – ›Für die Antwort kannst du deinem Hauptmann sagen, dass ich dir deinen Strafposten noch mal um dieselbe Zeit verlängere‹, sagte der Regimentskommandeur. ›Sie können mich nicht beleidigen, Herr Oberst‹, erhielt er zu Antwort. ›Aber ich sage Ihnen: Auf der Post liegt ein Brief für Sie, in dem steht, dass Ihr Bruder gestorben ist.‹ Schwester, es bestätigte sich. Auf der Post lag der Brief mit der nämlichen Nachricht. Der Oberst erzählte dies sogar Kuropatkin. Der ließ den Mann holen und schrie ihn an, warum er seine Kameraden so in Aufregung versetze. Der Mann aber sagte ihm: ›Exzellenz, Sie haben in der rechten Tasche eine Schachtel Zündhölzchen. Und darin sind vierunddreißig Stück.‹ Schwester, auch dies bestätigte sich. Kuropatkin meinte darauf: ›Wenn es so kommt, wie du sagst, dann mache ich dich zum Offizier. Wenn nicht, lasse ich dich erschießen.‹ Schwester, dieser Mann ist ein Gottesnarr.«

»Ein jüdischer Gottesnarr?«, fragte Sarah spöttisch. »Ich wusste gar nicht, dass es so etwas gibt. Aber was sagt euer Gottesnarr denn nun? Wann bricht der Friede an?«

»Schon vor Purim.«

»Purim.«

Gerührt wiederholte Sarah den Namen des jüdischen Fes-

tes. Es war, solange der Großvater lebte, immer ihr Fest gewesen. Zusammen gingen sie an diesem Festtag in die Synagoge, wo die Geschichte der Königin Esther, so wie sie überliefert ist, vorgelesen wurde.
»Schwester, was ist Purim?«, fragte der Infanterist.
»Purim feiern bedeutet, des Sieges von Mordechai und Esther über den Bösewicht Haman zu gedenken. Der wollte zur Zeit des persischen Königs Ahasveros alle Juden umbringen lassen.«
»Schwester, da Sie das wissen – sind Sie Jüdin?«
»Ja«, seufzte Sarah, »aber nur dem Buchstaben nach. Gott verzeih mir deswegen. Aber bis zum Purim-Fest sind es ungefähr noch sechs Wochen. Eine lange Zeit.«
»Überall spricht man davon«, flüsterte der Infanterist mit nach innen gekehrten Augen. »In den Schanzgräben, den Erdhütten, im Biwak neben den Lagerfeuern. Diese Hoffnung ist unser Licht in der Dunkelheit.«

Vor der Hoffnung stand die Januarschlacht bei Sandepu. Eine Flankenschlacht, die endlich die Wende an der Front bringen sollte. Was sie wirklich brachte, war nichts als grausamstes Elend. Zwei Tage erzitterte die Luft von ununterbrochenem Kanonendonner. Als es vorbei war, schien es Sarah noch stundenlang, als habe der Frost allen Lärm eingefroren. Es war so kalt, dass in den Zelten und Unterständen kein Ofen mehr wärmte. Die Toten froren in ihrem Blut fest, einige in den grotesken Verrenkungen des Todeskampfes. Nur diejenigen überlebten, die sich aus eigener Kraft zum Verbandsplatz schleppen konnten. Auf dem Weg in die Lazarette erlitten sie dann aber schwere Unterkühlungen. Bewusstlos kamen sie dort an, viele so schwach atmend, dass kein Frostfähnchen mehr von ihrem bisschen Leben kündete.

»Schon vor Purim.« Der Satz hatte sich wie der Fetzen eines Gassenhauers in ihren Kopf gegraben. Morgens wachte sie damit auf, abends schlief sie damit ein. Sie verwarf die Prophezeiung, doch sie lächelte genauso selig wie die Soldaten, wenn sie im Vorbeigehen ein Gespräch darüber aufschnappte. Die Soldaten versprachen, in Zukunft die Juden zu achten, sollte die Prophezeiung eintreffen. Die Befehlshaber aber streuten das Gerücht, dass jeder, der vom nahenden Frieden spreche, gehängt werden solle.

Sarah konnte nicht anders, als den wunderlichen Rabbi-Sohn mit Josua in Verbindung zu bringen. So bemächtigte sich ihrer jeden Tag mehr eine verzehrende Unruhe. Mit aller Macht versuchte sie, sich an die Visionen zu erinnern, in denen sie dem Sterbenden auf der Wiese die Hand auflegte, um ihn vom Tod zu erretten. Doch sosehr sie sich auch anstrengte, es war ihr nicht möglich, zu entscheiden, ob er nun Josua war oder nicht.

Das Telegramm, das sie erhielt, beendete fürs Erste ihre Grübelei. Sergej war an Typhus erkrankt. Er lag in Guntschulin im Spital, ungefähr zweihundert Werst nördlich. Sarah bat den Regimentskommandeur, Sergej besuchen zu dürfen. Es wurde ihr gestattet, unter der Auflage, nach dem Besuch unverzüglich wieder zum Regiment zurückzukehren.

»Ich vergattere Sie zu strengem Stillschweigen, Schwester«, sagte der Oberst, der mit allem Komfort eines Hochwohlgeborenen in einer mollig warmen Fansa residierte. »Unser Regiment zieht die nächsten Tage nach Mukden, um dort die Truppen General Putiloffs zu verstärken. Sie melden sich gleich dort.«

»Bei den berüchtigten Schanzen?«

»Ebenda«, sagte der Oberst, der einen Spitzbart trug und ohne Uniform ausgesehen hätte wie ein pedantischer Gymnasiallehrer.

»Ich werde mich nicht drücken«, sagte Sarah.

Der Oberst sah sie jetzt neugierig, geradezu überrascht an. Er war auf seine Weise nicht minder kriegsmüde als seine Soldaten, obgleich er in seiner Fansa vom eigentlichen Krieg gar nichts mitbekam. Hier war alles sauber, und die Ordonnanzen sahen so adrett aus wie bei Militärparaden in St. Petersburg. Schwestern aus den besseren Kreisen spielten mal Stubenmädchen, mal Gesellschafterinnen und sagten Sarah ins Gesicht, wie erstaunlich sie es fänden, dass sie den Anblick von Blut ertrage. Einzig das Donnern und Knattern von Geschützen und Gewehren erinnerte hier daran, dass wirklich Krieg war.

»Ich glaube, es wäre nicht übel, ein Weinchen zu trinken, wie?«, sagte der Oberst.

Er klingelte, schmiss der Ordonnanz seinen Wunsch hin und rief ihr nach, wenn der Koch noch einmal die Bouillon versalze, werde er ihm persönlich seinen Handschuh in den Mund stopfen.

Sarah bekam ein Glas Madeira. Der Oberst reichte ihr eine chinesische Schale mit Plätzchen und Konfiserien.

»Ich darf das nicht essen«, sagte er. »Bekomme davon nur Sodbrennen. Dass Sie, ich bin jetzt ganz offen, so hinter Ihrem Dienst stehen, ehrt Sie. Ich weiß, was Sie über uns alle denken: Wir seien das Unglück Russlands, Schmarotzer auf Kosten des Volkes, die wahren Versager dieses Feldzuges.«

»Die Unterschiede sind in der Tat etwas groß«, sagte Sarah und gönnte sich bewusst langsam einen Schluck Madeira. »Ihre Soldaten sind doch nur graue Werkzeuge, denen man eine dreißig Kilogramm schwere Ausrüstung aufgepackt hat. Sie sind schmutzige Subjekte, die Läuse haben, wochenlang dieselbe Unterwäsche tragen und ihren Teezucker für vierzig Kopeken das Pfund beim Wucherer kaufen müssen, während die Offiziere in ihren Konsumeinrichtungen nur achtzehn Kopeken zahlen.«

»Sie haben Recht, Schwester«, sagte der Oberst. »Aber das ist das System. Ich persönlich wünsche mir bessere Bedingungen für die Mannschaften – aber es muss von oben kommen. Von unten wäre es Revolution. Wir Militärs sind den Bürokraten im Land hoffnungslos unterlegen. Selbst ich muss Verlangscheine abzeichnen.«

Sarah trank den Rest ihres Madeiras und genehmigte sich noch eine der Trüffelpralinen. Der Oberst schaute sie wehmütig an und neigte sogar ein wenig den Kopf, als Sarah sich von ihm verabschiedete.

»Gute Reise, Schwester«, sagte der Oberst.

Er klappte den Zigarrenkasten auf und klingelte.

»Holen Sie Feuer. Es gibt doch tatsächlich nichts Widerlicheres, als nach Zündhölzern zu suchen.«

Am Bahnhof bekam Sarah kein Billett. Sie würden nur vom Stationskommandeur ausgestellt, war die Auskunft, doch der sei jetzt beim Mittagessen.

»Zu spät, Schwester. Sie hätten vor halb zwölf kommen müssen.«

»Der Zug geht in vierzig Minuten! Zwei Werst habe ich in

der Kälte eines Fuhrwagens ausgehalten – und Sie wollen mir jetzt kein Billett ausgeben?«
»Das geht mich nichts an, Schwester«, sagte der Kommandeur völlig ungerührt. »Kommen Sie um zwei.«
»Dann ist doch der Zug weg!«
»Warum sind Sie auch nicht pünktlich?«
Der Kommandeur stand in der Tür seines Traktes, ein ganz normal aussehender Mann ohne irgendwelche Besonderheiten. Sein Gesicht war ohne Anteilnahme, ohne Zorn. Er zuckte mit den Schultern und machte die Tür wieder zu.
Sarah war zu verblüfft, um wütend zu werden. Der Geruch nach Rinderbraten, Kohl und Kaffee hatte sich verzogen, und die blau gestrichene Tür hing in ihren angerosteten Angeln wie nie geöffnet.
Sie schaute sich um. Ein Offizier fing ihren Blick auf und kam sofort auf sie zu.
»Sie sind doch wohl nicht wegen eines Billetts hier?«, fragte er. »Um Himmels willen, Schwester. Sie müssen wissen, dass alles Gesetzmäßige deshalb in Schwierigkeiten eingezwängt wird, damit die Leute ungesetzlich handeln.«
»Aber wenn der Kondukteur nach einem Billett verlangt und ich …«
»Ich schick ihn für Sie höchstpersönlich zum Teufel!«
Im Zug waren fast alle ohne Billetts. Sarah war dankbar für die Begleitung, doch der Offizier erwies sich als seltsam kauziges Wesen, das sich gerne reden hörte und immer genau wusste, was die anderen falsch machten. Er war Kavalleriehauptmann einer Reserveeinheit, der in den letzten Tagen die Hälfte der Pferde erfroren oder verhungert war. Er stammte aus Moskau, trug einen grauen Bart und gab unbekümmert zu, noch keine Minute im Feuer gestanden zu

haben. Aber er schimpfte auf den Oberbefehlshaber, General Kuropatkin, und mokierte sich über die »Genialität« seiner ewigen Rückzüge. Für ihn war Kuropatkin ein längst über unvollständigen Karten wahnsinnig Gewordener, der Operationen genau dort plante, wo die Japaner gut ausgebaute Stellungen besaßen.
»Darum die Rückzüge, Schwester«, sagte der Hauptmann mit größter Selbstgewissheit.
Er lud Sarah zum Essen ein, erzählte von seinem Gut und dass seine Frau letztes Jahr an Tuberkulose gestorben sei.
»Wenn Ihr Mann den Typhus nicht überlebt«, sagte er fast fröhlich, »wollen wir uns dann nicht miteinander verbinden? Sozusagen als Überbleibsel des Schicksals? Werden Sie meine Frau. Nachwuchs garantiere ich Ihnen.«

»Ich fürchte, Sie sind umsonst gekommen, Schwester«, empfing sie der Oberarzt im Guntschulinschen Spital. »Ihr Mann deliriert, ist nicht ansprechbar. Die Infektion ist schwer. Er hat an die 41 Grad Fieber.«
Sarah nickte. Sie war darauf vorbereitet. Der Oberarzt führte sie an Sergejs Bett und wies an, ihr einen Stuhl zu holen. Es roch nicht nur alles nach Karbol, sondern die Betten zusätzlich noch nach Wermut – was darauf hindeutete, dass die Matratzen voller Flöhe sein mussten. Wermut war ein billiges Gegenmittel – aber Sarah hatte die Erfahrung gemacht, dass es nur in den ersten Tagen half.
Sergej lag still. Um ihn herum aber wälzten sich andere Typhuskranke, die stöhnten und brabbelten und gelegentlich laut aufheulten. Sarah kannte dies alles. Im Fieber zeigten die Männer ihr wahres Ich. Schmächtige schnellten hoch und packten grob zu, Männer wie Klötze dagegen weinten

und verlangten nach der Mutter. Vor allem die Essgelüste: Der eine träumte von Preiselbeeren, der andere von Schokolade. Ein Mann hier im Saal wollte immer »Sauce« und schnaufte dabei wie ein debiler Greis. Zwei Betten hinter Sergej lag ein Mann mit Kopfverband, der offensichtlich vom Liebemachen träumte: Er stöhnte wollüstig, jaulte. Es klang, als imitiere er für ein Varieté einen vom Trieb überwältigten Liebhaber.

Sarah legte Sergej die Hand auf die Stirn, streichelte ihm dann über den Kopf. Sergej seufzte auf, hinter seinen geschlossenen Augen begann es zu zucken.

»Es wird alles gut«, flüsterte sie. »Ich bin doch hier.«

Sie wusste, dass es medizinisch falsch war. Gegen Bakterieninfektionen war sie machtlos, wenn der Körper bereits mit allem, was ihm zur Verfügung stand, kämpfte. Ihre Energien, die, wie sie es sich immer vorstellte, gleichsam das Blut erwärmten und Heilungskräfte aktivierten, hätten eine Überforderung provoziert. Mit der Folge, dass der Kranke kollabierte. Nur am Anfang einer Infektion waren ihre Energien hilfreich. Sie stimulierten die Widerstandskräfte, so dass die Ausbreitung der Bakterien im Körper abgebremst wurde und die Krankheit milder verlief. Hätte General Kalinin sie nicht strafversetzt ... Sarah dachte den Satz nicht zu Ende. Schon während der Fahrt hatte sie das Gefühl gehabt, dass Sergejs Erkrankung und ihre Versetzung in einem höheren Zusammenhang standen.

Irgendetwas ging vor.

Und dies war vorbestimmt, kein Zufall.

Sergej schlug die Augen auf, schien sie aber nicht zu sehen. Tatsächlich hatte er sehr hohes Fieber. Sarah erinnerte die Hitze an einen gut eingeheizten Kachelofen. Aber diese

Wärme war gesund, Sergejs Feuer hingegen das Ergebnis eines körperlichen Kraftaktes.
Plötzlich fuhr er auf und klammerte sich an ihren Arm. Verwundert schaute er sie an, schließlich erkannte er sie.
»Siehst du die schwarze Gestalt?«, stieß er hervor.
»Nein, Sergej«, sagte Sarah ruhig.
Sergej sank erleichtert in die Kissen zurück. Sarah reichte ihm Tee und kniff ihm aufmunternd in die Wange.
»Wenn ich einen Flügel hätte, wenn ich doch einen Flügel hätte ...«
Sergej verdrehte die Augen und versuchte, eine Melodie zu singen. Er krähte ein paar Töne, brach dann ab und begann zu stöhnen. Ein Fieberschub erfasste ihn und riss ihn zurück ins Delirium. »Was wird der nächste Tag mir bringen ...« Sergejs Lieblingsmelodie, die Arie des Lenski aus dem »Eugen Onegin«. Auf Sarahs Lippen schob sich ein bitteres Lächeln. Selbst hier war Sergejs größter Wunsch die Musik. Für ihn stand die Musik immer im Vordergrund. Sie war Synonym für sein Herz, die Medizin für seinen Kopf. Musik war für Sergej schlicht die Bezwingerin der Welt. Denn kein Tun ist ohne Klang, pflegte er zu sagen, nur wer sich ihm ganz hingebe, verschmelze mit der Welt und tauche in die ewige Ordnung der Dinge ein. So war er der Musik in egomanischer Liebe zugetan, die sein Sinnen und Fühlen beanspruchte. Da war kein Platz mehr für anderes, außer eben die Chirurgie.
Sergej verträumte sich am Klavier oder arbeitete mit der Präzision einer Maschine am »Funktionsgewebe Mensch«, wie er sagte. Chirurgie sei reine Mechanik und erfordere nichts außer dem reinen Verstand. Dieser habe sich gelernter Bewegungen zu erinnern und methodisch fortzubilden.

Ein guter Operateur dürfe nie unsicher sein beim Schneiden und Nähen, aber er werde nur dann ein Meisteroperateur, wenn er sich dem »Funktionsgewebe Mensch« mit der Skrupellosigkeit eines Uhrmachers nähere.
Sergej war so sehr »Mechanist«, dass er ihre Heilerfolge ohne Neid akzeptierte. Was das »Funktionsgewebe« beeinträchtige, könne er einigermaßen konstatieren und das sichtbar Falsche damit dem Skalpell überantworten. Heilen sei das nicht. Nur ein Reparieren. Was aber repariert sei, halte trotzdem nie so lange wie das Unreparierte. Heilen aber sei die Fähigkeit, über das Reparieren hinauszugehen. Wenn sie diese Gabe besitze, setze sie damit nicht seine Fähigkeit herab, Geschwülste sauber zu entfernen.
»Haben wir uns eigentlich jemals wirklich geliebt?«, fragte sie leise und forschte in Sergejs Gesicht, als erwarte sie von ihm eine Antwort. Sergej verzog den Mund zu einem schiefen Lächeln. Er wollte sich hochstemmen, sackte aber zurück. Nach einer Weile begann er mit seiner rechten Hand heftig auf der Decke zu rudern. Sein Atem ging stoßweise – dann plötzlich lag er still und friedlich da, wie ein Mensch in gesundem Schlaf.
»Schwester, ich werde Ihnen kaum empfehlen, sich länger in diesem Dunstkreis aufzuhalten«, sagte der Oberarzt. »Wir desinfizieren bis zur Unerträglichkeit, aber der beste Schutz ist Separierung.«
Sarah nickte.
»Sie telegrafieren mir?«
»Wenn es nötig oder sinnvoll ist«, antwortete der Oberarzt.

Die Rückfahrt glich einem Martyrium durch Kälte. Im Waggon war der gusseiserene Ofen kalt. Der Heizer kam herbei, brachte Holz und versuchte es anzuzünden. Aber das Holz war nass und wollte nicht brennen. Die Offiziere, mit denen Sarah fuhr, begannen zu schimpfen. Die Zehen fingen an zu erstarren und jede Empfindung zu verlieren. Die Burschen der Offiziere machten sich an dem Ofen zu schaffen und verbrannten eine Schachtel Zündhölzer nach der anderen. Aber sie brachten damit das Holz bloß zum Schwelen.

Allmählich bekam jeder Kopfschmerzen von der Kälte. Weißer, flaumiger Reif bedeckte von innen Wände und Fenster.

Nach einer Station kam einer der Offiziersburschen schelmisch lächelnd in den Waggon. Er schaute sich mehrmals um und legte für alle sichtbar den Finger auf den Mund.

»Wanja, zum Teufel, was führst du im Schilde?«, fragte ein Major.

»Euer Wohlgeboren – darf ich Sie bitten, ein wenig zur Seite zu rücken?«

Der Major tat ihm den Gefallen, rutschte mit entschuldigender Miene auf Sarah zu.

»Augen zu!«, rief Wanja.

Im nächsten Augenblick steckte ein Beil zwischen den Brettern der Bank.

»Euer Wohlgeboren, das Holz ist trocken, wie?«

Der Major schlug sich auf die Schenkel und ließ ein dröhnendes Lachen hören. Wanja begann unterdessen das herausgebrochene Holz zu zerspalten. Bald loderte es im Ofen auf, und in den Waggon kehrte allmählich das Leben zurück. Gespräche setzten ein, und es wurde wieder geraucht und getrunken. Unter allgemeinem Gelächter flog ein zweites Brett in den Ofen, dann ein drittes. Wo keiner saß, verschwand nach und nach das Holz, der Ofen aber begann zu glühen.

»Ach, es sind doch alles Schelme, unsere Burschen«, brummte der Major.

Gregor hatte für die Prophezeiung des Rabbi-Sohnes nur Spott übrig. Vor Purim! Wie lange war das? Ein Tag, eine Woche? Zwei Wochen?

»Was hast du davon, wenn du weißt, dass es hier in ein paar Tagen zugehen wird, als ginge die Welt unter?«, fragte er einen Kameraden, der in seinem Kalender wieder einen Tag strich.

Viele Soldaten hatten den neunten März dick angestrichen, den Tag, an dem nach dem julianischen Kalender die Juden das Purim-Fest begehen würden. Sie zählten die Tage bis dorthin, nicht nur einmal, sondern viele Male am Tag. Es war ein Ritual geworden. Etliche Soldaten begrüßten sich, indem sie sich die bis dahin ausstehende Zahl der Tage zuriefen, gleichgültig, ob ein Offizier in der Nähe war oder nicht.

Gregor vermied es, sich in die Diskussionen um den Wahrheitsgehalt der Prophezeiung einzumischen. Er hielt nur dagegen, dass vor der Erfüllung der Prophezeiung auf jeden Fall die Schlacht um Mukden stünde.

»Und die hier zu überleben … Ihr werdet sehen, was es bedeutet, wenn geschrieben steht: Viele sind berufen, aber nur wenige sind auserwählt – auserwählt zu überleben, aber berufen, zu krepieren.«

»Hier die Schanzen stürmen? Uffz, da bluten selbst die Japaner aus!«, wurde Gregor entgegengehalten.

Tatsächlich glichen die zwei Dutzend Werst langen Putiloffschen Schanzen festungsähnlichen Werken, die unbezwingbar schienen.

»Jaja«, sagte Gregor. »Die Feiglinge kriechen in der Not durch die unterirdischen Gänge, in deren Gewirr sie sich verlaufen. Schließlich wollen sie sich lebendig begraben lassen.«

»Ach was, Uffz, unsere Redouten sind mit Doppelbalken verstärkt und hocken in der Erde wie festgewachsen. Wir sind wie Ameisen. Kommen die Schlitzaugen, brechen wir hervor und stechen sie einfach ab.«

»Eben«, sagte ein anderer. »Und vergiss nicht, Uffz, wir sind am Hang. Die Schlitzaugen wissen: Jeder Halbkreis eine Lünette. Unsere Kanonenrohre grinsen daraus hervor wie der blanke Tod.«

»Ich will euch eure Hoffnung nicht nehmen«, sagte Gregor. »Ich sage ja nur, dass es für manchen von uns mit Purim nix wird.«

Die Männer schwiegen. Es war kalt. Ein eisiger Wind drückte gegen den Hang. Jeder fror. Auch wenn man sich wie ein Maulwurf in die Erde eingegraben hatte, das stundenlange, unbewegliche Stehen ließ die Füße anschwellen und die Beinmuskeln schwach und kümmerlich werden. In den Gräben zu laufen war die einzige Bewegungsmöglichkeit – aber dies glich mehr einem Wanken und Taumeln. Wer jedoch vorwitzigerweise aus den Stellungen kroch, wurde augenblicklich mit feindlichen Kugeln überschüttet – manche nutzen dies, in der Hoffnung, ein sauberer Durch- oder harmloser Steckschuss sei allemal besser, als

von einem Schrapnell oder einer Granate zerrissen zu werden.
Gregor zog sich sein Schaffell noch enger um die Schultern und schloss für einen Moment die Augen. Jeder machte sich Mut. Aber jeder war auch nervös, weil die Gefahr übermächtig war. Wer hinter die Stellungen kam, soff. Wer nach Mukden durfte, soff und hurte. Man erzählte sich, dass in den Straßen Kinder herumliefen und die Offiziere ansprachen, ob sie nicht Lust auf eine »chinesische Madama« hätten. Eine »schibko schango Madama«, ein sehr schönes Mädchen. Was die Männer dann erwartete, war eine Fansa, vor der andere bereits Schlange standen. »Schibko schango« bedeutete dann, sich mit einer grell geschminkten Vierzehnjährigen für ein paar Minuten auf der Ofenbank zu vergnügen.

Vor Purim – es hätte ein schöner erster Frühlingstag werden können, denn aus dem Süden wehte ein kräftiger, warmer Wind. Die dünne Schneedecke schmolz, und die Tauben flogen auf der Suche nach geeigneten Nistplätzen unter die Gesimse der Fansen. Sperlinge zwitscherten, Elstern keckerten – doch an den Schanzen donnerten seit dem frühen Morgen die Geschütze.
»Es hat begonnen!«, schrie Gregor seine Leute an.
Sie schossen wie rasend aus ihren Unterständen, denn die Japaner hatten sich anscheinend vorgenommen, ihren Abschnitt unter allen Umständen zu nehmen. In ununterbrochenen Sturmangriffen robbten sie den Hang hoch, doch sie wurden von den Russen niedergemäht wie Gras. Nachts hörten die Russen sie schreien und stöhnen – es war ein Massensterben unter einer gelben Mond-

sichel, die im Dunst des Rauchs fleckig am Himmel stand.

An anderen Frontabschnitten krachten immer noch die Kanonen. Das Schützenfeuer klang kurz, hart und abgerissen, wie die Schläge eines Holzhackers. Und so plötzlich, wie der Frühling gekommen war, so plötzlich kam der Winter zurück. Es begann für kurze Zeit heftig zu schneien. Innerhalb von Minuten überzog die Front ein weißes Tuch, das von den aufspritzenden Erdmassen jedoch sofort zerrissen wurde. Es war gespenstisch, wie die Frontlichter und Flammen den Horizont erhellten.

Gregors Männer waren guter Stimmung. Es gab so gut wie keine Verluste, denn die Gräben waren einfach zu gut befestigt. Gregor feuerte aus der mit Sandsäcken verstopften Schießscharte einer Redoute. Über seinem Kopf steckten dicke Palisaden, dreiviertel Meter hoch mit Erde bedeckt.

Es folgten Stunden der Ruhe, in denen die Japaner Tote und Verwundete bargen – doch Gregor wusste, was nun folgen würde. Bislang nämlich waren sie keinem Artilleriefeuer ausgesetzt gewesen.

»Es wird kommen«, sagte er bitter. »Und dann gnade uns Gott.«

Das erste Geschoss sauste über sie hinweg, das zweite ebenfalls. Das dritte traf woanders, das vierte explodierte nicht. Doch irgendwann schlugen die Granaten immer näher um sie herum ein. Gregor glaubte auf einmal, den Mund voller Erde zu haben. Direkt vor ihm explodierte ein Geschoss in einer schwarzen Rauchwolke. Er musste ausspucken, husten. Rechts neben ihm war der Graben schon eingebrochen. Dann umschwirrten ihn die Geschosse. Überall schlug es jetzt ein. Die Japaner feuerten aus Haubitzen,

pflügten die Erde durch, die gelbbraun und schwarz in Klumpen durch die Luft flog. Metallsplitter und Leiber. Es war grauenvoll.
Gregor und seine Leute wurden von zwei Geschützständen flankiert. Unentwegt schrie es von beiden Seiten »Feuer!«, plötzlich schien nur noch ein Mann zu brüllen.
Die Lünette existierte nicht mehr. Sie hatte einen Volltreffer abbekommen. Als Gregor wieder nach vorne schaute, klaffte hinter seinen Sandsäcken eine Mulde, an deren Rändern ein paar alberne Sträucher hingen. Dort brüllte jemand wie am Spieß. Derweil sausten die Granaten über seinen Kopf und verwandelten ein paar Meter höher alles in einen Brei aus Erde, Holztrümmern und blutigem Fleisch. Die mächtigen Palisaden flogen in Splitter. Wer unter der Erde in den Gängen war, wurde zuerst begraben und beim nächsten Treffer zermanscht.
Gregor überlegte fieberhaft. Es war eine Frage von Minuten oder Sekunden, bis ihre Redoute einen Volltreffer bekam. Er entschied, in die Mulde zu robben.
»Uffz, du bist verrückt!«
»Halt's Maul!«
Es gab so gut wie kein Gewehrfeuer. Bis zur Mulde waren es vielleicht fünfzehn Meter. Wenn er es bis dahin schaffte, würde er überleben, denn fast alle Geschosse schlugen hinter der Mulde ein.
»Uffz, komm zurück!«
Gregor robbte weiter. Von vorne blitzte auf einmal Gewehrfeuer auf. Die Japaner kamen den Hang herauf. Zum Glück dämmerte es bereits. Nach Einbruch der Dunkelheit würden sie nicht weiter vorrücken. Über ihm schwirrte es. Die Explosionen war ohrenbetäubend. Noch während er

hinter sich entsetzte Schreie vernahm, spürte er einen brennenden Schmerz. Eine heiße Wolke rollte über ihn hinweg. Doch der Schmerz wurde nicht stärker. Gregor wandte den Kopf und sah anstelle seiner Hose einen blutigen Fleck. Ein Granatsplitter war ihm über das Hinterteil geflogen.

»Den Arsch rasiert!«, schrie er und begann zu lachen. »Ihr habt es bloß geschafft, mir den Arsch zu rasieren!«

Dann drehte er sich auf die Seite und linste nach hinten – es war wie ein Zwang, denn er wusste, was passiert war.

Wo die Redoute gewesen war, klaffte ein Krater. Um ihn herum lagen Holzsplitter und Sandsackfetzen. Im verspritzten, hellgelben Sand waren bizarre braunrote Flecke mit Tuchfetzen daran verteilt, die sich bei näherem Hinsehen als Körperteile entpuppten. Es roch nach schwelendem Holz und verbranntem Fleisch.

»Ja, vor Purim.«

Gregor robbte weiter. Es schien, als hätten die Japaner ihn gesehen. Die Kugeln spritzten um ihn herum, manchmal spürte er, wie sie ihn haarscharf verfehlten.

In der Mulde war er geschützt. Der Mann, der geschrien hatte, war tot. Er hatte nur noch ein Bein. Die Hände auf den Unterleib gepresst, war er mit weit aufgerissenem Mund gestorben. Ein zweiter Mann war auch tot. Er hatte einen Kopfschuss bekommen. Ein dritter lag ohne Kopf im Dreck.

»Heilige Mutter!«

Gregor hörte ein Stöhnen und Husten. Noch ein Soldat war auf die Idee gekommen, in der Mulde Schutz zu suchen. Als er den Rand erreichte, winkte er Gregor zu. Mit letzter Kraft zog er sich vor und rutschte bäuchlings den

Erdwall hinab. Ihm fehlte ein Ohr, zudem sickerte ihm Gehirnmasse aus dem Schädel.

»Wasser.«

Gregor reichte ihm die eigene Feldflasche. Der Mann trank gierig.

»Lass mir auch noch was«, brummte er.

»Ich habe ihm gesagt: Guck nicht hinaus«, begann der Mann geistesabwesend mit lauter Stimme zu erzählen. »Wenn du da nichts zu treffen hast, guck lieber in den Sand. Aber er hat es nicht gelassen. Da hat ihm ein Splitter den Schädel über der Nase abgerissen. Aber jetzt ist es schön still, nicht wahr? Merkwürdig, man riecht nichts, das Wasser schmeckt nicht mehr nach Blech.«

»So?«

Gregor schaute auf die weißgraue Gehirnmasse. Er fand ein Verbandpäcken in seiner Hosentasche und wickelte es dem Mann quer über das Gesicht.

»So – nun haben wir überlebt«, murmelte Gregor und strich sich das erste Mal an diesem Tag seinen Schnauzer.

Vor Purim – die Front in Mukden war an einigen Stellen von den Japanern durchbrochen. Die übrig gebliebenen Truppen bekamen jetzt den Befehl, die Bagage zu retten und alles andere zu vernichten. Verbrannte Erde war das Stichwort. Wenn Sarah sich umschaute, sah sie gewaltige Rauchwolken und Feuergarben, die in der Dämmerung den Horizont rötlich färbten. Sie saß auf einem Lazarettwagen, der so gut wie ohne Verbandszeug war. Dutzende Bagagefuhrwerke befanden sich in ihrem Zug, neben Infanteriekolonnen und versprengten Einheiten nicht mehr existierender Regimenter. Die Geschütze donnerten unaufhörlich – bis Purim waren es noch mehr als zwei Wochen.

Flucht nach Norden.

»Halt!«

Während etlicher Stunden sammelte sich in dem verlassenen Dorf, was von Sarahs Regiment übrig geblieben war. Zusammen mit den ostsibirischen Schützen des 19. und 20. Regiments sollte es jetzt den Rückzug der Bagageeinheiten aus Mukden decken.

Sarah war todmüde – so müde, dass sie die Bilder der zerfetzten Leichen nicht mehr aus ihrem Gedächtnis bannen konnte. So wechselten sie sich jetzt in ihrem Kopf ab, ein Bild entsetzlicher als das andere.

Hatte sie helfen können?

Sie erinnerte sich nur an einen Fall, bei dem ihre Hände ein kleines Wunder bewirkt hatten. In einem halb zerschossenen Unterstand brüllte ein Soldat. Er war fast unversehrt bis auf einen kleinen Granatsplitter, der ihm am Rand des linken Schläfenbeins tief ins Gehirn gedrungen war. Den Mann ruhig zu stellen war nicht möglich. Er tobte wie rasend und schlug um sich. Man wollte ihn schon niederschießen, da hatte sie ihn angesprungen wie ein Tier und ihm die Hände auf die Schläfen gepresst. Der Mann heulte auf, wurde aber ruhiger. Zwei Mann schafften es, ihn zu überwältigen, und fesselten ihm Hände und Füße. Der Rest war ein Kinderspiel: Sie brauchte bloß eine Pinzette. Der Splitter war glatt herauszuziehen, nach wenigen Minuten schon war der Soldat wieder normal ansprechbar.

Er konnte sich an nichts mehr erinnern. Den Splitter trug er jetzt als Talisman bei sich.

Ob er das Purim-Fest erleben würde?

Mitten in der Nacht wachte sie auf. Sie lag in ihrem Lazarettwagen unter zwei Pferdedecken.
Die Stille hatte sie geweckt. Es roch nach Rauch und Fluss. Der Hun-He war nur eine halbe Werst entfernt. Das diesseitige Ufer sollten die beiden ostsibirischen Schützenregimenter auf alle Fälle so lange halten, bis sämtliche Bagage in Sicherheit gebracht war.
Sarah kroch aus dem Wagen. Feuerstellen, wohin sie blickte. Über ihr flimmerte in einem grünlichen Licht der Abendstern. Die schrecklichen Bilder waren verschwunden. Aber Leere und Einsamkeit in ihr waren so groß, dass sie glaubte, in den nächsten Sekunden für immer den Verstand zu verlieren.
»Ich bin keine Kriegerin«, flüsterte sie und schaute in den Himmel. »Herr, lass mich doch endlich nur Sarah sein.«

Am nächsten Morgen zerriss urplötzlich Geschützdonner die Stille. Der Lärm kam vom Hun-He. Binnen Sekunden explodierten ganz in der Nähe des Dorfes Granaten und Schrapnelle. Gewehrfeuer knatterte, das so nah war, dass man zwischendrin das Kommandogeschrei hören konnte. Noch nie war sie so dicht am Feuer, doch sie verspürte keine Angst. Sie wartete lethargisch vor ihrem Lazarettwagen auf die ersten Verwundeten, die auch bald angelaufen kamen.
»Sie setzen über den Fluss!«, rief ein Meldeläufer, der einen glatten Schulterdurchschuss bekommen hatte.
Hinter ihm kamen andere Verwundete. Dem einen hatte es die Wange aufgerissen, dem anderen die Wade.
»Weiter vorne liegen noch andere!«, schrie er.
Sarah sah den obersten Feldscher auf sich zulaufen.

»Unverzüglich aufbrechen! Befehl von Putiloff höchstpersönlich.«
Sarah schautc und sagte nichts. Es stand alles bereit, die Pferde brauchten nur noch angeschirrt zu werden. Schon eine Viertelstunde später rollte ihr Wagen an. Der Cheffeldscher saß auf dem Bock, sie verband die Verwundeten.
»Und die anderen? Wer holt die?«
Sarah sah ihn an, ihre Augen waren nur Schmerz. Der Soldat schwieg.
Sie kamen nur langsam voran. Die Kolonnen der Bagagewagen waren in der Überzahl. Kastenwagen reihte sich an Kastenwagen, die von klapprigen Gäulen gezogen wurden. Ununterbrochen knallten Peitschen. Wüstes Fluchen, grässliche Verwünschungen hagelten auf die Pferde nieder. Wer sich nicht beherrschen konnte, peitschte die mageren, erschöpften Tiere so lange, bis sie zusammenbrachen. Dann ging nichts mehr. Das Pferd bekam den Gnadenschuss, der Bagagewagen wurde an die Seite gerollt und angezündet. Die brennenden Wagen markierten mit ihren Rauchsäulen den Fluchtweg gen Norden. Sarah fühlte sich an einen gigantischen Lindwurm erinnert, dessen Leib mit Feuersäulen und Rauch gespickt war.
Sie fuhr an im Straßengraben verendenden Ochsen vorbei, an Haufen weggeworfener Filz- und Pelzstiefel. Immer häufiger kreuzten torkelnde Soldaten den Weg. Der Grund war ein weiter vorne abseits stehender Bagagewagen, dessen Zugpferd erschossen im Graben lag. Der Wagen hatte regen Zulauf. Von überallher drängten sich Soldaten an ihn heran, denn auf ihm stand der Intendanturbeamte und teilte mit der Schöpfkelle Branntwein aus.

»Nehmt Kinder! Nehmt! Noch mehr! Los! Wir müssen ja doch alles verbrennen.«
Er schöpfte aus einem Fass mit herausgeschlagenem Boden direkt in die ihm entgegengestreckten Fellmützen.
»Trinkt! Sauft! Sauft schneller!«
Der Beamte löffelte wie ein Besessener. Sarah empfand das erste Mal seit Tagen wieder so etwas wie Freude. Da erbarmte sich endlich einmal eine russische Beamtenseele der Soldaten! Weil sie den Gedanken nicht zu ertragen vermochte, dass ein so kostbares Getränk den Flammen überlassen blieb.
Die Soldaten mit ihren staubbedeckten, abgezehrten Gesichtern tranken den Branntwein wie Wasser. Gierig, ohne abzusetzen, schlürften sie ihre Mützen leer, schüttelten sie aus und stellten sich wieder an.
Von einer Sekunde auf die andere fielen sie nach ein paar Metern mit zufriedenen Gesichtern in den Graben. Gewehre lagen herum, Patronentaschen waren ausgeleert. Manch einer schoss in die Luft, verdrehte die Augen und fiel in Schlaf. Sarah sah auf leblose Körper, die in Gebüschen lagen. Doch es gab etliche, die den Branntwein nicht bei sich behalten konnten und sich erbrachen.
Am Abhang eines mit Zedern und Fichten bestanden Berges flatterte im Schatten der Bäume eine Rotkreuzflagge. Ein Arzt kam auf Sarahs Wagen zugerannt und brüllte, ob sie, um Himmels willen, Verbandszeug hätten. Der Cheffeldscher schüttelte den Kopf, Sarah, die hinten die Verwundeten betreute, steckte den Kopf heraus und rief, sie könnten noch zwei Männer aufladen.
Sie sprang vom Wagen und eilte dem Arzt hinterher. Im Zelt lagen blutüberströmte Verwundete, die sich vor

Schmerzen wanden. Sie lagen in ganzen Reihen nebeneinander, größtenteils auf dem Waldboden. Blut und Nadeln klebten ihnen im Haar und in den Bärten.
»Suchen Sie sich zwei Glückliche aus!«, sagte der Arzt.
Sarah ging durch die Reihen, fühllos, ohne Absicht.
Neben ihr hustete es. Sarah erblickte einen Unteroffizier, dem eine Kugel die Backen und den Kiefer durchbohrt hatte. Sein Kopf lag seitlich auf einem Tornister, und in anhaltenden Stößen hustete er blutigen Schleim aus. Doch das war nicht die einzige Verwundung des Mannes: sein rechtes Bein war völlig zerrissen und schwamm in einem Meer von Blut. Der Boden darunter war durchweicht.
»Gregor!«
Der Mann drehte langsam den Kopf herum und blinzelte Sarah ungläubig an.
»Ihn doch nicht, Schwester«, sagte der Arzt. »Mit dem geht's zu Ende.«
Sarah tat, als höre sie nicht. Sie kniete sich hin und starrte Gregor unverwandt an. Er war aschfahl, hustete und spuckte. Seine Hand suchte die Sarahs.
»Wenn du mich rettest, hast du deine Schulden getilgt«, röchelte er.
»Ich weiß, Onkelchen«, flüsterte Sarah.
»Beeilen Sie sich, Schwester!«, sagte der Arzt.
Sarah sagte ihm, ohne den Blick von Gregor zu lassen, dass er selbst entscheiden solle. Auf jeden Fall werde sie so lange hier bleiben, bis …
»Bis?«, warf Gregor dazwischen, und in seinen Augen flackerte Angst auf.
»Bis du verbunden bist«, sagte Sarah.
Gregor entspannte sich.

Der Arzt zuckte mit den Schultern und ging ins andere Zelt.
»Große Schmerzen?«
Gregor grunzte zustimmend. Sarah legte ihm erst die Hand auf den Kiefer, anschließend bewegte sie sie langsam über sein verwundetes Bein. Gregor begannen die Lider zu flattern, er seufzte erleichtert auf.
»Du bleibst, ja?«, stieß er mit letzter Kraft hervor, bevor er in die Bewusstlosigkeit glitt.
Sein Blut sickerte weiter in den Boden.
Sarah dachte nicht an die Vergangenheit. Die Zeit war dafür zu kostbar. Nur eins war sinnvoll: Gregors Sterben zu begleiten. Sarah setzte sich so, dass sie seinen Kopf in ihren Schoß betten konnte, fasste ihn mit beiden Händen und schloss die Augen. Irgendwann setzte das bekannte Ziehen in den Fingerspitzen ein. Es wurde schnell stärker.
Noch einmal bewegte sich Gregors Brust.
Sarah spürte, dass er mit einem Lächeln starb.
Sie weinte erst, als sie wieder unter den Flüchtenden war. Weil sie Schwester war, durfte sie auf einen Wagen mit betrunkenen Offizieren aufsteigen.

Die Flucht war noch lange nicht zu Ende. Breit zog sich die chinesische Landstraße dahin, auf beiden Seiten voller Strauchwerk. Man sei auf der Mandarinstraße, erzählte einer der Offiziere. Er faselte von einer wichtigen Bahnstation bei dem Städtchen Telin. Sie seien dorthin kommandiert worden, um neue Schlachtordnungen aufzustellen.
»Aber niemand weiß, wie viele Regimenter dort noch ankommen!«
Er lachte, Sarah sah durch ihn hindurch.
Weiter und weiter, langsam, wie ein sich zusammenziehen-

der und ausdehnender Wurm kroch der Strom nach Norden. Eine ganze Weile hinkte vor dem Offizierswagen ein struppiger Gaul, der sich einen seiner Hinterfüße verstaucht hatte. Den Rücken gekrümmt, hüpfte er kläglich auf drei Beinen einher. Vorne schritt ein Soldat, der die Mähre mit sich zerrte, hinter ihr ging einer, der sie mit der Gerte bearbeitete. Das Tier kümmerte sich nicht mehr um die Hiebe. Schlug der Soldat ihm aber auf die schmerzhafte Stelle am Fuß, krümmte es den Rücken noch ein wenig mehr und hüpfte für ein paar Meter ein wenig schneller.

»Lasst es doch zurück!«, rief Sarah.

»Würden wir ja gerne. Aber unser Leutnant hat befohlen, es mitzuführen. Es ist oder war sein Gaul.«

Aus den Nebenstraßen bogen neue Züge in die Mandarinstraße ein. Irgendwo vor ihnen knatterte Gewehrfeuer los. Sarah entdeckte auch gelb aufblitzende Schrapnells.

»Verflucht!«, schrie der Offizier. »Was ist das?«

»Japaner, du Schlaumeier«, bekam er zur Antwort.

Sarah winkte einem Schützen zu, der mit blutigem Verband an der Hand über das Feld gerannt kam.

»Schwester, wir sind kein Lazarett«, wurde ihr beschieden.

»Nein, aber Heuchler!«, schrie sie und sprang aus dem Wagen.

»Schwester, dir fehlt ein Kerl!«, rief der Offizier und schmiss ihr die Verbandstasche nach.

»Kommst du aus der Schlacht?«, fragte sie den Schützen.

»Ja, Schwester.«

»Lass mal sehen.«

»Nein. Lassen Sie mich.«

»Ach so. Du bist auch ein Heuchler.«

Sarah setzte sich auf einen Stein und betrachtete den vor-

beirollenden Zug. Rote wilde Gesichter, blasse traurige. Peitschen, Infanteriekolonnen, Offiziere zu Pferd, Bagagewagen. Es ist das System, hörte sie die Stimme des Obersten. Und das bedeutete, Material ging vor Menschen. Ladungen mit Akten und Luxusgütern, Hausrat und Orden waren wichtiger als Verwundete.
Sarah erhob sich, als ein mit einem Zelttuch überspannter zweirädriger Karren mit Rotkreuzbemalung vorbeifuhr. Das Pferd trottete führerlos hinter einem Bagagewagen her, der mit Kochkesseln und Konserven beladen war.
Wer lag in dem Wagen?
Sarah machte zwei Offiziere aus. Einer war Leutnant, der andere Fähnrich. Zwei junge Burschen, Kosaken. Der eine saß schief angelehnt an die Holzwand, der andere lag im rechten Winkel, den Kopf auf den Knien seines Kameraden.
Beide waren tot.
Dem Sitzenden schwankte der Kopf mit aneinander schlagenden Zähnen im sinnlosen Takt des Karrenrüttelns, der andere starrte mit blöd erfrorenem Gesicht gegen das Zeltdach.
Eine Weile fuhr sie mit, dann schreckte sie der Ruf eines Soldaten auf, der durch den Staub ihre Rotkreuzbinde erkannt hatte. Er stand mit einem Verband um den Kopf etwas erhöht auf einer Bodenwelle unweit des Straßenrandes, zu seinen Füßen lag ein Soldat.
Weiterfahren? Ihn nicht beachten?
Du bist Heilerin!, sagte ein strenge Stimme in ihr.
Sarah sprang ab.
»Hol den Karren aus der Kolonne!«, rief sie dem Soldaten zu.

Der rannte sofort los und kam auch ein paar Minuten später mit ihm zurück. Das Pferd machte sich sofort über das Gras her, das an dieser Stelle noch ungewöhnlich grün war.

»Schauen Sie, Schwester!«, rief er leidenschaftlich. »Hat das eine Art? Da liegt ein Mensch mit zerfetzter Brust, und niemand will ihn aufheben. Soll er verrecken wie ein Hund?«

Der Soldat lag auf dem Rücken, die Augen blickten offen gen Himmel. Er sah aus wie tot, atmete aber hastig.

»Die erste Strecke haben wir noch zu Fuß geschafft, dann ist er zusammengebrochen. Ich habe ihn bis hierher geschleift. Was sollte ich sonst tun? Unsere Kompanie bestand aus lauter Hasenfüßen. Die Japaner mussten nur ein bisschen schießen und ein paar Schrapnells auf uns abfeuern – da rannte alles davon. Und die Sanitäter gleich mit.«

Sarah hörte den Soldaten aus weiter Entfernung sprechen. Sie wusste, dass sie weder träumte noch eine Vision erlebte – trotzdem fühlte sie sich, als sei sie aus der realen Welt in die des Traumes getreten.

Der Soldat im Gras war Josua.

Er groß geworden. Und breit. Noch immer war er schlank, jetzt allerdings von sehniger Kraft. Seine Haut hatte ihre gelehrte Blässe verloren, war goldbraun und staubig, und auf den gesprungenen Lippen malten sich, wie bei allen anderen Soldaten auch, die Schmerzen seiner Verwundung.

Nur Josuas Augen. Schimmerten sie nicht genauso dunkel wie damals? In Nejschin kamen sie ihr zu gleichen Teilen anmaßend wie weltfern und dumm vor, jetzt zeugten sie von wahrer spiritueller Kraft.

Als ob sie durch die Wolken hindurchsehen könnten.

Sarah fühlte den Wunsch, sich in diesen Blick zu stürzen,

mit ihm zu verschmelzen und damit gen Himmel zu rasen – doch stattdessen hörte sie, wie Josuas Kamerad wieder zu reden begann.
»Sie können ihn retten, Schwester. Nur Sie können es. Verbinden Sie ihn oder legen Sie ihm die Hände auf, aber tun Sie etwas. Und wenn Sie beten.«
»Was? Die Hände auflegen? Beten?«
»Wenn Sie es können? Es geht das Gerücht, dass irgendwo eine Schwester Dienst tut, die dies kann. Und Beten schadet sowieso nicht. Meinen zumindest wir Juden.«
»Ich bin diese Schwester«, sagte Sarah.
»Es gibt keinen Zufall. Gelobt sei Gott!«, rief der Soldat.
Sarah zählte mehr als ein Dutzend Löcher auf Josuas Brust. In jedem steckte eine Bleikugel, die bei der Explosion glühend ins Fleisch gedrungen war. Darüber hinaus war der Bauch von einem Schrapnellsplitter aufgerissen. Der Puls ging schnell und schwach, die Haut fühlte sich feuchtkalt an.
»Er hat einen Schock. Leg ihm die Füße hoch«, sagte sie und begann mit der Untersuchung.
Die glühenden Bleikugeln hatten das Fleisch beim Aufprall aufgerissen, doch sie brannten die Wunden gleichzeitig wieder zu. Steckten sie nicht zu tief, konnten sie später herausoperiert werden. Also konzentrierte Sarah sich auf den Bauch. Die Blutungen dort mussten unbedingt gestillt werden. Magen und Darm waren nicht getroffen worden, doch das Bauchfell an zwei Stellen gerissen.
Hilf mir, Herr!, sagte sie und ließ ihre Hände über dem Bauch schweben. Sie war wieder ganz in der diesseitigen Welt. Um Josua war kein Mysterium. Weder fühlte sie entrückte Freude noch einen Anflug von Liebe. Nichts erin-

nerte in diesen Augenblicken an die Vision. Es roch nicht einmal nach Pfefferminze.
Mit jeder Minute wuchs die Enttäuschung.
Josua – ihr Bräutigam.
Sie konnte nicht jubeln!
War alles doch nur Zufall? Ihre Visionen – die Chimären eines erhitzten Geistes? Oder war der Mann, dem sie in der Vision die Hand auflegte, doch nicht Josua?
Aber wenn er es nicht war: Was bedeuteten dann ihre anderen Gesichte? Waren sie allesamt Trugbilder?
Sarah packte der Ekel. Die Gegenstände, die sie sah, stürzten mit ihren Namen auf sie ein, als wollten sie sie erinnern, dass es nichts außer der Welt der Erfahrung und der Dinge gab: Da war der Karren. In ihm lagen zwei tote Offiziere. Das Pferd rupfte Gras. Josua stank. Sein Kamerad glotzte. Sie hatte Durst. Es wurde geschossen. Die Luft roch nach Pferdeschweiß und Pulver. Russland verlor den Krieg. Sergej hatte Typhus. Soldaten starben.
Großvater, was sagst du dazu? Hast du mich wirklich jemals an die Hand genommen? Warst du wirklich bei mir?
In der Ferne kamen noch andere Soldaten über die Wiese.
»Wir müssen fort«, sagte sie. »Er wird es aushalten.«
»Was machen wir mit den Toten?«
»Die lassen wir hier«, hörte Sarah sich mit überraschender Kälte reden. »Der Gaul schafft nur uns drei.«
Josuas Kamerad schaute sie zweifelnd an. Dann nickte er.
»Es ist ihr Schicksal«, murmelte er. »Und nur weil sie Offiziere sind …«
»Beeile dich! Wir müssen weg sein, bevor die anderen kommen.«
Als sie auf dem Karren saß, hörte sie, wie andere nach ihr

schrien. Kurz entschlossen riss sie sich die Rotkreuzbinde vom Arm. Als sie sich in den Zug hineinmanövriert hatten, fühlte sie sich wie ein Dieb, der sich davongestohlen hatte. Aber war es zu ändern?
»Herr, mach, dass es wenigstens Sinn hat, wenn ich weglaufe!«, rief sie aufgewühlt. »Doch lass mich in Frieden!«

Sie fuhren bis zum Anbruch der Nacht. Die Straße führte über sanfte, bewaldete Anhöhen. Der Kanonendonner war jetzt nur noch schwach aus dunkler Ferne zu hören. Wenn Josua aufwachte, schickte Sarah ihn gleich wieder in den Schlaf. Irgendwann erreichten sie ein von einer Steinmauer umgebenes Landhaus. In einer zugigen Scheune fanden sie noch Platz – niemand fragte nach ihnen, niemand kümmerte sich um sie. Simon, Josuas Kamerad, gelang es, einen halben Eimer Wasser aufzutreiben, um Tee zu kochen.
»Betest du?«, fragte er Sarah.
»Du?«, fragte sie zurück.
»Ich habe es mir in der Armee abgewöhnt.«
»Und Josua?«
»Auch.«
»Und das als Sohn eines Rabbi!«
»Er würde mit Prediger Salomo antworten: Alles hat seine Zeit.«
»Aber dass Beten auch seine Zeit hat – davon steht im Prediger Salomo nichts. Was nur bedeuten kann: Du sollst beten. Denn nur wer betet, rühmt Gott, glaubt an ihn. Selbst wenn wir mit ihm hadern: Gott selbst sagt, er sei eitel. Lieber lässt er sich beschimpfen als ignorieren.«
»Aber wo ist Gott?«, fragte Simon.
»Mein Großvater würde dir antworten: Gott ist da, wenn

du ihn zu dir einlässt. Er erzählte mir dazu eine anschauliche Geschichte: Einst spielte ein Fiedler mit solcher Süßigkeit, dass alle, die es hörten, zu tanzen begannen. Wer in den Bereich kam, wo er die Fiedel hören konnte, geriet unversehens mit in den Reigen. Da kam ein Tauber des Wegs, der nichts von Musik wusste. Und dem erschien, was er sah, als das Treiben Verrückter, ohne Sinn und Verstand.«

»Ja, schön. Aber Katastrophen wie dieser Krieg lassen solche Gleichnisse blind werden«, sagte Simon.

Am nächsten Morgen beleuchtete die Sonne das Lager mit schrägen Strahlen. Es hatte gefroren. Simon machte Tee, Sarah legte Josua wieder die Hände auf. Die Verbände waren nicht weiter durchgeblutet, Josuas Lebensenergie nahm zu.

Was würde sie Josua sagen, wenn er aufwachte?

Sarah dachte das erste Mal seit vielen Wochen wieder an ihre Eltern. Was würden sie sagen? Josua war unverheiratet. Der Hochzeitsvertrag noch gültig.

Ehen werden im Himmel geschlossen.

Josua seufzte.

Sarah riss sich von ihm los und schaute auf den Zug. Er rollte in dichtem, jetzt beinahe geschlossenem Strom dahin. Die Fuhrwerke, Bagagewagen, zweirädrigen Karren, Geschütze und Munitionswagen drängten sich wie Eisschollen zusammen, stießen wie beim Eisgang aneinander, kamen zum Stehen und fuhren langsam wieder an. Ätzender, gelbbrauner Staub wirbelte umeinander, das Schimpfen und Schreien war immer dasselbe.

Wo waren die Japaner?

Wo waren die Lazarette? Alle schon in Telin?

Um die Mittagszeit kam der Zug an eine Brücke. Wagen um Wagen rollte hinüber, da erblickte Sarah auf einmal eine Säule gelblich grauen Rauches über den Feldern des Flusses. Gleich darauf ertönte ein kurzes, dumpfes Krachen. Eine neue Rauchsäule erschien. Büsche und Erde spritzten in die Luft.

Wilde Panik ergriff den Zug. Die einen setzten noch über die Brücke, die anderen bogen längs ab und rasten über die Felder.

Kommandos wurden gebrüllt, Infanteristen warfen sich zu Boden. Wahllos rollten die Geschütze auf die Wiese und begannen alsbald draufloszufeuern. Ein Bombardement brach los, als liefen die Japaner Sturm. Die hatten offensichtlich nur wenig Artillerie, denn bald schon schlug keine Granate mehr ein. Stattdessen rannten sie mit bloßen Gewehren über das Feld. Von der Größe her vielleicht ein Bataillon, das dem Untergang geweiht war.

Von der anderen Uferseite konnten Sarah und Simon beobachten, wie die Wellen des russischen Artilleriefeuers sie niedermachten. Wilde Begeisterung setzte ein. Ein Dragoner warf sich auf sein Pferd und galoppierte mit gestrecktem Säbel auf den Feind los. Sarah stellte sich sein von der Begeisterung gerötetes Gesicht vor, sah das irre Flackern in den Augen fast vor sich. Der Dragoner galoppierte wie von Sinnen und stieß seinem Pferd die Sporen in die Seite, als wolle er es zerhacken. Man brüllte ihm hinterher, aber er war nicht aufzuhalten. Nach einer Weile flog ihm der Arm mit dem Säbel in die Höhe und der in hohem Bogen auf die Wiese. Das Pferd galoppierte weiter. Der Dragoner hing vornübergebeugt, kam schnell in Schieflage und schlug dann wie ein Sack auf die Erde.

Die Russen gingen zum Sturm über. Niemand von ihnen fiel.
»Ich möchte jetzt kein verwundeter Japaner sein«, sagte Simon.
Sie zogen weiter.
In Telin kam Josua ins Lukaschoff'sche Lazarett.
Sarah wurde dort wie eine Heldin gefeiert.
Telin musste geräumt werden.
Auf Telin folgte Guntschulin, wo Sergej noch immer mit dem Typhus rang.
Der Krieg ging weiter.
Purim ging ins Land. Auch Pessach. Es hieß, seit dem 18. März würden Friedensverhandlungen geführt. Aber die tiefste Demütigung stand den Russen noch bevor. Ende Mai sickerte das Unfassbare durch: Die baltische Flotte war bei Tsushima vollständig vernichtet worden. Während die Japaner nur drei Torpedoboote einbüßten, verloren die Russen acht Schlachtschiffe, neun Kreuzer, sechs Versorgungsdampfer und etliche andere Schiffe. Viertausend Seeleute starben, siebentausend gerieten in Gefangenschaft.

Sarah saß in Harbin regelmäßig in der Offiziersmesse und hörte den abenteuerlichen Geschichten zu, die das Lukaschoff'sche Lazarett während seiner Flucht erlebt hatte.
Der Oberarzt berichtete von einer Einheit Kosaken aus dem Ural, die vom Stab eingesetzt worden waren, damit sie den fliehenden Fußtruppen die Flucht abschnitten.
»Wir bekamen jetzt Verwundete, die ausschließlich von russischen Kugeln getroffen wurden. Die Infanteristen schossen auf die Kosaken, und die feuerten auf alles, was in

Richtung Norden zog. ›Den Krieg beenden? Fliehen? So was hat es in Russland noch nie gegeben!‹, krakeelten sie. ›Es ist eine Schande, so nach Hause zu kommen. Was glaubt ihr, wie uns dann unsere Weiber empfangen? Sie würden uns auslachen und nicht mehr gehorchen! Wie dürften wir sie dann noch schlagen? Nein, dann lieber hier in den Tod!‹«

Der Oberarzt wollte sich ausschütten vor Lachen. Er erzählte noch andere Anekdoten. Zum Beispiel die von dem gefangenen japanischen Offizier, der gerade dem Divisionsgeneral vorgeführt wird, als dieser einer Ordonnanz den Befehl gibt, dem Oberst der soundsovielten Kavalleriebrigade einen Brief auszuhändigen.

»Die Ordonnanz fragt: ›Aber wo steht das Regiment, Exzellenz?‹ – ›Wo? Ja, wie heißt dies Dorf noch mal?‹ Der General knackt mit den Fingern, überlegt krampfhaft. Da kommt ihm der gefangene japanische Offizier zur Hilfe: ›Herr General, das Regiment stand gestern noch beim Dorf Soundso.‹«

Wera hatte sich mit Sarah wieder ausgesöhnt. Ihre Haut war gesund. Die Entbehrungen hatten ihrer Statur gut getan. Sie gehörte zu den umschwärmtesten Schwestern und konnte sich vor Angeboten nicht retten. Was ihrem Ruf schadete – aber das war ihr egal.

»Ich hole alles nach«, gestand sie Sarah. »Für mich ist dieser Feldzug ein Glücksfall. Was Neues von Sergej?«

Sarah schüttelte den Kopf. Das Letzte, was sie gehört hatte, war, dass Sergej während des Einmarsches der Japaner in Guntschulin noch immer bettlägerig gewesen sei. Höchstwahrscheinlich sei er in japanische Gefangenschaft geraten.

Wera schrie entsetzt auf. Sarah verzog das Gesicht, machte eine abwehrende Handbewegung. Sie wollte nichts hören! Nicht schon wieder. Denn jeder dachte dasselbe: Man schloss von den russischen Massakern an den Chinesen auf eine ähnliche Behandlung von Seiten der Japaner. Schlitzaugen sind Schlitzaugen, wurde behauptet, und im Lukaschoff'schen Lazarett war es ausgerechnet Stulpin, der Sarah daran erinnerte, wie die Burjaten ihre Schafe zu schlachten pflegten.

»Liebst du ihn eigentlich noch?«, fragte Wera.

Sarah sah sie nachdenklich an, antwortete nicht. Sie saß einfach da, hörte dem Oberarzt zu oder dachte an Josua. Simon und er dienten längst wieder bei ihrer Einheit. Wie Josua überhaupt zum Militär gekommen war, erzählte er Sarah erst, kurz bevor er sich von ihr verabschiedete. Der Grund war so banal wie ernst. Nach dem Pogrom offenbarte sich, dass Josuas Vater für die Söhne aus seinen anderen Ehen Geld hatte aufnehmen müssen, um sie vom Militärdienst zu befreien. Diese Bestechungssummen waren nicht nur hoch gewesen, sondern man hatte ihm auch gesagt, noch einmal käme er nicht davon, selbst wenn er Rothschild wäre.

»Ob nun mit Geld oder ohne: Rabbi Jankovics jüngster Sohn musste einrücken. Meine Mutter verkaufte alles, um die Schulden zu decken. Jetzt führt sie ihrem Bruder in Warschau den Haushalt. Ich bin ein Habenichts, wie er im Buche steht.«

Josua hatte sie nur äußerlich wieder erkannt, und ihr ging es genauso. Gemeinsam war ihnen, dass sie ihre jüdische Identität verloren hatten. Ein Buch in einer schlammigen Pfütze hatte sie zusammengeführt, aber näher kennen ge-

lernt hatten sie sich nicht. Er stünde von nun an in ihrer Schuld, sagte er. Ohne sie hätte er nicht überlebt. Sie antwortete ihm, dass es ihre Pflicht sei zu heilen. Er habe einfach nur Glück gehabt.
»Vielleicht Zufall, Josua.«
»Zufall ist kein koscheres Wort«, sagte er.
»Das ist auch meine Überzeugung.«
Sie suchte in sich nach einem Funken Liebe für ihn. Doch sie fand nichts. Damals wollte sie ihn nicht, jetzt wollte sie ihn nicht. Sarah ließ das Grübeln nicht mehr los. Warum hatte sie in ihrer Vision diese Glücksgefühle gehabt? Warum hatte ihr Großvater gesagt: Spüre die Liebe in dir und ihm.
Und Josua?
»Ich war über beide Ohren in dich verliebt, du Lilith«, gestand er ihr. »Aß nicht, lernte nicht, schlief nicht.«
Sie wagte nicht, weiter zu fragen.
Ob er sie heute immer noch liebte?
Was sie nach dem Krieg mache?
»Erst einmal nach Amerika reisen. Meine Eltern wiedersehen.«
Nachdem Josua fort war, quälte Sarah das schlechte Gewissen, nicht genug mit ihm geredet zu haben. Aber sie konnte einfach nicht. Josua erschien ihr noch fremder als damals in Njeschin. Seine Augen irritierten sie. Was er auch sagte, was sie auch erwiderte: Beider Worte klangen hohl. Beide fühlten die großartige Bedeutung ihres Zusammentreffens. Doch keiner hatte den Mut, darüber nachzudenken.

Im Juli wurde der Frieden verkündet. Doch in den Jubel mischte sich Disziplinlosigkeit. Während die Offiziere in Harbin mit allem Komfort lebten, hungerten die Mannschaften. Sie rotteten sich zusammen und plünderten. Sarah wurde Zeuge, wie eines Tages am Bahnhof ein Waggon des Offizierskonsumvereins gestürmt und geplündert wurde.
Schachteln und Kisten flogen zu Boden, die Mannschaften rasten vor Wut. Sie rissen die Kisten auf, füllten ihre Taschen mit Zucker, suchten nach Rum- und Cognacflaschen und stopften sich die Taschen mit Tabak voll.
»He, du, Euer Wohlgeboren! Schau her!«, schrie ein Soldat den Sarah und Wera begleitenden Oberarzt an und schwenkte eine Rumflasche. »Ihr Brüder habt euch lange genug gütlich getan. Jetzt kommen wir an die Reihe!«
Ein anderer schüttete den Zucker auf den Perron und stampfte wütend mit den Füßen darauf herum.
»Da habt ihr euren Zucker! Ihr selbst kauft ihn für fünfzehn Kopeken, aber der Soldat muss vierzig bezahlen. Los – fresst doch euren Zucker. Krepiert doch daran!«
Auf der Straße rollte in einer Kalesche ein General heran. Ein Leutnant, der die Plünderer mit ein paar Mann befrieden sollte, stand im Weg.
»Schert euch weg, zum Teufel!«, brüllte der General aus dem Fenster. »Ist das eine Art, auf der Straße herumzulungern!«
Dem Leutnant riss die Geduld.
»Ich will Sie nicht länger hören!«, brüllte er. »Ich diene Russland und dem Zaren. Nicht einer Exzellenz wie Euch!«
Seine Soldaten gerieten in Wallung und schlossen sich enger um die Kalesche.

»Lassen Sie uns einmal wissen, wo Sie zur Zeit der Schlacht waren!«, brüllte ein Feldwebel mit flammenden Augen und von Brandwunden entstelltem Gesicht. »Ich war fünf Monate lang in den Stellungen und habe nie auch nur einen General gesehen!«

»Jawohl! Wo waren Sie beim Rückzug?«, schimpfte ein anderer.

»Ihr roten Hosen, ihr. Versteckt habt ihr euch auf den Fansen wie Wanzen in den Ritzen eurer Hurenbetten. Aber jetzt kommt ihr aus den Ritzen wieder heraus und wollt kommandieren.«

»Hasenfüße! Lumpenpack!«

Der General zog seinen Revolver und schoss in die Luft.

Der Weg für die Kalesche war frei.

Nur mit Mühe konnte der Leutnant seine Soldaten davon abhalten, dem General hinterherzuschießen. In ihrer Wut schlossen sie sich den Plünderern am Bahnhof an.

»Das ist fast normal«, bemerkte der Oberarzt. »Ein befreundeter Arzt aus Mukden erzählte mir Folgendes: Während des Rückzugs aus der Stadt füllte sich ein Güterwagen ganz mit verwundeten Offizieren. Als der Zug in Telin ankam, entfernten viele der so genannten Verwundeten die Verbände, stiegen aus dem Waggon und zerstreuten sich. Sie hatten sich gegenseitig die Verbände an ihren gesunden Körpern angelegt.«

Die Disziplin verfiel immer weiter. Ob Sarah oder Wera, Schwester Anetschka oder die verrückt gewordene Sina: Soldaten und Bürokraten gleichermaßen wollten endlich nach Hause. Aber die Tage verrannen, und den Einheiten wurde befohlen, sich auf ein Winterlager vorzubereiten.

Gerüchte, wohin Sarah hörte. Einmal sollten zuerst die in die Heimat expediert werden, die gerade erst angekommen waren, dann wieder hieß es, natürlich würden diejenigen Einheiten zuerst nach Hause kommen, die am längsten an der Front gewesen waren.

»Das ist alles ein abgekartetes Spiel!«, schrie Stulpin. »Sie behalten uns hier, weil sie fürchten, wir würden zu Hause Aufruhr machen. Wegen der Rückschläge an der Front. Aber wir fahren! Wir ziehen die Sache durch!«

Wie Stulpin dachten alle Mannschaften. Das Lukaschoffsche Lazarett war längst abgebaut, die Verwundeten zurück in der Heimat. Man nahm den Regimentern die Patronen ab, aber so viel man auch konfiszierte, die Mannschaften holten sich einfach alles wieder.

Selbst Sarah traute sich nicht mehr auf die Straße. Es gab Drohungen, alle Offiziere zu ermorden. So hatte sie ein ungutes Gefühl, als sie am Fest des heiligen Nikolaus mit Wera zu einem Ball ging, der im Bahnhofskasino gefeiert wurde. Es begann damit, dass sie in der Herbstdämmerung durch die Straßen huschen mussten, voller Angst, belästigt zu werden. Längst waren sie für die Soldaten zu Regimentshuren geworden, die mit ihren achtzig Rubeln Monatslohn zu den Profiteuren des Krieges zählten.

»Wir schaffen es auch ohne Begleitung«, sagte Wera. »Und wenn ein Kerl kommt: eine Erfahrung mehr!«

Sie kicherte, war angetrunken.

Sarah glaubte, ihren Ohren nicht zu trauen.

»Bist du jetzt auch wahnsinnig?«

»Ach was. Ich fühle mich einfach frei wie ein Vogel. Ich will leben. Lieben. Meinen Körper spüren.«

Sie drehte sich im Kreis, tanzte.

Auf einem mit Büschen eingefassten Weg lag plötzlich quer ein toter Offizier. Ein angetrunkener Soldat lehnte an ihm und hatte eine Sammelbüchse in der Hand.
»Wegzoll«, sagte er gemütlich. »Für Huren und Offiziere. Fünf Rubel.«
»Die bekommst du nicht«, sagte Sarah eisig.
»Dann gibt's kein Weiter«, erwiderte der Soldat ohne Aggression im Ton.
Sarah ging entschlossen auf den Mann zu. Der ließ sie über die Leiche steigen, aber bei Wera packte er zu.
»Lass sie los!«
Sarah sah Sterne. Der Soldat hatte einfach zugeschlagen. Sie war so benommen, dass sie sich an einen Baum lehnen musste. Derweil schrie und lachte Wera gleichzeitig. Der Soldat warf sie auf die Leiche, riss ihr das Kleid auf und verging sich an ihr.
Wera machte mit.
»Du bist schuld«, durchzuckte sie es. »Du allein. Du hast sie geheilt.«
Der Gedanke war so unerträglich, dass sie davonrannte. Wera rief ihr hinterher, sie solle warten. Doch Sarah schaute sich nicht mehr um. Es schien ihr, als verfolgten sie Dämonen. Noch nie hatte sie ihre Gabe so sehr verwünscht wie in diesem Augenblick. Sie verfluchte sich, ihr Schicksal, Gott.
Und es war ihr völlig unerträglich, auf den Nikolausball zu gehen. Sie fand sich direkt auf dem Bahnhof wieder.
Dort gab es das übliche Gerangel um die Heimkehrerzüge. Gerade fuhr ein Zug ein. Die Soldaten stürzten sich wahllos auf die Wagen – jeder gegen jeden. Aber die Türen waren geschlossen und wurden von Gendarmen bewacht.

»Türen auf!«, brüllte die Menge, obwohl jeder wusste, dass erst auf ein Glockenzeichen hin geöffnet wurde.
Wegen des Festtages aber waren die Soldaten noch betrunkener als sonst. Sie wollten nicht mehr warten. Sie skandierten und drohten, alle Gendarmen zu erschießen. Der erste tauchte ab, der zweite folgte. Mit wildem Hurra drückten die Soldaten in die geöffneten Türen. Mit ihren Tornistern auf den Rücken behinderten sie sich gegenseitig.
»Steig ein!«, hörte Sarah eine Stimme. »Steig ein.«
Sie galt nicht ihr, aber sie bezog es auf sich. Sie hatte nur ihr Geld dabei. Viel Geld. Sehr viel Geld.
»Kauf dir, was du brauchst!«
Sarah verschwand in einem Strudel.
Sie brauchte gar nichts mehr tun. Sie wurde geschoben und gestoßen – es gab kein Zurück mehr.
»Du hättest andere Schuhe anziehen sollen«, dachte sie und kam ins Straucheln. »Und dann diese dumme Handtasche.«
Ein Tornister schlug ihr gegen die Schläfe. Sarah strauchelte, versuchte, sich an ihrem Vordermann abzustützen. Doch der trat gerade einen Schritt vor.
»Weiter!«
Sarah griff ins Leere. Mit dem Kopf voran prallte sie gegen die Waggonwand. Sie hörte sich noch schreien und spürte, wie Soldatenstiefel ihr in die Seite stießen. Irgendjemand fiel auf sie. Sie bekam keine Luft mehr.
Endlich wurde sie ohnmächtig.

Stulpin wachte an ihrem Bett.
»Das geht nicht, Schwester«, murmelte er belustigt. »Einfach abhauen. So ohne mich? Nein, das geht nicht.«

Epilog

Es war längst nach Mitternacht. Tatjana kauerte mit angezogenen Beinen auf dem Teppich ihrer Kabine. Ihr Rücken scheuerte an der Vertäfelung, ihr Kopf mit den geschlossenen Augen schwankte mal nach links, mal nach rechts. Noch nie in ihrem Leben hatte sie sich so elend gefühlt. Ihr war alles zu viel, sie hatte nicht einmal mehr Kraft, in ihre Koje zu kriechen. Und was sollte sie da auch. Seekrank im Sitzen war besser als im Liegen. Man übergab sich bequemer. Das schonte die Kleidung.

Anfangs hatte Tatjana sich noch damit getröstet, dass viele andere Passagiere dasselbe durchmachten wie sie, jetzt kam ihr diese Art Solidarität im Leiden sinnlos vor. Nein, alles, selbst die angeblich so barmherzige Zeit hatte ihre Bedeutung verloren, seit sich gestern, ein paar Stunden hinter Cuxhaven, die Dünung in bewegte See verwandelt hatte. Von Sturm konnte keine Rede sein, aber Sarah und sie waren eben Landratten. Zwei ukrainische Landratten auf der Überfahrt von Hamburg ins Gelobte Land.

Noch ungefähr zehn Tage sollte der Dampfer unterwegs sein. Wie willst du das aushalten?, fragte sich Tatjana in einem Wellental und roch an der halben Zitrone, die in ihrer Hand so warm geworden war wie ein Frühstücksei. Jeder hatte ein anderes Mittel gegen die Seekrankheit, gemeinsam war ihnen allen, dass keines half. Die Vornehmen vomierten, die Armen erbrachen. Die Dummen gegen den

Wind, die Gescheiten mit dem Wind. Herren mit goldenen Uhrketten waren grün im Gesicht, Damen in weißen Kleidern gelb wie goldene Münzen. Beim Ersten Offizier konnte man wiederfinden, was man an Deck verloren hatte: Brieftaschen, Seidentaschentücher mit Initialen, Haarnadeln und Kämme, Schleifen, Schals, Brusttücher, Brillen.
Tatjana blinzelte zu Sarah hinüber, die wachsbleich in ihrer Koje lag und schlief, den Mund halb offen. Wie tot, dachte sie. Sie sieht aus, als müsste ihr gleich irgendwer den Kiefer hochbinden. Trotz ihrer Übelkeit huschte Tatjana ein bitteres Lächeln über die Lippen. Sarah war schuld. Sie hatte sie zu dieser Tortur überredet. Mit dem Argument, wenn sie schon die Männer verloren hatten, die ihr Leben bestimmten, sollten wenigstens sie beide die Zukunft miteinander gestalten. Wozu gehöre, dass sie erst einmal eine weite Reise unternähmen.
Der Dampfer vibrierte, die See wurde rauer. An das Bullauge peitschte ein Gemisch aus Regen und Gischt. Tatjana glaubte, durch den Decksboden das Stampfen der Maschinen zu spüren. Ein neuer schwerer Anfall von Übelkeit ließ sie aufstöhnen. Ihre Hand tappte nach dem Eimer neben sich. Der Anfall ging vorüber. Aber es blieb ein gallebitterer Geschmack zurück.
Galle.
Sarah war eine Lügnerin. Einmal ganz davon abgesehen, dass sie keinen Sohn verloren hatte, hatte sie Sergej bestenfalls halb so geliebt wie sie, Tatjana, ihren Gregor. Und auch wenn Gregor ihr Retter gewesen war, änderte dies nichts daran, dass Sarahs Beziehung zu ihm nichts anderes als eine kapitale Hassliebe gewesen war.
Mühsam hob Tatjana die schweren Lider und blickte auf

ihr hochglanzpoliertes Nachttischlämpchen. Sie reisten Erster Klasse, in Höhe des Oberdecks. Es gab zwei breite Betten, Waschbecken, eine bequeme Sitzecke und elektrisches Licht. Sie hatten Klingelanschluss für die Stewarts, konnten sämtliche Mahlzeiten in der Kabine einnehmen. Auf der Frisierkommode standen Blumen, auf Sarahs Nachttischchen lag eine Schachtel mit Konfekt – ein Willkommensgruß der Hapag, der Hamburg-Amerikanischen Paketfahrt-Actiengesellschaft.

Luxus, wohin man blickte, aber Tatjana packte der Ekel. Wieder und wieder musste sie sich in den Eimer erbrechen.

Es war wie ein Dammbruch.

»Ich kann nicht mehr«, flüsterte sie, und ihre Augen füllten sich mit Tränen.

Sie konnte weder sitzen noch liegen.

Nicht mehr lieben.

Nicht mehr leben.

Tatjana schien es, als würge sie ihr Innerstes heraus. Zur Rebellion des Körpers gesellte sich die der Seele. Mit grausamer Deutlichkeit begriff sie, dass sie im Leben verloren hatte: ihre Liebe, ihren Sohn, die Zukunft. Das Gut ihrer Eltern war verpachtet, Pawel Jefimytschs Krim-Datscha mit Verlust verkauft. Einzig die Petersburger Wohnung war ihr geblieben: ein weißer Sarg, der sie auf Schritt und Tritt an den ungeliebten Mann erinnerte. Es war unabänderlich und ließ sich nicht länger verdrängen: Krieg und Cholera hatten eine Schneise der Verwüstung in ihr Leben geschlagen – eine Schneise, die sie geradewegs in den Abgrund führte.

Im Spiegel erkannte sie sich nicht mehr, sondern nur irgendeine Frau im Negligé und offenen Morgenmantel. Dieser Frau war nur die leibliche Hülle geblieben. Eine würdelose Hülle, ein von Übelkeit und Widerwillen geschütteltes Wesen, das vom Gefühl der Sinnlosigkeit des Atmens erfüllt war.

Wozu bist du noch da?, fragte sie sich und gab sich die Antwort, dass sie noch nicht einmal mehr dazu taugte, gegen irgendetwas zu kämpfen.

Tatjanas Entschluss stand fest. Sie raffte ihre letzten Kräfte zusammen, kroch zur Tür und zog sich hoch. Wozu sich länger etwas vormachen! Selbst ihre Schönheit empfand sie seit Gregors Tod nur als sinnlose Maske.

Noch einmal schaute sie zu Sarah hinüber. Sie lag da wie vorhin, trotzdem schien eine geheime Kraft von ihr auszugehen. Tatjana bildete sich ein, dass Sarah ihren Blick spürte. Und tatsächlich – fast unmerklich zogen sich ihre Augenbrauen zusammen, und ihr Arm fiel zur Seite. Ihr Unterarm hing nun über der Bettkante, die Handfläche wies nach oben.

Tatjana gab sich einen Ruck. Was hatte sie länger mit Sarah zu schaffen? Die vergangenen Wochen hatte sie bloß ihre Eltern im Kopf gehabt oder mit ihrer Ersatzmama Lisa Koljanowa um die Wette gekocht. Sicher, ihre Vergangenheit war herb gewesen, aber alles in allem winkte ihr dank ihrer wunderbaren Gabe eine lindgrüne Zukunft.

»Vergiss mich nicht«, flüsterte Tatjana und öffnete die Tür. »Bete für mich.«

Sarahs Lider zuckten. Tatjana fürchtete, sie könne aufwachen, und schloss schnell die Tür.

Auf dem Gang war kein Mensch zu sehen. Die Passagiere schliefen, und die Stewarts, die Nachtdienst hatten, spielten Karten. Tatjana tappte langsam in Richtung Deck und stützte sich mehrmals an der Wand ab. Wie eine Blinde strichen dabei ihre Hände über die Tapeten, so, als traue sie dem Schein der elektrischen Glühbirnen nicht, die das Schiff in trübes Licht hüllten.

Bevor sie hinaus aufs Oberdeck trat, zog sie den Gürtel ihres Morgenmantels straff und klappte den Kragen hoch. Durch die Tür strömte kalte Luft. Tatjana roch Metall, Salz und Lackfarbe. Als sie die Tür aufstieß, blies ihr der Wind Rauch aus den Schornsteinen in die Nase. Noch drei Schritte, und sie stand im Freien. Der Regen war so stark, dass Mantel und Haar in wenigen Augenblicken durchweicht waren und tropften wie gerade aus dem Fluss gezogene Wäsche.

Tatjana spürte weder Nässe noch Kälte. Sie bewegte sich mit dem Gleichmut einer Schlafwandlerin und machte wie zufällig vor der Reling Halt. Den Kopf aufs Kinn gedrückt, schaute sie nach unten, doch die senkrecht ins Wasser fallende Bordwand nahm sie nicht wahr. Allein der plötzliche Druck auf ihren Magen, den das Geländer der Reling erzeugte, riss sie aus ihrer Lethargie. Sie erlitt einen schweren Anfall von Übelkeit. Laut aufstöhnend, begann sie zu würgen und übergab sich. Mit ihren Händen umklammerte sie das eiskalte, nasse Metall. Eine Gischtwolke sprühte in ihr totenblasses Gesicht und wusch Schleim und Galle von ihr ab. Tatjana hatte das Gefühl, das Schiff würde an beiden Enden gepackt, ins Meer getaucht und geschüttelt, um Menschen, Ratten und alles Ungeziefer fortzuschwemmen. Ein schönes Bild. Tatjana lächelte. Sie hob den Fuß und trat auf die Zwischenstrebe. Flieg, rief sie sich zu. Flieg los! Ein Atemzug noch, dann ist es vorbei.

Jurij Alexandrowitsch Glinka schnippte die Zigarettenkippe in den Wind und spuckte über die Reling. Er wusste, dass er zu viel rauchte. Aber ein Mann seines Kalibers musste rauchen. Anders hätte er nicht existieren können. Ohne Kippen war die Arbeit als Doppelagent für die Ochrana und die Bolschewisten einfach nicht auszuhalten. Jurij lauschte. Es war still und doch laut. Auf dem Schiff gab es ständig irgendwelche Geräusche. Zum Beispiel wenn der Bug die Wellen durchpflügte und die Schornsteine dicke Rauchwolken ausstießen. Es war einfach faszinierend.

Das Wetter gefiel ihm. Es war genau nach seinem Geschmack. Sich an die Reling lehnen, die Augen schließen und in Gischt und Regen baden. Sich abkühlen, den Körper spüren, Salz schmecken und nur auf das Brausen von Wind und See hören. Himmel, das war herrlich, selbst wenn seine Freunde es kindisch genannt hätten. Wladimir Iljitsch Uljanow, den alle nur Lenin nannten, hatte für solche Romantizismen nur Verachtung übrig. Was bringt es dir?, hätte er höchstwahrscheinlich gelästert. Was, Freund, nützen Wind und Meer, wenn du sie nicht dazu bringen kannst, unsere Feinde auszulöschen? Und wenn du sagst, es bringt einfach Lust am Augenblick, dann zeige mir wenigstens dein Weib, an dem du dich hinterher aufwärmen kannst!

Jurij Alexandrowitsch nickte.

Lenin hatte Recht – zumindest, was das Weib betraf.

Wäre Vera jetzt mit an Bord, würde sie ihn abtrocknen und dann zu sich ins Bett ziehen. Sie wäre nur im Negligé, aber trotzdem heiß wie ein Kessel. Bestimmt würde sie ihm an den Ohrläppchen knabbern und ihn auffordern, sie zu streicheln. Ihre samtige Haut, ihren Busen, ihre Schenkel …

Jurij Alexandrowitsch Glinka verbot sich weitere Phantasien. Denn Vera war tot. Erschossen im Januar 1905, am berüchtigten blutigen Sonntag, weil sie zusammen mit Tausenden anderen dem Zaren eine Petition überreichen wollte. Seitdem stand Jurij auf der Seite der Bolschewisten und war zum Doppelagenten geworden, die rechte Hand von Leonid Borissowitsch Krassin, dem Vorsitzenden der so genannten Technischen Gruppe, der über die deutsche AEG und Siemens Geschäfte für die Bolschewisten abwickelte.
Die Ochrana war durch ihn, Jurij, darüber informiert. Was sie nicht wusste, war, dass er mit Krassin Überfälle auf Züge und Banken plante und durchführte.
Deshalb seine Reise in die Vereinigten Staaten von Amerika. Wo es bekanntlich viel Geld gab.
Der Wind trug Glinka ein schlurfendes Geräusch zu. Für einen winzigen Augenblick schwand das Licht auf dem vorderen Teil des Decks. Jemand musste an die Reling getreten sein. Bestimmt einer von den Seekranken, dachte Jurij Alexandrowitsch und verzog das Gesicht, als er die unverwechselbaren Geräusche hörte.
»Die Ärmste!«
Fast höhnisch lachte er auf. Seekrank! Was sich die Menschheit alles an Unpässlichkeit leistete! So etwas hätte ihm gerade noch gefehlt. Glinka rubbelte sich die Wangen und strich sich über seinen gepflegten, weichen Schnauzer. Er ist nicht so revolutionär wie meiner, erinnerte er sich an Trotzkis Feststellung. Aber in ein paar Jahren, glaub mir, da hat er die richtige bolschewistisch-borstige Klasse.
»Na, ausgekotzt, Madame?«
Jurij Alexandrowitsch trat vor und sah zum Bug des

Schiffes. Zwanzig Meter von ihm entfernt hing eine Frau weit vorgebeugt über die Reling. Die gelbrote Decksbeleuchtung überzog ihren Morgenrock mit einem magischen Schein, doch Jurij Alexandrowitsch war weit mehr von dem fasziniert, was sich unter dem nassen Stoff abzeichnete.

»Noch ein Stück weiter und du kippst über Bord, Täubchen«, sagte er halblaut und eilte in Richtung Bug.

Als er sah, dass die Frau den Fuß auf die Zwischenstrebe setzte, fluchte er derb und rannte los.

»Nicht!«, rief er. »Verdammt noch mal, nein!«

Doch die Frau hörte ihn nicht. Ihr Bein streckte sich auf der Strebe durch, und sie breitete die Arme aus. Eiskalt fuhr es Jurij Alexandrowitsch ans Herz, die Frau stand jetzt senkrecht.

»Nein!«, brüllte er – und das erste Mal seit Veras Tod packte ihn echte Verzweiflung.

Der Dampfer stieß in ein Wellental. Eine Gischtwolke sprühte Jurij Alexandrowitsch ins Gesicht und biss in seine Augen.

Die Frau ruderte mit den Armen, schwankte für einen winzigen Augenblick zurück. Doch schon stand sie wieder gerade da.

Jurij Alexandrowitsch brannten die Augen, doch er rannte weiter.

Eine Armlänge.

Nur eine Armlänge.

Jurij Alexandrowitschs Rechte schnellte vor. Tatjana war es, als bekäme sie einen Faustschlag in den Unterleib. Dann riss etwas so heftig an ihrem Morgenrock, dass sie glaubte, um ihren Kragen befände sich eine Schlinge. Ihr

Kehlkopf schmerzte, sie bekam keine Luft mehr. Sie hörte eine fremde Männerstimme brüllen und Sarah ihren Namen rufen.

Dann wurde sie ohnmächtig. Dass sie mit einem Mann, dessen eine Hand auf ihrem Busen lag, auf das Deck schlug, spürte sie nicht mehr. Aber für den Bruchteil einer Sekunde bekam sie noch das Glücksgefühl mit, das sie durchschoss, als diese fremde Kraft an ihr riss.

Sarah schenkte Jurij Alexandrowitsch den dritten Cognac ein. Der saß, noch immer schwer atmend, in einem Sessel, den Blick unverwandt auf Tatjana geheftet, die in ihrer Koje im Bett lag und schlief.

»Dass immer ihr Männer uns Frauen rettet ...«, begann Sarah leise. »Ich wollte, ich könnte darüber vergessen, wozu ihr im Krieg fähig seid.«

Jurij Alexandrowitsch schüttelte unwillig den Kopf und spülte seinen Cognac hinunter. Sarah reichte ihm die Flasche. Jurij Alexandrowitsch hob abwehrend die Hand. Er riss sich von Tatjana los, fuhr auf seinem Sessel herum und sagte leidenschaftlich:

»Sie haben sie im Stich gelassen, Teuerste. Reden Sie nicht vom Krieg. Während Sie schliefen, beschloss Ihre Freundin, sich ins Meer zu stürzen. Warum, das weiß sie allein. Aber zu so etwas entschließt man sich nicht von ungefähr. Haben Sie vorher nichts gemerkt? Wo war Ihre Solidarität?«

»Solidarität? Sie sprechen wie ein Revolutionär. Vielleicht wollte beziehungsweise sollte meine Freundin ja gerettet werden. Sie waren dann das Werkzeug, teuerster Jurij Alexandrowitsch.«

»Aha. Ich verstehe. Sie sind eine Mystikerin. Von denen gibt es heute für meinen Geschmack aber viel zu viele. Wegen Mystizismus, Popentum, Heilserwartungen, Ergebenheitsgefasel und Duldungsmartyrien gehen die Völker zu Grunde. Ich aber sage: Kämpfe gegen das, was dich bedrückt und fesselt. Schau um dich, sei wach, sieh die Welt, wie sie ist. Arrangiere dich nicht länger, sondern gehe den Weg, der Fortschritt heißt.«

»Von Bomben habe ich genug!«, blaffte Sarah zurück. »Fortschritt von der Sorte, wie Sie ihn verstehen, geht immer über Leichen.«

»Nicht so laut«, begehrte Jurij Alexandrowitsch gequält auf, denn Sarah hatte ins Schwarze getroffen. »Tatjana Michailowna wird aufwachen.«

»Dann wacht sie eben auf«, erwiderte Sarah schnell. »Wenn ich ihr die Hand auflege, schläft sie auch wieder ein. Im Übrigen verstehe ich Sie nicht – in Ihren Augen gehören wir doch zur Klasse der Ausbeuter, oder? Einer weniger von uns ist für euresgleichen doch ein Fest.«

Sarahs Ton war beißend scharf geworden. Eine Folge des Krieges. Er hatte sie verändert, hart gemacht. Von ihrer Gabe hielt sie nicht mehr viel. Sie konnte nicht verwinden, dass trotz ihres Einsatzes etliche Soldaten gestorben waren. Wunden entzündeten sich, Nähte rissen, und manch einen Soldaten trieben die Phantomschmerzen nachträglich in den Wahnsinn. Was anfangs erfolgreich verheilte, riss auf Transporten wieder auf, und die Soldaten verbluteten hilflos in ihren Waggons. Insgesamt war die Masse der Schmerzen, gegen die sie ihre Kraft gerichtet hatte, von einem so kolossalen Ausmaß gewesen, dass ihre Gabe darin ertrunken war wie ein Tropfen Wasser im Meer. Und was

die Cholera betraf – da hatte sie erkennen müssen, wie stumpf die Macht ihrer Hände war.
Seit Gregors Tod blieben die Visionen aus. Ihre Seele fand keinen Eingang mehr in die Welten zwischen Himmel und Erde. Ihre Gabe blieb, aber Sarah empfand sie zunehmend wie eine fremde Macht. Wenn sie jetzt die Hand auflegte, tat sie es ohne Liebe. Sie kam sich dann vor, als sündige sie, als übe sie Verrat an Gott. Und dies machte ihr Angst. Sie lebte mit einem schlechten Gewissen, wurde bitter und zynisch.
Sarah, die Zweiflerin.
Um dieses Gefühl nicht immer stärker werden zu lassen, war sie aufgebrochen. Sie brauchte Liebe. Vorbehaltlose Liebe, wie nur Eltern sie zu geben im Stande waren.
Bin ich eigentlich noch attraktiv?, fragte sie sich eines Tages und erinnerte sich an die Worte ihres Onkels David. Der spottete, sie habe nur einen Funken jüdischen Liebreiz. Jetzt kam sie zu der Überzeugung, dass ihr Onkel heute wahrscheinlich auch das Wörtchen jüdisch weglassen würde.
Statt Liebreiz besaß ihr Gesicht Charakter. Und weil sie nach wie vor eine sinnliche Ausstrahlung hatte, würde Onkel David andererseits sagen, dass wenigstens ihre Silhouette so sei, wie Männer sie mochten.
Als sie Jurij Alexandrowitschs überraschtes Gesicht sah, empfand sie seit langer Zeit wieder Genugtuung. Dieser Bolschewist glaubte bestimmt, sich verhört zu haben. Dass sie Tatjana mittels ihrer Gabe wieder einschlafen lassen konnte, passte bestimmt nicht in sein materialistisches Weltbild.
»Sie staunen mich an und schweigen, teuerster Jurij

Alexandrowitsch?«, fragte sie süffisant. »Habe ich den Nagel auf den Kopf getroffen? Ärgern Sie sich jetzt, dass sie Tatjana Michailowna nicht haben ertrinken lassen?«

Jurij riss die Augen auf. Solch eine Frauensperson war ihm bislang noch nicht über den Weg gelaufen. Mit ihren schattigen Wangen und den markanten schrägen Augenbrauen sah sie tatsächlich wie eine Mystikerin aus, während ihre vollen Lippen und die elastische Figur beinahe an eine Lebedame erinnerten. Dazu ihre Stimme – wer so klang, ließ sich nichts mehr vormachen.

Schade, durchfuhr es ihn. Eine solch kämpferische Persönlichkeit könnten wir gebrauchen.

»Tatjana Michailowna ist allein schon wegen ihrer Verzweiflung ein Opfer«, entgegnete Jurij betont gelassen. »Zweitens ist sie eine Frau. Und drittens bin ich, sind wir keine Bestien. Als ob wir kein Herz hätten, wir uns nicht rühren lassen würden von Schicksalen! Revolution ist immer ein gut Teil Rhetorik. Dahinter aber stehen Menschen.«

Sarah lächelte verächtlich. Sie schnupperte über ihren Cognac und nahm einen winzigen Schluck. Langsam kam sie auf Jurij zu, der sie neugierig anblickte. Als Sarah ihre Hand ausstreckte, überfiel Jurij ein unbestimmtes Schaudern. Was hatte sie vorhin gesagt? Wenn ich ihr die Hand auflege, schläft sie auch wieder ein. Jurij hatte von so etwas reden hören, geglaubt hatte er es nie. In diesem Augenblick aber hätte er mit Bestimmtheit gesagt, dass es wahr sei – und dies nicht erst, als Sarah ihm die Hand auf die Schulter legte und er dabei das Gefühl hatte, ihre Hand sei schwer wie Blei.

»Keine Angst«, sagte Sarah. »Ich bin Heilerin. Keine Revolutionärin mit dem gewissen Händchen für Bomben und Zünder.«

Jurij pfiff leise durch die Zähne. Konnte diese Frau Gedanken lesen? Als ob sie auf Lenin anspielte. Der hatte vor kurzem in London konkrete Pläne für den bewaffneten Kampf vorgelegt und gefordert, sie alle sollten sich armeemäßig ausrüsten, um das Zarenreich mit Terror zu überziehen. Das Inventar müsse von Schießwaffen über Bomben bis zu Stacheldraht und kerosingetränkten Lumpen reichen, die als Lunten zur Brandstiftung dienen sollten. Lenin malte sogar Szenarien aus, wie Dächer zu besetzen seien, um von dort zaristische Truppen und Polizei mit Steinen und kochendem Wasser zu überschütten. Jurij erschien es sonderbar, dass ihm diese Pläne jetzt irgendwie überspannt vorkamen. Angesichts der schlafenden Tatjana Michailowna geradezu lächerlich. Wie schön sie war! Jurij stellte sich vor, mit ihr Arm in Arm durch New York zu schlendern – ein äußerst verführerischer Gedanke.

»Wir beide, Teuerste, haben kein Herz«, begann er dumpf, weil irgendeine Saite in ihm eine versöhnliche Melodie forderte. »Was streiten wir uns? Wir tun, als ob wir uns hassen. Wenn es so etwas wie Sünde gibt, dann wäre dies eine. Tatjana Michailowna aber, sie ist rein. Das weiß ich.«

»Nehmen Sie sich ihrer an, Jurij Alexandrowitsch«, sagte Sarah und lächelte gewinnend. »Tatjana hat nichts zu verlieren. Im Übrigen gibt es etwas an Ihnen, dass ihr gefallen wird. Und mir übrigens auch.«

Sarah trat hinter Jurij und streichelte ihm mit dem Handrücken über die Wange. Jurij kam sich vor wie ein kleiner Junge. Aber er war weit davon entfernt, sich zu ärgern. Die Umstände, die Zufälle, der Cognac. Man rettet nicht alle

Tage eine schöne Frau vor dem Freitod und trinkt mit einer mystisch angehauchten Bourgeoisen früh um halb vier Cognac.

»Ich besuche euch beide morgen Mittag«, sagte er, um Festigkeit bemüht, rubbelte sich die Wangen und strich über seinen Schnauzer.

»Uns beide«, sagte Sarah sibyllinisch und reichte Jurij mit gespielt hochnäsiger Geste die Hand zum Kuss. Der lachte auf und spielte mit.

Beide merkten sie nicht, dass Tatjana sie beobachtete. Als Jurij sich zu ihr umwandte, schloss sie schnell die Augen. Ein kaum wahrnehmbares Lächeln umspielte ihre Lippen.

Jurij hatte die Tür gerade hinter sich geschlossen, da setzte sie sich auf. Sarah sah sie überrascht an.

»Sein Schnauzer«, hauchte Tatjana. »Kann es denn so etwas geben?«

Sarah nahm Tatjanas Kopf und drückte ihn lange gegen ihren Leib.

»Erst einmal wird geschlafen«, sagte sie.

Sie begann ein Lied zu summen, schloss die Augen.

Jurij Alexandrowitsch – ob er der neue Mann war, der in ihr beider Leben eingriff?

»Zufall ist kein koscheres Wort«, flüsterte sie.

Ulrike Schweikert

Die Hexe und die Heilige

Roman

Deutschland am Vorabend des 30-jährigen Krieges: In einer wohlhabenden Familie in einer deutschen Kleinstadt kommen Zwillingsschwestern zur Welt. Während die tugendhafte Helena ins Kloster geht, wird ihre eigenwillige Zwillingsschwester Sibylla Hebamme. Als die Tochter des obersten Richters der Stadt ein uneheliches Kind bekommt, soll Sibylla das Mädchen von dieser ›Last‹ befreien. Damit weiss sie um ein dunkles Geheimnis der Mächtigen und wird zur Gefahr. Die Häscher der Inquisition rüsten zur Hexenjagd …

»Ein Buch, von dem man nicht mehr lassen kann!«
Rheinzeitung